Aldinei Sampaio

VALENA
O Império - Livro III

Editora Appris Ltda.
1.ª Edição - Copyright© 2022 do autor
Direitos de Edição Reservados à Editora Appris Ltda.

Nenhuma parte desta obra poderá ser utilizada indevidamente, sem estar de acordo com a Lei nº 9.610/98. Se incorreções forem encontradas, serão de exclusiva responsabilidade de seus organizadores. Foi realizado o Depósito Legal na Fundação Biblioteca Nacional, de acordo com as Leis nºs 10.994, de 14/12/2004, e 12.192, de 14/01/2010.

Catalogação na Fonte
Elaborado por: Josefina A. S. Guedes
Bibliotecária CRB 9/870

S192v
2022

Sampaio, Aldinei
  Valena: o império ; livro III / Aldinei Sampaio.
1. ed. - Curitiba: Appris, 2022.
  378 p. : il. ; 23 cm.

ISBN 978-65-250-3032-6

1. Literatura fantástica brasileira. I. Título.

CDD – 869.3

FICHA TÉCNICA

EDITORIAL
Augusto V. de A. Coelho
Marli Caetano
Sara C. de Andrade Coelho

COMITÊ EDITORIAL
Andréa Barbosa Gouveia - UFPR
Edmeire C. Pereira - UFPR
Iraneide da Silva - UFC
Jacques de Lima Ferreira - UP

ASSESSORIA EDITORIAL
Manuella Marquetti

REVISÃO
Camila Dias Manoel
Manuella Marquetti

PRODUÇÃO EDITORIAL
Bruna Holmen

DIAGRAMAÇÃO
Bruno Ferreira Nascimento

CAPA
Pauline Becker Hellinger

ILUSTRAÇÕES
Pauline Becker Hellinger

COMUNICAÇÃO
Carlos Eduardo Pereira
Karla Pipolo Olegário

LIVRARIAS E EVENTOS
Estevão Misael

GERÊNCIA DE FINANÇAS
Selma Maria Fernandes do Valle

Editora e Livraria Appris Ltda.
Av. Manoel Ribas, 2265 – Mercês
Curitiba/PR – CEP: 80810-002
Tel. (41) 3156 - 4731
www.editoraappris.com.br

Printed in Brazil
Impresso no Brasil

*Para minha irmã, Vilma,
por todo o apoio e carinho*

*"A Grande Conquista
é o resultado de pequenas vitórias
que passam despercebidas"*

— Paulo Coelho —

*"O futuro se faz agora
E cada erro é uma vitória
Pois a derrota não existe
Não há conquista sem labuta
A vida é uma infinita luta
Onde só perde quem desiste"*

— Douglas Rafael —

Sumário:
O Mapa da Conquista

Introdução: Chapa Quente 11
Capítulo 1: Lugar ao Sol 13
Capítulo 2: Sonhos Infantis 25
Capítulo 3: Mão Amiga 38
Capítulo 4: Fogo Cerrado 51
Capítulo 5: Carta Branca 65
Capítulo 6: Mandachuva 80
Capítulo 7: Presença de Espírito 96
Capítulo 8: Sangue Frio 112
Capítulo 9: Fio da Meada 124
Capítulo 10: Sorte Grande 136
Capítulo 11: Balaio de Gato 150
Capítulo 12: Chave de Braço 161
Capítulo 13: Boca de Ouro 178
Capítulo 14: Guarda Baixa 193
Capítulo 15: Bola Fora 203
Capítulo 16: Barra Pesada 215
Capítulo 17: Mãos Vazias 227
Capítulo 18: Duro na Queda 238
Capítulo 19: Ponta de Lança 254
Capítulo 20: Jogando a Toalha 270
Capítulo 21: Coração Partido 283
Capítulo 22: Unhas e Dentes 296
Capítulo 23: Tudo ou Nada 314
Capítulo 24: Fim da Linha 327
Capítulo 25: Trancos e Barrancos 346
Epílogo: Melhor que a Encomenda 359

Introdução:
Chapa Quente

O Império de Verídia nasceu relativamente pequeno, mas, sob a orientação da entidade conhecida como Grande Fênix, desenvolveu um grande poderio e cresceu durante os séculos, até dominar todos os países do mundo conhecido.

Valena Delafortuna se surpreendeu quando foi escolhida pela poderosa entidade como a nova sucessora ao trono. Afinal, ela era uma órfã sem nada além de sua determinação e coragem para encarar trabalho duro. De qualquer forma, aquilo lhe trouxe grandes expectativas. Finalmente poderia ser alguém e mostrar a todos que duvidaram dela o que era capaz de fazer.

No entanto, suas expectativas são frustradas quando um alto oficial orquestra um golpe de Estado, assassinando o imperador e dividindo o país, com grupos oportunistas tomando o controle da maioria das províncias.

Para salvar a própria vida, Valena foge do palácio e é acolhida por Sandora, também conhecida como a "Bruxa de Aldera", uma moça misteriosa e com poderes além de qualquer coisa que Valena já tinha visto, além de uma pesada bagagem emocional.

Evander, um ex-oficial do Império e, assim como Sandora, portador de incomuns poderes, consegue derrotar o responsável pela dissolução do Império, mas o país agora está tão dividido e fragilizado que voltar a unificar seu povo sob uma única bandeira parece um desafio quase impossível.

De volta à capital com seus novos amigos, Valena tem à sua frente a hercúlea tarefa de unir e motivar as tropas da Província Central, com o objetivo de reerguer o moral dos soldados e retomar a antiga glória do Império.

Mas ela é teimosa e, por pior que essa chapa quente em que se meteu possa parecer, enquanto respirar, nunca desistirá de seus sonhos.

Capítulo 1:
Lugar ao Sol

Província de Ebora, hoje

Os sons de batalha podem ser ouvidos por todo o vale.

Todos os animais que vivem por ali tratam de se esconder, os pássaros saindo em revoada, os coelhos desaparecendo em suas tocas, os alces procurando campinas mais isoladas e seguras. Até mesmo os predadores agem com extrema cautela, e há uma ótima razão para isso: quando há energia negativa envolvida, nada ou ninguém está seguro, não importa quão forte ou poderoso seja.

Zumbis caminham por entre a grama, sua energia residual fazendo com que as folhas, antes verdejantes, passem a apresentar uma tonalidade mais escura e bem menos saudável. Se ninguém der conta daqueles monstros logo, boa parte da vida do vale estará seriamente comprometida.

É de se esperar que uma pessoa fique assustada, temerosa ou desesperada tendo de encarar cadáveres putrefatos dotados de poderosas presas e garras, não é?

Mas não é o que acontece com Valena Delafortuna. Na verdade, ela se sente muito bem, confiante, destemida e poderosa, enquanto brande sua espada envolta em chamas místicas, atingindo em cheio um dos monstros humanoides, causando um corte profundo o suficiente na pele arroxeada para que o fogo encantado comece a consumir o sangue profano que corre pelo que resta das veias da criatura. O zumbi cai ao chão, tendo convulsões, enquanto seu corpo perece, finalmente liberando sua alma para o merecido descanso.

Valena olha ao redor e, por puro instinto, levanta a espada bem a tempo de se proteger do bote de uma criatura que, em vida, deveria ter sido um felino de grande porte, talvez um tigre ou jaguar, mas que agora é difícil de reconhecer, uma vez que perdeu toda a pelagem e boa parte da pele. Infelizmente, no entanto, não perdeu muito de sua agilidade.

Imune ao fogo, Valena segura a parte cega da lâmina flamejante com a mão enluvada, conseguindo aparar o que poderia ser um golpe mortal. O zumbi, que saltou com a boca aberta na direção de seu pescoço, acaba mordendo firmemente a lâmina e soltando um urro ao sentir o contato com as chamas encantadas.

Com sua força e sua agilidade incrivelmente ampliadas, Valena não tem problemas em empurrar o monstro para o lado, imediatamente girando o corpo e aplicando um poderoso golpe horizontal que atinge seu oponente em cheio, fazendo com que caia ao chão se contorcendo por um instante até finalmente perecer.

— Que tal isso, seu *qosol badan*?

Ela brande a arma no ar mais uma vez, o peito inchado de orgulho e satisfação consigo mesma.

Com 17 anos, Valena tem uma altura bem acima da média, cabelos ruivos longos e levemente encaracolados e uma pele que poderia ser branca, se não fosse por todo o tempo que costuma passar ao ar livre, o que lhe concedeu um saudável bronzeado. Possui algumas sardas, mas muito menos do que outras pessoas com tonalidade de pele e cabelos como a sua. Tem um corpo forte e atlético, apesar de não tão curvilíneo e voluptuoso quanto gostaria. No momento aquele corpo está coberto por um traje militar especial resistente a fogo, cuja cor predominante é o branco com detalhes em vermelho, assim como também são vermelhas as luvas e as botas que está usando.

Apesar de considerar o próprio corpo razoavelmente atraente, o maior orgulho dela é seu rosto. Não exatamente por seu formato angular, lábios carnudos ou por seus olhos de um tom castanho tendendo ao avermelhado, mas sim pela marca da Fênix, uma espécie de tatuagem que lhe cobre quase toda a face direita. Ali, linhas em um leve relevo, em um dourado claro, formam o desenho de um imponente pássaro de fogo. Aquela marca é a prova de que ela havia sido escolhida pela entidade conhecida como a Grande Fênix para governar o Império de Verídia, assim como todos os imperadores que vieram antes dela. Recebeu a marca dois anos atrás, quando tinha apenas 15 anos, e vem tentando fazer jus a ela desde então.

Mas aquela marca não é apenas simbólica ou decorativa. Ela também amplia significativamente as capacidades físicas daquele que a possui, bem como confere diversos poderes místicos, como o encanto de *arma flamejante* que está usando em sua espada no momento.

Olhando para os lados, ela vê seus companheiros, todos envolvidos na batalha: o *Otimista*, o *Sinistro*, a *Pirralha*, a *Mal-Humorada*, a *Bruxa* e o *Comandante*.

O *Otimista* se chama Idan Cariati. É um rapaz alegre, de estatura mediana, olhos verdes, curtos cabelos negros e que usa roupas velhas e puídas. Se não fosse pelas grossas luvas de couro que ele usa quase o tempo todo, poderia ser confundido com um mendigo. Não que Valena tivesse algo contra mendigos, afinal ela própria tinha sido uma um dia. De qualquer forma, aqueles trajes simples, na verdade, são bastante comuns na chamada Ordem da Terra, a religião dele, que venera uma entidade conhecida como o Espírito da Terra. Essa ordem, aliás, está tão fragmentada quanto o Império no momento, mas o rapaz, que não deve ser mais do que um ou dois anos mais velho que Valena, continua firme e inabalável em suas convicções.

O apelido "Otimista" é muito fraco para descrever o nível de positividade do rapaz, mas Valena não consegue pensar em outro melhor, então esse vai ter de servir.

No momento ele luta contra três zumbis. Encostando a palma de uma de suas mãos enluvadas no solo, ele ativa um encantamento que faz brotar trepadeiras do chão, crescendo com grande velocidade e envolvendo seus oponentes, imobilizando seus movimentos. Então ele endireita o corpo e levanta uma das mãos, dizendo algumas palavras no antigo dialeto lemoriano. Mesmo Valena se considerando razoavelmente fluente naquela língua, não consegue entender quase nada, o que indica que aquelas palavras devem ser muito antigas. A mão dele emite um brilho azulado intenso o suficiente para ser visto mesmo através do grosso couro da luva. Então, os mortos-vivos ficam imóveis, parando com as patéticas tentativas de se livrarem do aperto das trepadeiras. Depois de alguns instantes, eles parecem perder a capacidade de se mover ou de se manter em pé, desabando desajeitadamente ao chão quando as trepadeiras místicas desaparecem.

O *Otimista*, com certeza, é dotado de grandes poderes, mas paga um preço alto por isso. A razão de usar aquelas luvas de cano longo é para ocultar a real natureza de seus membros, que anos atrás deixaram de ser carne e osso para se transformarem em artefatos místicos. Suas mãos, antebraços e parte dos braços atualmente são formados por uma espécie de cristal semitransparente capaz de absorver energia do campo místico e criar os mais variados tipos de flutuação.

Vendo que é observado, o rapaz olha para Valena e sorri, fazendo um sinal de "positivo" antes de correr na direção de um grupo maior de zumbis que encurralam o *Sinistro* e a *Pirralha* contra um paredão rochoso.

Aquele a que Valena se refere mentalmente como *Sinistro* com certeza merece o apelido, e muito mais. Atende pelo nome de Gram e não passa de uma ossada humana capaz de se mover devido a algum tipo misterioso e macabro de feitiço. À primeira vista, pode ser confundido com um morto-vivo, como aqueles zumbis, mas, depois de conviver com ele por algum tempo, ela havia descoberto que ele é muito inteligente, sensível, prestativo e trabalhador, bem diferente dos monstros contra os quais estão lutando agora, que não têm quase nada além do instinto assassino.

Apesar da aparência dele, que dá arrepios a Valena, Gram parece, em muitos aspectos, uma pessoa normal. Aliás, tem uma personalidade um tanto irreverente, mesmo não sendo capaz de emitir nenhum tipo de som e tendo de se comunicar apenas à base de gestos.

Usa uma velha armadura metálica vermelha, com um elmo aberto da mesma cor, que deixa ver a face esquelética e o sinistro brilho que parece vir do fundo do buraco dos olhos. Usa também um velho par de botas, e sua capacidade de calçar aqueles pés esqueléticos desafia a compreensão de Valena. As mãos dele estão cobertas por luvas feitas por uma cota de malha de aço com garras de metal nas costas, que ele usa como armas, e com bastante competência, aliás.

Também tem força e agilidade impressionantes. No momento, ele se move com grande velocidade, atacando três monstros simultaneamente e com um nível de precisão e eficiência que daria inveja aos mais bem treinados soldados do Exército.

Atrás dele está Jena Seinate, a *Pirralha*, com seu orbe metálico flutuando atrás dela. A guria parece frágil demais, jovem demais e inocente demais para alguém com patente de sargento, mas, de qualquer forma, lá está ela, encarando bravamente aquelas aberrações, usando um uniforme militar nas cores verde e marrom, com a insígnia prateada brilhando do lado esquerdo do peito. É uma mulher pequena, com feições típicas de habitantes das ilhas orientais, tendo um rosto que parece levemente achatado e olhos puxados. Seus cabelos são escuros e lisos, cortados na altura dos ombros. Assim como o *Otimista*, não deve ter mais do que 19 anos.

A garota é especialista em física e artes místicas, provavelmente tendo passado a maior parte da vida com o rosto enfiado em livros. Curiosamente, ela mesma não possui quase nenhum poder. Ou, pelo menos, não possuía antes de ter se fundido misticamente com aquele artefato que tem a forma de uma esfera prateada, coberto por runas, símbolos e desenhos em relevo. Aquele orbe confere a ela habilidades impressionantes.

No momento, a *Pirralha* tem os olhos fechados, em concentração, aparentemente. Depois de um instante, ela levanta a cabeça e pede para o *Sinistro* sair da frente. Ele imediatamente se coloca de lado e a garota avança, com as mãos levantadas, na direção dos zumbis. A esfera prateada brilha levemente atrás dela quando um violento fluxo de chamas brota de suas mãos, atingindo os monstros em cheio e queimando sua carne putrefata, o que levanta uma grande nuvem de fumaça negra e malcheirosa.

Apesar do cheiro, o ataque é extremamente eficiente, dando cabo dos mortos-vivos em tempo recorde, exceto por alguns deles que haviam se afastado para atacar o *Otimista*.

A *Pirralha* encara a cena um tanto embasbacada, como se não estivesse acreditando no que tinha feito. O *Sinistro* dá dois tapinhas amigáveis em seu ombro, o que provoca nela um sobressalto. Aparentemente, Valena não é a única que tem arrepios sempre que aquela criatura está por perto.

Depois daquilo, o *Sinistro* corre para ajudar o *Otimista*. Juntos, os dois derrubam os zumbis restantes rapidamente. Quando os oponentes caem, os dois fazem uma saudação camarada, um dando um soco de leve no ombro do outro, completamente alheios ao absurdo da cena. Alguém que serve à divindade que alega proteger a vida interagindo amigavelmente com o que parece ser a encarnação da morte.

A uma boa distância dali pode ser avistado o maior de todos os mortos-vivos. É o esqueleto de uma criatura monstruosa, provavelmente algum tipo de dragão. E que, no momento, parece passar por maus bocados nas mãos da *Mal-Humorada*.

Lucine Durandal, a mais velha daquela equipe, aparentando ter 21 ou 22 anos, é uma caçadora de recompensas que, pelo que dizem, faz qualquer coisa por dinheiro. Está ali, segundo ela própria, porque foi paga para isso pelo falecido capitão Dario Joanson. Valena conheceu bem esse capitão e tinha aprendido a confiar nas decisões dele. E o fato de aquela caçadora de recompensas ser capaz de lutar de igual para igual com uma coisa dez vezes maior do que ela apenas confirma que Joanson sabia muito bem escolher seus aliados.

Se não estivesse quase o tempo todo usando armadura, Lucine poderia ser considerada uma beldade, o que Valena admite com certa inveja. Apesar de bastante forte e musculosa, ela tem todas as curvas certas nos lugares certos. Não que seja fácil de constatar aquilo, já que é muito raro alguém conseguir ver a mulher sem aquela cota de malha feita sob medida, que lhe cobre os braços e o tronco, descendo até seus joelhos. Sobre a armadura, ela usa uma espécie de camisa de cor marrom, que não parece ter nenhuma utilidade além da decorativa.

E a infeliz também tem aqueles maravilhosos cabelos, longos e platinados, que no momento ela mantém firmemente presos por baixo de um elmo aberto. Seu rosto possui algumas pequenas cicatrizes que, por incrível que pareça, não prejudicam em nada sua aparência, apenas lhe dão um ar de força e determinação.

Infelizmente, toda aquela beleza pertence a alguém que parece estar o tempo todo de mau humor e que não se importa em ser brusca e grosseira com tudo e todos. Somente o *Paladino* e o *Comandante* têm paciência suficiente para tolerar aquela mal-educada.

Mas, mal-humorada ou não, Valena tem de admitir que, no quesito força bruta, aquela mulher é imbatível.

No momento, o dragão esquelético ataca com uma das garras, mas Lucine, usando um golpe especial com uma espada em cada mão, consegue defletir o ataque para cima, imediatamente emendando um contra-ataque, dando um giro no ar e atingindo uma das patas do monstro com um golpe fulminante que acaba por separar o membro do corpo, fazendo com que a monstruosidade se desequilibre.

Aproveitando a oportunidade, a *Mal-Humorada* escala agilmente os ossos da criatura e, com um grito, crava ambas as espadas no pescoço esquelético. Então usa algum tipo de movimento especial que Valena não consegue entender muito bem, mas o fato é que, no instante seguinte, a cabeça decapitada do monstro cai ao chão. Imediatamente o resto do corpo para de se mover e as juntas se soltam, os ossos desgrudando uns dos outros, desabando como um castelo de cartas.

De alguma forma, a *Mal-Humorada* consegue saltar para longe e aterrissar em segurança. Então ela examina brevemente as espadas e solta um suspiro desanimado ao ver o estrago que aquela batalha fez nas lâminas. Valena, por sua vez, está surpresa por aquelas armas não terem se partido em vários pedaços, considerando a força dos ataques de Lucine e a natureza de seu alvo.

Neste momento, um outro grupo de zumbis surge, vindo na direção de Valena. Concluindo que não tem tempo a perder com eles, ela levanta uma das mãos enluvadas e aciona os poderes da Fênix, a tatuagem brilhando intensamente em seu rosto, enquanto uma bola de fogo se forma e cresce na palma de sua mão. Então ela a lança na direção dos monstros. A bola cruza o ar e atinge o chão na frente deles, explodindo violentamente, abrindo um rombo no solo e lançando os zumbis, bem como a grama, os galhos secos e tudo mais que havia ali, ao ar, em pedaços.

Satisfeita consigo mesma, ela olha ao redor e vê que os outros estão se dirigindo para a parte interior do vale. O *Otimista* olha para ela e sorri, esperando que ela o alcance.

— Parece que terminamos por aqui – diz ele, alegremente. – Tudo bem com você, alteza?

Alteza. Aquele tratamento lhe causa extrema satisfação. Faz com que sinta que finalmente encontrou seu lugar ao sol.

— Nunca tinha encontrado mortos-vivos de verdade antes – ela admite, andando apressadamente ao lado dele. – Sempre achei que fossem todos humanoides, não pensava que pudesse existir tanta... variedade.

— A antivida pode ser aplicada sobre qualquer criatura que já viveu. – Ele fecha o semblante. – Mas é verdade que os necromantes têm uma predileção particular por humanos. Sabe como é, eles são capazes de usar alguns tipos de ferramentas e até armas, e alguns até mantêm um pouco da inteligência que tinham quando vivos. Enfim, são mais úteis e podem lutar melhor.

— Vocês da Ordem da Terra são especializados em caçar necromantes, não?

— Alguns, sim. O uso de antivida é uma afronta ao Grande Espírito, então consideramos como nossa responsabilidade livrar o mundo dessa heresia. – Ele volta a sorrir. – Mas a maioria de nós não faz disso seu objetivo de vida.

Estão quase alcançando os outros quando passam por algumas formações rochosas, e o santuário – ou, pelo menos, o que havia restado dele – entra em seu campo de visão.

— O lugar foi destruído – constata ela, desapontada. – Chegamos tarde demais.

Sobre uma plataforma de pedra em meio às ruínas, a *Bruxa* e o *Comandante* estão no meio de uma acirrada batalha.

— Vamos lá – diz o *Otimista*. – Parece que aqueles dois estão precisando de ajuda.

Valena vai atrás dele sem dizer nada, mas tem suas dúvidas em relação àquilo. A julgar pela quantidade de zumbis destroçados pelo caminho, o casal parece ter tudo sob controle. Apenas dois monstros continuam em pé, provavelmente os mais fortes e perigosos de todos, mas o estado deles leva a crer que o embate está se aproximando de sua conclusão.

O nome da *Bruxa* é Sandora Nostarius. Tem a mesma idade de Valena e cabelos longos e encaracolados como os dela, mas negros como a noite. Seus olhos são de um castanho bem escuro, e ela possui uma invejável pele morena, nem branca e nem escura demais. Tem uma altura acima da média, mas ainda é alguns centímetros mais baixa do que Valena, que secretamente se deleita com aquele fato. É tão difícil encontrar algum quesito no qual ela possa levar vantagem em relação a Sandora que qualquer detalhe como aquele é digno de orgulho.

Na primeira vez que se encontraram, Valena havia tomado uma surra homérica. Nem mesmo os impressionantes poderes concedidos pela Grande Fênix eram suficientes para superar as versáteis habilidades da *Bruxa*, ou a forma extremamente inventiva com que ela as usa.

Sandora tem uma tendência pelo gótico. Usa trajes escuros e pesados, com discretas decorações no formato de símbolos astrológicos, o que lhe confere um aspecto misterioso, até um pouco assustador. Só aquelas roupas já seria motivo suficiente para ela receber o apelido de "bruxa", principalmente devido ao fato de, na verdade, não passarem de construtos criados pelos poderes dela e que podem ser modificados instantaneamente da forma como quiser.

A sortuda de uma figa. Como não detestar alguém que nasce com um poder desse?

Mas a aparência e os poderes de Sandora não são o mais impressionante nela, e sim sua inteligência, sua capacidade de observação e sua sagacidade. Parece estar sempre preparada para tudo e é capaz de enfrentar qualquer situação. Nem mesmo os angustiantes sintomas dos primeiros meses de gravidez a impedem de estar ali, brandindo aquele chicote místico e matando mortos-vivos com uma eficiência maior do que quase todos os outros da equipe, exceto, talvez, pelo *Comandante*.

Valena duvida que alguém algum dia poderia pensar em um termo melhor para descrever Evander Nostarius. Quando ele dá uma ordem durante uma batalha, você obedece. Simples assim. Ele demonstra uma maturidade muito maior do que seria de se esperar de um garoto de apenas 17 anos, tendo um tempo de reação extraordinário e parecendo sempre saber o que fazer, não importando a situação. As pessoas confiam nele de forma instintiva, o que é intensificado pelo fato de ele nunca se aproveitar disso em benefício próprio, e por estar sempre disposto a proteger qualquer um a qualquer momento. A atitude de abnegação dele desperta instintos protetores nas outras pessoas também, o que ajuda a criar um vínculo na equipe que se mostra extremamente efetivo em qualquer batalha. Perto dele, as pessoas ficam motivadas, capazes, confiantes.

Aquele é exatamente o tipo de liderança que Valena gostaria de ter no Exército Imperial, mas infelizmente ele não parece muito interessado em seguir os passos do pai, que foi general por mais de uma década.

Além de possuir todas aquelas qualidades, ele ainda é um dos rapazes mais atraentes que Valena já conheceu. Tem cabelos loiros longos, que usa presos em um rabo de cavalo. Seus olhos são de um castanho claro, quase dourado. O rosto dele tem um formato suave, como se tivesse sido feito para sorrir, coisa que, de fato, ele faz na maior parte do tempo. Até mesmo em momentos sérios, quando passa instruções de forma apressada, durante uma luta, ele apresenta uma expressão amigável, confiante e até um pouco brincalhona.

Valena desconfia que os trajes que ele usa devem ter sido criados por Sandora, ou, no mínimo, a *Bruxa* deve ter ensinado a ele como fazer aquele tipo de conjuração. Aquelas roupas parecem limpas e arrumadas demais, principalmente depois de uma batalha tão intensa, para serem reais. Ele usa um traje militar reforçado, similar ao de Valena, mas bem mais elegante. Por cima, usa um sobretudo imaculadamente branco, que, miraculosamente, não o atrapalha em nada enquanto faz complicados movimentos com seu bastão místico.

Nunca admitiria para ninguém, mas Valena considera realmente uma pena que ele seja comprometido. E seriamente comprometido, considerando que Sandora adotou o sobrenome dele e que ele é o pai do bebê que ela está esperando.

Tanto Evander quanto Sandora também possuem uma aura mística capaz de proteger a todos na área de efeito contra ataques físicos. É uma força constante, que não pode ser desligada e protege aliados e inimigos indiscriminadamente. Mas, aparentemente, funciona apenas em criaturas vivas, o que não é o caso daquelas aberrações que estão combatendo.

Os oponentes que o casal enfrenta no momento não são meros zumbis, são alguma coisa a mais. Têm inteligência e são capazes de lançar feitiços, apesar de não emitirem sons, provavelmente por não terem boca. O corpo deles é basicamente humano, mas com pele arroxeada, com o rosto tendo apenas um par de olhos que apresentam um sinistro brilho alaranjado. Usam mantos escuros e bastante danificados, de cujos bolsos eles volta e meia tiram algum tipo de artefato ou item especial que utilizam para atacar ou se defender.

Mas o *Comandante* e a *Bruxa* conseguem antecipar a maior parte das manobras dos adversários e parecem estar em vantagem.

Valena, Idan, Lucine e Jena terminam de escalar uma pilha de pedras, finalmente chegando à plataforma, bem a tempo de ver Sandora envolvendo um dos monstros com uma rede de energia escura, fazendo com que caia ao chão. Enquanto a criatura se debate tentando se soltar, o casal concentra toda sua atenção no outro, com Evander aplicando uma sequência de golpes de bastão em seu peito e abdome enquanto Sandora lança uma mortal saraivada de ataques com o chicote em suas costas.

Já tendo lutado contra ambos, Valena conhece muito bem aqueles golpes e sabe do que são capazes. O bastão de Evander é uma arma quase indestrutível, capaz de aguentar os golpes mais intensos sem sofrer danos. É raro ver o *Comandante* partir para o ataque daquela forma, pois ele prefere manter uma postura defensiva, mas quando necessário ele sabe muito bem como usar as propriedades do bastão para amplificar imensamente seus ataques. Quanto a Sandora, Valena já sentiu os golpes daquele chicote contra seu corpo, e sabe que podem ser devastadores. A infeliz consegue tornar a ponta da arma sólida e afiada, podendo simular golpes de corte ou perfuração. Além disso, a arma é uma espécie de tentáculo místico que pode se mover, curvar, distender e contrair com uma flexibilidade incrível, e a *Bruxa* sabe muito bem como se aproveitar disso, tornando aqueles golpes absurdamente poderosos.

Os ataques do casal não ferem fisicamente a criatura, o que é um indicativo de que ela acionou algum tipo de escudo corporal. Não demora muito, no entanto, para a energia finalmente se esgotar e o monstro começar a se desmaterializar, logo não restando nada dele além de uma pequena pilha de cinzas.

O casal então se volta para o outro monstro, apenas para perceber que Gram chegou até ele primeiro, e no momento o agarra fortemente pelos ombros enquanto um campo de energia envolve a ambos. É uma aura escura, sinistra, que se intensifica a ponto de impedir que possam ver através dela.

— Esperem – diz Evander, levantando uma mão e fazendo com que Valena, Lucine, Idan e Jena parem onde estão. – Melhor não chegar muito perto. – Ele se vira para Sandora. – Tem ideia do que está acontecendo?

— Não – responde a *Bruxa*. – Mas Gram parece ter iniciado essa reação de propósito.

— Devemos separar os dois?

— Espere, acho que estou percebendo um padrão. Talvez seja melhor aguardar.

Depois de alguns instantes, a aura energética começa a diminuir, e é possível perceber que, independentemente do que tenha acontecido ali, apenas um dos envolvidos conseguiu sobreviver.

O *Sinistro* tem dificuldade para se levantar, nitidamente enfraquecido, enquanto apenas uma pequena pilha de cinzas atesta que outra criatura estava ali momentos antes. Quando ele vira a cabeça para Sandora, a *Bruxa* solta uma exclamação de espanto.

— Mas o quê?!

Evander aponta o bastão para ele, de forma ameaçadora.

— Gram? É você mesmo?

Curiosa, Valena chega mais perto e percebe que Gram está diferente. Partes de seus ossos antes podiam ser avistadas em regiões do corpo dele que não eram cobertas pela armadura. Mas agora nenhum osso está visível. Ele parece ter adquirido uma pele escura e ressecada, como a de uma múmia. Quando ele vira o rosto em sua direção, Valena arregala os olhos ao ver que ele agora apresenta uma semelhança muito grande com a criatura que havia se transformado em cinzas a seus pés. Os ossos do rosto estão recobertos por uma pele arroxeada, e ele agora possui olhos, que emitem um brilho alaranjado.

Se antes ele lhe parecia sinistro, agora parece horripilante.

— Gram, o que houve com você? – Sandora pergunta.

Ele se vira novamente para ela, parecendo confuso, e olha para as próprias mãos enluvadas por um momento, antes de balançar a cabeça de um lado para outro, num gesto negativo.

Não percebendo nenhum perigo, o *Comandante* desmaterializa seu bastão, o que faz com que Valena e os demais relaxem um pouco.

— Ele parece ter absorvido a forma corpórea daquela coisa.

— Você está bem? – Sandora pergunta a Gram.

A criatura assente e fica parada, enquanto a *Bruxa* a estuda com atenção.

Valena olha para as ruínas ao redor.

— E pensar que a melhor fonte de informações que tínhamos era este lugar.

— Mas quem faria uma coisa dessas? – a *Pirralha* pergunta. – Para que destruir um santuário de conhecimento?

— Saber é poder – responde o *Otimista*. – Talvez o culpado quisesse proteger algum segredo.

Evander avalia os arredores.

— Então foi aqui que vocês conseguiram aquelas informações sobre os espíritos itinerantes?

— Sim – responde Sandora, distraída, enquanto toca o novo rosto de Gram e o analisa de perto.

Valena ainda não tinha entendido muito bem aquela história de "espíritos itinerantes". Parece que a *Bruxa* e o *Comandante* possuem aqueles poderes porque a alma deles veio de outro mundo ou algo assim.

— Esses mortos-vivos parecem ter sido mandados para cá com o propósito específico de destruir o lugar – comenta a *Mal-Humorada*.

— Sim – concorda Sandora. – Usaram conjurações para explodir a construção e ficaram vagando por aí espalhando energia negativa para neutralizar qualquer emanação que pudesse manter o espírito do santuário neste mundo.

— Mas ninguém teria tanto poder – replica Jena.

— Como assim? – Valena pergunta.

— Eram muitos deles. Quase um exército. Já é complicado para um ser humano conseguir manter alguns poucos desmortos sob controle, o que dirá tantos. Ainda mais tão poderosos como esses.

Evander olha para Valena.

— De qualquer forma, alteza, acho que não conseguiremos informações úteis para reunificar o Império. Pelo menos não aqui.

Valena suspira.

— Certo. Se não dá para fazer da forma fácil, vou ter que usar o método difícil mesmo. Como está o... nosso amigo?

— Parece bem – responde Sandora. – A emanação mística dele é a mesma de antes, só um pouco mais intensa. Ao que tudo indica, ele está apenas um pouco cansado.

— Fique com ele – diz Evander, antes de se virar para os outros. – Vamos dar uma olhada por aí e ver se alguma coisa se salvou dessa demolição.

◆ ◆ ◆

Um bom tempo depois, duas figuras aladas observam de longe enquanto o grupo de Valena finalmente desiste da busca e deixa o local.

— Ao menos eles destruíram as aberrações por nós – diz o homem.

— Isso não quer dizer nada – contesta a ruiva, que usa armadura prateada. – Eles são os responsáveis por tudo isso e devíamos prender a todos.

— Não foram eles que destruíram o santuário.

— O santuário estaria perfeitamente bem se os itinerantes não tivessem vindo até ele. E eles não teriam vindo se *você* não tivesse indicado a eles o caminho.

— Eles merecem algumas respostas. Não podemos punir pessoas por simplesmente terem nascido.

— Eles não pertencem a este mundo. E todos os que não pertencem a este mundo devem ser banidos de volta para o lugar de onde vieram. Sem exceção.

◆ ◆ ◆

De volta à capital, Valena encontra a *Bruxa* na biblioteca do palácio, sentada a uma mesa, com três grandes tomos abertos à sua frente.

— Você nunca se cansa de ler esses livros velhos?

— E você nunca se cansa de treinar seus poderes?

— É diferente. Tem gente querendo me matar, preciso me tornar mais forte, é questão de sobrevivência.

Sandora olha para ela e levanta uma sobrancelha. Valena suspira.

— *Bisadaha i yareeyeen*! Está bem, entendi, "conhecimento é poder", eu sei. *Qeylinta*, sendo questão de sobrevivência ou não, duvido que eu teria *bac* para passar tanto tempo assim aqui dentro.

A *Bruxa* fecha os livros.

— Você não costuma praguejar tanto a não ser que esteja muito frustrada. O que houve?

— *Wasaarada* que estou frustrada! Acabei de ter uma reunião com Luma Toniato e o general Camiro. Descobri que os *ku faraxsaneyn* que assumiram o poder nas províncias estão "muito preocupados" com o fato de eu ter voltado. Pelo visto, estavam muito mais felizes quando achavam que eu estava morta. Aqueles *jinniyo*!

— Já prevíamos isso.

— O governador mesembrino reforçou a vigilância nas fronteiras. Ninguém entra, ninguém sai. A pretensa rainha sideriana está preparando um ataque contra nós, que pode ocorrer a qualquer momento. O grupo que está tocando o terror em Lemoran e diz ter selado o Espírito da Terra está planejando fazer a mesma coisa com a Grande Fênix. A autoproclamada monarca de Halias suspendeu todas as rotas de comércio com o continente e está fortalecendo seus navios de guerra. Os dois *dameer* que estão brigando pelo controle de Ebora parecem mais interessados no que acontece aqui do que na briga que travam um contra o outro. E o novo "supremo chefe" das Rochosas continua despachando espiões para cá, seu marido acabou de prender mais um deles.

— Evander não é meu marido.

— É mesmo? E por que não? Vai esperar até quando para aceitar o pedido?

Sandora cruza os braços.

— Não é de sua conta. E por que tanta ansiedade? O povo da Província Central está contente com sua liderança. O Exército está mais forte do que nunca e os soldados estão motivados. As outras províncias estão todas fracas, divididas. Nenhuma delas vai querer nos atacar, pois sabem que não têm a menor chance. Principalmente a Sidéria.

— Eu tenho que vencer todos eles. Não quero governar só a Província Central, quero meu país todo de volta!

— Por quê?

— "Por quê"? Porque quando recebi esta marca – ela aponta para a face direita – eu finalmente consegui algo que é só meu, uma coisa que é minha por direito. E aquele *bass* daquele Conselho Imperial resolveu me tomar tudo! Eu não vou aceitar isso! Não vou!

Capítulo 2:
Sonhos Infantis

O passado

Os pais de Valena não morreram na guerra, como ela gosta de fazer com que as pessoas pensem. Por muitos anos, ela desejou ardentemente que esse tivesse sido o caso. Chegou até mesmo, durante a infância e a adolescência, a inventar histórias gloriosas sobre o trágico destino que os tinha levado. Mas era difícil fugir da verdade.

Ela não se lembra de absolutamente nada sobre sua mãe. De seu pai, ela tem apenas uma vaga lembrança do rosto e da voz, geralmente irritada com alguma coisa. Então, um dia, ele havia desaparecido e Valena tinha ido parar, não sabia direito como, no orfanato.

O fato é que a guerra tinha oficialmente acabado vários anos antes de ela ser concebida. No entanto, rebeliões continuaram surgindo e lançando partes do país no caos por diversos anos. O governo de Sileno Caraman só foi aceito incondicionalmente por todas as províncias depois que uma das rebeliões fugiu completamente ao controle, resultando na completa aniquilação de uma província inteira e na morte de milhões de pessoas.

A fantasia favorita de Valena era aquela em que seus pais eram oficiais especiais que agiam sob as ordens do próprio imperador e que haviam dado a vida para salvar o mundo. Aquela fantasia fora alimentada por muito tempo, até que a verdade veio à tona e seus sonhos infantis foram todos despedaçados.

Ela tinha 7 anos quando ouviu uma conversa entre a cozinheira e a lavadeira do orfanato. Achando que as crianças estavam todas brincando no quintal, elas falaram sobre a mulher que havia deixado Valena com eles e a história que ela havia contado.

Segundo essa mulher, a mãe de Valena havia falecido durante o parto, e desde então o pai vinha cuidando sozinho da criança. Então, um dia ele deixou a menina dormindo sozinha em casa e saiu para tomar um drinque. Seu último drinque, pois acabou encontrando seu fim em uma briga idiota de bar.

A pequena Valena, com apenas 2 anos de idade, foi encontrada pela vizinha, que ouviu seu choro desesperado e foi verificar o que estava acontecendo. Não tendo como cuidar de mais uma criança, uma vez que já tinha outros dois filhos e estava novamente grávida, a mulher acabou levando a menina para o orfanato.

Valena levou anos para aceitar aquela história como verdade. E, se ouvir aquela narrativa já não fosse ruim o suficiente, ela não era a única que tinha ficado escondida atrás da porta escutando. Em pouco tempo, todos os internos estavam sabendo, e Valena descobriu que, diferentemente dela, as outras crianças, principalmente as mais velhas, não tinham nenhuma dificuldade em acreditar naquilo tudo. Ela se tornou motivo de chacota, e sua vida, que já não era lá essas coisas, virou uma verdadeira tortura.

O orfanato Delafortuna ficava na periferia da cidade de Aurora, a capital do Império. Havia sido fundado para auxiliar as vítimas da guerra e das rebeliões separatistas. A maioria dos internos vinha da família de soldados que haviam lutado pelo Império, muitos tendo falecido em combate ou em decorrência de ferimentos. Preocupado com o bem-estar das crianças que haviam perdido ambos os pais e não tinham com quem ficar, o governador havia fundado instalações como aquela em várias cidades da Província Central.

Durante a infância de Valena, a administradora do lugar era Ganaris, uma mulher na casa dos 40 e que se destacava por seu tamanho. E peso. Tinha o rosto largo, inchado, queixo duplo e uma barriga volumosa, além de braços e pernas muito grossos. Assustadoramente grossos, na opinião de algumas das crianças. Apesar daquilo, a mulher tinha mais energia do que todos os adultos que trabalhavam ali, juntos. Subia e descia as escadas inúmeras vezes todos os dias, supervisionava todas as atividades e, de vez em quando, ainda levava as crianças para passear pelos diversos parques da cidade. Ela gostava bastante de assistir aos discursos do imperador e sempre levava algumas das crianças com ela, sendo aquele o tipo de passeio favorito de Valena.

Ninguém nunca soube explicar direito a Valena por que ela havia sido acolhida no orfanato. Afinal, ela não era "filha da guerra", era apenas mais uma das milhares de vítimas das armadilhas do destino que não tinham família, dinheiro, nem onde morar. Outra coisa interessante é que o orfanato não admitiu mais nenhuma criança depois dela, "filha da guerra" ou não. Ela era a mais jovem ali dentro.

Outro detalhe que servia como motivo de bullying era o fato de ela não ter sobrenome. Na época em que ela foi trazida, seu pai era, praticamente, um desconhecido na cidade. Ele havia se mudado para Aurora pouco tempo antes de morrer, e ninguém sabia de onde tinha vindo. Ganaris tinha registrado Valena nos livros do orfanato como "Valena Delafortuna", e, sem escolha, ela acabou assumindo aquele nome, o que se tornou um prato cheio para a crueldade infantil de seus colegas.

Algumas vezes ela pensou se não teria sido melhor a terem deixado lá, abandonada, para morrer. Mas a sua teimosia sempre acabava prevalecendo, e ela colocava esses pensamentos de lado. Sendo órfã da guerra ou não, aquele lugar era seu lar também, e enfrentaria qualquer um que dissesse o contrário.

Então ela tratava de encarar aqueles que caçoavam dela e chamava todo mundo para briga. Como resultado, geralmente acabava apanhando e depois ficando dias de castigo no quarto. De qualquer forma, ver os arranhões e hematomas que causava no rosto daqueles infelizes era mais do que compensador.

Aos 9 anos, ela começou a reparar em uma menina que morava numa casa vizinha. A casa era bonita e cheia de coisas que os meninos mais velhos diziam que só os ricos tinham. Valena às vezes ficava horas na janela olhando para o quarto da menina, ou, pelo menos, para o pouco que dava para ver dele por entre as belas cortinas, quando ficavam abertas.

O que lhe parecia mais interessante lá dentro era uma certa boneca de pano. Era apenas uma porção de retalhos coloridos costurados de forma precária, mas, para Valena, era a coisa mais fantástica que já tinha visto. Às vezes, a garota deixava a boneca sobre a mesa ou até mesmo na janela, onde corria o risco de cair para fora. Aquela menina, aliás, não parecia ser uma pessoa muito interessante. Era birrenta e vivia gritando com a mãe e com os empregados, assim como as princesinhas mimadas daquelas histórias infantis que Ganaris gostava de contar.

Um dia, a menina ficou de castigo e foi trancada no quarto pela mãe, o que divertiu Valena, pois era a mesma punição pela qual ela própria passara tantas vezes, e não deixava de ser interessante ver alguém tão desprezível sofrendo o mesmo infortúnio.

O espetáculo ficou melhor ainda quando, vendo que ninguém abria a porta, a fulaninha começou a gritar a plenos pulmões, o que poderia ter assustado toda a vizinhança, caso ninguém estivesse acostumado com os chiliques dela. Depois de algum tempo a gritaria passou. Valena imaginou se a mãe dela tinha ameaçado dar um castigo ainda pior ou coisa do gênero. De qualquer forma, a guria ainda estava bastante irritada e começou a jogar coisas contra a parede. Não satisfeita em quebrar vasos e brinquedos, ela agarrou a boneca de pano e, com toda a força, atirou o brinquedo pela janela, fazendo com que caísse no quintal do orfanato.

Mais do que depressa, Valena correu escadaria abaixo, da maneira mais silenciosa que conseguiu, para não chamar a atenção de ninguém, e deu um jeito de se esgueirar para fora pela porta dos fundos. De alguma forma, ela conseguiu correr para o quintal, agarrar a boneca e voltar para dentro sem ninguém notar.

Quando se deitou em sua cama, no alto do beliche, abraçada com a boneca, Valena estava imensamente feliz. Que sorte a dela a garota não querer mais aquele brinquedo. Tudo nele lhe parecia maravilhoso: o cheiro, as texturas dos diferentes tipos de pano, as cores e a forma como ela havia sido feita, cheia de detalhes, com duas pequenas contas formando os olhos e tiras de tecido picotado no lugar dos cabelos.

Durante cerca de uma semana, o momento de ir para a cama foi a hora mais excitante de seu dia, quando ela subia no beliche, tirava o brinquedo de seu esconderijo supersecreto sob o colchão de palha e se divertia com ele.

Fingia conversar com a boneca, mas apenas em sua imaginação, pois não queria que ninguém descobrisse seu segredo. As duas tinham longas conversas, discorrendo sobre o que havia acontecido durante o dia e o que pretendiam fazer no dia seguinte. Valena contou à boneca todas as histórias que havia inventado sobre o heroísmo de seus pais. Ao contrário das crianças, o brinquedo não jogava em sua cara que tudo aquilo era mentira e que seu pai não passava de um pobretão bêbado. Ela abraçava o corpinho de pano e deixava a imaginação correr solta, inventando incontáveis histórias. Sobre si mesma, sobre as outras crianças, sobre o orfanato, sobre a própria boneca e sua dona…

Logo, no entanto, ela não se sentiu mais satisfeita em ficar com seu tesouro apenas durante a noite, e acabou mostrando o brinquedo para as outras meninas. Quando percebeu seu erro, era tarde demais. Com inveja, as meninas começaram a caçoar dela com ainda mais intensidade do que antes. Como Valena se recusava a deixar qualquer outra menina pegar seu tesouro, foi chamada de egoísta, *caqli* e *isha maskaxda*.

Várias das crianças tinham vindo de Lemoran, e algumas delas tinham uma predileção especial por palavras de baixo calão de sua língua nativa. Como quase nenhum dos adultos os entendia, aqueles xingamentos no dialeto lemoriano haviam se tornado moda, quase uma obrigação, entre os internos. A própria Valena levou anos para conseguir entender o significado de grande parte das imprecações que aprendeu a usar.

Em certa ocasião, as meninas tentaram tomar a boneca dela. Não conseguindo, uma vez que Valena era mais forte e mais esperta do que a maioria dos internos, elas desistiram de um confronto direto e começaram a traçar planos. Por duas vezes, conseguiram se apossar do brinquedo, mas Valena sempre acabava descobrindo tudo e reavendo seu tesouro. Até que um dia, uma das garotas pulou o muro do orfanato e foi até a casa vizinha para informar o paradeiro da boneca à sua dona original.

No dia seguinte, Valena foi obrigada a devolver o brinquedo. Segundo Ganaris, a filha do vizinho tinha ficado tão triste com a perda da boneca que chegou a se adoentar. Valena duvidava muito que aquela *ku faraxsaneyn* se preocupasse um pouco que fosse com aquilo, mas a administradora parecia bastante atribulada com a situação. Em consideração a Ganaris, a única adulta a quem realmente respeitava, Valena acabou concordando em devolver a boneca.

Ela nunca admitiria isso, mas passou várias noites chorando baixinho, sentindo falta de seu tesouro.

Semanas depois, quando um dos adultos levava as meninas para um passeio, Valena encontrou o que restou da boneca no chão, na calçada em frente à casa vizinha. Os olhinhos e os cabelos tinham sido arrancados, e o corpo estava quase completamente queimado, restando pouco mais do que a cabeça.

Sem deixar que ninguém percebesse, ela recolheu o que restou do brinquedo e o levou consigo. Durante a noite, ela deu um jeito de se esgueirar até o quintal. Usando uma pequena pá de madeira, que servia de brinquedo para as crianças, ela abriu um pequeno buraco e sepultou ali seu tesouro, deixando as lágrimas caírem livremente.

Valena não era o tipo de garota que se fechava no quarto quando estava triste, mas aquela ideia passou por sua cabeça. Repetidas vezes. Ela fez o possível para fingir que nada demais havia acontecido, mas ver aquele brinquedo destruído calou bem fundo nela.

Ganaris foi o único adulto a perceber ou, pelo menos, a dar a entender que havia percebido o sofrimento da menina. Um dia, a administradora mostrou a ela um casulo pendurado em um dos ramos de um arbusto do jardim.

— Isso aqui é o maior exemplo de que a vida é um ciclo – disse ela. – O inseto precisa deixar para trás a sua antiga vida como lagarta para se tornar uma linda borboleta. Nunca é fácil se desapegar do que nos é tão querido, mas às vezes, isso é necessário para podermos evoluir, crescer, passarmos a ser pessoas melhores. E você... – ela apontou novamente para o casulo – você é como esse bichinho. Um dia vai se tornar uma moça maravilhosa, como uma bela borboleta, que encanta a todos que a veem. Você será uma pessoa muito importante e muito querida. Basta levantar a cabeça e seguir em frente que todos os seus sonhos poderão eventualmente se tornar realidade.

Na opinião de Valena, não existia nenhum outro adulto como Ganaris. Forte, inteligente, carinhosa. Era uma figura inspiradora, respeitada por todos, até mesmo, em certo grau, pelas crianças mais maldosas, que viviam a caçoar da aparência da administradora.

Ganaris pensava que Valena estava triste por ter devolvido a boneca, mas não fazia ideia de quão cruel aquela vizinha realmente era. De qualquer forma, suas palavras serviram como um alento. Valena prometeu a si mesma que, quando crescesse, acabaria com a crueldade no mundo.

Saber que existiam pessoas como Ganaris lhe dava esperanças de que as coisas poderiam um dia ser melhores.

Em um determinado dia, no entanto, a administradora desapareceu. Ninguém nunca soube exatamente o que tinha acontecido com a boa senhora. Era como se tivesse evaporado no ar. Um novo administrador foi nomeado para o orfanato, e a vida prosseguiu, apesar da tristeza e da preocupação de todos, principalmente dos internos mais jovens.

Valena passou meses perguntando por notícias, que ninguém podia lhe dar. Levou muito tempo até ela aceitar o fato de que Ganaris não mais voltaria. Aquele golpe, para ela, foi o mais terrível de todos.

Com o tempo, a tristeza foi se transformando numa raiva fria. Ela então fez uma nova promessa para si mesma: um dia seria uma pessoa importante, e seus sonhos todos se realizariam. Um dia. Um dia teria tudo o que quisesse e não deixaria que tomassem mais nada nem ninguém dela. *Nunca mais.*

◆ ◆ ◆

O presente

O aspirante Alvor Sigournei passa a mão pelos cabelos castanhos, apreensivo, enquanto segue a capitã Imelde pelos corredores do palácio. Nem mesmo o sensual ondular dos quadris de sua superior é capaz de distrair sua mente da apreensão. A perspectiva de encarar Valena Delafortuna não lhe é nem um pouco atraente. Ele já trabalhou com pessoas jovens e poderosas por tempo suficiente para saber quão imprevisíveis elas podem ser.

Os soldados que montam guarda abrem as grandes portas do salão principal para eles, antes de prestarem continência.

— Perdeu a hora de novo, Gricoles? – Laina Imelde lança um olhar divertido para um dos soldados, enquanto inclina levemente a cabeça para o lado, com seus cabelos loiros caindo pelos ombros de maneira adorável.

Alvor tem certeza de que muitos dos soldados estão apaixonados pela capitã. Afinal, ela é bastante atraente e não só sabe como gosta muito daquilo. Tanto que faz o possível para realçar seus atributos naturais, dentro do que a etiqueta militar permite.

O soldado chamado Gricoles olha para o próprio uniforme, que está um pouco amassado, e dá um sorriso sem graça.

— Desculpe, capitã, aconteceram... imprevistos.

— Deixe seu parceiro segurando as pontas e vá se trocar, antes que o coronel apareça por aqui.

— Mas...

— É uma ordem, soldado.

— Sim, senhora!

Alvor espera até que o outro rapaz feche a porta atrás deles, antes de comentar, sorrindo:

— Parece que você acabou de conseguir mais um admirador, o coitado só faltou colocar a língua para fora.

— Certas coisas na vida nunca são demais – comenta ela, no mesmo tom conspiratório.

Encontram a imperatriz ao lado do grande trono conversando com seus conselheiros. Entre eles está Sandora Nostarius, a infame Bruxa de Aldera, e os ex-generais Leonel Nostarius e Luma Toniato.

Leonel aparenta ter passado um pouco da casa dos 60 anos, com cabelos grisalhos e intensos olhos escuros, quase negros. Luma aparenta ser uns poucos anos mais jovem, tem a pele escura e cobre a cabeça com um turbante branco. Ambos fizeram parte da guarda de elite do falecido imperador Sileno Caraman e são conhecidos e respeitados em todos os cantos do país por seus atos de heroísmo. Um desses atos, no entanto, havia cobrado deles um preço muito alto, fazendo com que envelhecessem mais de dez anos, encerrando de vez suas vidas como guerreiros.

Alvor e Laina prestam continência e aguardam até Valena fazer um gesto para que se aproximem.

— Aspirante Sigournei – diz a imperatriz. – Soube que você passou um tempo em Mesembria meses atrás.

— Sim, senhora.

— É verdade que conheceu pessoalmente o tal "Dragão de Mesembria"? Aquele que hoje ocupa o posto de governador daquela província?

Alvor engole em seco. A expressão da imperatriz é neutra, de forma que não dá para saber o que ela está pensando. Ele faz uma prece silenciosa para que sua lealdade não esteja sendo colocada à prova.

— Sim, senhora – responde, com cuidado. – Apesar de que, na época, ele era conhecido apenas como o "Dragão de Lassam".

— Ótimo. Preciso saber mais sobre ele. Conte para nós tudo o que sabe sobre Daimar Gretel.

Alvor troca um breve olhar com Laina. Ele confia na capitã e sabe que tem o apoio dela. Eles lutaram lado a lado contra as situações mais adversas e tinham desenvolvido um alto nível de respeito um pelo outro. Infelizmente, não há nada que ela possa fazer para ajudar, naquela situação.

Voltando a encarar Valena, ele decide ser sincero e aguentar as consequências.

— Eu respeito muito o senhor Gretel e acredito que ele está fazendo um bom trabalho no comando de Mesembria. Com todo o respeito, alteza, não estou certo de quanto posso revelar sem... como poderia dizer... trair a confiança dele.

Valena franze o cenho e está prestes a passar uma descompostura nele quando Leonel Nostarius levanta uma das mãos, num pedido silencioso pela palavra. Não muito satisfeita, ela acaba assentindo.

Leonel olha para Alvor.

— Você, por acaso, sofreu algum tipo de coação para que não nos passasse informações, oficial?

— Não, senhor – ele responde prontamente, de forma enfática, enquanto sente o olhar atento de todos sobre si.

— Uma das características que eu mais valorizo em uma pessoa é sua habilidade de inspirar lealdade – conclui Leonel.

Valena suspira e olha para Sandora, que lhe lança um olhar de advertência, enquanto Leonel prossegue:

— Digamos que estejamos pensando em ter uma conversa com o senhor Gretel em um lugar neutro. Estaria disposto a interceder a nosso favor para marcar esse encontro?

Alvor engole em seco novamente.

— Não, senhor – diz, mas, ao ver a imperatriz franzir o cenho, trata de emendar rapidamente: – Mas eu posso levar a mensagem até Mesembria. Tenho certeza de que o senhor Gretel vai, pelo menos, me ouvir.

♦ ♦ ♦

Mais tarde, em seus aposentos, Valena anda de um lado para o outro, visivelmente alterada.

— Viu a audácia daquele oficial?!

— O que eu vi foi você quase perdendo a paciência sem nenhum motivo – replica Sandora, calmamente, enquanto estuda um mapa sobre a mesa.

— Então você também vai ficar do lado dele?!

A *Bruxa* levanta os olhos e encara a imperatriz.

— Valena, em minha opinião, você está fazendo um ótimo trabalho. As pessoas estão se sentido confiantes. O Exército retomou suas atividades, garantindo segurança para os trabalhadores. Os agricultores estão arando as terras, os ferreiros e os carpinteiros estão produzindo, os instrutores estão ensinando.

— E as pontes de vento estão quase todas consertadas.

— "Quase todas" não, mas estamos fazendo o possível. – Sandora aponta para o mapa. - Já podemos chegar a qualquer lugar da Província Central em menos de um dia, e isso, além de melhorar nossa segurança, facilita a vida dos comerciantes e caixeiros-viajantes.

— Estão elogiando bastante essas novas pontes que você projetou.

— Elas vão dar para o gasto, pelo menos até que possamos substituir todas por algo mais durável.

— Está vendo? Está tudo sob controle. Por que pessoas como aquele aspirante parecem não confiar em mim?

— Primeiro, por causa da sua atitude.

Valena encara a outra, franzindo o cenho.

— Como é que é?

— Você parece esperar que todos se ajoelhem perante você e agradeçam à Fênix por poderem te servir.

Um sorriso travesso surge no rosto da imperatriz.

— Isso não seria nada mau, se fosse verdade. De qualquer forma, o aspirante concordou em levar uma mensagem minha para Mesembria, então tudo acabou dando certo.

— Mas não é assim que as coisas funcionam, e você sabe disso. Não precisamos de um mensageiro, precisamos de um aliado, e não conseguiremos nenhum se você continuar se comportando dessa forma. O general Nostarius está certo em chamar sua atenção, às vezes você trata as pessoas como se fossem ameaças.

— Depois de tudo o que eu passei, você quer que eu aja como?!

— Como uma imperatriz. Como alguém que deseja o melhor para o seu povo. Não é isso o que você me disse outro dia? Que queria transformar o Império no melhor país para se viver que este mundo já viu?

Valena começa a andar de um lado para o outro, indócil.

— O Império foi traído antes. Você quer que eu confie cegamente em qualquer um?

— O golpe de Estado do Conselho Imperial nunca teria sido concretizado se o imperador estivesse vivo. Ele tinha a total lealdade da maioria absoluta das pessoas. Para fragmentar o Império, precisaram antes matar o imperador. Isso não lhe diz nada?

Valena abre a boca para dizer algo, mas muda de ideia. Então vai até a janela e olha para fora.

— Eu sou mesmo assim tão arrogante quanto você faz parecer?

— Penso que você precisa esfriar um pouco a cabeça.

— Mas eu não sou assim com todo mundo! Nunca tratei você dessa forma, nem seu marido ou o general. *Jahwareer*, você acabou de me chamar de arrogante e cabeça quente na minha cara, e não me sinto ofendida por causa disso!

— Eu e Evander derrotamos você em combate, e o general Nostarius foi o seu instrutor. Isso criou laços entre nós. Somos seus aliados e estamos dispostos a lutar por você. Quanto às outras pessoas, você as trata como *súditos*. Muitas vezes isso não vai funcionar, pois todos preferem ser tratados como...

— Amigos? – Valena sugere.

— Algo assim.

— Você não é uma pessoa nada sociável. Acho estranho ouvir você falando coisas como essas.

— Não há relação entre uma coisa e outra. Vou dar um exemplo: quando o capitão Joanson me encontrou, eu era procurada por prática de bruxaria. As pessoas queriam me ver queimada em praça pública. No entanto, em vez de me prender, ele preferiu conversar comigo e me ajudar a resolver os meus problemas. A capitã Imelde e o aspirante Sigournei eram subordinados dele na época e fizeram o mesmo. Eles tinham todo o direito de me prender primeiro e me fazer perguntas depois. Mas, se tivessem feito isso, eu não estaria aqui com você agora, pois provavelmente não confiaria em ninguém do Exército ou do governo.

Valena anda novamente pelo quarto e joga o corpo sobre a cama, apoiando a cabeça nas mãos de forma indolente.

— Acho que entendi o que você quer dizer. – Ela fica pensativa por um tempo, antes de franzir o cenho e voltar a encarar Sandora. – Mas você tem a mesma idade que eu, não é? Como pode? Quero dizer, olha essas coisas que você fala, parece até que é um...

— Adulto? – Sandora sugere, levantando a sobrancelha.

— Algo assim – responde a imperatriz, rindo.

— As pessoas são o que são, Valena. E, pela lei do Império, nós duas *já somos* adultas, então precisamos agir como tal.

— Certo. O que sugere que eu faça em relação ao aspirante?

Ser membro da Tropa de Operações Especiais significa ter algumas regalias na capital do Império. Existe todo um bloco de alojamentos que, na verdade, são apartamentos confortáveis e até um pouco luxuosos.

Alvor Sigournei passou a morar lá logo depois que Valena assumiu o trono. A fragmentação do Império e a morte do general Narode geraram bastante insegurança, mas felizmente a nova imperatriz não está tentando mudar muito as coisas. Ao invés disso, está dando prioridade em fazer com que tudo volte a funcionar como antes, o que faz com que ela suba consideravelmente no conceito dele.

Desde que entrou para as Tropas Especiais, Alvor nunca havia morado por muito tempo no mesmo lugar, tendo até mesmo dormido em tendas ou ao ar livre na maioria das noites. Por isso, ter um quarto espaçoso como aquele só para ele lhe parece até um pouco estranho.

Não que vá ser difícil de me acostumar, ele pensa, enquanto se joga sobre o colchão macio.

Normalmente, ele costuma sair com os amigos nos dias de folga, mas hoje abriu uma exceção, pois havia feito viagens para os quatro cantos da província esta semana e está precisando de um pouco de tranquilidade e silêncio para repor as energias.

Quando começa a cochilar, é surpreendido por uma batida à porta. Imaginando quem poderia ser, ele se levanta, apressado, e veste uma camisa. Aquele lugar pode se parecer com uma casa, mas ainda é um alojamento militar, e ser visto só de calças por um oficial superior não está na lista de situações que gostaria de enfrentar.

Ainda bem que tomou aquela precaução, pois ao abrir a porta se deparou com nada mais nada menos que a imperatriz de Verídia.

— Boa tarde, oficial – diz ela, num tom de voz bem mais amigável do que o que ele considera o normal para ela. – Sinto por interromper a sua folga, mas eu preciso de alguns minutos do seu tempo, se não se importa.

Ele não deixa de notar que aquelas palavras parecem um tanto forçadas, como se ela tivesse ensaiado aquele discurso cortês por muito tempo antes de bater à porta dele. Mas, de qualquer forma, ela parece sincera.

— Seria uma honra, alteza.

— Posso entrar?

Ele olha para os dois lados, avistando algumas pessoas andando pelo longo corredor, mas, aparentemente, ninguém havia reconhecido Valena, que usa um manto escuro e discreto, muito diferente das roupas vermelhas e chamativas que ela gosta de vestir no palácio.

— Claro.

Ele se afasta para o lado, fazendo um gesto para que ela entre, imaginando se aquilo é apropriado. Depois de fechar a porta com cuidado, ele aponta para uma cadeira.

— Gostaria de se sentar?

Subitamente, ele se dá conta de que não há absolutamente nada para oferecer. Afinal, soldados normalmente não recebem visitas. Pelo menos não em alojamentos oficiais.

— Não, obrigada. Não pretendo me demorar. – Ela solta um suspiro e olha ao redor, pensativa. Ele quase pode enxergar as engrenagens da mente dela trabalhando, procurando as palavras adequadas para o que quer que quisesse dizer a seguir. – Em relação àquela audiência que tivemos ontem, acredito que não expressei direito as minhas intenções.

♦ ♦ ♦

Dois dias depois, Luma Toniato e Leonel Nostarius ouvem, surpresos, o relato completo do aspirante Sigournei sobre o período que passou em Lassam e da luta que travou ao lado de Daimar Gretel e sua família.

— É uma história fascinante, aspirante — comenta Luma. — Mas não encontramos nos arquivos nenhum relatório detalhado sobre esse período. Lá consta apenas uma averiguação sobre uma possível pessoa de interesse.

— Sim, senhora. — Ele baixa o olhar. — Como o assunto foi resolvido eu... não vi razão para tornar públicos esses fatos.

— Em outras palavras, você decidiu proteger a privacidade do senhor Gretel — conclui Leonel.

— Sim, senhor.

— Mesmo arriscando manchar sua ficha por causa disso.

Alvor dá de ombros.

— Eles confiaram em mim, senhor. Relatar tudo isso para o comando da Província Central não me pareceu adequado. De qualquer forma, assumi que os oficiais de Lassam fariam relatórios sobre o assunto.

Luma estuda o rosto dele com atenção.

— O que o fez mudar de ideia e vir até nós para revelar tudo isso?

— Acredito que eu tenha interpretado incorretamente as intenções da imperatriz, senhora. Quando ela me explicou o que realmente tem em mente, eu concluí que seria melhor vocês conhecerem essa história antes de planejar qualquer tipo de negociação com Mesembria.

Leonel levanta uma sobrancelha.

— A imperatriz procurou você?

Alvor engole em seco. Será que deveria ter ficado de bico calado sobre aquilo?

— Sim, senhor.

— Isso é ótimo, não imaginava que Valena faria uma coisa dessas. Creio que a subestimei — conclui Luma Toniato, fazendo o aspirante suspirar aliviado.

— Ela deu a entender que considera essa negociação muito importante — diz Alvor.

— E você contou essa história toda a ela? — Leonel pergunta.

— Não, senhor. Ela me disse que não havia necessidade de confiar apenas nela. Disse que o senhor é um dos maiores heróis do Império e que sabe julgar muito bem qualquer situação, bem como é capaz de guardar qualquer segredo que for necessário, até mesmo dela própria.

Leonel e Luma trocam um olhar, bastante surpresos.

— Muito bem, aspirante — diz Leonel. — Ficamos muito gratos pelas informações. Você tem minha palavra de que apenas as pessoas que realmente importam terão acesso a elas.

— Muito obrigado, senhor – responde Alvor, prestando continência. – Se isso for tudo, eu preciso retornar ao quartel.

— Apesar de já termos liderado tropas por muitos anos, aspirante, hoje não somos mais oficiais. Não há motivos para formalidades – pondera Luma. – Somos apenas um casal de velhos tentando dar conselhos para uma menina.

Alvor ri.

— Eu diria que estão fazendo um ótimo trabalho. Se me derem licença…

Leonel e Luma observam o aspirante sair do aposento antes de olharem um para o outro.

— Você uma vez me questionou sobre a sensatez da decisão de manter Sandora ao lado de Valena – comenta Leonel. – Está aí a sua resposta.

— Está me dizendo que ela conseguiu convencer a imperatriz a procurar pessoalmente o oficial e explicar seus planos para ele? Não que eu duvide de você, mas não entendo como ela conseguiria fazer aquela teimosa mudar de atitude.

— Valena não recebeu aquela marca por acaso, Luma. Além disso, Sandora também não chegou aonde está hoje por acidente. Elas podem ser jovens, mas têm muito potencial.

— Você realmente acredita que esses jovens sejam o que nosso país precisa neste momento?

— Acredito que este é o país *deles* agora.

Capítulo 3:
Mão Amiga

O passado

Valena tinha acabado de completar 10 anos quando o orfanato Delafortuna foi fechado. Aparentemente, os burocratas da Província Central não viam mais utilidade na existência de um abrigo para vítimas de guerra, pois o país já estava em paz havia mais de uma década. Então, o dinheiro simplesmente parou de chegar. Ou, ao menos, foi isso que o administrador disse aos adolescentes, justificando assim serem separados e enviados a diferentes abrigos em diferentes cidades.

Dessa forma, Valena foi parar numa casa estranha, cheia de desconhecidos, sendo obrigada a abandonar tudo o que conhecera durante toda a sua existência.

Não que sua vida anterior no orfanato fosse satisfatória, claro. Depois que Ganaris foi dada como morta e foi designado aquele novo administrador, as coisas foram ficando cada vez piores. A comida foi ficando intragável, as roupas raramente eram lavadas ou recebiam qualquer tipo de reparo e os passeios acabaram. Os internos viviam praticamente como prisioneiros no antigo casarão, que ficava cada vez mais frio, uma vez que ninguém mais se preocupava em tentar tapar os buracos no chão e nas velhas paredes de madeira.

Ao menos, o abrigo para onde ela foi mandada não estava caindo aos pedaços e, pela primeira vez em sua vida, ela teve um quarto só seu. Não que aquilo realmente pudesse ser chamado de "quarto", pois era apenas uma pequena despensa não mais utilizada e que não tinha nada além de um velho armário e uma pilha de cobertas no chão. Mesmo sem ter uma cama, no entanto, o lugar ainda era mais confortável do que o quarto coletivo do orfanato, uma vez que era bem protegido do frio.

Também havia bem menos internos por ali, e todos eram mais ou menos da mesma idade dela, o que era ótimo. Ninguém pareceu simpatizar muito com ela nos primeiros dias, mas ao menos não a tratavam com condescendência, como se ainda fosse criança, coisa que a irritava profundamente.

De qualquer forma, a mudança, para ela, não deixou de ser triste e melancólica. Apesar de o orfanato Delafortuna não ser mais tão agradável quanto anos antes, ele estava cheio das memórias de todos os momentos, alegres ou tristes, por que tinha passado em sua vida.

Tendo vivido praticamente toda a infância disputando e brigando com crianças maiores do que ela, Valena não era uma menina muito sociável. Não sabia direito como tratar os mais jovens e implicava instintivamente com os mais velhos, principalmente os meninos, de forma que acabava ficando sozinha na maior parte do tempo. Foi nesse contexto que, devido a uma série de acontecimentos, ela acabou se tornando amiga de Barlone, o *Esquisito*.

Aquele menino de cabelos negros, sobrancelhas grossas e expressão geralmente enfezada foi uma das primeiras coisas que ela notou em sua nova "casa". Ele preferia ficar pelos cantos e raramente se misturava com os outros adolescentes, o que a deixava curiosa. Teria ele tanta dificuldade para se relacionar com os outros quanto ela? Várias vezes ela se aproximou, tentando puxar conversa, ao que ele sempre reagia de duas formas: ou fingindo que não a ouvia ou simplesmente se afastando.

Ele foi a primeira pessoa para a qual ela deu um apelido. Claro que ela não ousava usar o termo *Esquisito* em voz alta, até mesmo para evitar ser colocada de castigo, mas elaborar frases em sua cabeça chamando o rapaz por aquele nome era muito divertido. Era uma espécie de vingança secreta pela forma como ele a tratava.

Valena chegou a perguntar para outras garotas a razão de o menino ser tão antissocial e recebeu apenas respostas do tipo "ele é assim mesmo, deixa para lá".

Quase todos os menores que residiam no abrigo, tanto meninos quanto meninas, pareciam fascinados por um assunto: poderes místicos. Nem mesmo o interesse por sexualidade, potencializado pelos hormônios da puberdade, conseguia superar o interesse e a curiosidade que tinham pelos misteriosos e excitantes efeitos que a manipulação do campo místico podia causar.

Provavelmente, a maior responsável por aquela fascinação toda era a proprietária do abrigo. Era uma senhora com bem mais de 40 anos, já com cabelos grisalhos e que andava com dificuldade devido a uma doença nos ossos. Durante a juventude havia trabalhado como alquimista e conhecia uma infinidade de encantamentos, que ela gostava de usar para entreter os pequenos. Valena achava particularmente interessante a forma de ela acender a lareira fazendo um simples gesto de mão, como se estivesse arremessando algo sobre a lenha, e o fogo, subitamente, brotava dali.

A proprietária também gostava de contar histórias sobre os diversos lugares onde viveu e trabalhou: as florestas de Lemoran, as ruas estreitas e abarrotadas de pessoas em Halias, o clima instável da Sidéria, a organização e a camaradagem dos quartéis do Exército Imperial, bem como coisas incríveis que aconteciam em todos esses lugares.

Um dia também viajarei por todo o país, Valena decidiu.

Até mesmo o normalmente carrancudo Barlone ouvia tudo o que a proprietária falava com inequívoca fascinação, enquanto a mulher passava instruções às crianças sobre como lidar com pessoas que tinham certos tipos perigosos de poder, e incentivava todos a conversarem com ela, caso percebessem a manifestação de qualquer tipo de habilidade especial.

Em determinado outono, três dos adolescentes manifestaram habilidades místicas.

O primeiro deles relatou o fato, conforme fora instruído, e acabou sendo levado do abrigo. Segundo a proprietária, ele seria avaliado por um oficial e provavelmente conseguiria uma boa colocação no Exército, onde receberia o treinamento apropriado para desenvolver seus poderes. A partida dele, no entanto, foi tão repentina que os outros adolescentes começaram a imaginar se realmente aquilo era verdade.

Então foi a vez do casal de gêmeos. Os irmãos descobriram, de repente, que eram capazes de gerar cargas elétricas quando davam as mãos, podendo assim dar choque em qualquer pessoa em quem encostassem. Ao invés de relatarem o fato, os dois preferiram manter sigilo e usaram aquela habilidade para se vingar dos grandalhões que se consideravam os donos do lugar e não perdiam oportunidade de abusar dos menores.

No entanto, ao perceberem o que podiam fazer com aquele poder, não levou muito tempo para os oprimidos se tornarem os novos opressores. E foi então que eles começaram a implicar com Valena.

A discussão ocorreu por um motivo bobo, algo a ver com o fato de ela ter batido em um menino que a insultou. Ao verem que ela não estava disposta a obedecer às ordens deles, os gêmeos aproveitaram um dia em que ela estava sozinha no quarto de brinquedos do sótão para fazer uma visita surpresa e demonstrar toda sua insatisfação com ela.

Valena recebeu tantos choques que chegou a cair no chão, quase inconsciente. Quando a tortura finalmente parou e ela conseguiu abrir os olhos, viu Barlone segurando os irmãos pelos cabelos, um com cada mão. Ao notar que estava sendo observado, ele os soltou, fazendo com que se estatelassem no chão, desmaiados. Sem dizer nada, ele apenas levou um dedo aos lábios, silenciosamente pedindo para que Valena ficasse quieta, e foi embora.

Ao ver que os gêmeos começavam a recobrar os sentidos, Valena procurou um esconderijo e ficou observando para ver o que fariam. Provavelmente com medo de serem ridicularizados, eles fingiram que não tinha acontecido nada quando alguns dos outros internos passaram por ali perguntando a razão do barulho que tinham ouvido.

Valena continuou vigiando os dois de longe por algum tempo e percebeu que não se lembravam de nada do que tinha acontecido. Alguns dias depois, ouviu uma conversa em que eles planejavam "dar uma lição" nela, como se nunca tivessem tentado fazer aquilo antes.

E agora, o que faria? Se contasse para os adultos, era possível que não acreditassem nela e os gêmeos fizessem coisas ainda piores. Além disso, se fosse contar aquela história para alguém, teria de contar também sobre ter sido salva por Barlone, e ele pedira para ela manter segredo.

Quero dizer, é isso que significa aquele gesto dele levando o dedo à boca, não é? Espere! Barlone! Ele deve saber o que fazer!

No meio da noite, ela foi até o quarto dele, tentando não fazer barulho. Quando levantou a mão para a maçaneta, a porta se abriu e ela, instintivamente, levou a mão à boca para evitar soltar uma exclamação de susto. Sem hesitação, o *Esquisito* segurou seu braço e puxou, fazendo com que ela adentrasse no aposento às pressas, antes de fechar e trancar a porta com cuidado.

Aquele quarto era ainda menor que o dela, mas tinha a vantagem de ter uma janela, por onde entrava um tímido raio de luar.

O *Esquisito* olhou para ela, parecendo ainda mais bravo do que o de costume, e perguntou, num sussurro:

— O que está fazendo aqui?

— Eu queria falar com você – ela respondeu, no mesmo tom.

— O que foi? São os gêmeos de novo? - Ele suspirou, frustrado, quando ela assentiu. – Droga!

— Eles não lembram de nada daquele dia, então estão querendo...

— Eu sei, eu sei!

— Eles não vão parar com isso. Não até serem pegos. Temos que contar para os adultos.

— Não.

— Mas...

Ele a olhou com a expressão mais assustadora que ela já tinha visto.

— Ninguém pode saber nada sobre isso!

— Por quê?

— Porque vão descobrir que alguma coisa aconteceu! Vão acabar vindo atrás de mim!

— E você não quer que ninguém saiba dos seus...

— É claro que não!

— Mas por quê?

— Não interessa!

— E o que eu vou fazer?

Ele pensou por um momento.

— Vamos dar uma lição neles.

— O quê? Como?

— Encolha a barriga.

— Hã?!

— Vamos! Vou te mostrar uma coisa. Encolhe a barriga!

Sem entender, ela fez o que ele mandou.

— Agora levante os dedos dos pés e flexione os joelhos. Não, assim não! Tem que flexionar mais os músculos das coxas.

Perplexa, ela foi obedecendo aos comandos dele, que ficavam cada vez mais estranhos. Já estava perdendo a paciência com aquilo quando ele assentiu, parecendo satisfeito. Então ele chegou perto dela e tocou em seu peito com os dedos indicadores das duas mãos, que emitiram uma faísca, provocando um intenso choque elétrico, que fez com que ela caísse sobre as peles no chão. A sensação foi muito desconfortável, mas durou apenas uma fração de segundo.

— *Qeylinta*, por que fez isso?! – reclamou ela, indignada.

Ele levou um dedo ao lábio, sinalizando para que falasse baixo. Furiosa, ela se levantou, abrindo a boca para reclamar, mas foi interrompida quando ele voltou a encostar os dedos nela, dando outro choque. Dessa vez, no entanto, a intensidade foi bem menor e ela permaneceu firme no lugar.

— Ótimo – disse ele, com uma expressão satisfeita.

— Mas o que...?

— Não sei outro jeito de ensinar isso, tem que ser uma coisa instintiva, tipo um reflexo.

— Ensinar o quê?

— Lembra o que aconteceu quando os gêmeos te deram choques?

— Doeu para *wanaagsan*! Eu caí no chão e achei que não ia conseguir levantar mais!

— Acabei de te dar um bem mais forte que o deles, e você continua parada no lugar, quase nem se mexeu.

Foi com muita surpresa que Valena ouviu a explicação dele sobre "abertura de canais de fluxo" e "dissipação de energia mística nociva", conceitos que ela só viria a realmente compreender muitos anos depois. Naquele momento, o que ela entendeu é que ele, de alguma forma, a tinha ensinado a resistir instintivamente aos choques.

Então ele a expulsou do quarto, exigindo que nunca mais voltasse ali e que ficasse de bico calado.

No dia seguinte, quando os gêmeos a cercaram, tentando "lhe dar uma lição", ela resistiu ao choque, do jeito que Barlone lhe ensinou, e agarrou os dois pelo pescoço. Os garotos arregalaram os olhos ao se virem prensados contra a parede.

— Da outra vez acho que eu bati forte demais na cabeça de *artichoke* de vocês dois, pois parece que não se lembram de nada – disse ela, com uma voz ameaçadora. – Dessa vez eu vou deixar os dois irem embora ilesos, para que não esqueçam de novo. Mas eu vou ficar de olho. Se ficar sabendo que andaram atazanando mais alguém, vou fazer com que se arrependam, estão me ouvindo bem, seus *qosol badani*?

Depois desse episódio, a vida dos adolescentes do abrigo voltou à normalidade, sem mais bullying. Os gêmeos não quiseram revelar seus poderes aos adultos, mas também não tentaram mais criar problemas. Um dia, quando Barlone estava sozinho no quintal, Valena foi até ele.

— Por que você resolveu me ajudar aquele dia? Nunca fiz nada por você.

— Você precisa de um motivo para ajudar outra pessoa?

Ela ficou pensativa por um tempo.

— É, acho que tem razão. Mas você sempre pareceu tão sozinho, achei que não gostasse de ninguém.

— E não gosto mesmo. Mas isso não quer dizer que eu queira ver alguém sofrendo. E não esqueça que não é para contar nada disso para ninguém!

Com o passar dos meses, Valena e Barlone acabaram se aproximando, passando a brincar e a realizar tarefas juntos. Os dois ainda falavam pouco um com o outro, mas, fora isso, era um relacionamento bom. Confortável até. Ela parou de pensar nele como "o *Esquisito*" e até esqueceu que tinha inventado aquele apelido. Por fim, ele acabou contando a ela a natureza de seus poderes, que não tinham nenhuma relação com choques elétricos.

— Então você fez com que eu *pensasse* que estava tomando um choque? – ela perguntou, perplexa.

— Na verdade eu fiz com que você se lembrasse dos choques que tinha tomado. Então sua mente tornou aquilo real. Não sei direito como funciona, mas as pessoas podem criar coisas reais, se acreditarem nelas.

Ela arregalou os olhos.

— Você tem poder sobre a mente?

— Psiu! Fala baixo! Ninguém pode saber sobre isso!

Habilidades místicas capazes de afetar a mente eram um tabu. Valena ouvira inúmeras histórias de pessoas severamente castigadas por usarem esse tipo de poder, que ia contra os ensinamentos das Grandes Entidades.

— E por que eu tive que fazer tudo aquilo? "Encolher a barriga", e tal?

Ele sorriu.

— Aquilo eu inventei, só para deixar você distraída.

Ela o olhou, boquiaberta, por alguns instantes, depois acabou caindo na risada.

— Não acredito! E aquele negócio de "abrir canais de fluxo" e "dissipar energia"?

— Ah, aquilo eu aprendi num livro. É um jeito simples de isolar o corpo contra flutuações elétricas de baixo nível. Eu mostrei para o seu corpo como fazer isso e ele aprendeu. Dizem que os soldados do Império usam essa técnica em batalha.

— Mas você já tinha feito isso antes?

Ele deu de ombros, obviamente não querendo responder à pergunta.

— Uau! – exclamou ela. – Você é incrível!

E aquele foi o início de uma parceria que durou anos. Valena não sabia definir exatamente o relacionamento deles, que não era como uma amizade normal. Havia conversas e ajuda mútua, mas ambos mantinham certa distância um do outro.

Anos depois ela viria a concluir que o que os impediu de se aproximarem mais provavelmente era o fato de estarem na adolescência e de serem de sexos diferentes. Sempre havia uma espécie de tensão entre os dois, algo que no futuro ela aprenderia a apreciar, mas que, então, era algo completamente novo, misterioso e um pouco assustador.

♦ ♦ ♦

O presente

Valena larga os papéis sobre a mesa e leva uma mão à fronte, fechando os olhos com força. Uma súbita batida à porta faz com que ela tenha um sobressalto e enxugue uma lágrima com a mão antes de respirar fundo, tentando se recompor.

— Entre.

A porta se abre, revelando a figura levemente encurvada de Luma Toniato. Apesar da óbvia idade avançada e da dificuldade para caminhar, a mulher consegue manter um surpreendente ar de feminilidade e sofisticação. Isso sem falar da perspicácia, que a faz imediatamente notar a palidez no rosto da imperatriz.

— Algum problema, alteza?

Valena sacode a cabeça.

— Não, só estou cansada de ler relatórios.

Luma assente e fecha a porta antes de se sentar, devagar, na cadeira em frente à escrivaninha de Valena.

— Está precisando de ajuda?

— Não. Sandora e eu já resolvemos tudo por hoje, ela saiu daqui agora há pouco para encontrar o *Comandante*.

Luma franze o cenho.

— "Comandante"?

— Ah, eu quis dizer o namorado, noivo, ou sei lá o que dela.

— Certo. E quanto a Mesembria? Já tomou uma decisão?

— O Dragão matou o ex-conselheiro imperial que havia assumido o controle da província e tomou o lugar dele. O resto daqueles *jooji* não vão deixar isso barato. A Sidéria já pode ter começado o ataque, e provavelmente as tropas das Rochosas vão tentar invadir também.

— E você vai interferir?

— Se eles quiserem ajuda, sim. Sandora sugeriu reforçar nossas tropas que estão próximas à fronteira.

Luma inclina o corpo para frente, séria.

— Posso fazer uma pergunta pessoal?

Valena lança um olhar de espanto para a outra, mas assente.

— Claro.

— O que sabe sobre o passado de Sandora?

— Fora o fato de ela ter sido acusada de bruxaria, ter destruído uma das maiores cidades do Império e ajudado a capturar o maior genocida da história? Não muito.

— Você se dá muito bem com ela.

Valena dá de ombros.

— Eu gosto dela. Algum problema com isso?

— Como pode confiar tanto em alguém que não conhece direito?

— Primeiro, porque ela tem a mesma idade que eu. Segundo, porque eu a entendo.

— É mesmo?

— O melhor amigo que eu já tive era parecido. Fechado, de poucas palavras e não muito amigável. Mas não hesitava em ajudar qualquer pessoa que precisasse.

Ao ver Valena abaixar a cabeça, Luma estende o braço e cobre a mão da imperatriz com a sua.

— E o que aconteceu com seu amigo?

Valena recolhe a mão e aponta para as folhas que estava lendo.

— Foi morto. Na revolta de Lemoran, meses atrás.

— Oh, sinto muito.

— Não falava com ele há muitos anos, desde que ele virou cadete. Pedi informações sobre ele, para ver se estava bem, e... – Valena balança a cabeça, desistindo de completar a frase. – Ao menos ele conseguiu o que tanto queria. Entrou para o Exército, fez uma carreira. E morreu como herói.

Luma abre a boca para dizer algo, mas é interrompida por uma forte batida à porta.

— Entre – diz Valena, imaginando quem poderia ser agora.

O general Viriel Camiro abre a porta, prestando continência, enquanto Valena e Luma se levantam.

— Com licença, alteza.

Valena assente e o general entra, seguido pelo que parece uma multidão, que lota a pequena sala. Entre eles estão a capitã Laina Imelde, o aspirante Alvor Sigournei, Leonel Nostarius e Sandora.

A imperatriz franze o cenho.

— O que está acontecendo?

— Nossos alquimistas acabam de detectar uma flutuação incomum no litoral nordeste – responde Camiro.

— Que tipo de flutuação?

— Um teleporte.

A julgar por sua expressão, Sandora ainda não tinha sido informada daquilo. Ela se adianta e encara o general.

— De que tipo?

— Conjuração de neutra fase.

— Conseguiram detectar o local exato?

— Sim. Foi em uma cidade chamada Calise. Algo ou alguém foi teleportado para lá. Não conseguimos detectar a origem, mas a intensidade energética é pequena. Se for mesmo uma pessoa, deve ter vindo sozinha.

Valena leva uma mão ao queixo.

— Calise? Essa não é a cidade natal da esposa do Dragão de Mesembria?

Sandora olha para o aspirante Sigournei.

— Oficial, você revelou a ele que nos passou aquelas informações?

A capitã Imelde fica pálida e encara o aspirante, arregalando os olhos.

— Hã... sim – Alvor admite, hesitante.

— O quê?! – Laina exclama. – Como pôde?

— Eu autorizei – revela Valena, o que faz com que todos, exceto Alvor, olhem para ela, surpresos. Ela prefere não acrescentar que aquela tinha sido uma das condições que o aspirante havia imposto quando ela lhe pediu que revelasse detalhes sobre a história do novo governante de Mesembria. – Achei justo que o Dragão soubesse disso. Pedi para o aspirante não reportar esse fato para ninguém por se tratar de um assunto delicado.

— Oh! – Laina exclama.

— Deixar o Dragão saber disso foi uma excelente decisão – diz Sandora, pensativa, o que faz com que o ego de Valena vá para as alturas, mesmo aquilo não tendo sido ideia dela. Era a primeira vez que a *Bruxa* lhe fazia um elogio diretamente. – Fez com que ele resolvesse tomar uma atitude para tentar descobrir nossas intenções.

O general franze o cenho.

— Mas como saber se isso é coisa dele? Pode ser mera coincidência.

Sandora sacode a cabeça.

— Sabe quanto custam os materiais necessários para fazer uma conjuração como essa? Se isso fosse simples, ninguém precisaria de pontes de vento. Teleporte requer muita experiência, recursos e preparo, além de ser muito fácil de detectar. Ele sabia que perceberíamos sua chegada, devia estar contando com isso. Deve ter mandado alguém para conversar com Valena. Temos que ir para lá. Agora.

Incerto se poderia confiar nas palavras daquela jovem, o general olha para Leonel Nostarius, que apenas assente. Então Camiro olha para Laina.

— Capitã, prepare uma tropa.

— Espere! – Valena levanta uma mão. – Se Sandora estiver certa e o Dragão quiser mesmo negociar, talvez seja melhor eu ir sozinha.

— Não – objeta Sandora. – É melhor levarmos todos os soldados que pudermos.

Valena encara a *Bruxa*, franzindo o cenho.

— Como é?!

◆ ◆ ◆

Horas depois, Valena lança um olhar para o impressionante contingente que o general tinha conseguido reunir em tão pouco tempo. Infelizmente, aquilo lhe parece pouco.

— Não acho que temos tropas suficientes.

— Não temos mais tempo – responde Sandora, tocando o chão da plataforma de vento. – Vamos ter que nos virar com o que o general conseguiu nos enviar.

— Eu me sentiria melhor se seu marido estivesse por aqui.

Sandora olha para ela estreitando os olhos, obviamente incomodada com o uso da palavra "marido".

— Evander e os amigos dele têm seus próprios assuntos para tratar, eles não estarão por perto sempre que você quiser os serviços deles.

— O que é uma pena. E como ele está? Conseguindo superar o fato de a amiga ter morrido naquela batalha?

— Lidar com a perda de alguém próximo é sempre difícil, mas ao menos ele está, aos poucos, superando o sentimento de culpa.

— É mesmo?

— É fácil aceitar o ocorrido quando você olha a coisa pelo lado lógico. Se ele tivesse conseguido impedir a morte dela, muitos outros poderiam ter morrido. É muito fácil uma pessoa de boa índole tomar a atitude de sacrificar a si própria para salvar inúmeras outras pessoas porque sabe que, se não fizer isso, ficará se culpando pelo resto da vida. Evander entende que a moça, se tivesse escolha, não pensaria duas vezes e entregaria a própria vida de bom grado naquele momento. Ela não conseguiria conviver consigo mesma se não fizesse isso, ou se alguém a impedisse.

— Uau! Isso foi profundo.

— Você deveria ler um pouco mais. Esse tipo de situação foi proposto pela primeira vez por filósofos há centenas de anos.

— Não, obrigada. Prefiro fornecer a você todos os livros que quiser e, em troca, você me passa apenas um resumo do que eu deva saber.

Valena olha para o *Sinistro*, que se coloca sobre a plataforma, atrás de Sandora. É impossível para ela conter um arrepio ao olhar para a figura dele, mesmo estando quase que completamente escondida por um manto velho e desbotado com o capuz puxado sobre os olhos. Nada é capaz de tirar de sua mente a imagem da nova aparência dele, muito mais macabra do que a de quando não passava de um esqueleto ambulante.

Deixando aqueles pensamentos de lado, ela se coloca sobre a plataforma e inspira fundo, antes de exalar o ar com força, lutando para combater a apreensão.

— Certo. Vamos em frente. Pode ativar esse negócio.

◆ ◆ ◆

Calise é uma pequena cidade litorânea, o que explica a temperatura bem mais elevada e o odor característico de maresia.

Valena, Sandora e Gram caminham por vários minutos pelas ruas da cidade. As pessoas lançam olhares curiosos para os três, mas ninguém parece realmente reconhecer sua imperatriz. Frustrada, Valena imagina o que teria de fazer para mudar aquela situação, quando avista a mulher encapuzada parada diante do portão da casa do falecido sábio Baldier Asmund.

Surpresa, Valena troca um olhar com Sandora. Não esperavam que o Dragão fosse mandar a própria esposa para negociar.

— Senhora Asmund, eu presumo? – Valena pergunta, mantendo uma cautelosa distância.

A mulher vira o corpo e olha para eles. Um raio de sol incide sobre ela, permitindo que sejam avistadas as inconfundíveis marcas vermelhas de uma horrível queimadura que cobre todo o lado direito de seu rosto.

— "Asmund" era meu pai. Meu nome é Cariele. Só Cariele. – Ela encara Valena de alto a baixo. – Então você é Valena Delafortuna.

— Sim. E esta aqui é...

— Sandora Nostarius – Cariele completa, encarando a *Bruxa* com curiosidade. – O aspirante Sigournei fala bem de você.

Sandora assente.

— Ficamos sabendo do falecimento de seu pai. Li alguns dos livros dele e devo dizer que o mundo perdeu um grande homem.

— Minhas condolências – acrescenta Valena.

A mulher volta a olhar para a casa por um instante e balança a cabeça antes de passar pelo portão, indo para a porta da frente. Interpretando o fato de ela ter deixado o portão aberto como um convite, Valena vai atrás dela, com Sandora e Gram a seguindo de perto.

— Suponho que não estejam aqui para me prender por invadir seu país – diz Cariele, enquanto destranca a porta da casa de madeira e entra.

— Imagino que tenha uma boa razão para ter vindo até aqui, além de visitar a casa onde cresceu – retruca Valena, entrando na sala vazia e olhando ao redor. Não há nenhum móvel em parte alguma, e um leve cheiro de mofo pode ser sentido no ar.

— Você se considera uma pessoa confiável, imperatriz?

Valena pensa por um instante, antes de apontar para a marca da Fênix em seu rosto.

— Quantas pessoas você vê por aí com isso na cara?

— Se o aspirante realmente contou a você toda a história do Dragão de Mesembria, sabe que o fato de uma entidade lhe conceder poderes não significa, necessariamente, que fará bom uso deles.

— Vocês estão precisando de ajuda – diz Sandora, também entrando no aposento, acompanhada de porto por Gram. – Já que veio até aqui, por que não nos conta tudo de uma vez? Como vê, viemos em paz.

Cariele encara Sandora.

— Com a intensidade das emanações energéticas vindas de vocês, isso me parece um pouco dúbio. Ainda mais quando sinto claramente esse poder me envolvendo, tentando me afetar de alguma forma.

Valena olha para Sandora.

— Talvez seja melhor vocês esperarem lá fora.

Sandora estuda a mulher encapuzada por um momento.

— Se você tem uma afinidade grande o suficiente para detectar minha aura energética assim tão rápido, deve ser capaz de perceber que ela afeta a mim e a todos à minha volta da mesma forma.

— Se você diz – responde a outra, obviamente nem um pouco convencida.

Sandora franze o cenho e encara Valena.

— Quer mesmo arriscar ficar aqui sem o meu campo de proteção?

Valena sabe bem o que a *Bruxa* quer dizer. No momento, ela não é, simplesmente, Valena Delafortuna, é a imperatriz de Verídia. Confiar numa estranha daquela forma é uma decisão bastante arriscada. Mas então, sem saber direito por que, ela se lembra de Barlone. Uma súbita pontada de tristeza faz com que ela solte um suspiro, antes de responder.

— Certa vez um garoto que nem me conhecia veio em meu socorro quando eu precisava de ajuda, sem se importar com o fato de que, no processo, estava me revelando sua maior vulnerabilidade. Graças a ele, eu acredito que, quando duas pessoas querem se entender, uma delas precisa dar o primeiro voto de confiança.

Julgando que talvez aquela fosse a melhor estratégia naquela situação, Sandora assente e caminha na direção da saída, fazendo um gesto para que Gram a siga.

— Muito bem, senhora… digo, Cariele – diz Valena, quando as duas ficam a sós. – Como posso ajudar?

Capítulo 4:
Fogo Cerrado

O passado

Barlone foi o primeiro amigo de verdade que Valena teve. E não apenas isso. Ele foi também seu *melhor* amigo: o mais confiável, o mais atencioso e o mais dedicado. Foi uma amizade que durou vários anos e sobreviveu a muitos desafios.

Aquela tensão sempre estava presente, mas ambos aprenderam a ignorar aquilo ou a evitar a proximidade, quando ignorar não fosse opção.

Devido ao ambiente em que fora criada, Valena apresentava uma personalidade arredia, desconfiada e desafiadora. Volta e meia Barlone a encontrava machucada, depois de alguma briga, e ficava furioso com ela por causa disso.

— Por que você tem que ser tão cabeça dura?

— Vai ficar do lado daquela *ku faraxsaneyn*? Até você?!

— Deixa de ser idiota! Essa briga de vocês é estúpida.

— Estúpida? Ela entrou na minha frente e falou um monte de bobagens!

— Se são bobagens, por que você vai querer discutir com ela? Deixa para lá. Não vê que essa convencida te provoca de propósito?

— E por que eu deveria deixar qualquer coisa "para lá"? Por que eu devo dar ouvidos a você?

— Eu estava sozinho e tranquilo aqui no meu canto. Se não quer a minha opinião, por que veio conversar comigo?

Por alguma razão que nunca compreendeu direito, ela nunca conseguia se zangar com ele, por mais que, às vezes, quisesse.

— Ai, Barlone, para que falar comigo assim?

— Porque você merece!

A raiva dele também costumava desaparecer surpreendentemente rápido. Num minuto estava esbravejando com ela e no seguinte já conversava normalmente, como se nada tivesse acontecido.

— É seu dia de trabalhar na lavanderia hoje, não é? Da última vez você quase morreu afogada. – Valena sentiu as faces arderem ao ser lembrada do episódio em que havia caído dentro do barril de água. – Vai querer ajuda?

A forma de ele encerrar uma discussão e mudar de assunto, falando calmamente como se nada demais tivesse acontecido, sempre a pegava de surpresa e a desarmava completamente. O fato de ele nunca deixar de pontuar as bobagens que ela fazia era totalmente compensado pela aparentemente infindável disposição que ele tinha para ajudar em qualquer coisa de que ela precisasse.

— Se você não se importar...

Diferentemente da maior parte dos adolescentes do abrigo, Barlone não gostava muito de conversar, o que era outro ponto positivo, na opinião de Valena. Quando os dois estavam juntos realizando alguma tarefa, ficavam boa parte do tempo em um silêncio confortável. Era até um alívio poder sair por um tempo de perto das outras garotas, que vivam matraqueando futilidades sem parar.

— Percebeu que estão nos fazendo trabalhar cada vez mais? – ele comentou, em certa ocasião.

Ela olhou para ele, intrigada.

— Mas qual é o problema? Não é o que eles sempre falam, aquela baboseira de que, conforme formos crescendo, vamos ganhando mais responsabilidades e tal?

— Rachando lenha? Consertando telhado? Acha que isso é serviço para criança?

— Eu não sou criança!

— Você entendeu!

— Mas por quê? Qual o problema de consertar telhado?

Ele olhou para ela, franzindo o cenho.

— Você nunca conversou com ninguém de fora daqui?

— Como eu faria isso? Quase nunca deixam a gente sair.

Ele apenas levantou uma sobrancelha. Ela arregalou os olhos, virando a cabeça para os dois lados para ver se não tinha ninguém por perto antes de perguntar, baixinho:

— Você sai escondido?

— Eu e quase todo mundo. Já está aqui há tanto tempo... vai dizer que não percebeu?

◆ ◆ ◆

Andar pelas ruas da capital do Império na calada da noite era excitante. Sem sombra de dúvida, aquela era a maior aventura da vida de Valena até então.

Os dois precisavam andar com cuidado para evitar os soldados, que patrulhavam as ruas estreitas da cidade, dia e noite. Se fossem pegos, seria o fim da aventura, pois provavelmente seriam mandados de volta para o abrigo, onde, com certeza, ficariam de castigo por muito tempo.

Sair do abrigo no meio da noite tinha sido surpreendentemente fácil. Nenhum dos adultos parecia particularmente interessado em monitorar os adolescentes, então, a menos que começassem a fazer bagunça dentro dos quartos, ninguém se dava ao trabalho de subir as escadas para ver o que estavam fazendo.

Assim, Valena e Barlone haviam saído pela porta dos fundos e pulado o muro para chegar até a rua com a maior facilidade.

— Ainda não entendi por que precisamos usar essas coisas – ela reclamou, indicando o surrado manto com capuz que usava e que era muito grande para ela.

Barlone, que usava um traje muito similar, apenas levou um dedo aos lábios, pedindo silêncio, e fez um gesto para que a seguisse. Durante a meia hora seguinte, percorreram o que parecia ser um labirinto de vielas estreitas e desertas, exceto por um ou outro soldado em patrulha, que eles trataram de evitar.

— Uau! - Valena não conseguiu conter uma exclamação de espanto quando chegaram a uma praça incrivelmente iluminada. Cristais de luz contínua estavam pendurados em árvores, postes e em qualquer outro lugar disponível. – O que é isso?

— Festival da Primavera – respondeu ele enquanto caminhavam na direção do aglomerado de barracas que pareciam uma espécie de cidade em miniatura, agrupadas em blocos separados entre si por espaços não muito grandes, por onde uma verdadeira multidão caminhava olhando os inúmeros produtos dispostos para venda.

— No meio da noite?!

— Acho que é algum tipo de tradição, sei lá.

Os homens usavam paletós e gravata. As mulheres, roupas coloridas e brilhantes. Algumas delas usavam vestidos longos e rendados, provavelmente para combinar com os antiquados fraques e cartolas de seus acompanhantes. Pelo que Valena sabia, aqueles trajes já tinham saído de moda havia décadas.

Olhando para aquelas sedas e cetins, ela nem imaginava o que levava aquelas mulheres a usarem esse tipo de roupa, que tolhia os movimentos, além de parecerem bastante desconfortáveis. Assim como as outras meninas do abrigo, ela nunca tinha usado nada além de calças compridas, e estava muito satisfeita com isso.

Barlone guiou Valena por entre a multidão até uma barraca grande que vendia frutas cristalizadas e geleias. Ela arregalou os olhos, surpresa, quando ele se aproximou, sem nenhuma cerimônia, de um velho senhor e tirou das mãos dele um caixote de madeira cheio com os potes que acabara de comprar.

O homem olhou para ele, surpreso, mas logo abriu um sorriso.

— Olá, Siom. Não esperava ver você por aqui.

— Eu levo para o senhor – propôs Barlone. – Onde está sua carroça?

— Logo ali na frente.

Sem saber o que fazer, Valena ficou parada, apenas observando enquanto Barlone se afastava seguindo o velho, que andava devagar, contando alguma história de sua infância. "Siom" sorria, aparentemente apreciando a conversa do homem.

— Você é amigo do Siom?

Valena teve um sobressalto ao perceber que aquela pergunta tinha sido dirigida a ela, e encarou uma senhora sorridente, que estava atrás do balcão de frutas usando um avental manchado.

Amigo? Ela acha que sou um menino? Tão logo pensou aquilo, ela se lembrou das roupas que usava e daquele capuz horrível que cobria toda sua cabeça, deixando apenas uma parte do rosto visível.

— Ah... sim – ela respondeu, hesitante. Sua voz era um pouco mais grave do que a das outras meninas, e aparentemente podia passar pela de um menino mais novo, pois a mulher não pareceu desconfiar de nada. – Você o conhece?

— Ele às vezes aparece na nossa loja e dá uma ajuda. Qual é o seu nome?

Considerando que Barlone estava usando um nome falso, talvez fosse melhor inventar um também.

— Pode me chamar de Val.

— Muito prazer, Val. Estaria interessado em dar uma mão também? Estou precisando muito de auxílio.

Assim, sem entender muito bem o que estava acontecendo, Valena passou a carregar coisas de um lado para o outro, ajudando a mulher a atender os clientes, enquanto Barlone ficava levando e trazendo caixas.

As pessoas a tratavam como uma espécie de mascote da loja, sendo geralmente amáveis e simpáticas. Valena descobriu que aquela movimentação toda, inédita para ela até então, era surpreendentemente divertida, tanto que nem viu as horas passarem.

O sino já havia tocado, anunciando a meia-noite, quando a movimentação do festival diminuiu, com as pessoas começando a voltar para casa.

Barlone e Valena ajudaram a desmontar a barraca e a carregar tudo para as carroças. A dona da loja não se cansava de dizer o quanto estava grata pela ajuda deles. No fim, ela entregou um grande embrulho para Barlone, exigindo que ele o dividisse com "seu amigo".

Depois de se despedir da mulher, Barlone caminhou para longe da praça, que estava ficando vazia conforme as barracas eram desmontadas e as pessoas iam embora. Valena andou atrás dele em silêncio por vários minutos, até que chegaram a um mirante. A parte baixa da cidade podia ser observada lá embaixo a perder de vista, os cristais de luz contínua que iluminavam as ruas distantes brilhando na noite como estrelas no céu.

Valena procurou um lugar confortável para se acomodar no chão ao lado de Barlone, enquanto ele abrira o embrulho.

— Você foge do abrigo para *trabalhar?*

Ele deu de ombros.

— Foi você quem quis vir comigo, agora não reclame.

— Não estou reclamando, só tentando imaginar por que faz isso.

Ele tirou algo do embrulho e colocou nas mãos dela.

— Dê uma mordida que você vai entender.

Valena olhou para o que parecia ser um pedaço de queijo em forma de bola. Curiosa, ele aproximou aquilo do nariz, e o aroma que sentiu a deixou com água na boca. Ao arriscar uma mordida, ela arregalou os olhos.

— Uau! Isso aqui é bom!

Ele não respondeu, ocupado em mastigar outro pedaço. Também havia frutas e outras coisas no embrulho, tudo tão gostoso que aquela refeição improvisada acabou se tornando a melhor que Valena já tivera em sua vida.

— Nossa, esse trabalho realmente valeu a pena – disse ela, rindo. – Não me lembro de ter comido tanto antes. Mas fala aí: por que aquela mulher chama você de "Siom"?

— É um nome que eu inventei. As pessoas aqui de fora me chamam assim.

— Você gosta mesmo de sair do abrigo, hein? Aqui fora você parece outra pessoa, tem até outro nome!

— Falando no abrigo, agora é melhor você voltar para lá.

— Como assim? Quer que eu volte sozinha?

— Vai dizer que não consegue?

— Claro que consigo, mas você vai fazer o quê?

— Você não precisa saber.

— Eu vou junto.

— Não.

Ela cruzou os braços.

— E o que você vai fazer para me impedir? Vai me dar choque de novo?

Ele olhou para ela e riu.

— Eu poderia fazer mais do que isso. – Ele terminou de jogar os restos dentro do pacote e fechou o embrulho antes de levantar o corpo e alongar os músculos. – Onde estou indo agora não é lugar para criança.

— Eu já disse que não sou criança! Vou fazer 12 anos semana que vem!

Ele não disse nada e saiu andando. Sem pensar duas vezes, ela foi atrás dele, decidida a provar que já era uma mocinha bem crescida.

Nem imaginava que, com aquela decisão, sua vida estava prestes a mudar mais uma vez.

◆ ◆ ◆

O presente

Valena olha mais uma vez para o rosto da esposa do Dragão. As roupas de Cariele fazem com que se lembre de Barlone e daqueles mantos com capuz que ele usava quando escapulia do abrigo e ia para sua... diversão noturna.

Ela só espera que a decisão que está tomando agora não venha a causar um efeito tão avassalador em sua vida quando a que tomou naquela noite de primavera, tantos anos atrás. Hoje, não está apostando apenas a sua vida e seu futuro, mas também o do Império e dos milhões de pessoas que vivem nele.

— Mostre o caminho – Valena diz, finalmente.

A outra assente. É difícil ler sua expressão, principalmente com o rosto meio coberto daquela forma.

— Me dê alguns minutos. Encontrarei vocês na praça.

Sem responder, Valena dá meia-volta e caminha para fora, fechando a porta com cuidado atrás de si, bem como o portão. Sandora e Gram estão esperando do outro lado da rua.

— Vamos – chama ela. - Temos que organizar os soldados, partiremos para Mesembria assim que ela terminar o que quer que tenha vindo fazer aqui.

Sandora concorda com um gesto de cabeça e os três saem caminhando a passos largos.

— Então ela veio mesmo pedir ajuda?

— Sim, ela queria que abríssemos a fronteira para que as pessoas possam fugir para cá, caso a província dela se torne um campo de guerra.

Sandora franze o cenho.

— Mas isso não resolveria nada. Na verdade, apenas complicaria ainda mais as coisas. Primeiro que não é todo mundo que vai querer abandonar sua casa. E depois, como alimentaríamos toda essa gente? Sem contar que, depois que conquistassem Mesembria, os conselheiros mandariam as tropas para nos atacar. E aí, as pessoas fugiriam para onde?

— É, eu também imaginei algo assim. Fugir não resolve nada. Vamos cortar o mal pela raiz. Você tinha razão ao sugerir trazer nossas tropas para cá. Vamos pegar aqueles *istiraatiji* de surpresa.

— Quem, exatamente, você está chamando de "istiratiji" ou sei lá o quê? – indaga Sandora.

Vendo que estão chamando a atenção das pessoas que passam pela rua, Valena baixa o tom de voz.

— Os antigos conselheiros imperiais. Estão mandando tropas para atacar Mesembria pelo norte e pelo sul. De acordo com ela, a invasão já pode ter começado.

Sandora assente, pensativa.

— E o que você disse a ela que faríamos?

— Que iremos até lá e acabaremos com esse conflito.

— Como? Não temos tropas suficientes aqui para lutar contra dois exércitos ao mesmo tempo.

Valena sorri, convencida.

— Eu sou a imperatriz de Verídia. Se eu me mostrar em toda a minha glória, com certeza eles vão querer negociar. – Ao notar que Sandora fica em silêncio, Valena olha para ela e franze o cenho. – O que foi? Por que está me olhando com essa cara?

— Tem momentos em que eu realmente me pergunto por que eu decidi ajudar você.

— Ei! Eu causo uma impressão considerável na minha forma de Fênix! Não venha me dizer que essa é uma ideia idiota!

— Assumir a aparência de uma ave de fogo não é suficiente. O que vai fazer quando conseguir chamar a atenção deles?

— Conversar e fazer um acordo.

Sandora suspira, olhando para os soldados que os aguardam na praça. A capitã Laina Imelde tem um sorriso profissional no rosto enquanto conversa com algumas pessoas, provavelmente explicando a razão da presença de metade do Exército Imperial bem no meio da cidade.

— Eu realmente espero que você tenha aprendido um pouco de estratégia, negociação e bom senso no tempo em que passou com a Guarda Imperial. – Sandora para, de repente, e segura Valena pelo braço. – Achamos que a Sidéria tem um contingente maior do que o das Rochosas. Cariele tem alguma informação sobre os números...? Ah, esqueça, parece que podemos perguntar diretamente a ela.

Valena vira o rosto e vê a mulher encapuzada vindo marchando, determinada, pela rua. Logo ela para ao lado deles e avalia as tropas reunidas na praça por um momento.

Curiosa, Valena tenta imaginar por que aquela mulher não apresenta nenhuma reação à presença de Gram. Ela própria sente arrepios toda vez que se lembra de que o *Sinistro* está por perto.

Demonstrando que tinha ouvido a conversa, Cariele olha para Sandora e responde à sua pergunta:

— Não temos números exatos, mas sabemos que as tropas da Sidéria são, pelo menos, três vezes maiores.

Sandora levanta uma sobrancelha.

— Você tem uma audição e tanto.

— Você ainda não viu nada.

Levando uma mão ao queixo, Sandora avalia a mulher com atenção.

— Consegue nos mandar para as áreas de conflito?

— Sim, temos pontes de vento próximas às duas fronteiras.

— Sabe quem está comandando as tropas inimigas?

— O conselheiro Radal segue à frente da tropa do norte. A do sul parece ser comandada pelo general Linaru, mas não temos certeza.

Valena estranha aquilo.

— Radal não é o mandachuva das Rochosas? Por que comandar um ataque pessoalmente? Que eu saiba, nem poderes ele tem.

Sandora olha para ela.

— Porque ele tem certeza da vitória e não espera encontrar resistência. Isso se encaixa perfeitamente no perfil dele. Eu quero a capitã Imelde e a tropa pessoal dela. Você pega o resto dos soldados e vai para o sul.

— Quer enfrentar o exército das Rochosas com *meia dúzia de pessoas*?

— Se as informações que temos sobre Radal estiverem certas, não precisaremos de mais do que isso.

— Certo – diz Valena, devagar. – Vamos ouvir o seu plano.

♦ ♦ ♦

— Bola de fogo vindo pela direita! – Alvor grita, enquanto dispara uma de suas flechas especiais, que explode no ar, atingindo e derrubando um dos morcegos gigantes que vêm na direção deles.

O careca cheio de músculos que atende pelo apelido "Beni" vira o enorme escudo na direção indicada e ativa a habilidade especial do artefato, fazendo com que o projétil místico diminua cada vez mais de tamanho conforme se aproxima, até desaparecer por completo.

Uma inimiga tenta acertar Beni pelas costas, mas, antes que possa arremessar sua lança, é atingida no dorso pelo martelo de batalha que o moreno de cabelos negros chamado Iseo lança contra ela. O impacto poderia ter sido mortal, se não fosse pela aura de proteção de Sandora.

— Te devo essa – agradece Beni.

— Continue usando essa coisa assim que estamos quites – responde Iseo, correndo para recuperar sua arma.

Beni vira o escudo na direção de dois inimigos que preparam um algum tipo de conjuração. A barreira energética que os protege se desfaz imediatamente.

Aquilo é exatamente o que a ruiva chamada Loren estava esperando. Usando sua agilidade e seus afiados punhais, ela não tem dificuldade para derrubar os dois. Normalmente os oponentes teriam sido degolados pela violência dos ataques, mas, graças à aura de proteção, apenas caem desmaiados.

— Temos que avançar, vamos, vamos! – Laina Imelde grita, enquanto corre na direção de dois espadachins de aparência mal-encarada. Suas espadas curtas não são a melhor opção para confrontar lâminas pesadas como as daqueles dois, então ela tem que usar um pouco de habilidade mística para absorver parte dos impactos e, assim, balancear um pouco a luta. Se bem que, considerando o nível de habilidade deles, talvez aquilo nem fosse necessário. Em poucos instantes, ela consegue encontrar uma abertura e derruba o primeiro com um golpe fulminante. Ao ver aquilo, o outro perde boa parte de sua autoconfiança, e seus movimentos ficam mais hesitantes, o que permite que ela facilmente o desarme e o coloque para dormir.

Neste momento, um novo grupo de atacantes surge por entre os arbustos, vindo na direção dela, mas são interceptados pelas garras afiadas de Gram e pelo mortífero chicote de Sandora. Juntos, os dois conseguem nocautear o grupo todo em poucos segundos.

— Exibida – provoca Laina, enquanto tenta recuperar o fôlego.

Sandora olha para ela.

— Você melhorou desde a última vez.

Laina pensa consigo mesma que aquela infeliz provavelmente tinha derrubado mais oponentes do que todos os outros juntos, parecendo não ter derramado uma mísera gota de suor que seja. E ainda diz que *ela* tinha melhorado?

— Quer dizer, desde aquela vez em que eu fui humilhantemente escorraçada e que você teve que salvar minha vida? Seria muita idiotice da minha parte não tentar evitar que aquilo se repetisse.

— Se eu acreditasse que o termo "idiota" pudesse ser aplicado a qualquer um de vocês, não estaríamos aqui. – Sandora olha para o lado. – E agora, Cariele, para onde?

Antes de responder, a mulher encapuzada faz um movimento em arco com uma pequena besta, disparando diversos projéteis e atingindo os três últimos morcegos gigantes, que imediatamente se dissolvem no ar.

— Vamos para o leste, a concentração das tropas é bem menor por lá. Acho que já conseguimos passar pela pior parte. A propósito, Nostarius, essa sua equipe é impressionante.

— Sandora. Meu nome é Sandora.

— Nunca imaginei que algum dia veria vocês duas trabalhando juntas – comenta Alvor, com um enorme sorriso. – A propósito, Cariele, achei que essa sua "clarividência" funcionava apenas quando o senhor Gretel estivesse por perto.

— Encontramos uma forma de canalizar a empatia usando uma âncora. Mas isso tem suas desvantagens, e meu tempo aqui está acabando.

— Devo admitir, Sandora, que não achava que fôssemos chegar até aqui assim tão fácil – comenta Laina.

Sandora franze o cenho.

— Do que está falando? Isso tudo foi um desastre! – Ela leva a mão à testa e sacude a cabeça. – O plano falhou miseravelmente. Estamos apenas reagindo aos acontecimentos. O escudo de expurgo está exaurido, estamos todos cansados e não há garantias de que vamos encontrar quem estamos procurando, muito menos de que conseguiremos voltar para casa.

Os cinco oficiais olham para ela, muito espantados. Gram põe uma das mãos enluvadas em seu ombro.

Cariele cruza os braços e encara Sandora com atenção.

— O que há com você?

Sandora respira fundo, tentando se acalmar. Aquela é uma pergunta relevante, ela tem que admitir. *Por que estou tão frustrada, afinal?*

Laina caminha até ela e segura seus ombros, sacudindo de leve.

— Sandora, você está grávida. É natural se preocupar um pouco, mas está tudo bem. Estivemos seguindo o plano original o tempo todo, ocorreram alguns imprevistos, só isso. Não tinha como ser de outra forma.

Cariele arregala os olhos.

— *Grávida*?! O que raios pensa que está fazendo aqui nessas condições?!

— Ela está fazendo o trabalho que ninguém mais consegue fazer – diz Alvor. – Você é um soldado. Entende bem isso, não é?

— Mas ela não é! – retruca Cariele.

— Depende do ponto de vista – responde ele.

Então é isso, Sandora pensa consigo mesma, mal ouvindo a discussão. Na maior parte do tempo, ela consegue seguir em frente, fingindo que nada mudou, que ela ainda é a mesma de sempre, mas, no fundo, sabe que aquilo não é verdade. Há outra vida dentro de si, e o fato de estar ali, arriscando não só sua vida como também a de seu filho obviamente a está afetando. Pensando bem, não poderia ser diferente, poderia?

Evander não gostaria nem um pouco de saber que ela tinha decidido liderar aquele grupo. Ele sofreria por causa disso, mas provavelmente não lhe diria nada. Porque confia nela. Porque sabe que ela nunca se envolveria numa situação com a qual não pudesse lidar.

— Estou bem – diz ela, recobrando a compostura e levantando a cabeça. – Vamos em frente.

◆ ◆ ◆

Uma das coisas que causam mais deleite em Valena Delafortuna é a glória, o poder, o reconhecimento de que é diferente, especial, única. Por isso, este dia, em que está sobrevoando a região acidentada da Sidéria ao lado do Dragão de Mesembria, provavelmente ficará marcado para sempre em sua memória como um dos mais memoráveis de sua vida.

Os soldados lá embaixo fazem o que podem para tentar conter o avanço de ambos. Bolas de fogo, relâmpagos e outros tipos de projéteis místicos são lançados na direção deles quase que o tempo todo, mas o Dragão consegue antecipar aqueles ataques, dos quais consegue esquivar com muita facilidade, fazendo um ou outro gesto para ela, caso seja necessária alguma manobra para evitar ser atingida.

Mesmo sob aquele fogo cerrado, é possível perceber a reação que ela e Daimar Gretel causam nas pessoas. Todos lá embaixo estão com medo, o que é ótimo.

Em termos de aparência, ela tem que admitir que o Dragão é muitas vezes mais impressionante do que ela, com aquele gigantesco corpo que devia ter mais de 20 metros da cabeça até a ponta da cauda, coberto com escamas azuladas e brilhantes. Estando perto daquele monstro, as pessoas lá embaixo provavelmente só notam a presença dela por causa do brilho emitido pela Forma da Fênix.

Apesar de lhe conceder o dom de voar, a Forma da Fênix não chega a ser, exatamente, uma transformação. A única coisa que ocorre é que seu corpo é envolvido por chamas místicas, em forma de um pássaro de fogo. Essa forma expande várias de suas habilidades místicas, como a de lançar bolas de fogo. Infelizmente, não lhe concede invulnerabilidade, então é bom que tome cuidado para não ser atingida, ou pode muito bem acabar conhecida como a imperatriz de reinado mais curto da história.

Ocasionalmente, o Dragão gesticula para um ponto específico no solo, ao que ela responde lançando um projétil de fogo naquela direção. As explosões resultantes são violentas, arrancando árvores, lançando terra e fumaça para todos os lados e criando pequenos incêndios, mas sem nunca ferir ninguém, já que ele escolhe cuidadosamente os alvos.

De qualquer forma, a mensagem que estão passando não poderia ser mais clara: podem bombardear o lugar que quiserem, à hora que quiserem, por quanto tempo quiserem, e as tropas inimigas não podem fazer nada para impedir.

Depois de terem sobrevoado duas vezes toda a região em zigue-zague, os dois voltam para Mesembria.

O general Camiro corre para receber Valena, quando ela pousa em meio ao acampamento improvisado e dissipa as chamas da Forma da Fênix.

— Tudo bem com você, alteza?

— Estou ótima. – Ela sorri. – Na verdade, estou melhor do que nunca. O Dragão voltou para junto das tropas dele. Como foram as coisas por aqui?

— Tivemos alguns embates e diversas baixas, mas as tropas inimigas bateram em retirada pouco depois que vocês dois começaram a sobrevoar a região.

— Acha que o general Linaru entendeu a mensagem?

— Com nossas forças surgindo do nada dessa forma não vejo como não entenderia. E, se ele não entendeu, os soldados dele com certeza entenderam.

Valena levanta os braços acima da cabeça, alongando os músculos.

— Excelente. Espero que Sandora também tenha tido êxito no norte.

— Parece que ela estava certa – comenta o general, evitando o olhar de Valena. – Se tivéssemos trazido um contingente menor para cá, duvido muito que pudéssemos evitar a invasão, mesmo com você e o Dragão. Vencemos porque eles ficaram com as forças divididas, sem saber se atacavam a nós ou a vocês. Com menos tropas, teríamos sido esmagados e vocês dois não conseguiriam enfrentar a todos sozinhos.

O general está obviamente se sentindo desconfortável em admitir aquilo. Depois de mais de 20 anos de carreira militar, não é muito agradável para o homem admitir que uma moça de 17 anos, completamente autodidata, que nunca recebeu nenhum tipo de educação formal em sua vida seja capaz de elaborar uma estratégia de combate eficaz em uma situação como aquela. Ou, talvez, em qualquer situação.

Então ele olha para Valena e franze o cenho, estudando seu rosto com atenção.

— Você parece cansada.

— Sim, tive que gastar muita energia. O Dragão de Mesembria é muito mais humano do que pensamos. Apesar de ser absurdamente poderoso, não teria como me ajudar nesse bombardeio.

— Não é de se admirar. Nem mesmo um dragão de verdade conseguiria usar tantas invocações de fogo em sequência, como você fez lá.

— A Entidade esteve comigo o tempo todo, com a bênção dela, nada é impossível.

Valena imagina se concordaria com aquele plano maluco de Sandora se não tivesse recebido um *augúrio*, uma mensagem vinda diretamente da Grande Fênix, recomendando seguir com aquele plano de ação.

Uma súbita comoção vinda da direção das sentinelas chama a atenção deles. Ambos sacam suas espadas ao verem dois soldados serem arremessados para o lado e uma criatura humanoide de pele negra e aspecto demoníaco surgir.

— Fique atrás de mim, alteza – diz Camiro.

— Não seja idiota – responde ela, enquanto se adianta. – Chame ajuda.

O monstrengo tem chifres e um rabo pontudo, além de assustadoras garras no lugar das mãos. Usa apenas uma velha calça esfarrapada, da qual não tinha sobrado nada abaixo dos joelhos. Os olhos apresentam um sinistro brilho avermelhado.

Ao perceber a presença dela, ele solta um grunhido, no qual Valena consegue, sem saber direito como, distinguir as palavras "é você".

De forma instintiva, ela faz a invocação silenciosa de sua habilidade de aumento de força, que se completa uma fração de segundo antes de a criatura fazer o primeiro ataque.

Um som de lâmina contra lâmina é ouvido quando as garras do monstro se chocam com sua espada. A força dele é fenomenal, muito maior do que a dela, ainda mais cansada como está. Não há muito o que fazer além de tentar aparar aqueles ataques e esperar que os reforços cheguem.

O embate prossegue até que, em determinado momento, ela encara de perto aqueles olhos avermelhados e nota algo dentro deles que desperta dentro dela uma sensação tão intensa que a deixa incapaz de fazer qualquer coisa além de olhar, embasbacada, para ele.

O monstro aproveita o momento de hesitação para golpear sua mão, fazendo com que a espada voe para longe. Ele levanta uma das garras, com clara intenção de rasgar o pescoço dela, mas, subitamente, é envolvido por uma espécie de tentáculo negro.

A criatura mal tem tempo de reagir antes de ser puxada para trás com violência, ganhando cada vez mais velocidade, até que suas costas se chocam com toda força contra o sólido tronco de uma árvore. O impacto é tão forte que o tronco chega a se inclinar um pouco para trás, fazendo algumas raízes se projetarem para fora do solo.

Apesar da apatia causada pelas intensas emoções que sente, Valena consegue distinguir, de maneira vaga, a voz de Sandora perguntando se está bem.

Hã? Sandora? De onde ela veio?

Confusa, a imperatriz sacode a cabeça e tenta dizer que sim, está bem, mas tudo o que consegue é emitir um gemido abafado.

No entanto, ao ver a *Bruxa* caminhar na direção do monstro caído, materializando em sua mão um daqueles tentáculos negros que chama de "chicote" e se preparando para atacar, toda a letargia que havia se apossado de Valena desaparece como por encanto. No momento seguinte, ela está correndo para segurar o braço da outra.

— O que está fazendo?! – Sandora reclama. – Temos que acabar com ele antes que se recupere e volte a atacar!

Valena olha mais uma vez para o rosto da criatura, que leva a mão à cabeça, fazendo uma careta, os olhos apertados por causa da dor.

— Eu... conheço ele!

Então o monstro olha ao redor, com uma expressão confusa e irritada. Uma expressão da qual ela se lembra muito bem. Seus joelhos começam a tremer enquanto o encara, mortificada.

— Barlone? O que houve com você?!

Capítulo 5:
Carta Branca

O passado

Barlone seguia por ruas escuras e vielas assustadoras. Valena já estava imaginando se ele não teria escolhido aquele caminho de propósito para que ela desistisse de ir atrás dele, quando finalmente ele parou, após adentrar um beco malcheiroso, dando leves batidas em uma porta velha.

Depois de alguns instantes a madeira rangeu quando foi empurrada por uma mulher alta, musculosa e mal-encarada, carregando o que parecia um machado de batalha preso em suas costas. Ela encarou Barlone por um momento, antes de fixar o olhar em Valena.

— Quem é ele?

Até a voz da fulana era assustadora. Por um momento, Valena pensou que a pergunta fosse dirigida a ela, mas então Barlone respondeu, não pareceu nem um pouco intimidado.

— Um amigo.

Pelo visto, vou ter que continuar fazendo papel de menino pelo resto da noite.

— Isso não faz parte do acordo – reclamou a fulana.

— Eu vou ficar de olho nele.

— Veja lá, não vá me causar problemas.

— Pode confiar em mim.

A grandalhona encarou Valena mais uma vez.

— Em você eu confio, só não sei quanto a ele. Venham logo para dentro antes que alguém veja vocês.

Devido à pouca iluminação, era difícil perceber olhando o prédio pelo lado de fora, mas o lugar era enorme, muito maior que o abrigo onde moravam. Passaram por uma espécie de cozinha, que tinha alguns caldeirões sobre o fogão e pilhas de panelas e de louça em aparadores num canto. A julgar pela quantidade de pratos, uma verdadeira multidão deveria comer ali. Valena imaginou se o lugar era um restaurante ou algo do gênero. Mas não faria sentido vir ali no meio da noite, se fosse, não é?

A mulher sinalizou para que aguardassem e seguiu até uma passagem que dava para um corredor. Ela atravessou a passagem e olhou para os dois lados, antes de fazer sinal para que se aproximassem. Barlone pediu, silenciosamente,

65

para Valena ficar quieta e vir atrás dele. A grandalhona pôs uma chave na mão dele e empurrou os dois na direção de uma escadaria, sussurrando:

— Se fizerem algum barulho, por menor que seja, eu jogo os dois na rua.

Depois disso, ela se afastou.

Barlone pegou a mão de Valena e subiu com ela pela escadaria, em silêncio.

Ela estava cada vez mais curiosa. A julgar pelo barulho de música e risos, devia haver uma festa do outro lado da parede. Por ali, estava tudo na penumbra, uma vez que os poucos cristais de luz contínua que havia nos candelabros eram pequenos e ineficientes. Ela acompanhou Barlone de perto enquanto passavam por diversas portas, até que ele parou diante de uma delas e a abriu com a chave que tinha recebido.

A um gesto dele, Valena entrou e olhou ao redor. Ali dentro estava ainda mais escuro que no corredor. Havia um lustre no teto, mas os cristais estavam dentro de recipientes de um tipo de vidro avermelhado, o que dava uma coloração um tanto curiosa aos móveis e às paredes. Havia alguns divãs forrados por tecido escuro, de frente para uma parede coberta por uma grossa e escura cortina.

Depois de trancar a porta, Barlone baixou o capuz e foi até a cortina, lançando um olhar zombeteiro a Valena.

— Última chance de desistir. Tem certeza de que não quer voltar para casa?

Desafiadora, ela também descobriu a cabeça e caminhou até um divã, no qual se sentou de forma displicente, olhando para ele com o que julgava ser uma expressão tranquila, tentando ocultar a apreensão.

Ele deu um sorriso, balançando a cabeça antes de puxar a cortina para o lado, revelando uma parede que parecia ser feita de vidro, pois era transparente e dava uma visão e tanto da "festa" que ela tinha ouvido da escadaria. Valena levou vários instantes até conseguir compreender a cena diante de si. Então corou violentamente e levou uma mão aos lábios.

Divertido com a reação dela, Barlone foi até o outro lado do divã, onde se sentou e cruzou os braços. Dirigindo toda sua atenção à parede de vidro, ele começou a assistir àquele... *espetáculo* com interesse, mas felizmente em silêncio. Se ele dissesse algo similar a "eu avisei" naquele momento, ela provavelmente voaria na garganta dele. O que provavelmente seria inútil, pois nunca teria chance numa luta contra ele, mas aquilo não a impediria de tentar.

Valena soltou a respiração, que tinha prendido inconscientemente, e voltou a olhar para a frente. Numa espécie de palco, diante de uma multidão alvoroçada, uma jovem exibia seu corpo despido, realizando uma sequência impressionante de movimentos que, além de demonstrarem uma enorme flexibilidade de suas juntas, deixavam que as pessoas ao redor apreciassem suas partes íntimas em detalhes.

Aquela parede de vidro devia funcionar como um tipo de luneta, porque a imagem era muito próxima e amplificada, o corpo da moça parecia enorme, e os gritos e assobios que Valena ouvia pareciam vir de muito mais longe.

Depois de mais alguns movimentos lânguidos, a moça endireitou o corpo, sorriu para a multidão e inclinou o tronco para a frente, numa espécie de reverência. Aquilo suscitou aplausos entusiasmados de alguns e brados frustrados de outros, que, obviamente, queriam que o espetáculo prosseguisse. Um dos rapazes da plateia tentou agarrar sua perna, mas a grandalhona que havia aberto a porta para Valena e Barlone surgiu como que por encanto e segurou o pulso dele, falando alguma coisa em voz baixa a seu ouvido. O rapaz então fechou a cara e recuou, desaparecendo no meio da multidão.

Enquanto isso, no palco, a moça fazia mais alguns gestos de agradecimento antes de desaparecer por uma porta lateral.

Valena respirou fundo.

— *Wanaagsan!*

Acostumado aos praguejamentos dela, Barlone abriu um sorriso irônico.

— Você ainda não viu nada. Acho que chegamos bem na hora, a apresentação principal vai começar daqui a pouco. Essa moça aí é uma amadora perto da que vai entrar agora.

— Desde... – ela limpou a garganta – desde quando você assiste a esse tipo de coisa?

— Há um tempinho.

— Mas isso... não deveria ser proibido para...?

Ele deu de ombros.

— Eu ajudei a Dariana uma vez, aí ela me deixa entrar de vez em quando.

— Dariana é a grandalhona do machado? Por que alguém como ela precisaria de ajuda?

— Apesar da aparência, ela não é muito forte. Ela diz que, se fosse, poderia conseguir um emprego bem melhor no Exército ou como mercenária. Um dia eu estava andando por aqui e vi um grupo de ladrões batendo nela.

— E aí você pôs os filhos da mãe para correr?

— Mais ou menos. Depois daquilo... bem, ela não queria que eu contasse para ninguém o que tinha acontecido, então...

— Então ela passou a permitir que você adentrasse esse antro de perversão?

Ele riu.

— Não foi assim tão simples. No começo ela me deu comida e dinheiro, mas aí eu mostrei a ela alguns movimentos e como se defender de certos ataques.

— A mesma coisa que fez comigo.

— Mais ou menos. Mas escuta, você não parece muito chocada com isso – ele gesticulou na direção da parede transparente.

— Esperava que eu gritasse e saísse correndo?

— Talvez. Vai querer continuar assistindo?

Ela pensou um pouco. Tinha uma boa ideia de por que as pessoas gostavam de assistir àquele tipo de coisa. As crianças no abrigo viviam falando a respeito sempre que não havia adultos por perto. No entanto, nunca tinha visto o corpo nu de outra pessoa antes e o clima daquele lugar e a empolgação da plateia aguçavam sua curiosidade, a vontade inata de aprender mais sobre aquele assunto proibido.

— Por que não?

— Achei que, sendo mulher, acharia isso, sei lá, nojento.

Ela ficou ainda mais corada do que já estava ao ouvir aquilo.

— Não é tão ruim.

— Promete que não vai contar para ninguém?

Valena estranhou a pergunta.

— Por que a pergunta? Duvido que alguém acreditaria, se eu contasse.

— É sério. Preciso que me prometa que não vai falar para ninguém sobre nada que você vir aqui dentro.

Ela franziu o cenho, curiosa. Será que aconteceria algo ainda mais chocante do que tinha visto até agora? Um arrepio de expectativa percorreu o corpo dela.

— Está bem, está bem, prometo.

— Não se esqueça dessa promessa. Ah, olha lá, já vai começar.

Valena olhou para o palco e viu uma jovem loira se adiantar, usando trajes semitransparentes. Algo na moça lhe parecia familiar. Inclinando o tronco para a frente, Valena olhou com mais atenção e arregalou os olhos quando finalmente percebeu quem era.

— Então é por isso que você me fez prometer não contar nada?

— Ninguém pode saber disso.

A moça no palco era Salene, a filha de 16 anos da proprietária do abrigo, apesar de estar muito diferente de sua aparência normal. Usava um pouco de pintura labial vermelho vivo, a pele do rosto parecia macia e sem as costumeiras sardas, provavelmente cobertas por algum tipo de pó, e os olhos estavam bem delineados com uma pintura escura. Os cabelos loiros, normalmente presos em coques, cascateavam soltos sobre os ombros. As parcas vestimentas que usava deixavam ver um corpo delgado, mas curvilíneo. *Atraente*.

Sacudindo a cabeça, ela repreendeu a si mesma. Não deveria achar mulheres atraentes, afinal ela era uma mulher também. Ou, pelo menos, um dia seria.

Lançou um olhar para Barlone e viu que ele encarava a moça no palco com uma expressão fascinada. Então era mesmo verdade que meninos babavam ao verem uma mulher com pouca roupa? Valena estivera entretida demais durante a apresentação anterior e não tinha reparado na reação dele antes. Ela sorriu ao se lembrar da expressão usual dele, tão diferente daquela.

Ele a olhou, franzindo o cenho.

— O que foi?

— Você gosta disso.

— É claro que eu gosto. Eu sou menino.

Ela riu e voltou a olhar para a frente.

— Salene não é muito jovem para fazer uma coisa dessas?

— Pelo que eu sei, ela está nessa vida desde os 13.

— Sério? – Valena encarou a moça por algum tempo, arregalando os olhos ao ver os sensuais movimentos que fazia durante a dança. – É, ela parece ter prática. Mas me diga uma coisa: vai me fazer ficar aqui olhando enquanto você se diverte sozinho?

Ele sorriu, malicioso.

— Eles também têm dançarinos homens por aqui. E até casais que, pelo que a Dariana diz, fazem bem mais do que só dançar. Dá para ver os salões onde eles se apresentam, ajustando a posição desse vidro. Quer que eu mostre?

Ela sentiu um novo arrepio de excitação na espinha.

— Tudo bem. Mas você vai ter que assistir tudo comigo até o fim.

— Fechado.

Aquela foi uma madrugada extremamente excitante. Valena não conseguiu desgrudar os olhos dos "dançarinos" durante todas as apresentações a que assistiram. Já tinha ouvido as garotas do abrigo matraquearem sobre garotos, namoro e sexo vezes sem conta, mas aquilo não a tinha preparado para observar a coisa em primeira mão. Pensou que o próprio coração fosse sair pela boca diversas vezes, enquanto apreciava cada um dos movimentos. Tinha gostado muito mais das apresentações masculinas, mas as dançarinas também tinham sido fascinantes. E quanto às apresentações de casais... bem... provavelmente aquelas cenas povoariam seus sonhos por meses.

Na maior parte do tempo, Barlone parecera tão fascinado quanto ela, o que a fez imaginar se ele realmente já tinha vindo ali tantas vezes quanto dera a entender. Seria normal esperar que ela se sentisse constrangida ao ficar olhando aquelas apresentações ao lado de um menino, mas, ao invés disso, estava muito à vontade, apesar do rosto corado e do coração acelerado. Várias vezes no decorrer da noite os olhos de ambos se encontraram e eles trocaram sorrisos cúmplices antes de voltarem a olhar para o vidro.

Inúmeros sentimentos passaram pelo peito dela enquanto o mundo parecia ter se resumido àquele lugar, como se nada mais existisse. Como se nada mais precisasse existir.

Ela não saberia dizer quanto tempo haviam passado ali, entretidos, quando a porta subitamente foi aberta e Dariana apareceu.

— O que vocês dois ainda estão fazendo aqui? Já deveriam ter ido embora e... – Ela se interrompeu ao olhar para Valena. - Você não é um menino!

Valena sentiu uma enorme e surpreendente onda de frustração pela interrupção, mas isso não a impediu de notar um estranho tom de decepção na voz da outra. Sem dizer nada, voltou a cobrir a cabeça com o capuz, enquanto Barlone fechava a cortina.

Os dois então seguiram a grandalhona escadaria abaixo. Entravam na cozinha, quando foram surpreendidos por uma cena inusitada. A garota chamada Salene, de volta às roupas velhas e largas que costumava usar no abrigo, estava sentada em uma cadeira, com uma expressão assustada no rosto e as mãos amarradas às costas. Diante dela, havia um soldado do Império, envergando um uniforme novo, espada na cintura e com os braços cruzados.

Dariana olhou para o rapaz com olhos arregalados.

— Você! Achei que tinha te colocado para fora daqui! O que pensa que está fazendo?

O rapaz sorriu, presunçoso, e apontou para a insígnia no peito.

— Assuntos oficiais. A propósito, você está presa por exploração indecente de menores. Trazer crianças para dentro de um lugar como este? Quem diria, hein? Agora fique quietinha que vamos todos para o posto militar.

Salene moveu o corpo, forçando as cordas que a prendiam.

— Ei, vai me soltar ou não?

Dariana olhou para a outra, furiosa.

— Você contou para ele?!

— Contei sim, sua pervertida! Não aguento mais ver você se aproximando de garotos querendo se aproveitar deles! E bem debaixo do nariz de todo mundo!

O soldado olhou para Salene.

— Não acho que você está em condições de condenar ninguém, então acho melhor ficar quietinha. O que você faz aqui também é ilegal.

— Nunca vi você reclamar disso quando estava na plateia me assistindo!

— Assistir não é contra a lei. – Ele apontou para Barlone e Valena. – Conhece esses dois?

Salene olha para os dois pela primeira vez e arregala os olhos.

— B-Barlone?

— Que mundo pequeno esse, não? – debocha o soldado. – Eu imaginava quando pegaria algum dos pirralhos da sua mãe aprontando alguma, mas nunca imaginei encontrar um deles aqui. Finalmente tenho evidências suficientes para fechar aquele lugar.

Dariana desprendeu o machado das costas enquanto jogava outra chave para Barlone.

— Caiam fora daqui.

Ele não perdeu tempo, agarrando Valena pelo braço e correndo na direção da porta. Ela o acompanhou sem reclamar, enquanto ouvia o assustador barulho de lâminas se chocando, acompanhados por insultos e xingamentos.

Assim que ele conseguiu abrir a porta, os dois saíram, apressados, apenas para topar com dois outros soldados que estavam de guarda no beco.

Valena ficou imóvel, sem saber o que fazer, mas Barlone rapidamente a puxou para um canto, enquanto um dos oficiais se adiantava e entrava pela porta, como se não tivesse notado a presença deles. Então Barlone correu na direção da rua, levando Valena com ele, ambos passando diante do outro soldado, que os ignorou completamente.

Ambos correram pelas ruas escuras até não aguentarem mais e terem de parar para recuperar o fôlego.

— Por que... aqueles guardas... não prenderam a gente?

Ele levou a mão à testa, respirando pesadamente.

— Eu... bloqueei nossa presença deles.

— Quer dizer... que você nos deixou invisíveis?

— Não é bem isso. – Ele apoiou as mãos nas coxas e soltou um suspiro. – Droga, estou exausto. Temos que achar um lugar para descansar.

— Vamos voltar para o abrigo.

— Não! Você ouviu, não ouviu? Agora que pegaram Salene, eles vão fechar o lugar. Se formos para lá, vão nos prender também.

— Mas não fizemos nada!

— Sim, mas isso só quer dizer que não vão nos mandar para a masmorra. Provavelmente vão nos colocar em alguma fazenda corretiva, onde são feitos trabalhos forçados.

— Isso é horrível! Mas por que fechariam o abrigo?

— Porque as pessoas que trabalham lá cometem crimes. Vai dizer que nunca percebeu nada de errado com os adultos?

Ela arregalou os olhos.

— Como assim, crimes?

Ele suspirou, frustrado.

— São pessoas pobres, fazendo qualquer coisa para sobreviver. Acredite, as danças de Salene não são nada comparadas ao que a mãe dela e os outros fazem.

Valena cruzou os braços quando um arrepio percorreu seu corpo.

— Quer dizer que estamos...?

Ele apenas assentiu.

E assim Valena foi, mas uma vez, privada de sua casa e de seus amigos. Se bem que, além de Barlone, não tinha mais ninguém lá de quem realmente gostasse. Mas, de qualquer forma, aquele lugar era tudo o que ela tinha, e agora estava na rua, sem nada além da roupa do corpo. E ainda sendo procurada pelo Exército.

♦ ♦ ♦

O presente

Em sua forma humana, Daimar Gretel, o Dragão de Mesembria, não é nem um pouco assustador. É quase tão jovem quanto a esposa, deve estar no começo da casa dos 20. Tem cabelos negros, olhos castanho claros e uma pele saudavelmente bronzeada. O que mais chama a atenção nele é sua armadura, que mais parece uma segunda pele, feita de um material parecido com escamas azuladas.

Normalmente, Valena apreciaria aquele porte físico, mas hoje está preocupada demais com outras coisas para se importar com a aparência de algum cara, por mais bonito que ele possa ser.

Claro que ainda há o fato de o bonitão ser casado. Cariele está junto a ele, e os dois se comportam quase como se um fosse a extensão do outro. Raramente trocam palavras ou olhares, mas o entendimento entre ambos ocorre de uma maneira tão simples e tão intensa que ocasionalmente um chega a completar uma frase que o outro inicia.

— Então a *estratégia da cunha* funcionou? – Valena pergunta, olhando para a esposa do Dragão, que continua usando aquele manto com o capuz puxado até quase cobrir os olhos. – Vocês avançaram pelo meio das tropas inimigas até chegarem ao comandante?

Cariele dá de ombros.

— Com a equipe que você enviou, o trabalho foi bem mais simples do que imaginei. Os soldados não estavam preparados para um ataque como esse. O campo de ocultamento permitiu que a gente chegasse muito longe antes de alguém perceber, e, quando perceberam, avançamos rápido demais para que pudessem reagir. Depois de capturarmos o homem, foi só usar a âncora para sair de lá. – A mulher fala como se aquilo não fosse nada, mas, até onde Valena sabe, encantamentos do tipo *âncora* são bastante complexos e caros. — Infelizmente, aquele artefato de proteção foi destruído na luta. Era uma relíquia admirável, muito bem construída e, praticamente, insubstituível.

Valena tem suas dúvidas se algum artefato místico realmente pode ser considerado "insubstituível", principalmente tendo alguém engenhoso como Sandora por perto.

Ela olha para o tronco de árvore a alguma distância deles, onde o conselheiro Radal está amarrado, com vários soldados de guarda ao redor.

— E vocês vão nos deixar ficar com a guarda daquele *fret*? Quero dizer, daquele traste?

— Não queremos matar ninguém – diz o Dragão. – E é bem possível que os outros conselheiros estejam dispostos a extremos para conseguir a liberdade dele. Se você quiser ficar com o homem mesmo assim, é todo seu.

— Se quiserem me desafiar, que tentem. Estou louca para acertar as contas com cada um deles.

Cariele olha para ela com atenção.

— Você está bem? Tem certeza de que não foi ferida por aquele monstro?

— Ele não é um monstro. Mas não precisa se preocupar, ele não me atingiu. Sandora pôs o cara para dormir bem na hora.

O Dragão leva uma mão ao queixo, pensativo.

— A descrição que me fizeram dele é similar à de criaturas que foram avistadas em Aldera, antes de a cidade ser destruída.

— Sim – responde Valena, suspirando. – Sandora me contou essa história. Ela também acha que esse mesmo indivíduo foi o responsável pela morte de um dos membros da Guarda Imperial, antes da fragmentação do Império.

— Se for esse o caso, ele pode ter sido enviado com a missão específica de dar cabo de você – conclui Cariele. – Melhor tomar cuidado.

— Não se preocupe, estamos voltando para Verídia imediatamente. Temos que cuidar do funeral daqueles que morreram aqui, eles precisam das devidas homenagens, e também temos que cuidar das famílias deles. Além disso, quero começar o interrogatório daquele… conselheiro, assim que possível. – Valena não tem certeza de por que se dá ao trabalho de evitar usar seus xingamentos na frente do Dragão. Nunca teve esse tipo de preocupação antes com ninguém, nem mesmo com o falecido imperador. – Imagino que vocês também tenham muito o que fazer, então, se me derem licença…

Ela começa a se afastar, mas o Dragão pergunta:

— Espere, você vai embora assim?

Valena para e olha para ele, franzindo o cenho.

— "Assim" como?

— Achamos que você quisesse fazer algum tipo de negociação – a esposa do Dragão responde por ele. – Não é esse o seu objetivo? Reanexar todas as antigas províncias ao Império, incluindo Mesembria?

Valena pensa por um instante.

— Minha prioridade é acabar com aquela corja. – Ela aponta o dedo na direção do conselheiro. – Acredito que grande parte das províncias esteja sendo controlada por eles contra a vontade do povo. Depois que eles forem devidamente neutralizados, as coisas vão se ajeitar.

O Dragão sorri.

— Está falando isso para tentar ser diplomática?

Valena olha para ele, séria.

— Não entendo quase nada desse negócio de "diplomacia". As coisas que eu digo que vou fazer eu faço, e pronto. Odeio aquele tipo de conversa em que você tem que ficar fazendo rodeios o tempo todo para tentar não ofender a outra pessoa. Se alguém tem algo contra mim, ou se eu fiz algo de errado, prefiro que me falem na cara dura.

— Esse é um ponto de vista bastante interessante.

— Ah, eu já ia me esquecendo – diz Valena. – Poderiam liberar a ponte para podermos voltar para Aurora?

Cariele sacode a cabeça.

— Não acho que seja necessário. Fale com sua amiga Sandora, ela já conhece a configuração que usamos nas nossas pontes e consegue ativar aquelas coisas com a maior facilidade.

— É, ela é bastante hábil com esse tipo de coisa. Talvez vocês devam mudar a configuração para algo mais complicado.

— Não achamos que seja necessário.

Valena franze o cenho e encara a outra.

— Está nos dando livre acesso a seu país?

— Por que não? Quando invadi o seu, fui muito bem recebida.

— Vou falar com franqueza, alteza – diz o Dragão. – Acho que você é muito jovem para esse cargo. Mas não me leve a mal, porque, mesmo sendo alguns anos mais velho, eu também me acho muito jovem para esse tipo de coisa. Governar um país exige muita disciplina e responsabilidade. No meu caso, eu assumi porque não havia escolha. Os conselheiros queriam instituir políticas que transformariam nossos cidadãos em escravos e, modéstia à parte, não havia ninguém tão popular quanto eu na época por causa de toda aquela história de "Dragão de Lassam". O meu ponto é que esse cargo pode exigir demais de qualquer um. Recomendo que não tente resolver tudo sozinha. Você tem aliados impressionantes, então faça bom uso deles. E, se tiver algo que esteja a nosso alcance, sabe como nos encontrar.

— Muito gentil de sua parte.

— Fizemos essa mesma oferta à sua amiga Sandora e ela aceitou.

Aquilo deixa Valena curiosa, mas ela prefere deixar o assunto para depois.

— É mesmo? Então, só para ter certeza: vocês estão me dando carta branca para usar os recursos de vocês quando eu precisar?

— Desde que possamos contar com sua ajuda quando formos atacados de novo.

◆ ◆ ◆

Depois que Valena se afasta, Alvor Sigournei e Loren Giorane caminham, sorridentes, até Daimar e Cariele.

— Foi muito bom ver vocês dois de novo – diz o aspirante. – O casamento parece ter feito muito bem a ambos.

Cariele sorri.

— Obrigada. E vocês continuam fazendo amigos incomuns.

— Esse é o nosso trabalho – responde a ruiva. – Como vai sua filha?

— Provavelmente vai transformar a vida da governanta num inferno, se não voltarmos logo para casa – brinca Daimar. – E quanto a vocês dois? Achamos que voltariam para suas províncias de origem quando o Império foi dividido.

— Nossa terra natal é o Império, não uma província específica – diz Alvor. – Além disso, nosso trabalho atual é muito satisfatório, não é mesmo, ruiva?

— Com certeza – responde Loren. – E, se eu tivesse voltado para a Sidéria, teria sido mandada para lutar contra vocês hoje, então estou feliz por estar deste lado da fronteira.

Daimar assente.

— É bom ver que está tudo bem com vocês. Pena que toda vez que nos encontramos seja em circunstâncias... complicadas.

Alvor ri.

— Que tal colocarmos este país nos eixos de novo? Aí poderemos relaxar um pouco e tomar uma cerveja.

— Seria ótimo – diz Cariele, antes de ficar séria e fazer um gesto na direção de Valena, que conversa com o general Camiro em meio a uma intensa movimentação no acampamento militar. – Aspirante, o que acha dela?

Alvor avalia a imperatriz por alguns segundos.

— Sabem que, por razões éticas, qualquer coisa que eu contar a vocês precisarei reportar a ela, não?

Daimar assente novamente.

— É justo.

— Em minha opinião, ela ainda é muito jovem e inexperiente, mas tem muito potencial.

— Também é muito poderosa – comenta Daimar, franzindo o cenho. – Eu nunca seria capaz de parar um exército inteiro daquela forma, se estivesse sozinho. Ela conseguiu lançar mais conjurações em uma hora do que eu em toda a minha vida.

— Falou bonito para quem ganhou poderes há tão pouco tempo – alfineta Cariele, fazendo todos rirem.

— Como todos os imperadores antes dela, Valena tem o poder da Fênix, então não é de se surpreender – diz Alvor. – Mas, pelo que eu vi até agora, eu diria que ela não representa nenhuma ameaça a pessoas de bem, pois usa esse poder apenas quando é necessário. A propósito, senhor Gretel, pelo que andei ouvindo sua popularidade aumentou muito hoje. Apesar de ter sido ela lançando as bolas de fogo, você era o dragão, então foi você que as pessoas viram, muito mais do que ela. Nossos inimigos vão pensar duas vezes antes de voltar a atacar Mesembria.

— Para quem acabou de vencer uma batalha como essa, Valena pareceu um pouco tensa – comenta Daimar. – Talvez o cargo esteja exigindo muito dela.

— Não se preocupe, ela aguenta o tranco – responde Alvor. – Há muitas pessoas de confiança dando apoio a ela.

Daimar volta a assentir.

— Contamos com você, aspirante, para nos contatar em qualquer eventualidade. Sabe como nos encontrar.

◆ ◆ ◆

No dia seguinte, Valena encontra Sandora sentada atrás de uma mesa rústica ao lado da entrada para o calabouço.

— O que está fazendo aqui?

Sandora levanta os olhos do livro que está lendo e se espreguiça, soltando um grande bocejo.

— Eu posso ler em qualquer lugar, então decidi fazer isso aqui, assim posso garantir que nossos prisioneiros não vão causar problemas.

Notando um movimento do outro lado do cômodo, Valena olha para lá e vê o *Sinistro* sentado no chão enquanto calmamente entalha alguma coisa num pequeno bloco de madeira com um cinzel.

— Ele pode estar com uma aparência diferente, mas continua me dando arrepios.

— É *ela*, não *ele*. E ela entende o que falamos, então é melhor não ser grosseira.

Valena engole em seco.

— Desculpe. Mas, como assim, "ela"? Como você...?

Sandora dá de ombros.

— Eu preciso usar meus poderes de cura periodicamente para reparar o corpo dela e evitar que se deteriore. Numa dessas ocasiões eu a vi sem as roupas.

Sem se importar com a conversa das duas, Gram continua trabalhando na madeira, no seu usual e sinistro silêncio. Valena lança um longo olhar para a criatura. De certa forma, o fato de saber que se trata de uma mulher ou, melhor, de alguma coisa do sexo feminino torna a imagem daquele ser um pouco menos assustadora.

Então Valena percebe que não há mais ninguém por perto.

— Você está guardando a masmorra sozinha? Onde estão os *nasiib daro* daqueles guardas?

— Lá dentro. Estão fazendo a ronda pelas celas.

— Certo. – Valena avalia a outra por um instante. – Escute, tem certeza de que deveria ter se esforçando tanto ontem? Ainda mais nesse estado? E esses prisioneiros podem ser perigosos. Talvez fosse melhor ficar longe daqui.

— Estou bem. E aquele monstro é o assassino do capitão Joanson. Se nem um membro da antiga Guarda Imperial teve chance contra ele, tenho minhas dúvidas de que qualquer um de nós tenha. Não podemos nos descuidar.

— Tenho minhas dúvidas sobre ele ser mesmo um assassino. E você conseguiu tirar o homem de combate com muita facilidade.

— Aquilo foi um golpe de sorte.

— Sei. Mudando de assunto, o Dragão me disse que ofereceu algum tipo de ajuda a você. Do que se trata?

Sandora suspira.

— A esposa dele montou uma equipe de sábios e curandeiros para pesquisar sobre gravidez e parto. Ela disse que a mãe dela morreu ao dar à luz e que viu alguém próximo a ela falecer da mesma forma. Então lembrei que minha mãe também pereceu assim e que a de Evander nunca mais conseguiu se recuperar plenamente depois do nascimento dele. – Sandora leva a mão ao ventre. – Meu filho é um espírito itinerante, assim como eu e Evander. Existe a possibilidade de que eu venha a ter o mesmo destino de minha mãe.

— Sua mãe morreu porque Donovan era um *tuugada* de um açougueiro sanguinário. É provável que essa história de ser "itinerante" nem tenha relação com isso.

— Preciso ter certeza. Havia muitas outras mulheres nas mesmas condições que minha mãe, Valena. De todas elas, só duas sobreviveram até o momento do parto. E, quando a mãe morre assim, o bebê perde a vida também. Não posso ignorar isso. Cariele quer fazer alguns exames em mim.

— Entendo. Talvez seja mesmo uma boa ideia.

Sandora encara Valena com atenção.

— O que há com você? Não é de seu feitio ficar puxando conversa dessa forma.

— Só estava curiosa. – Valena se adianta, abrindo a pesada porta de madeira. – Vou conversar com os prisioneiros.

— Sozinha?

— Sim, por quê? Acha que não dou conta?

Com isso, Valena entra no corredor úmido, fechando novamente a porta atrás de si, e marcha pelo pequeno labirinto de corredores cheios de portas de celas de ambos os lados. Ao chegar a uma cela específica, ela respira fundo e olha por entre as grades de metal que bloqueiam o buraco quadrado na porta.

O demônio não está mais ali. Em vez dele, ela encontra um rapaz mais ou menos de sua idade, com pele morena e cabelos longos bem escuros, sendo suas sobrancelhas no mesmo tom. Usa apenas a calça, tão danificada que se parece mais um calção de dormir, e que é muito larga para ele. Seu corpo é muito musculoso e atlético, com coxas grossas, tonificadas, e um abdome invejavelmente definido.

Agarrado em uma viga do teto com as duas mãos, ele levanta e abaixa o corpo ritmicamente, apenas com a força dos braços musculosos. Ao notar a presença dela, ele solta a viga, pousando no chão quase sem nenhum ruído. Jogando para trás o cabelo, ele a encara com uma leve expressão de ironia.

— Princesa.

Sua voz é grave, rouca, profunda.

— Barlone! Achei que você estava morto!

Ele sacode a cabeça e aponta para o próprio peito.

— Valimor.

— Você não se lembra de mim? Sou eu, Valena!

— Princesa de Verídia. Alvo.

— "Alvo"? Que história é essa? O que fizeram com você?

Ele inclina a cabeça para o lado.

— Princesa estúpida?

Valena fica embasbacada com aquilo, mas, antes que possa dizer qualquer coisa, sente uma mão em seu ombro e quase dá um pulo de susto. Olha para o lado e topa com Sandora. De onde ela veio? Há quanto tempo estava ali?

— Não adianta – diz a *Bruxa* –, ele provavelmente não conhece você ou, pelo menos, não a reconhece.

Ao ouvir a voz de Sandora, o homem na cela solta um urro, batendo violentamente no chão com os punhos. Em poucos segundos, volta a ser o demônio de antes, com pele negra, garras, chifres e aquela cauda pontuda. Ele se endireita devagar, rosnando.

Valena fica desconsolada.

— *Qeylinta*! Como ele ficou assim?!

— Nós o interrogamos durante horas, sem nenhum progresso. Facilitaria muito as coisas se você autorizasse o uso do encanto da verdade. Aliás, estou surpresa por ele ter dirigido a palavra a você na forma humana. Sempre que eu, Gram ou qualquer um dos guardas se aproxima, ele fica desse jeito aí.

Dentro da cela, o monstro olha para elas com raiva. Valena sente uma angústia insuportável.

— Sandora, por favor, você vai me ajudar, não vai? Temos que fazer com que ele volte ao normal!

— Não estou certa de que ele seja quem você está pensando.

— Ele é meu amigo de infância! Eu *sei* que é!

— Princesa estúpida – diz o monstro, com um sorriso assustador, exibindo fileiras de dentes pontiagudos. – Fazer gritar muito depois quebrar pescoço.

O tom de ameaça é inequívoco. Valena engole em seco, instintivamente levando a mão à própria garganta.

Capítulo 6:
Mandachuva

O passado

A vida no submundo da capital do Império não era nada simples.

Sileno Caraman era um imperador justo e fazia tudo a seu poder para coibir a criminalidade, incluindo forçar os prefeitos e governadores a investirem pesado no armamento e na especialização das tropas. Essa atitude reprimia o crime, mas não o eliminava. E, se há uma coisa que pode ser dita a respeito da humanidade, é que ela tem uma impressionante capacidade adaptativa. Em meio a dificuldades, as pessoas sempre encontram formas criativas de se virar. Infelizmente, isso acontece tanto para o bem quanto para o mal.

Logo que se tornaram moradores de rua, Barlone e Valena descobriram que seria muito complicado sobreviverem daquela forma. Existiam gangues, formadas por jovens e adolescentes, que disputavam os territórios da cidade entre si. E a regra entre esses grupos, invariavelmente, era algo como "se você não está comigo, está contra mim".

Havia muitos mitos no submundo, criados a partir do medo que aquelas pessoas tinham de ser capturadas pelo Exército.

"Se eles te pegarem, você nunca mais verá a luz do dia".

"Uma vez na prisão, você fará trabalhos forçados para o resto da vida".

"Eles lançam um feitiço em você e bum! Você vira uma mula de carga".

"Eles servem os prisioneiros como oferendas para matar a fome da Grande Fênix".

Esse medo tornava incrivelmente cruéis os jovens daquelas gangues. Barlone precisou usar seus poderes diversas vezes para evitar que ele e Valena fossem espancados ou coisa pior.

Depois de muitas desventuras, eles finalmente conseguiram fazer um acordo com uma determinada gangue, que os deixou morar em um velho casarão abandonado no subúrbio. O lugar, no entanto, estava em um estado tão deplorável que tiveram um pouco de dificuldade para encontrar um cômodo que não se parecesse com um banquete de cupins.

Ao chegarem lá, Barlone colocou um pequeno cristal de luz contínua em um suporte de vidro na parede que, miraculosamente, ainda estava intacto, antes de lançar um olhar crítico ao redor.

— Esse lugar está uma bagunça.

Valena procurou um canto onde o chão e a parede parecessem razoavelmente firmes e sem mofo e soltou a trouxa de roupas sobre o piso. Então apoiou as costas na parede e cruzou os braços, antes de responder, sem olhar para ele.

— Depois de dormir tantos dias ao relento ou debaixo de pontes, isso aqui é uma maravilha.

Barlone olhou criticamente para ela. Valena usava um conjunto velho de trajes escuros e antiquados. A roupa era grande demais para ela e estava toda amassada, mas, pelo menos, estava razoavelmente limpa, já que ela havia lavado tudo no rio de manhã.

Mas algo na forma de Valena falar e mover o corpo chamou sua atenção.

— Você está bem?

Ela olhou para ele, com expressão neutra.

— Sim, por quê?

— Parece pálida. Está com fome?

Ela se abaixou e desamarrou sua trouxa, que era composta por uma pequena pilha de roupas enroladas em um pequeno e fino cobertor de peles. Deixando as roupas de lado, ela ajeitou o cobertor no chão enquanto respondia.

— Não. Além disso, a comida que Dariana nos deu já está acabando. Não seria melhor racionar um pouco até conseguirmos mais?

Em meio à confusão com as gangues, um dia eles tinham ido até a casa da mulher e descobriram que Dariana estava metida em um relacionamento bastante patológico e abusivo. Ela havia dado a eles comida e roupas, implorando para que nunca mais voltassem lá.

Ver alguém daquele tamanho e com aqueles músculos morrendo de medo, normalmente, teria sido um choque para Valena. No entanto, depois de tudo o que aconteceu, ela estava em um estado de apatia grande demais para se importar.

— Isso não vai adiantar de nada se você ficar doente – disse ele, colocando a própria trouxa no chão ao lado da dela.

— Sou mais resistente do que pareço – respondeu ela, levando a mão ao pescoço e desamarrando o pequeno cordão que mantinha unidas as duas partes da frente da túnica.

Ele arregalou os olhos.

— O que está fazendo?

— Tirando a roupa. É a única que eu tenho que não está imunda.

Barlone ficou vermelho.

— Mas precisa fazer isso na minha frente?

— Qual o problema? Você não visitava aquele... *bordel* o tempo todo? Deveria estar cansado de ver mulher pelada.

Fazia semanas desde aquele episódio. Aquela noite onde assistiram juntos àquelas... *danças* parecia tão distante agora que mais se parecia com uma espécie de sonho.

— Eu não ia lá o tempo todo! – ele protestou.

— E por que não?

Ao ver que ela puxava o traje por sobre a cabeça, ele ficou de costas.

— Dariana sempre me deu uma impressão ruim.

— Aquele soldado disse que ela explorava menores. Ela tentou... você sabe...?

— Bom, ela veio assistir a uma apresentação comigo uma vez e ficou se... esfregando.

— E o que você fez?

Como Valena parou de fazer barulho, ele achou que era seguro olhar para ela de novo e virou o corpo. Ela tinha se deitado sobre o cobertor, cobrindo a parte superior do corpo, e apoiava a cabeça sobre uma velha calça dobrada. Mas a coberta era curta demais e deixava a maior parte de suas pernas à mostra.

Ele engoliu em seco.

— Fiz com que ela... pensasse estar com fome. Aí aproveitei para ir embora quando ela saiu para buscar algo para comer.

Valena riu.

— Esses seus poderes podem ser bem úteis, às vezes.

— É – concordou ele, distraído.

Ela notou que ele encarava suas coxas.

— Ei – ela disse, em um tom de voz baixo. – Alguma vez você já... fez alguma daquelas coisas... que vimos naquele lugar?

Se alguém lhe perguntasse, Valena diria que não estava apaixonada. Na verdade, nem sabia direito se gostava dele. Barlone era o primeiro amigo que ela fizera na vida e o relacionamento deles era bastante estranho.

Primeiro, por causa dos poderes dele, que a faziam se sentir irrelevante. Ele era capaz de fazer qualquer coisa, manipular qualquer um. Ele havia revelado que a mulher do festival, a que lhes dera comida, era uma de suas "vítimas". Na primeira vez em que a vira, ela o tinha tratado com tanto desprezo e falta de educação que ele resolveu fazer com que ela acreditasse que gostava dele como um filho.

Valena tinha perguntado a ele por que se dava ao trabalho de ajudar a mulher na loja, ao que ele respondeu que se sentia mal por aceitar a comida sem fazer nada em troca.

Aquilo era outra coisa que ampliava seu sentimento de inferioridade em relação a ele. Barlone tinha um senso de responsabilidade incomum, e fazia o possível para não causar mal a ninguém. Valena tinha certeza de que, se aqueles poderes fossem seus, ela não se importaria com nada nem ninguém além de si mesma.

Ele, por outro lado, vivia compartilhando coisas com ela. Até mesmo aqueles momentos no bordel poderiam ser considerados uma partilha, não? Afinal, ele poderia muito bem ter ido sozinho, mas preferiu não a mandar embora. Não fazia sentido pensar que ele a tinha levado lá com segundas intenções, pois, considerando aquela habilidade de manipulação, ele poderia fazer o que quisesse com ela em qualquer lugar, até mesmo dentro do abrigo.

Mas ele não era assim, ela tinha certeza. Ele nunca lhe pareceu um aproveitador. Na verdade, sempre teve aquele jeito solitário, carente.

E, naquele momento, olhava para ela com uma expressão desejosa, sedenta.

— Não – disse ele, respondendo à pergunta dela. – Mas sonhei em fazer com você várias vezes.

De repente, o mesmo clima que tinha surgido entre eles no aposento do bordel estava de volta. A curiosidade, a excitação, a euforia. Os olhos de ambos se encontraram sob a pálida luminosidade do ambiente. Então ela estendeu a mão e, ali na penumbra, apesar do local pouquíssimo apropriado, o relacionamento de ambos subiu para outro nível.

◆ ◆ ◆

Não era muito difícil encontrar trabalho em Aurora para uma criança de 12 anos de idade. Ferreiros, tecelões, taberneiros, tintureiros, havia inúmeros estabelecimentos com bastante trabalho e pouca mão de obra disponível. Infelizmente, a situação era bem diferente quando você era um órfão sem-teto e, pior ainda, se era um foragido da justiça.

— Por que estamos sendo procurados? Não fizemos nada – Valena reclamou enquanto chutava um pedaço do forro de madeira, que estava tão apodrecido que havia desabado na noite anterior. Aquele aposento onde dormiam estava parecendo cada vez mais decadente, mas nenhum dos dois se importava muito com aquilo.

— Devem ter prendido todo mundo que vivia no abrigo – respondeu Barlone. – Passei lá hoje cedo, e estão derrubando a casa.

— E eu não consegui nenhum dinheiro hoje – reclamou ela. – O ferreiro viu meu rosto num cartaz e surtou, dizendo para eu sumir e nunca mais voltar lá.

— Eles vão esquecer de nós depois de um tempo.

— Precisamos ir embora daqui. Achar uma cidade onde ninguém conheça a gente.

— Não temos dinheiro para isso.

— Mas você poderia...

— Não. Eu não quero usar esse poder. Já estou cansado dele. Para dizer a verdade, ficaria feliz se não precisasse usar isso nunca mais.

— O que você tem? Está esquisito. E já faz algum tempo.

— Não tenho nada.

— Quer parar de ser teimoso, seu *xusuusnow*?

— O que te importa, afinal?

— Como assim? Eu sou a menina que está dormindo com você há quase um mês, lembra?

A reação dele àquela colocação não foi, nem de longe, o que ela esperava. Ao invés de sorrir e fazer um comentário qualquer, ou de lhe fazer algum carinho, ele a olhou como se nunca a tivesse visto antes.

— Eu encantei você.

— Hã?!

— Eu encantei você, assim como eu faço com todo mundo. Por isso você dormiu comigo!

Ela arregalou os olhos.

— Que história é essa?

— Deve ter acontecido desde o começo, quando eu ajudei você com os gêmeos. Desde então você não desgrudou mais de mim.

— Você usou seu poder em mim?!

— Eu não sei! Mas por que mais você estaria aqui comigo? Ninguém gosta de mim, ninguém se importa comigo, ninguém nunca me dá atenção, a menos que eu obrigue.

— Isso é mentira! Eu gosto de você!

A expressão dele agora era de horror.

— Eu levei você comigo quando saí escondido do abrigo. Eu levei você para aquele lugar! Eu... destruí a sua vida! E depois disso ainda me aproveitei de você!

Ela ficou sem ação, olhando para ele completamente embasbacada, até que ele pegou uma pequena bolsinha de moedas e colocou nas mãos dela.

— O que é isso?

— O dinheiro que eu tenho. Vá até o alquimista da praça da ponte, amanhã. Fale que você me conhece. Ele vai vender um pergaminho para você.

— Para quê? Você quer que eu vá embora? *Sozinha*?

— Você não pode mais ficar aqui. Eu vou me entregar, e, quando eu não estiver mais aqui, a gangue vai querer a casa de volta.

— O quê?! *Shahwada*, como assim se entregar?

— Eu cansei de tudo isso, não quero mais viver assim. Não entende? Eu faço isso o tempo todo, com todo mundo, sem nem perceber. Por que acha que aqueles delinquentes deixaram a gente ficar aqui?

— *Bisadaha i yareeyeen*! - Valena agarrou o braço dele. - Se é assim, eu vou com você! Vamos nos entregar juntos!

— Pare com isso, droga! - Barlone exclamou, colocando a mão no peito dela e empurrando com força.

Tomada de surpresa, Valena caiu desajeitadamente para trás, batendo os ombros e a cabeça na parede. Gemendo, ela se sentou, levando uma mão à nuca e fazendo uma careta. Pensou em gritar e esbravejar, mas então percebeu que lágrimas escorriam dos olhos dele.

— Eu vou embora – disse ele, determinado, caminhando para a porta.

— Espera! De que vai adiantar se entregar? Você não sabe o que os militares vão fazer com você!

— Não me importo. Nada é pior do que fazer você sofrer.

Muito tempo depois, ela ainda estava ali, parada no mesmo lugar.

— Então, por que está fazendo isso, seu *iimaan*?! – Valena finalmente conseguiu gritar.

No entanto, não havia mais ninguém ali para ouvir sua voz, pois ele já tinha partido havia muito tempo. Para nunca mais voltar. Ela achava que sua vida tinha se despedaçado quando perdera sua casa pela segunda vez. Mas nenhuma das inúmeras perdas que ela sofrera na vida se comparava a essa.

Dessa vez estava realmente sozinha.

Ela e Barlone não tinham sido exatamente namorados, nunca haviam se declarado, nem mesmo conversado sobre isso. Mas aquele tempo de convivência tinha gerado uma ligação forte entre eles, que foi aprofundada pelas suas... atividades noturnas. E agora seu coração doía como se tivesse sido rasgado, arrancado do peito.

◆ ◆ ◆

O presente

Todo mundo sabe que no subsolo do Palácio Imperial, no coração da capital, existe uma masmorra. Afinal, todas as grandes construções administrativas do Império têm uma, o que é necessário para manter afastados da sociedade aqueles que quebram suas regras.

Também é sabido que passar muito tempo confinado num local como aquele pode enlouquecer uma pessoa. Não necessariamente pelo frio ou por supostas torturas que alguns juravam que aconteciam ali, mas pela sensação de desorientação, da impressão de que se está preso em uma espécie de caixa, onde as grossas paredes quase não deixam passar nenhum som.

No entanto, apesar de tudo isso ser conhecimento público, pouquíssimas pessoas sabem sobre as outras instalações que existem no subsolo do palácio, além da masmorra.

A imperatriz Valena Delafortuna caminha, determinada, pelos corredores úmidos até parar diante de uma porta de metal, com diversas runas em relevo, ladeada por dois soldados, que imediatamente prestam continência. Valena olha para a mulher que a acompanha, uma oficial das Tropas de Operações Especiais, e faz um pequeno gesto de cabeça na direção da porta.

A oficial hesita, mas logo levanta a mão e a coloca sobre uma das runas, pronunciando algumas palavras incompreensíveis. O metal treme por um momento, antes de se deslocar para a direita, abrindo a passagem, com o ruído característico de ferro sendo arrastado sobre pedra, revelando um aposento tão iluminado quanto um dia ensolarado.

Sem hesitar, a imperatriz entra e caminha na direção de uma mesa sobre a qual estão espalhadas as peças de uma enorme armadura dourada. Ela então levanta uma das mãos e fecha os olhos, tentando, mais uma vez, sentir alguma flutuação energética vinda daquelas peças, mas, como sempre, sem sucesso. Então, volta sua atenção para a oficial, que tinha parado ao lado dela.

— Nenhuma mudança nas leituras?

— Não, senhora. As peças estão completamente inertes.

— Isso não faz sentido – diz Valena, batendo com os nós dos dedos no peitoral de metal dourado, que parece ter sido feito para um gigante muito entroncado, de pelo menos três metros de altura. – Isto aqui é um construto místico, não é?

— Sim, com certeza não é uma manifestação física padrão, como metal ou madeira.

— Construtos são como o brilho dos olhos, não?

A oficial olha para ela, intrigada.

— Perdão?

— Quando a vida se esvai de uma pessoa, seus olhos ficam opacos, o brilho desaparece. Construtos criados por essa pessoa deveriam sumir também, não é?

— Oh! Sim, é isso mesmo. Construtos são mantidos pelo fluxo energético do conjurador. Se a ligação do espírito com o mundo físico é cortada, o fluxo deixa de existir e o construto desaparece. Fiquei surpresa com a comparação que a senhora fez, mas é uma analogia bastante adequada.

— Foi o professor Romera quem me disse isso – responde Valena, suspirando com pesar ante a lembrança do velho sábio de olhos verdes, integrante da antiga Guarda Imperial, que, no momento, está desaparecido. – De qualquer forma, o fato de a armadura ainda estar aqui é um indicativo de que o Avatar pode estar vivo.

— É difícil dizer, alteza, uma vez que não sabemos ao certo o que é, ou era, o Avatar.

Entre todas as lendas e histórias do folclore veridiano, os contos sobre o Avatar figuram entre os mais famosos. Uma criatura de corpo invisível que usa uma enorme armadura dourada e voa por todo o continente, ajudando as pessoas e derrotando monstros. Um ser misterioso que, aparentemente, tinha encontrado seu fim durante a batalha de Evander e Sandora contra Donovan.

— Oficial, eu vou mandar Sandora dar uma olhada nos seus sensores. Pode ser que tenhamos deixado passar alguma coisa.

A mulher estreita os lábios, levemente contrariada, mas concorda.

— Sim, senhora.

— Você sabe quem eram os sábios de Mesembria que estavam estudando a armadura antes?

— Sim, senhora. Quer que eu faça uma lista?

— Sim, e entregue para a capitã Imelde. Vamos ver se conseguimos a colaboração deles novamente.

Aquilo parece deixar a oficial extremamente satisfeita.

— Sim, senhora!

— Quando detectarem qualquer mudança nas leituras, quero ser avisada imediatamente.

Valena dá mais uma olhada na enorme armadura, resistindo à tentação de massagear os músculos dos ombros. A incômoda dor na parte superior das costas parece estar piorando. Ela sabe que deveria procurar um curandeiro, mas não há tempo para isso agora.

Dando as costas à oficial, ela sai do recinto, sem esperar por uma resposta. Normalmente ela nunca se cansa de ouvir as palavras "sim, senhora", que a fazem sentir uma enorme satisfação. Mas hoje, por alguma razão, o tratamento respeitoso das pessoas do palácio não a faz sentir nada além de irritação.

◆ ◆ ◆

Sandora está em seu costumeiro lugar na entrada das masmorras, debruçada sobre um livro. Ergue a cabeça ao perceber alguém se aproximando pelo túnel e, ao reconhecer a cabeleira ruiva da imperatriz, larga o que está fazendo e corre até ela.

— Precisamos conversar.

Valena olha para a direita, onde está Gram. Ele, ou melhor, *ela*, havia terminado a escultura na madeira e agora está esfregando nela um pano grosseiro, provavelmente para alisá-la.

— Depois – Valena responde, indo até a porta que leva às celas. – Tenho um assunto para resolver.

Sandora entra na frente dela.

— Leonel Nostarius me procurou.

Ao ouvir aquilo, Valena para de caminhar e fecha os olhos, já sabendo o que seria dito em seguida.

— Você não compareceu às últimas reuniões. Leonel, Luma e o general Camiro estão fazendo o possível para resolver os assuntos do Império, mas eles não têm autoridade para colocar as decisões em prática.

— Eu sei.

— Se sabe, por que está negligenciando seus deveres?

Valena olha para ela, irritada.

— Eu não estou com cabeça para isso agora, está bem?

— Muitos assuntos podem ser deixados de lado, mas o governo de um país não é um deles. Se acha que isso é algo que não merece toda a sua atenção, é melhor abdicar logo do trono.

Aquele mero pensamento deixa Valena horrorizada.

— Eu não posso fazer isso!

— Nesse caso, o que está fazendo aqui?

— *Shahwada*, eu tenho um problema para resolver!

— Valena, quando *você* tem um problema, *o Império* tem um problema.

— Você não entende! Eu...

— Não entendo mesmo. Se acha que pode tratar seu cargo com esse desdém, por que se deu ao trabalho de pedir minha ajuda?

Valena estreita os olhos.

— Como ousa?! Se não está satisfeita, pare de me atormentar e siga o seu caminho, sua *dhilleysi*!

Furiosa, Valena escancara a porta e entra.

Sandora olha para Gram. A criatura levanta uma das mãos de pele arroxeada e bate no lado esquerdo do peito duas vezes.

— Sim, eu sei – responde Sandora, calmamente. – Mas, se eu não der um puxão de orelha, não estarei fazendo nenhum favor a ela.

Gram assente e volta a trabalhar em sua escultura. Sandora volta a se sentar diante do seu livro e aguarda. Vários minutos depois, a porta volta a se abrir.

Valena olha para ela de cenho franzido.

— Por que ainda está aqui?

— Porque eu imaginava que algo assim fosse acontecer – Sandora responde, ficando em pé e gesticulando na direção do homem alto e musculoso que vem atrás da imperatriz.

— Moreninha invocada – comenta o homem que diz se chamar Valimor, com um sorriso irônico.

— Estou com pressa – diz Valena a Sandora. – Não tenho tempo a perder com você. – Ela olha para trás e faz um rápido gesto de cabeça para que o homem a seguisse. – Vamos.

Sandora fica olhando com interesse enquanto Valena sai, apressada. Antes de ir atrás dela, o demônio em forma humana lança um olhar para Gram e faz alguns gestos que Sandora não consegue ver. Gram assente e levanta um punho fechado, num gesto que ela não compreende muito bem, mas que arranca uma risada do homem.

Assim que ele sai, Sandora franze o cenho e encara Gram por um momento. A criatura dá de ombros e volta a esfregar sua escultura, aparentemente satisfeita. Com um suspiro, Sandora retira um pequeno cristal do bolso, esfregando um pedaço de tecido sobre ele, até que uma pequena luz esverdeada surge no interior da pedra transparente. Depois de pôr o objeto com cuidado sobre a mesa, ela recosta o corpo na parede e aguarda. Depois de alguns instantes, a imagem do rosto de Evander surge no ar, logo acima do cristal.

— E aí, como estão as coisas? – pergunta ele, animadamente, com uma piscadela.

Uma onda de paz e segurança a envolve, como sempre ocorre ao ouvir aquela voz. A julgar pelo forte vento que sopra nos cabelos loiros, ele deve estar no alto de alguma torre.

— A mandachuva está levando o bichinho para passear.

Como imaginava, ele compreende imediatamente a quem ela se refere e arregala os olhos.

— *O quê*?!

— Andar com ele pelo palácio causaria muita comoção, então imagino que estejam indo para fora.

— Sandora, não podemos deixar aquele monstro à solta!

— Eu sei, mas ela parece ter um efeito calmante sobre ele. Tanto que saiu daqui na forma humana.

— Isso não quer dizer nada!

— Talvez não, mas contrariar a moça, no estado em que se encontra, não parece ser uma boa ideia.

— O que não me parece ser uma boa ideia é deixar aquela coisa andar por aí livremente. Ele não é só um monstro, é um assassino. Vai saber o que pode aprontar em seguida.

Sandora lança um olhar para Gram, que parece prestar muita atenção à conversa. A criatura inclina um pouco a cabeça para o lado, um gesto que Sandora aprendeu a identificar como sendo de divertimento. Depois de pensar por um instante, intrigada com o comportamento de sua velha aliada, Sandora volta a encarar os lindos olhos castanhos de seu companheiro e pai do bebê que carrega no ventre.

— Tem algo que não se encaixa.

Evander suspira.

— O mundo seria muito mais simples se as coisas fossem apenas pretas ou brancas, sem esse monte de cores intermediárias.

Ela sorri.

— Se alguém entende algo sobre cores, é você. Eu não tenho como argumentar a respeito.

Alguma coisa chama a atenção dele.

— Espere, estou vendo os dois. Estão saindo do palácio a cavalo. – As habilidades visuais de Evander são excepcionais, mesmo a longas distâncias. – Ela está usando um manto com capuz, provavelmente para não ser reconhecida. Mas olha aquilo! O grandalhão que vem atrás dela sorri como se estivesse se divertindo. Não estou gostando nada disso.

— Isso foi rápido demais, eles acabaram de sair daqui – comenta Sandora. – Ela deve ter preparado essa "excursão" com antecedência. Você tem um tempo agora, não tem? Pode ficar de olho neles? Está com o pergaminho de ocultamento?

— Sim, pode deixar. Até que algo aconteça, eles nem vão saber que estou por perto. – Ele volta a olhar para ela. – E quanto a você, trate de se alimentar direito.

— *Eu* me alimento. É *meu estômago* quem se revolta e devolve tudo.

◆ ◆ ◆

Valena caminha sobre a grama do velho parque. Fazia mesmo apenas cinco anos desde que estive ali com Barlone pela última vez?

Ela se volta para o homem que a acompanha.

— Ainda não se lembra de nada?

Valimor olha ao redor, interessado.

— Lugar bonito. Bom respirar. Nada lembrar.

— Como pode ter esquecido de tudo, *qeylinta*?

Ele olha para ela e ri.

— Princesa falar engraçado.

— Vamos até a velha loja. Tenho certeza de que isso vai ajudar.

Na verdade, Valena não está certa de absolutamente nada. Não saberia explicar como conseguiu convencer aquele homem a vir com ela, muito menos a não tirar sua vida na primeira oportunidade. Ele havia admitido que tinha sido comandado a fazer isso, até mesmo a chamou de *alvo* uma vez.

Ela gosta de pensar que, no fundo, alguma lembrança do passado, do que viveram juntos o está levando a mudar seu comportamento. Ele parece cada vez mais à vontade na presença dela, suas maneiras se tornando cada vez menos ameaçadoras a cada visita sua. Aquela é a explicação perfeita.

Mas Sandora vive insistindo para se afastar dele, dizendo que está enganada, que Valimor não pode ser Barlone, e por causa disso Valena não consegue evitar sentir uma ponta de dúvida. Precisa resolver logo esse assunto, a sua ansiedade com a situação está ficando cada vez maior, chegando ao ponto de não conseguir mais pensar em outra coisa.

Entrando na humilde loja, Valena reconhece a mulher logo que a vê. Está com os cabelos um pouco mais grisalhos, mas continua atendendo os clientes com a mesma desenvoltura e simpatia de sempre. É difícil imaginar que um dia tenha maltratado uma pessoa como Barlone.

Ela espera os clientes saírem, então levanta um pouco o capuz, para que a outra possa ver seu rosto.

— Bom dia.

A mulher quase cai para trás de susto.

— O quê?! Você! Você é a...?

Valena levanta as mãos, na esperança de acalmar um pouco aquele rompante quase histérico.

— Por favor, fale baixo. Não se lembra de mim? Eu costumava vir aqui anos atrás. Você me conhecia como Val, eu acompanhava o Siom.

A mulher franze o cenho.

— Val? Aquela que eu achei que fosse um menino da primeira vez? Pela Fênix, não acredito! É você!

Valena aponta para Valimor, que continua na calçada, olhando para ela com expressão divertida.

— Não se lembra dele?

A mulher franze o cenho.

— Não! Por que lembraria?

— Mas é o Siom!

— Não, não é – responde a mulher, categórica. – Eu me lembro bem daquele garoto. E esse homem é velho demais para ser ele.

— Como pode dizer isso?

A mulher encara Valena com o cenho franzido, mas então parece ter uma ideia.

— Espere um pouco, deixa eu buscar uma coisa.

Valena fica confusa. Por que a mulher não o reconhece? Seria por causa dos poderes dele? Talvez o fato de Barlone ter influenciado a mente dela tenha, de alguma forma, bagunçado suas memórias.

Virando a cabeça, ela olha para ele, que no momento está de costas, com o rosto levantado para o céu. Com certeza tinha crescido bastante e os anos que passou no Exército haviam lhe dado muitos músculos, mas, fora isso, ele não tinha mudado quase nada.

No momento, ele encara o céu com tanta atenção que a deixa curiosa. Quase sem perceber o que está fazendo, ela caminha na direção dele, saindo da loja e levantando a cabeça, para ver apenas um grupo de nuvens fofas.

— O que está olhando?

Então ele faz uma pergunta estranha.

— Princesa voa?

Com a convivência, ela está aos poucos aprendendo a compreender o que ele diz, mais pela forma que ele fala do que pelas palavras em si, já que ele tem dificuldade para se expressar oralmente.

— O quê? Se eu posso voar? Sim, mas por que...?

Então ele solta aquele urro característico que ela odeia, pois significa que está novamente assumindo sua forma demoníaca. As pessoas que estão na rua correm de perto, assustadas.

Valena poderia ter reagido. Ela *deveria* ter reagido. Mas a confiança visceral que tem nele faz com que não se sinta ameaçada, nem mesmo quando ele toca seu peito com uma das garras e uma espécie de energia avermelhada envolve seu corpo. Ela não expressa nada além de confusão enquanto ele, de alguma forma, fecha as garras e segura aquela energia, antes de puxar com força. Mesmo enquanto é levantada no ar como se não pesasse nada, Valena não sente a menor sensação de perigo.

Valimor dá duas voltas ao redor de si mesmo, tomando impulso, antes de arremessar Valena para o alto, gritando algo que ela não consegue compreender.

Levemente tonta, ela leva alguns instantes para perceber que se esborracharia contra alguma coisa se não tomasse uma atitude, então trata de acionar a Forma da Fênix. O fogo místico dissipa completamente a aura avermelhada que Valimor tinha colocado a seu redor, e então as asas flamejantes se abrem e batem com força, projetando seu corpo para cima. Sem pensar duas vezes, ela manobra para dar a volta.

Ao ver que Valimor está lutando contra alguém, ela se sente aliviada. Finalmente consegue discernir o que ele tinha gritado quando a arremessou para longe. Tinha sido uma palavra: *fugir*. Aquele era o Barlone que conhecia, fazendo tudo o que podia para proteger os outros, mesmo quando não queriam. De repente, sentiu culpa por alimentar dúvidas, mesmo que ínfimas, sobre a identidade dele. Aquilo é tudo culpa de Sandora. Se não fosse pela *Bruxa*, nunca sonharia em duvidar daquele que fora seu primeiro e único amante.

Decidida, ela voa a toda velocidade na direção dele, demorando demais para perceber que não está muito bem. Ela sente a cabeça muito leve, a boca seca e uma leve sensação de enjoo. Não consegue nem mesmo perceber quando a conexão com o poder da Fênix se desfaz e as chamas ao redor dela desaparecem. Quando dá por si, está caindo novamente, e agora sem ter como fazer nada a respeito.

Como em um sonho, ela vê o chão gramado da praça vindo em sua direção, cada vez mais perto. Não sente medo, nem raiva, nem mesmo confusão. Uma apatia imensa domina seu ser. De repente, nada parece mais importante do que ficar quieta e fechar os olhos.

Então, de repente, não está mais caindo. Alguma coisa, subitamente, a segura em pleno ar. Uma sensação de calor e segurança envolve seu corpo. Há uma voz falando alguma coisa, mas não importa. Está tão confortável e relaxada que não consegue resistir ao sono.

◆◆◆

Evander Nostarius fica estarrecido quando Valimor arremessa Valena para tão longe com tanta facilidade. Felizmente, ela ativa seus poderes, caso contrário não teria a menor chance de sobreviver àquela queda.

Então ele vê uma forma passar diante dele, vinda de cima. Prageja mentalmente por não ter lançado sequer um olhar para as nuvens e, assim, tendo permitido que uma provável ameaça chegasse tão perto. Mas espere! Aquilo… é um dos protetores! Teria vindo para prender o monstro?

É uma mulher, uma ruiva alta, usando uma armadura prateada e uma lança brilhante, as asas emplumadas recolhidas contra suas costas enquanto mergulha na direção de Valimor.

O demônio dá um salto e levanta o punho, uma aura avermelhada o envolvendo. O golpe dele atinge violentamente a ponta da lança da protetora, causando um enorme estrondo. O demônio é lançado para baixo e cai, estatelado, ao chão, chegando a afundar na terra fofa do gramado.

A mulher é projetada para cima e precisa de vários segundos para conseguir recuperar o controle do voo. Então ela olha para a lança e percebe que a ponta da arma tinha se desintegrado no impacto. Com um grito de frustração, ela arremessa a lança para longe e desembainha uma espada. A arma que ela descartou brilha por um instante, depois fica imaterial e finalmente desaparece, muito antes de atingir o chão.

A essa altura, Valena já está retornando. Mas então algo estranho acontece e a Forma da Fênix vai desvanecendo, como se estivesse sendo dissipada. Quando todo o fogo místico desaparece, a imperatriz começa a cair, indefesa.

Imediatamente, Evander comanda sua montaria alada a descer, mas o demônio é mais rápido. Com um salto impossivelmente preciso, ele agarra Valena em pleno ar e cai em pé, com ela nos braços, sobre o calçamento, quase atingindo um grupo de carroças e fazendo com que pessoas e animais saiam em disparada para todos os lados.

O monstro coloca a imperatriz deitada no chão com cuidado quando a protetora volta a voar na direção dele, com nítidas intenções assassinas.

Concluindo que já tinha visto o suficiente para saber do lado de quem deveria lutar, Evander avança na direção dela.

♦ ♦ ♦

Valena acorda em sua cama. Tenta levantar o tronco, mas a tontura faz com que desabe de novo no travesseiro.

— Devagar – repreende Sandora, segurando seus ombros para que fique no lugar.

— O que aconteceu?

— Você desmaiou. Tome um pouco disso aqui.

Sandora leva uma xícara à boca de Valena, que a aceita a contragosto, fazendo uma careta ao sentir o sabor amargo do chá.

— Como vim parar aqui?

— Ele te trouxe – Sandora aponta para o outro lado da cama, onde Valimor se encontra, em sua forma humana, recostado na parede ao lado da janela. – Depois de quase te matar.

Ele olha para Valena com sua costumeira expressão de divertimento.

— Barlone!

Ao ouvir aquele nome, ele fica sério e balança a cabeça. Sandora olha para ela, com expressão desgostosa.

— Ainda insiste nessa história?

— O quê?

— Aqui – Sandora pega um caderno de cima da mesinha de cabeceira e mostra a ela.

Há um desenho feito com carvão no papel. Um esboço de um retrato de um garoto com sobrancelhas grossas e expressão séria.

— É o Barlone! – Valena exclama, agarrando o caderno com mãos trêmulas. – Era assim que ele era com 12 anos! Onde conseguiu isso?

— Uma mulher entregou para Evander depois que... bom, depois que você desmaiou. Ela disse que conheceu você anos atrás.

Então deve ter sido aquilo que a mulher da loja foi buscar naquela hora.

— Que bacana da parte dela, não sabia que era uma artista. Mas, espere um pouco, você disse que eu desmaiei? Quanto tempo fiquei dormindo?

— Dois dias.

— O quê?! Mas... por quê?

— Porque, Valena, você estava tão exausta que seu corpo não aguentou mais. Quando foi a última vez que dormiu a noite inteira? Ou que fez as três refeições do dia?

— Ei, eu sou a imperatriz! Tenho muitas coisas para resolver...

A expressão de Sandora indica a sua contrariedade, provavelmente está doida para falar umas poucas e boas sobre como Valena ficou procrastinando suas responsabilidades por dias, mas aparentemente resolve deixar aquilo de lado.

— Não sei como pude ser tão estúpida a ponto de não perceber isso antes. Não é à toa que você confundiu Valimor com seu namorado de infância.

— Pare com isso, não há confusão nenhuma. É ele!

— Olhe para esse retrato, Valena. Então olhe bem para o rosto dele e me diga qual é a semelhança que você consegue enxergar, porque eu não vejo nenhuma.

Valena olha para o desenho. Depois para o rosto preocupado de Valimor. E depois novamente para o papel. Então arregala os olhos e leva a mão à boca. Quando volta a olhar para ele, seus olhos estão úmidos, o que faz com que ele desvie o olhar.

E então Valena começa a chorar. Um choro sofrido e compulsivo que parece não ter mais fim.

Capítulo 7:
Presença de Espírito

O passado

Tomada por uma sensação de letargia e pela irracional esperança de que Barlone miraculosamente mudasse de ideia e voltasse, Valena tinha deitado no chão e passado ali a noite inteira. Levou bastante tempo, mas ela acabou dormindo um sono agitado e cheio de pesadelos.

O sol nascia quando ela acordou de mais um sonho ruim e desistiu de tentar voltar a dormir. A sensação de solidão era esmagadora. Tinha que sair dali. Sem Barlone aquele lugar não significava nada para ela além de sofrimento. Depois de juntar as poucas coisas que tinha, partiu daquela casa velha caindo aos pedaços, com intenção de nunca mais voltar.

Mas e agora? O que faria em seguida? As moedas que ele deixara com ela davam apenas para comprar comida durante uns poucos dias, e o dinheiro que ela própria tinha juntado dava para ainda menos.

Pensativa, ela andou a esmo pela cidade por bastante tempo até que se viu no lugar conhecido como "a Praça da Ponte". O lugar estava movimentado, com filas de pessoas aguardando a vez para usarem as pontes de vento e assim viajarem instantaneamente para onde quisessem, ou, pelo menos, para onde seu dinheiro permitisse, já que os pergaminhos, necessários para ativar as pontes, não eram exatamente baratos, principalmente se a viagem fosse muito longa.

Um tanto indecisa, ela acabou entrando pela porta ao lado de uma discreta placa com a palavra "alquimia" em caracteres rebuscados. Foi atendida por um senhor grisalho que tinha uma enorme barba branca.

— Olá mocinha. Procurando por alguma coisa?

— Eu... sou amiga do Barlone...

O homem ficou estranhamente animado ao ouvir aquilo.

— Oh, sim, claro. Precisa pegar uma ponte, certo? Vou providenciar um pergaminho para você. Já sabe para onde quer ir?

Valena olhou nos olhos dele. O homem parecia sincero.

— Posso ir para onde quiser? Até mesmo para Halias? Ou para a Sidéria?

O alquimista coçou a barba, parecendo um pouco preocupado por um instante, mas logo voltou a sorrir.

— Sim, claro, pode ir para onde quiser.

— Mas não é muito caro?

— Não se preocupe, eu dou um jeito. Trato é trato.

Ela sentiu um frio na barriga. Por alguma razão, aquilo não parecia certo.

— Por que esses pergaminhos são caros?

— Oh, é que, quanto maior a distância, mais runas precisam ser fixadas neles para traçar a rota. E cada runa precisa de uma certa quantidade de materiais especiais para ser devidamente incorporada. Algumas dessas coisas são bem difíceis de conseguir, então precisamos aumentar o preço, senão não conseguiríamos manter a loja funcionando.

— Eu não tenho dinheiro.

— Não se preocupe, seu pergaminho é por minha conta.

— Mas o senhor tem esses materiais de sobra aí?

— Não exatamente, mas, como é um pergaminho só, eu consigo repor o que eu gastar em algum tempo.

Aquilo estava soando cada vez pior para ela.

— Quanto tempo?

— Para Halias, talvez um mês ou dois. Para a Sidéria pode demorar um pouco mais.

De repente, Valena sentiu um gosto amargo na boca. Se era daquela forma que Barlone se sentia quando usava seus poderes para manipular alguém, não era à toa que ele tinha decidido dar um fim naquilo.

— Obrigada, mas eu mudei de ideia.

Ele pareceu confuso.

— Mas como assim? Pensei que essa viagem fosse muito importante, uma situação de vida ou morte. Se não quer usar a ponte, posso providenciar uma carroça para você, e talvez contratar um guarda-costas, afinal as estradas são bem perigosas.

— Eu não deveria ter vindo aqui. Desculpe, eu vou embora.

O homem segurou seu braço quando ela se virou para a porta.

— Por favor, me deixe ajudar você!

— Que tipo de ajuda?

— Eu não sei. Qualquer coisa! Pode pedir o que quiser!

Ela pensou um pouco.

— Pode esquecer de Barlone e de tudo o que ele pediu para que você fizesse?

— Mas por quê?

Como ela poderia convencer esse velho teimoso?

— É para o bem dele e para o meu. Ninguém pode saber que estivemos aqui. – Ela tinha de inventar alguma coisa, um motivo que parecesse sério o suficiente para aquele *qeylinta* parar de fazer perguntas. – Estaria salvando a minha vida se fizesse isso.

O homem arregalou os olhos.

— Pela Fênix! O que está acontecendo? Escute, eu conheço algumas pessoas, se me contar seu problema, posso conseguir proteção e...

Ela estava se complicando cada vez mais. Por que *culvert* decidiu entrar ali, afinal?

— Não! *Wanaagsan*! Pare com isso!

— Mas eu...

— Não posso contar, está bem? Tudo de que preciso é que o senhor mantenha essa *jahwareer* dessa boca fechada! Preciso que esqueça que estive aqui! Não entende? Isso é importante!

— Mas você...

Apenas cale essa aragti dessa matraca, seu koofiyada qoyan!

— Mas nada! Eu posso me virar sozinha, mas não se não tiver certeza de que o senhor pode esquecer que eu estive aqui! E o Barlone também! Ninguém pode saber disso!

— Claro, se é isso que você realmente quer, eu posso...

— Ótimo! Adeus!

◆ ◆ ◆

Valena caminhou para longe da praça da ponte, apressada. Não queria depender de ninguém. Não *dependeria* de ninguém. Se fosse para sair da cidade, arranjaria um jeito de fazer isso por mérito próprio, não se aproveitando de um velho senhor hipnotizado.

Ao menos, aquela conversa tinha servido para espantar sua apatia. Agora estava determinada a tomar alguma atitude, apesar de não ter decidido ainda o que fazer.

Ela entrava novamente nas vizinhanças de onde havia morado nas últimas semanas quando subitamente percebeu que estava sendo seguida. Com o coração disparado, notou que se tratava de um dos membros da gangue que controlava o submundo da região. Conhecia bem aquele indivíduo em particular, uma vez que já o tinha encontrado várias vezes, mas nunca tivera de lidar com aquele *isha maskaxda* sozinha.

Valena acreditava que, em plena luz do dia, aquele cara não teria como lhe fazer nenhum mal. Na verdade, ele provavelmente nem se aproximaria dela enquanto estivesse andando por ruas movimentadas. Mas, no estado de espírito em que se encontrava, fugir estava fora de cogitação, só queria saber logo do que se tratava e acabar com aquilo e que a cautela fosse à *qallooac*.

Tomando uma rua lateral pouco usada, ela chegou até uma região com construções sujas e malconservadas. Era incrível como uma pobreza tão grande podia existir tão perto de um local tão desenvolvido e movimentado.

Entrando pelo caminho lateral de uma construção velha e decadente, ela chegou até o gramado alto e cheio de ervas daninhas que ficava nos fundos. Uma cerca de tábuas de madeira apodrecidas contornava o local. Montes de lixo nos cantos denunciavam a presença constante de gente por ali, apesar de não haver ninguém no momento.

Com o coração batendo, acelerado, Valena parou no meio da grama, que, por alguma razão, conseguia sobreviver, mesmo sendo constantemente pisoteada, e esperou. Tinha consciência de que estava se arriscando, entrando em um território que não lhe era muito familiar, mas no momento não tinha nada a perder. Barlone levou tudo o que importava quando partiu. Além disso, estava cansada. Se queriam alguma coisa com ela, era melhor resolver aquilo logo.

Então o loiro alto e mal-encarado apareceu, vindo pelo mesmo caminho por onde ela tinha entrado.

O *jahwareer* era chamado Teorus, um nome bastante incomum, originário das ilhas menores do arquipélago de Halias, pelo que Barlone havia lhe contado. O formato dos olhos dele, levemente puxados nos cantos, também denunciava sua ascendência, bem como o tom de pele, levemente amarelado. Tinha diversas cicatrizes no rosto, um nariz que parecia ter sido quebrado várias vezes e uma boca com lábios finos, levemente repuxados para a direita. Não devia ter mais do que 15 anos, apesar do olhar atento, perspicaz e que fazia com que parecesse um adulto. Um adulto sacana e sádico.

— Está perdida, garotinha?

A voz dele era anasalada, provavelmente devido à deformidade nos ossos do nariz.

— O que você quer?

— Onde está seu namoradinho?

— Não te interessa.

Com um sorriso intimidador, ele se aproximou até ficar a um metro de distância dela e cruzou os braços.

— Olha só, falando grosso, quem diria. Não sabe que, se começar a me desagradar, vai ficar sem ter onde morar?

— Não quero mais aquela casa, pode ficar com ela.

— É mesmo? Por acaso o moleque enfezado foi preso pelos guardas? – Ao ver que ela se mexia, desconfortável, ele sorriu, zombeteiro. – Ah, que pena, então você está sozinha no mundo agora?

Ela fez menção de se afastar.

— Se não vai falar o que você quer, eu vou embora.

— Um momentinho aí. – Ele a segurou pelo braço. – Sabe que não duraria nem um dia sozinha nessas ruas, não é?

Ela sentiu o olhar dele pelo seu corpo, e a sensação que a percorreu não foi nem um pouco parecida com a que Barlone a fazia sentir. Ao invés do calor e da expectativa que lhe eram familiares, o que a envolveu foi apenas apreensão e desconforto.

— Por que não fala logo por que está aqui, seu *qosol badan*?

◆ ◆ ◆

Um assalto. Era para isso que ele queria a ajuda dela. Na verdade, quem ele realmente queria era Barlone, mas, se ele não estava disponível, Valena serviria.

A gangue estava bem menor do que ela se lembrava e Teorus estava mancando um pouco, o que a fez concluir que havia entrado em algum tipo de confronto. Com outra gangue, talvez? Ou teria sido com o Exército?

Não importava.

Pelo que Barlone havia contado a respeito daquelas gangues, ela sabia que não poderia confiar em pessoas como Teorus, mas parecia mais seguro fazer logo o que ele queria do que tentar fugir dele. As promessas de dinheiro e comida até eram tentadoras, mas não dava para confiar nas palavras de um líder de gangue traiçoeiro, então ela planejou cair fora assim que tivesse uma oportunidade.

O "trabalho" consistia em se apropriarem da carga de uma carroça que carregava itens a serem vendidos no mercado negro. Não parecia tão errado roubar quando a vítima era um criminoso, não é? De qualquer forma, a carroça vinha por uma estrada secundária pouco usada e não patrulhada, de forma a não chamar a atenção de oficiais do Exército.

O plano era assustar os cavalos criando construtos místicos na forma de cobras, coisa que um dos membros da gangue conseguia fazer, apesar de que com pouca competência. Depois bastaria render o condutor, que estaria sozinho, e se apropriar da carga.

Teorus não revelou como ficou sabendo da existência daquele carregamento, mas Valena não se importou. Estava com coisas demais na cabeça e tudo estava acontecendo rápido demais para ela absorver.

Previsivelmente, quase todo o plano deu errado. No fim das contas, o condutor, mesmo sozinho, acabou dando uma surra em quase todos eles, e só não deu fim à vida deles porque Valena conseguiu se esgueirar até a carroça enquanto ele estava distraído com os outros, e arremessou contra ele alguns potes de vidro que encontrou ali.

Quando um dos recipientes se quebrou, liberou um pó escuro e malcheiroso, que fez com que o homem sentisse terríveis coceiras. Assim, Teorus e os outros conseguiram golpear o homem na cabeça e encerrar aquela luta.

Muito mais tarde, Teorus reuniu a gangue para fazer uma comemoração e dividir entre eles o dinheiro que conseguiram pela carga da carroça. Valena ficou um pouco surpresa com a parte que recebeu. Levaria meses, talvez anos, para conseguir todo aquele dinheiro como mera ajudante de ferreiro. E a parte dela, por ser uma novata, era muito menor do que a dos outros, o que levava a concluir que aquele tipo de "trabalho" era muito lucrativo.

Ela olhou para aqueles jovens, todos sem família e sem nenhum lugar para chamar de lar, assim como ela, e imaginou se era essa a vida que estava condenada a viver para sempre.

◆ ◆ ◆

O presente

O túmulo é simples, uma singela homenagem a uma filha e irmã muito querida, mas de origem humilde. Algum artista com mais entusiasmo do que talento esculpiu a imagem de um pássaro de asas abertas na pedra, provavelmente na intenção de retratar a Grande Fênix, mas criando algo um tanto amorfo e estranho.

Com um suspiro, Iseo Nistano coloca uma pequena rocha no chão, a cerca de um metro de distância da lápide, e fecha os olhos, reunindo sua energia espiritual. Em seguida, desfere um poderoso golpe com seu martelo de batalha, estilhaçando a pedra em inúmeros pedaços e lançando pedriscos e poeira para todos os lados. Então ele encosta o martelo no peito e faz uma leve reverência na direção da sepultura, antes de voltar a prender a arma no cinturão, com a óbvia intenção de ir embora.

Neste momento, nota a aproximação de Evander Nostarius.

— Aspirante Nistano – o recém-chegado o saúda, com um sorriso cortês.

Iseo chega a levantar instintivamente o braço direito para prestar continência, mas então se lembra de que Evander havia sofrido uma traição imperdoável por parte do Exército e que se recusou a reassumir sua antiga patente de tenente por causa daquilo.

— Bom dia – ele acaba dizendo, sem saber direito o que fazer.

O contraste entre os dois é grande. Iseo é alto e encorpado, tendo pele morena, cabelos e olhos negros. Já Evander, além de ser pelo menos uns cinco anos mais jovem, tem pele branca, cabelos loiros e olhos castanho-claros.

O ex-tenente faz um gesto na direção do túmulo, que não passava de uma rocha solitária em meio ao chão gramado de uma clareira no meio da floresta.

— Ouvi dizer que vocês dois estavam... juntos.

Iseo desvia o olhar.

— Imagino que não seria mentira se alguém afirmasse isso.

Evander assente e encurta a distância entre eles, olhando para a rocha esmagada no chão. Há indícios ao redor de que não é a primeira vez que alguém faz aquilo.

— Quebrar pedras é algum tipo de tradição por aqui?

— Para a família dela, parece que é, sim. Como deve saber, ela vem de uma longa linhagem de mineiros. No entanto, Indra achava esse costume ridículo e sempre precisava esconder o riso quando via alguém batendo em pedras para homenagear os mortos.

— Então você está repetindo um gesto que provavelmente a faria cair na risada?

Iseo dá de ombros.

— Saber que ela pode estar se divertindo comigo, onde quer que esteja... bem, não é uma sensação ruim, se sabe o que quero dizer.

Evander sorri e assente, mas logo volta a encarar o outro, sério.

— Eu me pergunto se você não estaria interessado em ir à desforra por eu ter causado a morte dela.

O aspirante levanta os olhos arregalados para ele.

— Mas não foi você quem a matou!

— Eu sabia o que ia acontecer. Não pensei que fosse ocorrer com ela, mas tinha certeza de que haveria vítimas. E fui em frente com meu plano mesmo assim. Então é a mesma coisa.

— Você salvou muitas vidas aquele dia, incluindo a minha. – Iseo aponta para o túmulo humilde. – Além disso, ela nunca me perdoaria se eu levantasse uma arma contra você. Ela sempre disse que você era o melhor amigo que alguém poderia ter, que a tratava como igual, mesmo ela não tendo um décimo da competência que você tem.

Ambos ficam calados por um longo momento, encarando a lápide, até que Evander decide perguntar:

— Acha que eu deveria voltar ao Exército?

— Eu acho que você pode fazer o que quiser. Indra acreditava que você nunca pararia de lutar pelo que acha certo, e que provavelmente sua vida seria uma batalha atrás de outra, até o fim de sua vida.

— Às vezes parece que ela me conhecia melhor do que eu mesmo.

— Esse era um dos pontos fortes dela, aparentemente. – Iseo dá uma última olhada naquele patético pássaro esculpido na pedra. Indra provavelmente acharia hilária uma escultura como aquela em uma sepultura. Aquela, inclusive, devia ter sido a razão principal para seus familiares a terem escolhido. O bom humor dela, com certeza, tinha sido herança de família. – De qualquer forma, minha opinião não é realmente relevante, é? Você parece já ter decidido o que quer fazer.

— Sua opinião é muito importante. Só o fato de ela ter se interessado por você já diz muita coisa a seu respeito, pelo menos para mim.

— Fico contente que pense assim, mas ela não gostaria nada de saber que estamos parados aqui, conversando sobre ela.

— Tem razão.

— Sabe o que ela às vezes fazia quando eu recebia uma missão perigosa? Ela repetia um antigo poema: "O futuro se faz agora, e cada erro é uma vitória, pois a derrota não existe; não há conquista sem labuta, a vida é uma infinita luta onde só perde quem desiste". É o que ela diria para você também. – Iseo se afasta alguns passos antes de olhar para Evander por sobre o ombro. – Te vejo por aí.

Evander leva dois dedos à testa, antes de apontar com eles para a frente, na direção do aspirante, num gesto informal de despedida. Parecendo satisfeito consigo mesmo, o aspirante sai marchando pela trilha.

Voltando a olhar para a sepultura, Evander presta uma continência formal. Mesmo sendo uma pessoa descontraída, Indra tinha um grande orgulho de fazer parte do Exército. No entanto, aquela simples saudação militar parece inadequada, insuficiente para aquela que tinha sido uma de suas maiores amigas e mais valorosas aliadas. Insatisfeito, ele balança a cabeça antes de se afastar, retornando pelo caminho por onde veio.

— Tudo pronto? – Lucine Durandal, em sua habitual cota de malha, pergunta quando ele se aproxima.

— Sim, desculpem pela demora.

Um pouco atrás de Lucine, a protetora chamada Elinora se debate enquanto Idan a segura firmemente pelos braços. Seus punhos estão imobilizados atrás das costas com uma *algema*, um dispositivo místico especial capaz de neutralizar flutuações, impedindo o prisioneiro de utilizar poderes místicos.

— O que significa isso, itinerante? Para onde pretende me levar?

— Para um lugar onde não possa causar problemas, pelo menos até que se acalme um pouco.

Agora que a protetora havia revertido à forma humana, em que não tinha asas, sua pele está bem mais morena, os cabelos avermelhados consideravelmente mais curtos e sua musculatura menos desenvolvida. Mesmo assim, ela ainda tem um porte bastante imponente, e Idan tem um pouco de dificuldade para impedir que escape.

Jena Seinate lança um olhar preocupado para a ruiva antes de se voltar para Evander.

— Será que isso é uma boa ideia?

Ele sorri.

— O objetivo de vida do povo dela parece ser policiar o Império e prender malfeitores. Até escolheram um nome ridiculamente pomposo por causa disso. "Protetores", é mole? – Ele faz uma cara irônica e balança a cabeça. – De qualquer forma, já que capturar criminosos é a praia dela, acredito que vai se sentir em casa durante essa viagem.

Sem contar que, definitivamente, não posso permitir que ela fique à solta para voltar a ameaçar Valena e, consequentemente, Sandora.

Elinora o encara, com raiva.

— Meu objetivo é matar aquele demônio!

— Sabe... – Evander a encara de volta, levantando a sobrancelha. – Ainda não consegui entender direito. De repente, você cai matando sobre o cara bem no meio da capital, colocando um monte de inocentes em perigo. O que mesmo ele fez para te deixar tão possessa da vida assim?

— Não seja estúpido! Ele é uma criatura maligna! A manifestação encarnada do mal! E, como tal, necessita ser expurgado da existência!

Jena se encolhe toda ao ouvir aquilo.

Evander olha para Idan.

— O que me diz disso, amigo?

— Hã... – O paladino hesita por um momento, procurando as palavras mais adequadas. – O Grande Espírito nos ensina que todos temos potencial tanto para o mal quanto para o bem, não importa a nossa aparência. E que, se algo deve ser julgado, não é nossa ascendência, mas sim nossas ações.

— Não seja estúpido! – Elinora esbraveja. – Isso se aplica para humanos, não para aberrações como aquela! Ele é um assassino sem escrúpulos enviado para causar caos e destruição!

Com um sorriso perplexo, Evander inclina a cabeça para o lado.

— Você está falando dele ou de mim?

— Sua hora também vai chegar, *itinerante*!

— Chega! – esbraveja Lucine, olhando para a protetora. – Se é um demônio que você quer, vou te levar até um. Vamos!

◆ ◆ ◆

— Tem certeza de que está tudo bem com você?

Ao ouvir a pergunta, Valena olha para o rosto preocupado daquele que havia sido seu mentor. Leonel Nostarius é um dos homens que ela mais respeita. Ele sempre a havia tratado da mesma forma, com cortesia e seriedade, desde quando ela recebeu a marca da Fênix e veio morar no palácio imperial, há mais de um ano.

O homem tem todo o direito de ser arrogante e cheio de si, afinal foi um dos maiores generais do Exército e comandou por muito tempo os Cavaleiros Aéreos, a tropa mais famosa e temida de todo o continente. No entanto, Valena nunca o viu se vangloriar de nada, sendo uma pessoa justa e amigável, apesar de sério demais, na opinião dela. Ao contrário da maior parte dos nobres e burocratas, Leonel nunca havia olhado para Valena de forma diferente enquanto ela passava de "aprendiz do imperador" para suspeita de traição, depois para fugitiva da justiça, depois para candidata ao trono e, finalmente, para imperatriz.

— Não sei – ela responde, finalmente, com franqueza.

Ela ainda está muito confusa. Não sabe direito o que fazer com Valimor. O homem parece uma pilha de contradições. Primeiro tenta tirar sua vida, o que continua a insistir que é seu principal objetivo, mas a tirou do caminho quando percebeu que seria atacado e ainda a salvou quando ela desmaiou no ar. Na maior parte do tempo a trata com uma expressão entre divertida e irônica, e aquela fúria toda que ele demonstrou nos primeiros dias depois de ter sido capturado parece ter desaparecido. Seria tudo aquilo apenas um estratagema para fazer com que ela abaixe a guarda? Não, isso não faz sentido. Se a quisesse morta, bastaria ter deixado que se espatifasse na calçada de pedras irregulares naquele dia.

E o *qeylinta*, de alguma forma, ainda tinha conseguido fazer amizade com Gram, o que deixava aquela situação toda ainda mais bizarra. Agora há duas pessoas, ou melhor, duas *criaturas* naquele palácio que lhe causam arrepios, em vez de uma, e ainda por cima parecem mancomunadas de alguma forma.

O olhar de Leonel é compreensivo, quando diz:

— Acho que é consenso entre todos os presentes que, quanto antes esse assunto for concluído, melhor será para todos. Mas não vamos nos exceder, afinal não é como se a vida de alguém estivesse em risco, se isso não fosse concluído hoje. Certas coisas dão melhores resultados se forem tratadas com calma.

— Agradeço a preocupação, senhor, mas quero resolver logo isso.

Algumas das outras pessoas que estão reunidas na sala arregalam os olhos ao ouvir a detentora do cargo máximo do país se dirigir a alguém como "senhor". Leonel, no entanto, acostumado com aquilo, apenas assente e volta sua atenção para os demais, que estão sentados em cadeiras, formando uma espécie de roda ao redor da poltrona de encosto alto da imperatriz. Valena acompanha o olhar dele, avaliando aquela gente.

Luma Toniato, antiga general das Montanhas Rochosas e que atualmente vive maritalmente com Leonel, ajeita o turbante, que cobre sua cabeça e esconde seus cabelos negros levemente grisalhos, antes de cruzar os braços e olhar para a imperatriz com expectativa. Sua pele escura enfatiza ainda mais as marcas da idade já avançada, o que lhe dá uma aura de tranquilidade e sabedoria, intensificada por aqueles olhos penetrantes e inteligentes.

Ao lado dela, o general Viriel Camiro mantém uma autêntica e indiscutível postura militar. O homem tem um rosto enganosamente jovem e comum, o que leva muitas pessoas a pensar que ele é um simples soldado, ainda mais quando usa um uniforme padrão e sem sua insígnia, como agora. No momento, ele parece mais interessado em avaliar as outras pessoas da sala do que na preocupação de Leonel com Valena.

A capitã Laina Imelde, líder da segunda divisão da Tropa de Operações Especiais, uma equipe pequena e com integrantes jovens, mas que haviam provado seu valor em inúmeras ocasiões, coloca uma mecha dos cabelos loiros para trás e analisa a imperatriz com seus olhos verdes e sagazes. A princípio, Valena sentira uma antipatia imediata e gratuita em relação à capitã, mas logo percebeu que aquilo era apenas uma reação irracional à incrível aura de feminilidade que a outra possui.

Joniar Balbate, que gerencia as finanças do Império, coça a cabeça, desarrumando ainda mais os cabelos negros enquanto analisa um livro aberto sobre uma pilha de outros que estão em seu colo. Parece ignorar completamente o que ocorre a seu redor.

O sábio Monselmo Ajurita, especialista em alquimia e assuntos místicos, analisa Valena e Leonel criticamente, com aqueles olhos azuis. O homem tem uma aparência típica, clichê até, de um estudioso de artes místicas. Tem uma barba branca longa, idade avançada, veste um manto longo e antigo no tom verde e usa na cabeça uma espécie de chapéu pontudo, também verde.

Sataromi Mantana, próspero fazendeiro e conhecido por suas técnicas inovadoras de agricultura, que se aproveita de todos os meios conhecidos para tornar os campos férteis e assim aumentar a produção de alimentos, dirige a Valena um olhar desconfiado enquanto alisa sua barriga proeminente com uma das mãos e coça o queixo quadrado com a outra.

Tardiana Igalatar, outra nobre que se destaca pelo desempenho de suas propriedades rurais, mas que se especializa mais na área da pecuária, olha para tudo e todos com olhar crítico. Pouca coisa escapa àqueles olhos escuros. Valena imagina o quanto aquela fofoqueira deve falar sobre ela às suas costas.

As irmãs Pacífica e Janirete, da família Inariatu, dona da maior rede de lojas de roupas e tecidos do país, trocam um olhar entre preocupado e divertido. Ambas têm cabelos negros e pele muito clara, usando vestidos longos e coloridos, que Valena não considera nada práticos, e usam leques enfeitados por pedras preciosas para se abanar.

Borsur Felicidar olha para Valena com um sorriso compreensivo. Possui um rosto agradável, de pele suave, e seus movimentos são tranquilos, talvez até um pouco afeminados. Mas tudo isso contrasta grandemente com sua profissão: ele é o mais famoso ferreiro de Verídia. Valena nem imagina como uma pessoa assim consegue se dar bem em uma atividade que requer tanto esforço e derramamento de suor, algo que parece impensável para alguém com aquela aparência e porte físico.

Sandora Nostarius parece mais preocupada do que o de costume. Está sentada em uma postura incomum, com uma mão protetora sobre o ventre, que começa a crescer por causa da gravidez, enquanto olha ao redor. Atrás da cadeira dela, Gram está em pé, com as mãos às costas, parecendo montar guarda, o capuz e o manto longo não deixando nenhuma parte de sua pele à mostra. A maioria das pessoas na sala não parece se importar muito com Sandora ou com a figura encapuzada atrás dela. Aquilo provavelmente tem relação com a idade da *Bruxa*. Sandora e Valena são, disparado, as pessoas mais jovens no aposento, uma vez que, com exceção da capitã Imelde, todos os outros já passaram da casa dos 40. Valena ainda tem a marca da Fênix no rosto, o que faz com que todos tenham um certo respeito por ela, mas Sandora não tem esse benefício.

— Senhores e senhoras – diz Leonel, chamando a atenção de todos. – Podemos dar início a este encontro. Acredito que estejam cientes da razão de termos reunido todos vocês aqui.

— Sim, senhor Nostarius – responde o sábio Monselmo. – Mas antes de começarmos gostaria de alguns esclarecimentos, se possível. É verdade que a imperatriz sofreu um atentado há alguns dias?

— Não, não é verdade – responde Valena. – A pessoa que estava comigo é que era o alvo. A atacante não tomou nenhuma atitude agressiva contra minha pessoa.

— Mas a pessoa que estava com vossa alteza é o demônio que a atacou antes, em Mesembria, não? – Tardiana, a fofoqueira, pelo visto, está bem informada, como sempre.

— Sim – responde Valena, trincando os dentes.

— Me pergunto por que essa pessoa ainda não recebeu a pena capital.

Alguns murmúrios pelo salão levam a crer que muitos concordam com aquela posição. Antes que Valena possa responder, no entanto, Sandora toma a palavra.

— Ele ainda está vivo por minha causa. Acreditamos que Valimor Nileste estava sob algum tipo de influência hipnótica durante o atentado em Mesembria. Minhas habilidades permitem livrar pessoas desse tipo de influência e o comportamento dele vem se modificando bastante nas últimas semanas.

— Acreditamos que ele deverá retornar à sua personalidade normal em mais algum tempo – complementa Valena, por alguma razão se sentindo compelida a proteger o monstro. – Então ele deverá ser capaz de nos dizer mais sobre a pessoa ou as pessoas que o comandaram a cometer aquele ato, bem como nos ajudar a dar o troco.

Apesar da óbvia contrariedade dos oficiais do Exército e das pessoas da corte, Valena continua se recusando a autorizar o uso do encanto da verdade nele. Aquilo lhe parece completamente desnecessário, ainda mais depois do que ocorreu na praça.

— E quanto ao ataque que esse tal Valimor sofreu? – Borsur entra na conversa, com sua voz um tanto aguda, quase feminina. – Podemos entender isso como uma tentativa de impedir que ele se torne um delator?

— É uma possibilidade – responde Valena.

Tudo indica que aquela protetora maluca tenha atacado Valimor por razões particulares. Pelo que Evander havia dito, ela não fazia ideia de como o demônio tinha vindo parar ali. Não sabia nem mesmo que ele havia atacado Valena. A doida simplesmente tinha detectado a presença dele em Aurora e decidido atacar, sem nenhum plano nem apoio. Mas, no momento, Valena não tinha intenção de revelar nada daquilo, pois não queria prolongar aquela reunião mais do que o necessário.

— Vossa Alteza passou vários dias ausente – reclama Joniar, enquanto se mexe na cadeira e quase derruba a pilha de livros. – Isso tem alguma relação com esses ataques?

— Não exatamente – responde Leonel, ao ver Valena hesitar. – Diga, senhor Balbate, quantos dias a imperatriz esteve atendendo você no gabinete dela até altas horas da noite nas últimas semanas?

Joniar arregala os olhos.

— As finanças do Império estavam uma bagunça! Graças à ajuda dela, conseguimos colocar a maioria dos livros num estado quase apresentável! Os pagamentos atrasados foram todos concluídos, não há mais nenhuma reclamação entre os soldados e nem entre os empregados do palácio! Os fornecedores estão todos satisfeitos e ansiosos para nos prestar serviços! Esse trabalho foi de inestimável importância!

— Concordo plenamente – responde Leonel, o que faz com que o homenzinho relaxe visivelmente. – O ponto aqui, senhor Balbate, é que esses não eram os únicos assuntos de extrema importância que a imperatriz estava tratando. Ela estava dormindo muito pouco e pulando refeições, a fim de atender a todos que requisitavam sua atenção. Esses dias em que ela passou ausente foram um descanso mais do que necessário.

O salão cai em completo silêncio, alguns olhando para Valena, preocupados, outros com expressão de culpa.

— Pelo que entendi, essa é a razão principal desta reunião, não? – Luma encara Valena com um olhar avaliativo. – Diminuir um pouco a sua carga de trabalho?

Ao ver a imperatriz assentir, meio a contragosto, ela continua:

— Nesse caso, o que tem em mente? A criação de um conselho para ajudar na tomada de decisões?

Ao ouvir a palavra "conselho", as pessoas arregalam os olhos.

— Isso é um absurdo! – reclama Janirete Inariatu. – Sileno Caraman foi o melhor imperador que já existiu e foi traído e morto pelo conselho que ele mesmo criou!

— Não estou interessada em um conselho imperial – decreta Valena.

— E qual é a ideia então? – Luma pergunta.

Valena olha para Sandora, que, por sua vez, encara a velha senhora, voltando a tomar a palavra.

— Estamos propondo uma solução adotada pela civilização damariana, milênios atrás: a criação de um senado, composto por membros escolhidos pelo povo.

Aquilo deixa a maioria dos presentes perplexos.

— O fato de serem escolhidos pelo povo não vai impedir que se tornem traidores! – Janirete esbraveja, com um olhar do tipo "quem essa fedelha pensa que é?".

— Sim, se eles tiverem plenos poderes para isso – retruca Sandora. – Mas um senado é diferente. É um corpo com autoridade apenas para criação de leis e mais nada. Além disso, em Damaria, os membros do senado eram substituídos a períodos regulares, de forma a não deixar sempre as mesmas pessoas no comando e, assim, renovar o corpo constantemente, o que tornava o senado mais aberto a adotar ideias novas e reagir melhor às mudanças sociais que ocorrem com o passar dos anos.

— Também vemos a necessidade de designar um governador para esta província – complementa Leonel Nostarius. – Tendo em vista que a imperatriz precisa se preocupar com questões internacionais, como o acordo de paz com Mesembria e a ameaça de ataque das outras antigas províncias, é essencial que a administração pública fique centralizada em uma pessoa dedicada apenas para esse fim.

Valena observa a discussão que se segue com bastante preocupação. Ainda criança, ela tinha tomado a decisão de fazer sempre as coisas do seu jeito, sem depender de ninguém. Mas o período em que ela esteve envolvida com aquela gangue durante a infância a fez perceber que, na verdade, isso é impossível. Você sempre depende de outras pessoas, de uma forma ou de outra, querendo ou não. E o fato de ela ter sofrido um colapso é uma comprovação mais do que evidente daquilo.

No momento, por mais que não goste do fato, ela sabe que precisa de ajuda. As cenas patéticas que ela protagonizou achando que Valimor e Barlone eram a mesma pessoa lhe causariam vergonha para o resto da vida.

Só espera que o fato de adotar as ideias de Sandora não venha a provocar sua ruína. Por mais que tenha tentado, não conseguiu obter um augúrio em relação àquele assunto. É como se a Grande Fênix não se importasse mais com o que ela faça.

Ou como se a estivesse testando, possibilidade que a deixa ainda mais apreensiva.

◆ ◆ ◆

A viela está escura, com os cristais de luz contínua tendo desaparecido dos postes, provavelmente roubados. Valena caminha, determinada, liderando o pequeno grupo até uma velha construção abandonada.

Tantos anos se passaram, tantas coisas mudaram para ela, mas, aparentemente, o resto do mundo continua o mesmo.

Quando ouve as conversas e risadas, levanta uma mão, usando o poder da Fênix para lançar uma bola de fogo para o alto. O construto sobe várias dezenas de metros antes de explodir no ar, fazendo relativamente pouco barulho, mas lançando luz suficiente para ser visto por metade da cidade.

Os soldados imperiais, que aguardavam aquele sinal, saem de seus esconderijos e avançam, invadindo a construção por todos os lados. Valena ouve os sons da batalha que se segue e olha para Valimor.

— Posso mesmo confiar em você?

O homem lança um olhar irônico para Gram, que está ao lado dele.

— Sem escolha. Boneca vigiando.

"Boneca"?! Ele se refere a *Gram*? Valena começa a duvidar da sanidade mental daquele homem. Ou melhor, daquela *criatura*. Havia mesmo confundido *aquilo* com Barlone?

Decidindo que tem coisas mais importantes com o que se preocupar, ela avança, sendo seguida pelos dois enquanto entra na velha mansão. Os soldados que vigiam a porta dão passagem a eles sem dizer nada. A maioria dos criminosos já tinha sido imobilizada pelos oficiais, mas o líder deles parece dar algum trabalho.

De alguma forma, o homem consegue empurrar o soldado que o segurava para o lado e abrir as algemas, que não tinham sido bem colocadas em seus pulsos. Em seguida, ele usa algum tipo de manobra especial para fazer com que os oficiais ao redor dele escorreguem no velho e imundo piso de madeira antes de sair correndo na direção de Valena com óbvias intenções assassinas.

Valimor e Gram avançam com movimentos tão sincronizados e eficientes que deixam Valena impressionada. Seguram e imobilizam o homem em poucos segundos, deitando o infeliz de bruços no chão, antes de amarrarem firmemente seus pulsos e tornozelos.

Ela chega perto do indivíduo e segura seus cabelos com firmeza, fazendo com que a encare.

— Sempre achei que você tinha muita presença de espírito – resmunga ele, entre gemidos de dor. – Mas não a ponto de vir a se tornar... isso.

— Olá, Teorus, seu *qosol badan*! Esperava nunca mais voltar a ver sua cara feia.

O chefe da gangue da qual ela fez parte anos atrás tenta dar um sorriso irônico, mas tudo o que consegue é fazer uma careta patética.

Capítulo 8:
Sangue Frio

O passado

Teorus era um péssimo líder, preguiçoso, aproveitador e desleixado. Ganhava o respeito dos outros por causa de suas misteriosas habilidades místicas. Ele não contava para ninguém como seus poderes funcionavam, mas sempre que ele estava em alguma situação de perigo, fenômenos estranhos e aparentemente aleatórios ocorriam, sempre o beneficiando de alguma forma.

Valena não gostava dele, por isso não queria se juntar àquele bando, mas era difícil se livrar deles, uma vez que era complicado encontrar um lugar para viver naquela cidade sendo uma menor de idade procurada pela lei. Ao menos, estando com eles ela não corria o risco de ser capturada de surpresa no meio da noite, já que, além de a gangue ter diversos esconderijos diferentes, os membros se revezavam na vigília.

O bando atualmente tinha apenas seis elementos. Se Valena se unisse a eles, seria a sétima. O grupo já havia sido bem maior, mas ninguém comentava sobre o que tinha acontecido com os demais e ela não tinha intenção de chamar atenção sobre si mesma perguntando.

Alguns deles além de Teorus também tinham habilidades especiais, mas nada muito digno de nota. Depois de ter visto o que Barlone era capaz de fazer, Valena não se impressionava facilmente, e as técnicas de controle corporal que havia aprendido com ele permitiam que se protegesse de uma ou outra peça que os delinquentes tentavam pregar nela de vez em quando. Mesmo sem ser esta sua intenção, Valena foi, aos poucos, ganhando o respeito do grupo. Ou, pelo menos, de boa parte dele.

Um fato interessante é que os membros da gangue não se davam muito bem entre si. Duas das garotas se odiavam abertamente, e os rapazes volta e meia estavam trocando socos. Mas, quando o assunto era o Exército Imperial, eles se tornavam como irmãos de sangue, defendendo um ao outro com todas as forças.

Durante aquele período conturbado de sua vida, esse fato provavelmente foi o que mais chamou a atenção de Valena. Ela desejava fazer parte de algo assim, tinha uma grande carência por aceitação, por pertencer a algum lugar ou a alguma coisa. Mas aquilo não era, nem de longe, suficiente para que ela tolerasse a perspectiva de obedecer a todos os caprichos de Teorus. Pelo menos não por muito tempo.

O loiro parecia tolerar Valena apenas por saber que ela tinha alguma utilidade para ele. Mas não demorou muito para Valena perceber que aquilo não era exatamente uma birra com ela, uma vez que o *kosol badan* agia da mesma maneira em relação a tudo e a todos. De qualquer forma, em algumas ocasiões em que tiveram que fugir do Exército, ficou bem claro que, em momentos de perigo, o *jahwareer* não pensava duas vezes antes de abandonar Valena ou qualquer um à própria sorte.

Naqueles meses em que se envolveu nas aventuras perigosas daquela gangue, Valena teve muito tempo livre. Os saques que faziam eram razoavelmente rentáveis e Teorus, preguiçoso, evitava pegar novos "serviços" enquanto os recursos do saque anterior não acabassem. Ela então saía em missões de exploração, desbravando as ruas da enorme capital e ficando cada vez mais hábil em evitar os guardas.

Esse conhecimento das ruas foi bastante útil quando, durante um "trabalho" que se mostrou um fracasso total, acabaram cercados pelos soldados. Ao perceber que seriam todos presos a menos que fizesse algo, Valena mandou os outros se esconderem e chamou a atenção dos oficiais, fazendo com que a seguissem.

Não foi nada fácil escapar do que parecia ser quase uma dezena de oficiais, muitos deles com habilidades místicas, mas ela conseguiu correr, serpenteando pelo meio das pessoas na rua enquanto mantinha os soldados em seu encalço, o que deu tempo suficiente para a gangue se dispersar.

Com certa surpresa, ela percebeu que era muito mais ágil e resistente que a maior parte dos soldados, muitas vezes tendo que parar um pouco para que eles não a perdessem de vista, uma vez que seu objetivo era atrair a atenção deles pelo maior tempo possível.

Depois de quase uma hora de muita correria, ela se escondeu sob as tábuas de uma velha ponte, observando dois de seus perseguidores passarem muito perto de onde estava.

— Pela Fênix, cara, eu não aguento mais – reclamou um deles, o loiro com a barriga protuberante.

— Eu sempre disse para fazer mais exercícios – retrucou o outro, moreno, com olhos azuis inteligentes. – Poderes místicos são bons, mas nem sempre são suficientes se não estiver em forma.

— Quanto tempo acha que ainda vai levar para pegarmos essa pirralha?

— Provavelmente nunca vamos conseguir, pelo menos enquanto ela não se cansar. É esperta demais e está no elemento dela.

— Então vamos deixar isso para lá e ir para casa. Somos os únicos que não desistiram ainda.

— Pode ir se quiser, mas eu preciso daquela recompensa.

Valena franziu o cenho. *Como é? Tem uma recompensa para quem me pegar?*

— Isso é o que você diz, mas acho que você está é se divertindo.

O moreno sorriu.

— Claro que estou. Nem lembro a última vez que eu brinquei de pega-pega com uma criança.

Valena esticou o pescoço para fora do seu esconderijo para olhar melhor para os dois soldados que se afastavam. Não sabia o que esperar de oficiais do Exército, mas, com certeza, não era aquilo. Ela o tinha feito de bobo por quase uma hora e o cara ria e dizia que estava *se divertindo*?

E por que haveria uma recompensa por ela? Será que era por andar com Teorus? Ou será que a confundiram com outra pessoa?

Quando voltou a se encontrar a gangue, foi recebida com alegria e admiração, muitos dos membros demonstrando orgulho e preocupação genuína com ela. Aquilo foi uma sensação nova e inesperada.

No entanto, a volta ao dia a dia depois daquela aventura foi um anticlímax. Ficar andando a esmo pela cidade agora era muito tedioso. Precisava arrumar algo para fazer, mas o quê?

Passava em frente a uma velha ferraria, quando viu uma senhora com um pedaço de carvão escrevendo algo em placa de madeira na parede. Curiosa, ela ficou olhando para aquelas letras por um longo tempo, imaginando o que elas poderiam significar. A mulher percebeu o interesse da garota e foi até ela.

— Olá, mocinha. Está interessada?

Valena olhou para ela, sem entender. A mulher apontou para a placa.

— Não sabe ler?

Envergonhada, Valena sacudiu a cabeça.

— Aí diz "contratamos assistente". Estou procurando alguém para me ajudar na ferraria.

Valena deu uma espiada para dentro e ficou espantada com o que viu. Já havia trabalhado em duas ferrarias, mas nenhuma delas se parecia com um... estábulo.

— E esses cavalos?

— Os donos trouxeram os animais para trocar as ferraduras. Quer ver como se faz?

Valena começou a ajudar a ferreira por pura curiosidade, mas, para sua própria surpresa, acabou gostando do trabalho, principalmente de lidar com os animais. Eram bichos grandes, fortes e um pouco assustadores, mas, quando se sabia lidar com eles, eram dóceis e obedientes, alguns se mostravam até mesmo amorosos.

A ferreira, por sua vez, ficou impressionada com a garota, que aprendia rápido e se dava muito bem com os cavalos. Não revelava nada sobre si mesma, exceto que não tinha família nem casa, o que a tornava um tanto misteriosa. E ficou genuinamente alegre ao receber poucas moedas pelo trabalho que passou toda a tarde fazendo.

Não dava para comparar aquelas poucas moedas com a quantidade de dinheiro que os saques da gangue lhe rendiam, mas, por alguma razão, para Valena, as moedas que a ferreira lhe deu pareciam mais valiosas. Afinal, eram o pagamento por uma tarefa que traria benefícios para outras pessoas, ao passo que os "trabalhos" de Teorus se resumiam a se apropriar das coisas dos outros. Assim, ela acabou voltando à ferraria na manhã seguinte, e na outra, depois na outra. Até que um dia a ferreira removeu a placa da parede, alegando que não era mais necessária, pois já tinha uma assistente.

Aquele arranjo durou por vários meses, até que um dia um grupo de clientes entrou na ferraria enquanto Valena acendia a fornalha. Um deles se aproximou e começou a puxar conversa com ela. Então, de repente, ele a segurou e amarrou seus braços atrás das costas enquanto seus amigos faziam o mesmo com a ferreira. Ao serem questionados, mostraram a elas suas insígnias militares e as conduziram para a masmorra, sob a alegação de terem encontrado mercadorias roubadas escondidas dentro do estabelecimento.

Valena passou mais de uma semana naquela cela suja, furiosa consigo mesma por ter baixado a guarda. Poderia facilmente ter escapado se aqueles soldados não a tivessem pegado de surpresa.

Aquela experiência na prisão foi bem diferente do que ela tinha imaginado que seria. Depois de ouvir tantas histórias sobre a suposta crueldade dos soldados imperiais, era difícil entender o que estava acontecendo, afinal ali tinha um catre para dormir que era dez vezes mais confortável do que a pilha de trapos no chão com que estava acostumada, além de três refeições diárias muito melhores do que o pão, o queijo e a carne desidratada que ela vinha consumindo nos últimos meses.

A cela onde estava podia ser suja e esfriava bastante à noite, mas era um lugar tranquilo e silencioso.

Então, um dia a porta da cela foi aberta e dois homens familiares entraram.

— Parece que finalmente pegamos você – disse o loiro barrigudo.

Valena não se conteve e acabou caindo na risada.

— Vão me dizer que estão me procurando desde aquele dia?

Para surpresa dela, o moreno de olhos azuis riu também.

— Para falar a verdade, estamos – admitiu ele.

— Onde está a ferreira? – ela perguntou, sem saber o que pensar daquele oficial.

— Ah, ela já voltou para casa. As acusações contra ela foram retiradas uma vez que descobrimos o que aconteceu. Conhece um indivíduo que atende pelo nome "Teorus"?

Achando melhor ficar quieta, Valena apertou os lábios.

— Não tente fingir inocência – repreendeu o loiro. – Sabemos que você pertence à gangue. E que cometeu vários crimes com eles.

— Só não entendemos direito uma coisa – voltou a falar o moreno. – Você arranjou um emprego. Estava tentando fugir deles ou algo assim?

Vendo que ela abaixava o olhar e continuava quieta, ele continuou:

— Porque, aparentemente, ele estava irritado com você a ponto de tentar te incriminar, escondendo um monte de tralha roubada naquela ferraria.

Valena encarou o homem, de olhos arregalados. Aquilo não podia ser verdade. Mesmo que estivesse insatisfeito com ela, Teorus era acomodado demais para fazer algo assim.

— Isso é mentira!

— Acha mesmo? Nesse caso, que tal fazermos um trato?

◆ ◆ ◆

Encontrar a gangue não foi difícil. Eles não voltaram mais a nenhum dos esconderijos que Valena conhecia, mas a maior parte dos delinquentes tinha hábitos, gostava de frequentar certos locais. Bastou esperar algumas horas em um desses lugares e depois seguir o adolescente até o novo esconderijo.

Ela entrou no lugar exigindo falar com Teorus, que reagiu com surpresa.

— Ora essa, já está à solta de novo?

— Você me traiu.

— É mesmo?

— Você arranjou para que os militares me prendessem!

Ele nem mesmo tentou se fazer de desentendido.

— E eu achando que iam colocar você numa solitária. Me deram uma recompensa gorda. Pensei que você fosse mais importante para eles.

— Seu *carmal dilaaga*! Se era a recompensa que queria, por que fez com que prendessem a ferreira também? Ela não tinha nada a ver com isso!

— A recompensa foi só um bônus. Eu estava cansado de você. Sabe o apelido que te deram por aqui? A "ruiva de sangue frio". – Ao dizer aquilo, ele olhou ao redor, para os outros membros da gangue, que olharam para os próprios pés. – Aquela que nunca entra em pânico, mesmo com os militares na cola. Parece que você causou uma impressão e tanto por aqui, e alguns começaram a imaginar se uma pirralha como você não saberia comandar as coisas melhor do que eu.

— Você poderia ter acabado com a minha vida! Não se importa se os soldados tivessem me mandado para a forca?

— Não seria legal se tivessem feito isso?

— Você roubou todas aquelas coisas e escondeu na ferraria só porque estava com ciúme de mim?

— Eu roubei porque é isso que eu faço, é nisso que sou bom.

Valena achava que estava acostumada a ser descartada, uma vez que tal coisa já havia acontecido tantas vezes em sua vida. Mas, por alguma razão, ela ainda era capaz de se sentir arrasada. Mesmo não tendo criado muitos laços com aquele bando.

No entanto, dessa vez, a raiva e a frustração foram de grande utilidade. Graças a isso, não se sentiu mal ao ver os soldados invadindo o lugar e prendendo a gangue toda, utilizando algum tipo de campo de expurgo para impedir que usassem suas habilidades místicas.

Quando todos estavam sendo conduzidos para as carroças, o oficial moreno de olhos azuis se aproximou dela.

— Eu queria ter falado com ele mais um pouco – Valena reclamou.

— Desculpe, um deles estava percebendo a nossa presença e tivemos que nos adiantar.

Ela suspirou.

— Eu fiz o que você queria. O que acontece agora?

— Como eu disse antes, nunca foi intenção do Exército jogar você e os outros órfãos na rua. Aquela foi uma ação irregular e os responsáveis já foram punidos. Infelizmente, não conseguimos encontrar você e alguns dos outros garotos que moravam lá. Foi colocada uma recompensa por informações sobre vocês porque estávamos preocupados com sua segurança.

— Mesmo que isso seja verdade, se me encontrassem, o que fariam comigo? Me mandar para outro abrigo caindo aos pedaços? Para voltar a passar fome e frio? Porque, se for isso, estou muito melhor do jeito que estou agora.

— Entendo. Mas nada disso, infelizmente, muda o fato de você ter cometido crimes.

Ela torceu os lábios.

— Então vou voltar para a masmorra?

— Por enquanto, sim. No entanto, por experiência própria, eu sei que você conhece essa cidade melhor do que qualquer um. Além disso, leva jeito para lidar com cavalos. Tendo isso em mente, eu tenho uma proposta para você, se tiver interesse.

◆ ◆ ◆

O presente

Sandora Nostarius adentra a câmara, seguindo uma oficial que parece contrariada com sua presença.

A armadura do Avatar repousa sobre uma mesa, envolvida em uma série de encantamentos de proteção. Há tantas auras místicas distintas no local que Sandora poderia levar dias para identificar todos os encantos, sensores e aparatos existentes naquela pequena sala. Ela dá uma volta ao redor de si mesma tentando isolar as auras que lhe interessam no momento, ignorando o olhar espantado da oficial.

— Vocês usam sensores duplos? — Sandora pergunta, concluindo que aquela seria a única explicação lógica para o que sentia.

— Sim, senhora. Medida de segurança adotada por causa da importância do que está guardado aqui.

Sandora assente enquanto retira um livro de anotações e um pedaço de carvão de um dos bolsos de seu manto negro.

— Eu gostaria de ouvir sobre outras medidas de segurança que estão implantadas aqui.

A mulher se empertiga.

— Desculpe, senhora, mas não fui informada de que isso seria uma inspeção de segurança. Não estou autorizada a...

Sandora a encara, imaginando o que Evander diria numa situação daquelas.

— Desculpe, oficial, mas acredito que está ocorrendo algum mal-entendido. Não estou aqui para inspecionar nada, gostaria apenas de entender o que é tudo isso aqui, uma vez que não sei nada além do básico em relação a segurança.

A mulher pisca, confusa.

— Hã... é mesmo?

— Uma das minhas funções neste lugar é zelar pelo bem-estar da imperatriz. Tendo isso em mente, suponho que, quanto mais eu aprender em relação a esse assunto, mais preparada estarei para essa tarefa.

Depois de ouvir aquilo, a oficial pareceu relaxar, o que foi um alívio. Uma das coisas que Sandora mais detesta é bancar a diplomata, falando coisas com o objetivo de curar o ego ferido dos outros. Mas, neste momento, nesta sala, evitar animosidades parece ser o mais sábio a ser feito.

E aquilo ainda acaba tendo o benefício adicional de soltar a língua da oficial, que começa a falar sem parar sobre o elaborado esquema místico de segurança da sala e dos arredores. Se Evander estivesse ali, provavelmente lhe daria um daqueles sorrisos de aprovação que sempre a deixam trêmula por dentro.

Em determinado momento, algo que a mulher diz lhe chama a atenção.

— Você falou que um dos campos sobre a mesa é capaz de neutralizar ataques místicos baseados em gelo?

— Sim – responde a outra, animada. – Mas não só isso, é um encanto que...

Sandora leva a mão ao queixo enquanto ouve a explicação detalhada sobre a flutuação. Não sabia que existia algo assim, pelo menos não nessa configuração.

Interessante. Qual será a maneira mais eficiente de tirar proveito disso?

◆ ◆ ◆

Valimor tem um estilo de luta bastante eclético. Ele gosta de usar armas de longo alcance, como lanças, mas também sabe se virar muito bem com os punhos ou com os pés. Infelizmente para ele, no entanto, sem seus poderes de demônio ele não tem nenhuma chance contra as técnicas que Valena aprendeu com Leonel Nostarius e Dario Joanson.

Satisfeita, Valena olha para ele espatifado no chão. Seus longos cabelos negros estão espalhados de forma desordenada e ele respira com dificuldade, devido ao esforço. Os incríveis músculos de seu peito brilham de suor, um efeito que se intensifica conforme ele tenta se levantar, com alguma dificuldade, depois do que deveria ser a sétima ou oitava vez que é derrubado.

Ela se sente muito bem. Está alerta, afiada, cheia de energia. Ter alguém para descontar suas frustrações daquela forma é uma verdadeira bênção. E o fato de ele ter se oferecido para apanhar dela – apesar de não exatamente com essas palavras – a exime de qualquer responsabilidade pela humilhação que ele está sofrendo.

É muito bom poder lutar com alguém de seu nível, para variar. Desafiar a *Bruxa* é uma total perda de tempo. Mesmo estando grávida, a mulher é um monstro em combate, ainda mais depois que juntou os trapinhos com o *Comandante*. O *Sinistro*, que agora ela tenta se acostumar a chamar de *a Sinistra*, também é rápida e forte demais para Valena. A *Mal-Humorada* é uma adversária melhor, havia aprendido uma ou duas coisas com ela nas poucas chances que tiveram de treinar juntas. Infelizmente, Lucine Durandal havia partido, com Evander e os outros amigos dele, com a intenção de manter aquela protetora maluca sob controle e bem longe de Valimor.

Vendo o homem hesitar, ela sorri e leva uma das mãos à cintura.

— O que foi? Não consegue mais se levantar? Precisa de ajuda?

Mesmo com a respiração ainda pesada, ele dá um daqueles sorrisos maliciosos enquanto estende uma mão para ela. Sem pensar muito bem no que está fazendo, ela a pega, segurando com firmeza. Então, para sua surpresa, ele a puxa com força, fazendo com que ela se desequilibre e caia por cima dele, aterrissando sobre aquela massa de músculos que provocam uma infinidade de sensações no corpo dela.

Valena sente um dos braços dele envolvendo sua cintura e segurando com força enquanto rolam no chão até ele ficar por cima, apoiado nos joelhos e nas mãos, uma de cada lado da cabeça dela. Sem fôlego e totalmente apalermada, Valena não consegue fazer nada além de encarar aqueles olhos negros.

— Manter guarda sempre – diz ele, ainda com aquele sorriso.

Que raios? Esse bass está tentando dar lição de moral? Já vou mostrar para ele quem está de guarda baixa! Farei isso em um momento. Assim que recuperar o fôlego.

Ali perto, a capitã Laina Imelde, responsável pela segurança pessoal da imperatriz, limpa a garganta, o que faz com que o casal saia daquela espécie de transe em que pareciam ter entrado. Os dois se levantam rapidamente.

— Capitã – Valena a saúda, um pouco esbaforida. Não lhe passa despercebido o olhar que a oficial lança para o peito despido e suado de Valimor.

— Alteza – a outra presta continência. – Desculpe interromper, mas os senadores terminaram a deliberação.

— Já não era sem tempo.

Minutos depois, os três caminham pelos corredores do palácio.

— Ouvi dizer que a senhora liderou pessoalmente uma investida para apreensão de criminosos ontem – comenta a capitã.

— Sim – responde Valena. – Era alguém que me ajudou quando precisei, mesmo tendo me atirado aos lobos depois. Então achei justo pelo menos ouvir sua história direto da boca dele.

— Oh. Isso foi muito... gentil da sua parte.

— Foi é uma grande perda de tempo, uma vez que o *jahwareer* não só confessou ser culpado de todas as acusações como disse em alto e bom som que não se arrepende de nada.

A capitã franze o cenho.

— "Javarir"?

— Não, "jahwareer". O som é um pouco mais arrastado no "a" e no "er".

— Esse é o nome dele?

— Não, mas agora que você mencionou eu lembrei que não o chamava de outra coisa na maior parte do tempo. É uma palavra lemoriana com significado bastante similar a "sujo de esterco".

A capitã solta uma gargalhada, no que é imitada por Valimor. Valena olha para ele.

— Para quem não fala direito, você entende que é uma beleza, não?

O homem apenas dá um de seus sorrisos misteriosos. Ele continua jurando que não se lembra de quem o mandou atacar Valena e nem o porquê. Será que está mentindo?

Ela não tem tempo para continuar aquela reflexão, pois estão chegando à porta do salão, imediatamente aberta por dois soldados, que em seguida lhe prestam continência.

Uma das coisas que Valena aprendeu com Sileno Caraman é que não se ganha o respeito das pessoas com coisas fúteis, por isso ela evita se enfeitar demais ou vestir roupas pomposas. Sua própria vaidade, no entanto, impede que use qualquer coisa. Teve sua quota de roupas grosseiras e de cor indefinida durante toda a infância e adolescência, e agora não quer nada além do melhor. Em respeito ao falecido imperador, no entanto, ela evita opulência e coisas que não sirvam para nada além de aparências. Seus trajes são de excelente qualidade, confortáveis, não tolhem seus movimentos e provavelmente durarão por anos, sendo resistentes o suficiente até mesmo para sessões de treinamento de combate corpo a corpo, como aquela da qual acabou de sair.

Ela também dispensa completamente enfeites de cabelo, pinturas, estampas e tantas outras coisas que os nobres gostam de usar. O resultado é que sua aparência é prática e informal. Mesmo um tanto suja e suada, o que as pessoas veem quando olham para ela é uma mulher determinada, dinâmica e que gosta de resolver problemas.

— Desculpem minha aparência, estava treinando. Vou evitar me sentar para não sujar a cadeira.

Os senadores se entreolham. Não é de praxe uma imperatriz se comportar daquela forma, mas aquilo, com certeza, é melhor do que ficar esperando até ela tomar banho e se arrumar.

A senadora Pacífica Inariatu se levanta, assumindo seu papel de porta-voz do recém-estabelecido Senado Imperial. Aquela seria a primeira decisão importante deles, e havia muita expectativa em relação ao assunto, apesar de, na opinião de Valena, ser uma escolha bastante óbvia.

— Vossa Alteza, venho informar que foi concluída a deliberação em conjunto com pessoas influentes de toda a província, e este senado chegou a um veredito por unanimidade.

Valena estreita os olhos.

— Vocês estão certos de que não haverá insatisfação entre o povo em relação ao nome escolhido?

— Sim, senhora. E o fato de ter sido feita essa consulta popular também foi motivo de muita satisfação entre os cidadãos.

— E quem foi o escolhido?

Se a conhecia bem, Pacífica provavelmente havia preparado um enorme discurso para enaltecer todas as virtudes do homem, então Valena cruza os braços e franze o cenho, fazendo o possível para expressar impaciência. A mulher parece entender a mensagem e vai direto ao ponto.

— O senado indica o nome do ex-general Leonel Nostarius.

Todos olham para Valena com expectativa. Ela encara o pai de Evander enquanto ele se levanta, sério, responsável, inteligente e confiável.

— Então, senhor Nostarius, está decidido que, a partir deste momento, passará a ocupar o cargo de governador da Província Central.

Com aquilo, ocorre uma salva de palmas. Depois de um momento, Valena continua:

— O senhor é mais do que capaz de tomar conta do nosso povo, mas, se precisar de uma diretriz da minha parte, eu diria para prestar uma atenção especial às nossas crianças. Quando o tempo da minha geração acabar, quero ter a certeza de que estamos deixando pessoas preparadas e dignas para tomar conta de nossa nação.

Na verdade, os pensamentos de Valena não são tão profundos ou magnânimos assim. Ela simplesmente não quer que outras pessoas passem por tudo o que ela mesma passou durante a infância. Mas o tedioso treinamento de oratória que recebeu do professor Lutamar Romera, aparentemente, foi razoavelmente bem-sucedido. Talvez até mais do que ela própria gostaria.

Leonel aceita aquelas palavras com um sorriso sereno e abre a boca para falar, quando a porta é escancarada de repente e um soldado chama por Sandora e Laina.

Estranhando aquilo, Valena se adianta.

— O que houve? Alguma emergência?

— Desculpe, alteza. – O homem está vermelho como uma pimenta. – Há um oficial ferido aqui, e o soldado que o trouxe está solicitando a ajuda das duas.

— Tragam eles para dentro.

Um momento depois um homem entra, carregando outro, todo ensanguentado, nas costas.

— Beni! – Laina exclama, correndo até eles ao reconhecer os dois. – É o Iseo? O que houve com ele?

Os senadores se levantam, mas mantêm distância enquanto o soldado ferido é colocado sobre uma mesa e Sandora lhe faz um rápido exame, antes de usar seus sombrios poderes para curar os feios ferimentos.

— Encontrei ele assim no alojamento – diz Beni, coçando sua cabeça careca com a mão ainda suja de sangue. – Quando percebi que ele não sobreviveria por muito tempo, só pude pensar em trazer o coitado até aqui...

— Está tudo bem, soldado – Valena olha para Laina. – Ele é um dos seus. Estava trabalhando em alguma coisa?

A capitã balança a cabeça.

— Ele estava de folga hoje.

— Oficial. – Sandora chama um dos guardas que estão na porta. – Traga um curandeiro.

Enquanto o guarda sai correndo, Beni olha para Sandora, preocupado.

— Ele está...? Você não conseguiu...?

— Ele está bem – ela responde. – Mas vai levar dias para acordar. Seria bom manter um curandeiro por perto.

Enquanto Beni e Laina agradecem à *Bruxa* de forma emocionada, o senador Monselmo Ajurita se aproxima de Valena.

— Alteza, sinto interromper, mas devo lembrar que temos alguns assuntos importantes para serem resolvidos.

Valena olha para ele de cenho franzido, antes de desviar o olhar para os outros senadores.

— Certo, vamos deixar uma coisa bem clara. Um dos *meus* soldados foi atacado, de forma aparentemente covarde e cruel. E, quando atacam um dos meus, senhores senadores, estão *me* atacando.

Não deixarei ninguém tomar nada que é meu. Nunca mais.

No momento, sente uma fúria tão grande que mal consegue controlar. O que aquele *jahwareer* que um dia a havia acusado de ter "sangue frio" diria se a visse agora?

Capítulo 9:
Fio da Meada

O passado

O oficial moreno de olhos azuis era um sargento bastante popular. Seu nome era Jeniliaro Lacerni e classificava a si mesmo de forma irônica como um "faz-tudo" da Tropa Pacificadora de Aurora, como era chamada a força militar que cuidava da segurança da capital.

Apesar do que ele tinha lhe dito antes, Valena não foi mandada de volta à masmorra. Em vez disso, foi levada até uma base da tropa, onde ficou confinada ao alojamento durante uma noite e quase o dia seguinte inteiro, antes de o sargento finalmente aparecer, acompanhado de três outras pessoas trajando uniformes militares.

— Vimos que gosta de lidar com cavalos – ele disse, animado. – Sabe montar?

— Nunca tentei – Valena admitiu.

— Sem problemas, garanto que vai aprender rápido.

Os outros oficiais não pareceram nada animados com a perspectiva, o que fez com que Valena ficasse desconfiada.

— Por que quer que eu aprenda? Não estou entendendo nada.

— É simples: você conhece bem a cidade, e nós precisamos de alguém assim, capaz de se mover rapidamente de um ponto ao outro. Aurora é a maior cidade do mundo, por isso precisamos de pessoas como você para nos mantermos informados do que ocorre por toda parte.

— Vão me obrigar a ficar correndo para cima e para baixo o dia inteiro?

Ele torceu os lábios, numa cômica demonstração de desagrado.

— "Obrigar" é uma palavra muito forte. Estamos oferecendo um trabalho para você. E um que vai render muito mais do que ser ajudante de ferreiro.

Valena não estava gostando nada daquilo, não quando aqueles três oficiais atrás do sargento a encaravam com aquelas expressões de desconfiança. A mulher entre eles, aliás, demonstrava mais do que isso, o rosto dela expressava hostilidade pura.

— Por que não me levam de volta para a masmorra?

Jeniliaro olhou para trás.

— Poderiam, por favor, parar com essas caretas? Estão assustando a garota.

— Sargento, isso é altamente irregular – disse um deles.

— Não tenho como consolidar uma defesa adequada à prisioneira numa situação como essa, sargento – falou o outro.

— Ela é uma delinquente, uma criminosa – disse a mulher. – Não fazemos favores a criminosos.

— Ora, vamos! Ela tem só 13 anos de idade.

— Caso tenha esquecido, um menino de 11 recebeu pena capital mês passado.

Valena se encolheu toda ao ouvir aquilo.

— Sim – concordou o sargento. – Depois de ter assassinado dezenas de pessoas. Não está mesmo querendo comparar esta garota com um louco descontrolado, está? – Ele olhou para Valena. – Diga, menina, já atacou alguém alguma vez na sua vida?

— Já – respondeu ela, baixinho, o que deixou o sargento sem palavras por um momento.

— Mas é claro que já! – exclamou a mulher. – Ela se meteu em um monte de roubos e pilhagens, onde várias pessoas foram feridas.

— Certo. Vou perguntar de outra forma – disse o sargento, depois de lançar um olhar enfurecido para a mulher. – Já atacou alguém que não tinha intenção de ferir a você ou aos seus… amigos?

— Não.

— Aí está!

— Sargento, isso não tem nenhuma validade legal – insistiu um dos homens. – É um claro caso de *peierantibus fingantur*.

Confusa, Valena ficou olhando para os quatro enquanto entravam numa discussão da qual ela entendia pouca coisa. Nada daquilo ali combinava com o que ela imaginava que fosse um "covil" do Exército.

Exceto pelo fato de estar presa ali, nada de mal tinha acontecido com ela durante todo aquele tempo, o que já contrariava quase todos os boatos que corriam pelas ruas.

Dois dias atrás, quando ela se recusou a revelar o esconderijo da gangue, o sargento fez uma proposta, na verdade, um desafio: havia proposto que ela conversasse pessoalmente com Teorus para ver o que ele tinha a dizer sobre armar para que ela fosse presa. No fim, as previsões do sargento se mostraram acertadas e o delinquente confessou ter traído sua confiança por motivos banais. E agora, em vez de a colocarem numa cela e a castigarem, como imaginava que aconteceria, eles vinham com outra proposta estranha e ainda ficavam discutindo entre si.

Por um momento, ela imaginou se não haveria alguma coisa errada com a cabeça daquelas pessoas, porque nada daquilo estava fazendo muito sentido.

— Resumindo: ela está sob minha custódia – argumentava o sargento. – E eu acho válido dar a ela a chance de poder fazer algo de útil na vida. Vocês querem o quê? Que a tranquemos em uma cela? E depois? Quando ela sair de lá vai voltar para as ruas de novo. E aí? O que acham que ela vai ser obrigada a fazer para sobreviver?

— É para isso que o governador está dando essa indenização... – argumentou o homem que usava palavras difíceis.

— Não seja idiota – ralhou o sargento, interrompendo o outro. – Quanto tempo você acha que vai durar esse dinheiro? – Jeniliaro subitamente vira o rosto para Valena. – A propósito, alguém te contou que você tem direito a receber mil moedas de ouro?

Ela olhou para ele, apalermada, e balançou a cabeça.

— Se eu te desse as moedas agora e deixasse você ir embora com elas, o que faria quando estivesse longe daqui?

— Os cartazes... – ela disse, hesitante.

Os quatro oficiais a olharam, sem entender.

— Os que têm meu rosto neles.

— Ah! – Jeniliaro sorriu. – Quer dizer os avisos de "procura-se", não é? Não se preocupe, já mandamos retirar todos. Vamos imaginar que você não tivesse participado de nenhum crime, e que não tivesse mais ninguém procurando você por causa daquilo tudo. Se tivesse mil moedas, o que faria?

Valena pensou em voltar para as ruas e descobriu que a perspectiva não a agradava. Depois que fora presa, ganhara roupas e comida sem precisar roubar ou ferir ninguém. Também tomara banho e tivera as melhores noites de sono de sua vida. Apesar de um tanto fria, a masmorra era muito, muito melhor do que os lugares onde vivera no último ano. Lá fora não conseguira nada além de abandono, sofrimento e traição. Para que desejaria voltar para lá?

— Eu iria querer voltar para a prisão.

Quatro pares de olhos arregalados a fitaram por um longo tempo.

◆ ◆ ◆

No fim das contas, Valena acabou meio que sendo "adotada" pelo Exército. Passou a morar no alojamento com os soldados, a fazer refeições com eles e foi colocada na academia militar, com os cadetes. Nas horas vagas ela começou a ajudar no estábulo, escovando os animais, limpando e, às vezes, consertando uma ou outra coisa usando as parcas habilidades que havia adquirido na ferraria.

O sargento Lacerni decidiu, ele mesmo, dar lições de montaria a ela. Como ele previra, ela aprendeu muito rápido e em pouco tempo, para a surpresa de todos, já era capaz de controlar até o mais inquieto dos animais.

Valena adorava cavalos. O sargento comentara certa vez que ela gostava mais deles do que das pessoas, no que não estava exatamente errado. Todos ali dentro a tratavam com cortesia e educação, até mesmo aqueles que não gostavam dela, por mais incrível que aquilo parecesse. Mas, apesar disso, ela não criou laços com ninguém. Conversava com os outros apenas o essencial, preferindo passar com os cavalos o tempo em que não estivesse trabalhando, estudando ou dormindo.

Ela tinha pouco interesse em se tornar um cadete. Entrar para o Exército não era lá muito atraente, exceto pelos treinamentos físicos e de combate, dos quais ela gostava bastante, tendo orgulho de apresentar um desempenho bem melhor do que a maioria dos outros adolescentes. Ou, pelo menos, se fosse considerado apenas o desempenho normal, sem o uso de habilidades místicas, que ela, ao contrário da maioria, não tinha nenhuma.

Na academia aprendeu a ler e a escrever, atividades que considerou extremamente maçantes, além de inúmeras outras coisas de que não fazia a menor ideia se teriam alguma utilidade em sua vida. Para sua surpresa, no entanto, o fato de saber de tudo aquilo fez com que ela passasse a enxergar o mundo de uma forma muito diferente. Em certo momento ela conseguiu olhar para trás e entender, *realmente* entender, as causas de todas aquelas agruras por que tinha passado durante toda sua vida. Descobriu que o mundo era injusto. Mas o mais importante: que não era injusto apenas com ela.

Os cadetes a consideravam estranha e pouco amistosa, uma vez que evitava ao máximo interagir com eles. Justiça seja feita, até que havia entre eles alguns garotos muito bonitos, atraentes e gentis, mas, depois do que sentiu quando foi abandonada por Barlone, ela não tinha nenhuma intenção de voltar a se envolver com ninguém.

Certa vez ela fez algumas perguntas sobre Barlone ao sargento. Jeniliaro então fez uma pequena busca e descobriu que alguém com aquele nome havia se juntado à tropa anos atrás, mas que havia sido transferido para Mesembria, onde havia academias especializadas para desenvolver habilidades como as dele. Quando foi oferecida a Valena a possibilidade de escrever uma carta para ele, ela recusou. Afinal, o caso deles tinha terminado havia muito tempo, não valia a pena reavivar todos aqueles sentimentos agora. Saber que ele estava bem era suficiente para ela.

Depois de alguns meses de boa alimentação, treinamento físico e descanso apropriado, ela sentiu seu corpo muito diferente. Onde antes havia apenas magreza e flacidez agora havia saudáveis músculos. Seu rosto estava mais cheio e as olheiras, antes constantes, agora haviam desaparecido por completo. Alguns dos garotos tinham até mesmo elogiado sua aparência, coisa que a deixou satisfeita e confusa ao mesmo tempo, uma vez que não sabia muito bem como lidar com aquilo.

Logo que aprendeu a montar, os oficiais começaram a lhe mandar entregar e receber mensagens pela cidade. A primeira vez que saiu da base foi uma experiência estranha. Ao mesmo tempo que estava excitada com a aventura, havia um irracional receio de retornar àquelas ruas. Também havia o fato de saber que soldados seriam enviados atrás dela, caso demorasse demais para voltar ou tentasse fugir.

A ideia de voltar a se tornar uma fugitiva era intolerável. Decidiu que não fugiria de ninguém, nunca mais. Por um momento ela se lembrou de tantas outras decisões que havia tomado e imaginou como seria capaz de cumprir todas aquelas promessas.

O nome oficial dado à sentença que ela recebeu era "prisão quartelar", um termo um tanto estranho que, pelo que entendeu, significava que a pessoa deveria ficar confinada às dependências de uma base militar ou em suas redondezas. O período de encarceramento a que foi condenada era de seis meses, mas praticamente nada mudou depois que esse tempo se passou. Ela foi informada de que estava livre para ir quando quisesse, mas também que ninguém se importaria se ficasse.

De qualquer forma, já estava tão acostumada com o trabalho de mensageira que não o largaria por nada. Declinou da oferta de se tornar um soldado, uma vez que aquilo a obrigaria a ficar confinada na base por, pelo menos, metade do dia, e o que ela queria era liberdade, sentir a brisa no rosto enquanto agarrava na sela e fazia a montaria correr como o vento.

O dinheiro da indenização, que recebeu ao fim da pena, acabou sendo guardado. Ela poderia ir para qualquer lugar agora e fazer qualquer coisa, mas não tinha muitos interesses além de se manter limpa, alimentada e apresentável. E, como o salário que ganhava com o trabalho era mais que suficiente para conseguir alimento e pagar o aluguel de um pequeno quarto na cidade, bem como para, eventualmente, conseguir algumas roupas novas, não havia necessidade de gastar aquelas moedas, que se tornaram seu pequeno tesouro. Ela tinha muita vontade de conseguir vestimentas mais duráveis e de melhor qualidade, mas se segurou como pôde para se virar apenas com seu salário.

E assim os anos foram passando. Com 14 anos, ela já era considerada uma mensageira competente, já sendo aceita pelos outros mensageiros quase como uma igual, apesar de sua idade. Aos 15 ela havia se tornado excepcional naquele trabalho, e seu campo de atuação deixou de ser limitado apenas à capital, sendo enviada também a outras cidades da província, como Talas e Linarea e, ocasionalmente, até a outras províncias, como Mesembria e Halias.

Recebera ofertas de outras bases militares, e até mesmo do palácio imperial. Parecia que todos gostariam de ter um mensageiro como ela. Estava considerando seriamente a possibilidade de aceitar a oferta de trabalhar com a tropa que servia diretamente ao imperador, quando recebeu aquela fatídica missão de entregar uma mensagem a um soldado em Linarea.

Na época não lhe pareceu nada demais, afinal já tinha ido várias vezes até lá. Não tinha como adivinhar que os céus lhe preparavam mais uma peça e que sua vida mudaria para sempre. Mais uma vez.

◆ ◆ ◆

O presente

O aspirante Iseo Nistano permaneceu em coma por vários dias. Apesar de os poderes de Sandora o terem curado de forma miraculosa, o trauma que o corpo dele sofreu foi grande, e mesmo com os tecidos reconstituídos misticamente, levou tempo para se readaptar. Até mesmo a velocidade com que a cura tinha ocorrido contribuiu para o maior tempo de recuperação, uma vez que qualquer mudança abrupta no corpo é, de uma forma ou de outra, traumática para o organismo como um todo.

A grande vantagem é que não havia nenhum risco de morte ou de complicações. Ele apenas precisava dormir, fora isso, seu corpo estava forte e saudável. Se não tivesse recebido socorro místico, mesmo se, por algum milagre, tivesse sobrevivido, levaria meses para se restabelecer, em vez de dias, e, mesmo assim, carregaria sequelas para o resto da vida.

A investigação de quem havia sido responsável pelo ataque ao aspirante levou Valena, Sandora, Gram e Valimor a visitarem as partes mais sujas e decrépitas da capital e de seus arredores.

No início, o governador Nostarius apresentou objeções a Valena se envolver pessoalmente naquilo, mas aos poucos foi ficando claro que aquele assunto era muito mais sério do que todos imaginavam. Foi descoberto que o aspirante havia sido atacado ao interceptar um mercenário cujo alvo era alguém muito mais importante.

O fato de a imperatriz estar pessoalmente tratando daquele caso, aparentemente, fez com que os responsáveis se enfurecessem. Ou, talvez, "se desesperassem", como Sandora gostava de dizer. Ocorreram mais dois atentados, um contra a vida do senador Mantana e outro contra o tesoureiro Balbate, mas ambas as tentativas de assassinato foram frustradas pelo esquema de segurança elaborado pelo general Camiro.

Valena conseguiu capturar pessoalmente o perpetuador de um dos atentados e, após submeter o infeliz ao encanto da verdade, descobriram quem estava dando as ordens.

— O general Linaru mandou pelo menos três assassinos se infiltrarem no palácio imperial – diz a capitã Imelde. – Não há garantias de que não existam outros.

— Alteza, será necessário tomar alguma providência imediata – recomenda o general Camiro. – Apesar de nossos soldados serem leais, será impossível manter essa história em segredo. Amanhã mesmo o povo de toda a província estará sabendo do ocorrido e exigindo uma retaliação.

— Pode ser exatamente isso que esse general Linaru quer que façamos – opina Sandora.

— O general não é o problema – retruca Valena. – É com a viúva do conselheiro Rianam que devemos nos preocupar.

— Sim – concorda Camiro. – Odenari Rianam vem de uma família de sábios e alquimistas, família essa que ficou famosa na Sidéria por seu histórico de traições e assassinatos. Quando ela assumiu o comando da província e se declarou rainha, os antigos líderes civis e militares desapareceram. Correm boatos de que foram todos mortos, apesar de não existir comprovação disso. Pelo que sabemos, o regime de governo dela é muito restrito e rígido. Linaru é o único alto oficial que permanece na ativa depois da separação do Império.

— Temos arquivos sobre Linaru, não? – Sandora pergunta. – De antes da separação?

— Sim – confirma Camiro. – A ficha dele é invejável, era uma pessoa justa, correta e muito dedicada. Não é o tipo de pessoa que recorreria a assassinato. A tentativa de invasão de Mesembria que frustramos é bem mais típica de alguém como ele. Por isso acredito que as ordens para esses atentados devem ter vindo da rainha.

— Algo não parece certo – comenta Sandora, pensativa.

— Concordo – diz Leonel Nostarius. – Qual é a chance de um atentado como os que sofremos ter sucesso? Me diga, alteza, qual o nível de habilidade de combate dos oponentes que enfrentou?

— Eram patéticos – responde Valena. – Bons o suficiente para poderem ser comparados os novatos das nossas Tropas de Operações Especiais, mas não seriam páreo para oficiais do segundo escalão em diante. – Ela olha para Laina. – Seu subtenente teve azar por ter sido pego de surpresa, caso contrário duvido que conseguiriam encostar sequer um dedo nele.

Laina assente, mas continua calada.

— A divisão da Sidéria do Exército não tinha Tropas de Operações Especiais também? – Sandora pergunta.

— Sim, tinha – responde Leonel. – O que quer dizer que os operativos que mandaram não estão entre os melhores que a rainha tem à sua disposição.

Esse é o meu ponto: qual a lógica? Deveriam saber que a chance de sucesso era muito baixa.

— Há alguma forma de perguntarmos a razão disso diretamente à rainha? – Sandora indaga.

Valena torce o lábio.

— Duvido. De qualquer forma, não quero negociar com aquela *fret*. Ela me odeia e não ouviria uma só palavra do que eu dissesse.

— Por quê? – Sandora quer saber.

Porque eu matei o marido dela, Valena pensa, sombria.

— Isso não vem ao caso agora.

— De qualquer forma, esses atentados podem realmente ser só um embuste, para nos forçar a tomar uma decisão apressada – opina Camiro.

— Embuste ou não, eu quero depor essa rainha – diz Valena. – Nada de bom vai acontecer na Sidéria enquanto Odenari estiver no trono. E também não vou deixar que essa *ku faraxsaneyn* fique tocando o terror no meu país. Não agora, que estou pegando o fio da meada e tomando as rédeas do Império.

— Um ataque direto não seria nada eficiente – opina Laina. – Os siderianos são bem adaptados ao clima frio e à grande altitude, sem contar as características peculiares do campo místico de lá, por isso têm muita vantagem sobre nós. Não poderíamos fazer o mesmo que fizemos contra Radal, mesmo que não estivessem preparados para algo assim.

— Não necessariamente – retruca Sandora, falando devagar.

◆ ◆ ◆

Naquela noite, Leonel conversa com sua companheira enquanto se preparam para dormir.

— Lembra quando invadimos o castelo de Berige?

Luma Toniato sorri.

— Claro que sim. Bons tempos aqueles. As coisas pareciam tão mais simples.

— Estou chegando à conclusão de que não são os tempos que mudam, mas sim as pessoas.

Ela dá um sorriso irônico.

— Isso é redundante. As pessoas mudam com o tempo.

— Sim, o que quero dizer é que, para nós, que estamos mais velhos, os tempos parecem diferentes, mas para os mais jovens, não.

O sorriso de Luma vai se apagando.

— Vai me dizer que Valena pretende…

— Sim. Ela vai atacar a Sidéria.

— Mas nossas tropas não têm chance, já debatemos isso várias vezes.

— Parar Berige também parecia impossível. Mas nós fizemos isso.

— *Áurea Armini* fez isso e, para falar a verdade, não entendo direito como, até hoje. Eu, no lugar dela, teria matado aquela mulher, o que provavelmente teria causado uma guerra com milhões de mortos.

— Na época nós não nos preocupávamos tanto com isso. Há tanto que os jovens ignoram. E às vezes fico em dúvida se isso é bom ou ruim.

— Nós não éramos exatamente "jovens" naquela época. Mas qual o problema? Está com vontade de ir com eles?

— Não exatamente. – Leonel levanta a mão direita e faz menção de fechar o punho. Em questão de segundos, uma espada longa surge subitamente entre seus dedos. Ele vira a lâmina trabalhada de um lado para o outro, fazendo com que a luz contínua suave dos candelabros nas paredes incida sobre ela, dando a impressão de que a arma brilha com luz própria. Não tinham informações sobre quando aquele artefato havia sido criado, provavelmente aquilo ocorrera há séculos, mas parecia ter saído da forjaria no dia anterior. – Eu já disse várias vezes que a minha era chegou ao fim, mas sinto que ainda não deleguei a esses jovens tudo o que eu deveria.

— Leonel, você está me assustando.

Ele caminha até uma cômoda e abre uma gaveta, de onde retira uma bainha, na qual coloca a espada, com cuidado.

— Toda jornada um dia chega ao fim, Luma, você mesma me disse isso várias vezes.

— Sim, e todas as vezes você me persuadiu a continuar caminhando.

◆ ◆ ◆

Sandora e Valena observam enquanto os soldados amarram os braços e as pernas de Valimor numa cadeira.

— Essas amarras não vão ser capazes de segurar o monstro se ele decidir se transformar – comenta a imperatriz.

— A intenção não é essa – responde Sandora. – É apenas para nos dar tempo suficiente para... lidar com ele, caso isso ocorra.

— Isso é mesmo necessário?

— A sugestão foi dele, não foi?

— Ele está cooperando, não está? Não seria mais humano dar um voto de confiança?

Sandora franze o cenho e encara a outra.

— Ele tentou te matar, já se esqueceu disso?

Valena suspira. Não entende por que está preocupada com aquele homem. Mas deitado ali, com as mãos atadas, ele parece jovem e indefeso, ainda mais sorrindo para os soldados daquela forma, como se estivessem fazendo um favor a ele.

— Não, não esqueci.

— Você está se arrependendo de ter tomado essa decisão.

— Eu... não sei.

Sandora dá as costas a Valena e caminha até Valimor. Assim que ele levanta o olhar, curioso, ela pergunta:

— Última chance. Quer mesmo continuar com isso? Assim que o encantamento for concluído, você não será capaz de mentir ou evitar responder a qualquer pergunta que fizermos a você.

— Quero.

— Por quê?

— Não lembro nada de antes. – Ele hesita e engole a saliva algumas vezes. Seu domínio da língua do Império melhorou muito nas últimas semanas, mas se expressar ainda parece trabalhoso para ele. – Ficar aqui clareia cabeça. Mas muita coisa ainda misturada. Encanto pode ajudar lembrar.

— Isso é verdade, se ainda tiver algum efeito místico obstruindo seus pensamentos, será dissipado pelo encanto. Mas não se incomoda com o fato de podermos descobrir qualquer segredo que tenha?

— Você não me matou.

— Não. – Sandora levanta uma sobrancelha. – Deveria?

— Eu mataria.

— Ainda posso vir a fazer isso, se achar necessário. Não estou aqui para lançar o encanto em você. Minha função é parar você, caso se torne ameaça para alguém.

— Obrigado.

Concluindo que aquilo deveria significar que confiava nela, Sandora assente, satisfeita, e retorna para junto da imperatriz.

— Você ouviu.

Valena move a cabeça num gesto afirmativo, mas meio a contragosto. Não satisfeita com aquela reação, Sandora insiste:

— Se quisermos ser bem-sucedidos na Sidéria, precisamos de todas as informações que pudermos, incluindo o que ele sabe.

— Isso se ele conseguir mesmo se lembrar de alguma coisa.

— Tem certeza de que superou aquela ideia de achar que ele é seu namorado de infância?

Valena abre a boca para responder, mas se interrompe ao olhar para o sorriso que Valimor troca com uma oficial que está falando com ele. Subitamente tem uma revelação que faz com que arregale os olhos e leve uma mão ao peito.

— Não!

Não é possível! Isso não pode estar acontecendo! A Fênix não permitiria uma coisa dessas! NÃO PODE permitir!

Sandora olha para ela, alarmada.

— O que foi?

— Ah, nada. Não é nada. Se isso é o que ele quer, vamos em frente.

Muito agitada e sem saber direito o que fazer, a imperatriz se volta para a *Sinistra*, que está recostada à parede, observando a movimentação com atenção. O capuz vermelho não lhe cobre totalmente o rosto, de forma que a horrenda face mumificada pode ser vista por qualquer um. Como as pessoas presentes já conhecem sua natureza e estão acostumadas com sua presença, simplesmente a ignoram.

Valena aponta o dedo indicador para ela.

— Você. Não sei por que gosta dele, mas isso aqui é importante. Não quero que ele seja ferido, mas, se ele se descontrolar, precisaremos tirar ele de combate, e de forma violenta, se necessário. Ele mesmo pediu isso. Você entende?

Gram inclina a cabeça para o lado por um instante, antes de levantar uma das mãos enluvadas e balançar os dedos num sinal de "mais ou menos".

Ao ver Sandora trocar um olhar com a criatura, Valena imagina que teria que se contentar com aquilo. Afinal, Gram obedecia à *Bruxa*, não é? Não havia a possibilidade de ela se aliar ao demônio, caso ele...

— Tudo pronto, Alteza – informa um dos oficiais, interrompendo seus pensamentos.

Valena suspira novamente.

— Ótimo. Vamos acabar logo com isso.

— Seria melhor se você ficasse longe daqui – diz Sandora mais uma vez. Valena já perdeu a conta de quantas vezes ouviu aquilo dela hoje.

— Não. Ele é minha responsabilidade. Eu o trouxe para cá. Se isso der errado e alguém morrer, prefiro que esse alguém seja eu.

A *Bruxa* sacode a cabeça. Valena sabe que ela considera sua atitude uma estupidez, ainda mais porque a obrigação de uma imperatriz é priorizar o que é melhor para o país, em vez de suas próprias convicções pessoais. Mas os soldados presentes não parecem pensar daquela forma, e olham para Valena com renovado respeito.

Sandora toma seu lugar, próximo aos oficiais, enquanto Valena faz uma oração à Fênix, pedindo que aquilo termine rapidamente e sem incidentes.

Infelizmente, suas preces são em vão.

Tudo ocorre tão depressa que é difícil de acompanhar. Logo que o encanto é concluído, as cordas que prendem Valimor se soltam, aparentemente sozinhas. Livre, ele corre até Sandora e, sem dar tempo para ela reagir, agarra a *Bruxa* pelo pescoço. Gram corre para tentar ajudar, mas Valimor arremessa Sandora na direção dela com violência, fazendo ambas voarem para trás até se chocarem contra a parede oposta da sala. No instante seguinte, Valena está deitada no chão com Valimor sentado sobre seu quadril, enquanto segura seus braços acima de sua cabeça.

Neste momento ele já está completamente transformado. Sem nenhum traço do comportamento pacífico de antes e com o rosto demoníaco tão próximo que ela pode sentir o calor de sua respiração, ele exclama, destilando maldade em cada palavra, parecendo ter se tornado completamente fluente no idioma imperial de uma hora para outra:

— Você vai gritar! Vou fazer você sentir dor! Tanta que não vai aguentar! Então você vai me implorar para parar, e aí eu vou te matar! Depois vou te trazer de volta e matar de novo! E de novo! Não vou parar até que seus gritos satisfaçam a minha sede!

Capítulo 10:
Sorte Grande

O passado

No início, Valena pensou que, em seu novo trabalho, prestaria serviços apenas para o Exército. Mas não demorou a perceber que seu trabalho era uma espécie de patrimônio público, assim como as pontes de vento que permitiam viajar de um ponto ao outro do Império em segundos. A maior parte das mensagens que ela levava ou trazia era a pedido de civis: cartas para familiares, solicitações de serviços, notícias, pedidos de ajuda e coisas do gênero.

O Exército Imperial havia criado um sistema bastante eficiente de troca de mensagens, com pessoal bem treinado para tal, além de dispor de animais velozes para transporte terrestre e os melhores equipamentos possíveis para a tarefa. Os mensageiros também eram os únicos cidadãos do Império que tinham, enquanto em serviço, a prerrogativa de uso de pontes de vento sem restrições. Dessa forma, o transporte de cartas, panfletos ou pequenos embrulhos de um lado para o outro do continente ficava com um custo bastante acessível, o que incentivava a comunicação. E comunicação era a maior riqueza do país, conforme costumava dizer o imperador Sileno Caraman.

Aquela política havia proporcionado um desenvolvimento sem precedentes desde que fora implementada, há várias décadas, com um incrível fortalecimento do comércio e da oferta de prestação de serviços de todo tipo, incluindo alquimia e treinamento em habilidades místicas. Valena tivera várias aulas sobre história e organização social e política, em que esses assuntos eram tratados, apesar de, para ela, estudar aquilo ser um verdadeiro tédio.

Já o trabalho como mensageira era extremamente excitante. Também rendia um salário razoável, principalmente para os mais rápidos e eficientes. E Valena estava convencida de que era a melhor entre todos.

Existia uma lei que impedia que menores de 17 anos tivessem suas próprias posses e seu próprio dinheiro, mas, felizmente, havia uma exceção para casos de órfãos, desde que houvesse um adulto disposto a supervisionar o jovem. O sargento Lacerni ficou feliz em assumir aquele encargo. Ele costumava dizer que sempre tinha visto potencial nela, e que potenciais devem ser aproveitados da melhor forma possível.

Tendo sido privada de tantas coisas durante a infância, Valena não se contentava com menos do que o melhor no que dizia respeito a roupas e acessórios. Ou, pelo menos, com o melhor que seu salário pudesse pagar, sem precisar tirar nenhuma moeda de seu "tesouro". Por causa disso, acabavam sobrando poucas moedas no fim da semana, fato esse que a fez levar vários sermões do sargento. Depois de muita insistência dele, ela começou a poupar algumas moedas toda semana para realizar outra de suas vontades: adquirir um cavalo. Mas não um cavalo qualquer, tinha que ser O cavalo, vindo diretamente dos melhores criadores do país. Mesmo se usasse o dinheiro da indenização, que continuava guardado, levaria quase um ano para reunir a quantia necessária para realizar aquele sonho, mas ela estava decidida a conseguir.

Olhando para trás, Valena concluía que sua vida havia começado de verdade apenas depois de ter sido presa. Nos anos anteriores, exceto pelos poucos meses que passara ao lado de Barlone, tudo parecera estranho, fora do lugar, como se ela fosse uma peça de um quebra-cabeça que não se encaixava em parte nenhuma. Os últimos dois anos, no entanto, foram radiantes, produtivos e a encheram de esperanças em relação ao futuro. Agora tinha certeza de que um dia conseguiria tudo o que queria, ou melhor, o que *merecia*. Era apenas questão de tempo.

Ela só não imaginava que isso incluiria uma mudança tão repentina e drástica em sua vida.

Tudo começou com um trabalho que parecia normal e comum. Já fazia algum tempo desde que estivera em Linarea, então ela não se importou muito com o fato de não ter tempo de almoçar ou descansar um pouco após ter percorrido praticamente a cidade toda pelo menos duas vezes naquela manhã.

Os problemas começaram quando ela chegou até a base militar em Linarea e descobriu que o destinatário da mensagem não estava ali. Como se tratava de um envelope pessoal, urgente e que tinha que ser entregue em mãos, ela teve que fazer uma pequena investigação até conseguir descobrir onde aquele soldado tinha ido parar, uma vez que era o dia de folga dele. Após conversar com várias pessoas e fazer uma visita à casa dos pais do sujeito, ela ficou sabendo que ele tinha sido avistado tomando a direção do Monte Efígeo.

Aquele era um morro bem alto na periferia da cidade, em cujo topo havia monumentos representando cavaleiros alados, a que os moradores locais gostavam de se referir como "os guardiões de Linarea".

Mastigando um pedaço de carne seca para acalmar o estômago faminto, ela tratou de se dirigir para lá, torcendo para que conseguisse resolver aquele assunto logo.

Quando conseguiu ter uma visão bastante clara do morro, ela avaliou sua montaria e concluiu que a pobre égua não aguentaria encarar uma escalada íngreme como aquela, e que, se precisasse subir até lá, teria que ir a pé. Estava soltando um suspiro desanimado quando notou algo parecido com uma explosão próximo ao cume do monte. Alguns outros brilhos levaram a garota a concluir que havia uma batalha ocorrendo por lá. O fato de haver patrulhas militares vigiando a estrada principal que subia o morro também era outro indicativo de problemas.

Valena suspirou. A tarde já estava bem avançada, o que indicava que tinha perdido muito mais tempo do que pretendia com aquele trabalho. Estava cansada, suja, suada e cheirando a cavalo. Queria acabar logo com aquilo e voltar para casa.

Se um daqueles soldados da patrulha que estava na base do monte fosse quem ela procurava, aquilo poderia ser considerado como a sorte grande. Com poucas esperanças, ela se aproximou para perguntar e descobriu que não era nenhum deles.

Claro que não, que os céus me livrem de ter um pouco de sorte, pensou, irônica.

De acordo com os soldados, o *lumay* havia subido o morro, para ajudar a prender um ladrão ou algo assim. Quando ela desceu da montaria e fez menção de tomar a trilha que serpenteava o monte, os guardas protestaram, mas ela argumentou que a mensagem era urgente. Além disso, os barulhos de luta lá de cima tinham parado, o que provavelmente significava que o tal criminoso já devia ter sido preso. Um dos oficiais se ofereceu para ir com ela como escolta – abençoado seja –, e o tenente acabou concordando.

E foi após alguns minutos caminhando por aquela trilha íngreme que aconteceu. Um calor repentino pareceu brotar dentro dela, e sua consciência foi se esvaindo. A próxima coisa de que se lembraria depois daquilo era de estar voando pelo céu a mais de cem metros de altura, sem ter a menor ideia de como fora parar lá em cima.

Porém, não estava assustada nem nada do tipo. Na verdade, parecia que tinha feito aquilo a vida toda. E havia algo mais, um sentimento de antecipação, como se estivesse em uma caçada. Ela observava o chão lá embaixo com interesse, procurando uma presa, apesar de não saber exatamente o que queria encontrar nem por quê.

Podia ver claramente os soldados na base do monte, olhando e apontando para ela.

Sabia que não estava com suas plenas faculdades no momento. Era como se sua consciência estivesse envolvida por algo maior, mais denso, mais poderoso, que ofuscava seus pensamentos e sentimentos, o que a deixou estranhamente apática. Era quase como se estivesse assistindo enquanto outra pessoa controlava seu corpo.

Então uma movimentação no topo do monte chamou sua atenção e ela bateu suas asas – sim, havia asas de fogo brotando de suas costas, por mais absurdo que aquilo pudesse parecer –, e subiu, a fim de investigar.

O curioso é que o mundo estava muito mais colorido do que antes. Não, pensando bem, não era isso, era como se tudo tivesse se tornado mais vermelho e alaranjado... Espere... não era isso também. As coisas pareciam ficar mudando de cor o tempo todo, então não era o mundo que estava estranho, era ela que estava envolvida em um tipo de névoa transparente... Não, aquilo não era uma névoa. Parecia mais... fogo. *Fogo?* Estava voando a mais de uma centena de metros de altura envolvida numa bola de fogo?!

— Que *shahwada* é essa?! – Valena exclamou, subitamente voltando a si e olhando para as próprias mãos, notando as pequenas labaredas que as envolviam. Podia sentir o calor das chamas, mas, de alguma forma, elas não a queimavam. Em vez disso, o calor era... reconfortante.

Então, uma sequência de estrondos pôde ser ouvida do topo do monte e ela viu o que pareciam ser inúmeros raios partindo de um certo ponto e serpenteando em todas as direções, a maior parte deles se curvando no ar e atingindo o chão ao redor, mas alguns indo bem mais longe. As enormes estátuas foram atingidas, sofrendo sérios danos.

Sua mente estava se tornando cada vez mais lúcida, como se a névoa que cobria seus pensamentos estivesse se dissipando aos poucos. Notou que se sentia plena, transbordando de energia. O que estava acontecendo? Seria aquilo algum tipo de sonho?

Mas não teve muito tempo para analisar aquilo, pois de repente ocorreu uma enorme explosão e ela pôde ver claramente o corpo de um jovem ser arremessado pelos ares, numa trajetória que o levaria a se esborrachar no chão lá embaixo.

Por puro instinto, ela voou para lá o mais rápido que pôde e, sem saber como, emitiu uma espécie de bola de fogo que envolveu o corpo do rapaz. Ela não sabia o que estava acontecendo, era como se seu corpo tivesse se movido sozinho para fazer aquilo. Por um momento ela quase entrou em pânico, imaginando que veria uma pessoa explodir em mil pedaços, mas então percebeu que aquela energia não era uma ferramenta de destruição. Era como se o fogo o estivesse acariciando, energizando, enquanto parava sua queda e o fazia flutuar. O rapaz agora parecia bem e estava recobrando a consciência, abrindo os olhos.

Era um interessante representante do sexo masculino, aliás. Tinha um rosto jovem e atraente, longos cabelos loiros, amarrados num rabo de cavalo frouxo, e usava um uniforme militar com detalhes na gola e nos punhos que indicavam uma patente respeitável, apesar de parecer jovem demais para aquilo. A insígnia presa no lado direito do peito do uniforme brilhava, imponente. O fato de ele estar inteiro e sem nenhum arranhão aparente depois de ser arremessado com tanta força pela explosão era um mistério, mas ele parecia bem.

Só que havia um problema. A bola de fogo que o envolvia estava se desvanecendo, e ela não fazia a menor ideia de como lançar outra. Ele cairia se não fizesse algo, então tentou se aproximar mais, estendendo os braços enquanto gritava:

— Segure minhas mãos!

Ele olhou para cima e a encarou com uma expressão meio abobalhada por um momento, antes de estender os braços para cima e agarrar nos antebraços dela, com força. Ela agarrou os dele também e torceu para ser capaz de sustentar o peso de ambos.

De repente ele pareceu cair em si e soltou uma exclamação:

— Que raios?!

Ao ouvir aquilo ela sentiu um enorme alívio. Mal podia acreditar que ele estava bem.

— Você está vivo!

Sim, ela sabia que aquela era uma coisa um tanto óbvia, mas não conseguiu evitar.

Então um súbito e forte vento vertical os atingiu, fazendo com que o voo se desestabilizasse e ela precisasse bater as asas com força, tentando retomar o controle. O peso extra do rapaz tornava a tarefa de se equilibrar no ar quase impossível.

— Cuidado!

O grito dele fez ela olhar para a frente e perceber que estavam indo em grande velocidade em direção a uma enorme pedra na encosta do morro.

— *Doorka wajiga*! – Valena exclamou, tentando bater as asas, mas percebendo que era tarde demais para impedir a colisão.

Então, subitamente um brilho estranho surgiu no ar à frente deles e, em vez de se chocarem com toda a força na pedra, como ela esperava, o mundo subitamente pareceu congelar. Envolta numa sensação de irrealidade, ela notou que, de repente, estava parada no ar, o que parecia completamente incompatível com o que experimentara nos instantes anteriores.

A desorientação a levou ao pânico e ela bateu as asas com força, fazendo com que eles ganhassem velocidade, indo para longe do morro. Então aquele maldito vento vertical deu as caras de novo. Mais uma vez, ela lutou para recuperar o controle do voo, sem muito sucesso.

— Moça, você não vai conseguir se manter no ar desse jeito!

— *Saqafka jaban*! Se conseguir fazer melhor do que eu, fique à vontade, tá bom? Eu nunca fiz isso antes!

— Não consegue voltar para o morro?

— Se... não pode ajudar... não atrapalha! – Valena exclamou, sem fôlego. – Não está vendo que... eu estou tentando?

Mas o esforço foi demais e a exaustão acabou a engolfando, todo o seu corpo ficando pesado e sem forças. Sentiu que o rapaz a puxava na direção dele, quando as asas de fogo desapareceram e eles começaram a cair.

Ela voltou a si quando ouviu um enorme estrondo e sentiu que, de repente, estava sendo prensada contra o solo pelo corpo do rapaz. Conseguia até mesmo sentir o calor que ele emanava, mesmo através das camadas de roupas.

Então ele saiu de cima dela, o que a deixou com uma estranha sensação de abandono. Eram coisas demais acontecendo em pouco tempo, ela simplesmente não conseguia entender mais nada. Todo o calor e o poder que a estivera envolvendo lá em cima havia desaparecido, e ela estava esgotada.

Por um longo tempo ela apenas ficou ali deitada, esperando para ver se acordava daquele sonho maluco. Mas, como aquilo não ocorreu, e tudo o que percebeu foi barulho de pássaros e insetos, tratou de abrir os olhos. E notou que estava deitada no meio do que parecia ser uma cratera, aberta pela queda de alguma coisa muito pesada no meio de uma clareira na floresta.

Sentindo o corpo latejar, ela reuniu suas forças para tentar se levantar, mas aquela tarefa acabou exigindo muito mais esforço do que antecipara.

— Ei! Tudo bem aí?

Ela olhou na direção do rapaz, que se aproximava dela.

— *Qallooac*! – Valena praguejou, com uma careta.

Ele riu. Até a risada do *jooji* era atraente.

— Moça, acho que você precisa dar um jeito nesse seu vocabulário. Você está bem?

— Tirando as dores pelo corpo todo, acho que sim.

Ele pareceu satisfeito com aquela resposta e sorriu.

— Você me deu um belo susto lá em cima.

— Preferia que eu te deixasse cair de lá?

Ele intensificou o sorriso, apontando para o chão.

— Como pode ver, eu sei uma ou duas coisas sobre aterrissagens.

Ela arregalou os olhos enquanto fitava a cratera, antes de lançar um olhar para o alto.

— Oh! *Aragti*! Nós caímos?!

— Sim, mas nada que eu não conseguisse dar um jeito. – Ele estendeu a mão direita para ela. – Muito prazer, eu sou o subtenente Evander.

Ela não sabia o que lhe parecia mais irreal, aquela aventura maluca pela qual passara ou o intenso calor que a mão dele lhe transmitiu. De qualquer forma, ela se recusava a perder uma discussão, fosse qual fosse.

— Valena. E duvido muito que essas "coisas que você sabe sobre aterrissagens" servissem para alguma coisa com você inconsciente.

Ele voltou a sorrir, divertido, o que de repente tirou dela qualquer vontade de querer se mostrar superior a ele.

— Bem observado. Devo supor que foram esses... poderes seus que restauraram minha energia?

Ela não fazia a menor ideia, então desviou o olhar.

— É o que parece.

Felizmente, ele decidiu mudar de assunto.

— Você tem um bonito nome, Valena. Essa tatuagem no seu rosto é recente?

— Tatuagem? Que tatuagem?

Ela levou as mãos ao rosto e sentiu uma rugosidade, uma textura que não deveria estar ali.

— *Koofiyada qoyan*! Que droga é essa?!

Valena esfregou o rosto freneticamente, mas o que quer que estivesse grudado ali não saía de jeito nenhum.

Então, ao ver que Evander olhava espantado para alguma coisa, ela virou o rosto e se viu encarando, embasbacada, uma figura que parecia saída diretamente das histórias infantis contadas no orfanato.

O Avatar. A misteriosa entidade que patrulhava incansavelmente o Império ajudando pessoas em necessidade. A enorme armadura dourada flutuava no ar, envolvendo o corpo invisível que diziam ser feito de pura energia.

Valena sentiu o olhar daquele ser sobre si durante um longo tempo, então a entidade moveu a cabeça, parecendo assentir, e levantou um dos braços, voando para longe.

— *Culvert*! Por que ele olhou para mim daquele jeito?

Evander suspirou.

— Acho que você não se olhou no espelho recentemente, não é?

— Como é?!

— Me fala uma coisa: como foi que você ganhou esses poderes de fogo e foi parar lá em cima?

Ela coçou a cabeça e olhou para o topo do monte, que podia ser avistado por sobre as árvores, à distância.

— Eu não sei direito. Estava subindo o morro para entregar uma mensagem quando comecei a me sentir estranha, queimando por dentro, sei lá. Eu não lembro muito bem o que aconteceu depois. Acho que eu ouvi uma explosão e vi você caindo, então fui atrás para tentar te pegar.

— Acho que eu devo parabenizar você, alteza.

— "Alteza"? Que *dagaal* é essa?

Ele riu de novo.

— Você é de Lemoran, por acaso? Não acho que o pessoal daqui esteja muito familiarizado com esse seu... linguajar.

Ela franziu o cenho.

— Vá cuidar de sua vida, seu *waa mid aan macquul ahayn*!

— Ei! Pega leve, pega leve! – Evander levantou as mãos, rindo. – Eu acho que sei o que é essa tatuagem no seu rosto. Você recebeu a marca da Fênix.

Valena o encarou, contrariada, imaginando que ele estava fazendo algum tipo de brincadeira sem graça, mas então pensou em tudo o que havia acontecido e arregalou os olhos.

Não era possível! Teria conseguido a "sorte grande" que tanto desejava?

◆ ◆ ◆

O presente

— Aí, Iseo, fiquei sabendo que ganhou um mês de folga, hein, sortudo?

— Beni, por que não vai ver se estou lá no palácio?

O sargento Benarde Parentini ri, no que é acompanhado pelos outros três oficiais atrás dele.

— Se quiser, podemos te trazer uma lembrancinha da Sidéria – diz o aspirante Alvor Sigournei, com um sorriso. – Afinal, você nunca mais voltou lá depois de romper o namoro com a irmã da Loren.

— Graças à Fênix por isso! – exclama a subtenente Loren Giorane. – Mas podemos trazer uma lembrança, desde que você não se sinta tentado a pôr os pés em minha casa de novo. Que tal uma daquelas máscaras de dormir? Assim você pode esconder essas olheiras e, assim, evitar assustar as criancinhas.

Com muita lentidão, o aspirante Iseo Nistano leva um dos dedos à região abaixo dos olhos e apalpa de leve, fazendo uma careta, antes de virar a cabeça na direção da capitã Laina Imelde.

— Agora que eu sei como é, estou quase arrependido por ter zoado tanto você quando estava convalescente.

Laina ri.

— Estamos vivos, não? É o que conta. Como está se sentindo?

— Me sinto ótimo, só não tenho vontade nenhuma de me mexer, que dirá sair desta cama.

— Volte a dormir. Estará novo em folha em mais alguns dias.

— E quem vai salvar o traseiro de vocês quando se meterem em encrenca?

— Sandora – dizem os outros quatro, em uníssono, antes de se entreolharem e caírem na risada novamente. Iseo fecha os olhos e tenta evitar um sorriso, mas não consegue.

— Falando sério, vocês precisam tomar cuidado com o frio – ele volta a falar. – O campo místico da Sidéria é diferente, e a maioria dos soldados de lá pode…

— Relaxe – Laina o interrompe. – Já sabemos de tudo isso, e a Loren estará com a gente. Além disso, Sandora tem um plano.

Iseo franze o cenho.

— Sandora isso, Sandora aquilo… quem é que manda neste país, afinal?

— Quer mesmo que eu responda? – Loren pergunta, gerando outra onda de risadas.

◆ ◆ ◆

Se um dia, anos atrás, pensara que havia tirado a sorte grande, no momento Valena imagina se o seu prêmio está chegando ao fim. Valimor se encontra sobre ela, em sua forma demoníaca, prensando seu corpo contra o chão enquanto descreve os mais diversos e horrendos tipos de tortura que está disposto a praticar com ela.

Os oficiais que estão na sala sacam suas armas, mas permanecem parados, sem saber direito o que fazer. Sandora e Gram se levantam, ilesas, apesar do intenso impacto que sofreram contra a parede de pedra. Aquela aura de proteção da *Bruxa* realmente digna de nota.

É curioso, mas Valena, mesmo tendo aquele rosto de pele negra e dentes proeminentes a centímetros do seu, não se sente assustada. Apesar de tudo, há alguma coisa naquele monstro, algo hesitante, precioso, que parece gritar para ser libertado.

Uma ideia maluca lhe ocorre, então. Se estiver errada, provavelmente morrerá ali mesmo, mas é algo que precisa tentar. Então, quando ele aproxima o rosto, descrevendo mais uma daquelas horríveis e criativas formas de tortura, ela levanta a cabeça e o beija nos lábios.

Imediatamente, um calor familiar que ela não sentia há muitos anos envolve seu corpo, comprovando, sem sombra de dúvida, a razão de ela ter confundido aquela criatura com seu primeiro amante. De alguma forma, Valimor a atrai, em um nível físico, de forma similar, mas bem mais intensa do que ocorria com Barlone.

O demônio se imobiliza, surpreso. Então ela aproveita o momento de distração dele e puxa as mãos, conseguindo se soltar das garras dele, e o empurra para o lado com força, antes de se levantar e sacar sua espada, que aponta para ele enquanto invoca o encanto de lâmina flamejante.

— Que *shahwada* é essa?!

Valimor ri e se endireita, olhando para ela com intenção assassina, mas então um daqueles chicotes em forma de tentáculo de Sandora o envolve, dando várias voltas ao redor de seu torso e braços e apertando com muita força. No entanto, ele é forte demais para ser contido daquela forma. Forçando os braços, ele começa a esticar o chicote negro, levando a tensão a um ponto em que o construto místico não suportaria por muito tempo sem arrebentar.

Gram, no entanto, não espera que isso ocorra. Agarrando o chicote das mãos de Sandora, ela puxa com toda a sua inacreditável força, fazendo com que Valimor voe pela sala até se chocar com a parede do outro lado, mas não antes de esbarrar em vários móveis do aposento, o que faz com que os soldados precisem usar sua agilidade para evitar serem atingidos.

Valena também é obrigada a abaixar a espada e correr para um canto, pois, sem dar tempo para que Valimor se recuperasse, Gram o puxa novamente, com mais força ainda, lançando o demônio contra a parede do outro lado e causando ainda mais destruição na sala. Não satisfeita, a *Sinistra* repete a manobra mais duas vezes, até que Sandora não consegue mais manter a coesão do chicote, que se desmaterializa.

As paredes de pedra estão agora seriamente danificadas. Com certeza o lugar vai precisar de uma boa reforma.

Sandora caminha até Valimor e materializa outro chicote, desta vez envolvendo seu pescoço.

— Espere! – Valena grita, correndo até ela. – Ele não está totalmente fora de controle!

— Talvez – Sandora responde, antes de desviar o olhar para uma mulher no canto. – Oficial, o encanto foi completado?

A outra levanta o punho, e o anel que usa no dedo médio brilha por um momento, fazendo com que surjam várias pequenas formas fantasmagóricas no ar.

— Sim, senhora! Pelas leituras, ele está sob o efeito completo da sugestão.

Valena olha para Valimor e aponta para a parede rachada.

— Nesse caso, responda: vai querer fazer mais uma gracinha como essa?

— Só quando... recuperar forças...

— Você recuperou a memória – afirma Sandora.

— Sim...

Os oficiais correm até lá, levando alguns daqueles bastões flexíveis conhecidos como *algemas*, mas Sandora sacode a cabeça.

— Não, vamos fazer com que ele fale primeiro. As algemas impediriam que ele atacasse alguém de novo, mas também dissipariam o encanto da verdade.

Ainda lutando para respirar devido ao aperto na garganta, Valimor aperta os olhos com força e desfaz a transformação. Por um momento, Valena apenas olha, embevecida, para aqueles músculos. Tinha que admitir que ele a atraía de qualquer jeito, mas sua forma humana é estonteante.

— Comece pelo começo – ordena Sandora. – De onde você veio?

◆ ◆ ◆

A imagem de Evander, projetada pelo pequeno cristal, demonstra perplexidade.

— Quer dizer que o homem veio mesmo direto do Inferno?!

"Céu e Inferno" são lugares profetizados por algumas religiões independentes do Império e se tornaram relativamente populares, apesar de as Grandes Entidades negarem sua existência. O Céu, segundo essas histórias, era para onde as entidades enviavam as pessoas que haviam sido boas e generosas durante toda a sua vida, e lá gozariam de felicidade eterna. Já o Inferno era para onde eram enviados aqueles que eram perversos e cometiam crimes, e lá sofreriam o merecido castigo pela eternidade.

— É no que ele acredita, pelo menos – responde Sandora, tentando procurar uma posição mais confortável entre os travesseiros.

Ela normalmente não gosta do luxo daquelas camas do palácio, mas tinha que admitir que elas a ajudam a descansar melhor, principalmente nesse período em que seu corpo parece completamente estranho, até mesmo um pouco descontrolado, graças à gravidez.

— E ele não é um discípulo de Donovan?

O vilão chamado Donovan havia alegado tempos atrás que tinha conseguido invadir com sucesso tanto o Céu quanto o Inferno e havia descoberto que esses lugares eram uma aberração da natureza e não deveriam existir. Ele tinha conseguido libertar alguns dos "prisioneiros", como ele chamava os habitantes desses locais, que tinham ficado tão gratos pela "libertação" que faziam tudo o que ele mandava.

— Não. Valimor diz que ele e diversos outros foram enviados para cá em retaliação por uma invasão não autorizada.

Evander estreita os olhos.

— E há quanto tempo foi isso?

— Quase 20 anos.

— Então os atos de Donovan são a causa de ele estar aqui?

— É o que parece, mas ele não conhece a identidade do invasor. De qualquer forma, a retaliação a que ele se refere é contra toda a humanidade, e não contra alguém em específico.

— Isso não parece nada bom.

— Ele também fez uma descrição bastante similar àquela que seu pai nos deu do lugar. Os habitantes do Inferno sofrem repetidas e cruéis torturas, e a única forma de terem algum alívio é causar sofrimento a alguém mais fraco. E, paradoxalmente, parece que, lá dentro, independentemente de quem você seja, sempre existirá alguém mais forte e alguém mais fraco que você.

— Lugarzinho aconchegante. E ele sabe onde estão os outros que foram enviados para cá com ele?

— Não, ele afirma que ocorreu algum evento inesperado que o separou dos outros, mas não se lembra exatamente o que foi.

— Então ele ainda não se lembrou de tudo?

— A julgar pelas leituras, eu diria que ele não *quer* se lembrar de tudo.

Ambos ficam em silêncio por um instante, pensativos, até Evander voltar a falar.

— Se eu não soubesse que eles existem há muito mais do que 20 anos, eu me perguntaria se os protetores não teriam uma origem similar a essa.

— Os protetores têm a mesma aparência que os habitantes do Céu, incluindo a cor da pele e as asas emplumadas, mas sabemos que não são imigrantes, eles nasceram por aqui mesmo.

— Você diz isso porque sua habilidade de detectar pessoas de outros mundos não dá nenhum aviso quando um protetor está por perto, mas você conseguiu identificar Valimor logo de cara, assim como os discípulos de Donovan, não é?

Ela torce os lábios.

— Sim. Mas não sei se posso chamar isso de "habilidade".

Na verdade, a proximidade com pessoas vindas daqueles lugares faz com que ela passe mal. Parece mais um tipo de doença, como uma alergia ou algo assim, do que uma habilidade mística.

Ele ri.

— É uma habilidade que se manifesta de forma peculiar.

— E quanto a essa protetora que está com você? Valimor afirma que ela foi responsável pela morte de pelo menos três dos companheiros dele, apesar de não se lembrar de muitos detalhes.

— Elinora? Agora que ela viu contra o que estamos lutando aqui, decidiu se unir a nós até que a ameaça seja erradicada. O comportamento dela está mudando. Aos poucos está se tornando mais… razoável. Provavelmente devido à exposição prolongada à minha aura.

A julgar por experiências anteriores, Evander e Sandora acreditam que alguém exerce algum tipo de controle sobre os protetores, e a aura energética de ambos é capaz de enfraquecer o efeito.

Ele continua:

— Era o que pensamos que estivesse acontecendo com Valimor também, não era?

— Sim, mas essa perda de memória dele ainda desafia qualquer explicação. Ele afirma não se lembrar da causa de ter esquecido de tudo.

— E quanto a essa história de no Inferno ele ser compelido a torturar os mais fracos que ele? Se isso for verdade, por que ele escolheu Valena para ser sua vítima? Os dois têm nível de poder muito parecido, não?

— Não sei o que pensar sobre isso. Ambos se comportam de forma estranha em relação ao outro. Valena ficou tão abalada com essa confusão toda que o mandou de volta para a masmorra e se trancou no quarto, onde está desde ontem à noite.

— Isso parece atípico dela. Talvez a revelação da verdadeira natureza dele tenha sido um choque muito grande.

— Não acho que essa seja a razão – responde Sandora, pensativa.

— Se você diz. Mas, voltando a Valimor, ele revelou quem o enviou para atacar Valena?

— Sim, e foi a mesma pessoa que o mandou atacar o capitão Joanson.

Dario Joanson havia sido o mentor de Evander, e um respeitado alto oficial, tendo lutado ao lado de Leonel Nostarius e Luma Toniato na equipe de elite conhecida como Guarda Imperial.

Ele estreita os olhos.

— Quem?

— Odenari Rianam.

— A pretensa rainha da Sidéria?

— E esposa do falecido conselheiro Rianam.

— O que confirma que o assassinato do capitão fazia parte da conspiração dos conselheiros para derrubar o Império.

— Sim.

— E por que Valimor obedece a essa mulher?

— Parece que ela conseguiu se apossar de um artefato místico que é dele, um tipo de cristal. Isso o compele a obedecer. Aparentemente a exposição à minha aura neutraliza o efeito, pelo menos temporariamente.

— Então, se a rainha for derrotada, além de o Império ficar livre dela, Valimor também será libertado?

— Precisamente. Pretendemos partir para lá assim que possível.

Ele suspira.

— Gostaria de poder ir com vocês, mas não podemos sair daqui agora. Há vidas em jogo. – Ele faz uma pausa, hesitante. – Você não gosta quando digo isso, mas não consigo evitar: por favor, tome cuidado.

Sandora olha nos olhos dele por um longo momento. O cristal consegue reproduzir quase que perfeitamente a cor castanho-claro daquela íris.

Então ela passa a mão diante do próprio corpo, dissipando os construtos místicos que formam as roupas que está vestindo. Com fascinação, ela observa atentamente as reações dele. A surpresa, o arregalar de olhos, então aquela expressão saudosa, desejosa, além da óbvia mudança no ritmo da respiração.

— Hã... se queria me surpreender, eu diria que conseguiu. – Ele sorri, não deixando de fitar seu corpo.

— Na verdade, eu queria confirmar uma outra coisa – responde ela, surpresa pela reação intensa do próprio corpo ao olhar dele. – Mas agora isso não parece mais ter tanta importância.

Capítulo 11:
Balaio de Gato

O passado

Após aquela surreal experiência de voar pelo céu envolta em chamas, trombar em uma montanha e cair de uma absurda altitude, a ponto de abrir uma cratera no chão, para logo a seguir conseguir se levantar e sair de lá andando, Valena não se sentia nada bem. Lidar com as implicações daquela... *coisa* que tinha aparecido em seu rosto estava fora de suas capacidades no momento.

O mundo de repente parecia ter ficado maluco. A sensação de irrealidade era tão grande que ela mal percebeu para onde estavam indo até que pararam na frente de um grupo de oficiais e Evander disse:

— Valena, este é o general Leonel Nostarius.

Ela olhou para o rosto sério do homem, para aqueles olhos negros que emanavam inteligência e poder, e ficou completamente sem ação. Para deixar as coisas ainda mais estranhas, o general e todos os outros oficiais ao redor prestaram continência.

Abobalhada, ela deu uma espiadela para trás para ver se alguém importante tinha chegado de repente, mas tudo o que viu foi Evander, que lançava a ela um sorriso amigável. Sonhadora, ela pensou que ele ficava ainda mais bonito quando sorria.

— Você está bem?

Ao ouvir aquela voz grave e séria, ela imediatamente voltou a olhar para o general. Ela o conhecia, claro. Provavelmente não havia alma viva no Império que ainda não tinha ouvido falar de Leonel Nostarius. O homem era, praticamente, uma lenda viva. Comandara durante décadas a Guarda Imperial e, depois que assumira o posto de general, causara uma verdadeira revolução com suas táticas inovadoras de administração, tendo transformado o Exército Imperial em algo muito maior do que uma simples força militar, fundando academias, treinando ferreiros, artesãos e alquimistas e levando o progresso a todo lugar, mesmo às comunidades mais isoladas. O próprio emprego de Valena existia apenas por causa desse homem.

— Hã... olá. Não, digo... sim... ah, *aragti*! Quero dizer, estou bem, sim.

O general olha para ela, avaliativo, por um momento, antes de se dirigir a Evander.

— O que aconteceu?

O subtenente deu de ombros e apontou para o Monte Efígeo.

— Eu fui pego na explosão que causou aquele desmoronamento. Valena apareceu voando e me pegou, mas acabamos trombando na montanha e caindo. Minha concha de proteção absorveu o impacto, primeiro com a montanha e depois com o chão, então estamos bem. Mas a neutralização de inércia desse poder pode deixar as pessoas bastante desorientadas, quando experimentam isso pela primeira vez.

Valena olhou para Evander, piscando, confusa. Então, era aquilo que tinha acontecido? Apesar da patética tentativa dela de salvar o cara, no fim ele é quem a tinha salvado. Mas por que ele falava daquela forma, como se fosse o culpado por ela estar fazendo papel de idiota na frente dos oficiais?

— Entendido – disse o general, antes de olhar para trás e fazer sinal para uma mulher de baixa estatura, com cabelos de um curioso tom negro azulado que lhe caíam um pouco abaixo dos ombros e que vestia roupas simples. – Gaia?

Com um sorriso sereno, a *Baixinha* veio a seu encontro. O apelido surgiu na cabeça de Valena automaticamente. Por um momento, ela sentiu vergonha de pensar na sacerdotisa daquela forma depreciativa, mesmo que apenas mentalmente, mas era impossível evitar. Gaia era, no mínimo, uns 20 centímetros mais baixa que ela. E isso porque Valena ainda tinha apenas 15 anos!

— Tudo bem com você, criança? Venha conosco. – A sacerdotisa lançou um breve sorriso para um dos soldados. – Se esse simpático oficial puder nos levar até um local mais reservado, vamos cuidar de você. Está com fome?

Ainda perplexa com tudo aquilo, Valena caminhou ao lado da mulher, que colocou um braço ao redor de sua cintura enquanto seguiam o "simpático oficial". O homem, aliás, parecia extremamente satisfeito por ter sido endereçado daquela forma.

As coisas estavam ficando cada vez mais confusas. Em que tipo de balaio de gato ela havia se metido, afinal?

Ao se lembrar de algo, ela parou, de repente, e olhou ao redor.

— Minhas coisas... onde estão minhas coisas!?

— Posso buscar para você – ofereceu Evander, surgindo ao lado dela. – Se me disser do que precisa e onde está.

— Eu... levava uma bolsa... quando estava subindo o morro...

— Entendido – respondeu ele, num tom de voz praticamente idêntico ao do general. – Vá com a sacerdotisa e descanse, pode deixar que eu busco para você.

Valena apenas ficou olhando, um pouco apalermada, enquanto o subtenente prestava uma rápida continência para o general, antes de sair caminhando, apressado, pelas ruas da cidade.

Então ela piscou e olhou ao redor. Quando haviam voltado para a cidade? Ela devia estar bem pior do que pensava para não ter reparado nisso antes.

— Como esse rapaz é prestativo, não?

Valena olhou para a sacerdotisa, ainda um tanto confusa.

— Eu... acho que sim.

— Não se preocupe. Ele vai voltar logo. Enquanto isso, vamos levar você para descansar um pouco.

O soldado as levou até um dos alojamentos da base militar de Linarea. Valena precisou de ajuda até mesmo para se deitar na cama. Depois de remover suas botas com gentileza, Gaia a olhou com atenção.

— Como se sente?

— Estranha. O que é essa coisa em meu rosto? Parece que está queimando...

A sacerdotisa pareceu espantada.

— Você não sabe o que é essa marca? Não teve sonhos, presságios? A Grande Entidade não entrou em contato com você?

— Não, tudo o que eu sei é que de repente eu estava no meio de um fogaréu enquanto flutuava no ar. E agora estou toda dolorida. – Valena fez uma careta enquanto começava a coçar o braço esquerdo. – E acho que me queimei também.

— Não pode ser – disse a sacerdotisa, desamarrando os cordões que prendiam suas roupas e olhando espantada para a pele de seu peito. – Pelo Espírito!

— O que está acontecendo? Está ardendo! O que eu tenho?

— Calma, criança – disse Gaia, colocando a mão em sua testa. Imediatamente Valena relaxou, apesar da agonia que sentia na pele. – Durma. Cuidaremos de você, não se preocupe. Apenas descanse.

◆ ◆ ◆

Valena dormiu pesadamente até os raios de sol do início da manhã incidirem sobre seu rosto. Ela virou para o outro lado, tentando fugir daquele incômodo e voltar a dormir, mas o sono havia desaparecido.

Suspirando, desanimada, ela levou a mão aos olhos e levantou o tronco, tentando se lembrar de onde estava. Então o lençol que a cobria escorregou e ela percebeu que não estava vestida. Com uma pequena exclamação de surpresa, ele puxou o lençol contra si e olhou ao redor. Parecia ser a casa de alguém, uma casa muito maior e melhor do que a pocilga onde morava. As paredes eram de pedra e tinham sido meticulosamente pintadas com um tom suave de amarelo. O espaço era muito grande e tinha enormes janelas, por onde entrava o sol da manhã. Diante da enorme cama com dossel, havia o mais bonito tapete que ela já vira em sua vida. Havia vários armários e cômodas junto às paredes, além de algumas mesas com cadeiras e uma grande lareira.

Uma suave batida na porta a assustou. Procurou ao redor, mas não viu suas roupas em lugar algum. Pensou em procurar alguma coisa nos armários, mas o som da porta se abrindo fez com que ela se encolhesse na cama, puxando o lençol até o pescoço.

Então a sacerdotisa entrou, carregando uma bandeja com comida.

— Bom dia – cumprimentou a recém-chegada, com seu costumeiro sorriso sereno. – Ficamos felizes que tenha acordado. Parece muito bem. Como se sente?

Quando a *Baixinha* fechou a porta, Valena relaxou um pouco.

— Bem, eu acho. Onde estamos?

— Ah, sim, queira me perdoar. Estamos no Palácio Imperial. – A sacerdotisa caminhou até a cama e colocou a bandeja ao lado de Valena, que sentiu água na boca. – Deve estar faminta. Pode comer, isso fará bem a você.

— Onde estão minhas roupas?

— Receio que elas estão muito danificadas, pois tivemos que remover o tecido às pressas para poder medicar você. Sinto muito por isso. Mas não precisa se preocupar. – Gaia caminhou até uma cômoda e tirou diversas peças de lá, trazendo tudo até a cama. – O imperador ficará contente em fornecer o que você precisar.

Valena, que estava mordendo um pedaço de pão com vontade, ficou imóvel ao ouvir aquilo e levou a mão ao lado direito do rosto, sentindo o relevo que ainda lhe era estranho.

— Então, isso aqui é mesmo a...

— Sim, querida. Você foi abençoada com a maior das honras do Império.

A sacerdotisa entregou a ela um espelho de mão. Valena pegou o objeto e arregalou os olhos ao ver as linhas douradas em seu rosto, que claramente formavam o desenho de um pássaro de fogo. Um desenho perfeito demais para ter sido feito por mãos humanas. Ela tocou a própria face e pôde sentir o relevo da imagem na pele, ainda um pouco sensível.

— Como...? Por quê...?

— Não cabe a nós julgar os desígnios dos Eternos, criança. Nossa incumbência é aceitar as bênçãos que recebemos e viver nossa vida de forma digna. Você recebeu uma grande dádiva, que merece ser honrada.

— *Bisadaha i yareeyeen*!

A sacerdotisa levou a mão aos lábios, parecendo horrorizada ao ouvir aquilo.

— Minha filha, por favor não use tal linguajar.

Valena abaixou o espelho e estreitou os olhos.

— O que importa a *bass* do meu linguajar numa hora dessas?!

— Eu lhe imploro que evite proferir tais coisas. Essas palavras subvertem de forma nefasta o belo e harmônico idioma de meus ancestrais.

A sacerdotisa não estava dando uma ordem. Olhando para ela, dava para perceber que realmente estava fazendo um pedido, uma súplica. Valena achava aquilo uma coisa banal, mas para aquela mulher parecia muito importante.

— Desculpe.

Gaia sorriu.

— Sei que tudo isso deve ser difícil para você. Vamos, coma. Precisa restaurar suas energias.

Valena deixou o espelho de lado e voltou a dar uma mordida no pão, antes de olhar novamente para a *Baixinha*.

— A senhora disse que precisou me medicar? O que eu tinha?

— Era apenas o seu corpo se adaptando ao seu novo poder.

Valena olhou para seus antebraços, que pareciam normais.

— Estava ardendo para *wanaagsan*. – A sacerdotisa pareceu tremer nas bases ao ouvir o xingamento. – Oh, desculpe.

— Houve algumas complicações, mas não há nada com que se preocupar.

— E aquilo vai voltar a acontecer? Quero dizer, eu sair voando de repente sem saber como ou o porquê? E depois passar por... *complicações* de novo?

Gaia suspirou.

— Filha, você recebeu uma excepcional dádiva e possui um poder grandioso. É natural que surjam algumas atribulações. Mas estaremos sempre aqui para servir e acorrer em toda desventura que possa advir.

Valena voltou a comer até que se lembrou de outra coisa.

— Minhas coisas! Onde estão minhas coisas?! A carta que eu estava levando...

A sacerdotisa a encarou, surpresa.

— Oh. Pode ficar tranquila. Termine de comer e escolha algo para vestir. Tem uma pessoa esperando para falar com você desde ontem. Ele está com seus pertences e ficará feliz em responder às suas perguntas.

Valena olhou para os ricos e trabalhados trajes que a *Baixinha* tinha jogado sobre a cama, concluindo que talvez aquela situação toda pudesse lhe trazer alguns benefícios muito bem-vindos.

— Só mais uma coisa, minha filha: é da vontade do Grande Espírito que seja mantido em sigilo o fato de termos trazido você para cá desacordada.

— O quê? Por quê?

— Não estamos certos da razão pela qual seu corpo reagiu dessa forma. Até que esse mistério esteja esclarecido, precisamos ser cuidadosos, para sua própria segurança.

◆ ◆ ◆

Quem estava esperando para falar com ela era o sargento Lacerni.

— Que bom poder ver que está bem – disse ele, parecendo aliviado, enquanto lhe devolvia sua bolsa. – Ninguém aqui me dava detalhes do que estava acontecendo, já estava começando a ficar preocupado.

— Parece que não consegui entregar a carta...

Ele a encarou, perplexo, por um momento, antes de cair na risada.

— Acredito que você tem coisas muito mais importantes do que isso para se preocupar no momento, menina.

— Mas era urgente...

— Sim, uma carta urgente de uma mulher casada avisando ao amante que não compareceria a um encontro. – Ele voltou a rir, quando ela arregalou os olhos. – Um jovem oficial levou a carta até seu destinatário. Depois fez algumas perguntas a ele, uma vez que o homem estava escondido no topo do morro enquanto ocorria aquela confusão toda. Como o homem também era um soldado... bem, essa história vai ter sérias consequências para a carreira dele.

— Mas como você...?

— O rapaz fez a gentileza de vir até a nossa base e reportar tudo. Ele também trouxe suas coisas e sua montaria de volta.

Ela estranhou aquilo.

— Mas por que alguém se daria a todo esse trabalho?

— É procedimento padrão. Afinal, você é menor de idade e estava sob o cuidado de militares. Precisavam tentar localizar e avisar sua família, caso você tivesse uma.

— Oh.

Nesse momento, uma oficial apareceu na porta.

— Com licença, alteza. O imperador solicita sua presença.

— "Alteza"! Olha só isso. – Lacerni riu e deu alguns tapinhas amigáveis no ombro de Valena. – Vá lá, garota. Sua nova vida começa agora.

Ela deu um sorriso sem graça.

— É o que parece.

Valena ficou séria e olhou para o sargento, que lhe sorria, parecendo muito orgulhoso. Os fios prateados começando a aparecer entre os cabelos negros denunciavam que já não era mais tão jovem. Alguma vez ela tinha agradecido por tudo o que fizera por ela?

— Na verdade, sargento, eu nunca disse isso antes, mas acho que minha "nova vida" começou foi dois anos atrás. Isso aqui não é nada em comparação com aquilo.

Então, sem querer olhar para ele, ela deixou a bolsa sobre a cama e se dirigiu, apressada, para a porta.

O sargento levou um longo tempo para conseguir controlar a emoção e se recompor o suficiente para poder sair do aposento.

♦ ♦ ♦

O presente

O senador Edizar Olger levanta várias objeções contra aquele plano. Sendo ele o único representante de Mesembria no Senado Imperial, Valena sabe que precisa ouvir o que o homem tem a dizer, mas, naquele caso, em que sua vida e possivelmente a de inúmeros cidadãos estão em jogo, ela não vai desistir da ideia tão fácil.

— Eu não sou nenhum especialista em viagens dimensionais, alteza – insiste ele.

— Segundo seu governador, você é o sábio com maior experiência nesse tipo de fenômeno – retruca ela.

— Eu trabalhei com um tipo muito específico de portal, mas só depois de receber de outra pessoa instruções detalhadas sobre o funcionamento dele.

— Senhor Olger – Sandora chama a atenção do homem –, apenas precisamos da assistência de alguém que faça uma boa ideia de com o que estamos lidando aqui.

— Além disso, não tem razão para se preocupar – insiste Valena. – *Aragti*, mesmo que isso não funcione, não haverá problema nenhum, não pretendemos teletransportar pessoas.

O sábio ajusta o chapéu pontudo sobre a cabeça.

— Com todo respeito, alteza, se isso não funcionar, pode ser que essas suas "bombas" acabem indo parar em qualquer lugar. Dentro do seu palácio, por exemplo, ou em locais cheios de crianças.

— Isso é estatisticamente improvável – retruca Sandora. – Mas ter conosco alguém habilidoso e capaz de se preocupar com esses detalhes é a razão de termos pedido sua presença.

O homem dá um suspiro inconformado, mas retorna ao trabalho. Valena olha para Sandora, surpresa.

— Por acaso andou tendo aulas de negociação com Lutamar Romera e não fiquei sabendo?

— Isso se chama bom senso.

— Curioso ver *você* dizendo isso – retruca Cariele, olhando para Sandora com o cenho franzido. – Se tivesse algum bom senso, não iria querer se colocar na linha de frente nesse... – ela aponta para o ventre da *Bruxa* – estado.

Sandora olha para ela.

— Vamos ser francos aqui. As chances de eu sobreviver a essa gravidez são praticamente nulas. Eu sei disso e você também. Não vou ficar escondida em algum lugar esperando minha hora chegar. E, se eu ainda estiver entre os vivos daqui a cinco meses, ficarei muito mais satisfeita em saber que fiz tudo o que pude para tornar esse mundo um lugar melhor para meu filho.

Os presentes, incluindo Cariele, ficam todos em silêncio e retomam suas atividades.

Valena se afasta, pensativa. Não é capaz de saber o que faria se estivesse na mesma situação da *Bruxa*, e também é difícil determinar se o que leva Sandora a agir daquela forma é coragem ou medo. De qualquer forma, não apenas ela como todos ali estão dispostos a arriscar suas vidas pelo Império. Isso torna o peso de ser uma imperatriz bem mais difícil de carregar.

Valimor e Gram estão ajudando os soldados a colocarem os pesados artefatos em seus respectivos lugares. Tentando não olhar para o peito desnudo daquele... daquela *criatura*, ela se aproxima, fazendo um gesto com o indicador para chamar sua atenção. Ele deixa o que carregava no chão e a encara com olhar interrogativo.

As coisas entre os dois estão estranhas desde o episódio do encanto da verdade. Valena havia ordenado que ele fosse libertado, com a condição de que ele permanecesse por perto de Sandora o máximo de tempo possível. Ela não ficou exatamente surpresa quando ele manifestou interesse em participar da invasão à Sidéria. E o Império precisa de toda a ajuda possível nessa missão, então Valena não está em posição de recusar, apesar do perigo que ele pode representar.

Ela o encara, determinada.

— Eu sei quem é o responsável por você ter perdido a memória.

Aquilo o faz arregalar os olhos.

— Quem?

— Você nunca achou estranho o fato de Sandora ter derrubado você com um único golpe?

Apesar de estar falando em um tom de voz baixo, Valena percebe que a *Sinistra* ouve cada palavra, e com interesse. Ótimo. Ela também precisava ouvir aquilo, já que parecia gostar tanto dele.

— Nossos inimigos são pessoas traiçoeiras. Pode ser que o fato de você ter se aliado a mim faça parte do plano deles.

Agora o olhar dele é de fúria.

— O que...

— Eu quero que você saiba por que está aqui. Quero que esteja ciente de que a aura de proteção de Sandora é o que está livrando você do controle que sofreu durante tanto tempo. Quero que saiba que não era nossa intenção arrancar você das garras de quem quer que fosse, mas, já que você foi jogado no nosso colo, nós decidimos cuidar da *baqti* dessa sua carcaça.

— Pare.

— Não vou parar! Você vai precisar lutar hoje, e toda vez que isso acontecer você vai se sentir tentado a voltar para o outro lado. Até agora eu nunca levantei um dedo contra você. Mas isso aqui é importante. Se você se colocar em meu caminho hoje, *eu vou matar você*. E não me olhe desse jeito, eu já matei antes e posso muito bem fazer de novo, se necessário. Se quiser ir embora agora, a escolha é sua.

A raiva desaparece como por encanto, e ele levanta uma das mãos, tentando tocar o rosto dela, mas Valena se esquiva, dando dois passos para trás, e só então percebe, horrorizada, que uma lágrima lhe escorre pela face.

Irritado pela rejeição, Valimor gira o corpo e sai caminhando com passos duros. Valena respira fundo e começa a se afastar, mas é impedida por uma mão cadavérica pousando em seu ombro, o que faz com que um tremor involuntário percorra todo o seu corpo.

Por que raios a Fênix lhe dá tantas provações, afinal? Quem, em sua sã consciência, aceitaria numa boa um grupo de aliados como aquele?

Devagar, ela vira a cabeça e encara os brilhantes olhos vazios de Gram. A criatura a solta e faz com as mãos de pele arroxeada alguns gestos típicos de militares. Força. União. Avante. Com ênfase no "avante".

É a primeira vez que Gram tenta dizer alguma coisa para Valena através de gestos. E não é que a *jahwareer* é boa naquilo?

— Eu sei que você gosta dele, mas eu precisava dizer aquilo. Eu não posso hesitar, isso aqui é importante demais.

Gram bate um punho fechado na palma da outra mão antes de fazer um gesto de continência. Valena suspira, frustrada, sem saber se agora a *Sinistra* está sendo otimista, irônica ou se está rindo de sua cara.

◆ ◆ ◆

O plano é bem simples: distrair o inimigo enviando uma série de bombas para várias partes da Sidéria, onde explodiriam e causariam confusão, possivelmente provocando a mobilização de tropas para investigar. Enquanto isso, a verdadeira invasão começaria, pelo ar.

Os cavaleiros aéreos aguardam, ao lado de suas águias gigantes. Não é uma tropa muito grande, pois em menor número eles têm muito mais chances de chegar até seu alvo. Sandora caminha entre eles, na direção do líder do pelotão.

— O senhor tem certeza de que deseja fazer isso?

Leonel Nostarius coloca seu elmo negro e sobe na montaria com impressionante agilidade para alguém da idade dele, mesmo com o uso de encantamentos místicos.

— Tanto quanto você – ele responde, estendendo a mão. – Meu filho não está aqui, então é minha responsabilidade levar você em segurança.

Ela assente e aceita a ajuda, subindo na sela atrás dele, enquanto tenta se lembrar de todos os detalhes necessários para se manter sobre aquela montaria. Evander sempre diz que leva anos para adquirir a prática requerida apenas para poder voar na garupa de alguém e ela não duvida que seja verdade.

— Mantenha a calma o tempo todo – recomenda Leonel. – Como eu disse, este é o nosso melhor animal, ele é excepcional, já conseguiu até mesmo voar sozinho carregando uma pessoa inconsciente antes, então não creio que teremos problemas. Desde que ele não sinta hesitação ou medo em qualquer um de nós dois, estaremos bem.

— Entendo – responde ela, imaginando que, se aquelas palavras não estivessem vindo do melhor e mais experiente cavaleiro alado de todos os tempos, ela provavelmente teria dificuldade em acreditar.

Os demais cavaleiros montam também, enquanto os inúmeros presentes, entre oficiais, sábios, senadores e diversos outros, os observam a uma curta distância.

Valena, por sua vez, assume sua posição à frente da montaria de Leonel e suspira, tentando conter a própria apreensão. Muitas coisas podem dar errado, mas não há tempo para pensar nisso agora.

Mais uma vez, tenta esvaziar a mente e elevar os sentidos, como Sileno Caraman tinha ensinado. Mas, como na maioria das vezes em que tentou aquilo, não recebeu nenhuma resposta. A Grande Fênix não está disponível? Ou não se interessa pelo que está acontecendo? Talvez a entidade não se importe tanto assim com ela. Ou será que Valena é que é incompetente demais para conseguir fazer aquilo direito?

Ela abre os olhos, tentando focar no que interessa. Nada daquilo importa. O Império agora é seu e lutará por ele, com ou sem a ajuda dos tais "Eternos".

Ela pode sentir o olhar de Valimor, mesmo ele estando fora de vista. Deve estar em algum lugar no meio dos soldados, provavelmente próximo a Gram. Esperando. E, de uma forma inquietante, pensar naquilo faz com que ela se sinta melhor, mais calma e mais determinada. Pelo visto, saber que aqueles sentimentos em seu peito são falsos e artificiais não ajuda em nada a se livrar deles.

Um dos sábios bate palmas a seu lado. Ela olha em sua direção e ele confirma com um gesto de cabeça. É o sinal que estavam esperando. As bombas foram enviadas e detonadas.

Valena então vira para a frente, corre, salta e abre os braços, enquanto as chamas místicas a envolvem. Em segundos, ela está batendo suas asas flamejantes e ganhando os céus, seguida de perto por Leonel Nostarius e pelos demais cavaleiros alados. Sem perda de tempo, manobram para tomar a direção do covil inimigo, preparados para enfrentar uma longa, cansativa e perigosíssima viagem.

Capítulo 12:
Chave de Braço

O passado

O imperador Sileno Caraman era um homem magro, perto da casa dos 60 anos e que tinha os cabelos quase completamente grisalhos, com apenas poucas mechas mantendo o loiro original.

Sua face direita era tomada pela marca da Fênix, um desenho muito similar ao que Valena agora tinha, mas a águia retratada no rosto dele era menor, mais delgada, mais delicada, apesar de chamar muito mais a atenção. Era claramente visível, mesmo à distância, parecendo brilhar em certos momentos. Valena imaginou se algum dia sua marca também pareceria tão viva, pulsante e cheia de energia daquela forma.

— Venha cá, minha filha – disse ele, enquanto se levantava do trono e estendia as mãos para ela. – Quero olhar para você.

A imponência na voz dele era amenizada pelo brilhante sorriso. Ela não deixou de notar que, além de parecer ter todos os dentes na boca, eles ainda eram incrivelmente brancos, o que era extremamente raro em pessoas daquela idade.

As roupas que ele usava, no entanto, não eram tão imponentes assim. Até mesmo os trajes de Valena, em ricos tons de dourado e vermelho, pareciam mais impressionantes. Ele vestia uma túnica branca, de mangas compridas com detalhes em verde nos punhos e na barra, que encostava no chão. Exceto por uma fita dourada que lhe envolvia a cintura, amarrada de lado, ele não usava nenhum tipo de acessório ou enfeite. Na verdade, até mesmo os dois soldados que montavam guarda dos dois lados do pedestal onde ficava o trono pareciam muito mais bem vestidos do que o imperador, em seus impecáveis uniformes em tons de vermelho e preto.

A sala do trono era impressionante. Era grande o suficiente para comportar umas 200 pessoas sentadas, apesar de no momento estar praticamente vazia. Uma linda pintura tomava conta de quase todo o teto, retratando uma águia em pé sobre um ninho, com as asas abertas e olhando para baixo, na direção dos filhotes que levantavam os biquinhos abertos para ela. Valena acabou se esquecendo de onde estava e ficou parada, olhando para cima, fascinada, por um longo tempo.

Sempre sorrindo, o imperador foi caminhando até ela por sobre o tapete vermelho, que, apesar de limpo, dava a impressão de ser bastante velho, estando um pouco manchado e desgastado em várias partes.

— Vejo que gostou da pintura – disse ele, parando ao lado dela e levantando a cabeça, avaliando a obra de arte com aparente orgulho.

— Não... não era o que eu esperava.

Ele a encarou.

— E o que você esperava?

— Não sei. Algo mais poderoso ou imponente... talvez desafiador, sei lá.

Ele amplia o sorriso.

— E você acha que o trabalho de uma mãe, o ato de cuidar de seus filhos, não pode ser considerado algo "poderoso" ou "desafiador"?

— Sim, mas... o desenho parece ser... não sei, sobre proteção ou carinho ao invés de... conquista, dominação, essas coisas.

O imperador desviou o olhar para a sacerdotisa Gaia Istani, que estava um pouco atrás de Valena.

— A Grande Fênix parece ter feito uma escolha impecável, não acha, irmã?

— Como sempre, senhor.

Valena ficou olhando de um para o outro, constrangida, até que o imperador voltou a olhar para ela.

— Sua percepção está correta, minha jovem. O que você descreveu é exatamente o efeito que eu planejava, a sensação que eu gostaria que as pessoas tivessem quando entrassem aqui. Segurança, conforto, esperança. Esta é a missão que nos foi confiada: levar esses sentimentos a milhões de pessoas, desde velhos como eu até jovens como você. Todos são guerreiros que travam diariamente suas batalhas para permanecerem vivos e trazerem progresso para si mesmos, suas famílias e seu país, e nossa função é proteger, servir, zelar para que tenham a oportunidade de crescer, de fazer a diferença.

Ele ficou olhando para ela com expressão de expectativa. Valena piscou, tentando imaginar o que seria adequado responder depois de uma colocação como aquela.

— Parece... complicado.

Ele levantou a cabeça e soltou uma risada.

— Tem toda razão, filha, tem toda razão. Mas, antes de qualquer coisa, como se sente? Soube que ocorreram alguns eventos um tanto súbitos e... perturbadores com você. Está tudo bem?

Ela olhou para as próprias mãos e franziu o cenho.

— Desde que acordei no palácio não senti mais nada, mas antes parecia que eu estava queimando. – Ela desviou o olhar para a *Baixinha*. – Pensando bem, a senhora não me disse o que eu tinha.

— Acreditamos que seu corpo está se adaptando à sua nova natureza – respondeu Gaia.

Valena olhou para o imperador.

— Isso é sempre assim? Quero dizer, também aconteceu com o senhor?

Sileno Caraman limpou a garganta e balançou a cabeça.

— Não. Comigo foi um processo gradual que levou bastante tempo, assim como com os outros antes de mim. Por isso acreditamos que você é muito especial. Agora, vamos nos sentar. Temos muito o que conversar.

◆ ◆ ◆

Era difícil não gostar daquele homem. Sileno Caraman era inteligente, cortês e carinhoso. Valena foi apresentada à esposa dele, Azelara Lorante Caraman, uma mulher pequena e de traços comuns, de cabelos negros e com a voz bastante enfraquecida pela idade avançada. Felizmente, não era tão baixa quanto Gaia, pois Valena já estava tendo muita dificuldade para não pensar na sacerdotisa como "a Baixinha", não queria ter que policiar os próprios pensamentos em relação à esposa do imperador também.

De qualquer forma, eram surpreendentes a familiaridade, o carinho e a intimidade com que o casal se tratava. Surpresa, Valena percebeu que era a primeira vez que conhecia um casal em que ambos os cônjuges eram anciões, já que a expectativa de vida no Império não ia muito além dos 40 anos.

Infelizmente, Sileno e Azelara não foram abençoados com filhos. Talvez aquela fosse a razão pela qual ambos tratavam a quase todos, incluindo Valena, com tanto carinho. Era como se tivessem abraçado todo o Império, tornando cada soldado, cada cidadão em uma espécie de filho adotivo.

Definitivamente, era quase impossível não gostar deles.

Naquela mesma tarde, o imperador fez um pronunciamento oficial, na forma de um discurso na praça principal de Aurora, onde apresentou Valena ao povo, anunciando, com uma alegria contagiante, que sua sucessora havia sido finalmente escolhida.

Ainda tomada por uma sensação de irrealidade, Valena pronunciou as palavras que fora instruída a dizer, e das quais nem se lembraria mais tarde. A única coisa que ficou gravada em sua mente foi a reação das pessoas. As palmas entusiasmadas. Os gritos de alegria. Ela estava sendo aceita incondicionalmente por aquela gente que nem a conhecia, e aquilo trouxe uma sensação intensa, quente, profunda. Definitivamente, poderia se acostumar com aquilo.

Entre lágrimas de emoção, ela prometeu a si mesma que nunca desapontaria aquele povo. Não foi capaz de dizer aquilo em voz alta, mas a plateia pareceu entender muito bem, a julgar pela grande comoção.

— Como podem aceitar alguém que nem conhecem, desse jeito? – Valena perguntou a Sileno, quando voltavam ao palácio.

Ele sorriu.

— Isso faz parte da natureza das pessoas, minha filha: sempre estão dispostas a aceitar umas às outras.

— Isso não é verdade, não é sempre é assim.

— Não, quando existe alguma coisa coibindo a verdadeira natureza humana, como medo, dor, tristeza ou sofrimento. Mas, quando damos ao povo uma vida digna, ele florescerá numa sociedade alegre e acolhedora.

— Mas como posso fazer para impedir que as pessoas sofram?

Ele amplia o sorriso, parecendo muito satisfeito.

— Você faz todas as perguntas certas, filha, eu não poderia imaginar alguém melhor para assumir meu lugar. O fato é que as pessoas sempre irão sofrer por uma coisa ou por outra. Nossa obrigação, como governantes, é providenciar auxílio, consolo, inspiração e esperança, de forma que consigam superar seus problemas e prosseguir com a vida delas.

— Isso parece... difícil.

— Sim, é uma tarefa bastante complexa. E que exige muita preparação e treinamento.

◆ ◆ ◆

Valena imaginou várias coisas quando o imperador falou em "treinamento", mas nunca passou por sua cabeça que aquilo pudesse envolver a humilhação de tomar surras frequentes dos maiores guerreiros do país.

A primeira "lição" que ela recebeu foi como aguentar a dor de ter a articulação de seu cotovelo quase arrebentada até o oponente ficar satisfeito e decidir aceitar seu pedido de rendição.

Ainda segurando seu punho junto ao peito enquanto a prendia ao chão com as pernas por sobre seu pescoço e tronco, o grandalhão chamado Galvam Lemara, atual general da divisão de Halias, sorriu enquanto dizia:

— Tenho duas lições importantes para você hoje, moça. – A voz dele era grave e intensa, um pouco intimidadora, apesar do sorriso. – A primeira é que uma boa chave de braço resolve qualquer mano a mano.

Ele levantou as pernas, permitindo que ela escapasse.

— *Qashin*! – Valena praguejou, quando finalmente conseguiu se sentar, segurando o braço dolorido. – Eu poderia aprender se simplesmente me *dissesse* isso em vez de quase me matar.

O homem, ao qual ela se referia mentalmente pelo mais do que adequado apelido de "o Brutamontes", apenas riu e se levantou com surpreendente agilidade para alguém daquele tamanho.

— Você precisa primeiro sentir a dor para entender o potencial de um golpe. Agora, venha cá, vou te mostrar outra coisa.

Imaginando que outras formas de tortura ela enfrentaria em seguida, Valena se levantou, com dificuldade. Respirando fundo, ela decidiu, com sua natural teimosia, que nunca imploraria para ele pôr fim a seu sofrimento. Não daria a ele essa satisfação!

O *Brutamontes* pareceu bastante satisfeito quando ela se aproximou, com expressão desafiadora, apesar das pernas trêmulas e do braço ainda latejante.

Então ele a golpeou rapidamente em várias partes do corpo com as pontas dos dedos. Não foi, necessariamente, um ataque, pois ela não sentiu nada mais do que um leve e rápido desconforto nas regiões atingidas, mas, de repente, ela sentiu seu corpo esquentar, como se uma força enorme se apoderasse dela.

Confusa, ela olhou para ele. Erineu fez um gesto, apontando para as pernas dela e depois para o próprio pescoço, antes de assumir uma posição de combate, com o corpo levemente inclinado.

Tomada por um súbito e inexplicável impulso, ela deu dois passos para trás e depois correu, saltando e envolvendo o pescoço dele com as pernas, enquanto girava no ar. Tudo ocorreu tão rápido que ela mal registrou o que acontecia. Tanto que tomou um susto quando ouviu o baque causado pelo choque do gigantesco corpo do homem contra o chão arenoso.

As pessoas que estavam assistindo fizeram uma pequena algazarra, entre palmas, gritos e assobios.

Ela se levantou, eufórica, e olhou para ele, ainda sentindo os resquícios daquela súbita e quase incontrolável energia que a tinha envolvido.

Com outro enorme sorriso, ele estendeu a mão, e ela correu para ajudar o homem a se levantar. Apesar da violência do tombo, ele não parecia ter recebido nenhum dano.

— Essa é sua segunda lição de hoje: quando você decide confiar e fazer o que os mais velhos mandam, coisas interessantes acontecem.

— Como…?

— Ativei os seus *pontos pujantes*, liberando parte dos seus poderes. Com o tempo você vai aprender a fazer isso sozinha. Achei importante você ter um vislumbre do que é capaz, pois Nostarius e Joanson vão fazer você sofrer tanto nas mãos deles que provavelmente vai pensar em desistir de tudo logo na primeira semana. – Ele apontou para a pequena depressão formada no chão onde as costas dele haviam se chocado com violência. – Quando isso ocorrer, é só lembrar que, se aprender a usar isso direito, você é capaz de derrubar qualquer um. E essa é a razão pela qual não podemos pegar leve com você.

O general Nostarius e o capitão Joanson, que assistiam a tudo de uma distância segura, não pareceram gostar nada de ouvir aquilo.

— Você está estragando toda a surpresa, general – reclamou o capitão, no peculiar tom informal com o qual aqueles oficiais gostavam de se tratar.

Valena olhou para as próprias mãos, um enorme sorriso se formando em seu rosto, apesar da respiração ainda pesada.

— *Xubnaha taranka*!

Estava tão entusiasmada que levou um tempo para perceber a reação das diversas pessoas ao redor às palavras que ela gritou, que poderiam ser consideradas um pouco... pesadas. Alguns franziram o cenho, outros sorriram, sem entender. Dois deles levaram a mão à boca, nitidamente chocados. Leonel Nostarius apertou os lábios. Joanson e Lemara se entreolharam por um momento, antes de caírem na risada, e a sacerdotisa Istani levou a mão à testa, balançando a cabeça.

◆ ◆ ◆

O treinamento com a Guarda Imperial teve seus altos e baixos. Mais baixos do que altos, para falar a verdade, pois Leonel Nostarius realmente a fez sofrer bastante durante as lições de esgrima, e os outros membros da guarda também não ficavam muito para trás em seus níveis de exigência. No entanto, as lições que foram mais frustrantes, e também as mais marcantes, foram as ministradas pessoalmente pelo imperador.

— Você deve elevar sua consciência e abandonar seu corpo físico para poder se tornar uma com a Grande Fênix – dizia ele.

Valena precisava apertar os lábios para evitar soltar algum praguejamento ou dizer algo desrespeitoso como "falar é fácil". O fato é que não conseguia entrar em contato com a entidade, por mais que tentasse.

— Por que a chamamos de "Grande Fênix", afinal? – ela retrucou, tomada pela frustração. – Por acaso já houve uma "Pequena Fênix"?

Por um momento ela ficou horrorizada ao perceber o que tinha falado. Achou que receberia uma reprimenda, mas, para sua surpresa, o imperador soltou uma risada divertida.

— Sim, pelo que sabemos, existiram outras entidades que compartilharam esse nome, há muito, *muito* tempo. Mas apenas uma Fênix permanece conosco até hoje.

— E por que ainda chamamos ela de "grande", se não tem mais nenhuma outra com a qual comparar? – ela perguntou, agora com legítima curiosidade.

— Por respeito. Ela é a mais poderosa entre os Eternos em existência, e merece esse reconhecimento.

— Ah...

— Podemos conversar o quanto quiser sobre isso depois, filha, mas no momento precisa se concentrar. Vamos voltar do início...

Ela soltou um suspiro frustrado e se preparou para continuar tentando.

Sob a tutela do imperador, ela havia conseguido dominar diversos poderes, incluindo a chamada *Forma da Fênix*, em que ela era envolvida por chamas místicas e ganhava a habilidade de voar. No entanto, parecia ser consenso entre todos que um dos maiores poderes de um portador da marca da Fênix era sua habilidade de conversar diretamente com o "Eterno".

— Talvez tenha algo errado comigo – reclamou ela, depois de muitos fracassos.

— Não há nada errado com você – Sileno respondeu. – Tenho certeza disso, pois recebi essa revelação logo que a vi pela primeira vez.

— Então, qual é o problema? Por que eu não consigo aprender essa *shahwada*?

— Talvez ainda seja muito cedo para isso. Que tal tentarmos outra coisa, como o *Favor Divino*?

Ela franziu o cenho.

— O que é isso?

— Às vezes me esqueço de que sua iniciação foi muito diferente da minha. Creio que seja a hora de fazermos uma pequena viagem.

Numa parte remota e desértica do Império, viviam algumas tribos conhecidas como "o Povo do Sol". Eram pessoas de pele muito escura, que se adaptavam de forma impressionante à vida naquele território árido, onde chuvas ocorriam apenas poucas vezes ao ano. Aquela gente não apenas se dava bem com aquele clima: elas *precisavam* dele para viver, não conseguiam se adaptar a outras altitudes e necessitavam receber diariamente na pele os intensos raios solares refletidos por aquela areia para se manterem saudáveis. Infelizmente, o clima estava sendo inclemente demais naquela região nos últimos anos, e eles enfrentavam uma das maiores secas de sua história.

Sileno explicou tudo aquilo a Valena enquanto sobrevoavam a região, no dia seguinte, até pousarem num pico elevado de uma região montanhosa, um lugar que parecia uma muralha de pedra feita para manter aquele mar de areia confinado. Ele então chamou a atenção dela para uma cena peculiar. Não muito distante de onde estavam, um enorme rio se aproximava do fim da cadeia montanhosa, fazia uma curva e voltava, desaparecendo em meio às formações rochosas à distância. Era impressionante ver quão perto do deserto estava aquela abundância de água. A parede rochosa que mudava o curso do rio não devia ter mais do que poucas dezenas de metros de extensão.

— Você nem imagina quantas vidas poderíamos salvar, se mudássemos o curso desse rio.

Ela franziu o cenho.

— Não dá para, sei lá, explodir essas pedras?

— Isso foi tentado durante muito tempo, com pouco sucesso. Aparentemente, existe um único poder nesse mundo, puro e intenso o suficiente para afetar até mesmo essa parede rochosa. Pelo menos durante algum tempo.

— É mesmo? – Agora, Valena estava genuinamente curiosa. – Qual?

— Tente se concentrar. – Ele fez um gesto na direção do deserto. – Imagine a vida daquelas pessoas, tente ver a si mesma caminhando entre elas, compartilhando com elas os bons e maus momentos. Imagine quão desesperadamente esse povo precisa de alento, de uma pequena dose, por menor que seja, de esperança, para continuar vivendo por mais um ano. Pondere quão grande é sua vontade de ajudar, de dar a eles esse alento, de *se tornar* a esperança da qual que eles necessitam. Então olhe para dentro de si mesma e eleve sua consciência, como praticamos. Deixe que sua intuição a guie. Encontre as comportas que represam sua essência. Sinta essa essência.

Valena já tinha tentado exercícios parecidos com aquele diversas vezes, sem muito sucesso, mas dessa vez foi diferente. Agora aquilo lhe parecia extremamente importante, o imperador dava a entender que vidas poderiam depender de seu sucesso. Não era mais uma questão de treinamento, de simplesmente se tornar mais poderosa. A questão agora era a vida de pessoas, do bem-estar de gente que havia festejado com empolgação a notícia de que a sucessora de Sileno Caraman havia sido escolhida. Gente que a havia aceitado de forma incondicional, algo que tinha ocorrido pouquíssimas vezes em sua vida.

Era difícil descrever o que ocorreu, mas de alguma forma ela conseguiu encontrar dentro de si mesma a "essência" a que ele se referia e, seguindo o impulso de ajudar aos outros, conseguiu romper as barreiras que a prendiam. Não saberia dizer quanto tempo levou para abrir os olhos e voltar a raciocinar com clareza, mas percebeu que algo havia acontecido. A paisagem havia mudado, uma parte significativa da montanha parecia ter se movido para o meio do rio, que foi cortado em dois. A distância entre a água e o deserto foi reduzida para quase a metade de antes.

Sileno Caraman sorria para ela, parecendo muito orgulhoso. Ele a ajudou a se sentar, o que a deixou agradecida, pois suas pernas estavam tão trêmulas que quase não conseguiam sustentar seu peso. Em seguida ele entregou a ela um cantil. Sedenta como nunca antes em sua vida, ela bebeu com sofreguidão, mal percebendo o gosto adocicado do líquido.

— Se você ainda tinha alguma dúvida de ser digna dessa marca, essa é a prova definitiva. É a maior evidência do seu potencial, o milagre que chamamos de *Favor Divino*, algo que pode ser usado por um portador da marca de tempos em tempos, mas nunca em benefício próprio. Descanse por um momento.

Sem conseguir responder, ela apenas assentiu, enquanto ele se voltava na direção do rio lá embaixo e abria os braços, parecendo recitar uma pequena prece.

Então, como se tivesse vida própria, o restante das rochas se moveu, devagar, aos poucos abrindo passagem para que a água fluísse para o deserto.

Muito mais tarde, sem saber direito o que dizer, Valena comentou com o imperador quão gratas aquelas pessoas ficariam ao saberem o que tinham feito. Com muita serenidade, Caraman lhe explicou que ninguém nunca poderia ficar sabendo que estavam envolvidos, uma vez que aquilo os beneficiaria e, por causa disso, os efeitos do encantamento seriam não apenas revertidos, mas voltados em sentido contrário e intensificados, o que provavelmente causaria catástrofes em outras partes do continente.

— Eu tenho um poder que pode mudar o mundo, mas que só funciona se ninguém ficar sabendo?!

— Pense nisso como um desafio. O Eterno apenas lhe concede seu favor se você for realmente digna dele a ponto de, por vontade própria, decidir não tirar nenhum tipo de proveito pessoal.

◆ ◆ ◆

O presente

O ataque à Sidéria foi iniciado com bastante precisão. Infelizmente, não demorou muito para começarem a ocorrer os imprevistos.

O exército sideriano percebe a presença do grupo de cavaleiros aéreos em seu território logo nos primeiros 15 minutos, indicando que as "distrações" meticulosamente elaboradas acabaram não tendo tanto impacto quanto o previsto. Assim, começa a primeira batalha, em que acabam sendo obrigados a lançar mão de seu maior trunfo.

Seguindo as orientações de Sandora e Leonel, Valena e os cavaleiros conseguem ludibriar a tropa terrestre inimiga a utilizar seu ataque mais poderoso: a chamada *tempestade glacial*, um encanto que é uma combinação mortal de vento e gelo, capaz de cobrir uma área consideravelmente grande. Usando uma proteção mística baseada no que Sandora aprendeu na câmara do Avatar, eles não só sobrevivem ilesos à tempestade como aproveitam a baixa visibilidade causada por ela para confundir o inimigo e avançar pelo interior do país, escapando de seus atacantes.

Achando que os invasores tinham sido derrubados, os soldados siderianos perderam um bom tempo procurando os corpos até perceberem que o ataque tinha falhado. Isso deu a Valena e aos cavaleiros aéreos a chance de se reagruparem e ativarem um campo de ocultamento. No plano original, aquilo seria usado apenas no fim da viagem, para poderem se aproximar da capital, já que sua duração é limitada, mas não havia outra opção se quisessem continuar em frente.

O campo de ocultamento torna a próxima etapa da viagem bastante tranquila. Pelo menos até uma tempestade natural surgir e terem que dissipar o campo para poderem se proteger dela.

Os escudos místicos nos protegem do frio e amenizam o impacto do granizo. Encantos de levitação são usados para diminuir o peso dos cavaleiros e assim permitir que os pássaros manobrem com mais facilidade, a ponto de conseguirem evitar as correntes de vento mais intensas e manter um voo relativamente estável, apesar de serem metralhados por uma quantidade absurda de pedras de gelo.

Quando finalmente saem da tempestade, aparecem os golens de gelo voadores, provavelmente guardiões místicos invocados e mantidos por conjuradores a serviço da rainha. Parecem dragões, sendo grandes e assustadores, mas, felizmente, não têm nenhum tipo de ataque especial além da mordida. Valena logo descobre que suas bolas de fogo não têm nenhum efeito neles, a menos que consiga lançar o projétil místico dentro da boca deles.

Leva um bom tempo e consome muito de suas energias, mas, um por um, ela consegue destruir a todos, enquanto os cavaleiros alados os distraem. Por sorte, aquelas coisas não eram lá muito inteligentes, caso contrário seria impossível superar sua força e resistência.

No fim da batalha, dois dos cavaleiros tinham sido abatidos e um está seriamente ferido. Não existe mais a opção de voltar, pois já haviam passado da metade do caminho e os pássaros não podem permanecer no ar por muito mais tempo, depois de todo o esforço dispendido para chegar até ali.

Seguindo em frente, não demora muito para toparem com o próximo desafio: a muralha invisível.

Essa é uma técnica desenvolvida pelos siderianos quase um século antes, com um único propósito: neutralizar a tropa de cavaleiros aéreos de Verídia. A conjuração cria uma parede de gelo místico transparente quase indestrutível capaz de se curvar, prendendo seu alvo em uma enorme esfera que diminui de tamanho aos poucos, provocando uma morte lenta e dolorosa.

Como a parede é muito difícil de detectar, só percebem sua presença muito tarde, quando já tinha se fechado completamente ao seu redor. Sileno Caraman havia revelado muita coisa sobre aquele encanto a Valena. Ela sabe que é praticamente impossível escapar dele por meios normais, mas, felizmente, estavam preparados para aquilo.

A um sinal de Leonel, encantos de *gravidade negativa* são lançados para manter as montarias estacionárias no ar enquanto os conjuradores que existem entre os cavaleiros começam a lançar bolas de fogo especiais contra a barreira. O fogo esverdeado segue uma fórmula especial criada pelo imperador Riude Brahan e que foi usada durante a batalha que marcou a derrota da Sidéria na guerra.

As bolas de fogo, no entanto, são imediatamente absorvidas pela barreira, o que mostra que os siderianos haviam modificado e aprimorado o encanto, na tentativa de fazer com que ficasse inexpugnável e imune aos efeitos do "fogo verde".

Aquilo é inesperado, mas Leonel não se abate e sinaliza aos conjuradores para continuarem atacando antes de olhar para Valena, silenciosamente avisando que é sua vez. A energia esverdeada que os conjuradores usam, apesar de ser bem mais eficaz contra encantamentos baseados em frio, não havia sido o real trunfo de Riude Brahan. O que ele usou para romper a barreira foi outra coisa. Algo que não poderia ser usado de forma a gerar nenhum tipo de benefício ao conjurador, nem mesmo admiração, gratidão ou respeito, pelo menos não de forma direta.

Enquanto os cavaleiros estão todos distraídos, Valena vai até o centro da formação, onde todos ficam de costas para ela. Tentando acalmar os nervos, ela respira fundo e expande sua consciência. Nunca tinha precisado utilizar aquele poder depois das lições que recebeu de Sileno Caraman. Mas, se há um bom momento para isso, é agora. Não são apenas as vidas dos mais valentes oficiais do Império que estão em jogo. Se a *aan ku faraxsaneyn* daquela rainha não for detida, coisas terríveis acontecerão. É impossível prever o que os membros restantes daquele maldito Conselho Imperial farão com a população, se seus planos de dominação tiverem sucesso.

Então, uma súbita sensação de paz a envolve. Uma força fala com ela, um poder maior, algo que ela sentiu poucas vezes desde que recebeu aquela marca. É uma comunicação singela, simples e rápida, sem palavras, apenas um consolo, um incentivo, uma determinação. Ela está no caminho. A Fênix quer que siga em frente.

A esfera transparente já estava ficando preocupantemente pequena ao redor deles quando, abrindo os braços, ela rompe as comportas e deixa que as energias invisíveis do Favor Divino sejam liberadas. Ninguém percebe o que ela fez, já que aquela habilidade não gera manifestações físicas por si só. No entanto, nos instantes seguintes, todas as bolas de fogo que atingem a parede invisível começam a provocar rachaduras, que vão aumentando e aumentando, até que toda a estrutura se rompe com um enorme estrondo, seus cacos se desmaterializando no ar.

Ainda flutuando no centro da formação, Valena destampa o cantil que traz pendurado na cintura e sorve com vontade a mistura adocicada, sentindo suas energias retornarem aos poucos. Então olha para o pequeno anel que está no dedo médio de sua mão direita, respirando aliviada por não ter precisado dele. Aquilo é uma âncora, com o poder de teleportar o usuário imediatamente de volta ao Palácio Imperial ao pronunciar uma simples palavra, coisa que havia jurado fazer, caso o Favor Divino não funcionasse. Afinal, sua vida não poderia estar em jogo, as regras não permitem usar aquele poder para salvar a si própria, pois isso seria um benefício direto.

Aquele tipo de subterfúgio lhe parece errado e injusto, principalmente porque levaria meses para criar outros artefatos como aquele, tempo que eles não têm, então ela é a única naquela equipe que tem uma rota de fuga garantida.

Quando finalmente se sente capaz de retomar a jornada, ela olha para Leonel, e ele aponta para uma enorme construção que pode ser avistada ao longe. O palácio real da Sidéria.

Valena se coloca diante dos cavaleiros, que já tinham retomado a formação de voo e desembainha sua espada, soltando um grito de guerra.

— Por Verídia!

Eles avançam, mas uma versão bem mais poderosa da *tempestade glacial* se interpõe entre eles e o palácio. Aquele, provavelmente, é o último recurso de Odenari Rianam.

Se a infeliz realmente acha que isso vai manter a imperatriz de Verídia longe dela, vai ficar bastante frustrada.

Quando os ventos gélidos os alcançam, Leonel levanta a mão direita, segurando um pequeno objeto metálico, no que é imitado por todos. Um dos conjuradores diz algumas palavras num idioma antigo, e, subitamente, todos os artefatos que levantavam sobre suas cabeças se desintegram, liberando uma espécie de névoa azulada.

Assumindo a liderança, Valena voa, decidida, na direção da tormenta. A destruição dos contêineres místicos liberou energia suficiente para defletir os efeitos até mesmo da pior tempestade concebível, mas aquilo irá durar apenas por poucos segundos e eles têm que se apressar para conseguirem chegar a seu alvo antes do efeito se desvanecer.

Quando uma das grandes torres do palácio fica visível, Valena solta um suspiro de alívio. Os ventos terminam abruptamente. Apesar de a tempestade cercar o palácio por todos os lados, incluindo por cima, ali, próximo ao telhado, não há chuva, vento, nem neve. Apenas uma escuridão um tanto sinistra, uma vez que a tormenta bloqueia a maior parte dos raios do sol.

Em tempos de paz, o topo de torres anormalmente largas e compridas como aquela serve para pouso e decolagem de cavaleiros aéreos, que fazem transporte de cargas para regiões não providas por pontes de vento. Por isso há uma ampla área plana e calçada onde podem pousar.

Valena se preparava para disparar uma bola de fogo, com o objetivo de neutralizar as sentinelas que havia ali, mas se interrompe ao ver um homem levantar o que parece ser uma bandeira branca.

Os cavaleiros alados terminam de atravessar a tempestade e surgem atrás dela, passando a realizar voos circulares ao redor da torre. Valena troca um olhar com Leonel Nostarius e começa a descer. Sem nenhuma hesitação, Sandora salta da garupa de Leonel e utiliza algum artefato místico para criar um efeito de *queda suave*, pousando suavemente no chão de pedras da torre quase ao mesmo tempo que Valena.

— Você é Jionor Linaru – diz a imperatriz, quando uma série de relâmpagos corta o céu, iluminando o rosto dele.

— Sim, alteza.

— Você enviou assassinos ao meu palácio.

— Aquilo foi um erro. Agora, nosso povo precisa de ajuda. A rainha... está além da redenção.

— Os golens de gelo que mandaram nos atacar apresentaram um comportamento interessante – diz Sandora, encarando o homem.

— Eram a nossa principal linha de defesa – revela Linaru. – Meus soldados mais fiéis arriscaram os próprios pescoços para comprometer os pontos de coerção.

Valena franze o cenho e encara Sandora, sem entender.

— Ele sabotou aqueles dragões de gelo. Notei anomalias nos movimentos deles, além de emanações que não faziam sentido. Duvido que cairiam tão facilmente, se estivessem em plenas condições.

— Mas que *qashin*! – Valena exclama, nem um pouco satisfeita ao saber que não foi apenas graças a seus poderes que tinham se livrado daquela ameaça. – Como saberemos que podemos confiar nele?

Sandora dá de ombros.

— Ao menos ele parece saber do que está falando.

— Não tenho razão para mentir – protesta o general.

— Tudo bem, então fique de joelhos e coloque as mãos na cabeça – ordena Valena. – E seus guardas também.

— Não demos o alarme – diz Linaru, obedecendo. – Se entrarem rápido, podem pegar todos de surpresa.

— Não precisamos de surpresa – retruca Valena.

Sandora acena para Leonel, que, por sua vez, sinaliza aos outros cavaleiros. Uma de cada vez, as águias gigantes pousam no chão da torre, com os cavaleiros rapidamente desmontando e removendo as selas, comandando os animais a voltarem a seu tamanho normal.

Assim que os oficiais algemam o general inimigo e seus soldados, Sandora começa a tirar uma quantidade impressionante de pedras de sua bolsa de fundo infinito, passando instruções aos conjuradores para ajudarem a montar o que parece um grande quebra-cabeças.

Pouco mais de cinco minutos depois, um grande círculo de pedras esverdeadas havia sido cuidadosamente preparado. Sandora caminha até o centro e toca o chão com as pontas dos dedos. As pedras brilham levemente por um instante antes de a imagem da *Bruxa* se tornar borrada até desaparecer por completo. Aparentemente, a ponte de vento improvisada está funcionando perfeitamente.

Poucos segundos depois, Sandora reaparece, acompanhada por Gram, Valimor e a equipe da capitã Imelde.

Cientes de que sua missão tinha sido cumprida e sua função naquela invasão havia terminado, os cavaleiros se dirigem silenciosamente à ponte improvisada, carregando as selas e os pássaros com cuidado. Valena faz sinal aos soldados recém-chegados para ajudarem os prisioneiros a se levantar e a tomar lugar dentro do círculo, ao lado dos outros.

Após tomar seu lugar junto a eles, Leonel lança a Valena um olhar carregado de respeito e presta continência, gesto que é imediatamente imitado por todos os cavaleiros, até mesmo pelos feridos.

Com uma ponta de orgulho, Valena retribui o gesto, percebendo que Sandora, Gram e até mesmo Valimor a imitam, além dos demais oficiais que permanecem ali com eles. Também não passa despercebido a ela o olhar de admiração no rosto do general inimigo ao presenciar aquela cena.

Então, a ponte novamente é ativada, e todos somem de vista.

Momentos depois, a primeira unidade de soldados imperiais surge dentro do círculo de pedras. Todos conhecem o plano, não há necessidade de ordens específicas. Em silêncio, os soldados tomam suas posições ao redor da ponte, para montar guarda até que as demais unidades cheguem.

Valena assente para Valimor, que sorri e assume sua forma demoníaca, enquanto corre ao lado dela na direção da porta que dá acesso à escadaria. Sandora, Gram e a tropa da capitã os seguem.

Com a ponte de vento funcional e protegida, foi impossível para as forças siderianas impedirem a completa ocupação do palácio. Mesmo que a equipe de Valena não fosse uma força quase irresistível, o fluxo constante de reforços chegando a todo momento garantia a vitória.

As forças inimigas ainda tentaram várias estratégias, como derrubar paredes e enfraquecer as fundações da torre, mas as Tropas de Operações Especiais estavam preparadas para neutralizar esse tipo de manobra.

Tendo Sandora ao seu lado, Valena se sente livre para usar a totalidade de seus poderes, sabendo que a aura de proteção da *Bruxa* impede que ocorram fatalidades, pelo menos dentro da área de efeito. A própria Sandora, Gram e Valimor também se soltam, atacando com fúria e rompendo os bloqueios inimigos de forma rápida e implacável, o que é essencial para não dar tempo para que as habilidosas tropas siderianas se organizem.

Valimor se mostra um aliado formidável, abrindo caminho pelas portas e barricadas, enquanto atrai boa parte dos ataques inimigos para si. Sandora permanece de olho nele o tempo todo, usando ocasionalmente seus poderes sombrios para restaurar suas energias. Felizmente, os temores de Valena não chegam a se concretizar, pois, se aquele demônio se voltasse contra eles naquele momento, as coisas iriam complicar bastante, mesmo com as diversas precauções que tinham tomado.

Laina, Alvor, Beni e Loren vão atrás deles, protegendo a retaguarda e fazendo ocasionais piadinhas sobre quão supérfluos eles são ali e sobre as amizades estranhas que Sandora vive fazendo. Em certo momento, no entanto, Valimor está por perto e solta uma gargalhada macabra ao ouvir uma das piadas. Os quatro se entreolham, intimidados, e preferem manter suas bocas fechadas a partir de então.

Claro que existe a possibilidade de a rainha abandonar o lugar, mas Valena não se preocupa muito com isso, pois sabe que, tomando o palácio real, a reanexação da Sidéria está praticamente garantida.

Para sua extrema satisfação, no entanto, Odenari Rianam não fugiu. Ao invés disso, a infeliz os está aguardando, com seus generais, em um grande salão, aparentemente usado para treinamento.

— É um campo de *expurgo* – avisa Sandora.

Valena aperta os lábios.

— De que tamanho?

— Grande. Ocupa quase o salão inteiro. Deve ser por isso que estão esperando bem no meio dele.

Expurgo é um encantamento capaz de dissipar e neutralizar energias místicas. Apesar de não ser um encantamento incomum, conseguir criar uma área de efeito tão grande quanto aquela exige uma quantidade colossal de energia. Aparentemente a rainha está esgotando os recursos do país nessa patética tentativa de se proteger.

— Há quanto tempo, Rianam – diz Valena, retirando o anel do dedo e entregando a Sandora.

Fazendo um gesto para que os outros mantenham posição, ela se adianta, devagar.

— Não posso dizer que foi tempo suficiente, sua assassina – a rainha retruca.

— O que significa isso? Por acaso pretende desafiar a imperatriz de Verídia para um combate corpo a corpo?

— E quanto a você? Tem coragem para enfrentar um oponente como eu sem esses seus malditos poderes?

— Devo encarar você sozinha, ou esses soldados todos vão querer participar da festa?

A um gesto da outra, os oficiais siderianos recuam até o outro canto do salão.

Valena respira fundo e marcha na direção da mulher. Se é uma luta sem poderes que a outra quer, é o que vai ter. Assim que entra no campo de expurgo, sente imediatamente um calafrio involuntário quando percebe que os gatilhos mentais que usa para ativar seus poderes simplesmente desaparecem, como se nunca tivessem existido. A sensação de perda que se abate sobre ela é intensa, causando um desespero similar àquele sentido ao prender a respiração por muito tempo. Mas nunca daria àquela maldita a satisfação de ver a imperatriz de Verídia fraquejar ou hesitar.

— Perfeito, agora você está livre – diz a rainha.

Valena para diante dela e franze o cenho.

— Livre? Do quê?

— Da influência daquela entidade amaldiçoada. Aqui dentro ela não é mais capaz de obrigar você a nada.

Valena pisca, confusa.

— Do que está falando? A Fênix nunca me obrigou a nada.

— Meu marido morreu por suas mãos! Vai dizer que estava em sã consciência quando cometeu tão terrível crime?!

Perplexa, Valena não consegue evitar de ficar boquiaberta.

— Isso não é possível, certo? – Odenari continua. – Você é só uma menina, uma pobre cobaia sendo manipulada pelos Eternos para fazer o joguinho deles. Mas agora você está livre. Venha comigo, posso proteger você. Posso fazer com que nunca mais seja marionete de ninguém.

— Você enlouqueceu – conclui Valena.

— Você não sabe pelo que eu passei depois que meu amado pereceu. As coisas que tive que fazer para sobreviver! Os sonhos! Os horrores! – Nitidamente perturbada, a mulher balança a cabeça. – Você não sabe o que eu passei – repetiu.

— Não, não sei. Mas aparentemente foi coisa suficiente para tirar sua sanidade. Não tem mesmo nenhuma noção dos absurdos que está dizendo?

— Não precisa mais temer o Eterno. Está segura aqui, não há mais necessidade de manter essa farsa.

— Mas que *daahitaan*?! Não há farsa nenhuma. Ninguém me comandou a tirar a vida de seu marido. *Eu o matei porque eu quis!* Ele me atacou, e eu revidei. E não me arrependo disso.

— Não... não... não... não... – a outra começa a repetir, sacudindo a cabeça.

Valena olha para os oficiais siderianos no canto do salão.

— Há quanto tempo ela está assim? Por que não está sob os cuidados de um curandeiro?

Os oficiais se entreolham e dão de ombros, parecendo não acreditar no que estão vendo.

— O que estão esperando? – Valena esbraveja. – Tirem ela daqui! Ela precisa de ajuda!

— Não! – Odenari Rianam grita. – Ninguém vai me tirar daqui! Você é a culpada, você é a assassina! Eu vou matar você!

Apesar da situação absurda, Valena não pode deixar de sentir uma certa satisfação ao se esquivar da investida daquela maluca e desferir nela alguns golpes bem dados. O grito dela, quando lhe aplica a chave de braço aprendida com o general Lemara, é especialmente gratificante. Mesmo naquele estado de insanidade, não leva muito tempo para a rainha pedir por piedade.

Valena então solta a mulher e se senta, passando as mãos pelos próprios cabelos, toda a satisfação que sentira momentos antes desaparecendo completamente. Tinha vencido. Mas por que essa vitória lhe parece tão vazia?

Capítulo 13:
Boca de Ouro

O passado

Valena antipatizou com o conselheiro Malnem Rianam desde o momento em que o conheceu. Não que os demais conselheiros não lhe dessem calafrios também, mas aquele homem era bem mais soturno e assustador. E a esposa dele, Odenari, não ficava para trás. Pareciam um casal de góticos, perambulando pelo palácio em roupas escuras e antiquadas e caminhando quase sem fazer barulho. Pareciam os fantasmas encenados em uma daquelas óperas chatas a que era obrigada a assistir, acompanhando o imperador.

Não que aqueles dois não fossem um casal simpático. Nas rodas da alta sociedade, os dois simplesmente brilhavam. Eram carismáticos, alegres e irreverentes, todos os adoravam.

Malnem também estava sempre muito bem-informado sobre os acontecimentos em todo o Império. Sileno Caraman confidenciou a Valena que o homem era o comandante de uma das maiores redes de inteligência do país, que empregava oficiais espalhados por pontos estratégicos de todo o continente, encarregados de reunir e compilar informações de relevância estratégica. Isso permitia ao imperador ter uma visão mais ampla e precisa da real situação do interior das províncias e assim decidir acertadamente sobre a forma mais eficiente de investir os limitados recursos que o palácio recebia na forma de impostos.

— Se nosso ouro é limitado, por que não cobramos uma taxa maior? – Valena perguntou. – Quero dizer, assim daria para ajudar todo mundo, não daria?

Caraman sorriu e explicou:

— Lembra de quando você trabalhou como mensageira? Você acharia justo se eu tomasse metade do dinheiro que você ganhava com tanto sacrifício e o desse para outra pessoa?

— Claro que não!

— Esse é o princípio da cobrança de impostos, filha. É uma quantia que os trabalhadores confiam a nós, subtraída do pagamento que tanto sofrem para conseguir. O dever de quem está no trono é garantir que esse dinheiro seja aplicado em algo que traga benefícios para o pagador de impostos de forma a compensar o valor com que ele contribuiu. Por exemplo: construímos pontes, estradas e mantemos a cidade limpa, dessa forma o trabalhador pode ter mais saúde e viver melhor. Manter abertas rotas de comércio e garantir meios de transporte rápidos e seguros também ajuda em muito o dia a dia das pessoas. Mas todos esses benefícios não serviriam de nada se os impostos fossem tão altos que prejudicassem a vida do cidadão. As pessoas ficam bem mais produtivas quando têm sonhos e objetivos, mas para isso precisam de uma boa perspectiva, precisam saber que existe alguma chance de realizarem suas ambições.

— Acho que entendi. Mas já que não podemos cobrar impostos maiores, por que não usamos alquimia para produzir mais ouro?

— Porque, mesmo que isso não fosse proibido, não serviria para muita coisa. O ouro é valioso apenas porque é um metal raro e difícil de encontrar na natureza. Aumentar a quantidade dele em circulação fará com que perca seu valor e as coisas ficarão mais caras. Pense assim: o que as pessoas fazem com dinheiro?

— Compram coisas.

— Exatamente. E se as pessoas tivessem mais dinheiro, poderiam comprar mais coisas, não é verdade? O problema é que a quantidade de produtos no mercado não vai aumentar apenas porque as pessoas têm mais dinheiro. O ferreiro que produz 20 ferraduras por dia vai continuar produzindo apenas 20 ferraduras por dia. E, com as pessoas podendo comprar mais, o estoque da ferraria vai acabar.

— O ferreiro não poderia comprar mais metal e contratar um ajudante?

— Sim, mas pense que o mesmo que aconteceu com o ferreiro aconteceria simultaneamente com todas as pessoas, incluindo os mineiros que produzem o ferro. Não é possível todos contratarem ajudantes, logo as pessoas disponíveis acabariam. Por fim, com tanta procura por ferraduras, ficaria cada vez mais difícil conseguir metal e, por causa disso, ele se tornaria mais caro. Consequentemente, o ferreiro vai precisar cobrar mais pelo que produzir. E a mesma coisa vai acontecer com bares, tavernas, alquimistas, enfim: todo mundo.

Ela o olhou, espantada.

— Como o senhor sabe de tudo isso?

— Porque isso já aconteceu antes. Temos milênios de história documentada nas nossas bibliotecas.

Ela franziu o cenho.

— O senhor lê aqueles livros velhos? Eu... vou ter que ler aquilo também? – O imperador soltou uma risada, o que a deixou constrangida. – Não achei que o trabalho de imperador fosse tão difícil!

— Sim, não é um trabalho fácil. Por isso precisamos do Conselho Imperial. O conselheiro Lierte lê muito mais do que eu e conhece a nossa história como ninguém. Raduar tem uma experiência sem igual com comércio e negociações. Pienal foi uma exímia guerreira. Dantena é um renomado estrategista. Gerbera já foi uma sacerdotisa e tem um profundo conhecimento sobre as Grandes

Entidades e as diversas religiões. Radal é especialista em ferraria, agricultura, pecuária e sobrevivência em geral. E Rianam conhece muito sobre física e energias místicas, além de liderar uma verdadeira rede de agentes especializados em reunir informações.

— Entendo – Valena respondeu, apertando os lábios. Não confiava naquelas pessoas. Pareciam solícitos demais, prestativos demais, sempre dispostos a fazer qualquer coisa para agradar o imperador. E todos, sem exceção, olhavam para ela como se não fosse digna de estar ali.

Mas, de todos os sete conselheiros, o que mais a deixava nervosa era Rianam. Por mais razoáveis que fossem os argumentos do imperador, Valena não conseguia confiar no homem. Ainda mais quando ele estava ao lado do coronel Narode.

Rianam e Narode eram parecidos, fisicamente falando. Ambos eram loiros e tinham olhos azuis. Ambos eram altos e exalavam elegância em seus movimentos e na maneira de falar. A grande diferença entre eles ficava por conta do comprimento do nariz e do tamanho da barriga, medidas essas em que Rianam ganhava com larga vantagem. De qualquer forma, Valena não gostava de nenhum dos dois.

O coronel era uma espécie de braço direito do conselheiro, além de também ter ligações com a Guarda Imperial, sendo visto com frequência ao lado do general Nostarius. Narode veio conversar com Valena diversas vezes, sempre muito educado, humilde e espirituoso. Ela podia até se divertir com as tiradas dele, mas confiança, definitivamente, era algo ele nunca lhe despertou, pelo menos não totalmente.

Isso, inclusive, a deixava intrigada. Ela nunca tinha se sentido daquela forma em relação a ninguém e não sabia direito como lidar com aquilo. E o fato de o coronel ficar se reunindo com o conselheiro Rianam com tanta frequência e em horários estranhos a deixava ainda mais desconfortável, de forma que ela adquiriu o hábito de evitar cruzar seu caminho sempre que pudesse.

— Percebi que você costuma evitar a companhia de algumas pessoas que frequentam o palácio – disse, em certa ocasião, o professor Lutamar Romera, um dos maiores e mais poderosos sábios do Império, que também fazia parte da Guarda Imperial.

Valena não soube como responder àquilo. Ao ver a reação dela, o professor sorriu.

— Ficar sem uma boa resposta para uma crítica como essa pode pegar muito mal para nossa futura imperatriz, sabia?

— Eu...

— Vamos fazer o seguinte: vou deixar de lado o treinamento que eu tinha em mente para você e vamos trabalhar um pouco em suas habilidades de conversação. Afinal, você precisa saber se comunicar bem para que seus súditos possam entender corretamente suas ordens, não é?

E foi assim que, por vários meses, ela se viu envolvida no que lhe pareceu o treinamento mais estranho, desconfortável e infrutífero de sua vida. Sua frustração com os métodos de ensino do professor Romera era tão grande que ela levou um certo tempo para perceber os benefícios de tudo aquilo.

— Vejo que o tempo que passa com a Guarda Imperial está rendendo bons frutos, alteza – disse Malnem Rianam durante um jantar.

— Tenho certeza de que o mérito é todo deles, conselheiro – retrucou ela, de forma quase automática. – Os generais Nostarius e Lemara são dedicados e exigentes, o que os torna ótimos instrutores.

— É mesmo?

— Bom, meus músculos doloridos me dizem que não seria uma boa ideia insinuar o contrário, pelo menos não na presença deles.

Todos no salão riram, exceto pelo general Nostarius, que parecia nunca se descontrair. No entanto, a expressão dele se suavizou levemente, o que a fez concluir que não havia se ofendido.

— É muito bom ver que está se adaptando à vida no palácio – disse o coronel Narode, com um sorriso.

Valena olhou para ele.

— Devo admitir que, depois que eu compreendi que o senhor e o conselheiro Rianam têm assuntos de alta importância para tratar e que não é de mim que ficam falando quando se reúnem, passei a me sentir bem melhor.

Outra onda de risadas. Narode riu também e lançou a ela um olhar intrigado.

— Acreditava que estávamos tramando algum plano nefasto, alteza?

— Depois de notar as suas… *reuniões* tão tarde da noite nos aposentos do conselheiro, admito que certamente me pareceu algo assim. Vocês são homens de muitos segredos, coronel.

A maioria dos presentes voltou a rir, mas nem todos. Valena percebeu várias trocas rápidas de olhares. Odenari Rianam sorria, parecendo serena, mas seu rosto estava bem mais vermelho do que o normal. Se Valena já não estivesse desconfiada do conselheiro antes, com certeza teria ficado agora.

Narode ia responder, mas foi interrompido pelo general Nostarius.

— Existe algum assunto de Estado importante do qual devemos ficar cientes, coronel?

Pelo visto, não era só Valena que estava desconfiada de algo.

O salão caiu num silêncio desconfortável. Foi apenas por um segundo, mas ela tinha certeza de ter visto Narode empalidecer.

— Nada com que deva se preocupar, general – interveio o conselheiro Rianam, com um sorriso apaziguador. – Raramente temos algum tempo livre para passar com os amigos ultimamente, então, quando surge alguma oportunidade, aproveitamos para nos reunir em meus aposentos para beber e relembrar os velhos tempos.

Aquele episódio representou uma verdadeira guinada na vida de Valena. A forma como conseguira colocar o conselheiro e o coronel na defensiva a encheu de orgulho, tanto que acabou passando boa parte da noite revivendo a cena e rindo consigo mesma. A partir daquele dia, ela deixaria de ser uma figura decorativa, que ficava quieta em seu próprio canto e fazia apenas o que lhe mandavam. Afinal, era a sucessora do trono, não era? De agora em diante trataria de agir como tal. Era seu direito.

Mas verdade seja dita: na prática, acabou não mudando muita coisa. Sua rotina permaneceu exatamente igual. A única real diferença é que ela agora se sentia mais confiante, no controle de si mesma. Passou a ver até mesmo os tediosos e cansativos treinamentos com outros olhos.

E aquela situação ainda lhe trouxe um bônus muito bem-vindo: de repente, ficou muito mais fácil evitar a companhia indesejada do conselheiro, bem como a do coronel.

— Devo dizer que a coerência e a assertividade de seus diálogos tiveram uma melhora significativa, alteza – elogiou o professor Romera, dias depois.

— Obrigada. Percebi que palavras podem ser bem mais poderosas do que eu imaginava.

— Fico contente que tenha entendido isso. Mas tenha sempre em mente que esse é um poder que deve ser usado com sabedoria.

◆ ◆ ◆

O presente

— Trazer a paz e a prosperidade ao nosso povo é e sempre será a nossa prioridade – Valena diz, com muita emoção na voz, para a multidão de milhares de siderianos que lotam a praça principal da capital do país deles, que agora está voltando a ser uma província do Império.

— Isto não é um "golpe de Estado", estamos apenas reunindo novamente duas nações que conviveram em harmonia por tantas décadas e que foram separadas por uma artimanha atroz de um grupo mesquinho de pessoas. Eu já disse isso antes, e repito: nós nos comprometemos a restaurar os meios de transporte da Sidéria, tão irresponsavelmente danificados, e a levar novamente a prosperidade e a esperança a todas as comunidades. – Ela faz uma pausa, enquanto a multidão expressa aprovação com palavras e gestos.

— E, em relação aos soldados siderianos, estão todos livres para voltar para suas famílias e encontrar outras ocupações, se esse for seu desejo. Mas, para aqueles que quiserem continuar acreditando e lutando por este glorioso país, o novo governo dará boas-vindas. O general Linaru continuará comandando as tropas, com a mesma disciplina e eficiência com que o vem fazendo há tantos anos.

"E para aqueles que ainda não me conhecem ou que não confiam em mim... saibam que ninguém os forçará a nada. Quando estiverem insatisfeitos com a minha liderança, falem, se manifestem. Preciso saber o que meu povo está pensando, pelo que está passando, para que eu possa tomar decisões acertadas e corrigir o que estiver errado.

"O objetivo da existência do Império não é gerar poder e riqueza para mim ou para qualquer outro governante. O objetivo do Império é dar uma vida digna para cada um de nós".

A ovação foi enorme. Após o fim do discurso, a capitã Imelde e sua tropa têm dificuldade para abrir caminho pela multidão para que Valena possa chegar até a ponte de vento recém-restaurada no centro da praça.

As dúvidas que Valena tem em relação à situação não a impedem de apreciar o carinho com o qual está sendo tratada. Ela sorri e acena para todos durante o curto trajeto.

O general Linaru a espera, com um impecável uniforme novo, usando no peito, com orgulho, o emblema com a imagem da Fênix. Aliás, o uniforme fica muito bem nele, muito melhor do que o antigo, estabelecido por aquela maluca. Valena ainda não confia totalmente no homem depois de ele ter despachado assassinos atrás de sua cabeça, mas a história que ele contou foi comovente o suficiente para convencer os senadores. E, além disso, as tropas siderianas são extremamente leais a ele, o que, por si só, já é razão suficiente para dar o benefício da dúvida.

Ao lado do general está a nova governadora, Felis Tiriane, filha mais nova do antigo governador, cruel e covardemente assassinado por Odenari Rianam. Valena ainda não está muito certa de que pode confiar na garota. Disseram que ela tem quase 30 anos, mas não parece ter passado dos 19. Com os cabelos loiros presos em duas tranças, óculos de lentes grossas e o corpo miúdo, ela tranquilamente passaria desapercebida em meio a qualquer grupo de estudantes em uma das universidades de Mesembria. Valena imagina se, agora que não precisa mais viver escondida de uma tirana que quer sua cabeça, a garota ganharia alguns quilos, pelo menos o suficiente para perder aquele aspecto esquelético.

De qualquer forma, Tiriane é conhecida e querida por uma boa parte da população por ter aparecido publicamente ao lado do pai inúmeras vezes, e sua escolha para o cargo foi sugerida pelo governador Nostarius e aceita por unanimidade entre o senado.

Valena cumprimenta o general e a nova governadora com fortes apertos de mão. A algazarra feita pela multidão ao redor não permite uma conversa, então não há mais o que fazer além de acenar mais uma vez para seus novos súditos antes de subir na ponte de vento, em meio a seus leais soldados, e assim voltar para casa.

O primeiro ato da imperatriz assim que adentra o Palácio Imperial é dispensar a capitã e sua equipe, que haviam trabalhado incansavelmente nesses últimos dias. Com sua costumeira postura irreverente, eles soltam gritos animados de alegria e abraçaram uns aos outros, como se tivessem recebido a melhor notícia do mundo. Alvor Sigournei convida todos para irem "encher a cara", inclusive estendendo o convite para a imperatriz, ao que recebeu uma cotovelada da capitã Imelde.

Valena ainda está rindo das brincadeiras deles quando entra na sala do trono, onde o Dragão de Mesembria a aguarda para uma audiência.

— Devo dizer que aquele seu último discurso na Sidéria foi emocionante, alteza.

— Oh, vocês estavam lá? – Valena pergunta, enquanto aperta a mão dele. – Mas não precisa ser educado sobre isso. Oratória não é um de meus pontos fortes. Por mais que o professor Romera tenha tentado me ensinar, nem sempre consigo me expressar como gostaria.

— Você foi ótima – diz a esposa do Dragão, enquanto a cumprimenta também, antes de franzir o cenho. – Mas você não parece muito feliz. Acabou de reanexar uma província ao Império. Não é esse o primeiro passo rumo ao seu objetivo?

Valena vive se esquecendo do assustador poder de percepção que aquele casal possui. Ela havia adentrado aquele recinto sorrindo. Nunca poderia imaginar que alguém conseguiria enxergar o que se passava em seu íntimo.

Ela dá um suspiro cansado.

— Meu objetivo é ver as pessoas vivendo felizes e em paz. E isso será impossível enquanto os conselheiros imperiais continuarem controlando Halias, Lemoran ou as Rochosas.

— Ou a Sidéria – contrapõe Daimar Gretel. – Você retomou uma das províncias, agora faltam apenas três. Quatro, se contarmos Ebora, mas aparentemente o conselheiro Raduar está fora do jogo por lá.

— Sim – concorda Valena. – Parece que tanto Ebora quanto Mesembria conseguiram se livrar do lixo sem minha ajuda. Quanto à Sidéria, não fizemos realmente muita coisa. Odenari Rianam derrotou a si própria.

— Não necessariamente – retruca Sandora, que está sentada em um canto do salão com um livro diante de si. – O que a deixou sem reação foi o fato de você a enfrentar daquela forma.

— Do jeito que você fala, parece que eu é quem enfiei a insanidade na cabeça dela.

— De qualquer forma, alteza, temos uma proposta para lhe fazer – diz o senhor Gretel.

— Vamos nos sentar – convida Valena, caminhando até o banco ao lado de Sandora. Então nota na *Bruxa* uma palidez que parece incomum. Teria se esforçado demais? Decidindo que teria que conversar com ela sobre isso depois, Valena olha para o casal, que se acomoda do outro lado da mesa. – Sou toda ouvidos.

— As histórias sobre a retomada da Sidéria já correm por todo o país – diz o Dragão. – E com grande ênfase na facilidade e precisão com que vocês chegaram até o castelo, sem contar o inovador tipo de portal de vento com o qual transportaram as tropas lá para dentro.

Desgostosa, Valena se lembra de quão perto estiveram do fracasso e de que, provavelmente, nunca teriam chegado até o palácio inimigo sem a ajuda do general Linaru. Teria que ser muito mais cuidadosa daqui para a frente. Não se perdoaria se voltasse a colocar Sandora e seus aliados em tão grande perigo novamente.

— Ótimo – responde ela, guardando seus pensamentos para si. – Espero que isso faça com que nossos inimigos tremam nas bases.

— Não sei quanto a nossos inimigos, mas o povo de Mesembria está bastante impressionado – revela Cariele.

— É mesmo? – Valena pergunta, agradavelmente surpresa.

— Tive uma reunião com os prefeitos das principais cidades e com as lideranças militares – afirma o Dragão. – E parece ser um consenso que, se o Império está se reerguendo, todos querem fazer parte dele.

Já não era sem tempo, Valena pensa.

— Fico honrada, senhor Gretel. Mas você disse algo sobre uma "proposta".

— Estamos preocupados com ela – diz Cariele, apontando para Sandora.

A *Bruxa* encara a esposa do Dragão com aquela expressão impassível que lembra muito a de seu sogro.

— Eu?

— Sandora, você é uma peça fundamental do novo Império – explica Daimar. – Já presenciamos do que é capaz e queremos que continue lutando ao nosso lado. Precisamos de você.

Valena pensa em comentar algo como "isso é porque você não viu o marido dela em ação", mas então considera que Sandora realmente merece um reconhecimento por tudo o que tem feito.

— Com isso eu concordo plenamente – diz, por fim, atraindo o olhar inexpressivo da *Bruxa* para si.

— Mas não poderá continuar lutando por muito tempo nesse ritmo – contrapõe a esposa do Dragão. – Sua condição atual é muito delicada. Está sentindo dor neste momento, não está?

Sandora aperta os lábios por um momento, mas depois assente.

— Sim.

— O quê? – Valena a encara, preocupada. – Por que não me disse nada?

— Porque não tive oportunidade. Começou hoje de manhã.

O Dragão limpa a garganta.

— Nossa proposta, alteza, é que tenhamos autorização para cuidar da saúde dela. Cariele vem trabalhando com mulheres grávidas já há bastante tempo e temos instalações adequadas para monitorar o feto e garantir que esteja tudo bem.

Valena olha para ele, confusa.

— Mas eu achei que vocês *já estivessem* cuidando dela.

Sandora suspira.

— Ele quer dizer em caráter permanente.

— Permanente não – retruca ele. – Apenas até que possamos descobrir o que há de errado e corrigir o problema.

— Seus fluxos energéticos estão alterados – afirma Cariele. – Pode sentir isso, não pode?

— Sim. Mas por que se preocupam tanto comigo? Devem existir milhares de outras mulheres grávidas por aí para vocês tratarem.

— Você tem padrões energéticos únicos. Estamos muito próximos de entender algumas etapas da gravidez e do parto que são para nós um completo mistério, e eu estou certa de que você nos dará pistas muito importantes. O fluxo que liga seu corpo e seu espírito é peculiar, ele nos permite realizar algumas leituras que são praticamente impossíveis de serem feitas na maioria esmagadora das mulheres. Considere que isso não irá beneficiar apenas você mesma, mas também todas as futuras mães.

Sandora balança a cabeça.

— Não posso me afastar daqui. Tenho vários assuntos a resolver, como o problema de Valimor.

— Esqueça isso – retruca Valena. – Posso cuidar dele.

— Não sabemos se ele já foi exposto à minha aura por tempo suficiente para se libertar. Ele pode voltar a atacar você.

— Você não vai poder ficar perto dele para sempre.

— E você não tem o direito de arriscar sua própria segurança por minha causa.

Aquilo é dito num tom calmo mas, mesmo assim, tem um impacto considerável. Todos ficam em silêncio por um longo momento, até que Valena assente.

— Tudo bem, então ele vai com você. Ao lado de Gram e Valimor você deve ficar em segurança.

— Ainda tenho outras pendências – insiste Sandora. – Precisamos consertar as pontes de vento da Sidéria. Você quer resolver isso o mais rápido possível, não?

— Os sábios de Mesembria podem ajudar com isso – oferece Cariele. – A propósito, estão todos muito interessados em descobrir como você criou aquela ponte portátil.

— Nesse caso, vão ficar desapontados, pois não foi isso que eu criei. Inclusive, tenho quase certeza de que a construção de algo dessa natureza é impossível. O que eu fiz foi criar uma ponte provisória, fundamentalizando os componentes no próprio local.

Valena aprendeu algumas coisas sobre pontes de vento com o professor Romera e tem uma leve noção de como funciona o processo de "fundamentalização", algo terrivelmente complicado e que pode levar semanas. De repente, percebe o quanto aquele plano maluco de invasão à Sidéria tinha dependido das habilidades excepcionais da *Bruxa*.

Nota então algo estranho. Sandora tinha usado um tom completamente atípico dela, lembrando até uma criança birrenta.

— Você está exausta – conclui. – Esse seu problema está cobrando um preço muito alto de você, e lutar a meu lado não está ajudando. É melhor você ir com eles e fazer o possível para resolver isso.

Sandora fecha os olhos, parecendo contrariada, mas não diz nada.

— Não se preocupe, vai dar tudo certo – afirma o Dragão.

— Você não pode garantir isso – responde Sandora. – Não se esqueça de que eu destruí uma das suas cidades.

— Fiquei sabendo – diz ele, sorrindo. – Mas isso foi quando eu não estava por lá para impedir. Pode acreditar, pensamos muito sobre isso e tomamos precauções. Além disso, Cariele sempre tem diversos planos de contingência.

◆◆◆

Como Valena já imaginava, a conversa com Valimor não se mostra nada fácil.

— Respostas – exige ele. – Você prometeu respostas.

Traiçoeiro, o corpo dela tem reações intensas sempre que está perto dele. A respiração acelera, o coração bate mais forte, o peito parece se apertar. Aquilo a deixa desconfortável e preocupada, principalmente porque a reação parece estar se tornando cada vez mais intensa. Hoje até suas pernas estão um pouco trêmulas.

— Sim. Eu esperava que a rainha nos desse algumas, mas você viu o estado dela, não viu? E quanto a você? Não se lembrou de nada?

— Sim. Gritos. Gemidos. Dor. Sofrimento.

A maneira como ele diz aquilo, encarando seus olhos com uma expressão perigosamente parecida com antecipação, faz com que Valena fique horrorizada. Ela pode sentir quase todos os pelos do corpo se arrepiando.

— Pare com isso!

— Você sabe algo.

Ela fecha os olhos e engole em seco.

— Sim, e eu vou contar, não precisa ficar me torturando com esse negócio de "gritos e gemidos".

— Ver você gritar parece divertido.

Ela o encara de olhos arregalados. Os olhos dele agora têm um brilho de provocação.

— Já disse para parar com isso.

— Você sabe algo – ele repete. – Por que não fala?

Ela fica vermelha.

— Porque é complicado, está bem? Tem a ver com meus poderes, algo que não consigo entender por que a *dayacan* da Fênix não fala comigo!

Ele franze o cenho.

— Da-ia-cã?

— Filha da mãe, ordinária, *fret*, desclassificada, *ku faraxsaneyn*, miserável!

Ele a encara, perplexo, por um momento, então solta uma gargalhada. Ela fica ainda mais incomodada ao perceber que aquela expressão divertida no rosto dele a afeta muito mais que a de seriedade.

Ela solta um suspiro.

— Escute, eu estou cansada. Vou tentar fazer um augúrio novamente para esclarecer isso, aí quando eu tiver uma resposta, eu falo com você, está bem? Por enquanto, eu preciso que acompanhe Sandora até Mesembria e fique lá com ela.

Ele assente, apesar da expressão contrariada.

— Mais fácil confiar nela. Você? Estranha. Segredos demais.

Em silêncio, Valena observa ele se afastar.

No Império existe a expressão idiomática "ter boca de ouro", que significa algo como conseguir expressar bem seus argumentos, ser persuasivo e popular. Ela própria nunca se considerou assim, mas já recebeu muitos elogios por seus discursos. Já conseguiu resolver com relativa facilidade disputas entre os senadores com algumas palavras bem escolhidas. Fez com que o povo da Província Central e da Sidéria a aceitassem e até mesmo festejassem o fato de estarem sob seu governo.

Então por que é tão difícil falar com aquele homem?

Ela olha para a porta fechada do quarto que ele ocupa e suspira. Valimor tinha sido instalado logo ao lado de Sandora, ali na torre oeste. Não há luxo nem muito conforto, tendo em vista que os dormitórios daquele lado são normalmente destinados aos empregados. Mas a *Bruxa* havia recusado terminantemente um quarto maior e mais confortável, alegando que aquele era mais fácil de manter limpo e organizado e que não queria ninguém mexendo nas coisas dela, nem mesmo os servos.

Pensando bem, Sandora tinha, praticamente, adotado Valimor desde que ele fora trazido ao palácio. Ela passou a maior parte do tempo ao lado dele, primeiro na masmorra e depois aqui nessa torre. No início Valena ficara apreensiva com ele solto e perambulando pelo palácio, mas o homem, surpreendentemente, não criava problemas. Por causa da vigilância constante da *Bruxa*, talvez? De qualquer forma, assim como Sandora, ele não precisa de ninguém para fazer limpeza, preparar banhos e nem mesmo para lavar suas roupas. Os servos têm um pouco de medo dele por conhecerem sua natureza, mas nunca foi reportado nenhum incidente. O homem come o que colocarem na frente dele e nunca reclama de nada. Valena desconfia até mesmo que algumas das servas estão apaixonadas por ele, o que não seria de se estranhar.

Sentindo uma pontada desconfortável em seu íntimo, ela balança a cabeça, desanimada.

Como queria que ele fosse Barlone. Valimor desperta nela a mesma atração, os mesmos anseios que seu primeiro namorado. É algo primitivo, intenso. Se fosse Barlone, no entanto, ela se sentiria segura, pois teria certeza de que aquele sentimento é puro, imaculado, e não uma maldição lançada sobre ela por uma entidade mesquinha que lhe encheu de obrigações e depois lhe deu as costas, desaparecendo sem deixar vestígios.

— Alteza? Teria um minuto?

Valena vira a cabeça e encara o rosto moreno e envelhecido de Luma Toniato.

— Oh! Sim, com certeza, eu também queria falar com você. Vamos subir, preciso respirar um pouco de ar fresco.

As duas tomam a escadaria e saem na sacada do topo da torre.

— Você tem bastante energia para alguém da sua idade, não? – Valena comenta.

A outra ri.

— Não sou tão velha assim, mas, de qualquer forma, obrigada. Prática de atividade física e uso de habilidades místicas tendem a prevenir um pouco os efeitos da idade.

Valena se apoia no parapeito e aprecia a magnífica vista. Dá para ver a cidade toda dali de cima.

— Olha só esse cenário. Deve ser por causa disso que Sandora gosta tanto desta torre. Aposto que passou boa parte das noites namorando aqui em cima.

— Realmente, é uma vista impressionante. Algo a perturba, alteza?

— Só estava pensando em quantos mistérios e coisas não resolvidas existem na minha vida. Uma entidade supostamente todo-poderosa que parece ter sumido; uma bruxa, uma morta-viva e um demônio assassino lutando a meu lado; um ex-tenente bonitão que consegue, sozinho, destruir um *Eterno* e que, ainda por cima, conquista e engravida a bruxa... – Ela balança a cabeça, demonstrando incredulidade.

— Concordo que temos aliados bastante... únicos. Com certeza você entrará para a história. Como uma princesa de contos de fadas rodeada por criaturas místicas, retomando seu reino e promovendo a paz.

As duas se encaram por um momento e caem na risada.

— Seria melhor ainda se tivesse um príncipe encantado nessa história – comenta Valena, ainda rindo.

— Dê tempo ao tempo.

Decidindo que já postergou demais, Valena resolve encarar seus fantasmas e fazer logo a pergunta que a vem incomodando há meses e que ela não consegue mais empurrar para o fundo da mente.

Ela respira fundo e encara Luma, com expressão sombria.

— Escute, você se lembra de como o imperador morreu, não é?

Luma caminha até a amurada e olha para longe.

— Sim.

— Você sabe como isso aconteceu, não sabe? Contaram a você sobre a... criatura? – Valena sente um arrepio de horror percorrer seu corpo todo. Aquela foi a passagem mais traumática de sua vida até hoje, e ela vem lutando para enterrar aquelas memórias desde então.

— Sim, claro.

— Se os conselheiros têm controle sobre uma monstruosidade daquelas, por que eu ainda estou viva? Quero dizer, naquele dia, graças ao sacrifício do imperador, eu consegui sobreviver, mas por que não mandaram aquela... *aquilo* atrás de mim depois?

Luma aperta os punhos.

— Quem realmente comandava os conselheiros na época era a entidade que tinha possuído o corpo do coronel. Com a destruição dela, imagino que eles não tenham mais como controlar ninguém.

— Eles controlavam Valimor.

— Sim, mas com o uso de um tipo de subterfúgio, não? Uma pedra, cristal ou algo assim.

— Sandora acreditava que Odenari tentaria usar esse artefato para recuperar o controle sobre ele, e que isso nos daria uma chance de nos apossarmos dele ou, pelo menos, de neutralizar esse problema.

— Sua aliada é bastante perspicaz. Acredito que a chance de isso ocorrer realmente era grande, se a rainha estivesse com o artefato. Mas creio que Odenari não era quem dava as cartas. Algum dos outros conselheiros devia estar com ela, e provavelmente fugiu quando vocês invadiram o palácio.

— Mas, se foi assim, por que ele deixou a rainha lá?

— Talvez eles acreditem que ela perdeu sua utilidade.

— Pode ser. - Valena volta a suspirar. – Fico imaginando o que vai acontecer agora. Com Mesembria e Sidéria do nosso lado, já temos capacidade militar suficiente para partir para a ofensiva. Se eles tiverem qualquer trunfo, com certeza vão usar. E, por alguma razão, eu não consigo esquecer aquele dia. De como aquela coisa conseguiu derrotar Sileno Caraman e sair ilesa.

Luma parece sentir um calafrio e engole em seco. Valena olha para ela, preocupada.

— O que foi? Você está bem? - Valena arregala os olhos, de repente. – Espere, você... você estava no palácio aquele dia, não estava? Você viu aquele monstro? Céus, você chegou a lutar contra ele? Ah, que bobagem a minha, claro que lutou, você nunca ficaria sem fazer nada numa situação daquelas!

— Sim... eu lutei. Ou tentei lutar, pelo menos.

— Se não quiser, prometo que não falo mais nisso.

— Perdão, alteza – diz Luma, em um fio de voz. - Creio que aquela é uma batalha que nunca irei superar.

E nem eu, pensa Valena.

— Certo, então vamos esquecer isso e pensar no futuro. Onde acha que vão nos atacar agora?

Luma respira fundo e pensa um pouco antes de responder.

— Qualquer coisa que eu disser será mera especulação. Você está com Radal e Odenari na masmorra. Por que não autoriza o uso do encanto da verdade neles?

Valena sacude a cabeça.

— Não. Isso não me parece correto.

— São criminosos. A lei do Império diz que...

— Não concordo com essa lei. Não mais.

— Mas nesse caso...

— Você não viu a expressão de Valimor quando ele se lembrou do passado. O sofrimento dele ao se dar conta da forma com que destroçaram sua vontade e o transformaram num poço de vileza e crueldade. É um verdadeiro milagre que ele não tenha enlouquecido completamente. Não, eu me recuso. Nunca mais irei subjugar a vontade de ninguém. Derrotarei meus inimigos sem me valer dessas táticas desprezíveis. Não preciso disso.

Luma a encara, surpresa. Uma lágrima escorre de um de seus olhos antes que possa virar o rosto. Ao ver aquilo, Valena não se contém e se aproxima, envolvendo a mulher mais velha em um abraço. Nunca tinha imaginado a si mesma oferecendo conforto a outra pessoa, mas alguma coisa em Luma despertava seus instintos protetores.

— Me desculpe por fazer você se lembrar daquilo.

— Não se preocupe. Você já fez mais por mim do que jamais poderia imaginar. Acho que finalmente eu consegui entender por que Leonel confia tanto em você.

Capítulo 14:
Guarda Baixa

O passado

Valena se sentiu irracionalmente ameaçada quando ficou sabendo da existência de uma certa princesa.

— Como é que é? Uma "princesa"? Como assim? Quem é essa? Por que ninguém nunca me falou nada sobre ela antes?

O conselheiro Malnem Rianam exibiu um daqueles sorrisos irritantes, que a faziam ter vontade de golpear aquela boca arrogante com a empunhadura da espada. Nada a deixaria mais satisfeita do que ver o *qeylinta* tentar falar de forma pedante com aqueles dentes todos quebrados.

— Todos nós ficamos surpresos, alteza. Estamos negociando com o sultão de Chalandri já há algum tempo, mas não sabíamos que ele tinha uma filha. A decisão dele de enviar a moça até nós em uma missão de paz foi bastante... inesperada.

Ela franziu o cenho.

— "Sultão"?

— É o como o povo de lá chama seu monarca – explicou o professor Romera.

— Isso soa muito parecido com...

— Sim, alteza, nós sabemos – o professor a interrompeu, antes que ela proferisse um dos palavrões lemorianos mais cabeludos de seu repertório.

Aquilo fez com que Sileno Caraman soltasse uma gargalhada, no que foi imitado por quase todos no salão. Valena olhou para o rosto descontraído do imperador e sentiu um certo alívio. Desde que Azelara Caraman havia contraído um tipo incomum de febre que a mantinha presa à cama, necessitando dos cuidados constantes de curandeiros, seu marido parecia ter perdido muito de seu brilho e vigor, demonstrando pouco em comum com o homem que a recebera com tanto entusiasmo naquele mesmo salão no ano anterior. Se receber uma represão do professor Romera era o preço que tinha que pagar para animar o homem, Valena estava disposta a ouvir de bom grado qualquer sermão.

— Onde fica esse lugar, afinal? – ela perguntou ao professor.

— Em um outro plano existencial. É um mundo similar ao nosso e com leis físicas quase análogas, mas dominado por um extenso deserto.

— E as pessoas de lá são iguais a nós?

— Sim. Inclusive, evidências como a similaridade entre a língua que eles falam e a nossa indicam que ambos os povos tiveram a mesma origem. Provavelmente ambos descendem da civilização damariana. Sabemos que Damaria tinha um impressionante controle sobre portais dimensionais, e é bem possível que existam muitos outros planos com civilizações parecidas com a nossa.

Valena olhou para o imperador.

— E vocês querem que eu recepcione essa tal princesa?

— Vocês duas têm quase a mesma idade e ambas estão destinadas a governar suas nações – respondeu ele. – Têm muito em comum.

Tendo sido a única princesa neste mundo há tanto tempo, Valena não se sentia nem um pouco entusiasmada pela perspectiva de ter seu espaço invadido.

— E por que ela tem que vir aqui? Por que, em vez disso, não me mandam para lá?

Ela fez aquela pergunta olhando de lado para o conselheiro Rianam. O homem se remexeu no lugar, parecendo um pouco incomodado, até que o imperador respondeu:

— Pretendemos fazer isso. Só foi decidido que nós teríamos a honra de sermos os anfitriões na primeira visita. Na verdade, não importa muito quem visita quem, o importante mesmo é as nações se conhecerem e estreitarem relações. A expectativa é que consigamos estabelecer rotas comerciais que possam beneficiar a todos.

O conselheiro Rianam levantou uma mão. Como sempre, Valena não deixou de perceber que se tratava de uma mão lisa e macia, cuja pele apresentava um tom rosado, típico de quem não praticava nenhuma atividade física.

— Se me permite um adendo, meu senhor, seria crucial causarmos uma boa impressão nesse primeiro encontro. Precisamos deixar claro o nosso comprometimento com esse acordo e ao mesmo tempo garantir que ele seja mantido por muitos anos.

O conselheiro lançou um olhar de soslaio a Valena depois de dizer aquilo, o que a deixou furiosa.

— Mas é claro que manterei esse acordo! Como ousa insinuar o contrário?

O imperador olhou de um para o outro, de cenho franzido, mas não disse nada. O conselheiro voltou a se remexer, constrangido.

— Mil perdões, alteza, talvez tenha me expressado mal. O que eu quis dizer é que precisamos demonstrar nosso comprometimento. Mostrar que estamos fazendo todos os esforços ao nosso alcance para manter a estabilidade de nosso país. E... bem... correm boatos de que vossa alteza está tendo dificuldade em obter progressos em seu treinamento.

Valena ficou vermelha e abriu a boca para interromper aquele arrogante asqueroso, mas o imperador levantou a mão direita, comandando assim a ambos para que se calassem. O salão caiu em um silêncio tenso.

— Eu não gostaria, em hipótese nenhuma, que qualquer um de meus súditos, seja ele quem for, se sinta obrigado a fingir ser algo que não é ou a forjar uma habilidade que não domine. E a responsabilidade sobre o treinamento de Valena é minha e de mais ninguém.

Foi a vez de Rianam ficar vermelho. Sabendo que não seria nada prudente argumentar quando o imperador usava aquele tom, tratou de abaixar a cabeça e juntar as mãos, fazendo uma leve reverência.

Valena normalmente se sentiria nas nuvens ao ver aquele infeliz ser colocado em seu devido lugar, mas algo no olhar do imperador indicava que sobraria para ela também.

◆ ◆ ◆

As semanas seguintes foram um verdadeiro martírio para ela. Os membros da Guarda Imperial pareciam decididos a exaurir completamente suas energias de todas as formas possíveis.

Luma Toniato, a quem apelidou mentalmente de *Chata de Galocha*, obrigava Valena a correr incontáveis quilômetros todas as manhãs, dando várias voltas ao redor das dependências do palácio imperial. Não satisfeita, ainda a forçava a subir a torre mais alta do palácio *pelo lado de fora*. Às vezes aquilo era feito com o uso de cordas e às vezes com de encantamentos do tipo *patas de aranha*. O mais irritante de tudo é que a mulher corria e escalava ao lado dela, nunca parecendo se cansar, mesmo sendo uns 30 anos mais velha.

Erineu Nevana, o *Capitão Sabichão* – apelidado dessa forma porque nunca conseguia esconder nada dele, por mais que se esforçasse –, fez seus ombros e olhos doerem muito ao tentar acertar alvos móveis usando arco e flecha. E quando ela estava esgotada fisicamente, ele a forçava a recomeçar o treinamento, mas usando habilidades místicas em vez de armas. Somente quando suas energias estavam completamente esgotadas a ponto de não conseguir conjurar nem mesmo o mais débil *dardo de fogo*, ele a deixava em paz.

Galvam Lemara, o *Brutamontes*, fez com que lutasse contra gorilas, ursos, tigres e, até mesmo, por mais ridículo que possa parecer, um avestruz. A princípio aquilo tudo lhe parecera tão absurdo e surreal que mal conseguia acreditar que fosse verdade. Mas, conforme recebia na pele os golpes mais estranhos e doloridos de sua vida, foi obrigada a admitir que aquelas situações fizeram com que aprendesse a usar os poderes que a Fênix havia lhe concedido de maneiras que, de outra forma, nunca poderia imaginar.

Lutamar Romera, o *Professor Engomadinho*, fez com que ela lesse até não aguentar mais. Livros de história, filosofia, física, matemática, e até mesmo contos e lendas. A maioria daquilo lhe despertava pouco ou nenhum interesse, mas o professor a forçou a conhecer os fundamentos e conceitos de tudo. Aquilo a fez desenvolver um grande respeito pelos sábios que passavam a vida lendo, escrevendo e fazendo aqueles estudos tediosos, pois eles obviamente tinham muito, mas *muito* mais paciência do que ela.

Gaia Istani lhe apresentou as agruras de praticar natação nos lagos mais gelados e nas praias mais traiçoeiras do Império. Quando Valena começou a pegar o jeito da coisa, o exercício evoluiu para prática de mergulho, envolvendo saltos de lugares cada vez mais altos, até chegar ao ponto de ter que usar habilidades místicas para controlar a queda e se proteger do impacto com a água congelante. Aquelas lições foram tão puxadas que Valena não mais se sentia culpada por chamar a mulher mentalmente de *Baixinha*.

Dario Joanson, o *Capitão Bonitão*, usou a futura imperatriz de Verídia como assistente para treinamento de cadetes. Em diversos tipos de jogos de guerra, o capitão a colocou para enfrentar verdadeiras legiões de adversários, em combates com as regras mais estranhas possíveis, o que, às vezes, gerava situações absolutamente hilárias. A princípio, Valena se sentiu ultrajada, mas depois de um tempo teve que admitir que aquele treinamento era efetivo, além de bastante divertido, apesar de muitas vezes ter dificuldade para dormir devido aos músculos doloridos pelo excesso de esforço.

E ainda havia Leonel Nostarius, para quem ela nunca conseguiu encontrar um apelido adequado. O homem, de alguma forma, conseguia fazer um treinamento de esgrima durar horas, de maneira que Valena só se desse conta do passar do tempo quando não tinha mais energia nem mesmo para segurar a arma. E, mesmo tendo se esforçado e derramado tanto suor quanto ela, ele ainda saía marchando com elegância, enquanto ela quase precisava ser carregada para dentro.

E, se como não bastasse toda a tensão daquele brutal treinamento físico e mental, aliada à perspectiva de receber uma princesa de um outro mundo, da qual todos elogiavam a beleza, elegância e poder, o imperador a forçou a praticar vezes e vezes sem conta as etapas do *Augúrio*, algo que ela não dominava, mas que parecia ser o poder mais importante de qualquer pessoa que já tivesse recebido a marca da Fênix.

Até que um dia, finalmente, aconteceu.

Levou bastante tempo para ela se convencer de que tudo não havia passado de um sonho. Estava tão exausta que era fácil acreditar que simplesmente havia caído no sono, sentada no piso do topo daquela torre, sentindo o vento nos cabelos e o sol no rosto enquanto tentava canalizar suas energias para abrir um canal de comunicação com o Eterno, como o imperador gostava de se referir à Grande Fênix.

De repente, ela estava em um local estranho, disforme, com nada além de nuvens coloridas formando estranhos padrões, por todos os lados. Então algo falou com ela, mas não com palavras. Era como se ela, de alguma forma, tivesse adquirido acesso aos pensamentos de outra pessoa e eles fluíssem para dentro de si.

— O que o Eterno lhe disse? – Sileno Caraman perguntou quando contou a ele.

— Um monte de coisas sem muito sentido – ela respondeu, sem saber direito como explicar. – Parece que me foi preparado um companheiro ou algo assim. Alguém por quem eu me sentiria atraída e que complementaria minha... força.

— Isso é esplêndido!

— Isso é idiotice! Por que eu precisaria de... um companheiro?

— Ora, todos precisamos de entes queridos.

— Ele... ela disse que eu deveria compartilhar meu poder com esse homem, me unir a ele de formas... – Ela ficou vermelha. – Nem sei como explicar isso.

O imperador sorriu.

— Uma união afetiva funciona assim, você compartilha tudo. E recebe tudo em troca. Chega um ponto em que você até começa a imaginar se realmente é merecedor de receber tantas bênçãos com tão pouco esforço de sua parte. Não há nada mais simples, mais crucial, mais satisfatório, mais realizador do que dividir sua vida com a pessoa que realmente ama.

O problema é que havia um detalhe sobre aquele augúrio que ela nunca teve coragem de revelar, nem para o imperador e nem para ninguém. Segundo o Eterno, não haveria apenas um companheiro, mas vários. Uma tropa inteira deles. Parece que ela estava condenada a se tornar uma *qaniinyo* – a tradução desse termo para a língua imperial não lhe parecia vulgar o suficiente para descrever uma mulher que entra e sai de relacionamentos o tempo todo.

Será que nunca conseguiria encontrar alguém que a completasse a ponto de poder dividir com ela o resto de sua vida?

Pessoas que trocavam parceiros amorosos com muita frequência eram muito malvistas naquela sociedade. E a mera possibilidade de não conseguir se tornar uma imperatriz respeitada, como seus predecessores, enchia seu coração de angústia.

Era impossível esquecer de seu relacionamento com Barlone, do quanto fora divertido e gratificante. Na época ela imaginou que nunca precisaria de mais ninguém, que nenhum outro seria capaz de fazer com que sentisse tamanha realização. Podiam não ter nenhum sentimento mais intenso os ligando, mas sempre acreditara que aquilo viria com o tempo. Tempo esse que, infelizmente, não tiveram.

E então ela se deu conta de que nunca tomara nenhuma atitude para reencontrar o antigo amante. Teria ele significado tão pouco para ela? Será que o fato de ter ido tão longe no relacionamento com Barlone sem estar apaixonada por ele era apenas um sintoma de seu próprio caráter? Estaria ela destinada a repetir esse ciclo de novo e de novo sem nunca encontrar alguém com quem realmente se importasse? Alguém que amasse de verdade?

Notando sua palidez e apreensão, o imperador disse:

— Tente não pensar muito sobre isso. Não temos controle sobre o futuro, então o máximo que podemos fazer é viver o presente da melhor forma que pudermos. Que tal deixar esse assunto de lado por enquanto? Venha, vamos descansar um pouco e procurar algo para comer.

Depois daquilo o imperador anunciou publicamente que Valena tinha, pela primeira vez, conseguido realizar um augúrio com sucesso. A expressão de decepção no rosto do conselheiro Rianam foi a única real satisfação que ela teve naquele dia, pois as imagens que a entidade havia colocado em sua cabeça assombrariam seus pensamentos e seus sonhos por muito tempo.

◆ ◆ ◆

O presente

Sandora Nostarius chega à conclusão de que não gosta de Cariele Gretel. Apesar de ser obviamente muito perspicaz, inteligente e possuir um nível de afinidade mística muito superior a todos os limites que Sandora imaginava existirem, a esposa do Dragão, em sua opinião, falha em um quesito básico, fundamental: não dá o devido valor aos detalhes.

Ela trabalha com suposições. Em vez de investir sua energia em verificar primeiro todas as premissas e assim garantir que seu trabalho esteja sendo construído sobre bases sólidas, a mulher muitas vezes segue seus instintos, assumindo que várias hipóteses sejam verdadeiras e atacando um problema por diversos ângulos, até encontrar resultados que possa usar de forma prática.

Sandora é obrigada a admitir que Cariele tem instintos impressionantemente afiados e que consegue realizar coisas em semanas que ela própria levaria meses, ou até mesmo anos. Mas aquilo não anula o fato de várias de suas descobertas não terem, necessariamente, relação com as premissas consideradas.

— Você não pode assumir que esse cristal tenha qualquer ligação com o processo de cura.

Cariele franze o cenho.

— O que está dizendo? As suas dores diminuíram, você já está se sentindo melhor, não está?

— Da próxima vez pegue um objeto qualquer, uma colher, uma pedra, uma pena ou qualquer outra coisa e use no lugar do cristal. Os efeitos serão exatamente os mesmos.

— Como é que é?! Nada disso tem a afinidade para canalizar os...

— Esse é o problema – Sandora a interrompe. – O cristal também não tem. Não é ele quem está modificando o fluxo, é algo no ritual que você criou, não no catalisador.

As duas se encaram durante algum tempo, como oponentes num jogo de cartas, tentando adivinhar a mão do adversário. Neste momento, o Dragão de Mesembria entra no recinto com um enorme sorriso no rosto.

Cariele olha para o marido e franze o cenho.

— Algo nessa sua expressão me diz que não vou gostar do que vai dizer.

— Pode apostar que sim – responde ele, depois de cumprimentar Sandora com gesto de cabeça. – Brinia acaba de ser sequestrada.

— Ah, droga!

— Eu te disse – ele, praticamente, cantarola as palavras. – Nunca subestime um dragão.

— Primeiro Sandora, agora você. Que saco! Querem acabar com o meu dia, é?

Sandora olha de um para o outro e decide intervir.

— O que está acontecendo?

— Oh, mil perdões – pede ele. – Eu estava tão ansioso para ver a reação dela que me esqueci de que você não está ciente da nossa aposta. Imaginamos que os ex-conselheiros imperiais tentariam usar de todos os artifícios para tentar desestabilizar o novo Império. Eu concluí que poderiam tentar algo contra Cariele ou minha irmãzinha.

— E eu tinha certeza de que não seriam estúpidos a esse ponto – resmunga Cariele. – Imaginei que fossem concentrar suas energias em tentar atingir um alvo mais fácil, como você. – Ela aponta para Sandora. – Ou talvez algum dos senadores, o governador da Província Central ou a esposa dele.

Sandora aperta os lábios, não gostando nada de ser considerada "um alvo mais fácil", mas tem que concordar que, com as dores que vem sentindo, aquilo é a mais pura verdade.

— Nós mandamos Brinia para um lugar seguro e deixamos a babá fingindo que cuidava de uma boneca – revela o Dragão. – De alguma forma, um intruso conseguiu se esgueirar no palácio, entrando e saindo sem deixar vestígios, e levando a boneca com ele. Devido a um encantamento que usamos, seria difícil alguém perceber que não se trata de uma criança de verdade.

Sandora tenta se levantar da cadeira, mas uma súbita dor no ventre a impede. Frustrada, ela grita:

— Gram!

A criatura escancara a porta, que estava entreaberta, antes de adentrar no aposento olhando para todos os lados, nitidamente em estado de alerta. Valimor vem logo atrás.

— Me ajudem a levantar! – Sandora ordena.

— O que está fazendo? – Cariele exclama. – Não está em condições de sair ainda!

Com a ajuda de Gram, Sandora consegue se levantar, mas descobre que não tem forças para ficar em pé sozinha e fica grata pelo apoio da morta-viva, que a segura pela cintura com firmeza. Daimar e Cariele lançam a ela olhares alarmados, mas Sandora apenas balança a cabeça.

— Vocês conseguem rastrear a tal boneca?

— Claro. – Responde o Dragão. – Mas não precisa se preocupar com isso, nossos soldados já...

Sandora o interrompe:

— Se eu fosse eles, nunca apostaria num estratagema tão simples.

— O que quer dizer?

— Se o bebê fosse realmente sequestrado, o que acha que Valena faria?

Daimar e Cariele se entreolham.

— Acredito que ela reagiria como se o ataque tivesse sido direcionado a ela própria – ele diz, devagar.

— Exato. E pode ser exatamente isso o que eles querem, que ela saia numa caçada humana, ignorando o real objetivo deles.

— E que objetivo poderia ser esse?

— Não sei. Mas temos que descobrir.

◆ ◆ ◆

Depois de passar por tanta coisa, sobreviver a uma tentativa de assassinato, passar meses escondida, voltar, assumir o comando do Império e reconquistar duas das principais províncias, Valena imaginava que já havia superado o trauma daquele primeiro augúrio. Tinha decidido que, se não fosse para ter um relacionamento como de Sileno e Azelara, pleno, completo e definitivo, não se envolveria com ninguém.

Mas Valimor vinha virando sua cabeça desde que pusera os olhos nele pela primeira vez. Ela lembra com incrível nitidez do exato momento em que olhara no fundo daqueles olhos demoníacos e fora invadida por aquela sensação indescritível, forte, avassaladora. Uma sensação que era um prenúncio de que sua vida nunca mais seria a mesma.

Foi infantilidade de sua parte, tinha que admitir, mas havia decidido que nunca se sentiria atraída por ninguém mais, que o que compartilhara com Barlone era único e que nunca sentiria nada daquilo por mais ninguém além dele. Fecharia seu coração e mandaria aquele maldito augúrio para a *wasakhda*.

Foi por causa daquilo que havia concluído, erroneamente, que aquele monstro e Barlone eram a mesma pessoa, já que ele era o único que poderia lhe causar aquele tipo de atração. Era o único pelo qual ela *se permitiria* sentir algo daquela natureza.

Mas então veio a revelação de que se trata de outra pessoa, que seu antigo amante realmente não está mais entre os vivos. E aquilo a deixou completamente perdida.

Conforme convivia com Valimor, observando os progressos dele em aprender a língua do Império – ele voltara a ter dificuldade naquilo depois de ter voltado a si após o episódio do encanto da verdade –, as atitudes reservadas que ele demonstra em relação a outras pessoas, a solidão que emana dele, ela se identifica com o homem cada vez mais. Ambos são diferentes, estranhos que são respeitados apenas por seus poderes. Se não fosse por causa de seus dons, ambos passariam despercebidos e seriam ignorados.

Essa sensação de ligação, de reciprocidade se torna cada vez mais intensa. E aquilo a deixa progressivamente mais assustada.

Nos últimos dias, as dúvidas sobre sua própria índole retornaram com força total. Afinal, quem em sã consciência se apaixonaria por um demônio assassino? Ou mesmo permitiria que ele vivesse sob o mesmo teto? Ou então confiaria nele a ponto de permitir que lutasse a seu lado durante uma das batalhas mais importantes e perigosas de sua vida?

Tudo aquilo passa por sua cabeça enquanto está sentada na cama, tendo acordado suada e ofegante depois de mais um daqueles pesadelos em que o povo de Verídia a perseguia e apedrejava por sua total falta de moral e seus desejos proibidos.

Devia saber que o sonho viria. Havia passado tempo demais tentando inutilmente completar outro daqueles augúrios na tarde anterior – aliás, no momento, ela quer mais é que o Eterno vá para *waa la habaaray* –, e quanto mais cansada e ansiosa ela estiver, mais fácil fica para seus demônios virem perturbar seu sono. Das últimas duas vezes que havia tentado contato com a entidade, havia tido sucesso razoavelmente rápido – apesar de não ter conseguido quase nenhuma informação útil –, mas dessa vez não obteve resposta, mesmo tentando durante várias horas.

Ela leva a mão ao rosto e percebe que está úmido pelas lágrimas, que ainda escorrem. Frustrada consigo mesma por causa daquela fraqueza, ela se levanta, caminha às cegas pelo escuro até uma das janelas e a abre, esperando que o ar frio da madrugada ajude a acalmar seu espírito.

E só então percebe que há algo muito errado acontecendo.

É possível sentir o cheiro de madeira queimando. Também dá para ouvir gritos. A noite está escura. Escura demais. O palácio deveria estar todo iluminado com cristais de luz contínua, mas, olhando para baixo, tudo o que ela vê é a escuridão.

Então percebe que seu quarto também está completamente escuro. Valena nunca cobria totalmente os cristais de iluminação, pois prefere dormir em uma suave penumbra em vez de na escuridão total. Mas, olhando agora para os locais onde deveriam ficar os candelabros, não vê nada além do escuro.

Levantando a mão direita, ela tenta conjurar uma chama e não consegue. Os gatilhos mentais que ativam seus poderes não estão mais ali. É como se estivesse novamente no interior daquele campo de expurgo no palácio da Sidéria, onde enfrentara Odenari Rianam. A mesma sensação de desespero, de sufocamento, que sentira na ocasião volta a tomar conta dela.

Então a porta do quarto é aberta devagar, revelando um homem vestindo manto e turbante, carregando uma tocha acesa na mão direita.

Tentando não pensar no que poderia ter acontecido a seus guardas, ela o encara, com as mãos na cintura.

— Quem é você? O que está acontecendo?

A pergunta, na verdade, é apenas para ganhar tempo. Ela sabe o que está havendo. É a retribuição pelo que fez na Sidéria. Mas, se esperavam que ela fosse facilitar as coisas assim como Odenari, ficariam muito decepcionados.

— Alteza – diz o homem, com um sotaque levemente familiar, dando um passo para dentro e sacando uma espada curva com a mão esquerda. – Tenho uma pergunta para você.

Capítulo 15:
Bola Fora

O passado

Valena odiou a princesa Zafir.

A fulana era inimaginavelmente bonita, tinha um corpo soberbo, além de uma elegância e uma autoconfiança ímpar. Lançava a todos aquele *bendito* sorriso brilhante, como se não tivesse nenhuma outra preocupação no mundo.

Seus cabelos eram muito, *muito* volumosos e caíam pelas costas até abaixo da cintura, amarrados em diversos pontos por fitas douradas, que causavam um grande contraste com os fios negros e brilhantes. Como se só aquilo não fosse suficiente para causar inveja em qualquer mulher, ela também tinha um rosto suave, em forma de coração, com lábios carnudos. Algum tipo de pintura escura delineava o formato dos grandes olhos negros, o que lhe dava um ar exótico.

E, falando em exótico, que roupas eram aquelas? Havia uma espécie de manto que a cobria do pescoço aos tornozelos, que seria muito elegante, se não fosse quase que completamente transparente, deixando entrever trajes que Valena não saberia descrever, exceto pelos detalhes mais óbvios: eram da cor azul e apertados a ponto de delinear cada curva do corpo – curvas, aliás, que ela tinha até demais – e escandalosamente curtos, deixando muita pele à mostra, incluindo o colo, a barriga e boa parte das coxas. E aqueles volumes enormes não poderiam ser gerados só pelos seios dela, poderiam?

Querem mesmo que eu acredite que essa fret tem só 17 anos?!

De qualquer forma, se fosse para definir a moça com uma palavra, Valena escolheria "lasciva". Nunca havia pensado nesse tipo de coisa só de olhar para outra pessoa do sexo feminino antes, e essa constatação serviu apenas para aumentar ainda mais a animosidade que sentia.

Ah, claro, e não podemos esquecer das joias. A princesa estava praticamente coberta de ouro. Nos pulsos, nos braços, nos tornozelos, na cintura, no pescoço, sobre a cabeça e até mesmo nas fitas do cabelo. Valena tinha certeza de que, se fosse noite, a infeliz brilharia tanto quanto os cristais de luz contínua das paredes do palácio. Além de ouro, havia vários tipos de pedras preciosas na tiara e nos colares. Era a própria imagem da opulência.

Para tornar aquela cena ainda mais surreal, a princesa possuía uma escolta de tirar o fôlego. Oito guerreiros, todos do sexo masculino e usando trajes similares aos dela, mas sem as joias, e carregando espadas curvas na cintura. Oito homens maravilhosos, altos, musculosos e absolutamente lindos.

Ver aquela princesa entre aqueles garotões sarados, todos usando mantos transparentes, fez com que Valena se lembrasse de uma das cenas que tanto tinha apreciado naquele bordel, tantos anos antes.

O divertimento causado por aquela lembrança inesperada fez com que ela sorrisse. Por alguma razão, imaginar a outra numa situação que muitos consideravam degradante a acalmou e restaurou sua confiança. Até mesmo esqueceu o próprio traje, que, apesar de ser da mais alta qualidade e um pouco imponente, não passava de um manto vermelho simples, sem nenhum adereço ou opulência.

Eu sou a futura imperatriz deste lugar, e nenhuma roupa ou joia – ou ausência dela – vai mudar isso.

Talvez, se repetisse aquilo para si mesma mais umas mil vezes, ela acreditaria. De qualquer forma, tinha que dar um jeito de controlar seus pensamentos, pois o encontro estava ocorrendo em público.

As duas trocaram cumprimentos polidos e acenaram para a multidão, que aplaudia com entusiasmo. A seguir, foi a vez dos discursos.

Joara Lafir falou à multidão que estava honrada com a oportunidade de fazer esta visita e estreitar os laços entre ambos os países. Agradeceu a forma respeitosa e hospitaleira com que foi recebida e prosseguiu com diversas outras formalidades do gênero.

Valena não prestou muita atenção ao discurso, obviamente ensaiado, mas ficou impressionada com a voz suave e a forma clara e objetiva como a outra se expressava. A língua que os chalandrinos falavam era um pouco diferente, uma versão mais floreada do idioma veridiano, mas a princesa se expressava muito bem na língua local. Ela tinha um sotaque acentuado e apresentava clara dificuldade em pronunciar algumas palavras, mas aquilo não impedia que todos a entendessem. Na verdade, mesmo que não falasse nada, sua simpatia era tão grande que provavelmente conquistaria o público da mesma forma.

Quando tomou a palavra, Valena decidiu deixar de lado o discurso que ela também havia ensaiado. Tinha tantos sentimentos dentro de si no momento que ficaria louca, se não os extravasasse. Então falou com paixão sobre Verídia e sobre tantas coisas que havia aprendido durante aqueles longos meses em que vinha sendo treinada para assumir o trono. Discursou sobre as pessoas que havia conhecido, sobre a forma alegre como havia sido recebida, não importava onde fosse, e sobre a natureza irreverente, positivista e trabalhadora daquele povo. Reiterou sua determinação em ser uma governante digna e cuidar tão bem do país quanto ele vinha cuidando dela. Em seguida, estendeu aquela determinação também às relações com Joara e Chalandri. No que dependesse dela, ambos os países teriam um longo e benéfico relacionamento.

Se o discurso de Joara tinha recebido uma ovação, o de Valena fez a multidão ir ao delírio. Muitas pessoas nem mesmo tentavam ocultar as lágrimas.

Mas o que mais a deixou orgulhosa foi o olhar de admiração que a princesa de Chalandri lançou a ela.

Quando ambas se abraçaram para fechar, simbolicamente, aquele acordo de cooperação mútua, a princesa não lhe parecia mais como uma oponente a ser temida ou odiada.

Mas, de qualquer forma, continuava não gostando dela.

Joara tomou a palavra mais uma vez para anunciar que permaneceria no Império por um período indefinido a partir daquele momento, que pretendia estudar a cultura e os costumes do povo veridiano e que não existia melhor forma de fazer isso do que vivendo entre eles.

Aquilo pegou Valena de surpresa. Ela olhou para Sileno Caraman, que apenas assentiu, respondendo silenciosamente a sua pergunta. Pelo visto, aquilo havia sido um acordo de última hora, pois ninguém lhe dissera nada. Qual o problema? Não confiavam nela o suficiente para lhe deixarem saber de algo tão importante com antecedência?

O imperador fez um breve discurso, no qual não acrescentou nada de novo. Além das formalidades, ele apenas pediu para que ambas as "meninas" trabalhassem com afinco para trazer paz e prosperidade a seus povos.

Valena ficou chateada por algum tempo, mas esqueceu completamente sua contrariedade quando as festividades foram anunciadas. Boa comida, bebida, danças, apresentações de habilidades místicas e combates simulados. Tudo o que Valena mais gostava reunido num só lugar. Foi uma das tardes mais divertidas de sua vida até então.

Chegou então a vez de a própria Valena se apresentar, fazendo uma exibição de seus poderes e dos frutos de seu treinamento. Começou efetuando um *kata* individual com a espada, demonstrando toda a sua agilidade. A multidão pareceu ficar impressionada, mas do que o povo mais gostou foi quando ela deu algumas voltas no céu sobre a praça, usando a Forma da Fênix.

Quando ela voltou a pousar, o capitão Dario Joanson caminhou até dela e a cumprimentou, educadamente, antes de dirigir a palavra à multidão, solicitando a presença do aspirante Evander Nostarius.

Nada daquilo estava no programa original, mas Valena decidiu não dizer nada e apenas permanecer por ali para ver o que aconteceria.

Evander estava muito diferente de quando ela o vira pela primeira vez, no dia em que recebera a marca da Fênix. Agora ele parecia mais sério, mais confiante... e ainda mais atraente do que antes.

Ele também havia ganhado o invejável primeiro prêmio em um dos principais torneios de artes marciais da Província Central. Por isso, quando o capitão Joanson sugeriu um combate amistoso entre ele e Valena, a multidão ficou muito excitada.

— O que me diz, alteza? – Joanson perguntou, sua voz amplificada percorrendo toda a extensão da praça e sendo ouvida por todos os presentes. – Ultrapassar as defesas do aspirante Nostarius seria a forma perfeita de demonstrar os resultados do seu treinamento com a Guarda Imperial. Luta amistosa um contra um, que tal?

O aspirante podia ser o filho do general, mas ela vinha treinando com a Guarda Imperial quase todo dia durante mais de um ano, além disso tinha os poderes da Fênix. Não tinha com o que se preocupar, tinha? Confiante, ela sorriu e sacou a espada. Sem saber que estava para sofrer a maior humilhação de sua vida.

Evander utilizava um bastão místico, com propriedades de aumentar e diminuir de tamanho, além de absorver e repelir impactos.

A espada e o bastão são dois tipos de arma muito diferentes. Isso depende muito da perícia de ambos os oponentes, mas o usuário de bastão geralmente possui uma grande vantagem numa luta como essa. No entanto, quando o uso de habilidades místicas é permitido, essa vantagem se torna mínima, quase inexistente, a luta sendo decidida apenas pelo nível de resistência física e afinidade de cada um.

Valena ativou sua arma flamejante, intensificou sua força e seus reflexos ao máximo e partiu para o ataque, aplicando seus golpes mais poderosos.

Que não tiveram efeito nenhum.

Às vezes era como golpear o vento, uma vez que Evander conseguia prever e evitar a maioria de seus ataques com uma facilidade enfurecedora. E, quando ele não se esquivava, era como golpear um muro de pedra, pois os bloqueios que ele conseguia fazer com aquela *waxtar lahayn* daquele bastão pareciam impenetráveis.

Após o primeiro minuto, Valena já estava ofegante. Tentando controlar a própria frustração, ela tentou pôr em prática suas lições sobre controle da respiração e mudou a estratégia dos ataques, assumindo um ritmo menos intenso, mas bem mais preciso. Muitas das pessoas na multidão começaram a aplaudir e gritar palavras de incentivo.

Cinco minutos depois ela já estava transpirando. E muito. Mas não importava. O fato de o aspirante ficar apenas na defensiva estava a deixando cada vez mais frustrada. Era como se a estivesse tentando vencer pelo cansaço. Mas ela mostraria para ele do que era capaz!

A multidão estava muito animada agora, todos acompanhando atentamente os movimentos e vibrando a cada golpe mais intenso.

Mais cinco minutos se passaram, e ela começou a perceber que sua velocidade e sua eficiência já começavam a diminuir. Esteve mantendo aquele ritmo por tempo demais, estava ficando cansada, e controlar a respiração ficava cada vez mais complicado. Mas agora era questão de honra, acertaria pelo menos um golpe naquele *ku faraxsaneyn*.

Aparentemente alheio à frustração dela, o aspirante continuou se esquivando e bloqueando com a mesma eficiência de antes, apesar de também já dar mostras de cansaço. Valena continuou insistindo, até chegar ao ponto em que não se sentia mais capaz de desferir um único golpe sequer.

Então ela jogou a espada no chão, com força, e apontou o dedo para ele.

— Que *wasaarada*... é essa? – Tão ofegante ela estava que quase não conseguia falar. – Vai ficar aí... pulando para lá e para cá até quando? Está... fazendo isso... para me humilhar? Se é assim... eu desisto!

A multidão, que já estava fazendo a maior algazarra, agora estava em delírio total. O barulho de palmas, gritos e assobios era quase insuportável.

Evander abriu a boca para dizer alguma coisa, mas de repente pareceu perder o equilíbrio e caiu de cara no chão, fazendo Valena, devido ao susto, dar um pulo nada elegante para trás e levar a mão ao peito.

O capitão Joanson correu até o aspirante e o examinou com atenção, antes de dirigir um sorriso tranquilizador a Valena e se levantar, fazendo um gesto para que alguns soldados se aproximassem. Enquanto Evander era carregado para dentro do palácio, o capitão anunciou para a multidão que, como ambos os oponentes não estavam mais em condições de prosseguir, estava declarado o empate.

A multidão vibrou ainda mais do que antes, se é que aquilo era possível.

Valena, no entanto, sentia na boca o amargo gosto da humilhação. Aquela luta seria motivo de fofocas na corte por meses, todos caçoando do quão incompetente ela havia sido. Para piorar, não conseguia deixar de se lembrar de algumas das palavras que o *Capitão Bonitão* tanto repetiu para ela durante seu treinamento nos últimos meses.

Avalie seu oponente, saiba contra quem está lutando, descubra o que ele está pensando, o que está querendo, o que está sentindo. A diferença entre a vitória e a derrota muitas vezes é tênue.

Se a intenção do homem ao armar essa luta de última hora tinha sido fazer com que sentisse isso na pele para aprender, definitivamente, aquela lição, o infeliz tivera pleno êxito.

Para sua surpresa, não houve nenhuma recriminação da parte de Dario Joanson, nem mesmo um "eu avisei" ou coisa do gênero. Com um sorriso que poderia ser tanto de orgulho quanto de divertimento, ele a parabenizou pela performance e a incentivou a agradecer à multidão. Então ela se forçou a sorrir e a acenar para o público, antes de voltar para a tribuna.

Para sua surpresa, a princesa Joara ignorou completamente o fato de Valena estar toda suja e suada e correu na direção dela, envolvendo seu corpo em um abraço apertado.

— Meus parabéns! Foi uma luta emocionante! Você tem muito talento com a espada.

O sotaque da outra estava ainda mais acentuado, devido à óbvia excitação. E, a julgar pela maciez do volume que foi pressionado contra seu peito, Valena deduziu que a *naaso weyn* não precisava usar nenhum tipo de enchimento artificial ali.

— Não o suficiente – admitiu a contragosto antes de encerrar o abraço e colocar um pouco de distância entre as duas, tentando tirar da mente a incômoda sensação dos seios da outra pressionados contra si. Tinha sofrido um golpe e tanto em seu orgulho, e tomar uma consciência ainda maior dos atributos físicos da princesa não estava ajudando em nada. – Mas pode apostar que vou melhorar.

Joara a encarou, rindo.

— Ora, não seja modesta. Você saiu de lá andando, ele não!

— Isso não é lá um grande consolo – Valena resmungou.

♦ ♦ ♦

O presente

Dois homens encapuzados correm pelo corredor escuro até pararem diante de uma porta. Um deles está segurando uma tocha e usa a luminosidade dela para examinar a fechadura. Concluindo que não está trancada, tenta empurrar com a outra mão, mas a grossa e pesada estrutura de madeira não se move.

De repente, uma voz zombeteira chama a atenção dos dois.

— Ei, perdedores!

Instintivamente, ambos se voltam na direção da voz e são imediatamente alvejados no peito, um deles por uma flecha e o outro por dois punhais. Soltando gemidos abafados, ambos desabam no chão.

— Nada mal – elogia o aspirante Alvor Sigournei, baixando seu arco e sorrindo para a subtenente Loren Giorane.

— Você também está melhorando. Com mais um pouco de prática, sua mira poderá até ser considerada "razoável".

O barulho de solas de botas militares se chocando contra o chão de pedras denuncia a aproximação da capitã Laina Imelde, seguida de perto pelos outros dois membros da equipe, o sargento Benarde Parentini, vulgo Beni, e o aspirante Iseo Nistano.

— O que temos aqui? – Laina pergunta.

— Derrubamos os dois últimos, *capitã* – responde Alvor, usando uma ênfase irônica ao pronunciar a patente dela.

Loren recolhe do chão a tocha que o invasor tinha derrubado ao cair e examina a porta.

— O caminho para a torre da imperatriz está bloqueado. Será que foram os guardas quem fizeram isso?

Alvor se ajoelha ao lado dos homens alvejados e confirma que, como queriam, os projéteis não atingiram nenhum órgão vital e os rufiões não correm risco de vida imediato. Então agarra a flecha fincada no peito de um deles e dá uma leve sacudida. O homem solta um gemido agoniado.

— Sei que você pode me ouvir, camarada, e se quiser que esse suplício termine, é melhor abrir logo o bico. Qual é o motivo desse ataque? E não vá me dizer que vocês acreditavam mesmo que conseguiriam chegar até a imperatriz.

— A... vadia... já está... morta...

— Como é que é?!

— Nosso... melhor homem... já deve estar se... divertindo com ela... há muito tempo...

Alvor e Loren se entreolham, surpresos, mas, ao notarem Beni vir correndo com tudo na direção da porta, eles tratam de sair da frente. Ocorre um pequeno estrondo quando o ombro do sargento se choca contra a madeira com toda a força, mas a porta aguenta firme. Ele precisa dar um passo para trás para recuperar o equilíbrio, antes de se virar para a capitã.

— Está escorada por trás. Isso vai levar algum tempo. Iseo, me ajuda aqui!

— Por que essas coisas sempre acontecem nas nossas noites de folga? – Iseo reclama, caminhando até o companheiro enquanto saca seu martelo de batalha.

— Loren! – Laina diz, apontando para a janela do corredor.

Sem perder tempo, a subtenente entrega a tocha para Beni e corre até a janela, removendo a pesada trava que a mantém presa e a abrindo, apressada. Então salta para fora, caindo em uma varanda. Olha para cima, avalia o paredão de pedra sólido da parte externa da torre, iluminado pela tênue luz da lua crescente.

— O que acha? – Alvor pergunta, saltando para a varanda atrás dela.

— Que consigo chegar lá em cima antes de você.

— Vai sonhando – ele responde, passando a cabeça e um dos braços por dentro do arco, de forma que o cordão fica de atravessado em seu peito.

Determinados, ambos começaram a escalar.

◆ ◆ ◆

Valena dá um passo para trás quando seu visitante indesejado joga a tocha que carregava sobre a cama. Os lençóis e o dossel imediatamente começam a queimar, levantando labaredas e fumaça. Por um breve instante, as chamas ficam fortes o suficiente para ela ter uma visão clara do homem. E percebe que ele tem um rosto que ela havia admirado bastante, quando o viu pela primeira vez, tanto tempo atrás.

— Eu conheço você. É de Chalandri, não é? Você é um dos guardas da princesa Joara Lafir. Achei que estavam todos mortos. O que quer?

Ele parece surpreso.

— Se sabe quem eu sou, então também deve saber o que eu quero.

O sotaque dele é bem menos pronunciado do que o de Joara, tanto que é até difícil perceber que ele tem um.

— E por que eu saberia?

O homem aponta a espada para ela.

— Não tente me enganar. Você está com o Furacão do Deserto. Eu o quero de volta.

— E que *khiyaanada* seria isso?

— Eu sei que está em seu poder – grita ele, brandindo a espada. – Me diga onde está!

O fogo e a fumaça aumentam cada vez mais. Concluindo que se continuar por ali por mais tempo morrerá sufocada ou queimada, Valena chuta um banquinho de madeira na direção do homem e, aproveitando o pequeno instante de distração, pula sobre ele, fazendo com que perca o equilíbrio e caia de costas, com ela por cima.

Os dois lutam durante algum tempo, até que ela consegue fazer com que ele solte a espada, que rola para baixo da cama em chamas.

Os dois então se separam, não deixando de encarar um ao outro enquanto se levantam. Ao ver o homem estreitar os olhos e avançar na direção dela, Valena faz uma finta, pondo em prática uma das manobras aprendidas com o capitão Joanson e consegue passar por ele. Correndo para fora, ela respira com alívio o ar puro e avalia rapidamente os arredores.

É possível ver as luzes da cidade pelas janelas do corredor, mas o palácio está mergulhado na mais completa escuridão. Há dois corpos no chão ali perto, provavelmente dos soldados que deveriam estar de guarda ali fora.

Avalie seu oponente.

Respirando fundo, ela vira o corpo e encara o invasor, que corre em sua direção.

— Foi a princesa quem enviou você?

Ele para imediatamente e a encara de volta. Dá para ver que está franzindo o cenho, apesar da pouca luminosidade.

— Qual é o seu problema? – pergunta ele. – Por que finge que não sabe de nada?

— Não estou fingindo. Você disse que está procurando por algo, por que não me explica do que se trata? Talvez eu possa ajudar.

— Está tentando me confundir para ganhar tempo.

— Estou tentando é entender que *qeylinta* está acontecendo aqui! Você invade meus aposentos, me acusa de estar de posse de algo que lhe pertence, coloca fogo no meu quarto e ainda tenta me matar. Qual a lógica de tudo isso?

— Você fez de tudo para dificultar minha vida! Até mesmo destruiu o farol, fazendo com que eu ficasse preso neste lugar!

— Não sei do que está falando, nunca fiz nada contra você. Além disso, que farol é esse? Se refere àquela torre de pedra onde se abria um dos portais para Chalandri? Eu não fiz nada disso. Por que o faria? Tinha até prometido a Joara que passaria um fim de semana com a família dela.

— Está falando sério? Você é mesmo Valena Delafortuna?

— Claro que sou, não está me reconhecendo? – Ela aponta para a face direita, onde fica a marca da Fênix. Não é possível que ele não consiga ver com o clarão gerado pela cama em chamas. – Não está vendo isso aqui?

— Só conferindo. – Ele lança um rápido olhar para o quarto antes de voltar a encarar Valena. – A imperatriz que eu conheci não costumava dormir sozinha.

— Nesse caso, que bom que eu não sou ela – Valena respondeu, irônica. – Vai mesmo tentar me convencer de que me confundiu com outra pessoa?

Ele parece indeciso.

— Eu...

Neste momento, as luzes dos candelabros começam a emitir um brilho tênue, indicando que o que quer que tivesse neutralizado o campo místico dentro do palácio estava perdendo o efeito.

O homem resmunga alguma coisa e corre para a varanda, saltando por sobre o parapeito.

Valena corre atrás dele e olha para baixo, a tempo de ver o infeliz caindo lentamente, obviamente com o auxílio de algum encanto místico, na direção do muro externo do palácio. Sua silhueta é facilmente visível por causa dos inúmeros pontos brilhantes dos postes com luz contínua que iluminam a cidade.

Sentindo seus poderes retornando – *finalmente!* –, Valena começa a invocar a Forma da Fênix para ir atrás dele, mas se interrompe ao ouvir uma voz atrás de si.

— Alteza, não!

Virando a cabeça, ela vê Loren e Alvor correndo em sua direção, esbaforidos.

— Não vá atrás dele, pode ser uma armadilha – diz o aspirante.

— Ele me atacou! Preciso descobrir o que ele quer – responde Valena, dando um passo para o lado enquanto os dois saem para a varanda.

— Conseguiu chegar na muralha – constata Loren, olhando através de uma luneta que havia tirado só a Fênix sabe de onde. – Está saltando para fora.

— Conseguiu uma leitura energética? – Alvor pergunta.

Loren vira a luneta de lado e a analisa por um instante.

— Acho que sim, mas é muito fraca, essa coisa ainda não está funcionando direito por causa do campo de expurgo.

Neste momento, Laina Imelde surge no corredor, seguida por Iseo, Beni e pelo que parece uma infinidade de outras pessoas, a maioria soldados, incluindo o comandante da guarda do palácio.

Valena caminha na direção deles.

— Capitã, um invasor acabou de fugir saltando a muralha do palácio. Seus subalternos conseguiram uma leitura. Quero aquele homem capturado. Imediatamente!

Ante o olhar questionador da capitã, Loren e Alvor assentem.

— Vamos! – chama Laina, correndo na direção da escadaria, no que é seguida pelos outros quatro de sua equipe.

Valena então olha para os inúmeros rostos familiares que a encaram. Alguns dos recém-chegados estão cuidando dos soldados caídos que, graças aos céus, parecem estar vivos.

— Muito bem, agora que tal alguém me esclarecer que raios aconteceu aqui?

O comandante exclama:

— Alteza, o chão!

Ela olha para baixo e percebe que as pedras começam a exibir um brilho azulado. Trata então de se afastar, com os outros, a uma distância segura, enquanto o brilho forma um círculo, que se eleva no ar, formando uma esfera brilhante. Em seguida a esfera se divide em cinco, cada uma delas perdendo o brilho enquanto assume a forma de uma pessoa.

O olhar de Valena imediatamente se fixa na silhueta mais alta e mais musculosa que surge. Quando o brilho se desvanece a ponto de ela reconhecer aquela face, nem se importa em ver quem são os demais. Com o coração disparado, ela corre para os braços do homem, envolvendo seu pescoço com os braços e mergulhando o rosto em seu peito.

Depois de se recuperar da surpresa, Valimor a abraça também, encostando o rosto nos cabelos dela.

Os outros quatro recém-chegados têm reações distintas. Daimar e Cariele trocam um sorriso. Gram corre na direção do quarto de Valena, tratando de ajudar os soldados que tentam apagar o fogo. Sandora põe uma mão no ombro de Valena.

— Sinto pela demora. As pontes de vento não estavam funcionando.

— Havia um campo de expurgo cobrindo todo o palácio – explica o comandante da guarda.

— Eu disse que o problema não era com os seus poderes, não disse? – Cariele fala para Sandora.

Valena tem apenas uma vaga noção do que acontece a seu redor, enquanto continua mergulhada no calor e na solidez daquele corpo masculino. A experiência de ficar sozinha, acuada e sem poderes a assustou muito mais do que imaginava ser possível. Agora que o perigo passou, suas pernas estão tão trêmulas que duvida que possa ficar em pé sem ajuda.

— Não vou mais sair de perto de você – Valimor sussurra em seu ouvido. – Ninguém nunca mais vai molestar minha princesa, além de mim.

Ao ouvir aquilo ela solta uma risada divertida, o alívio a percorrendo tão rápida e intensamente como a água da chuva apagando a poeira do solo seco. Sem conseguir se conter, ela inclina a cabeça para trás e segura o rosto dele com as duas mãos por um momento, antes de beijar aqueles irresistíveis lábios.

Que se dane a Fênix com seus malditos augúrios.

Ela decide deixar para se preocupar com aquilo depois. No momento, necessita tanto daquele contato quanto do próprio ar que respira.

O encanto do momento é quebrado pela voz preocupada do governador Leonel Nostarius, que vem correndo, seguido de perto por Luma Toniato.

— Alteza!

Valena dá um passo para trás e olha na direção deles, percebendo que não trazem boas notícias.

— O que houve?

— O ataque ao palácio e a tentativa de chegar até esta torre foi apenas para nos distrair, enquanto um outro grupo invadia os aposentos subterrâneos.

Valena pisca, confusa.

— As masmorras? Espere! Eles libertaram Radal e Odenari?

— Sim. Mas eles também levaram...

— A armadura do Avatar – interrompe Sandora.

— Isso mesmo – o governador confirma.

— Vamos descer lá agora mesmo e fazer uma varredura – diz o comandante. – Podemos rastrear as emissões e mandar tropas atrás deles.

— Não se dê ao trabalho – diz Sandora. – Sabemos como encontrar os filhos da mãe.

— Sabem? – Valena pergunta, totalmente alheia ao fato de Valimor a estar abraçando por trás, numa demonstração pública de intimidade que a deixaria vermelha, caso se desse conta.

— Tem certeza de que o campo de expurgo afetou o palácio inteiro? – Sandora pergunta ao comandante.

— Sim, senhora, nós verificamos. As luzes sobre a muralha se apagaram em toda sua extensão, assim como as de todas as torres.

— Não sei se eles foram descuidados ou simplesmente não se importam – diz Sandora, olhando para Cariele. – Mas deve ser bem simples determinar a origem de um fluxo energético intenso o suficiente para mover um volume tão grande do campo místico, não?

A esposa do Dragão assente.

— Sim. Principalmente porque isso é uma realização de níveis épicos. Nem mesmo se fosse possível usar o fluxo energético gerado por uma pessoa durante toda a sua vida daria para abrir um buraco tão grande no campo. Deve ter sido usado um artefato muito poderoso, algo fora das escalas. Algo capaz de mandar esse palácio inteiro pelos ares.

— Não – contrapôs Sandora. – Explodir o palácio seria muito mais simples. Isso não faz sentido. Se tinham um poder como esse à disposição, por que não o usaram antes?

— Que tipo de artefato pode ser esse? – Daimar Gretel pergunta à esposa.

— Nem imagino.

— Mas eu, sim – diz Valena, com um suspiro, atraindo todos os olhares para si. Ela encara Leonel. – A *Godika Geonika*.

Luma se encolhe quase como se tivesse tomado um choque ao ouvir aquele nome. Muito sério, Leonel coloca uma mão confortadora no ombro da companheira antes de olhar para Valena e assentir.

— O que é isso? – Sandora quer saber.

— É como os ex-conselheiros gostam de chamar o artefato que eles dizem que possuem – responde Valena. – O nome vem de uma antiga expressão lemoriana que quer dizer algo como "o matador de deuses".

Capítulo 16:
Barra Pesada

O passado

— Tem certeza de que está bem? – Joara perguntou, pela quarta ou quinta vez.

— Sim, que tal falarmos sobre outra coisa? – Valena resmungou, enquanto brincava com a comida, sem muita vontade de levar o garfo à boca.

— É que aquela batalha com o tenente foi incrível. Qualquer pessoa que eu conheço estaria acabada depois de gastar tanta energia.

— Talvez sejamos mais resistentes do que vocês.

— Não sei não. Todo mundo daqui que conheci até agora me pareceu muito normal.

— Quantos de nós você viu lutando além de mim?

— O tenente – Joara respondeu, com um sorriso.

Aquilo fez com que Valena soltasse uma risada.

— Ainda não acredito que ele desmaiou daquele jeito. Imagino que eu deva fazer uma visita depois que ele recuperar os sentidos.

— Isso seria muita consideração da sua parte. Posso ir com você?

Valena encarou a outra com o cenho franzido.

— Está interessada nele, por acaso?

— Você está?

— Claro que não!

— Então por que se preocupa?

Sem saber direito se deveria se sentir ultrajada ou divertida com o comportamento da outra, Valena sorriu e sacudiu a cabeça.

— Você às vezes é tão desbocada que fica difícil acreditar que seja mesmo uma princesa.

Joara torceu os lábios, numa expressão irônica que, estranhamente, deixou a filha da mãe ainda mais bonita.

— Eu poderia dizer o mesmo de você.

Valena levantou a sobrancelha e inclinou a cabeça para o lado, com uma expressão irônica no rosto.

— Por acaso está insultando a herdeira do trono de Verídia?

— Deixo essa interpretação a seu critério.

As duas se encararam por um momento e depois caíram na risada.

Valena esvaziou sua taça, mais para ganhar tempo e encontrar o que dizer do que realmente por sede. Nem gostava tanto assim daquele tipo de bebida e a tolerava apenas porque servir aquilo parecia ser uma espécie de norma de etiqueta para entreter visitantes.

— Talvez eu venha a abolir essa regra quando assumir o trono – ela acabou dizendo, em voz alta.

— Perdão? – Joara perguntou, surpresa.

— Ah, não é nada, desculpe. Só estava pensando que, quando for imperatriz, quero encontrar uma cultura bem mais lucrativa do que as uvas de primavera.

Completamente confusa, Joara resmungou um "hã".

— Dessa forma, os vinicultores ficarão felizes e não se importarão quando eu proibir a fabricação dessa *aan la dabooli karin* aqui. – Valena apontou para a garrafa do caro vinho branco.

A princesa a encarou com os olhos arregalados, aparentemente sem entender nada.

— Vai dizer que você gosta dessa coisa? – Valena perguntou, apontando para a taça intocada de Joara.

O rosto da princesa se iluminou.

— Ah, sim, claro... quero dizer... não! Digo... Esta bebida não é algo que eu esteja acostumada, então... creio que ainda seja cedo para emitir uma opinião.

Joara parecia ter perdido completamente a autoconfiança de repente. Como para comprovar aquilo, ela tentou tomar um gole do vinho, mas sua mão tremeu e ela acabou derrubando a taça. O cristal de que era feita era muito resistente e não se quebrou ao se chocar com o chão, mas seu conteúdo acabou sendo espalhado por todos os lados. Um pouco dele caiu sobre as vestimentas da princesa, que ficou olhando para a mancha no tecido, horrorizada.

Aquilo fez com que Valena se lembrasse dos primeiros dias logo depois que passara a morar no palácio, e do medo enorme que tinha de fazer ou dizer algo errado, ou então de estragar alguma coisa.

Ao ver que os servos se adiantavam para ajudar, ela levantou a mão e os dispensou com um gesto. Então se levantou, contornando a mesa e entregando a Joara um guardanapo confeccionado com um fino tecido de cor vermelha.

A princesa agradeceu e começou a se enxugar.

— Perdão por ser tão desastrada.

— O cheiro desse *ur xun* é pior do que o gosto.

— O quê?

— Estou dizendo que esse vinho, depois de seco, exala um odor tão forte que não vai querer continuar usando essas roupas. Pode acreditar em mim, tive que jogar uma das minhas melhores túnicas fora por causa disso. Venha, vou levar você até seu quarto para que possa se trocar.

Na verdade, aquilo que disse sobre o cheiro era um pequeno exagero, mas não deixava de ser uma boa desculpa para saírem dali e irem para um ambiente mais informal. Não que os aposentos reservados para Joara não fossem luxuosos, mas ao menos estariam sozinhas lá.

— Espero que não precise de ajuda para se trocar – disse Valena, assim que fechou a porta atrás de ambas.

— Não preciso, obrigada.

— Ainda bem, porque eu acabaria batendo em você.

Joara olhou para ela, confusa.

— Por quê?

Valena olhou para ela de cima a baixo.

— Vocês não têm espelhos em Chalandri? Nunca percebeu o efeito que você causa nos homens e a inveja que provoca nas mulheres?

A princesa a encarou por um instante, perplexa, e então caiu na gargalhada. O acesso de riso foi tão intenso que lágrimas escorreram de seus olhos. Valena começou a se preocupar quando a outra se jogou de costas sobre a cama e levou a mão aos olhos, ainda rindo histericamente.

— Ei, para que tudo isso? Você está bem? Eu nem falei nada tão engraçado assim.

Joara balançou a mão e sacudiu a cabeça, enquanto tentava controlar o riso. Com um certo esforço, ela endireitou o tronco e enxugou os olhos com as costas da mão.

— Desculpe. É que foi um dia tão cansativo... eu estava tão preocupada em fazer vocês todos terem uma boa impressão de mim, estava tão tensa que...

— Com certeza você causou um *xasilooni* de uma boa impressão.

A princesa deu um sorriso sem graça.

— Você usa umas palavras que eu não conheço...

Valena não precisou pensar muito para se dar conta de ao que a outra se referia.

— O que as pessoas de Chalandri fazem quando batem o dedo mindinho contra o pé da cama? Vai dizer que não soltam os xingamentos mais feios que possam imaginar? Pode ter certeza de que eu faço a mesma coisa, a diferença é que a maior parte dos nomes feios que aprendi quando criança são de outra língua, então...

Joara levou uma mão à boca e arregalou os olhos. Depois voltou a ser acometida por outro acesso de riso. Valena cruzou os braços e torceu o lábio.

— Que bom ver que estou te divertindo.

— Você não é nada do que eu imaginava – Joara admitiu, depois de algum tempo. – Eu estava tão nervosa...

— É mesmo? Não parecia. Além disso, não te contaram minha história? Você é uma princesa desde que nasceu, foi treinada para governar seu país desde menina. – Valena apontou para o próprio rosto, onde ficava a marca da Fênix. – Eu recebi essa coisa há pouco mais de um ano. Por mais que tentem me ensinar como falar, como andar, como me portar, como me vestir e sei lá mais o que, parece que nunca é o suficiente. Às vezes tenho a impressão de que tudo isso é inútil. O professor e a sacerdotisa quase têm um ataque toda vez que deixo escapar uma palavra lemoriana quando estão por perto. Se tem alguém que deveria estar nervosa, esse alguém sou eu, não acha?

— Eu acho que você é uma das pessoas mais fantásticas que já conheci.

Valena deu um passo para trás e levantou as mãos.

— Ei, ei, ei! Vamos parar! Não acha que isso está indo rápido demais? Daqui a pouco você já vai querer que eu seja, sei lá, sua melhor amiga.

— Isso deve ser interessante – respondeu Joara, sua expressão se tornando triste. – Ter uma melhor amiga, quer dizer.

Foi a vez de Valena arregalar os olhos.

— Hã... certo, acho que esta conversa está tomando um rumo estranho. Por que não troca logo essas roupas para que possamos voltar lá pra baixo e comer alguma coisa? Estou morta de fome. – Aquilo era verdade, a frustração pelo desenrolar da batalha contra Evander tinha deixado Valena sem fome, mas esse tempo passado com Joara a distraiu e fez com que esquecesse os sentimentos negativos. Com isso, seu apetite estava retornando com força total.

A princesa deu um sorriso brilhante.

— Perfeito. Me dê um minuto.

Valena foi até a janela e olhou para fora, suspirando. Então, toda aquela aura de autoconfiança e simpatia de Joara era só uma fachada? Depois da gafe no salão de jantar, ela havia se comportado como qualquer jovem normal da idade dela. Aquilo era surpreendente. Nunca imaginaria que alguém que vivera a vida toda em um palácio pudesse ficar nervosa daquela forma durante uma mera visita diplomática.

Aparentemente, a princesa não era, nem de longe, tão detestável quanto acreditara a princípio. Mas então, quando ela disse que estava pronta e Valena virou o rosto para ver a infeliz usando uma roupa ainda mais reveladora que a anterior, concluiu que poderia muito bem continuar odiando pelo resto da vida qualquer mulher que tivesse uma aparência como aquela.

Ambas desciam as escadas conversando amigavelmente e rindo, como se fossem velhas amigas, quando foram abordadas pelo conselheiro Aumirai Dantena, com sua testa brilhante pela calvície e sua barriga proeminente.

— Altezas! Estava ficando preocupado por não as encontrar no salão!

— Saímos para respirar ar fresco, para abrir o apetite – respondeu Valena.

— Claro, claro! Mas, se perdoam minha interrupção, nosso imperador deseja dirigir algumas palavras a vocês. Poderiam vir comigo, por favor?

Depois de lançar um olhar interrogativo a Joara, que assentiu, Valena respondeu:

— Claro. Sabe se é algo urgente?

— Imagino que sim – respondeu ele, enquanto descia os degraus na frente delas. – Ele me instruiu a escoltar vossas altezas até o Salão da Meditação.

Aquele salão era um aposentou muito grande, provavelmente o maior do palácio, onde ocasionalmente eram realizados ritos religiosos, o que, na maior parte das vezes, significava sessões de meditação, onde os fiéis faziam orações silenciosas para a Grande Fênix.

Quatro dos conselheiros imperiais estavam diante das portas duplas do salão, no momento fechadas, conversando em tom preocupado com o coronel Narode.

— O que está acontecendo? – Dantena perguntou.

— Ah, Altezas – disse o coronel, com uma leve reverência. – Temo que algo inusitado esteja ocorrendo, as portas estão trancadas.

— O imperador está preso aí dentro? – Valena perguntou, franzindo o cenho.

— É o que parece – respondeu o conselheiro Rianam.

— Dantena – disse Narode –, chame o capitão da guarda, vou querer ter uma palavra com ele sobre isso. Rianam, arrombe essa porta.

Sem pensar duas vezes, os conselheiros se apressaram em obedecer às ordens. Dantena saiu correndo pelo corredor, na velocidade máxima que seu corpo pequeno e fora de forma lhe permitia. Rianam se aproximou mais da porta e fez alguns gestos, obviamente realizando algum tipo de encantamento.

Depois de alguns segundos, Valena ouve o ruído de madeira se partindo do lado de dentro, provavelmente da tranca que estava prendendo as portas, uma vez que elas se abriram facilmente quando o coronel as empurrou.

Ela correu para dentro ao ouvir sons de combate.

Num dos cantos do salão, o imperador Sileno Caraman, usando a Forma da Fênix, conjurava um escudo de chamas para se proteger do que parecia ser um *cone de frio*, saído das mãos de uma criatura muito estranha. Tinha forma humanoide, mas a pele era de um tom de dourado muito similar à cor da marca do rosto de Valena, além de apresentar protuberâncias que pareciam chifres em diversas partes do corpo. Não parecia usar roupas, mas estava envolta em uma aura energética tão intensa que não era possível ver muito claramente detalhes de seu rosto ou de seu corpo. O efeito final era um tanto andrógino.

Joara e os conselheiros soltaram diversas exclamações de espanto enquanto Valena ficava paralisada, sem saber direito o que fazer.

O imperador revidou o ataque, lançando uma bola de fogo que atingiu seu oponente em cheio, causando uma explosão que fez com que até as fundações do palácio estremecessem. O estrondo foi tão forte que Valena e os outros tiveram que levar a mão aos ouvidos, tentando, inutilmente, se proteger da súbita dor e desconforto que sentiram.

Enquanto se recuperavam, a batalha prosseguia, cada vez mais intensa.

Valena levou a mão à cintura e só então se lembrou de que não estava armada. Caminhou então na direção do coronel, que assistia, boquiaberto, ao embate e, sem nenhuma cerimônia, desembainhou a espada dele.

— Valena, o que você...? – Joara não conseguiu concluir a pergunta.

Naquele momento, a criatura dourada pareceu perceber a presença deles e lançou um daqueles fulminantes ataques energéticos em sua direção.

Apesar da exaustão que sentia, Valena tinha toda a intenção de ativar seus próprios poderes e se juntar ao imperador na luta, mas nunca teve essa oportunidade. Ela percebeu duas coisas acontecendo ao mesmo tempo, mas não havia tempo para se proteger de nenhuma delas. Uma era o ataque energético da criatura, que parecia uma enorme e azulada língua de fogo, vindo na direção dela em altíssima velocidade. E a outra era um círculo esverdeado que surgiu do chão e se projetou para cima, envolvendo a ela e aos outros. Quando o fogo azulado atingiu a energia verde, todo o ar ao redor deles pareceu ganhar vida e, de repente, era como se estivessem mergulhados em uma forte correnteza, onde ondas de energia passavam por todos os lados, parecendo disputar entre si.

As energias místicas não lhes fizeram mal, mas aquele show de luzes teve um incrível efeito desorientador. Valena levou vários segundos para voltar a identificar as formas ao seu redor e mais outros tantos para perceber que, de alguma forma, tinham ido parar do lado de fora do salão.

Joara e os conselheiros estavam tão atordoados que estavam com dificuldade para se manter em pé.

— Aquele desgraçado está muito mais poderoso do que antes – o coronel esbravejou, antes de se virar para Rianam, que sacudia a cabeça e piscava os olhos. – Onde está a *Godika Geonika*?

— "Matador de deuses"? – Valena se intrometeu na conversa ao reconhecer as palavras lemorianas. – Isso é algum tipo de arma? Vocês conhecem aquele monstro?

— Sim, alteza, e essa arma é a única coisa que pode encerrar esta batalha – explicou o coronel. – Rianam?

O conselheiro fez diversos gestos dramáticos no ar, parecendo cada vez mais frustrado.

— Não consigo ativar – reclamou ele, depois de um tempo. – O artefato deve estar com muito pouca energia, ele não responde!

— Maldição!

Valena nunca tinha visto o coronel tão irritado antes.

— Eu não estou ouvindo mais nada – constatou a princesa. – Será que a luta acabou?

Eles se viraram para a porta do salão e ouviram o som de passos se aproximando. A tênue esperança que Valena teve de ver o rosto amigável e sorridente de Sileno Caraman foi esmagada quando um rosto dourado disforme, sem nariz ou boca e com olhos de um branco brilhante surgiu, olhando para ela.

A criatura então levantou a mão na direção deles, aparentemente com a intenção de conjurar outro daqueles ataques energéticos, no entanto nada aconteceu. O monstro olhou para as próprias mãos por um instante e soltou o que pareceu ser um guincho. Um som agudo e desagradável que lembrava o grito de dor de um porco.

Concluindo que aquela, provavelmente, seria sua única chance de fazer algo de útil, Valena tentou ativar seus poderes, mas, frustrada, percebeu não havia se recuperado o suficiente da luta contra Evander. A única coisa que a exaustão lhe permitia no momento era invocar a habilidade conhecida como *arma flamejante*, fazendo com que chamas brotassem da espada emprestada. Concluindo que teria que se conformar com aquilo, correu na direção do monstro, usando, pela primeira vez, o grito de guerra do imperador Caraman.

— Por Verídia!

O monstro, no entanto, era envolvido pelo que parecia ser uma aura de medo. Ao se aproximar dele, Valena sentiu um terror sem precedentes invadir seu corpo. A espada flamejante escapou de suas mãos enquanto ela tropeçava e caía. A sensação de desespero era tão grande que não conseguiu fazer nada além de abraçar os próprios joelhos, em posição fetal.

O terror foi indescritível, era impossível se concentrar em qualquer coisa. Foi uma experiência tão traumática que viria a fazer com que Valena tivesse pesadelos por anos a fio.

Quando finalmente voltou a si, estava em seus aposentos, cercada pelos curandeiros imperiais. Mais tarde ficou sabendo que, depois que ela caiu, o monstro caminhou na direção dela com óbvias intenções assassinas, mas algum tipo de barreira energética surgiu entre os dois, impedindo que ele avançasse. Então a criatura soltou outro daqueles guinchos agudos e se afastou correndo, seu corpo se tornando imaterial e permitindo que atravessasse uma parede e desaparecesse sem deixar pistas.

Apesar daquele comportamento estranho, no entanto, a criatura, aparentemente, havia cumprido seu objetivo. Dentro do salão, o imperador de Verídia havia exalado seu último suspiro.

♦ ♦ ♦

O presente

— Eu não acredito que fui tão estúpida! — Valena esbraveja. — Eles não queriam usar o artefato para derrotar o monstro. Eles estavam com medo é de o imperador vencer a batalha e queriam usar essa coisa para acabar com ele, caso a criatura não conseguisse!

— Calma — diz Sandora, colocando um cálice com água nas mãos dela. — Respire fundo e beba um pouco disso.

— É fácil mandar eu "me acalmar" quando não faz ideia de o que aquela coisa me fez — reclama Valena, antes de esvaziar o cálice.

— Sandora tem razão — diz Leonel Nostarius. — O passado não pode ser modificado. Podemos aprender com ele, mas não há benefício em perder a calma ou a compostura. Você disse que uma luz esverdeada surgiu e protegeu a todos do ataque da criatura. Tem alguma ideia de o que pode ter causado isso?

Depois de respirar fundo algumas vezes, Valena olha ao redor. Estavam em uma pequena sala do subterrâneo do palácio, para onde Sandora a havia arrastado, bem como a Leonel, para pedir mais explicações sobre o tal "artefato matador de deuses".

Nem mesmo o ato de traição cometido por Narode e pelos conselheiros era tão irritante quando sua própria reação àquele monstro. Mesmo hoje, mais de um ano depois, a mera lembrança do que ocorreu naquele dia ainda era capaz de lhe dar calafrios e deixar suas pernas trêmulas. O terror que sentiu foi tão intenso, tão violento, que levou dias para conseguir voltar a andar e falar normalmente, sem tremer ou gaguejar como uma idiota.

E pensar que o imperador conseguiu lutar de igual para igual contra aquela coisa. Por mais que treinasse, dificilmente conseguiria chegar ao mesmo nível dele.

— Só consigo pensar numa explicação — ela responde, finalmente. — Favor Divino. Tenho certeza de que o imperador usou seu último recurso para tirar os poderes da criatura, ou para impedir que ela ferisse qualquer outra pessoa.

— Faz sentido — concorda Leonel. — Soa como algo que Caraman faria. Como o Favor Divino não pode trazer benefício ao próprio conjurador, isso explica por que ele não conseguiu se salvar.

— Não entendo como um poder tão grande como esse Favor Divino pôde permanecer por tantos séculos em segredo – diz Sandora.

— Ei, estamos falando da vontade de uma das Grandes Entidades – retruca Valena.

— Essa entidade não pareceu se importar muito de você ter contado sobre esse poder para nós dois antes da incursão à Sidéria.

Valena suspira.

— É, eu devo ter colocado vocês em risco fazendo isso.

— Pessoas morreram aqui, hoje – lembra Sandora. – Desobedecendo a Fênix ou não, estaríamos todos em risco de qualquer forma.

Os três viram a cabeça ao ouvirem uma leve batida na porta. Leonel vai atender, enquanto Sandora volta a olhar para Valena.

— Esse seu relato revelou detalhes bastante esclarecedores sobre nossos inimigos, mas não em relação ao artefato em si.

— Eu não tenho mais informações. Aquela foi a única vez em que falaram sobre ele. Exigi explicações depois, mas fui completamente ignorada. Parece que o artefato tinha poder suficiente para derrotar o imperador, mas, fora isso, não tenho ideia do que ele seja.

— Creio que eu possa ajudar – diz Luma Toniato, entrando na sala e se aproximando, enquanto Leonel volta a trancar a porta.

Valena franze o cenho.

— Você sabe o que é a *Godika Geonika*?

— Sim. Tenho que saber, afinal, fui eu quem a criou.

◆ ◆ ◆

Falco Denar não está em um dos melhores dias de sua vida. Havia se arriscado inutilmente, dando crédito indevido a memórias que já haviam se mostrado inconsistentes com a realidade antes. Quando ouviu aquela história sobre a imperatriz estar de posse do Furacão do Deserto, nem pensou em questionar, já que a mulher que conhecia sempre havia cobiçado o artefato.

Da mesma forma, havia acreditado que essa imperatriz também não passava de uma menina mimada e incompetente que mal sabia segurar uma espada. Pois bem, a "menina incompetente" não apenas o desarmou com a maior facilidade, como também quase o derrotou com as mãos nuas, sem precisar usar nenhum dos poderes que a tal entidade a havia concedido.

Alguma coisa está muito errada com este mundo. Essa guria não deveria existir. Senão eu tenho certeza de que me lembraria dela.

Mas o fato é que ela negou estar de posse do artefato, e ele se vê compelido a acreditar nela. Que razão a garota poderia ter para mentir? Já os homens que garantiram a Falco que ela estava com a espada, por outro lado, têm razões até demais.

De qualquer forma, ele conseguiu fugir do palácio, mas a imperatriz mandou uma tropa em seu encalço. E não qualquer tropa, mas sim os mais tenazes, espertos, audaciosos e irritantes perseguidores de que tinha notícia. E, neste mundo, eles são ainda piores do que suas traiçoeiras memórias lhe diziam. Nunca tivera tanta dificuldade em sua vida para despistar alguém. Foi obrigado a apostar todas as suas cartas em uma manobra arriscada, voltando à capital. Não é possível que alguém pudesse prever que ele faria isso. Agora é só conseguir acesso a uma daquelas plataformas de transporte e ele desapareceria daquela província.

Felizmente, ele sabe que as pontes de vento imperiais são incrivelmente simples de usar. Só é preciso jogar um pergaminho no chão para ativar o mecanismo e pronto: estaria bem longe dali.

Falco não tem muita dificuldade para encontrar um viajante e "tomar posse" de alguns de seus itens, incluindo um pergaminho de ativação da ponte. Felizmente, os cidadãos do Império continuam sendo tão fáceis de roubar quanto se lembrava. *Pelo menos isso.*

Ele se encaminha calmamente para uma das plataformas de vento da praça principal de Aurora, caminhando devagar para não chamar atenção, quando um dos guardas que está por ali olha para ele e lhe aponta um martelo de batalha.

Preparado para correr, ele se vira, apenas para estacar, assustado, ao sentir a lâmina de um punhal encostar em seu pescoço. O olhar que a mulher ruiva lança a ele diz claramente que não hesitaria em enfiar aquele negócio em sua garganta.

— Parado, em nome do Império! – uma outra mulher grita, enquanto se aproxima com suas espadas curtas em punho. *A capitã.*

De onde esses malditos saíram? E como conseguiram chegar tão perto sem que eu percebesse?!

Falco dá um ágil passo para o lado, para escapar do punhal, apenas para ficar novamente cara a cara com o soldado musculoso, que sorri para ele, balançando o martelo de batalha de modo ameaçador. Virando para o outro lado, ele vê outro de seus perseguidores, o careca entroncado, exibindo uma expressão de desafio. Um pouco mais atrás está aquele irritante arqueiro, já pronto para disparar mais uma daquelas malditas flechas.

— Nos faça um favor – diz a capitã. – Resista. Eu e meus amigos estamos *tão* satisfeitos por termos sido feitos de trouxa tantas vezes num só dia que estamos *muito* ansiosos para compartilhar nossos sentimentos com você. Vamos lá. Só um movimento em falso. Não sabe o quanto isso vai nos deixar felizes.

◆ ◆ ◆

Luma Toniato lança um olhar entre raivoso e desesperado para o homem com o qual convive há tantos meses.

— Por que você precisa ir?

— Grande parte do que está acontecendo é responsabilidade nossa – responde Leonel Nostarius, lançando um rápido olhar para a movimentação dos militares ao redor do pátio, que se preparam para partir em mais uma perigosa missão.

— *Minha*, você quer dizer.

— Eu era o líder da Guarda Imperial. *Eu* tomei decisões equivocadas em relação a Narode e aos conselheiros. Quanto a você, não estava em pleno controle de suas faculdades. Mesmo que alguém mais soubesse do que aconteceu, ninguém pode culpar você por nada.

— Eu poderia ter acabado com tudo muitos anos atrás. Assim, nada disso teria acontecido.

— Não. *Eu* é quem poderia ter acabado com tudo. Mas decidi optar por não fazer isso.

Ela sacode a cabeça e desvia o olhar para o pátio do palácio, onde os soldados se preparam para o ataque.

— E – continua ele –, mesmo na presente situação, não me arrependo de nada.

Ela o encara com lágrimas nos olhos.

— Não vá. Sinto que, se você for, algo ruim irá acontecer. Estamos velhos, Leonel, perdemos a maioria de nossa vitalidade no incidente. Se você tentar usar seus poderes, seu corpo pode não aguentar.

— Isso não é uma opção, Luma. Você me conhece há mais de 20 anos, sabe que não tenho escolha. Além disso, também sabe que, em meu lugar, faria a mesma coisa, ou talvez algo ainda mais arriscado.

— Como pode ser sempre tão frio?

Ele a encara por um instante e levanta as mãos com as palmas para cima.

— Olhe para isto – diz ele, indicando o tremor em seus velhos e calejados dedos. – Eu não sentia medo por mim mesmo há mais de 40 anos. Estou tão assustado que nem sei direito como lidar com isso. – Ele engole em seco e cerra os punhos. – Mas não posso deixar de fazer o que é certo. Se eu fizer isso, aí sim, meu maior inimigo terá triunfado.

Ela o abraça e encosta a cabeça no ombro dele.

— Eu sinto muito.

Ele retribui o abraço.

— Pelo quê?

— Por nunca ter conseguido livrar você do peso dessa espada. Se eu tivesse obtido êxito, você não teria que...

— Pare – ele a interrompe. – Não adianta ruminar o passado agora. Você se sente responsável? Ótimo. Use isso de forma construtiva. Vá até Mesembria. Fale com os alquimistas. Encontre uma forma de usar o poder daquele machado.

Ela levanta a cabeça e dá dois passos para trás, de olhos arregalados.

— O quê?! Não pode estar falando sério!

— Se eles tiverem mesmo encontrado uma forma de energizar a *Godika Geonika* sem as... *reservas energéticas* de Narode, precisaremos de algo de igual poder se quisermos ter alguma chance.

— Eu não quero chegar perto daquilo! Como você pode sugerir colocar uma coisa daquelas nas *minhas* mãos?

O misterioso machado recuperado por Evander, que parece ter um potencial energético fora de qualquer escala, havia sido enviado para Mesembria logo que o Dragão concordara em unir novamente sua província ao Império. Essa tinha sido uma das mais acertadas decisões da imperatriz, pois, se tivesse ficado no palácio, o artefato agora estaria nas mãos do inimigo.

Leonel caminha até Luma e envolve o rosto dela com as mãos ainda trêmulas, antes de beijar brevemente seus lábios.

— Não há ninguém mais adequado. Os sábios podem levar décadas para ter algum progresso na análise daquilo. Mas com sua ajuda...

— Eu nem mesmo tenho mais meus poderes!

— Luma, seus poderes nunca foram, nem de longe, a coisa mais impressionante em você. Converse com Gretel. Se quer realmente assumir a responsabilidade por alguma coisa, essa é a forma correta de fazer isso. – Ao ver que o general Camiro faz um sinal pedindo para que Leonel aproxime, ele a solta. – Tenho que ir agora.

Enxugando as lágrimas, Luma respira fundo, tentando se acalmar. Então fica olhando enquanto Leonel se afasta.

Será que vale a pena voltar a me arriscar?

Então ela percebe a forma como seu amado se move. Desde o incidente de Aldera que ele não tem mais a vitalidade de antes, mas hoje parece realmente sentir o peso da idade. Sua postura está um pouco encurvada e ele favorece de leve a perna direita ao caminhar. O governador não está em boas condições e sabe muito bem disso. Mesmo assim, segue em frente, com sua costumeira coragem.

Talvez seja a hora de eu deixar de sentir pena de mim mesma e fazer algo de útil.

Ela levanta a cabeça e suspira.

Por mais difícil que isso seja.

Capítulo 17:
Mãos Vazias

O passado

— Meu marido... tinha muito orgulho... de você. É a... filha... que sempre... quisemos ter... e nunca... pudemos. Que a... graça... da Fênix... esteja sempre... com você.

Valena não pôde fazer nada além de sair de perto e observar, impotente, enquanto Azelara Caraman era assolada por uma nova e intensa crise de tosse. A sacerdotisa Istani pediu para que os curandeiros se adiantassem para lutar com ela uma batalha fadada ao fracasso, na tentativa de salvar, mais uma vez, a vida da viúva do imperador.

Joara Lafir segurou Valena pelo braço.

— Venha, vamos deixar eles trabalharem.

Sabendo que não tinha mais o que fazer ali, Valena assentiu e deixou que a princesa de Chalandri a conduzisse para fora do quarto. Em silêncio, Joara continuou caminhando, com certa determinação, levando Valena até uma varanda de onde podiam avistar os bem cuidados jardins do palácio. Quando se apoiou na amurada e ficou encarando, sem ver, as nuvens pesadas que anunciavam uma chuva iminente, Joara colocou a mão em seu ombro.

— Você está bem?

— Não sei. Tudo parece estar desmoronando. É como se... – Valena se interrompeu e balançou a cabeça, lutando para conter as lágrimas. Não poderia chorar agora. A última coisa que o imperador e a esposa precisavam era a herdeira do trono demonstrando fraqueza e protagonizando uma cena patética.

— Como se estivesse ficando sozinha? – Joara sugeriu.

Valena olhou para ela, surpresa.

— Mais ou menos.

— Eu sei como é. Quando minha mãe morreu, eu também me senti perdida no mundo.

Voltando a olhar para as nuvens escuras, Valena suspirou.

— Eu... sinto como se ela fosse a minha última aliada aqui dentro.

— Sabe que isso não é verdade. Ainda tem a Guarda Imperial, os conselheiros, e...

Valena sacudiu a cabeça e levantou uma mão.

— Que tal falarmos de outra coisa? Como está se saindo em Aldera?

Joara fez um beicinho, indicando contrariedade, mas depois sorriu.

— Eu *amo* aquela cidade! Por acaso já disse isso antes?

— Só umas 40 vezes.

— E é a mais pura verdade! É um lugar lindo! Tantas coisas para ver, tantas pessoas para conhecer...

— E é a única cidade no mundo onde mora um certo moreno musculoso.

Joara riu.

— É, tem isso também.

— Fico feliz por você. Desculpe por não ter conseguido visitar seu pai.

— Não se preocupe. O sultão compreendeu a situação e pediu para eu lhe transmitir seus pêsames.

— Obrigada. Eu... – Valena hesitou – queria agradecer por vir me visitar, por... estar aqui.

— Ei, somos amigas, não somos? Estarei aqui sempre que precisar.

— Eu gostaria de poder conhecer o seu pai pessoalmente, mas no ritmo que as coisas estão indo, não sei dizer se isso será possível.

— Quando você vai assumir o trono?

Valena apertou os punhos.

— Não sei.

Joara arregalou os olhos.

— Como é? Você não é a sucessora do imperador? O que está havendo?

— Os conselheiros acham que não estou pronta. Não vão me permitir assumir o trono antes de completar 17 anos.

— Puxa! Isso deve ser frustrante. Mas você tem quase a mesma idade que eu, então não deve estar faltando muito tempo, não é?

— Só mais quatro meses. Isso se não inventarem alguma outra desculpa até lá.

Joara franziu o cenho e se preparou para fazer uma pergunta, mas se interrompeu ao ver a aproximação dos sete membros do conselho imperial, que caminhavam pela trilha do jardim lá embaixo na direção da construção principal, tendo saído de uma das torres. Uma grande comitiva de servos e soldados os seguiam.

— Falando neles...

— Olha só... a tropa inteira de *soo saarid* andando junta. Lierte, Pienal, Gerbera, Rianam, Radal, Raduar e Dantena.

Joara sorriu, fazendo uma boa ideia do que significava aquele xingamento, pois conhecia a enorme implicância que Valena tinha com aquelas pessoas.

— Curioso. Eu não tinha reparado antes, mas alguns deles têm nomes um tanto parecidos, não?

— É porque não são nomes, são títulos.

— É mesmo? Não sabia disso.

— Rianam, o perspicaz. Lierte, o esperançoso. Pienal, a fortaleza. Gerbera, a astuta. Radal, o habilidoso. Raduar, o iluminado. E Dantena, o sábio. O imperador criou esses termos usando como base palavras da antiga língua damariana que representavam as virtudes que ele afirmava que cada um tinha. Depois de mais de 30 anos sendo chamados dessa forma, acabaram passando a usar os títulos como sobrenome, principalmente depois que as pessoas começaram a chamar os cônjuges e os filhos deles pelos títulos também. Acho que quase ninguém se lembra mais de seus nomes verdadeiros.

— Bom, Pienal, pelo menos, eu sei que merece esse título. Aquela mulher é assustadoramente... grande.

Valena deu um meio sorriso.

— É, ela é enorme. E dizem que é muito forte também. Eu a desafiei para um combate amigável uma vez, mas ela recusou, alegando que seus dias como guerreira estavam encerrados.

— Alteza?

Valena se virou, topando com o rosto sério e pesaroso da sacerdotisa, e soube imediatamente que a última amiga de verdade que tinha entre os residentes daquele palácio havia acabado de partir. Para sempre.

— Ela se foi?

— O Grande Espírito a recebeu de braços abertos, filha. Devemos nos alegrar, pois ela partiu deste mundo para encontrar a felicidade definitiva. Teve uma vida longa e produtiva, passou por provações que nem podemos imaginar, mas agora está gozando de seu merecido descanso.

— Por quanto tempo ela ficou doente? - Joara perguntou, depois de um longo e incômodo silêncio.

— Vários meses – respondeu Valena. - Começou na época em que seu pai e o imperador estavam combinando a sua vinda para cá.

— E o que ela tinha?

— Não era da vontade do Espírito que tivéssemos esse conhecimento – respondeu a sacerdotisa, que em seguida fez uma breve descrição dos sintomas da doença de Azelara.

— Curioso – disse Joara, pensativa. - Essa febre é muito similar ao que minha mãe sofreu ao ser picada por um escorpião vermelho. Tem certeza de que o imperador nunca levou a esposa para conhecer nosso deserto?

◆ ◆ ◆

O presente

Eliar Garabelum, mais conhecido como Radal, não está nem um pouco satisfeito. A transpiração escorre, abundante, por seu pescoço, rosto e, para sua irritação, também pela testa alongada devido à calvície pronunciada, o que o obriga a limpar a região constantemente para impedir que o suor entre em seus olhos. Seu corpo franzino treme a cada golpe que aplica sobre um pedaço de metal incandescente com uma marreta.

Ele levanta a cabeça ao perceber que Aumirai Jirano, mais conhecido como Dantena, entra no aposento, arrastando no chão a barra do luxuoso manto que veste.

Com ansiedade, Radal pergunta:

— Conseguiu algo?

— Não, mas Odenari teve uma ideia. Ela vai forçar os prisioneiros a ativarem a fissão. Até que ela consegue ser útil de vez em quando. E você? Já terminou isso aí?

Com exagerada violência, Radal dá um último golpe sobre o metal.

— Eu não sou Malnem! Disse a vocês que isso iria demorar! E por que deixou aquela... – Radal faz uma pausa. A palavra "retardada" vem à mente, mas ele, por alguma razão, evita pronunciar aquilo em voz alta. Todos eles sempre chamaram as mulheres com as quais se divertiram de nomes como aquele ou muito piores, mas por alguma razão aquilo agora parece errado. – Por que deixou aquela *doente* sozinha?

— Não estou gostando desse seu tom, Eliar. Não depois de todo o esforço que eu tive para libertar você. Não sou nenhum estúpido. Pienal e Gerbera estão de olho nela.

Radal joga a marreta sobre uma mesa.

— Não é nenhum estúpido? Fala isso depois de ter descarregado a *Godika Geonika* para criar um patético campo de expurgo sobre o palácio por alguns minutos? E de ter desperdiçado completamente a chance de dar cabo da imperatriz?

— Falou o idiota que, mesmo liderando todo um exército, foi capturado por um mísero grupo de sete pessoas.

— Você sabe muito bem que eu fui traído! Se não fosse pelas maquinações da minha esposa e dos meus filhos, eu nunca teria ficado numa posição vulnerável!

— Balela. Foi sua arrogância que levou você até lá, e não o medo de ser morto por aquela doida com quem se casou. De qualquer forma você ficou vulnerável porque não se livrou de sua família antes. Narode tinha razão quando mandou cortarmos todos os laços.

— Narode está morto! Além disso, ele nunca se importou de Malnem manter Odenari por perto!

— Não está mesmo querendo comparar Odenari com aquela cretina que você chama de esposa, está? Você é patético!

— Patético?! Seus planos é que são patéticos! Eu levei aquele demônio até a imperatriz, como você queria, e o que aconteceu? Não adiantou de nada, pois em vez de matar a miserável, ele agora a está ajudando.

— Meu plano era perfeito! Ele deveria deixar ser capturado para que o levassem ao palácio onde poderia matar a pirralha e pegar a armadura para nós! Não sei que tipo de bruxaria usaram para dissipar o controle do cristal, isso não deveria ser possível!

— O que não parece possível é você planejar alguma coisa que dê certo. Você é uma lástima como líder, Dantena!

— Termine logo essa porcaria! Caso contrário, quando eu recarregar o artefato, você será o meu primeiro alvo!

— Cale essa boca! Se você pudesse fazer isso sozinho, eu não estaria aqui. Se acha o sabichão, mas está é morrendo de medo!

— Eu não tenho medo de ninguém!

— Ah, é? Pois deveria. Narode está morto. Rianam está morto. Lierte está morto. Raduar está morto. E Odenari, Pienal e Gerbera estão... – ele balança as mãos no ar, sem saber como explicar – daquele jeito.

— Porque são todos perdedores, não se comparam a mim! Rianam era descuidado e impulsivo, não me admira que a bastarda o tenha liquidado! Lierte tentou atacar o Dragão de Mesembria sem saber do que o homem era capaz e teve o que merecia por essa estupidez! Raduar era um idiota tão grande que acreditou que poderia controlar todos os outros demônios de Ebora e provavelmente foi devorado por eles! E as mulheres... elas são todas fracas!

— Você não está pensando direito, está fazendo uma besteira atrás da outra! Não está conseguindo nem mesmo manter o controle sobre os mercenários!

— Estou avisando: cale a boca e volte ao trabalho!

— Quanto tempo acha que vai demorar para o Exército Imperial bater à nossa porta? Aquele ataque ao palácio foi, praticamente, um convite!

— Foi por isso que trouxemos tudo para cá, seu idiota! Nunca vão nos encontrar, e quando entrarem no país ficaremos sabendo em um instante. Meu plano é perfeito. Isto é, desde que você pare de falar e termine logo isso aí!

Nesse instante, uma criatura humanoide com a pele feita de um tipo flexível de rocha avermelhada entra pela porta, carregando nas costas uma enorme caixa de madeira.

231

Radal trinca os dentes, descontente com a interrupção, mas decide ficar quieto e volta ao trabalho, pegando um balde de água e despejando sobre o objeto ainda incandescente sobre a bigorna, o que levanta uma pequena nuvem de vapor.

— Coloque naquela mesa – diz Dantena ao golem, apontando para um móvel no canto.

A criatura obedece e coloca a pesada caixa no chão, antes de começar a tirar de dentro dela as diversas partes da enorme armadura do Avatar, colocando uma por uma com cuidado sobre a mesa.

— Ótimo, ótimo, ótimo! – Dantena exclama, enquanto esfrega as mãos. – Quanto de carga você conseguiu?

Uma pequena nuvem de fumaça surge enquanto a rocha avermelhada da criatura começa a se desfazer, como se estivesse evaporando. Em um instante, a fumaça se dissipa, revelando um homem de baixa estatura, com grossas sobrancelhas e nariz pontudo, vestindo um manto de um tom indefinido entre marrom e verde.

— Pouca. Não estamos *prreparradas parra* atividades *delicados* como essa. – O sotaque do homenzinho é bastante pronunciado e soa muito estranho aos ouvidos de Radal, principalmente a falta de concordância entre palavras masculinas e femininas.

Dantena franze o cenho.

— Eu dei a você dezenas dos mais poderosos artefatos já criados no Império!

Artefatos que ele não teve escrúpulos em roubar do palácio depois da morte do imperador, Radal pensa consigo mesmo, não sabendo direito por que aquilo o está incomodando agora. Afinal, ele próprio havia ajudado Dantena na época.

— *Serria* mais inteligente *usarr arrtefatas* como estavam. *Drrenarr enerrgia dessa* jeito *serr desperrdícia.*

Não pela primeira vez, Radal imagina se as pessoas realmente falam daquele jeito no mundo natal do homem ou se aquele sotaque não é causado por algum defeito de nascença.

— Não pedi sua opinião – responde Dantena, seco, enquanto tira um objeto retangular do bolso e o aproxima das peças da armadura dourada. – Mas o que é isso? Não tem quase nada de energia aqui! Leve isso de volta e termine o que eu mandei.

— Isso *serr* tudo. *Arrtefatos forram desintegrradas na prrocesso.*

— Seu inútil! Eu deveria...

— E quanto aos prisioneiros? – Radal sugere. – Não dá para forçar algum deles a energizar essa coisa?

Dantena se vira para ele, com cara de quem vai vociferar algo, mas então parece pensar melhor e sua expressão se ilumina.

— Que grande ideia! Jester, você vai absorver tudo o que puder deles!

Tanto Radal quanto o homenzinho chamado Jester olham para Dantena de olhos arregalados.

— *Prrisioneirras estarr condenados* se eu *fizerr* isso!

— Não me importo. Teríamos que nos livrar deles mais cedo ou mais tarde, então que sirvam para algo útil. Priorize os mais poderosos. Comece pelo velhote e depois vá para a princesa. - Aquilo traz um sorriso maldoso ao rosto dele. - Imagino quanto tempo o sultão vai demorar para invadir Verídia quando perceber que a filha está morta.

◆ ◆ ◆

— Da última vez eu prometi respostas para você – diz Valena, olhando para a expressão séria, perigosa e extremamente atraente de Valimor. – Hoje não irei fazer nenhuma promessa. Tudo o que eu posso dizer é que, mais cedo ou mais tarde, vamos pegar o responsável por tudo o que você passou.

Ele estreita os olhos.

— Quem?

— A pessoa que tirou você de seu mundo e o trouxe para cá, e que depois controlou você e seus amigos.

Ele aperta os punhos e lança a ela um olhar frustrado.

— Não sei quem. Não lembro. Não tudo.

Ela suspira.

— Acreditamos que o nome dele é Dantena. Provavelmente é ele quem está comandando aquele bando de *qumbahas*. Ele envenenou e matou diversas pessoas, inclusive a viúva do imperador. Foi ele quem arquitetou a divisão do Império depois da morte de Narode. Tenho certeza de que era ele quem estava passando instruções para Odenari na Sidéria. - Ela faz uma pausa e cerra os punhos. - E a deixou lá para morrer, pois provavelmente achou que ela não tinha mais utilidade.

Notando a postura tensa de Valena, Valimor se aproxima, tentando tocar seu rosto, ao que ela reage dando um pulo para trás.

O olhar dele se torna sombrio, enquanto a analisa por alguns instantes, antes de sacudir a cabeça e se virar, caminhando na direção do portão.

Frustrada, Valena pensa em soltar uma torrente de palavrões, mas há muitos soldados por perto, então ela se limita a fechar os olhos e soltar um novo suspiro.

Por que ela ainda insiste? Tentar conversar com Valimor é inútil. O problema é que dá para ver no olhar dele a mesma vontade, o mesmo anseio, o mesmo desejo que a assola, e aquilo a faz agir como uma completa idiota.

Se ao menos tivesse conseguido arrancar alguma coisa de Odenari Rianam...

Mas ou aquela *fret* não sabe de nada sobre Valimor ou está doente demais da cabeça para dizer ou fazer qualquer coisa de útil.

Neste momento, Valena sente uma mão em seu ombro, o que normalmente lhe causaria um sobressalto. Mas hoje, de alguma forma, ela reconhece aquele gesto como algo familiar e, em vez de se assustar, é tomada por uma sensação de segurança. Então vira a cabeça para encarar os olhos negros, sérios e preocupados de Sandora.

Quantas vezes essa *Bruxa* a tinha apoiado no último ano? Quantas vezes havia colocado a mão em seu ombro dessa forma, a ponto de Valena conseguir reconhecer instintivamente o toque e saber quem é, mesmo de olhos fechados?

— Você está bem?

— Sim. – Valena levanta a cabeça, tentando afastar os pensamentos deprimentes. – Vamos acabar logo com essa guerra.

Ela começa a colocar no dedo um anel que retira casualmente do bolso, começando a caminhar na direção dos portões, mas Sandora se adianta, segurando seu braço.

— Não use isso – diz a *Bruxa*, olhando para o artefato.

— Mas esse é o anel com encanto de *âncora* – responde Valena, surpresa, antes de olhar ao redor rapidamente e baixar o tom de voz. – Preciso dele, caso tenha que usar o Favor Divino.

— Não precisaremos de nada disso. Guarde essa coisa.

— Sandora, achei que tínhamos concordado que precisaremos de tudo o que temos nessa batalha. Qual é o problema?

Pela primeira vez, Valena vê a *Bruxa* parecer indecisa. Mas aquilo não dura muito tempo. Depois de alguns segundos, Sandora solta seu braço, sacode a cabeça e suspira.

— Apenas guarde, está bem? Leve, se isso a faz se sentir melhor, mas não use sem falar comigo antes.

Valena estreita os olhos.

— Pensa que irei precisar desse poder depois, é isso? Acha que essa não será a última batalha?

— Não é isso, é que... ouça, não temos tempo para discutir agora. Apenas confie em mim, está bem?

Aquele pedido soa estranho. Só então Valena percebe que, desde que a conheceu, Sandora nunca tinha lhe pedido nada. Pelo menos não daquela forma, como se fosse um favor. Então a encara com atenção e depois seu olhar vai descendo, até se fixar em seu ventre, que está começando a se tornar proeminente. E se dá conta do tamanho do sacrifício que a *Bruxa* está disposta a fazer.

Então, resoluta, remove o anel do dedo e entrega a ela.

— É claro que confio em você. Tome, fique com ele. Caso venha a se sentir mal ou algo aconteça, use.

Sandora arregala os olhos, surpresa.

— Mas não é isso que eu...

— Vamos! Como você mesma disse, não temos tempo para conversa. Não podemos dar mais tempo ao inimigo. Não consegui pegar Dantena na Sidéria, mas juro que, desta vez, não retornarei de mãos vazias.

◆ ◆ ◆

— Tem certeza de que está pronto? – Dantena olha para a peça de metal trabalhada, franzindo o cenho.

— Tenho tanta certeza disso quanto você parece ter de que estamos seguros aqui – responde Radal.

— Vamos ver se o tempo que passou na masmorra não te deixou enferrujado, "o habilidoso".

— Não mais do que o tempo que passou aqui te deixou estúpido, "o sábio".

Dantena o ignora.

— Venha, Odenari. Se isso funcionar, teremos que fazer uma comemoração.

Radal suspira pensando em como as coisas estão estranhas desde que foi libertado. Dantena nunca deixava barato quando alguém o chamava de estúpido. Todos os ex-conselheiros estavam se comportando de forma estranha, incluindo ele próprio. Nunca teve problemas em ver alguém abusando de Odenari. Raios, ele havia até mesmo participado de mais de uma das "festinhas" que o marido dela costumava promover quando vivo. Mas agora, por alguma razão, a ideia de se aproveitar de uma mulher parece asquerosa para ele. Ainda mais ela estando obviamente doente.

Para surpresa de Radal, em vez de seguir Dantena imediatamente, como costuma fazer sempre que recebia uma ordem, Odenari vem em sua direção, de cabeça baixa.

— Eliar, quando voltaremos para casa?

— Casa? – Radal estranha, franzindo o cenho. Não sabe o que é mais esquisito: a pergunta ou o fato de ela o chamar pelo primeiro nome.

Dantena solta uma gargalhada.

— Ela deve realmente ter se divertido na prisão. Já me fez essa pergunta várias vezes. Caraman não tolerava "diversão" com prisioneiros. Será que a nova imperatriz não compartilha da mesma opinião?

Radal lança um olhar raivoso a ele.

— Se está insinuando que algum soldado do Império fez com ela a mesma coisa que está querendo fazer, a resposta é não. Não fizeram nada para nenhum de nós dois além de perguntas.

— É mesmo? E como sabe?

— Ela ficou na cela ao lado da minha o tempo todo.

— Que romântico. Então foi assim que vocês se tornaram tão íntimos, *Eliar*?

Radal trinca os dentes.

— Não deveria estar se preocupando mais com o seu plano maluco em vez de ficar jogando conversa fora?

— Meu plano é perfeito! Assim que completar a armadura, nada vai poder me deter. Não há razão para pressa.

— Acha que o Exército Imperial vai ficar parado esperando para ver o que você vai fazer?

— Nunca encontrarão este lugar. E mesmo que encontrem, minhas medidas de segurança são inexpugnáveis.

— Engraçado você dizer isso – diz uma voz atrás deles.

Os três se viram para um canto do salão, onde um homem sai de trás de uma das colunas.

— Falco?! – Radal exclama, ao reconhecer o intruso.

— Guardas! – Dantena grita.

No momento seguinte, diversos homens e mulheres usando turbantes e uniformes do Exército invadem o salão e se adiantam, armados com espadas, cajados e arcos.

Sorrindo, Falco Denar levanta as mãos.

— Eu pretendia ficar ali, escutando um pouco mais dessa conversa, mas não resisti quando ouvi você se referir a este lugar como "inexpugnável".

— Por onde esteve? – Dantena pergunta, devagar. – Achamos que tinha sido capturado no ataque ao palácio.

— Ah, você me conhece. Não é fácil me segurar. E nem me enganar, pelo menos não por muito tempo.

— Como encontrou esta fortaleza?

— Ah, foi fácil. Algum de vocês teve a brilhante ideia de mandar um grupo de idiotas para tentar sequestrar a filha do Dragão de Mesembria. Depois de falharem de forma vergonhosa, não foi difícil arrancar deles a localização de todas as fortificações com laboratórios alquímicos que vocês costumam usar. Aí usam a tal "Godika Geonika" em um campo aberto onde só tem uma ponte de vento por perto. E uma que só foi usada poucas vezes naquele dia. Aí foi só juntar dois mais dois. Fico me perguntando que tipo de incompetente primeiro dá tantas informações sigilosas a capangas imbecis e, além disso, toma uma ponte voltando direto para seu novo esconderijo logo após fazer algo que chama a atenção do país todo.

Mais uma vez demonstrando a Radal que não é mais o mesmo de antes, Dantena não reage àqueles insultos. Em vez disso, pergunta, simplesmente:

— Não ensinam em seu país que entrar sem ser convidado dessa forma na casa dos outros não angaria a simpatia de ninguém?

— Sim. Na verdade, estou contando com isso.

— Como assim? – Radal pergunta, franzindo o cenho.

— Como sabem, estou muito interessado em um certo artefato. Um que vocês tiveram a ousadia de mentir para mim dizendo que estava com a imperatriz.

— E acha mesmo que vamos ajudar você a recuperar essa coisa? – Dantena pergunta, com expressão irônica.

— Com tudo o que sei sobre você? Duvido muito.

Dantena estreita os olhos.

— Então o que está fazendo aqui?

— Distraindo vocês e ganhando tempo.

Neste momento, uma das paredes próximas começa a emitir um brilho avermelhado e Falco rapidamente se afasta dela, procurando abrigo atrás de uma coluna. No instante seguinte, a parede explode, lançando poeira e fragmentos de rocha para todos os lados. Os guardas são atingidos em cheio. Dois deles recebem golpes na cabeça e rosto e caem para trás, os demais conseguem permanecer em pé, mas o impacto da explosão e das rochas faz com que derrubem as armas.

Pelo buraco que se abriu na parede, Valena Delafortuna entra, liderando o que parece ser uma infinidade de soldados.

Então ela solta a voz, num tom que deixaria Sileno Caraman orgulhoso:

— Em nome de Verídia, eu ordeno que se rendam!

Capítulo 18:
Duro na Queda

O passado

— Então, está confirmado? – Valena perguntou, em um sussurro, enquanto segurava o capuz, para impedir que o vento frio lhe descobrisse o rosto.

— Eu não tenho dúvidas – respondeu o sargento Jeniliaro Lacerni, no mesmo tom, olhando, preocupado, para os dois lados do beco escuro. – Conversei com quase todo mundo no palácio e os relatos pintam um cenário bastante óbvio. Ele enviou um mensageiro para o deserto para buscar o que deveriam ser poções medicinais, foi pessoalmente receber o homem quando ele voltou e depois visitou várias vezes o curandeiro que cuidava da... daquela senhora. O curandeiro afirma que as poções estavam tendo um efeito surpreendente e a senhora já estava se sentindo muito mais forte. Infelizmente, ela pegou essa "febre misteriosa".

— O curandeiro não desconfia de que essas "poções" poderiam ter algo a ver com a febre?

— O homem descarta essa possibilidade como "bobagem".

Valena levanta a sobrancelha, inconscientemente imitando o gesto característico do general Nostarius.

— Ah, é? E com base em que ele afirma isso?

— Aparentemente, em nada. Ele acredita nisso com tanta convicção que se recusa sequer a pensar na possibilidade de estar errado. Aliás, percebi esse mesmo tipo de comportamento em muita gente por lá. Muitos tabus, muita mitologia, muitas alegações sem embasamento.

Valena sentiu um arrepio e cruzou os braços, incomodada.

— Sempre achei que isso fosse apenas impressão minha.

— Não é, não – ele suspirou e olhou para o chão.

— Ninguém desconfiou que o senhor estava... bisbilhotando o que não devia?

— Duvido. – Ele agora encarava as pontas dos próprios sapatos, quase invisíveis na penumbra. – Como eu trabalhei na investigação sobre os fatos ocorridos no dia do falecimento do imperador, a maior parte das pessoas já me conhecia. Com a alegação de "ter encontrado novas evidências", ninguém se importou de conversar comigo.

— Ótimo. Obrigado por tudo, sargento, eu vou tomar providências.

— Estou feliz que tenha entrado em contato comigo, mas tem uma coisa que eu ainda não entendi: por que eu? Quero dizer, você poderia pedir ajuda a quem quisesse, até mesmo à Guarda Imperial.

— Eu precisava de alguém em quem pudesse confiar. Alguém que me conhecesse antes de... antes de tudo isso.

Isso sem contar o fato de a Guarda Imperial estar... indisponível. Estavam constantemente ocupados desde a morte do imperador, envolvidos em "assuntos de Estado" que não compartilhavam com ela.

Os olhos azuis do sargento Lacerni analisaram os arredores mais uma vez, mas a escuridão da noite aliada à leve neblina não deixava ver nenhum movimento. As pessoas deveriam estar todas em suas casas, dormindo, àquela hora. Concluindo que não havia ninguém por perto, ele voltou a olhar para Valena.

— Você sabe algo sobre um certo aposento no subsolo? Um que parece ter guardas fortemente armados de vigília o tempo todo?

Valena franziu o cenho.

— Se refere ao laboratório alquímico? É o lugar mais bem protegido que eu conheço.

— Nosso homem e os... *colegas* dele estão fazendo visitas frequentes ao local ultimamente.

— Que interessante – disse ela, subitamente animada. – O que será que vou encontrar por lá?

— Por favor, tome cuidado, está bem?

— Não se preocupe, eu sei me cuidar. E já passou da hora de usar o treinamento que eu tive para algo útil. Obrigada por tudo.

— Não por isso. Agora é melhor você voltar, antes que alguém desconfie. Já está fora da cama há tempo demais.

— Sim. - Ela se virou e puxou o capuz para baixo, ocultando o rosto o máximo que pôde, antes de começar a se afastar, mas então parou e olhou para ele por sobre o ombro. – Sabe, eu tenho saudades da época em que o senhor me tirou das ruas. Por piores que as coisas fossem então, a vida parecia bem menos... complicada.

Ele deu um sorriso triste.

— Também tenho saudades. Mas você está destinada a um futuro muito mais glorioso do que o meu ou o de qualquer outra pessoa. Um pouco de complicação faz parte do pacote.

Com um sorriso, ela se virou, caminhando pela viela escura e desaparecendo na noite.

Jeniliaro Lacerni ficou parado ali por muito tempo, pensando no que fazer a seguir. Talvez fosse a hora de invadir o antro de ladrões e assassinos que ele descobriu na região sul da cidade havia algum tempo. Tinha certeza de que podia eliminar vários deles antes que alguém conseguisse lhe cravar um punhal no coração. Seria uma boa forma de morrer: enfrentando vilões contra os quais podia lutar.

Com a quase insuportável sensação de ser o mais desprezível dos homens pesando em seu peito, ele tomou a direção oposta à de Valena e foi embora.

◆ ◆ ◆

A noite mais intensa e trágica da vida de Valena se iniciou de forma promissora e excitante, no dia seguinte a seu encontro com o sargento. Não teve problemas em conseguir se apoderar de uma armadura e um elmo fechado que a permitiram andar pelos corredores do palácio fingindo ser um dos guardas.

Ela se sentiu estranha vestindo aquilo. O peitoral havia claramente sido feito para mulheres bem mais... volumosas do que ela, ficando frouxo e desconfortável. E o fato de ela passar por pelo menos duas patrulheiras que preencheriam perfeitamente aquela armadura lhe deu nos nervos. Nunca tinha realmente se dado conta de que existiam tantas mulheres tão agraciadas naquele departamento quanto a princesa de Chalandri.

Tomando cuidado para não chamar atenção, ela se esgueirou pelos corredores subterrâneos. Os guardas das masmorras, que conversavam animadamente, fizeram silêncio quando ela se aproximou. Valena levou dois dedos à têmpora, numa saudação jovial, que foi prontamente retribuída, antes de eles retomarem a conversa.

Com um suspiro de alívio, ela seguiu até a entrada do laboratório de alquimia. Um casal de soldados montava guarda, cada um de um lado da grande porta de madeira. Ambos eram altos e entroncados, provavelmente seriam adversários formidáveis numa luta. Valena fez uma pequena prece para que as coisas não precisassem chegar até aquele ponto.

Ela se postou diante deles e pediu para entrar. Ante a enfática negativa, Valena removeu o elmo, deixando que eles vissem seu rosto, antes de pedir licença novamente, com o máximo de educação que seu nervosismo lhe permitiu. Os soldados trocaram um olhar e assentiram um para o outro, antes de abrirem a porta para ela.

Adentrando na enorme sala, ela olhou para os lados, notando diversos artefatos e dispositivos especiais no chão, nas paredes e no teto. Havia diversas mesas de madeira, cobertas com toalhas brancas e ladeadas por pequenos bancos.

Tomou um susto quando ouviu as portas se fecharem atrás de si, com um estrondo. E foi a partir de então que o pesadelo começou.

Malnem Rianam entrou no aposento por uma porta lateral, seguido por um homem de baixa estatura, grossas sobrancelhas e queixo quadrado. A expressão satisfeita e nem um pouco surpresa do conselheiro lhe disse que havia caído em uma armadilha.

A conversa que teve com ele foi confusa. Devido ao nervosismo da situação e a tudo o que aconteceu depois, as lembranças de Valena são nebulosas. Sabe que havia perguntado sobre o envenenamento de Azelara e que Rianam confirmou que Dantena foi o responsável não apenas por aquela morte, mas por várias outras. Por fim, ela perguntou se ele também havia sido o responsável pela morte do imperador, ao que Rianam respondeu com uma risada sinistra.

Ela se lembra de ter desembainhado a própria espada e exigido que Rianam se entregasse, mas o outro homem que havia entrado no salão com ele tinha aproveitado sua distração para se esgueirar por trás dela e nesse momento a segurou pelo pescoço.

O contato das mãos dele com sua pele foi uma experiência terrível. Todos os músculos de seu corpo foram assolados com uma forte onda de dor enquanto seus membros se moviam de forma errática e ela tombava no chão, impotente.

Vários minutos se passaram até conseguir recuperar o controle sobre seu próprio corpo e se levantar, trôpega, olhando, assombrada, para o homenzinho que, de alguma forma, havia se transformado em uma mulher ruiva bastante parecida com ela, tendo até mesmo a marca da Fênix em seu rosto.

Rianam havia se apossado da espada de Valena e a apontava para o peito dela enquanto falava diversas coisas das quais ela não se lembra, pois a dor e o desconforto não permitiam que se concentrasse. Lembra apenas de que, quando o viu levantar a arma para aplicar o que seria um golpe fatal, os instintos dela entraram em ação, recordando todas as árduas lições de combate corpo a corpo com o general Lemara. Ela então reagiu, e houve uma breve luta, na qual conseguiu recuperar sua arma. Nesse momento, o homenzinho, ou melhor, a mulher na qual ele tinha se transformado, começou a lançar rajadas de fogo contra ela.

Se não fosse pela ardência em seus músculos, Valena tinha certeza de que poderia ter encerrado aquela batalha rapidamente, mas, nas condições em que estava, ela teve bastante dificuldade para conseguir sobreviver. Mesmo de armadura, acabou sofrendo vários cortes, arranhões e queimaduras. De qualquer forma, continuou tentando resistir até que Rianam a encurralou, encostando um punhal em sua garganta.

Nesse momento, as portas duplas foram derrubadas e vários soldados entraram, liderados pela coronel Dinares, da Província Central, e pelo coronel

Telarian, das Montanhas Rochosas. A surpresa de Rianam deu a Valena a oportunidade que precisava para reagir. Não é capaz de descrever como fez aquilo, a única coisa da qual pode se lembrar com clareza é da expressão de surpresa de Rianam quando ela lhe tomou o punhal das mãos, usando a arma para trespassar o coração dele.

Enquanto isso, sua cópia lutava contra os soldados. Valena se perguntaria depois como os coronéis souberam identificar o impostor, já que ele era quase uma cópia exata dela, mas ficou muito grata por aquilo.

Infelizmente, no entanto, aquele inimigo era demais para eles. Assumindo a Forma da Fênix, o impostor usou os poderes que havia, de alguma forma, copiado de Valena para lançar bolas de fogo em todas as direções, praticamente demolindo o laboratório e, com isso, ceifando a vida da maioria de seus oponentes.

Por muito pouco, Valena conseguiu sobreviver, ativando o que restava de seus poderes no último minuto e conseguindo assim se proteger do calor infernal. Infelizmente, não estava em condições de fazer muito mais do que aquilo, e quando sua cópia voltou a atenção para ela, pela segunda vez naquele dia, tinha achado que era seu fim.

Mas então os coronéis, que de alguma forma haviam sobrevivido, saíram de trás das mesas flamejantes e entraram em ação. Enquanto Telarian atacava o impostor, Dinares puxou Valena pelo braço e a conduziu por um buraco na parede, aberto por uma das explosões. Ela a levou por um caminho tortuoso que terminou em uma escadaria estreita. Sons de passos podiam ser ouvidos no corredor, indicando que estavam sendo seguidas.

As duas conversaram um pouco durante a correria, mas, posteriormente, Valena não se lembraria sobre o quê.

Subiram correndo as escadas, o peso da armadura se tornando cada vez mais insuportável, e deram de cara com uma porta de madeira, que a coronel pôs abaixo com a maior facilidade com um poderoso e sobre-humano golpe da maça que carregava. Em seguida, a oficial colocou um pergaminho na mão de Valena e a mandou correr para a ponte de vento no centro do pátio.

Ferida, assustada, confusa e frustrada por não conseguir usar seus poderes, Valena obedeceu, correndo o máximo que pôde, enquanto ignorava os olhares espantados das poucas pessoas que estavam por perto.

Pessoas que, aliás, fingiriam não se lembrar, posteriormente, de ver a imperatriz passar correndo por ali, provavelmente sendo coagidas a tal por Narode, para não comprometerem a narrativa de que Valena estava mancomunada com os atacantes.

Ao subir na plataforma e jogar o pergaminho no chão, ela olhou por cima do ombro. A última visão que teve foi da coronel voltando para dentro para enfrentar quem quer que fosse que estivesse atrás delas. Então a ponte se ativou e Valena foi parar muito, muito longe dali.

E assim teve início o seu longo exílio.

◆ ◆ ◆

O presente

Até o momento em que voltou a encarar Aumirai Dantena naquela antiga fortaleza escondida no coração das Montanhas Rochosas, Valena não tinha se dado conta de quão vazia e incompleta sua vida tinha se tornado desde aquele fatídico dia em que dois dos melhores oficiais do Exército Imperial sacrificaram a vida para permitir que ela escapasse do palácio.

Mesmo quando reassumira o trono, após a derrota de Demétrio Narode pelas mãos de Evander, ela nunca tinha se sentido livre e no comando da própria vida. O fato de os ex-conselheiros imperiais estarem à solta, controlando a maior parte do Império e tramando contra ela sempre foi uma espécie de sombra, uma nuvem de apreensão pairando sobre ela o tempo todo.

Agora, enquanto encara seus inimigos, tendo seus mais confiáveis aliados a seu lado e as leais tropas imperiais atrás de si, ela sente, pela primeira vez em mais de um ano, que finalmente está retomando as rédeas de sua vida.

— Em nome de Verídia, eu ordeno que se rendam!

Suas palavras causam três reações bastante diferentes.

Eliar Radal olha de Valena para Dantena, nitidamente confuso e amedrontado, sem saber direito o que fazer.

Odenari Rianam encara Valena com olhos arregalados, mas depois de um instante sua expressão muda radicalmente, um enorme sorriso surge, como se estivesse... aliviada?

Por mais estranha que a reação daqueles dois fosse, Valena não lhes dá muita atenção, preferindo avaliar com cuidado o mais perigoso deles.

Dantena demonstra surpresa, a princípio, mas depois estreita os olhos.

— Pretendíamos deixar você viver por mais algum tempo, fedelha, mas já que decidiu nos agraciar com sua presença, podemos terminar com isso agora mesmo.

Cerca de uma dezena de soldados usando turbantes e os tradicionais uniformes vermelhos das Rochosas entra no salão pela grande porta logo atrás de Dantena e toma posição diante dele, de armas em punho, enquanto os outros que haviam sido derrubados pela explosão da parede se levantam.

Ao lado de Valena, Leonel Nostarius leva a mão ao cabo da espada e brada:

— Ao meu sinal!

Quando o mais famoso, respeitado e reverenciado general de todos os tempos dá uma ordem, todo veridiano digno de sua nacionalidade obedece. Incluindo a própria imperatriz.

Valena conjura sua lâmina flamejante e aguarda, encarando seus oponentes com confiança e determinação. A seu lado, Sandora, Gram e Valimor retesam o corpo, prontos para a batalha. A capitã Imelde e sua tropa preparam suas armas, assim como os demais soldados atrás deles.

— Ataquem! - Dantena grita, num tom furioso.

Os *montanos*, como eram chamados os habitantes das Montanhas Rochosas, conjuram todas as suas mais poderosas habilidades místicas, o salão fervilhando de energia, enquanto inúmeros tipos diferentes de construtos são formados e lançados na direção dos soldados imperiais.

— Agora! - Leonel exclama, enquanto desembainha a espada e a move com violência num golpe em diagonal, cortando o ar à sua frente, a lâmina percorrendo um semicírculo quase perfeito.

Quase que imediatamente, todos os construtos gerados pelos montanos se dissipam, como se fossem meras velas acesas sendo apagadas por um vento forte.

Sem aguardar nova ordem, Valena e seus aliados avançam, iniciando uma acirrada batalha.

O salão é grande demais para que a aura de Sandora possa proteger a todos. Por mais que ela se esforce para tomar posições estratégicas, não há como evitar que ocorram fatalidades, e elas acontecem. De ambos os lados. Não há o que fazer além de terminar com aquilo o mais rápido possível, então a *Bruxa* trata de usar todos os seus poderes sombrios para paralisar ou incapacitar o maior número possível de montanos.

Valena não tem espaço para invocar a Forma da Fênix no meio daquela confusão toda, então tem que confiar em sua espada – herança do imperador Caraman – e no treinamento que havia recebido da Guarda Imperial.

Valimor luta a seu lado, lançando a ela um ou outro olhar ocasional, num clima carregado de camaradagem e desafio. Sim, ele está ali por ela. Mas, ao mesmo tempo, também a instiga. Por mais inapropriado que aquilo seja, ela *quer* impressionar o homem, mostrar que está no mesmo nível que ele, que é digna de sua atenção. É difícil interpretar as expressões dele quando está em sua forma demoníaca, mas algo no leve sorriso arrogante daquele rosto lhe diz que ele se sente da mesma forma.

Gram avança por entre as tropas inimigas como uma força da natureza, cruzando o campo de batalha com incrível rapidez e atacando os soldados mais afastados, impedindo que lancem encantamentos que possam virar a batalha em favor dos montanos.

Valena se surpreende ao notar Falco Denar em meio à batalha, lutando lado a lado com a tropa da capitã Imelde. O acordo que tinham com ele determinava apenas que os ajudassem a entrar na fortaleza. Ele próprio havia afirmado que depois daquilo seguiria seu caminho. Ao invés disso, no entanto, lá está ele, lutando com determinação usando uma estranha, mas bastante eficiente, técnica de combate com uma espada curta.

Dantena, Radal e Odenari ficam juntos próximo à porta frontal do salão, protegidos por dois soldados que mantêm um escudo místico forte o suficiente para repelir os ataques dos veridianos, bem como impedir até mesmo a aproximação de Gram.

Em certo momento, Valimor agarra dois oponentes pelo pescoço e bate a cabeça de um contra a do outro, fazendo com que ambos caiam inconscientes, e olha na direção dos conselheiros. Aproveitando que o caminho está livre, ele corre para lá e desfere um poderoso soco no escudo semitransparente. Valena e Sandora tentam ir na direção dele, mas são impedidos pela aproximação de uma nova leva de soldados montanos.

Alguns dos recém-chegados tentam atacar Valimor pelas costas, mas Gram colide com eles a grande velocidade, lançando os pobres homens a vários metros de distância.

Vendo que seus socos não têm efeito sobre a barreira, Valimor encosta a mão nela e ativa seus poderes cinéticos, uma aura púrpura envolvendo toda a extensão da barreira. Dantena e os outros que estão lá dentro sentem o chão tremer quando ele, de alguma forma, agarra a aura energética e começa a levantar a esfera avermelhada que havia se formado, com todo mundo dentro dela.

Dantena então pega algo do bolso, mas é surpreendido por Odenari, que avança sobre ele e toma o objeto de suas mãos. Dantena grita e tenta lutar com ela, mas não consegue impedir que ela aponte aquilo na direção de Valimor.

Imediatamente, o demônio se imobiliza e sua aura púrpura desaparece. Depois de um momento, ele leva ambas as mãos à cabeça e solta um urro, numa demonstração de sofrimento tão grande que faz com que o coração de Valena dê um salto.

Com um grito de frustração, ela redobra seus esforços para tentar derrubar logo os três soldados que bloqueiam seu caminho. Pelo canto do olho, ela percebe quando Valimor retorna à forma humana parecendo sentir muita dor. E fica imensamente grata quando vê Gram colocando o homem sobre um ombro e correndo com ele para longe.

Ela tinha acabado de nocautear seu último oponente quando é agarrada pela cintura pelo chicote negro de Sandora e puxada para trás com força, caindo no chão ao lado da *Bruxa*. Então uma bola de fogo atinge o lugar onde ela estava antes e explode com violência, abrindo um grande rombo no chão e lançando fumaça e pedaços de pedra para todos os lados. Após se levantar, ela olha para Sandora, resmungando um agradecimento, e percebe que os olhos da outra estão levemente arregalados e fixos em alguma coisa à sua frente.

Seguindo o olhar dela, Valena percebe que Dantena está começando a fazer algum tipo de invocação por trás da barreira. Sente um arrepio na espinha e, instintivamente, olha para trás, na direção de Leonel Nostarius. Mesmo com toda a confusão, o governador encontra seu olhar e assente de leve, antes de embainhar sua espada e retesar o corpo, como havia feito no início da batalha, fechando os olhos e tentando se concentrar.

O grupo da capitã Imelde imediatamente se coloca diante dele para dar cobertura. O sargento Beni Parentini brande o pesado Escudo do Expurgo – que havia sido reconstruído pelos sábios de Mesembria, usando uma técnica sugerida por Sandora –, defletindo os ataques que vêm na direção de Leonel, enquanto os demais focam na ofensiva.

— Vamos! – Sandora grita, avançando. Valena a segue, conjurando pequenos jatos de fogo na direção dos olhos dos soldados inimigos que estão no caminho, o que os distrai por tempo suficiente para as duas conseguirem passar por eles.

Ao chegar perto o suficiente de Dantena, Sandora tenta usar seus poderes para atacar, mas o escudo místico frustra completamente seus esforços, seu chicote ricocheteando na barreira sem ter nenhum efeito.

Então Valena percebe algo surpreendente. Radal e Odenari discutem com Dantena, que parece não dar ouvidos a nenhum dos dois. Então, de repente, ambos dão as costas a Dantena e... começam a atacar os soldados que mantêm o campo de proteção ativo.

Ao ver os dois montanos que o protegiam caírem, inconscientes, e notar a aproximação de Valena, Sandora e diversos soldados, Dantena pragueja, antes de tirar algo do bolso e jogar no chão com força. Uma intensa onda de choque se forma diante dele, atingindo todo mundo, inimigos e aliados, incluindo Radal e Odenari, arremessando a todos para além da metade do salão.

Quando volta a se levantar, Valena vê que Dantena leva uma das mãos ao peito enquanto levanta a outra na direção deles. Uma imagem fantasmagórica surge ao redor dele, algo similar a uma árvore, que logo se metamorfoseia em uma espécie de concha de caramujo gigante.

A flutuação tem uma energia tão intensa que até mesmo Valena consegue sentir. Sandora, que tem uma sensibilidade extremamente maior que a dela, curva o corpo de leve, levando a mão ao peito, como se estivesse sentindo dor física devido à intensidade da emanação. Não é difícil adivinhar o que Dantena está ativando. Não depois das explicações da *Chata de Galocha*.

— É a *Godika Geonika*. Ele quer matar todo mundo!

Sandora assente, aparentemente sem conseguir falar.

Neste momento, a voz autoritária de Leonel Nostarius chama a atenção de todos.

— Corredor!

Os soldados imperiais que estão diante dele imediatamente entendem a ordem e obedecem, saindo da frente. O aspirante Iseo Nistano se adianta, fundindo um pequeno simulacro brilhante a seu martelo de batalha, um segundo antes de desferir um forte golpe no chão, gerando uma onda de choque que abre caminho pelo salão, rompendo o piso rochoso e lançando para os lados amigos, inimigos e até mesmo aqueles que estavam inconscientes.

Dantena chega a esboçar um sorriso vitorioso quando a poderosíssima emanação mística do artefato começa a brilhar, iniciando o fenômeno que erradicaria todo e qualquer ser vivo em uma área cônica com centenas de metros de comprimento.

As décadas de treinamento e experiência do ex-general Nostarius, no entanto, levam a melhor. Ele novamente desembainha sua espada, mas desta vez o faz durante um movimento de *arrancada*, correndo em uma velocidade sobre-humana pelo caminho aberto por Iseo. No que parece um piscar de olhos, ele atravessa o salão como um borrão, e no instante seguinte está atrás de Dantena, a mão direita segurando a espada apontada para cima, encravada na imagem fantasmagórica do caramujo.

A flutuação então começa a diminuir de tamanho até desaparecer, toda a emanação mística flutuando ao redor da lâmina por algum tempo e finalmente sendo totalmente absorvida por ela.

Valena e os demais começam a avançar na direção de Dantena, que olha para as próprias mãos, confuso, como se não acreditasse no que está acontecendo.

— Não! Isso não pode acabar assim! Isso *não vai* acabar assim!

Ao ver que os soldados veridianos se aproximavam, ele corre na direção da porta, onde um certo homenzinho de largas sobrancelhas e queixo quadrado o aguarda.

— Parem! – Valena grita, estreitando os olhos ao reconhecer o sujeito.

Bem treinados, os soldados imediatamente obedecem e ficam de prontidão, enquanto o homenzinho pronuncia algumas palavras e começa a sofrer uma metamorfose bastante familiar. Em poucos segundos, ele se transforma em uma cópia quase idêntica da versão demoníaca de Valimor.

Então ele dá um salto, tocando com o punho cerrado uma grande viga que sustenta o teto. A enorme peça de madeira é envolvida por uma aura púrpura. Ao cair, é como se ele estivesse puxando o teto abaixo. A viga se parte ao meio e, sem ela, a estrutura toda começa a ruir. O infeliz ainda consegue dar um salto para trás antes da avalanche de pedras e pedaços de madeira começar.

Leonel Nostarius é obrigado utilizar um novo movimento de arrancada para poder se salvar do desabamento, mas, devido ao cansaço e ao pouco tempo de preparação, aquela acaba não sendo uma manobra precisa, muito menos elegante. Ele se choca violentamente contra o corpo da capitã Imelde e os dois se espatifam no chão.

Dois dos soldados imperiais reagem, materializando colunas de energia para sustentar as outras vigas e assim impedir que todo o castelo venha abaixo, soterrando a todos. Com isso, o perigo mais iminente é neutralizado, mas o caminho por onde Dantena fugiu está completamente bloqueado pelos escombros.

Enquanto isso, Radal, Odenari e o restante dos soldados montanos são cercados pelos veridianos.

— Acabou! – Radal diz a seus aliados, enquanto levanta os braços, em sinal de rendição. Os soldados imperiais não perdem tempo e prendem a todos com algemas.

Leonel se levanta com a ajuda de Beni, lançando um olhar de pesar a Laina.

— Sinto muito, capitã.

— Ah, ela está bem, não precisa se preocupar, governador – Beni diz, sorrindo. – Garanto que vai passar *anos* se gabando de ter sido ela a amortecer a sua queda.

Laina, que levava a mão à cabeça, ainda um pouco zonza, solta um riso fraco e olha para Beni.

— Também posso te colocar durante anos em dever de guarda por insubordinação, sabia?

O sorriso dele se amplia.

— Teria valido a pena.

Alguns soldados se ocupam em carregar os feridos ou desacordados para fora. Vendo que a situação ali parece sob controle, Valena se vira para um oficial.

— Tenente, desbloqueie aquela porta ou faça outra, exploda a parede, não me importo; apenas abra caminho!

Enquanto o tenente se apressa em obedecer, chamando alguns de seus subordinados para ajudar, Valena olha na direção de Valimor, que naquele momento aceita a ajuda de Gram para se levantar.

— Você tem que entregar isso para ele! – Odenari grita, enquanto Alvor a segura com firmeza, mantendo seus braços atrás das costas.

Valena olha na direção da viúva de Rianam e cerra os punhos.

— O que fez com ele?

Com uma das mãos, Alvor joga um pequeno cristal na direção de Valena, que agarra o pequeno objeto no ar com facilidade.

— Ela afirma que isso aí pode ajudar – explica ele.

Valena lança um breve olhar ao cristal azulado antes de encarar a mulher.

— E por que eu acreditaria em você?

— Radal! – Sandora vai até o ex-conselheiro, que é firmemente segurado por Loren. – O que significa tudo isso?

O homem engole em seco.

— Não era eu. Não era eu! Vocês têm que acreditar, não era eu!

Valena franze o cenho e abre a boca para exigir algumas respostas, mas se interrompe ao ver lágrimas escorrendo livremente dos olhos dele.

— O que quer dizer com isso? – Sandora exige.

— Narode! Ele fez algo com a minha cabeça! Com a de todo mundo! Tudo o que eu fiz... – Ele olha para Odenari, que continua resmungando algo sobre Valimor precisar do cristal – Tudo o que nós fizemos...

— Como é?! – Valena exclama, cética. – Vai dizer que se livrou do controle dele justo agora?! Um tanto conveniente isso, não acha?

— Eu não sei! Não entendo o que houve! Só sei que eu caí em mim quando vocês chegaram...

— O cristal! – Odenari começa a gritar e a se debater histericamente. – Tem que dar o cristal para ele! Me solta! Se demorar muito vai ser tarde demais.

Alvor pega um pedaço de tecido e enfia na boca dela, o que reduz seus gritos a gemidos abafados.

— Não! – Radal se exalta, num tom de voz preocupado que Valena nunca tinha presenciado antes. – Não faça isso! Por favor, ela é inocente! Ela está dizendo a verdade! Não façam isso com ela! Ela não merece isso! Não depois de tudo!

Valena percebe que a *Bruxa* olha de Radal para Odenari com expressão séria. Será que Sandora acredita mesmo naquela baboseira?

— Eu nunca conseguiria chegar até Dantena se esses dois não tivessem baixado o escudo – intervém Leonel Nostarius, tão exaurido que precisa da ajuda de Beni para se manter em pé.

Valena olha mais uma vez para o cristal em sua mão e depois para Valimor, que se aproxima dela devagar. Nunca o tinha visto com uma aparência tão... vulnerável antes. Tem um olhar atormentado, e seus músculos tremem, o peito e o abdômen descoberto brilhantes de suor.

Por fim, ele estende a mão e tira o cristal de suas mãos. Imediatamente, uma espécie de espasmo percorre o corpo dele, e Valena o vê desabar no chão, segurando o objeto com força contra o peito.

Ela ajoelha ao lado dele e tenta alcançar suas mãos, mas ele não permite, cerrando os punhos com ainda mais força contra o peito e virando de lado, tentando se afastar dela. Valena pensa em insistir, mas é impedida por Sandora, que a segura pelos ombros com força.

— Melhor se afastar.

— Me largue! Vai dizer que você acredita nessa *macno la'aan*?!

— Minha aura de proteção! Você sabe que ela pode livrar pessoas de controle mental!

Vendo que os tremores de Valimor começam a diminuir, Valena para de se debater e fica apenas olhando para ele, aflita. Por fim, ele parece relaxar, ainda mantendo a mão que apertava a pedra firmemente pressionada contra o peito enquanto o ritmo de sua respiração vai diminuindo.

Valena se volta para Sandora.

— Você sabia de alguma coisa sobre isso? Você sabia! Por isso passou tanto tempo naquela masmorra! Não estava preocupada só com Valimor, estava tentando influenciar esses dois também! Por que não me disse nada?

— Eu *não sabia de nada*. Apenas senti que tinha algo errado, fiquei por perto para tentar descobrir o que era, mas não tive sucesso.

— Só pode ser brincadeira! – Valena exclama, balançando a cabeça. Olhou mais uma vez para Valimor, que parece tão fraco e vulnerável ali. - Estão me dizendo que esses *kuwa wax burburiya* são... inocentes?!

— Por favor, não machuque ela! – Radal implora para Alvor, que aperta os lábios, desconfiado, mas remove a mordaça improvisada, permitindo que Odenari volte a respirar normalmente. – Ela não merece, não depois de tudo que nós... do que *eu* fiz com ela...

O tom desesperado e quase delirante do homem chama a atenção da Sandora, que olha para ele, estreitando os olhos.

— O que vocês fizeram com ela?

— Narode... odiava mulheres. Especialmente as mais poderosas. Odenari, Pienal e Gerbera... - Ele fechou os olhos e balançou a cabeça, como se não suportasse o peso do que estava dizendo. – Elas... elas se foram... há muito tempo... nenhuma alma ficaria sã... depois de tudo o que... fizemos com elas.

— Solte ele! - Sandora ordenou a Loren, que obedece sem hesitar ao ver o olhar no rosto da *Bruxa*.

Valena abre a boca para perguntar que raios ela pensa que está fazendo, mas não há tempo para isso, pois no instante seguinte Sandora levanta a mão e um construto místico em forma de cauda de escorpião brota do chão, empalando o corpo de Radal, apesar de não o ferir, pelo menos não fisicamente. Depois de um segundo, o ferrão desaparece como se nunca tivesse existido e o ex-conselheiro cai no chão, completamente inerte.

Sandora olha na direção de Alvor, que trata de soltar Odenari e se afastar. Repetindo o gesto de mão, a *Bruxa* realiza novamente a conjuração, fazendo com que a mulher também caia, inconsciente.

— Levem os dois para fora – Sandora diz para a capitã Imelde, que assiste a tudo com expressão de perplexidade. – Mantenham os dois completamente imobilizados. E alguém precisa ficar atento a eles o tempo todo. Não podemos prever o que eles farão nessas condições.

Laina lança um breve olhar a Valena antes de se voltar para seus subordinados e gesticular na direção do casal desacordado no chão.

Enquanto Beni, Alvor, Iseo e Loren carregam Radal e Odenari para fora, Valena encara Sandora.

— Acha que podem causar problemas?

— Não, eu só... – Ela sacode a cabeça, inusitadamente sem palavras.

— Você fez a escolha certa – diz Leonel a Sandora. – Eles estão abalados demais, muito alterados, sem condições de responder perguntas. Vamos deixar eles descansarem, o interrogatório pode ficar para mais tarde, quando as coisas se acalmarem.

— Não quero mais ninguém morrendo por minha causa.

Sandora diz aquilo num tom de voz tão baixo que Valena quase não consegue ouvir. Ia perguntar o que ela queria dizer com aquilo, mas se esquece de tudo ao ver Valimor se colocando de joelhos. Ele abre as mãos e deixa cair um punhado de pó esbranquiçado, que aparentemente é tudo o que resta do cristal azulado.

Gram o segura pelos ombros e o ajuda a se levantar. Valimor olha para a *Sinistra* e dá a ela um breve sorriso de gratidão.

— Você está bem? – Valena pergunta.

— Memórias... voltando – responde ele.

Ela aponta para a pilha de pó no chão.

— Era aquilo que eles usavam para controlar você?

Ele assente e olha para ela de uma forma terna.

— Era parte minha... que estava faltando. Livre agora.

A expressão dele é de dor e exaustão. Valena então se lembra da habilidade que utilizou por instinto quando encontrou Evander pela primeira vez. A habilidade que o imperador a havia ajudado a desenvolver, mas que nunca tinha precisado usar antes.

Ela levanta a mão e o toca no peito. Uma emanação mística em forma de chamas surge no ponto de contato. Ele arregala os olhos, surpreso, mas não se move, enquanto as labaredas azuis e vermelhas crescem, cobrindo seu corpo todo em poucos segundos.

Depois de alguns momentos, a energia se dissipa e ele olha para as próprias mãos, surpreso. Então aperta os punhos com força, voltando a assumir a forma demoníaca.

Valena tem que se esforçar para evitar soltar uma exclamação de alívio. Foi muito mais difícil ativar aquele poder do que se lembrava. Não tem certeza se poderia usar aquilo de novo tão cedo. Mas parece ter funcionado perfeitamente, todos os traços de exaustão e esgotamento de Valimor haviam se esvaído.

Nunca imaginou que um dia poderia ficar tão feliz em ver o homem assumir aquela aparência assustadora. Pensa em perguntar novamente se ele está bem, mas muda de ideia ao encarar aqueles olhos vermelhos.

— Alguém vai sofrer – ele diz, com uma raiva e uma determinação que ela ainda não tinha visto.

— Você também já encontrou com aquele transmorfo antes.

— Sim.

— Você o conhece? – Sandora pergunta a Valena.

— Sim. Ele drena poderes das pessoas. Ou copia, sei lá. Tentou me matar com minhas próprias habilidades uma vez.

— Ele é só um idiota supersticioso que gosta de fazer drama – comenta Falco, caminhando na direção deles com um sorriso arrogante.

Sandora olha para ele de cenho franzido.

— Por que ainda está aqui? Já cumpriu sua parte, está livre agora.

— Ainda não consegui o que eu quero.

— E por que acha que ajudaríamos você a conseguir o que quer que seja? – Valena questiona.

Ele sorri.

— Se quer saber, me ajudaram bastante até agora. – O sotaque dele está bastante pronunciado, muito parecido com o da princesa Joara quando ficava excitada ou nervosa. Valena não sabe dizer se aquilo é um bom ou mau sinal. – Não só me deram o prazer de ver aquele verme metido a chefão fugir com o rabo entre as pernas como tiraram o brinquedinho favorito dele. Além de colocarem aqueles dois capachos dele para dormir. Eu desejava ver uma cena como essa há… – ele se interrompe de repente, como se pesasse o que está dizendo – muito tempo.

— Ainda está sob efeito do feitiço, não se esqueça disso – avisa Valena. Ela não gosta nem um pouco de usar esse tipo de subterfúgio, mas esse homem a atacou, provavelmente com intenções assassinas, então havia autorizado aquilo como medida de segurança.

— Não esquente essa cabecinha vermelha, princesa. Não é você quem eu quero. – Ele a olha de cima a baixo. – Pelo menos não agora. Mas quem sabe...

Ele não tem tempo de terminar o que ia dizer, pois as garras de Valimor se fecham ao redor de seu pescoço e ele é levantado do chão com assustadora facilidade.

Neste momento, um estrondo ocorre na frente do salão. Os soldados finalmente tinham conseguido abrir um rombo na parede.

— Vamos! – Sandora exclama, começando a caminhar, decidida, naquela direção. Valimor solta Falco e o encara com frieza durante um momento, antes de seguir atrás da *Bruxa*, ao lado de Gram.

Falco fica encarando Valimor pelas costas, enquanto massageia o pescoço, com um sorriso presunçoso no rosto, parecendo muito satisfeito consigo mesmo. Então vai atrás deles.

Valena se vira para Leonel, que parece fraco e indisposto, e levanta a mão, silenciosamente pedindo para que permaneça onde está.

— O Império está, mais uma vez, em dívida para com o senhor. Provavelmente não teríamos sobrevivido a essa batalha sem sua ajuda. – Ela faz uma breve pausa, antes de levar a mão à testa, num gesto de continência. – Seu trabalho está concluído, senhor. Pode ficar tranquilo que podemos assumir a partir daqui.

Leonel a encara por alguns instantes. O olhar dele desvia para a direção de Sandora por um momento, mas então ele parece se decidir e retribui o gesto da imperatriz, antes de se afastar, caminhando para os fundos do salão com alguma dificuldade, mas recusando a ajuda oferecida pelos oficiais que estão por ali.

Valena então corre para alcançar os outros. É hora de acabar com isso. Definitivamente.

Capítulo 19:
Ponta de Lança

O passado

Confusa, assustada, sentindo dor e ardência por todo o corpo devido às queimaduras e ao trauma sofridos, Valena olhava a paisagem a seu redor, enquanto tentava recuperar o fôlego. A ponte de vento tinha enviado Valena para um local remoto, uma espécie de ilha isolada entre dois braços de um grande rio. Completamente alheia à beleza natural do lugar, ela cruzou os braços, abraçando o próprio corpo enquanto lutava para controlar a respiração, sentindo o coração bater, descompassado, em seu peito.

Ela olhou para baixo e percebeu imediatamente que aquela tinha sido uma viagem só de ida: a plataforma estava perdendo a cor esverdeada rapidamente, o encantamento místico se dissipando e as pedras voltando a assumir seu aspecto natural. Não poderia voltar ao palácio por aquela ponte. E, da mesma forma, ninguém seria capaz de vir atrás dela, seja lá onde quer que estivesse. Mas, no estado em que se encontrava, saber daquilo não era, nem de longe, suficiente para lhe acalmar os nervos, e ela tratou de sair correndo, tentando colocar a maior distância possível entre si mesma e a plataforma arruinada. A pesada armadura metálica parecia cada vez mais claustrofóbica.

Cansada e ferida, não se sentia em condições de enfrentar outra batalha, a mera ideia lhe causando um arrepio de medo e apreensão. Que *qeylinta* tinham feito com ela? Nunca se sentira daquele jeito antes. Fraca. Impotente. Patética.

Mas então, como se para zombar de seu precário estado emocional, uma figura grande e peluda saiu de trás das árvores, bloqueando seu caminho. Do lado dela apareceu outra e depois mais outra.

Valena parou e ficou estudando as monstruosas criaturas por algum tempo, o coração martelando no peito. Subitamente sentiu uma vontade quase incontrolável de rir. Seria aquilo algum tipo de sonho? Estaria ela deitada em sua cama na torre? Fazia mais sentido do que ter sido quase morta por um dos conselheiros imperiais, depois por uma cópia de si mesma, e agora estar encarando o que pareciam ser três gigantescos ursos dotados de chifres e dos maiores dentes e garras que ela já tinha visto.

Um dos monstros soltou um urro feroz e avançou na direção dela, atacando com uma das garras. Valena tentou se esquivar, mas não foi rápida o suficiente e acabou sendo atingida, o peitoral metálico sendo rasgado como se não fosse mais do que um tecido velho. Foi assolada por uma dor forte e caiu para trás, instintivamente levantando uma das mãos e invocando um leque de chamas na direção da criatura.

Para falar a verdade, ela ficou surpresa consigo mesma por conseguir encontrar energia para fazer aquilo.

O monstro tentou usar as garras para se proteger e urrou novamente, ao sentir os pelos de suas patas começando a queimar. Num ato instintivo, ele se jogou no chão e começou a rolar sobre as folhas secas, tentando apagar o fogo, enquanto os dois companheiros dele assistiam à cena, parecendo confusos.

Depois de se arrastar um pouco pelo chão, na tentativa de se afastar deles o máximo possível, Valena se levantou com dificuldade, sentindo o cheiro de fumaça dominar o ar. Ao tentar apagar o fogo do próprio corpo, o monstro tinha incendiado as folhas secas, que agora começavam a arder, as chamas se espalhando rapidamente. De forma desajeitada, ela tratou de sair correndo, com a máxima velocidade que seus músculos exauridos lhe permitiram. Os monstros rugiram novamente e saíram em disparada atrás dela, tendo o cuidado de evitar a área em que o fogo consumia folhas e galhos secos. Aquilo lhe deu alguns segundos de vantagem, mas nem de longe o suficiente.

À direita dela havia o rio. Talvez conseguisse fugir, se pudesse atravessar para o outro lado, mas tinha certeza de que não teria forças para nadar, ainda mais vestindo aquela armadura. Seu peito doía para *jiniyo*. Olhando para baixo, ela viu o sangue escorrendo, abundante, pelas frestas da armadura onde as garras a haviam atingido. Não conseguiria se manter em pé por muito tempo. Fugir não era opção.

Com pernas não muito firmes, caminhou até a base de um barranco e olhou para cima. A encosta rochosa tinha quase dez metros de altura. Provavelmente conseguiria escalar, se tivesse tempo para isso. Mas os rugidos e os sons de passos atrás dela lhe diziam que aquilo também não era uma opção.

Ela então fechou os olhos e expirou com força, tentando mais uma vez invocar a Forma da Fênix. Ela havia tentado aquilo, sem sucesso, pelo menos umas cinco vezes desde que aquele homenzinho lhe roubara os poderes. Felizmente, parte de sua energia já tinha retornado e as asas flamejantes surgiram em suas costas.

O barulho de passos parou e ela concluiu que os monstros deviam ter se assustado ao ver o fogo. Mas não havia tempo para olhar para trás. Ela moveu as asas com o máximo de força que conseguiu e viu o paredão rochoso se movendo para baixo, enquanto ganhava altitude. Infelizmente, no entanto, ainda estava muito fraca e as asas logo começaram a se dissipar contra sua vontade. Ela usou suas últimas forças para se impulsionar para a frente, e quando chegou ao topo do barranco, caiu, rolando pelo chão pedregoso lá de cima.

Com dificuldade, ela se sentou e desprendeu o peitoral da armadura. O corte em seu peito era profundo. Tinha que dar um jeito nele. E rápido. Ela olhou para as próprias mãos por alguns instantes, avaliando a energia que ainda lhe restava. Habilidades de cura não faziam parte dos poderes concedidos pela Fênix. Só havia uma coisa que poderia fazer.

Ela pegou um galho seco do chão e colocou entre os dentes.

Os gritos de dor que ela soltou nos instantes seguintes puderam ser ouvidos por toda a floresta.

◆ ◆ ◆

Muito tempo depois, ela caminhava, com dificuldade, por uma trilha da floresta, quando parou, surpresa, quase não acreditando no que via.

Uma cabana. Escondida entre as árvores. *Que raios?*

De qualquer forma, desesperada por um abrigo, ela não pensou duas vezes antes de se aproximar da construção, feita de toras rústicas de madeira, e forçar a porta, que se abriu, mostrando um interior bem cuidado. Alguém devia morar ali. Não que aquilo importasse no momento.

Ela tratou de entrar na construção e trancar a porta, antes de ir até as janelas e verificar se estavam todas bem fechadas. Então ficou olhando ao redor, tentando acostumar os olhos à penumbra. Raios de sol entravam por algumas frestas na parede, iluminando de forma suave o ambiente, onde havia uma pequena lareira, um armário com potes e panelas, uma mesa, um pequeno banco e uma plataforma de madeira, sobre a qual havia um modesto colchão de palha.

A cama improvisada pareceu atrair seu corpo com uma força irresistível. Com uma careta de dor, ela se deitou sobre o colchão e fechou os olhos, soltando um suspiro. Os ferimentos em seu peito estavam cauterizados e não sangravam, mas o desconforto era grande. Mal conseguia mover o braço esquerdo sem sentir pontadas angustiantes.

O que, afinal, estava acontecendo? Teriam mandado ela para aquele local para ser morta por monstros? Estaria a coronel Dinares recebendo ordens dos conselheiros imperiais? Em quem poderia confiar? O que faria agora?

Apesar do desconforto, o cansaço acabou vencendo, e ela caiu no sono. Quando acordou, a tarde já estava dando lugar ao anoitecer.

Explorando o armário, ela encontrou comida e água, mais uma prova de que alguém devia viver ali. Ela então tratou de matar a fome e a sede, antes de voltar a se acomodar sobre o colchão e cair novamente num sono profundo.

Ao acordar, na manhã seguinte, constatou que se sentia um pouco melhor. O peito continuava doendo absurdamente, mas ao menos a fraqueza que tinha se abatido sobre ela quando o homenzinho a tocara havia desaparecido.

Depois de uma breve escapulida para fora da cabana para atender ao chamado da natureza, ela fez mais uma inspeção no interior da construção e encontrou algumas roupas, além de uma velha cota de malha, botas e um elmo aberto. Surpreendentemente, tudo ali era de seu tamanho e ela pôde se livrar da armadura e das roupas queimadas e ensanguentadas que estava usando.

Com medo de ser reconhecida, ela enrolou uma faixa na cabeça, de forma a esconder sua face direita e, com ela, a marca da Fênix. A atadura era desconfortável e precisava ser ajustada constantemente para não cobrir o olho, mas ao menos manteria sua identidade em segredo caso encontrasse alguém.

Nos potes ela encontrou também um malcheiroso unguento medicinal, que tratou de aplicar sobre os ferimentos do peito. Aquilo pareceu queimar a pele, mas ela tratou de apertar os dentes e aplicar uma generosa porção daquilo antes de enfaixar tudo, com dificuldade. Melhor aguentar aquilo do que correr o risco de perder os seios, já que o monstro havia feito cortes profundos na parte superior deles.

Ela se esforçava ao máximo para não pensar em quão horrendas as cicatrizes ficariam. Acabaria louca se, além de tudo o que estava passando, desse ouvidos à sua vaidade ferida naquele momento.

Vestindo a cota de malha, que era um pouco mais leve que a armadura com a qual chegou ali, ela se sentiu pronta para sair. Mas então um brilho no canto chamou sua a atenção e ela foi olhar mais de perto, encontrando uma espada longa, velha e gasta, mas bem cuidada e afiada.

Decidindo levar a arma consigo, ela prendeu a bainha na cintura e saiu da cabana. E deu de cara com os monstros que a haviam atacado no dia anterior.

O ferimento em seu peito doía e ela mal conseguia mover um braço, mas o sono e a comida haviam restaurado boa parte de suas energias. Quando as criaturas atacaram, ela não teve nenhuma dificuldade em invocar sua lâmina flamejante e suas habilidades de aumento de força. Em poucos minutos, as monstruosidades foram derrotadas.

Ela ficou surpresa ao perceber que os monstros se desintegravam ao serem mortos, formando pequenas pilhas de pó branco no chão.

No entanto, não tinha tempo para se preocupar com aquilo, precisava sair dali.

Chegando a uma colina, ela olhou à distância e percebeu que o incêndio que havia provocado no dia anterior não tinha se propagado muito, provavelmente devido ao solo pedregoso. Ótimo. Não havia mais nenhum assunto pendente por ali, era hora de procurar por civilização.

Dessa vez foi muito mais fácil invocar a Forma da Fênix. Ela sobrevoou o lugar por alguns minutos, até estar certa de que conseguiria manter os poderes ativos por tempo suficiente, e então ganhou altitude, deixando aquele lugar para trás.

◆◆◆

Não levou muito tempo para Valena encontrar uma pequena vila. Também não demorou a descobrir que toda aquela região estava sob ataque. Diversas espécies de monstros perambulavam pelas florestas, caçando pessoas e animais.

Unindo forças aos aldeões que lutavam para salvar suas vidas e lavouras, ela se pôs em ação.

Sua vida havia sofrido mais uma reviravolta e ela novamente perdera tudo. Não sabia se algum dia poderia voltar à capital e as dores no peito a faziam imaginar se sobreviveria àquele ferimento. A angústia e a aflição eram insuportáveis e ela se concentrou em fazer a única coisa que podia: matar aquelas monstruosidades e proteger pessoas. Isso lhe dava um propósito e a distraía de seus problemas.

Os aldeões e os poucos soldados que havia pela região ficaram felizes em ter por perto alguém com as habilidades e o treinamento dela. As criaturas vinham através de portais, que se abriam de forma aparentemente aleatória pela região. O Exército não podia mandar mais ajuda, uma vez que o fenômeno parecia estar acontecendo em todo o país. A maioria das pessoas fugia para os centros urbanos, mas existiam muitos que se recusavam a sair de suas terras, preferindo ficar e lutar, mesmo que isso colocasse suas vidas em risco.

Valena sentiu um grande alívio quando descobriu que aqueles portais tinham começado a se abrir no mesmo dia que ela chegou à região pela ponte de vento. Provavelmente a coronel Dinares não sabia o que estava acontecendo quando a mandou para aquele lugar. A hipótese de não ter nenhum aliado e de ter sido mandada ali para morrer era apavorante. Ela ficou muito feliz em poder descartar aquela incômoda possibilidade.

Ela também ficou satisfeita por ninguém a reconhecer com as ataduras sobre o rosto e os cabelos ocultos sob o elmo. Foi obrigada a usar a Forma da Fênix algumas vezes, mas ninguém pareceu estranhar aquilo. As pessoas por ali estavam acostumadas a ver flutuações místicas, a maioria dos aldeões possuía ao menos um tipo de habilidade especial. Aparentemente, os que não tinham tratavam de procurar uma vida mais fácil na cidade.

Quando perguntaram seu nome, ela pediu para ser chamada de "Val". Aquele nome a fazia se lembrar de Barlone e do tempo que passara ao lado dele na adolescência, o que era um sentimento muito bem-vindo em meio ao oceano de incertezas e preocupações no qual estava mergulhada.

Os aldeões eram generosos e não hesitavam em fornecer comida e abrigo. Mas ela recusou todos os oferecimentos para tratar de seu ferimento. Não podia correr riscos. Se deixasse alguém se aproximar demais, poderia ser reconhecida. E se os conselheiros ficassem sabendo de seu paradeiro, poderiam vir atrás dela.

Assim, Valena prosseguiu naquela cruzada. Quando uma vila estava a salvo, recebiam notícias de ataques em alguma região vizinha e ela tratava de voar até lá. Os dias foram se sucedendo indistintamente e ela perdeu completamente a noção de tempo. Poderiam ter se passado semanas ou meses, ela não saberia dizer.

Felizmente, em certo momento, as ocorrências de ataques foram diminuindo, os portais parando de se abrir. Em um dia relativamente tranquilo, Valena ouviu uma conversa entre os aldeões. Diziam que a cidade de Aldera havia sido destruída, que uma bruxa havia lançado um encanto que varreu a região inteira do mapa, deixando em seu lugar apenas uma enorme cratera.

Imediatamente ela se lembrou de Joara Lafir. A princesa de Chalandri estivera morando em Aldera nos últimos meses. Tomada por uma intensa preocupação com a amiga e por uma profunda solidão, ela decidiu mandar a cautela às favas e foi até uma vila que possuía uma ponte de vento. Gratos pela ajuda dela na luta contra os monstros, os aldeões ficaram felizes em providenciar um pergaminho para que pudesse ir para Mesembria.

Ela se dirigiu à ponte com determinação, sem saber que aquela viagem ligaria seu destino de forma inexorável ao da garota conhecida pelo infame apelido de "a Bruxa de Aldera".

◆ ◆ ◆

O presente

O encantamento que estava impedindo o teto do salão de desabar não leva muito tempo para se esvair. Valena e os outros ainda não tinham ido muito longe quando ouvem o barulho do que parecia metade da construção vindo abaixo.

— Acha que tiveram tempo para tirarem todos de lá? – Sandora pergunta, um tanto ofegante.

Valena olha para ela de cenho franzido, estranhando um pouco a pergunta. Não era do feitio da *Bruxa* soar hesitante ou necessitar ser reassegurada de algo.

— Vai dar tudo certo – responde, antes de voltar a analisar os corredores à sua frente. No momento sua preocupação maior é evitar levar a todos para uma armadilha. Se é que isso é possível.

Ela se decide pelo caminho da direita e começa a se mover para lá quando percebe que os outros não a acompanham. Virando para trás, ela vê Gram parado diante de Sandora, com uma das mãos enluvadas levantada na direção do peito dela, claramente indicando que não quer que ela prossiga.

— O que está havendo? – Falco pergunta, vendo a *Bruxa* franzir o cenho para a *Sinistra*.

Valimor olha para Gram durante um momento e depois para Sandora.

— Você sente dor. – O tom dele é quase gentil, algo que pode ser considerado surpreendente e inesperado vindo de uma criatura que saiu do próprio inferno.

— Esqueça, estamos perdendo tempo — retruca ela.

— Você está bem? – Valena se aproxima, preocupada.

Sandora trinca os dentes, como se os olhares de preocupação que está recebendo estivessem aumentando seu mal-estar.

Atrás deles, o pelotão de soldados que os acompanha também havia parado, lançando olhares de curiosidade e confusão na direção deles.

— Não é hora para isso – Sandora diz, por entre os dentes. – Eu venho sentindo dores há meses, não há nada que ninguém possa fazer. – Ela olha para Gram, claramente lutando para se acalmar. – Minha aura de proteção é nosso maior trunfo aqui, não posso voltar agora. Vamos apenas terminar logo o que começamos, está bem?

Apesar de o volume do ventre de Sandora ter aumentado muito pouco desde que a conhecera, Valena sabia que ela já estava em meados do oitavo mês de gravidez. E uma gravidez muito perigosa.

Se não estivesse tão preocupada com a *Bruxa*, Valena teria se surpreendido com a reação da *Sinistra*, que abaixa a mão e cerra os punhos, demonstrando contrariedade pela primeira vez desde que a conheceu.

Falco lança um olhar provocativo a Sandora.

— Me ajude a conseguir o que eu quero, *beledana*, que eu ponho este castelo abaixo para você tão rápido que aqueles vermes nem saberão o que os atingiu.

Sandora o ignora e marcha para a frente, contornando Gram, que continua parada no mesmo lugar. Sem saber o que dizer, Valena vai atrás dela, calada.

◆ ◆ ◆

Sentindo uma grande quantidade de emanações místicas, Sandora guia o grupo até as masmorras. Após derrubarem uma grande porta de madeira, entram em um salão grande, cercado de celas por quase todos os lados. Colunas de pedra se espalham pelo ambiente, sustentando o peso da enorme construção. Pedras de luz contínua nas paredes, colunas e até mesmo no teto alto lançam uma iluminação suave sobre o ambiente. Raios do sol do fim da tarde podem ser vistos através das janelas gradeadas de dentro das celas.

Foram saudados por uma saraivada de dardos de gelo. Por puro reflexo, Valena conjura uma barreira mística de chamas, que neutraliza os projéteis, o calor intenso fazendo com que derretam em pleno ar.

Gram e Valimor não esperam nem mesmo a barreira se dissipar completamente antes de avançarem na direção de onde os projéteis tinham vindo. Valena olha para lá e não precisa de muito esforço para reconhecer as outras duas ex-conselheiras imperiais.

Pienal está usando uma armadura pesada, que faz com que pareça ainda maior do que seus mais de dois metros de altura, e no momento mede forças com Valimor, que em sua forma demoníaca é quase tão grande quanto ela. A mulher tem uma espada à cintura e bainhas com facas e adagas no peito, nas coxas e nas botas. Usa um elmo aberto e tem um pesado escudo preso às suas costas. De acordo com as histórias que Valena ouviu sobre ela, Pienal nunca usava armas ou armaduras sem encantamentos místicos.

Enquanto os dois gigantes se engalfinham, um projétil místico de gelo sai das mãos de Gerbera, atingindo o peito de Gram, que é arremessada com força para trás. Usando um traje grande e disforme, feito de um tipo grosseiro de tecido, Gerbera não apresenta nem uma fração da sofisticação e elegância que demonstrava na corte. Seus curtos cabelos negros parecem maltratados e oleosos e suas faces apresentam manchas de sujeira.

Ambas as ex-conselheiras já passaram dos 50 anos, mas pelo visto, a idade um tanto avançada não prejudica muito suas habilidades de luta. Ambas têm olhares vidrados, parecendo completamente fora de si. Radal não estava mentindo quando disse que haviam perdido a razão.

— Tem diversas pessoas presas nessas celas – diz Sandora olhando ao redor, enquanto Falco e os soldados correm para ajudar a combater as conselheiras. – Além de diversos artefatos, posso sentir as auras energéticas.

— Deve ter sido aqui que recarregaram a *Godika Geonika*. Parece que tudo o que Falco disse é verdade.

De acordo com Falco, os conselheiros haviam drenado toda a energia que puderam dos artefatos que roubaram do palácio quando fugiram de lá, logo após a derrota de Narode.

Neste momento, uma figura familiar aparece por detrás de uma das colunas do outro lado do salão. Valena estreita os olhos.

— Ajude os outros. Aquele lá é meu.

Reconhecendo o transmorfo que havia derrubado o teto do salão, Sandora segura Valena pelo braço.

— Não faça nenhuma bobagem.

— Já ouviu falar da estratégia "ponta de lança"? Vou afastar ele daqui antes que derrube o lugar. Enquanto isso, preciso que neutralizem aquelas duas e levem todo mundo para fora. Uma parte do castelo já desabou, não sabemos quanto tempo mais esta parte aqui ainda vai continuar em pé.

A *Bruxa* olha para ela atentamente por um momento, antes de assentir devagar e soltar seu braço. Valena sente uma bem-vinda onda de gratidão quando a outra lhe dá um voto de confiança e se vira na direção dos outros, sem dizer mais nada. Sandora normalmente não demonstra sentimentos como medo, aflição ou preocupação. Aquela gravidez, definitivamente, está exigindo muito dela.

O homenzinho continua parado na frente do salão. Não dá para ver a expressão dele àquela distância, mas Valena sabe que ele a está encarando. Tomando o cuidado de evitar um ou outro dardo de gelo que vem em sua direção – Gerbera agora está lançando aquelas coisas para todos os lados, como uma maluca –, Valena marcha na direção dele.

Não demora muito a perceber que ele segura alguma coisa nas mãos. Uma espécie de cordão comprido. Olhando para a direita dele, ela nota uma forma caída no chão a alguns metros. Uma mulher. E a outra ponta do cordão está enrolado ao redor de seu pescoço.

Valena para imediatamente, seu sangue congelando nas veias ao reconhecer aqueles cabelos negros e volumosos.

— Joara! – Ela não vê a princesa há quase um ano. A moça havia desaparecido junto com a população de Aldera, durante o desastre. A alegria por descobrir que ela não tinha perecido no desastre se mistura à aflição de ver a amiga à mercê daquele homem. – O que... o que você está fazendo com ela?!

— Ela não passa de uma *inútilll*. – A voz dele é um tanto aguda e anasalada, e ele fala com um sotaque estranho, que Valena nunca tinha ouvido antes. – Assim como você!

— Eu sou a imperatriz de Verídia! E exijo que você a liberte!

Os sons da batalha ficam cada vez mais intensos do outro lado do salão, mas Valena se recusa a olhar para lá. Seus aliados, com certeza, podem dar conta de duas velhas malucas.

— Você não vai *interrferrirr*! Não *agorra*, que *fallta* tão *pouca*! – Ele olha para o cordão e solta um grunhido frustrado, antes de jogar aquilo para o lado com força. – Essa *inútill* não tem mais nada! Mas não *importta*! *A poderr* que tenho é suficiente!

A ponta do cordão cai sobre o corpo inerte de Joara. Valena sente uma onda de alívio ao ver que o peito da princesa se move devagar. Ainda está respirando, graças aos céus.

O homem então pronuncia algumas palavras ininteligíveis, que ativam seu poder de transformação. Em poucos segundos, ele assume a forma de Valena, usando, até mesmo a glamorosa túnica vermelha que ela havia recebido como presente do imperador Caraman e que não conseguiu mais encontrar quando voltou ao palácio após o exílio.

Sua duplicata se concentra para ativar a Forma da Fênix, assim como havia feito naquele dia, tantos meses atrás. Desta vez, no entanto, Valena não está indefesa ou despreparada.

Quando a transformação do homem termina e ele abre os olhos, já flutuando no ar, Valena já tinha não só ativado os seus próprios poderes, como também invocado duas bolas de fogo, que voam de suas mãos na direção dele em incrível velocidade.

A primeira bola o atinge no peito e explode, não com intensidade suficiente para afetar Joara no chão, mas o bastante para lançar o infeliz para trás, fazendo com que se choque com a parede de pedra. Então vem o segundo impacto e uma nova explosão, muito maior e mais intensa do que a primeira. A parede de pedra cede e um enorme rombo se abre, a falsa Valena sendo arremessada para fora do castelo e caindo em meio aos arbustos e ervas daninhas de um jardim abandonado.

Valena ativa sua própria transformação e voa até a abertura na parede. Se a Forma da Fênix funciona para aquele cara da mesma forma que funciona para ela, a maior parte do calor e do impacto deve ter sido absorvida. Aquela batalha ainda estava muito longe de terminar. Na verdade, estava apenas começando.

Joara continua caída no mesmo lugar, a respiração preocupantemente lenta. Mais uma razão para acabar com aquilo o mais rápido possível.

◆ ◆ ◆

As ex-conselheiras imperiais são oponentes fenomenais. Gram e Valimor, apesar de suas notáveis habilidades, estão em desvantagem contra elas. Falco é lançado para o outro lado do salão e vários dos soldados imperiais são nocauteados logo nos primeiros minutos de combate.

Após ser atingida por um daqueles malditos dardos de gelo, Sandora tenta recobrar o fôlego atrás de uma das colunas. Um movimento chama sua atenção e ela vê Falco forçando as grades de uma das celas, do outro lado do salão. Sem pensar duas vezes, ela corre na direção dele, tentando evitar se tornar um alvo fácil para Gerbera no processo.

Chegando ao lado dele, ela vê uma espada de lâmina levemente curva em uma espécie de pedestal dentro da cela. É possível sentir uma emanação mística um tanto fraca, mas bastante incomum, vinda do objeto.

— É isso que você estava procurando?

Ele força as grades mais uma vez e solta um suspiro frustrado.

— Sim! Os malditos colocaram um selo místico na fechadura. Não consigo abrir. – Ele olha para ela e franze o cenho. – Ei, você é uma feiticeira, não? Pode abrir esta porta?

— Eles drenaram quase toda a energia desse artefato – responde ela. – Não terá utilidade nenhuma.

Ele sorri.

— Ah, terá sim. Você nem imagina o quanto! Coloque essa belezinha nas minhas mãos, *beledana*, e essa batalha está ganha!

Sandora o encara por um momento, sem saber se aquela forma de tratamento que ele usa com ela é respeitosa ou se não passa de um insulto velado. Não há absolutamente nenhuma razão lógica para confiar nesse homem. Primeiro, ele atacou Valena, depois concordou em trair seus antigos aliados sem pensar duas vezes. E não demonstra um mínimo de remorsos por nada do que fez.

Mas há alguma coisa no olhar dele. Uma determinação sofrida, uma vontade, uma necessidade quase desesperada por algo. Uma coisa com a qual ele se importa muito. E não parece haver absolutamente nenhum traço de egoísmo envolvido. Aquilo faz com que ela tome uma decisão.

Levantando uma das mãos, Sandora ativa seus poderes, e um construto místico em forma de esqueleto humano brota do chão do lado de dentro da cela. O falso morto-vivo tira a espada do pedestal e se aproxima de Falco, estendendo a arma para ele por entre as grades.

Pela primeira vez, Sandora vê o homem sem reação. Ele arregala os olhos e dá um passo para trás, olhando dela para o construto, nitidamente intimidado, esquecendo momentaneamente de toda a arrogância que havia demonstrado até então.

— Você...! – exclama ele, olhando para Sandora. – O que houve com você? Como pode...?

O barulho de uma forte explosão chama a atenção de ambos. Aparentemente, Gerbera está começando a usar a artilharia pesada.

Sem pensar duas vezes, Sandora se adianta, pegando a arma com uma mão, enquanto faz um gesto com a outra. O construto imediatamente volta a afundar no chão de pedra, desaparecendo sem deixar vestígios.

A peculiar espada tem uma empunhadura diferente de todas as que ela já viu. É um tipo de falcione, uma arma mais leve do que a tradicional espada longa veridiana apesar de ser quase do mesmo tamanho, e tem o peso distribuído de forma diferente, o que torna mais difícil controlar a direção do golpe.

Ela brande a arma no ar algumas vezes, tentando perceber qualquer coisa fora do comum. Nota apenas um resquício de emanação mística, mas não dá para perceber nenhum tipo de gatilho de ativação. Realmente é um tipo de artefato e parece poderoso, mas, no momento, parece estar completamente drenado.

Falco continua a encarando de boca aberta. Ela o encara, séria.

— Vai querer esta coisa ou não?

◆ ◆ ◆

Tinha ficado claro, logo nos primeiros minutos da luta, que fogo e explosões não os levariam a lugar nenhum, pois Valena e o transmorfo compartilham da proteção divina da Forma da Fênix. Então ambos sacam suas espadas e iniciam uma espécie de dança aérea enquanto trocam golpes.

Valena está pasma. O homem consegue copiar não só seus poderes místicos, mas também todo o seu treinamento de combate. A sensação de lutar contra si mesma é surreal.

No entanto, apesar de ter a sua força e os seus reflexos, logo fica claro que ele não tem os mesmos instintos e a mesma determinação que ela. Ele domina melhor o controle das habilidades místicas, mas no corpo a corpo está em desvantagem. Não leva muito tempo para que a persistência de Valena leve a melhor e seu adversário tome o primeiro golpe, o sangue brotando de um ferimento no lado direito de seu corpo e ensopando o tecido da túnica.

Ele tenta fugir, utilizando os poderes de fogo para manter a imperatriz à distância, mas seus esforços não dão muitos resultados e ele trata de mudar de tática, invocando uma bola de fogo com uma pequena variação no encantamento. O projétil explode antes de chegar perto de Valena e produz uma grande quantidade de fumaça. Ela precisa voar às cegas por alguns instantes até sair daquela nuvem negra e poder voltar a enxergar normalmente. Isso dá tempo a ele para pousar no solo e ativar novamente seus poderes de transformação. Quando ela o avista novamente, não vê mais a si mesma, mas sim a Joara.

— Mas o quê? – Valena exclama, surpresa, até ver a mancha vermelha no lado direito do corpo da princesa. Pelo visto, o homem pode mudar de forma, mas seus ferimentos não se curam no processo.

Ele então levanta uma das mãos e conjura uma *lufada de vento*. A mais forte que Valena já tinha visto. Sem tempo para se esquivar, ela é jogada para o alto, a uma grande distância, enquanto a figura lá no solo vai ficando cada vez menor até desaparecer de vista.

◆ ◆ ◆

Não demora muito para Sandora começar a questionar sua decisão de entregar aquela espada a Falco.

Para começar, a falcione parece recuperar totalmente sua carga mística no instante em que ele a agarra pela empunhadura. A intensidade da emanação mística gerada pelo artefato é quase tão intensa quanto o que ela sentiu vindo da *Godika Geonika*.

E então ela descobre que os poderes místicos da arma são estarrecedores. Aquela coisa pode moldar qualquer tipo de rocha ou metal que toque. Mas o mais preocupante é que Falco demonstra uma afinidade excepcional com a arma e parece familiarizado até demais com aqueles poderes. Definitivamente, não é a primeira vez que ele usa aquilo.

Ao se aproximar das ex-conselheiras, ele facilmente se protege dos dardos de gelo de Gerbera tocando a ponta da falcione no chão e moldando as rochas de forma a criar uma parede de pedra à sua frente. Em seguida, faz um movimento com a espada e a parede se move na direção da feiticeira com incrível velocidade. Pega de surpresa, a mulher não tem tempo de reagir e é atingida em cheio, o impacto a arremessando para trás. A parede de pedra então vai diminuindo de tamanho até desaparecer completamente, como se tivesse sido engolida pelo piso.

Pienal parte para cima dele, espada e escudo em punho. Falco gira no ar, desferindo um golpe rápido. A mulher tenta aparar com o escudo, mas, para surpresa dela, a falcione atravessa o objeto de metal e madeira como se fosse um bloco de manteiga. A lâmina passa por baixo da mão de Pienal e atinge seu torso, rasgando com facilidade o metal da pesada armadura. No instante seguinte, o escudo, a armadura e a espada dela começaram a se liquefazer, formando uma poça de metal líquido ao redor de seus pés.

Sandora dirige sua atenção a Valimor, que tem um ferimento feio no ventre. Ela ativa suas habilidades de cura, uma aura negra se formando ao redor de sua mão e se espalhando ao redor do feio corte. Em poucos segundos, a ferida se fecha e ele se levanta, suspirando, aliviado, antes de olhar para Pienal, que agora veste apenas uma leve túnica de cor indefinida enquanto tenta atingir Falco com socos e chutes.

Sem pensar duas vezes, o demônio investe contra a mulher e a joga contra o chão. No entanto, mesmo sem as armas e a armadura, ela ainda é uma oponente perigosa e os dois rolam pelo piso, num abraço mortal.

Neste momento, Sandora sente uma forte pontada no ventre que faz com que seu corpo se curve instintivamente.

Não! Agora não é hora para isso!

Ali perto, Gram consegue arrancar dois dardos de gelo que haviam sido cravados em seu corpo, praticamente a pregando a uma das colunas e faz menção de correr na direção de Gerbera, que no momento se levanta com dificuldade. Mas a voz de Falco faz com que interrompa o movimento.

— Não! Para trás! Ela é minha!

Gram lança um breve olhar na direção de Sandora. Após receber dela um leve gesto de assentimento, corre para ajudar Valimor.

Ao ver Falco se aproximar com um sorriso arrogante no rosto, Gerbera parece entrar em pânico e se vira, começando a correr e a pronunciar algumas palavras. No instante seguinte, ela se torna imaterial e atravessava a parede de pedra.

Sem pensar duas vezes, Falco brande a espada contra a rocha, que se abre, formando um buraco em formato elíptico pelo qual ele entra, correndo atrás da ex-conselheira.

Sem condições de enfrentar outra batalha, Sandora vai até os soldados, que se reagrupam no canto, enquanto a luta titânica prossegue entre Pienal, Gram e Valimor. Ela trata de curar os feridos, feliz por não ter ocorrido nenhuma fatalidade. Quando Pienal finalmente é imobilizada, Sandora pede a um dos soldados para levar uma algema até Gram, que trata de prender os pulsos da mulher com ela, encerrando definitivamente o combate.

Os soldados então se apressam a libertar os prisioneiros. Há mais de uma dezena deles, todos inconscientes, cada um em uma cela diferente, deitados no chão como se tivessem sido jogados ali de qualquer jeito. Sandora arregala os olhos ao reconhecer um deles: Jarim Ludiana, ex-membro da Guarda Imperial. Parece décadas mais velho do que quando o viu pela última vez, há pouco mais de um ano.

Sem ter mais nada o que pudesse fazer por ali, ela vai até a frente do salão, para averiguar se é seguro sair pelo buraco que Valena tinha aberto. E é neste momento que é atacada. Não que ela não tenha sentido uma aproximação, pois sua percepção mística natural é bastante desenvolvida. Mas a dor e o cansaço são tão grandes que ela demora demais para reagir.

De repente, mãos invisíveis surgem agarrando seus ombros e ela sente uma agonia muito maior do que qualquer coisa que havia sentido em sua vida.

◆ ◆ ◆

A lufada de vento empurrou Valena para muito longe. Quando finalmente consegue recuperar o controle do voo, ela trata de bater suas asas flamejantes, para retornar ao castelo, mas uma movimentação do outro lado da construção chama sua atenção.

Uma figura brilhante flutua no ar, manobrando com agilidade enquanto, lá do chão, os soldados imperiais lançam projéteis místicos contra ele.

Será Dantena lá em cima? Mas ele não tinha esse tipo de poder antes, tinha?

Então, um soldado realiza um salto impossível, de várias dezenas de metros de altura, percorrendo um trajeto em um arco pelo ar, como se estivesse sendo atraído para a figura brilhante, mesmo ela tentando se esquivar dele. Os dois se chocam, algum tipo de reação mística ocorre e ambos caem juntos, atingindo o chão com violência.

Aparentemente, o Exército Imperial tem as coisas sob controle.

Valena controla o impulso de voar naquela direção e retorna para o lugar de onde tinha vindo. Ao se aproximar do buraco na parede externa, vê o metamorfo agarrado aos ombros de Sandora, que solta um grito agoniado.

Gram surge correndo e agarra a *Bruxa*, rompendo o contato com o homem. Então a toma nos braços e sai pelo buraco na parede, correndo até um canto afastado do jardim, onde a coloca no chão com cuidado.

Enquanto isso, Valimor corre na direção do metamorfo, que assume a forma de Sandora e atinge o demônio com o ferrão paralisante da *Bruxa*.

Valena trinca os dentes. Não pode lançar uma bola de fogo contra o homem, porque pode atingir Valimor ou Joara. A ideia de lutar contra alguém com os imprevisíveis poderes de Sandora não a agrada nem um pouco, mas, de qualquer forma, ela voa na direção dele, espada em punho.

A falsa Sandora levanta um braço e, de repente, uma infinidade de construtos místicos em forma de morcego surge, parecendo brotar de sua mão e voando na direção de Valena, em grande velocidade.

O choque dos construtos com seu corpo não provoca danos, uma vez que a Forma da Fênix a protege dos impactos, mas aquelas coisas têm um efeito desorientador impressionante. Valena acaba perdendo o controle do voo e se choca contra a parede ao lado do buraco, antes de cair no chão com um baque surdo.

Leva alguns instantes para que se levante e se recupere da desorientação. Aquilo dá tempo à falsa Sandora para conjurar um novo ferrão paralisante, que trespassa Valena no peito e a levanta do chão por alguns segundos, antes de desaparecer e fazer com que ela novamente se choque contra o solo.

O calor da batalha e os poderes da Fênix permitem que Valena se recupere dos efeitos daquela paralisia bem mais rápido que um humano normal. Mas, mesmo assim, aquilo leva um bom tempo. Impotente, ela observa enquanto o homem invoca os poderes de Sandora para curar seus próprios ferimentos.

Por um momento, o rosto dele se contorce num sorriso arrogante, mas então é atingido nas costas por dois projéteis místicos. Ele olha para trás e encara os soldados, que se preparam para voltar a atacar. Sem dar tempo a eles, o homem conjura o chicote negro e faz que se estique com força, golpeando os soldados sem piedade.

Valimor consegue recuperar seus movimentos no mesmo instante em que Gram retorna, e ambos correm na direção do metamorfo. Sem perder tempo, o *fret* levanta a mão e lança o chicote a dezenas de metros para cima, sua ponta se enrolando em uma das ameias da amurada do castelo. Então ele agarra o chicote com as duas mãos, fazendo o construto se encolher e puxar seu corpo para cima, ficando fora de alcance.

Valena finalmente consegue reunir forças para reativar a Forma da Fênix e voa na direção dele. Não deixaria aquele *jahwareer* escapar.

Ainda um tanto enfraquecida, ela demora demais para perceber que o homem não estava realmente fugindo, mas sim esperando que ela se aproximasse dele. O ferrão em forma de cauda de escorpião brota das pedras da parede e atravessa seu corpo quando está prestes a alcançar as ameias, anulando completamente a inércia de seu movimento e a deixando paralisada no ar por alguns segundos. Então o ferrão se desmaterializa e ela começa a cair.

Idiota! Tapada! Imbecil! Por que eu tinha que voar tão próximo à parede?!

Teria sido uma queda feia se Gram não a agarrasse no ar. Valena não sabe dizer se a *Sinistra* usou alguma habilidade especial para amortecer a queda, mas o fato é que ela não sente nenhum impacto. Na verdade, nem ouve o barulho. Só sabe que, de repente, está deitada no chão, olhando para cima, seus olhos sendo a única parte de seu corpo que consegue mexer. Desta vez, seus poderes não conseguiram amenizar os efeitos da paralisia.

Ouve então a voz cansada da Sandora verdadeira ordenando aos soldados que tirem os prisioneiros lá de dentro.

Então um arrepio percorre todo seu corpo, como se uma onda de energia perigosa e desconfortável tivesse passado através dela.

Com esforço, ela consegue mover levemente a cabeça, o suficiente para ver Sandora segurando Gram pelo braço, uma expressão séria no rosto.

— Não vá atrás dele! Tire Valena daqui!

A *Sinistra* tenta se soltar, mas Sandora segura mais firme.

— Você não entende? Foi assim que a tragédia de Aldera começou! O cretino ativou um poder que não pode controlar! Não há nada que você possa fazer, vai morrer se subir lá agora!

Um grande barulho pode ser ouvido, vindo lá de cima, e um vento muito forte começa a soprar naquela direção.

— Tirem todos daqui – Sandora pede aos soldados que saem com os prisioneiros, antes de se voltar para Gram. – Eu tenho que controlar isso. E mesmo que não consiga, posso ganhar tempo suficiente para todos fugirem. Ajude os outros! Preciso que faça isso por mim!

Gram aperta os punhos, mas assente, devagar.

Sandora então a solta e conjura seu chicote, escalando a parede da mesma forma que sua duplicata o fez momentos antes, mas com muito mais dificuldade. Valena se sente uma inútil ao olhar para ela. Quando aquele transmorfo havia drenado seus poderes no palácio imperial, quase dois anos atrás, havia ficado em um estado lamentável, incapaz de fazer qualquer coisa por um tempo que lhe pareceu interminável. Teria morrido com certeza, se não fosse pelo sacrifício da coronel Dinares. Mas ali está a *Bruxa*, usando seus poderes numa boa e escalando uma parede logo depois de passar pela mesma experiência. E ainda disposta a encarar o que, até onde Valena sabe, é seu pior pesadelo.

Então ela sente os braços de Gram a levantando do chão e a levando para longe. Pela primeira vez, o contato com o corpo da *Sinistra* não lhe causa arrepios.

Quando finalmente chegam na ponte de vento que os levaria de volta para casa, Valena consegue mover a cabeça o suficiente para dar uma última olhada no castelo, ao longe. Mais da metade dele está engolfada por uma esfera de energia negra que parece sugar tudo ao redor para dentro dela, enquanto cresce com assustadora velocidade.

Capítulo 20:
Jogando a Toalha

O passado

Valena tinha pensado que os rumores eram exagerados, mas percebeu que a realidade era bem pior quando avistou a colossal cratera no lugar onde antes ficava uma das maiores cidades da província.

O interior do imenso buraco era escuro, mesmo com os raios do sol do meio-dia incidindo diretamente sobre ele, e Valena poderia jurar que tinha avistado algo se mexendo lá embaixo. Desesperada para conseguir uma pista do que raios tinha acontecido ali, ela ativou a Forma da Fênix e sobrevoou a cratera por alguns minutos, antes de descer, com intenção de ir até o fundo daquele abismo.

Então notou algo estranho. Parecia que, quanto mais descia, mais lenta ela ficava, a mesma distância levando cada vez mais tempo para ser percorrida.

O buraco devia ter quilômetros de profundidade, o que nem era uma distância tão longa para ela, ainda mais quando estava descendo. Ao usar sua habilidade mística de *orientação espacial*, no entanto, ela percebe que, mesmo depois de um tempo considerável, não havia percorrido mais do que poucas centenas de metros.

Se estava tendo tanta dificuldade para descer, a subida poderia ser bem pior, então ela decidiu deixar aquela investigação de lado e bateu as asas flamejantes com força, propelindo seu corpo para cima. Quando finalmente chegou até a borda do buraco e pousou no chão mais de meia hora havia se passado e ela estava exausta. Aquele buraco amaldiçoado fez com que gastasse muito mais energia do que deveria. Não seria capaz de voltar a usar a Forma da Fênix naquele dia.

Que *sinnaanta* estava acontecendo?

Ela olhou para a cratera misteriosa por um longo tempo, confusa. Por fim, sacudiu a cabeça, frustrada. Pelo visto não conseguiria descobrir nada ali.

A jornada a pé até a cidade mais próxima levaria várias horas. Além disso, não tinha dinheiro consigo e duvidava muito que as pessoas dali fossem tão generosas quanto os habitantes das florestas do norte, onde estivera nas últimas semanas. Então, teria que arranjar sua própria comida, e duvidava que pudesse vir a dormir numa cama de verdade tão cedo.

Por sorte, não foi difícil conseguir encontrar frutas e castanhas comestíveis numa das florestas de pinheiros que rodeavam a cratera. Ela encontrou um troco caído no qual se acomodou para descansar enquanto fazia sua refeição improvisada, deixando seus pensamentos vagarem.

O que teria acontecido em Aldera? Que tipo de poder maligno seria capaz de provocar tamanha tragédia? E quanto às pessoas que moravam ali? Teriam sido transportadas para outro local? Outro mundo, talvez? Aquela parecia uma possibilidade plausível, depois de ter visto tantos portais dimensionais nas últimas semanas.

Onde Joara pode estar?

Aldera era uma cidade grande para os padrões do Império, tendo mais de 10 mil moradores. De acordo com os rumores, apenas algumas dezenas deles tinham conseguido escapar.

Nas cidades vizinhas, havia cartazes de "procura-se" por toda a parte, com um retrato feito em carvão de uma garota que não devia ter mais do que 15 ou 16 anos, cabelos longos e expressão séria. Os cartazes informavam que se tratava de uma "pessoa de interesse", mas, pelas ruas, todos afirmavam que aquele era o retrato da bruxa que destruíra Aldera.

Valena abriu a pequena mochila que carregava e tirou de lá um desses cartazes, que ela havia levado consigo. Havia alguma coisa naquela expressão, naqueles olhos, que a fazia se sentir desconfortável. Aquela não parecia ser a face de uma malfeitora homicida. Mas, pensando bem, com o que uma assassina genocida deveria se parecer?

Fechando os olhos, ela deixou o cartaz de lado e respirou fundo, tentando relaxar. Estava exausta. Precisaria reunir suas forças para que pudesse dar seu próximo passo. Não que soubesse exatamente o que faria a seguir. Com esse pensamento desconfortável, ela se deitou, buscando uma posição confortável sobre o tronco, e caiu no sono.

A dor no peito a acordou. Abrindo os olhos, notou a leve penumbra e concluiu que estava anoitecendo. Precisava encontrar um local seguro para passar a noite. No entanto, apesar da dor no ferimento, que ficava vindo e voltando nessas últimas semanas, ela não se sentia mais tão cansada. Não podia ter dormido tanto tempo assim. Mas então o dia começou a ficar cada vez mais claro e um raio de sol surgiu por entre as árvores, do lado oposto ao que esperava, o que a fez concluir que, na verdade, estava amanhecendo. Tinha dormido ali a noite inteira? Devia estar mais cansada do que imaginara. Tivera muita sorte de não ter sido atacada por algum monstro durante a noite. Uma nova pontada de dor fez com que apertasse os lábios. Quanto tempo ainda aquele ferimento levaria para se curar?

Apesar da impaciência, ela refreou a vontade de usar movimentos apressados enquanto removia a cota de malha com muito cuidado. Em seguida, desfez os nós da túnica e a removeu. Então, com muito mais dificuldade, desenrolou as várias voltas de tecido que lhe cobria os seios, protegendo o ferimento.

As horríveis marcas da cauterização estavam ali, uma leve vermelhidão ao redor. Ela evitara a todo custo olhar para o próprio peito nas últimas semanas. Sua vaidade sofrera um golpe profundo quando teve que aceitar que carregaria aquelas marcas para o resto da vida. Não saberia dizer se a aparência das cicatrizes estava melhor ou pior do que da última vez em que olhara. Um dos cortes tinha sido profundo, atingindo o osso, então não poderia mesmo se curar rápido, não é? Ainda mais sem a ajuda de um curandeiro.

Nesse momento, um vento forte atingiu as árvores e um silvo grave e tenebroso pôde ser ouvido, vindo da direção da cratera. Valena sabia que aquele som era causado pelo vento se chocando com as paredes do buraco colossal, mas aquilo não impediu que sentisse calafrios. Ela tratou de enfaixar novamente o peito com cuidado e se vestir, um impulso a levando a se aproximar da borda da cratera.

O negrume do interior do buraco, a quilômetros de distância lá embaixo, continuava igual. Um espetáculo assustador. Como poderiam consertar aquilo? Teria alguma forma de trazer ao menos as pessoas de volta? Quem teria poder para isso? O Avatar, talvez? Valena duvidava de que qualquer um dos sábios do Império pudesse fazer algo a respeito.

Espere!
Um dos maiores poderes do Império estava ali mesmo, ao alcance dela! Como não pensou nisso antes?

Tendo descansado o suficiente durante a noite, ela conseguiu invocar a Forma da Fênix com facilidade e se lançou ao ar, batendo as asas flamejantes com força até conseguir ter uma visão razoavelmente abrangente da cratera. Era impossível ver claramente toda sua extensão, uma vez que o buraco tinha mais de sete quilômetros de diâmetro. Mas, de qualquer forma, aquela visão lhe conferiu ainda mais determinação. Ela fechou os olhos e expandiu a consciência.

Pessoas precisavam de ajuda, de salvação. E ela queria ajudar. Queria fazer a diferença. Queria levar luz, calor e o que mais pudesse a todos que estivessem necessitados. Aquele intenso desejo a levou a sentir sua essência, conforme o imperador lhe mostrara tanto tempo atrás.

Uma inesperada onda de conforto e serenidade a envolveu. Aquilo era novo, não havia sentido nada parecido quando tentara usar o Favor Divino antes. Mas, de qualquer forma, era uma sensação muito bem-vinda. Como se o universo todo lhe sussurrasse que tudo ficaria bem. Que ela estava fazendo a coisa certa.

Então, mais determinada do que nunca, ela liberou aquela essência, a energia divina fluindo dela em ondas, incidindo sobre o cenário abaixo e banhando a tudo com sua abençoada graça.

Ainda em um eufórico estado de torpor, Valena desceu suavemente até o chão, próximo à borda da cratera. As chamas místicas da Forma da Fênix desapareceram após um rápido comando mental e ela abriu os olhos, um leve sorriso curvando seus lábios.

Então piscou, surpresa. Apertou os olhos com força por um momento, mas aquilo não ajudou em nada a espantar sua confusão.

Não tinha acontecido absolutamente nada. A cratera continuava exatamente igual, o vento soprando da mesma forma, o silvo grave ressoando da mesma maneira que antes.

Mas o quê...? O que eu fiz de errado?

Não, aquilo não fazia sentido. Podia se lembrar com clareza daquela voz divina lhe assegurando que tudo ficaria bem. A Grande Fênix havia aprovado sua tentativa, isso significava alguma coisa, não é? Que raios estava acontecendo?

Então, suas pernas subitamente perderam a força e ela caiu de joelhos. Uma sede violenta a atingiu e ela se lembrou daquele frasco de líquido adocicado que o imperador a instruíra a sempre carregar com ela, para aliviar os efeitos do Favor Divino. Um frasco que ela não havia levado consigo no dia em que desceu até o subsolo do palácio. O dia em que ela teve que fugir para o exílio.

Valena tentou tomar um gole de água de seu cantil, mas aquilo não lhe trouxe nenhum alívio. A sede apenas aumentou, cada vez mais, uma fraqueza intensa tomando conta de seu corpo.

Se essa shahwada não funcionou, por que está cobrando seu preço de mim?

Aquele foi seu último pensamento antes de perder a consciência.

◆ ◆ ◆

Não sabia quanto tempo tinha se passado quando voltou a abrir os olhos. Seu corpo estava pesado, exausto, coberto de suor e sua pele ardia. Seu rosto e suas mãos tinham ficado tempo demais expostos ao sol e agora estavam avermelhados e sensíveis.

Com dificuldade, ela se levantou, procurando pela sombra das árvores. Encontrou mais algumas castanhas e tratou de encher o estômago, que roncava, faminto. Meia hora depois, as energias retornavam a seu corpo.

Queria que as queimaduras de sol pudessem ser curadas com tanta facilidade também.

Estava furiosa consigo mesma. De alguma forma, tinha conseguido desperdiçar o Favor Divino. Não se lembrava de ter recebido um golpe tão forte em seu orgulho antes. Levaria semanas, talvez meses, até que pudesse voltar a usar aquela habilidade.

Será que desfazer a tragédia de Aldera era uma tarefa grande demais até para uma das grandes entidades? Mas, se fosse assim, por que ela tinha ouvido aquela voz sussurrando que tudo ficaria bem? Seria aquilo apenas um pedido de desculpas da Grande Fênix por não conseguir realizar seu desejo?

Agitada demais para continuar sentada, ela se dirigiu até o local onde havia deixado a cota de malha. O elmo e o tecido que usara nas últimas semanas para ocultar o rosto também estavam ali onde os deixara. Ela começava a vestir a armadura quando ouviu som de passos.

Ela se escondeu, depressa, atrás de uma árvore, e ficou imóvel, aguardando até que quem quer que fosse passasse pela trilha. Arriscando um olhar, viu que se tratava de uma mulher usando roupas pesadas e escuras, os cabelos negros longos e levemente encaracolados caindo pelas costas. Uma suspeita começou a se formar, levando Valena a ir atrás da outra, sem se preocupar muito em não ser notada.

A fulana continuou caminhando até sair das árvores e parar na borda do barranco, parecendo admirar a paisagem por um momento, antes de se virar, encarando Valena.

— Você é a Bruxa de Aldera — Valena disse, as palavras saindo de sua boca como uma afirmação, não uma pergunta.

— Sim — a estranha respondeu. Parecia surpresa e levemente intrigada. Os olhos negros a percorreram de alto a baixo e depois retornaram a seu rosto, notando a marca da Fênix. — E você é Valena Delafortuna.

Não era uma mulher. Era uma garota. Devia ter, no máximo, uns 16 anos, a mesma idade de Valena. Sua voz era profunda e pronunciava as palavras de maneira determinada.

Uma sensação enorme de alívio atingiu Valena. O Favor Divino não tinha falhado, afinal. Apenas, em vez de resolver diretamente o problema, o poder da Fênix tinha colocado a responsável pela tragédia em seu caminho, para que pudesse corrigir as coisas.

Valena apontou para o buraco.

— Foi você quem causou aquilo?

— Sim.

— E pode desfazer o que quer que tenha feito?

— Não.

Cansada daquelas respostas monossilábicas, Valena sacou a espada.

— Nesse caso, bruxa, você vai ter que responder pelo que fez.

A outra estreitou os olhos.

— Meu nome é Sandora. E não respondo a ninguém.

◆ ◆ ◆

O presente

O sol começa a se aproximar do horizonte, conforme a tarde chega ao fim.

Valena solta uma exclamação surpresa quando Valimor a puxa contra si. No instante seguinte, ele cola seus lábios ao dela. Seu corpo parece se incendiar, mesmo ainda estando um tanto enrijecido pelo ataque paralisante do transmorfo. De repente, é como se o mundo inteiro tivesse parado. Toda a tensão, preocupação e cansaço dão lugar a uma abençoada sensação de completitude e letargia, enquanto ela aprecia aquele contato.

Ambos vinham desejando aquilo desde o... abraço que trocaram logo depois do ataque ao palácio imperial. Valena havia percebido os olhares que ele lançava em sua direção. Da mesma forma como ele provavelmente notou os olhares dela. Aquilo parece tão certo, tão perfeito, que toda a realidade desaparece. Naquele breve momento, não existe nada além deles dois.

Há quanto tempo ela não desfruta dessas sensações? Pensando bem, provavelmente nunca havia sentido nada tão intenso. Os sentimentos que nutriu por Barlone tantos anos atrás eram pálidos, em comparação.

Ela solta um riso involuntário, interrompendo o beijo. Se ainda tivesse alguma dúvida de que Valimor não era Barlone, ela estaria definitivamente sanada agora. Na verdade, Valena ainda não entende direito como pôde ser capaz de fazer aquela confusão.

Valimor a olha com cenho franzido. Ela dá um sorriso e sacode a cabeça, tentando passar a mensagem de que está tudo bem. Então o puxa para um abraço apertado, pousando o queixo no ombro dele.

— Você... certa antes. Dantena mandou perder... primeira luta. — Ele hesita durante um instante, parecendo procurar as palavras certas. — Devia matar você... no palácio.

— Quando me atacou em Mesembria, você quer dizer?

— Isso.

Sem entender muito bem o porquê, ela se lembra vagamente da conversa que teve com ele logo antes da invasão à Sidéria, quando afirmou que o mataria se a traísse. Tinham passado por tanta coisa desde então que aquilo parece ter ocorrido há séculos.

— Não importa. Você está livre agora, e é só isso que interessa.

A capitã Laina Imelde se aproxima, carregando duas canecas fumegantes.

Valena suspira, enquanto se separa de Valimor. Ela quer dizer para ele que aquele tinha sido um interlúdio agradável, que estava mesmo precisando daquilo, mas suas palavras morrem na garganta.

Então ela estende a mão e pega a bebida que a capitã lhe oferece, esperando que aquele preparado ajude a se livrar da letargia causada pelos ataques paralisantes que ela e Valimor sofreram. O líquido quente e amargo desce queimando por sua garganta. Ela para depois do segundo gole, fazendo uma careta e olha para Valimor, que engole o conteúdo da caneca dele como se fosse água, antes de lançar a ela um olhar provocativo.

Um calor agradável envolve seu corpo ante aquele olhar. Ela pensa em devolver a provocação, mas não faria isso com a capitã Imelde ali do lado, pronta para fazer seu relatório.

— Certo, capitã. Vamos ver se eu entendi: vocês encontraram Dantena?

— Sim, senhora. Na verdade, eu diria que *ele* é quem nos encontrou. Fomos atacados por ele enquanto levávamos os feridos para a ponte de vento.

— E ele estava *dentro* da armadura do Avatar?

— Sim, senhora.

— *Macno la'aan*! E como foi que Odenari Rianam escapou?

— Ela foi atingida, assim como diversos soldados, por um ataque elétrico do Avatar, quero dizer, de Dantena. A eletricidade enfraqueceu o encantamento da algema e ela conseguiu se libertar.

— E ela não tentou fugir?

— Pelo contrário, alteza, ela se juntou aos demais, lançando ataques místicos contra o conselheiro. E quando o governador Nostarius se preparou para lançar um ataque, ela se colocou diante dele, como um escudo humano. Uma bola de fogo a atingiu em cheio. Ela... ela lançou um encantamento de proteção, mas no governador, em vez de em si mesma. Não... não restou muita coisa do corpo dela.

Valena engole em seco.

— E como está o governador?

A capitã lança um olhar inquisitivo para o aspirante Iseo Nistano, que se adianta.

— Ele está esgotado, alteza – responde ele. – Nós o escoltamos de volta ao palácio para ser tratado, mas o curandeiro disse que não é nada muito grave. O esforço para selar a *Godika Geonika* exigiu demais do corpo dele. E, quando ele viu o conselheiro Dantena bancando o Avatar, não pensou duas vezes antes de tentar selar a armadura também. Isso deve ter consumido o restante de suas forças.

Então o soldado que Valena viu dando aquele salto miraculoso era Leonel Nostarius. Não deveria estar surpresa. Depois que fizeram aquele homem, com certeza jogaram o molde fora.

— Mas a armadura, aparentemente, é forte demais para ele – acrescenta a capitã. – Dantena conseguiu escapar com ela antes de ser absorvida pela espada.

Acreditamos que o ataque do governador tenha drenado boa parte da energia da armadura, pois Dantena não conseguiu fazer nada além de voar para longe, tendo, aliás, algum trabalho para permanecer no ar.

Valena engole o restante de sua caneca, com uma careta, antes de perguntar:

— E quanto aos prisioneiros? Joara?

— Estão todos sob observação no palácio, alteza – responde Iseo. – Os curandeiros estão tentando descobrir uma forma de fazer com que recuperem a consciência, mas isso pode levar algum tempo.

Valena assente.

— Como Dantena conseguiu o controle da armadura? Onde está Radal? Quero falar com ele.

O aspirante Alvor Sigournei se aproxima, trazendo o ex-conselheiro, ainda algemado.

— Poderia fazer o favor de repetir para a imperatriz o que nos contou? – Alvor pede ao prisioneiro.

Radal assente e encara Valena.

— O general Narode encontrou pergaminhos antigos em alguma pirâmide damariana, com descrições detalhadas da armadura dourada do Avatar. Dantena se apoderou deles quando o general foi derrotado. Desde então, vem tentando decifrar o que está escrito neles.

Valena olha para ele com descrença.

— A armadura do Avatar está inerte desde o incidente com Donovan em Ebora. Os maiores sábios do Império a estudaram. Ela não reagia a nenhum tipo de encantamento, estava vazia, não restava nenhuma energia nela.

Radal sacude a cabeça.

— Isso não é verdade. Nós descobrimos que a armadura tem um suprimento ilimitado de energia. Só precisa de um espírito para servir como guia.

— Está me dizendo que Dantena tomou o lugar do espírito do Avatar?

— Bom, o cara dentro da armadura, definitivamente, era ele – diz a capitã. – E o poder que ele usou era muito grande. Nenhum de nós teria sobrevivido se não fosse pelo governador.

Neste momento, a plataforma de vento brilha, atraindo a atenção de todos. Valena prende a respiração, esperando ver os trajes negros de Sandora. E fica profundamente desapontada ao perceber que quem chega é Evander, acompanhado por seus amigos.

Ela sente o corpo de Valimor se retesar a seu lado, quando avista a *Mulher Alada*. Valena encara a fulana, desconfiada. Mas a outra, apesar de olhar para Valimor com raiva, não faz nenhum movimento na direção dele. Em vez disso, cruza os braços e desvia o olhar.

Já Evander marcha diretamente na direção de Valena.

— Sandora?

A preocupação na voz dele é evidente. Ela sacude a cabeça.

— Nada ainda.

— Me deem um pergaminho, eu vou até lá.

— Você não pode. Aquele metamorfo copiou os poderes dela e ativou a esfera negra, a mesma que destruiu Aldera. Se for lá, você vai ser engolido também.

— Não podemos deixar a tragédia se repetir!

— Não há o que possamos fazer – retruca ela. – Ao menos, desta vez, não ocorreu em um centro urbano.

— Mas, alteza – diz a capitã Imelde –, se a esfera crescer tanto quanto o fez em Aldera, vai atingir diversas vilas que existem ao redor do castelo.

Valena leva uma das mãos aos cabelos, praguejando baixinho.

— Sandora vem lendo e estudando para compreender seus poderes há mais de um ano – diz Evander. – Ela disse mesmo que poderia controlar o fenômeno?

— Sim – responde Valena, com um suspiro. – E que, se não pudesse, ganharia tempo para que pudéssemos escapar.

— A esfera negra tem sido o pesadelo que rouba o sono dela desde a tragédia de Aldera – diz ele. – Estava mais do que determinada a entender e controlar esse poder, já que o que mais queria era evitar que a tragédia pudesse voltar a ocorrer. Se ela disse que conseguiria, eu acredito nela.

Ele estende a mão.

Valena olha para a capitã e assente. Laina tira um pequeno pergaminho da mochila em suas costas e entrega a ele.

Quando o *Comandante* se dirige à plataforma, a *Sinistra* se coloca do lado dele, bem como a *Mal-Humorada*, o *Otimista*, a *Pirralha* e a *Mulher Alada*. A fulana, pelo visto, tinha se juntado oficialmente ao fã-clube de Evander agora. Se não estivesse tão desconfiada daquela *fret*, Valena concluiria que logo teria que inventar um apelido mais adequado para ela também.

Antes de chegar à plataforma, Evander levanta a mão, fazendo com que todos parem.

— Eu vou sozinho.

Gram faz menção de se aproximar, mas ele coloca uma mão no ombro dela.

— Preciso que vocês fiquem aqui e protejam Valena. Sandora nunca se perdoaria se alguma coisa acontecesse e, por causa dela, você não estivesse aqui para impedir.

— Obrigada pelo voto de confiança – reclama a capitã Imelde, estreitando os olhos.

Evander olha para ela.

— Se julga capaz de enfrentar alguém com o poder do Avatar, capitã? Meu pai tentou fazer isso e olha onde ele foi parar.

— Não fale com meus oficiais desse jeito – diz Valena, por entre os dentes. – Eles estavam lá, lutando ao meu lado, enquanto você não!

Ele aperta os punhos e estreita os olhos.

— E você não se importa em ficar aqui de braços cruzados enquanto sua melhor amiga pode estar correndo risco de vida?

— Pelo visto, eu acredito em sua esposa mais do que você – retruca Valena, apontando para a plataforma. – Eu *sei* que ela vai aparecer ali a qualquer momento.

Evander se prepara para dizer alguma coisa quando a *Mal-Humorada* põe uma mão no ombro dele, chamando sua atenção.

— Cale a boca – ordena ela. – Você está fazendo papel de idiota. De novo.

Ele fecha os olhos e respira fundo, forçando o corpo a relaxar. Então olha na direção da imperatriz e depois da capitã.

— Desculpe.

Neste momento, a plataforma de vento é ativada. Sandora, Falco e Gerbera surgem. Aos pés deles, está o metamorfo, deitado de bruços, com as mãos e os pés amarrados, grunhindo alguma coisa ininteligível através de uma mordaça. Cortes, arranhões e hematomas pontuam a pele exposta de todos eles que, exceto por Sandora, estavam com as roupas imundas e em frangalhos.

A *Bruxa* dá um passo trôpego na direção de Evander, que se adianta e a envolve em um abraço carinhoso.

Os soldados ao redor soltam gritos eufóricos e comemoram.

Gerbera está com uma espécie de coleira ao redor do pescoço, na qual está amarrado um cordão, cuja outra ponta está nas mãos de Falco. Ele desce da plataforma e ela o segue, como se fosse um cavalo treinado, olhando para o chão.

A uma ordem da capitã, três dos soldados sobem na ponte de vento, ao lado do homem amarrado. Um deles deixa cair um pergaminho, ativando a ponte, que envia os quatro para o palácio imperial.

— Eu consegui! – Sandora diz, a voz abafada, o rosto mergulhado no peito de seu companheiro. – Reverti a esfera negra! Eu descobri o que ela é. Não é um portal, como nós pensamos. Também não é uma fissura no espaço. É uma disfunção temporal!

— Psiu! – Evander diz, acariciando seus cabelos. – Está tudo bem. Estou orgulhoso de você. Mas podemos conversar sobre isso mais tarde. Você precisa descansar.

— Ainda não – responde ela, com um último beijo em seu rosto, antes de se afastar e olhar para Valena.

A imperatriz não se contém e corre até ela. As duas se abraçam, ambas lutando para conter as lágrimas.

— Não sabe o quão felizes nós estamos por você ter conseguido.

— Você está bem?

Valena sorri.

— E, depois de tudo isso, é *comigo* que você se preocupa?

Sandora se afasta, olhando na direção de Falco. O homem está parado, lançando olhares incertos às pessoas a seu redor, com Gerbera a seu lado. Vários soldados encaram os dois com desconfiança.

— Pode liberar Falco do encantamento? – Sandora pergunta a Valena.

— Por quê?

— Parece que chegamos tarde hoje – Falco diz, antes que Sandora possa responder. – Dantena conseguiu o que queria. Mas não tem problema. Com essa belezinha aqui eu posso ajudar vocês a darem cabo daquele traste. – Ele dá batidinhas de leve na espada que leva presa à cintura.

— Ele concordou em lutar conosco se o libertarmos – explica Sandora.

— Isso, e mais a promessa de ninguém chegar perto da minha nova mascote aqui. – Ele passa a mão na cabeça de Gerbera, que continua encarando o chão, mas tenta dar um sorriso, apesar dos feios hematomas ao redor da boca.

◆ ◆ ◆

Lucine Durandal entra no aposento, fechando a porta atrás de si com cuidado. Então fica parada, sem saber direito o que fazer.

— Queria me ver, senhor?

— Sim, senhora Durandal – responde Leonel Nostarius, que está sentado atrás de uma mesa, com Luma Toniato a seu lado. Ele aponta para a cadeira diante da mesa. – Se puder se sentar, por favor, tentaremos ser breves.

Com movimentos rápidos e decididos, Lucine puxa a cadeira e se acomoda, encarando o governador. A cota de malha especial que usa é flexível e quase não tolhe seus movimentos. Também quase não faz nenhum barulho quando se move. Seus cabelos estão presos por baixo do elmo aberto.

Ela sente o olhar de Leonel e Luma sobre ela e seu peito se agita em expectativa, mas mantém no rosto a sua costumeira expressão séria, que sempre faz um bom trabalho em ocultar seus sentimentos.

O homem à sua frente é um dos maiores heróis do Império. Mesmo com sua idade avançada, há poucos dias havia, literalmente, deixado de joelhos o cretino que se apoderou de um dos maiores poderes de que se tem notícia, fazendo com que fugisse com o rabo entre as pernas.

— Tenho uma pergunta para a senhora – diz o governador, depois de um instante. – Mas antes preciso que tenha completa ciência dos relatórios que recebemos esta semana. – Ele para de falar e olha para sua companheira.

— Os exércitos de Halias, Lemoran e das Rochosas estão se unindo. Alguém está organizando um grande ataque – diz Luma, devagar. – Deve ter ouvido falar nisso, não?

— Sim, senhora. Ouvi dizer que o ex-conselheiro Dantena está se passando pelo Avatar, viajando pelas cidades do norte e inspirando as pessoas a se revoltarem contra o Império.

— Na verdade, ele não está dizendo nada às pessoas diretamente, apenas aparecendo em lugares estratégicos, dando a entender que o Avatar apoia o que os governadores estão dizendo.

Governadores que são controlados por Dantena, Lucine pensa consigo mesma.

— O que indica que haverá uma guerra – conclui ela.

— Precisamente – responde Leonel. – Diga-me, senhora Durandal...

— Lucine – interrompe ela.

— Lucine – concede ele. – Está disposta a lutar nessa guerra?

— Sim, senhor – responde ela, sem nenhuma hesitação.

— Por quê?

Lucine estreita os olhos e inclina a cabeça de leve para o lado, surpresa com a pergunta.

— Devo muito ao Império, senhor. Acredito que não preciso lembrar o quanto o senhor e o capitão Joanson fizeram por mim durante tantos anos.

— Sim, estou ciente. Mas nada disso muda o fato de não termos sido capazes de resolver seu dilema pessoal.

— Não é só isso, senhor. O capitão me arranjou trabalho. Me deu um objetivo. Coisa que ninguém mais quis fazer por mim.

— Posso garantir que o Exército e o Império se beneficiaram muito dos seus serviços. Se existia uma dívida moral, você a pagou e já há muito tempo.

— Com todo respeito, senhor, por que está me dizendo tudo isso?

— Quero entender por que está disposta a arriscar sua vida para defender este país. Você tem outros assuntos para tratar. Sinceramente, quando partiu com Evander para Halias, eu não esperava que retornasse.

— Minha vida não mais me pertence, senhor. Evander estará na frente de batalha. E eu estarei ao lado dele.

— Por mais que isso seja admirável, está mesmo determinada a arriscar a sua própria vida apenas por lealdade a ele?

— A meu ver, não existe um motivo melhor do que esse. – Lucine volta a franzir o cenho. – Acreditava que um homem como o senhor pudesse entender isso.

— Sim, eu entendo. – Leonel troca um olhar com Luma, que suspira e fecha os olhos, abaixando a cabeça, claramente contrariada. – Sabe, Lucine, um bom soldado precisa conhecer seus limites, saber até onde é capaz de chegar e quando é a hora de jogar a toalha.

— Sim, senhor – concorda ela, sem entender direito.

— E isso nos leva ao ponto principal desta conversa. Estaria disposta a arriscar, em nome dessa sua lealdade, algo muito mais precioso do que sua própria vida?

Capítulo 21:
Coração Partido

O passado

Valena descobriu, da pior forma possível, o quanto as últimas semanas tinham exigido dela, o quão exausta estava, física e emocionalmente. Ou, pelo menos, isso é o que disse a si mesma, numa tentativa de resguardar seu orgulho.

Todo o seu treinamento, as habilidades místicas concedidas pela Fênix, seus instintos e reflexos, pelos quais tinha recebido tantos elogios nos últimos anos, nada daquilo tinha sido nem remotamente suficiente. Dizer que Sandora a tinha derrotado em batalha era o cúmulo do eufemismo. Valena tinha sido massacrada, humilhada da pior forma possível.

Não sentia uma frustração tão grande desde aquela luta contra Evander, tanto tempo atrás, em que ele a levou à loucura bloqueando todo e qualquer ataque que lançasse contra ele. A diferença era que, contra Sandora, não era uma luta de exibição, para entretenimento de uma plateia. Não havia regras. Valena podia usar todos os seus poderes com toda a intensidade, e fez isso. O que não lhe adiantou de absolutamente nada.

A *Bruxa* não só antecipava todos os seus movimentos como os neutralizava com facilidade. Ela conseguia conjurar uma espécie de chicote negro, que parecia se mover sozinho, cujo comprimento podia aumentar ou diminuir a seu bel prazer, e cuja ponta podia se tornar rígida como aço. E para tornar as coisas ainda mais complicadas, ela podia desmaterializar aquela coisa a qualquer momento e invocar outra, frustrando qualquer tentativa de Valena de danificar ou de enroscar aquelas coisas entre as árvores.

Não era possível realizar ataques corpo a corpo, uma vez que não conseguia se aproximar de sua oponente. Pelo menos não sem receber inúmeros golpes daquele maldito tentáculo negro ou, pior, ser envolta e imobilizada por ele. E seus ataques à distância também não eram efetivos.

O professor Romera sempre havia elogiado a habilidade de lançamento de bolas de fogo de Valena, a forma como ela conseguia realizar a invocação de forma quase instantânea. Era uma das pouquíssimas coisas na qual ela conseguia superar até mesmo o imperador Caraman. Mas, contra Sandora, o tempo de invocação parecia longo demais. A *Bruxa* parecia sempre saber o que ela faria a seguir, e os poucos projéteis místicos que Valena conseguia invocar com sucesso não tinham efeito, sendo bloqueados ou, simplesmente, errando o alvo.

A proteção concedida pelas chamas da Forma da Fênix absorvia boa parte dos impactos que recebia, mas não era, nem de longe o suficiente, pois aquele maldito chicote a golpeava sem piedade vezes e mais vezes sem conta. Misteriosamente, no entanto, Valena não sofreu nenhum arranhão durante toda a batalha. Apesar da rigidez, aquela coisa parecia não conseguir penetrar sua pele. Em vez disso, cada vez que era atingida, era o cansaço que sentia que aumentava, até chegar ao ponto de não conseguir mais manter a Forma da Fênix. Sua força e reflexos diminuíram. E ela finalmente foi envolvida e imobilizada.

Então a *Bruxa* a lançou com violência contra um tronco. Valena viu a árvore se aproximar a grande velocidade, imaginando que aquilo não era justo. As coisas não podiam acabar daquela forma. Ainda tinha tanto a fazer, tantas pessoas a ajudar, tantas injustiças a corrigir. Mas talvez fosse melhor terminar assim. Se não conseguia nem mesmo proteger a si mesma, talvez não estivesse à altura de ser a imperatriz.

Aquela constatação doeu. Muito.

Felizmente, aquilo durou apenas uma fração de segundo. No momento seguinte seu corpo atingiu o tronco e tudo escureceu.

◆ ◆ ◆

Quando voltou a abrir os olhos, a primeira coisa que Valena viu foi o teto de palha e as paredes de pedra de uma construção rústica. Estava deitada sobre o que parecia ser um colchão de palha e havia uma sensação de torpor que parecia tomar conta de cada parte de seu corpo, por menor que fosse. Até mesmo mover a cabeça de um lado para o outro era uma tarefa penosa.

Viu a *Bruxa* se aproximar dela, mas estava fraca demais para esboçar qualquer reação. Então sentiu algo sendo colocado entre seus lábios, um líquido adocicado invadindo sua boca. Aquilo fez com que percebesse que sua garganta não estava tão adormecida quanto o resto do corpo. Fechando os olhos, ela se rendeu à sede – que nem tinha notado que estava sentindo – e bebeu com avidez, sem se importar com o que poderia ser o que estava ingerindo. Em poucos instantes, sentia um pouco de suas forças retornando.

Sandora afastou o recipiente de sua boca e analisou seu rosto com atenção, antes de afastar para o lado o lençol, expondo seu peito desnudo. A *Bruxa* segurou com facilidade seus braços, impedindo sua tentativa instintiva de cobrir os seios, enquanto lançava a seu busto outro olhar avaliativo.

Sentindo um rubor cobrir suas faces, Valena baixou os olhos para si mesma, esperando ver as terríveis cicatrizes marcando seu peito... E piscou, surpresa, ao perceber que elas não estavam mais ali.

— Mas o quê...?

— Você tinha um ferimento grave – disse a *Bruxa*, voltando a cobrir seu corpo com o lençol. – Estava infeccionado. Há quanto tempo foi ferida?

Valena lambeu os lábios. Sua língua parecia inchada.

— Não sei. Um mês, eu acho. Talvez mais.

— Poderia ter morrido por causa daquilo. Por que não procurou ajuda?

O que está acontecendo? Por que essa ur xun se importaria com isso?

— O que fez comigo? – Valena perguntou, passando a mão pelo peito, por baixo do lençol, e não encontrando mais nenhum sinal do ferimento.

— Tive que usar meus poderes para forçar seu corpo a reabrir a ferida e expulsar o pus. O ferimento não poderia se curar de outra forma, nenhuma poção ou habilidade mística curativa teria efeito. Por alguns dias, achei que você não sobreviveria.

— Você me curou? Como...? Por quê? Quero dizer, você me atacou...

— Não. *Você* me atacou. Eu estava apenas cuidando dos meus assuntos.

— Você destruiu Aldera!

— Isso é verdade. Mas não fiz isso de forma voluntária.

Valena a encarou por um tempo, confusa. Era estranho. A *Bruxa* não poderia ter mais de 16 anos, mas falava como uma adulta. E uma adulta perfeitamente razoável, ainda por cima, o que fazia Valena se sentir como uma criança birrenta.

Sem saber o que pensar, ela moveu a cabeça devagar e olhou ao redor.

— Onde estou?

— Em minha casa.

— E onde, exatamente, ela fica?

— Ebora.

— Oh! – Aquilo era inesperado. Aparentemente, Valena estava longe de casa. *Muito* longe. – Por que me trouxe para cá?

— Porque precisava de cuidados. Você está sendo procurada, por isso não me pareceu boa ideia te deixar em algum hospital de Mesembria.

— E decidiu cuidar de mim você mesma? – Valena perguntou, incrédula.

— Se eu tivesse percebido naquele dia que seu caso era tão grave, não faria isso. Arrisquei usar meus poderes apenas porque me pareceu que mover você novamente poderia piorar ainda mais sua condição.

— E por que se deu a todo esse trabalho?

A *Bruxa* deu de ombros.

— Já morreram pessoas demais por minha causa.

♦ ♦ ♦

O presente

— Como ela está?

Cariele pega a caneca que Evander está segurando e toma um longo gole, antes de soltar um suspiro.

— Teimosa.

Evander sorri, balançando a cabeça e suspirando de alívio.

— Ela tende a falar grosso e usar aqueles trejeitos góticos assustadores quando dizem a ela o que fazer. Principalmente se a mandam ficar parada descansando.

— Ainda bem que não tenho medo de cara feia – retruca Cariele, parecendo cansada. – A condição dela parece estar boa agora, o bebê está forte, saudável e se mexe bastante. Mas isso não quer dizer que as coisas não possam piorar a qualquer momento. Se ela entrar em outra batalha como essa última, pode não retornar. Não é só a vida do feto que está em jogo, a dela também. Eu já perdi pacientes teimosas antes, e, definitivamente, não quero ver isso se repetindo.

— Ela não está muito confiante de que tenha chances de sobrevivência, com ou sem sua ajuda.

Cariele bufa.

— Com uma atitude como essa, ela provavelmente não tem chance nenhuma, mesmo!

Ele pega a caneca de volta e leva aos lábios, sorvendo mais um gole da cerveja.

Nesse instante, a sargento Jena Seinate entra no aposento, a orbe prateada flutuando no ar atrás dela. Evander olha para ela intrigado, notando a expressão aflita em seu rosto.

— Evander, tem uma coisa que acho que você vai querer ver.

— O que houve?

— Seu pai e Lucine estão em um dos pátios de treinamento.

Ele franze o cenho.

— Fazendo o quê?

— Acho que é melhor você ver por si mesmo.

◆ ◆ ◆

Valena sente o sol no rosto e o vento nos cabelos. Pode ouvir o barulho dos pássaros e os ruídos distantes do palácio. Mas, no momento, nada lhe importa além do corpo pressionado contra o seu e das sensações que o calor dele lhe provoca.

O beijo termina e ela afasta a cabeça, encarando os olhos negros de Valimor. Ele tem uma expressão apaixonada no rosto, está tão afetado por aquela intimidade quanto ela, talvez mais.

Por sobre o ombro dele, Valena pode ver a extensão de seus domínios. Do topo da torre onde estão é possível observar a maior parte da cidade de Aurora e vários quilômetros além. Mas, no momento, tudo aquilo parece pequeno em comparação com a enormidade dos sentimentos que aquele homem desperta dentro dela.

— Tem uma coisa que eu preciso dizer.

Ele olha para ela com expectativa, mas não responde. Valena dá dois passos para trás, rompendo o contato. Imediatamente sente falta da sensação dos braços dele a seu redor, mas precisa de distância se realmente quiser compartilhar aquilo com ele.

— Eu recebi um augúrio, muito tempo atrás – começa ela, abaixando os olhos. - A Fênix me disse que eu encontraria um companheiro, alguém com quem iria me unir. Alguém com quem eu iria compartilhar tudo e que me levaria a encontrar a plenitude completa.

Ele a olha, surpreso, mas continua em silêncio.

— Eu... – Aquilo está sendo muito mais difícil do que pensou. – Eu não sei se você é esse companheiro, mas eu acredito com todas as minhas forças que seja. O que eu sinto por você é tão intenso, tão perfeito...

Um leve sorriso se instala nos lábios masculinos por um instante. Mas então ele parece notar a apreensão dela e franze o cenho de leve, uma pergunta clara em seu semblante.

— Mas esse "companheiro", segundo o Eterno, não será o único.

Ele arregala os olhos. Ela trata de continuar, rapidamente, antes que perca a coragem:

— Ela me disse que eu teria vários "companheiros". E que não seria... você sabe... apenas um de cada vez.

Valimor dá dois passos para trás, chocado. Obviamente, não gostou nem um pouco da ideia, como ela imaginava que aconteceria.

— Traição é o que me mandou pro inferno – diz ele, por entre os dentes. – Não quero voltar lá.

Com isso, ele lhe dá as costas e toma o caminho da escadaria, deixando Valena ali, sentindo o vento no rosto e uma dor quase insuportável no peito.

◆ ◆ ◆

Curiosos formam uma pequena plateia no pátio, observando, com diversos graus de fascinação e preocupação, o complicado ritual que Leonel Nostarius e Luma Toniato realizam, com a ajuda de Eliar Radal.

O ex-conselheiro parece ávido em compartilhar tudo o que aprendeu nos meses em que passou ao lado de Dantena estudando os velhos pergaminhos damarianos. E alguns dos mistérios revelados naqueles documentos, aparentemente, eram a chave para a realização de um feito que Leonel e Luma tentavam idealizar há várias décadas.

Lucine Durandal está suada e ofegante quando o ritual atinge seu clímax. Ela levanta a espada, a mais bela e intrincada arma que ela jamais pusera os olhos antes, e sente seu potencial, seu fluxo, seu poder. E então é subitamente envolvida por uma sensação extremamente desconfortável, nauseante. Sente que alguma coisa se apossa dela, invadindo seu corpo e seu espírito. Algo maligno e incrivelmente poderoso. Algo que deseja tomar o controle, que quer destruir seu hospedeiro para poder escapar e trazer o caos ao mundo.

Ela trinca os dentes e resiste, precisando de toda a sua determinação para manter aquele ser vil sob controle, aprisionado. Leva algum tempo, mas finalmente a arma mística parece ceder a seu comando, a empunhadura recoberta por um tipo macio de couro parecendo se encaixar em sua mão, como se a reconhecesse como sua nova mestra.

Lucine corta o ar com a espada diversas vezes, sentindo um enorme alívio ao perceber que aquilo tinha acabado, que sua aptidão natural havia sido suficiente para dominar o uso daquele artefato e conter os diversos prisioneiros que ele carrega.

Ela olha para Leonel, perplexa com o tamanho do fardo que ele havia carregado por tantos anos. Se ele tinha conseguido manter algo daquela magnitude sob controle por tanto tempo sem sucumbir ao impulso quase irresistível de abraçar todo aquele poder, de deixar que o envolvesse, o consumisse, de ser completamente possuído por ele, o homem é muito mais impressionante do que jamais imaginou.

Lucine duvida que esteja ao mesmo nível dele. Não sabe por quanto tempo conseguirá se controlar. Mas se aquele é o preço que tem que pagar para que o ex-conselheiro Aumirai Dantena possa finalmente ser derrotado, para que Evander tenha a paz que merece, ela, de bom grado, dedicaria cada momento de sua vida à luta para manter aquelas criaturas seladas.

Claro que seus problemas pessoais tiveram grande peso em tomar a decisão de aceitar aquela arma. Aquilo lhe daria os meios para derrotar o monstro de seu passado, o responsável pela vida miserável que vem vivendo há mais de seis anos. Mas isso pode esperar.

A pequena multidão no pátio se abre para dar passagem a Evander, que a encara de olhos arregalados, reconhecendo a arma que havia sido do pai dele e que agora ela empunha com determinação. Apesar de sua expressão não ocultar seu medo e preocupação, ele não diz nada. Apenas a olha por diversos instantes, avaliando sua expressão. Provavelmente tentando descobrir se ela precisa de algum tipo de ajuda.

Aquilo aquece seu coração. Ela sabe que a disposição dele em ir até as últimas consequências para garantir seu bem-estar não tem, necessariamente, relação com ela. Sabe que ele faria o mesmo por outras pessoas. Droga, ele provavelmente é idiota o suficiente para fazer aquilo por qualquer um. Mesmo assim, não pôde evitar a sensação de bem-estar. De ser apreciada. De ser *necessária*.

O sentimento fortalece a sua determinação e ela brande a arma mais uma vez, conseguindo agora enterrar de vez dentro de si os "prisioneiros" da espada, que tentavam de toda forma minar sua coragem e enfraquecer sua resolução, querendo desesperadamente a liberdade. A sensação de náusea vai diminuindo e as vozes desconexas em sua cabeça vão desaparecendo.

Ela suspira e embainha a espada, antes de se virar para Leonel Nostarius, que a encara com um misto de preocupação e orgulho. Subitamente, ele lhe parece cansado, esgotado.

— Está feito – diz ele, numa voz hesitante. – Esse poder agora é seu, bem como a maldição que está ligada a ele. E deve ser usado com sabedoria.

Ao ver seu companheiro oscilar, ameaçando perder o equilíbrio, Luma o segura pela cintura e o ajuda a caminhar para fora do pátio.

Evander encara Lucine, ainda sem dizer nada, mas ela pode ver a pergunta em seus olhos. Uma pergunta a que ela se sente compelida a responder.

— Aquela cabeça-dura não vai parar de lutar enquanto Dantena continuar à solta – explica. – E por causa disso você também não vai ter paz. Eu vou acabar com isso.

— E você acha que vale a pena passar por tudo isso – ele aponta para a espada amaldiçoada em sua cintura – apenas para me trazer paz?

Em vez de responder, ela lhe dá as costas e sai caminhando.

◆ ◆ ◆

Valena entra no quarto de Sandora, seguida pela capitã Imelde, e fica surpresa ao encontrar Falco ali em pé, ao lado da cama onde a *Bruxa* está deitada.

— Achei que estivesse se divertindo com a sua... escrava.

O sorriso zombeteiro, que parece estar quase constantemente no rosto dele, falha por um momento. Ele parece estranhamente sensível quando o assunto é a ex-conselheira Gerbera. O que é muito curioso, uma vez que não fez segredo de seu desejo de se aproveitar da condição mental dela e usar a mulher para satisfazer seus caprichos.

Valena, normalmente, nunca concordaria com uma coisa daquelas, mas Sandora, por alguma razão, acredita que aquele homem não é tão ruim quanto ele próprio dá a entender, e havia intercedido a seu favor.

— Eu estava apenas verificando se a nossa *beledana* estava sendo bem cuidada.

— Sei... – resmunga Valena, desconfiada. O motivo de ele ficar chamando Sandora por aquele nome é um mistério, pois o infeliz se recusa a explicar o que aquela palavra significa.

— Como está a princesa? – Sandora pergunta.

— Pelo visto, vai ficar inconsciente por algum tempo ainda. Não conseguimos descobrir uma forma de fazer com que ela e os outros acordem.

— Nesse caso, que bom que não estamos com pressa – diz Falco. – Com o farol destruído, não temos como voltar para Chalandri mesmo, então deixe a princesa descansar mais um pouco.

— Está com medo do que ela pode nos contar quando acordar? – Valena pergunta, estreitando os olhos.

— Eu não tenho medo de nada – A voz dele, no entanto, não está muito firme, o sotaque se intensificando.

— Por que estão aqui? – Sandora pergunta, encarando Valena.

— Luma Toniato conseguiu encontrar uma forma de ativarmos o poder do machado. As tropas vão marchar para o norte amanhã. A luta é inevitável, e essa será a maior batalha da história do Império. Precisamos decidir a melhor forma de utilizar esse poder a nosso favor. Luma, Cariele, os senadores e os sábios imperiais estão aguardando na sala do trono para discutirmos opções. Queremos que você participe.

Sandora assente e se levanta, devagar. Seu ventre parece ter aumentado consideravelmente nos últimos dias, como se o bebê tivesse passado por um desenvolvimento acelerado.

— E quanto a Eliar Radal?

Valena cerra os dentes.

— Não gosto de ter aquele homem por perto. Não posso esquecer de tudo o que ele fez nos últimos anos.

— Isso não importa agora, precisamos do conhecimento dele.

Valena suspira e vira a cabeça para a capitã, fazendo um gesto de assentimento, numa ordem silenciosa.

— Vou pedir para buscarem ele na masmorra – diz Laina, hesitando por um momento e olhando para Falco. Valena havia percebido que a capitã não parava de lançar olhares desconfiados para ele desde que entraram.

— Eu não mordo, belezinha – diz ele, com olhar zombeteiro. – Pelo menos não se você não pedir.

A capitã olha para Valena e depois para Sandora e suspira, indo até a porta, mas então lança ao homem um rápido olhar por sobre o ombro.

— Saia da linha uma vez que seja, e eu vou atrás de você de novo. Vou te pegar, com ou sem espada mágica. E, dessa vez, não vai haver nenhum acordo.

— Vocês não adoram uma mulher determinada? – Falco diz, rindo, enquanto Laina sai, pisando duro.

Valena o ignora, olhando para a *Bruxa*.

— Precisa de ajuda?

— Não, obrigada – responde a outra, caminhando devagar, mas com determinação na direção do corredor.

Valena a segue. Gram e Valimor estão recostados à parede do lado de uma janela e saúdam as duas com gestos de cabeça quando se aproximam. Ou melhor, a *Sinistra* saúda as duas. Valimor apenas assente para Sandora e evita o olhar de Valena.

Neste momento, algo curioso acontece.

Franzindo o cenho, ela para de andar e olha com atenção, primeiro para Valimor e depois para Gram. Em seguida, encara Sandora. Então se volta e vê Falco caminhando na direção oposta.

O que é isto que estou sentindo?

— O que houve? – a *Bruxa* pergunta.

— Não sei. Apenas uma sensação estranha.

Ela troca um olhar com Valimor, percebendo a súbita preocupação nos olhos dele. Mas então o homem vira a cabeça, como vem fazendo sempre que ela está por perto nos últimos dias.

◆ ◆ ◆

— Você não está em condições de participar de uma batalha! – Cariele vocifera na direção de Sandora.

Estão sentados ao redor de uma mesa de reuniões, na sala do trono.

— Por mais que eu concorde com isso, precisamos dela – diz Evander. – Não tenho a afinidade mística adequada para ativar o machado. E se quisermos mesmo expandir nossos poderes de proteção, isso precisa ser feito por um de nós dois. Pessoalmente. E o mais próximo possível do campo de batalha.

— Podemos usar uma flutuação diferente – insiste a esposa do Dragão. – Algo ofensivo, por exemplo.

— Não, se quisermos salvar vidas – retruca Sandora, séria.

Valena lança um olhar para Luma Toniato, que assente.

— A ideia de Sandora parece ser a melhor opção.

Neste momento, um soldado se adianta.

— Com licença, alteza?

— Diga, soldado – responde Valena.

— O governador Nostarius está pedindo a presença da senhora Toniato.

Luma se levanta com um sobressalto, derrubando a cadeira para trás, o que chama a atenção de todos.

— Desculpe, alteza, mas gostaria de pedir sua licença – diz ela. – Ele não interromperia esta reunião se não fosse algo importante. Preciso...

— Está tudo bem – responde Valena, ao ver a *Chata de Galocha* tendo dificuldade para concluir uma frase pela primeira vez desde que a conheceu. – Me deixe saber se precisarem de alguma coisa.

Ao ver o *Comandante* fazendo menção de se levantar também, Valena levanta uma mão na direção dele, pedindo silenciosamente para que fique onde está. Ele olha para Luma, que se despede com uma breve cortesia e caminha na direção da porta, apressada. Então, com resignação, volta a se acomodar ao lado de Sandora.

— Se me permite fazer uma colocação, alteza – diz o senador Olger, que usa seu tradicional chapéu pontudo –, em relação ao assunto em pauta, me parece uma decisão muito séria e que pode colocar vidas em risco. Talvez fosse prudente consultarmos uma vontade superior.

— Quer dizer, como um *augúrio*? – Quer saber o senador Ajurita, acariciando sua longa barba branca.

— Posso tentar – diz Valena, apertando os punhos ao se lembrar de todas as suas tentativas frustradas nos últimos dias.

— Vocês estão seriamente pensando em perder tempo com *isso*? – Eliar Radal exclama, incrédulo, enquanto agita os punhos, que estão presos por uma algema. O aspirante Alvor Sigournei, que monta guarda atrás dele, leva uma das mãos a seu ombro e segura firme, impedindo que se levante.

— Tem algo útil para acrescentar, Radal? – Valena pergunta, franzindo o cenho.

O homem lança um olhar para as outras pessoas ao redor da mesa.

— Vocês *sabem* que as grandes entidades foram destruídas, não sabem?

O salão cai em um silêncio chocado.

— Do que está falando, homem? – Pergunta o general Camiro.

— Tanto a Grande Fênix quanto o Espírito da Terra deixaram de existir anos atrás, logo que Narode se apoderou da *Godika Geonika*. A primeira coisa que ele fez quando obteve o controle da arma foi invadir o espaço alternativo onde as entidades viviam e então erradicou a ambas da existência. Se não fizesse isso, nunca conseguiria ter êxito em seus planos de dominação.

— O que está dizendo? – Valena pergunta, levantando uma das mãos. Uma chama avermelhada brota de sua palma, queimando de forma intensa por alguns segundos antes de ela fechar a mão e o fogo desaparecer. – É a Fênix quem me concede meus poderes e mantém esta marca. – Ela aponta para o rosto.

— Você não sabe *mesmo*, não é? – Radal balança a cabeça, parecendo genuinamente perplexo. – Quando estava morrendo, a Fênix procurou pela pessoa mais próxima que tivesse o nível de afinidade necessário para receber a marca. Ela transferiu todas as forças que ainda tinha para você, numa última tentativa de lutar contra Narode.

Um pequeno caos reina no salão por alguns instantes. Alguns dos senadores se levantam, furiosos, exigindo que Radal seja calado ou retirado da sala. Os demais presentes murmuram entre si enquanto lançam olhares preocupados na direção de Valena. Alguns parecem amedrontados, outros confusos. Evander e Sandora trocam um olhar sério.

Valena se levanta e grita, furiosa:

— Silêncio!

Todos imediatamente param de falar e retomam seus assentos.

— Ele está dizendo a verdade? – Sandora pergunta para Evander.

— Sim – ele assente, devagar, sem tirar os olhos de Radal. – Ou, pelo menos, o que *pensa* ser a verdade.

Uma sensação horrível começa a crescer no peito de Valena. Ela lança um olhar cortante ao casal.

— Isso *não é* verdade! A Fênix se comunica comigo. Eu tenho certeza de que...

— A Fênix *nunca* se comunicou com você – insiste Radal. – Estava morta muito antes de você sequer se dar conta de que tinha recebido essa marca.

— Você não sabe do que está falando. Eu posso realizar augúrios. Venho fazendo isso há anos!

— Isso não quer dizer nada. Seus poderes apenas tomaram forma devido ao seu desejo de ser como os outros imperadores. Você ouviu apenas o que *queria* ouvir. Ou talvez palavras que a Fênix tenha desejado que ouvisse, palavras que plantou dentro de você quando lhe concedeu a marca.

— Se isso fosse verdade, o imperador Caraman teria me dito!

— Caraman nunca teria sido derrotado se a Fênix estivesse viva. Ele tinha uma conexão muito forte com ela, coisa que você nunca teve porque ela não mais existe. Não sei por que o imperador nunca revelou nada disso a você, mas ele sofreu bastante quando a conexão com a entidade foi cortada. Achamos que fosse morrer de desgosto, mas aquela esposa dele conseguiu, de alguma forma, dar alento a ele. Foi por isso que Dantena a envenenou: para tentar tirar as esperanças dele e fazer com que ficasse vulnerável.

Lágrimas começam a escorrer pelo rosto de Valena. Ela sabe que não deve dar ouvidos às palavras daquele homem. Ele deve ter enlouquecido, assim como os demais ex-conselheiros. No entanto, saber daquilo não ajuda a afastar a horrível sensação de perda e vergonha que se apodera dela.

— Isso é bobagem! Eu fui escolhida por ser digna! Estou melhorando a vida das pessoas! Estou reconstruindo o Império!

— Você apenas estava no lugar errado na hora errada! – insiste Radal, no mesmo tom. – De outra forma, provavelmente nunca teria recebido essa marca!

— Chega! – exige o general Camiro. – Levem esse homem de volta à masmorra, agora!

♦ ♦ ♦

— Tudo indica que nossas precauções não foram suficientes – diz Leonel, com uma voz fraca. – A ideia de Radal... não deu certo.

Alarmada, Luma olha para o curandeiro.

— Já fizeram exames? Não descobriram ainda o que pode ser?

— Sim – responde o homem –, mas até agora não recebemos nenhuma leitura que não fosse natural, exceto pelo volume do fluxo energético. O corpo dele não está recebendo força vital suficiente para continuar funcionando.

— Sabíamos que isso era uma possibilidade, Luma – diz Leonel, num tom conformado. – O artefato ficou vinculado ao meu corpo por tempo demais e fiquei dependente do fluxo energético dele.

— Por que você tinha que fazer aquilo? – Luma tinha perdido a conta de quantas vezes tentou fazer o cabeça-dura mudar de ideia. – Poderia muito bem continuar com a espada!

— Meu tempo... está se esgotando... Eu estou velho demais... para isso. Pelo menos agora... os jovens têm uma chance... de lutar...

— Para o inferno com os jovens! O que vai ser de mim sem você?

— Nós... conversamos sobre isso...

Sim, eles haviam conversado. Haviam concordado que aquela era a melhor linha de ação. Juntos, haviam planejado diversas ações de contingência. Mas nada daquilo lhe servia de consolo no momento.

Parecendo sentir a dor dela, ele levanta uma mão e acaricia seu rosto com um dedo.

— Estou feliz... porque pelo menos... por algum tempo, fui capaz de... amar você...

Depois de décadas lutando lado a lado, passando por incontáveis situações de vida ou morte, eles finalmente tinham conseguido vencer os traumas passados e construir um relacionamento. Até pouco mais de um ano atrás, nenhum dos dois se considerava capaz daquilo.

Um ano. O melhor ano da vida de ambos. As lágrimas começam a escorrer, abundantes, pelo rosto dela.

— Não... – A palavra soa como se tivesse sido arrancada dela contra a vontade.

Ele não responde. Já não é mais capaz sequer de manter os olhos abertos.

O curandeiro imediatamente se aproxima, fazendo um sinal para que ela se afaste, e começa a medir os sinais vitais, enquanto grita algo para as enfermeiras.

Luma fica no canto do aposento, olhando a movimentação, com uma expressão estupefata no rosto. Pode ouvir o que dizem, mas não consegue entender nada. Não faz questão de entender nada. Aquilo não mais importa.

Não é justo. Por que não é *ela* quem está ali naquela cama em vez dele? Por que as pessoas boas têm que morrer enquanto os monstros sobrevivem? *Por quê*?!

O que faria agora? Como poderia continuar vivendo, quando a vida da única pessoa com quem realmente se importava estava se esvaindo em frente a seus olhos?

Então ela sente uma dor horrível, como se seu coração estivesse sendo rasgado ao meio. Ela sabe o que está acontecendo, mas não tem forças para impedir. Não tem mais nenhum motivo para lutar. Sem ele, ela não vê mais nenhuma razão para sua própria existência.

E nem para qualquer outra.

Capítulo 22:
Unhas e Dentes

O passado

Depois da surra que tomou de Sandora e do que quer que fosse que a *Bruxa* tenha feito para curar o ferimento em seu peito, Valena acabou levando várias semanas para se recuperar.

No primeiro dia que conseguiu pôr os pés para fora da cama e sair do quarto, ela deu de cara com um esqueleto humano perambulando pelo ambiente, usando uma velha armadura vermelha caindo aos pedaços. A criatura virou o rosto esquelético para ela e, por um momento, Valena achou que sua hora tinha chegado. Pensou em gritar a plenos pulmões ou sair correndo, mas mal tinha forças para se mexer. Não podia fazer nada além de encarar aquela horrenda visão do inferno, completamente boquiaberta e sem ação.

O monstruoso ser, no entanto, apenas deu alguns passos para trás, aumentando a distância entre os dois, antes de inclinar a cabeça de leve para o lado.

Valena piscou algumas vezes, confusa, e olhou em volta. Ao ver Sandora sentada ao redor de uma mesa rústica, calmamente levantando o olhar do livro que estava lendo, tratou de fechar os olhos por um momento e respirar fundo, tentando controlar as batidas descompassadas do coração.

— Esse é Gram – disse a *Bruxa*, fazendo um gesto de cabeça na direção do esqueleto, como se aquilo explicasse tudo.

Então, para surpresa de Valena, a criatura fez uma leve cortesia e se afastou, saindo da cabana e desaparecendo lá fora. Aliviada, Valena voltou a encarar Sandora.

— E o que, exatamente, é ele?

— A vítima de uma maldição.

Valena considerou aquilo por um momento, antes de arregalar os olhos.

— Uma maldição que não tenha sido lançada por *você*, espero.

— Encontrei ele nessas condições, preso no interior de uma velha pirâmide. Libertei ele de lá e venho tentando descobrir como fazer com que volte ao normal.

Valena não conseguiu segurar um suspiro de alívio. Pensando friamente, a *Bruxa* poderia estar mentindo mas, por alguma razão, não acreditava que fosse o caso.

Então, Sandora puxou um tecido grosseiro de sobre a mesa, revelando um prato com carne assada e uma caneca fumegante contendo algum tipo de chá.

Com a fome, subitamente, suplantando completamente suas preocupações, Valena se sentou, começando a comer. Tinha alimento ali suficiente para toda uma família, mas fazia dias que ela não tinha uma refeição decente e ficou grata pela fartura. No momento, não se espantaria se fosse capaz de dar conta de tudo aquilo e ainda repetir.

— Coma devagar – recomendou Sandora, com um tom de reprovação na voz. – A gula pode matar, como deve saber.

Valena engoliu um bocado e tomou um longo gole do chá. Tinha um sabor exótico, um pouco amargo, mas no momento lhe parecia a coisa mais deliciosa do mundo. Ela voltou a suspirar.

— Isso aqui é bom – disse, antes de voltar a atacar a carne tenra com vontade, sem se importar muito com a etiqueta.

Ignorando sua voracidade, a *Bruxa* voltou a abaixar a cabeça, dedicando toda sua atenção ao grande livro de capa vermelha que estava aberto à sua frente.

Valena continuou a comer até concluir que sua fome não era nem de longe tão grande quanto imaginara a princípio. O prato ainda não estava nem pela metade quando percebeu que não conseguiria comer nem mais um pedaço. Então reclinou o corpo na cadeira, limpando os lábios com a manga da túnica que usava.

Azelara Caraman teria um ataque se pudesse ver sua falta de modos.

Normas de etiqueta não têm nenhuma utilidade neste lugar mesmo, não é? Onde quer que isto seja.

— Você disse que estamos em Ebora – disse, tentando puxar assunto. – Mas onde, exatamente?

— Chamam esta região de "Floresta Amaldiçoada". A cidade mais próxima é Vale Azul, a dois dias de viagem para o leste.

— Sei. – Valena não sabia. Na verdade, nunca tinha ouvido falar nem da floresta, nem da cidade. Deu mais uma olhada no prato. – Costuma alimentar tão bem os seus prisioneiros?

Sandora levantou os olhos para ela.

— É isso que pensa que é? Minha prisioneira?

— E não sou?

Sandora levou a mão a um bolso do pesado manto escuro que usava e tirou de lá uma folha de papel enrolada, que jogou em cima da mesa, ao lado do prato de Valena.

Curiosa, ela pegou o papel e desenrolou devagar. E arregalou os olhos novamente, desta vez perplexa.

— *Afka quduuska ah ee wasakhda*! Onde conseguiu essa *soo saarid*?!

Sandora a encarou por um momento, franzindo o cenho, antes de responder.

— Dizem que tem cartazes como esse em todas as grandes cidades do Império desde que você desapareceu do palácio.

Valena olhou mais uma vez para o seu rosto, retratado com bastante perfeição, considerando que era feito com traços grossos, provavelmente de carvão. Abaixo dele, em grandes letras, estava escrito "Procura-se", e um pouco mais para baixo havia seu nome e um aviso de que se tratava de uma pessoa muito perigosa e que qualquer informação sobre seu paradeiro deveria ser repassada às autoridades imediatamente.

— Estão fazendo parecer que sou algum tipo de criminosa!

— E não é?

— É claro que não! Eu sou a herdeira do trono! Não sabe o que é isto? – Ela apontou para a marca da Fênix em sua face.

— Estão dizendo que você é uma impostora e que seu objetivo era se infiltrar no palácio e assassinar o imperador para assumir o lugar dele.

— Isso é uma calúnia!

— Não gosta de ser chamada de criminosa?

— É claro que não!

— Então você deve ter uma boa ideia da razão de eu não gostar de ser chamada de "bruxa".

Valena olhou para a outra, surpresa e levemente envergonhada. Duvidava de que um dia seria capaz de pensar nela usando outro termo que não fosse "a *Bruxa*". Aquele apelido era, simplesmente, perfeito demais para ela. Mas podia evitar falar aquilo em voz alta, não podia? Afinal, mesmo sem saber direito o porquê, sentia que podia confiar nela.

— Você não vai estar em condições de viajar por algumas semanas – continuou Sandora. – A infecção no seu ferimento era grave demais para os meus poderes darem conta. Não entendo como ainda tinha forças para lutar. Por sorte, eu ainda tinha algumas das poções que peguei com os militares, mas você vai ficar fraca por bastante tempo ainda. Sair por aí nessas condições e com sua cabeça a prêmio não seria muito prudente.

— Parece que sim – admitiu Valena, suspirando. – E você está disposta a me deixar ficar por aqui? Até quando?

— Não pretendo ir a lugar algum, por muito tempo – respondeu Sandora, voltando a cobrir o prato de carne com um pano e o levando até uma prateleira improvisada em um canto.

— Certo – disse Valena, vendo a outra voltar a se sentar. – Escute, ontem você disse que pessoas demais morreram por sua causa. O que quis dizer com aquilo?

— Uma cidade inteira está morta por minha causa. Você sabe muito bem disso. Não é essa a razão pela qual me abordou aquele dia?

Valena a estudou por um momento.

— Mas o que aconteceu, afinal? Você não parece o tipo de pessoa capaz de...

— E o que aconteceu com o "você vai responder pelo que fez"? Foi isso o que me disse antes, não foi?

Valena soltou um riso nervoso.

— Acho que não estou em condições de obrigar ninguém a nada no momento.

— Eu fui concebida em uma experiência de um velho maluco cujo objetivo era abrir um portal para o inferno.

A *Bruxa* realmente tinha o dom de deixar os outros perplexos. Valena a encarou, incrédula. Tinha dito aquilo num tom calmo e comedido, como se não se desse conta do quanto soava absurdo.

— Antes mesmo de eu nascer – continuou Sandora, olhando para algum ponto distante na direção da porta –, ele concluiu que a experiência tinha sido um fracasso e abandonou minha mãe para morrer. Mas, feliz ou infelizmente, eu sobrevivi. – Enquanto falava, ela ia ficando cada vez mais soturna. – Quando ele me encontrou novamente, agora já crescida, decidiu tentar tirar o máximo de proveito possível dos meus poderes, os mesmos que ele julgava inúteis. Então me incentivou a explorar minha afinidade, por fim descobrindo essa habilidade latente de criar brechas no espaço. Por fim, me iludiu a ativar essa habilidade na intensidade máxima, o que criou uma esfera de energia negra que engolfou toda a cidade de Aldera.

Ao terminar aquele breve relato, a respiração dela estava acelerada e os punhos cerrados. Valena viu um leve tremor em sua pálpebra esquerda, como se fosse um tique nervoso. Se a *Bruxa* estava mentindo para conseguir sua simpatia, estava fazendo um ótimo trabalho.

Cobrindo a mão da outra com a sua, Valena disse, com suavidade:

— Isso deve ter sido... difícil.

Sandora voltou a olhar para ela.

— Venho tentando aprender sobre meus poderes desde então, para tentar entender o que houve e descobrir se há alguma forma de salvar aquelas pessoas.

— Entendo.

Sandora puxou a mão, rompendo o contato.

— Pronto, agora você já sabe o que aconteceu. Me matar ou me mandar para a masmorra não vai trazer a cidade de volta. – Ela fez uma pausa e sacudiu a cabeça, parecendo inconformada. – Não sei por que estou falando tanto, esse assunto nem é de sua conta.

— Ei, pode confiar em mim, está bem? Posso ser cabeça dura às vezes, mas eu ainda sou a sucessora do trono imperial, escolhida a dedo pela Grande Fênix. Tudo o que eu quero é ajudar.

As palavras de Valena surpreenderam até mesmo a si própria. Não costumava fazer amizades tão rápido assim. Mas, no momento, a outra parecia solitária e carente, o que a fazia ter vontade de se aproximar e garantir que tudo ficaria bem.

O Favor Divino tinha colocado essa garota em seu caminho por uma razão, não é? O Eterno às vezes trabalhava de formas misteriosas. Talvez sua ajuda fosse necessária para a *Bruxa* conseguir atingir seu objetivo e restaurar a cidade.

◆ ◆ ◆

O presente

Do alto da colina onde estão, é possível ver a movimentação dos dois exércitos. As tropas imperiais entram em formação, preparados para enfrentar a força combinada das demais nações, no que provavelmente será a maior batalha da história, envolvendo centenas de milhares de soldados. Não é possível ver todo o exército inimigo devido à distância, mas Valena sabe que é tão grande e formidável quanto o seu próprio.

— Então você realmente acha que os habitantes de Aldera ainda estão vivos? – Ela pergunta, falando a primeira coisa que lhe vem à mente, numa tentativa de amenizar a apreensão pela situação em que se encontram.

— Aquele buraco é uma disfunção temporal – responde Sandora, esquadrinhando o horizonte.

Valena pondera que o desastre de Aldera fica insignificante, se comparado à quantidade de pessoas que podem morrer hoje.

— A cidade foi removida da nossa linha temporal – Sandora continua. – Tudo o que precisamos fazer é encontrar uma forma de realinhar o fluxo e poderemos reverter o processo.

— Mas as pessoas estão desaparecidas há mais de um ano. Dependendo de onde tiverem ido parar, podem não ter sobrevivido.

Sandora sacode a cabeça.

— Você não está entendendo. A cidade foi removida do fluxo do tempo. Do nosso ponto de vista, os habitantes estão inertes, imobilizados, sua força vital congelada. Quando os trouxermos de volta, será como se nada tivesse acontecido para eles.

— Como pode ter tanta certeza disso?

— Eu vi acontecer. Quando Jester ativou a esfera negra, eu percebi os efeitos. Eu fiquei horas lá dentro, até conseguir reverter o fluxo de energia, mas depois que a esfera se dissipou Falco me disse que tinham se passado apenas alguns minutos. Além disso, eu reconheci a frequência do fluxo, estudei bastante sobre isso. Tudo se encaixa.

— Se existem livros sobre o assunto, por que nenhum dos sábios se deu conta de nada disso até agora?

— Porque nunca houve uma emanação dessas em tão larga escala. Um efeito como aquele seria impossível de causar apenas com a intensidade energética de uma pessoa. Ou de qualquer ser vivo.

— Se fosse impossível, não teria acontecido.

— Sim, mas o *meu* fluxo não é igual ao de uma pessoa comum.

— Alteza – chama o general Camiro. - As tropas hostis começaram a se mover. É hora.

Valena suspira.

— Certo, general. Vamos colocar o plano de Sandora em ação e tentar salvar meio milhão de vidas.

Erineu Nevana recobra a consciência, mas seu corpo está pesado demais. Até o esforço necessário para abrir os olhos parece sobre-humano no momento e ele apenas fica ali, imóvel e amaldiçoando o próprio destino.

Aparentemente, suas preces não foram atendidas e ele continua vivo, para servir de cobaia para os experimentos de Dantena. Não tem dúvidas de que a tortura recomeçará assim que aquele desequilibrado se der conta de que está consciente.

Sente alguém lhe colocando algo na testa. Um pano úmido? Estão... cuidando dele?

— Bom dia, capitão – sussurra uma voz feminina. Uma que Erineu não reconhece. - Está com aspecto bem melhor hoje.

— Olá, enfermeira – diz outra voz, masculina e, esta sim, muito familiar. - Como está nosso paciente?

— As leituras estão muito boas. É quase como se ele estivesse acordado.

— É mesmo?

O que está acontecendo?

Erineu força os olhos a se abrirem. A luz é ofuscante e ele precisa piscar diversas vezes até as imagens começarem a tomar forma.

— Capitão! – exclama o professor Maicar Isidro, entrando na sua linha de visão. A imagem ainda é um borrão indistinto, mas a voz é definitivamente a dele. – Como se sente?

— Isi... dro... – Erineu tenta falar, mas tudo o que consegue é um sussurro quase ininteligível.

Alguma coisa é colocada em sua boca. A enfermeira está lhe ajudando a beber algum tipo de chá. O líquido desce por sua garganta enviando tremores por todo seu corpo.

— Bem-vindo de volta, capitão! – Isidro exclama, alegremente. – É tão bom ver o senhor novamente! Ficamos muito preocupados desde que a Guarda Imperial desapareceu durante a ocorrência em Aldera. Deve estar se perguntando onde estamos, não? Aqui é o Palácio Imperial. A imperatriz invadiu os domínios de Dantena e resgatou o senhor e mais uma dúzia de prisioneiros. Estamos felizes de ver que o senhor está se recuperando.

A letargia começa a abandonar o corpo de Erineu aos poucos. Seus olhos finalmente conseguem focalizar o rosto angular do professor e seus grandes óculos.

— Quanto tempo eu dormi? – Sua voz agora sai bem mais firme e compreensível.

— Está aqui há três dias, mas já estava inconsciente quando foi resgatado, então não temos certeza.

— Dantena está morto?

— Infelizmente, ainda não. Mas a imperatriz está cuidando do assunto, pode ficar tranquilo.

Erineu Nevana sabe que está com a aparência de um homem velho, entrando na casa dos 70. Raios, devia parecer o homem mais velho da história, já que existem poucos registros de pessoas que conseguiram chegar a essa idade no Império.

Com alguma dificuldade, ele consegue levantar uma das mãos e passar os dedos por seus longos cabelos loiros. Estão limpos e macios, o que indica que devem ter dado um banho nele enquanto dormia.

Seus olhos, de um azul-claro que, segundo uma de suas falecidas esposas, lembrava a superfície dos lagos congelados da Sidéria, percorrem o ambiente ao redor.

— Onde estão os outros? Como está Jarim?

— Estão todos bem, mas o senhor foi o primeiro a acordar. O belator Ludiana está no andar de baixo.

Erineu solta um suspiro e alonga os músculos, a letargia quase desaparecendo por completo. O que quer que fosse aquilo que o fizeram beber, tinha um efeito bem rápido.

A enfermeira o ajuda a se sentar e coloca uma bandeja diante dele, com um prato de sopa e fatias de pão. O cheiro da comida faz sua boca salivar.

— Temos procurado pelo senhor por toda parte há mais de um ano – comenta o professor.

— Fui teleportado para minha cidade natal durante a confusão em Aldera – responde Erineu, pegando a colher e tomando um gole da sopa. Está deliciosa. – Mas eu não me lembrava de quem eu era, e como não tenho mais nenhum parente ou amigo vivo, ninguém me reconheceu. Vivi algum tempo por lá até que Dantena apareceu, me prometendo respostas. Quando recuperei a memória, já estava preso naquela masmorra. Os últimos meses foram um inferno. – Erineu toma mais algumas colheradas da sopa, enquanto o professor absorve suas palavras em silêncio. – Eu sei que Jarim passou por uma situação parecida com a minha, já que estava preso na masmorra comigo, mas e quanto ao resto da Guarda Imperial? Dantena deu a entender que Leonel está vivo.

— Ah, sim. Bom, quero dizer...

Erineu congela, com a colher a meio caminho da boca.

— O que houve?

— Ele e Luma foram encontrados já há bastante tempo. Passaram o último ano ajudando a imperatriz. Estavam bem até uns dias atrás, quando realizaram um ritual e, bem, desde então Leonel está inconsciente.

— Que tipo de ritual?

— Algo a ver com a espada dele. Ele a deu para uma moça, uma ex-oficial, espadachim muito habilidosa, aliás.

— Leonel passou a espada para outra pessoa?!

— Bem, sim...

— E ainda está vivo?!

Isidro agora está claramente desconfortável.

— Bom, ele está inconsciente e seus sinais vitais não estão muito bons...

— É claro que não! O idiota sabia muito bem que isso aconteceria se tentasse se livrar da espada! Por que, raios, ele fez isso?

— Parece que o ex-conselheiro Dantena conseguiu obter controle sobre a armadura do Avatar.

— O quê?!

— Leonel tentou usar o poder da espada contra ele, mas não tinha vitalidade suficiente para vencer e Dantena escapou. Então Leonel decidiu passar a arma para alguém... mais capaz. Ele e Luma arrancaram algumas informações de Eliar Radal e as usaram para criar um ritual de passagem que fosse... seguro. Aparentemente não tiveram muito sucesso nisso.

— É claro que não! Foram confiar logo em *Radal*?! Céus! – Erineu larga a colher e passa a mão pelo rosto. – Ele está morrendo, não está?

— Leonel? Bom, creio que o prognóstico não seja muito bom...

— Misericórdia! Luma deve ter sofrido um baque e tanto. Onde ela está? Preciso conversar com ela.

— Bom, quanto a isso...

Erineu arregala os olhos, alarmado.

— Isidro, pelo amor de tudo o que é mais sagrado, me diga que vocês sabem onde Luma Toniato está!!

◆ ◆ ◆

Evander está arrasado. Seu pai está com as horas contadas e não há nada que ele possa fazer. Nada, exceto levar adiante a última vontade dele: derrotar Dantena e acabar com aquela guerra.

Uma familiar emanação energética se aproxima dele. Uma emanação que antigamente acompanhava seu pai aonde quer que fosse, mas que agora está inexoravelmente atrelada a outra pessoa.

Lucine Durandal para a seu lado e ele a admira por um instante. Ela parece formidável. Seus aliados haviam unido seus poderes para concederem a ela toda a vantagem possível.

Anéis brilhantes e multicoloridos brilham em todos os dedos de suas mãos, cortesia de Idan. Aquilo, na verdade, são manifestações físicas de diversas flutuações de proteção e suporte.

Um par de grandes asas emplumadas brota de suas costas. Elinora, de alguma forma, havia transferido a ela suas habilidades de voo e sua forma angelical.

E Jena havia lhe "emprestado" o orbe, que assumira o formato de elmo, armadura, luvas e botas, envolvendo todo o corpo dela, exceto pelo rosto. Até mesmo as asas estão envolvidas pelo artefato, o material metálico se moldando perfeitamente ao formato das penas. O nível de proteção concedido por aquela coisa é maior do que qualquer armadura já criada.

Se lhe perguntassem, Evander arriscaria dizer que, no momento, Lucine provavelmente é o ser humano mais poderoso do mundo.

Normalmente, o orbe não pode se afastar muito de Jena ou fica sem energia para funcionar, mas um dos anéis místicos de Idan abriu um canal de alimentação que ameniza o problema. Algo similar ocorre com os poderes de Elinora e os do próprio Idan. Lucine tem autonomia para se afastar até pouco mais de uma dezena de quilômetros dos três.

— Vamos esperar que Dantena não resolva iniciar uma brincadeira de pega-pega aéreo – brinca ele. – Se eu pudesse, levaria você até ele pessoalmente.

— Desta vez não é preciso – responde ela, sacando a espada que havia pertencido a Leonel Nostarius e encarando a lâmina por um momento. – Apenas garanta que ninguém morra. O resto é comigo.

Ele assente e olha a movimentação ao redor. Os cavaleiros alados sobem em suas selas, as águias gigantes emitindo piados excitados, prontas para a ação.

— O que eu não entendo – diz Lucine – é a razão de Dantena arriscar tudo num confronto direto dessa forma. Não seria mais inteligente dividir as tropas e atacar diversos alvos ao mesmo tempo? Com todo o poder que tem, poderia teleportar pessoas para onde quisesses.

— Talvez, mas eu acho que ele não quer que suas tropas dominem o Império. Prefere fazer isso sozinho. O general acha, e eu concordo com ele, que Dantena está usando os soldados apenas como uma distração, para que ele possa atacar pessoalmente aqueles que são realmente ameaça para ele.

— Como Valena e o governador Nostarius.

— Não. Como Valena e *você*.

Neste momento, um movimento próximo chama a atenção deles. O capitão Renedo, líder da tropa aérea, já está montado e pronto para partir, sua águia gigante esticando as asas, ansiosa para sair do chão. O capitão saúda a ambos com uma continência, à qual eles retribuem. Então, os cavaleiros aéreos decolam.

Evander volta a olhar para Lucine.

— Boa sorte.

— Não morra – retruca ela.

Lucine abre suas próprias asas, num movimento instintivo, provavelmente efeito dos poderes de Elinora. O material metálico muda de forma, cobrindo o rosto dela e se transformando em um elmo fechado, enquanto ela corre até o fim da colina, saltando no precipício e planando no ar por alguns instantes, antes de bater as asas e subir, seguindo os cavaleiros.

Saltando atrás dela, Evander materializa sua própria montaria aérea abaixo de si, ajeitando o corpo sobre a sela e comandando o construto místico a voar até o meio da formação central de infantaria, lá embaixo, onde estão Sandora e os outros.

Os soldados abrem caminho para que ele possa pousar. Sua montaria desaparece logo que põe os pés no chão. Ele então vai até onde está sua amada e dá um breve beijo em seus lábios.

— Já detectaram Dantena?

— Sim – responde o general Camiro, antes que Sandora possa responder. – Parece que ele conseguiu reunir sua própria tropa aérea, entre cavaleiros imperiais renegados e outros que possuem poder próprio de voo ou controle sobre criaturas aladas gigantes.

— Nossos cavaleiros vão precisar de nossa ajuda, Dragão – diz Valena, lançando um olhar para Daimar Gretel.

O governador de Mesembria assente e olha para a esposa, encostando a testa na dela por um momento. Em seguida, endireita o corpo e invoca uma coluna vertical de ejeção, que o lança para o ar, onde seu corpo brilha por um instante, crescendo e assumindo sua forma reptiliana gigante coberta de escamas azuladas. Então, batendo suas enormes asas, toma a direção da frente de combate.

Valena caminha até Sandora e pergunta, em tom baixo:

— Você ainda não me devolveu o anel.

Evander olha de uma para a outra, curioso, mas não diz nada.

— Eu vou ficar com ele – responde Sandora.

— Mas eu posso precisar...

Sandora olha ao redor e baixa o tom de voz, para que os outros não possam ouvir.

— Você não pode mais usar aquele poder. É o que matou todos os outros imperadores. Já abusou demais dele, mais uma tentativa pode ser fatal.

Ah, aquele anel, pensa Evander, ao se recordar do artefato capaz de transportar o portador instantaneamente de volta ao palácio. A simples posse do artefato é uma medida de segurança que ajuda a diminuir as restrições de uso do Favor Divino.

— Vamos enfrentar alguém com poderes divinos, será que não entende? – Valena insiste.

— O poder pode ser divino, mas o portador não é. O plano vai funcionar.

— E se algo der errado?

— Lidaremos com isso. Mas e se Radal estiver certo? E se a Fênix realmente tiver sido destruída? Se for esse o caso, ninguém mais vai herdar a marca. Se você morrer, quem é que vai governar?

— Não venha com essa, as pessoas vão entender...

— Acho que ela tem razão, Valena – diz Evander, com cuidado, sabendo que a imperatriz está tendo dificuldade em lidar com a possibilidade de a Grande Fênix realmente ter perecido. – Alguns podem até aceitar o fato de não estarmos mais sendo protegidos pela entidade, mas a maioria não. Isso levaria à discórdia e a rebeliões. Pessoas morreriam.

— Pessoas se adaptam!

— Não tão rápido – corta Sandora. – Se você sobreviver, as pessoas poderão ir se acostumando com o tempo, mas se você perecer aqui, não. Podemos proteger você de ataques normais, mas não dos efeitos de algo tão forte quando esse Favor Divino. – Sandora faz uma pausa e respira fundo, provavelmente concluindo que não conseguiria convencer a outra apenas com a lógica. – Por favor, Valena!

A imperatriz solta um longo suspiro.

— Que seja – diz, irritada, começando a se afastar, antes de olhar para o casal por sobre o ombro. – Mas, pelo menos, façam esse negócio direito. Estamos contando com vocês dois. – Ela então olha para Cariele, Gram e Falco, que estão parados ao lado da capitã Imelde e sua equipe. – E vocês, tentem manter esses cabeças-duras seguros.

Idan, Jena e Elinora estão por ali também, apesar de que não podem ajudar muito, uma vez que precisam se manter concentrados em Lucine. Aquilo, é claro, não impede a protetora de lançar olhares glaciais para Valimor. E nem a ele de retribuir com sorrisos irônicos.

Evander nota que Valena e Valimor se encararam por um instante, ambos tensos. Aquilo não é um bom sinal.

Por fim, ela dá as costas a ele e acena para o general, dando a ordem para avançar. Em seguida, assume a Forma da Fênix e ganha os ares.

Os soldados que não permaneceriam ali começam a marchar.

Cariele se aproxima, em silêncio, e entrega um embrulho para Sandora. Ela o pega, desamarrando a fita que o prendia e desenrolando o tecido que protege o misterioso artefato em forma de machado. Segurando a peça com as mãos levemente trêmulas, ela olha para Evander. Ele coloca as mãos sobre as dela e ambos se concentram, ativando o gatilho mental da forma que haviam praticado inúmeras vezes no dia anterior.

Os outros assumem uma formação quase circular ao redor, de costas para os dois, atentos a qualquer possível ameaça iminente.

O machado brilha e treme por um instante, antes de emitir uma aura energética escura e semitransparente que vai crescendo, devagar a princípio, depois cada vez mais rápido, atingindo as pessoas e agitando suas roupas como uma leve brisa. Evander pode sentir a bolha de energia como se fosse uma extensão de si próprio. Sente quando Lucine e os cavaleiros aéreos são envolvidos e, logo depois, quando a aura atinge os soldados inimigos, envolvendo e afetando a todos, apesar dos esforços de alguns para tentar expurgar o encanto. Depois de alguns minutos, o poder do artefato já se expandiu por toda a planície, num diâmetro de dezenas de quilômetros.

O campo de batalha está pronto.

◆ ◆ ◆

A batalha é difícil. Ambos os lados estão bastante equilibrados, apesar de o Império estar com uma leve desvantagem numérica. A população combinada das Rochosas, Lemoran e Halias é consideravelmente menor que a das províncias imperiais, mas Dantena não se preocupa nem um pouco em manter soldados para proteger as cidades, como Valena o faz. O Império conta com, praticamente, metade de seu contingente total, enquanto Dantena ataca com todo o poder que tem.

Se o campo de proteção de Evander e Sandora não funcionar, independentemente do resultado final da batalha, as províncias do norte estarão arruinadas, porque praticamente toda a sua população capaz de se defender está ali, e o número de baixas será catastrófico.

Felizmente, esse não é o caso. O campo de proteção, que potencializa a aura energética natural dos dois, cobre toda a planície. Todos dentro da área de efeito estão protegidos contra ferimentos físicos. E, diferentemente da aura normal deles, o campo potencializado pelo machado não perde o efeito quando a pessoa cai inconsciente.

As tropas aéreas entram em combate primeiro. Depois de mais de meia hora de luta, boa parte dos oponentes de ambos os lados já estão fora de combate, mas Valena não viu ainda nenhum sinal de Dantena.

Lá embaixo, as tropas terrestres se engalfinham em diversas frentes diferentes. O amplo terreno com relevo variado apresenta muitas possibilidades estratégicas que ambos os lados buscam aproveitar.

Por fim, o Avatar aparece. Ou, pelo menos, o que as tropas do norte pensam ser o Avatar. O corpo frágil e fora de forma de Dantena pode ser visto pelas aberturas da enorme armadura dourada, o que forma um quadro patético. Infelizmente, os poderes que ele controla são uma ameaça real.

No futuro, Valena não saberia descrever com palavras como o confronto procedeu. Ela não saberia nem mesmo dizer se entendeu direito metade do que aconteceu.

Ela se lembraria claramente apenas de duas coisas. Primeiro, que a *Mal-Humorada* está no pico do seu mau humor. Ataca com uma ferocidade e uma impetuosidade ímpar, sem tentar ajudar ou proteger a ninguém, o que, aliás, é o que deveria fazer mesmo, mas Valena não consegue evitar sentir uma ponta de medo dela. Lembra até alguns dos monstros contra os quais Valena teve que lutar durante o exílio: sem hesitação, sem consideração, sem controle, sem nenhuma emoção além da raiva e do desejo de matar.

A segunda coisa de que se lembraria é de sua própria postura durante o combate. Até pouco mais de um ano atrás, ela teria tomado a frente, atacando com todas as suas forças, chamando para si a responsabilidade de acabar com aquilo, agarrando com unhas e dentes qualquer oportunidade ofensiva que encontrasse.

Mas aquilo foi antes de Sandora. A *Bruxa* tinha provado, logo no primeiro encontro e da forma mais impactante possível, que Valena não é invencível, que existem poderes maiores do que o dela e que nem sempre atacar cegamente é a melhor forma de vencer uma batalha. Quando conseguiu aceitar aquilo, percebeu que, na verdade, seus poderes não a definem. Que sua vida é mais importante do que qualquer combate. Que *ela* é mais importante. E também que ela não pode vencer todos os desafios sozinha. Que ela *não precisa* vencer sozinha.

No início, Dantena se dedica apenas a usar os poderes divinos sobre as tropas no chão, não importando se são aliados ou inimigos. No tempo que leva para a equipe aérea chegar até ele, os soldados do chão sofrem com a fúria dos elementos numa escala jamais vista. Terremotos, inundações, tempestades elétricas, nevascas e outros desastres naturais varrem grande parte da planície.

Mas, depois de ser atingido algumas vezes, Dantena volta sua completa atenção para os voadores, derrubando em poucos minutos a maior parte dos cavaleiros alados. Lucine Durandal é a única com agilidade e resistência suficiente para escapar de seus ataques, também é a única que consegue ultrapassar as fortes defesas externas da armadura do Avatar. Valena e o Dragão se mantêm afastados, lançando ataques estratégicos para tentar dar cobertura a ela.

A estratégia funciona bem o suficiente para manter os dois no ar e inteiros por algum tempo, mas logo se torna óbvio que aquilo não duraria para sempre. Para encerrar a luta, a *Mal-Humorada* teria que usar o poder total da espada, mas isso exige um tempo para concentração, coisa que ela não tem. Isso, claro, partindo do princípio de que ela *consiga* se concentrar no estado de fúria descontrolada em que parece estar.

Valena vê o Dragão fazendo um sinal para que lhe dê cobertura. Ela então se junta a Lucine e envolve as duas em um cone de chamas. Imediatamente Dantena invoca uma de suas tempestades glaciais, lançando uma terrível combinação de frio e gelo na direção delas. Valena dá tudo de si para manter a barreira ativa enquanto Lucine avança à sua frente, abrindo caminho pela tempestade até se chocar com Dantena, os dois girando pelo ar durante algum tempo até se recuperarem e voltarem a se encarar.

Então, neste momento, inúmeras cópias da *Mal-Humorada* surgem por todos os lados, cercando o inimigo.

Mais tarde, Valena ficaria sabendo que aquilo tinha sido obra de Evander e Sandora, especialistas em criar construtos místicos, colocando o poder quase ilimitado daquele machado para trabalhar. O Dragão havia contatado telepaticamente a esposa e pedido apoio, e aquele havia sido o resultado.

Os construtos se movem e atacam, apesar de não conseguirem causar nenhum dano devido à forte proteção mística da armadura.

Enquanto Dantena se ocupa em atacar os clones, a verdadeira Lucine tem tempo suficiente para se concentrar, conseguindo dar uma pausa no frenesi assassino, para alívio de Valena, e reúne energia suficiente para realizar um fulminante movimento de arrancada, de uma forma que deixaria Leonel Nostarius orgulhoso. Dantena não pode fazer nada além de arregalar os olhos, perplexo, ao ver a espada dela encravada na armadura, que aos poucos vai perdendo a forma, sendo completamente engolida pela arma.

Imediatamente, ele começa a cair enquanto Lucine luta para se manter flutuando no ar, parecendo esgotada.

Daimar e Valena se entreolham e suspiram, aliviados, o que se mostra um grande erro. O corpo de Dantena subitamente começa a brilhar e então explode de forma espetacular, na maior liberação de energia que qualquer um deles jamais viu. Não que tenham conseguido ver muito daquilo, uma vez que foram atingidos imediatamente, o campo energético protegendo seus corpos, mas incapaz de evitar que percam a consciência enquanto são lançados violentamente para cima.

Valena não sabe dizer quanto tempo ficou desacordada, mas, ao voltar a abrir os olhos, seu primeiro pensamento é um praguejamento voltado aos sábios imperiais. Por que, raios, nenhum deles conseguiu prever que uma explosão como aquela pudesse acontecer?

Ela levanta o corpo com dificuldade e olha ao redor. Aparentemente, a explosão tinha sido forte o suficiente para abrir uma pequena cratera no solo. Ela estava acima de Dantena no momento da explosão, o que fez com que fosse arremessada numa direção quase vertical. A julgar pela depressão no solo onde está, devia ter sofrido uma queda e tanto. O chão está quente, fumegante até. A terra e as rochas estão escurecidas. É difícil respirar, um cheiro forte e desagradável toma conta de tudo. O Dragão está se levantando ali perto, parecendo tão esgotado quanto ela. Tinha revertido à forma humana e está usando aquele estranho traje feito de escamas azuladas.

Então sons de batalha chamam a atenção dos dois, que tratam de escalar as pedras escaldantes para sair da cratera, uma tarefa não muito fácil devido ao cansaço extremo. Por sorte, o campo de proteção conjurado por Evander e Sandora confere uma certa resistência a frio e calor, o que lhes permite passar com facilidade pelas rochas fumegantes.

Por fim, terminam de escalar o barranco e percebem que Dantena também sobreviveu à explosão, e que agora luta contra o grupo da capitã Imelde.

— Vou ter que providenciar um agrado para Cariele, por ter pensado em enviar eles para cá – diz o Dragão.

Valena balança a cabeça, com uma horrível sensação de impotência.

— O que vamos fazer? Não sei se posso enfrentar mais uma batalha.

— Os soldados parecem saber muito bem o que estão fazendo.

Daimar Gretel está certo. Beni, Loren e Iseo tentam manter o homem ocupado enquanto Alvor lança flechas especiais que aos poucos vão dissipando o campo de proteção dele. E Laina usa sua varinha para dissipar algumas das estranhas conjurações que o homem faz.

Valena franze o cenho. Aqueles não são os poderes do Avatar. Parecem versões deturpadas de habilidades comuns de qualquer conjurador, mas feitas com algum tipo de energia escura.

— Ele está morto – o Dragão diz de repente, parecendo perplexo.

— Como é? – Valena estranha.

— Aquilo não é Dantena. É um tipo de morto-vivo. Ele não tem pulso nem respiração. Está frio. Seu corpo não se mexe sozinho, está sendo controlado por uma força externa.

— Mas como?

O Dragão franze o cenho e fica imóvel por alguns instantes, provavelmente em uma conferência telepática com a esposa.

— A teoria de Cariele é que ele tomou o controle de uma quantidade muito grande de fluxos energéticos para poder controlar a armadura. Quando ela deixou de existir nesta realidade, os fluxos se descontrolaram e boa parte da energia foi liberada de forma súbita, causando a explosão. O corpo dele provavelmente foi destruído no processo. Mas a violência da liberação de energia também produziu o que chamam de "energia negativa". Essa força necromântica reconstituiu o corpo dele, mas sem o espírito, gerando um morto-vivo. E esse corpo está com a energia que sobrou.

— *Naxariis*! E o que ela tem a dizer em relação ao fato de não ter previsto nada disso?!

— Dê um desconto, alteza. Se tivéssemos respostas para todas as perguntas, o Império não precisaria investir tanto ouro em pesquisas, não acha?

Em certo momento, o morto-vivo consegue atingir seus oponentes com uma onda de choque, lançando todos ao chão, e conjura uma enorme nuvem púrpura que parece vibrante de eletricidade e que se move rapidamente na direção deles. Um movimento à distância chama a atenção de Valena e ela vê Lucine. Está sem as asas, os anéis e a armadura metálica, mas ainda tem a espada, que usa para cortar o ar, num movimento muito similar ao que Valena viu Leonel Nostarius fazendo antes. A nuvem púrpura parece ser apagada da existência num piscar de olhos, levada por um vento invisível e desaparecendo no ar.

Alvor endireita o corpo e dispara mais duas flechas, que finalmente rompem a barreira que envolve o corpo desmorto de Dantena. Iseo imediatamente bate seu martelo no chão, fazendo com que inúmeros cipós brotem do solo e envolvam o morto-vivo, que fica imobilizado. Laina então chega perto dele e usa sua varinha para conjurar o que parece ser uma onda de energia positiva, algo que Valena só tinha visto uma vez na vida, em uma das lições da sacerdotisa Istani. De qualquer forma, aquilo causa uma espécie de chuva multicolorida sobre o local. O corpo desmorto vai ficando cada vez mais rígido até se transformar em uma espécie de estátua. Depois de alguns segundos, ele se desintegra, formando um monte de cinzas no chão.

Os cinco soldados levantam as mãos e vibram, soltando gritos de alegria, antes de começarem a se abraçar alegremente. Loren tenta correr para dar um abraço em Lucine, mas muda de ideia quando vê a espada dela apontada ameaçadoramente em sua direção. Então ela se limita a agradecer pela ajuda.

Valena solta um suspiro, seus lábios se curvando em um sorriso enquanto se volta para o Dragão, mas fica séria novamente ao ver sua expressão.

— Ainda não acabou – diz ele, sombrio.

♦ ♦ ♦

Dantena causou um grande desequilíbrio na batalha nocauteando uma enorme quantidade de soldados imperiais. Devido a isso, a luta acabou chegando até Sandora.

Ela e Evander fazem o possível para manter a concentração enquanto seus amigos lutam para repelir as forças inimigas, quando ouvem o barulho da explosão à distância. Quase que imediatamente, Idan e Elinora recuperam seus poderes e o orbe de Jena reaparece ao lado dela. A conclusão lógica é que algo deve ter acontecido a Lucine, mas eles não têm tempo para se preocupar com isso.

As forças inimigas são muito numerosas e nem mesmo o incomensurável poder de Falco com aquela falcione está sendo suficiente para equilibrar a batalha.

E é então que a criatura aparece, voando na direção deles. Tem forma humanoide e é envolvida por uma aura energética dourada tão intensa que torna difícil distinguir seu formato. Apenas o grande número de protuberâncias em forma de chifres em grande parte de seu corpo é claramente visível.

Sandora a reconhece imediatamente pela descrição que Valena lhe fez: é o ser misterioso que havia assassinado o imperador Caraman.

A criatura sobrevoa o campo de batalha e logo fica óbvio que tem um campo invisível de pavor ao redor de si. Quando uma pessoa é envolvida por essa hedionda energia, começa a tremer e a sofrer convulsões violentas até perder os sentidos. Auras ou escudos de proteção não têm qualquer efeito contra aquilo.

Falco tenta lutar contra a criatura, mas a um mero gesto dela, a espada simplesmente escapa das mãos dele e flutua até parar diante dela. O artefato desaparece depois de alguns segundos, como se ela o tivesse absorvido. Destino similar se abate ao orbe de Jena, e depois aos dois braços cristalizados de Idan.

Pensando rápido, Sandora consegue comandar mentalmente o machado a se teleportar dali antes de o pavor a atingir.

Logo todos estão caídos, exceto Gram, que salta na direção da criatura tentando atacar, mas é recebida por uma violenta onda de choque que acaba por dilacerar seu corpo mumificado, seus pedaços sendo lançados para longe.

Sandora, Evander e Cariele não conseguem fazer nada além de tremer incontrolavelmente enquanto a criatura paira, em silêncio, sobre eles.

Capítulo 23:
Tudo ou Nada

O passado

Alguns dias de convívio com a *Bruxa* naquela cabana fizeram com que Valena chegasse a algumas conclusões surpreendentes.

Primeiramente, Sandora era uma pessoa muito organizada e extremamente inteligente. Usava os recursos que tinha de forma engenhosa e fazia o possível para deixar o ambiente da cabana limpo e agradável. Não se preocupava muito com enfeites ou coisas do tipo, mas cuidava para manter no ar um suave perfume de ervas, o que, além de ser aprazível, ainda servia para afugentar insetos. E a mesma atitude de organização e eficiência que tinha em relação à cabana ela parecia ter com todo o resto.

Em segundo lugar, ela realmente se esforçava nos estudos. Valena não saberia dizer do que se tratava todos aqueles livros que ela lia. Aliás, ela parecia nunca ler apenas um de cada vez, sempre estava com dois ou três abertos, consultando um, depois o outro e fazendo anotações. Ao ser questionada sobre a origem de todos aqueles tomos, ela explicou que a maioria deles fora herdada de sua mãe adotiva, que tinha um castelo com uma grande biblioteca.

Em terceiro, ela era sempre direta. Se Valena ou Gram faziam algo que a desagradasse, tratava de deixar aquilo claro, e sem meias palavras. Parecia não se sentir constrangida com praticamente nada. Por exemplo, não pensou duas vezes antes de interrogar Valena sobre sua vida sexual – ou, no caso, a ausência dela – e sobre a possibilidade de ter adquirido alguma das chamadas "doenças do amor". Está certo que estava zelando por sua recuperação e tudo mais, mas Valena se sentiria um pouco melhor se a outra ficasse ao menos um pouco envergonhada ao falar sobre aquelas coisas.

Por último, apesar de normalmente ser uma pessoa de poucas palavras, a *Bruxa* não era desagradável ou distante. Se questionada em relação a algum assunto que apreciasse, ela se tornava bastante comunicativa, disposta a compartilhar tudo o que soubesse a respeito, o que, em grande parte das vezes, não era pouco. Valena acabou mudando de opinião sobre alguns assuntos e passou a enxergar certas coisas com outros olhos. Nunca pensara em si mesma como uma pessoa profunda, e aquelas conversas acabaram revelando interesses que ela nunca imaginou que tivesse.

Sandora também tinha algumas peculiaridades, como o enorme apetite, que Valena desconfiava que fosse maior até mesmo que o do general *Brutamontes*. Por isso pusera aquele enorme prato de carne em sua frente naquele primeiro dia: estava acostumada a ter fartura em suas refeições. E, não raro, um prato como aquele não lhe era suficiente. Era difícil imaginar para onde tanta comida ia, considerando a figura esbelta que ela tinha.

Seu gosto por roupas escuras e pesadas também era peculiar. Quando Valena questionou sobre onde ela guardava tantas roupas, uma vez que parecia usar trajes levemente diferentes todos os dias, a *Bruxa* revelou que eram construtos místicos gerados pelos poderes dela. Aquilo despertou um considerável sentimento de inveja em Valena.

De qualquer forma, decidiu que gostava dela. E o sentimento parecia ser recíproco. Sandora não se incomodava com sua companhia e conversava com ela com seriedade e respeito, mesmo quando Valena fazia uma colocação idiota sobre algum assunto que não dominava.

A princípio, Valena pensou que a *Bruxa* não tinha senso de humor, mas com o tempo descobriu que aquilo não era verdade. Apesar de, praticamente, nunca rir ou fazer brincadeiras, ela gostava de incluir pequenas histórias curiosas na conversa, principalmente quando o assunto em questão era mais sério. Aquilo divertia Valena imensamente.

Em certo momento, ela se lembrou de Joara e da conversa em que a princesa disse achar interessante a ideia de ter uma "melhor amiga". Valena nunca sentira necessidade ou inclinação para algo desse tipo, mas, depois de uma semana de convivência com Sandora, aquilo já não lhe parecia mais um absurdo tão grande.

Conforme a proximidade entre as duas foi aumentando, foi ficando cada vez mais claro que a *Bruxa* não estava feliz. Ela tinha pesadelos ocasionais com o desastre de Aldera, dos quais acordava muito abalada, mas, de alguma forma, Valena concluiu que aquele não era o único peso que carregava nas costas. Começava a imaginar o que poderia ser, quando a resposta, literalmente, apareceu em sua frente.

Estava sentada em um tronco, do lado de fora da cabana, de olhos fechados enquanto aproveitava um dos raros raios de sol que conseguiam varar a aparentemente perpétua camada de nuvens que pairava sobre a floresta, quando ouviu uma voz familiar.

— Valena? É você?

Ela abriu os olhos e virou a cabeça para encarar Evander Nostarius.

Era só o que me faltava.

Soltou um suspiro desanimado, considerando que até que tinha demorado para o Exército conseguir descobrir onde estava e mandar alguém atrás dela. Principalmente com aquela recompensa por sua cabeça.

— Ora, se não é o tenente Nostarius – disse ela, sem conseguir esconder, em sua voz, a fraqueza que ainda sentia.

Para sua surpresa, no entanto, Evander se aproximou, parecendo preocupado.

— O que aconteceu com você?

— *Eu* aconteci – disse Sandora, saindo pela porta da cabana e encarando o recém-chegado com frieza.

— É... – Valena concordou. – Ela aconteceu. Poderia fazer a gentileza de bater nela para mim?

Ele, no entanto, não estava ouvindo, ocupado demais em devorar a *Bruxa* com o olhar. Valena lançou um olhar para Sandora e notou a expressão cortante em seu rosto.

Ora, quem diria. Quer dizer que esses dois têm história? Mundo pequeno este, não?

Então, a *Bruxa* saiu caminhando apressada e se afastou pela trilha da floresta. Evander olhou de uma para a outra, parecendo confuso.

— Nem me pergunte – disse Valena, voltando a recostar a cabeça e fechar os olhos. – Já desisti de tentar entender essa *dharka*.

Aquilo não era exatamente verdade, mas ela não conseguiu se impedir de fazer o comentário mesmo assim. Aquela óbvia rixa de namorados a estava divertindo muito. Então, a *Bruxa* tinha interesses carnais como qualquer garota, hein? E ainda conseguira atrair a atenção de um dos melhores partidos do Império. O cara era rico, lindo, gostoso, simpático e, ainda por cima, bom de briga. Pensando bem, seria o parceiro ideal para Sandora, não seria? Ele era o tipo de homem que nunca se sentiria intimidado pelos modos secos e diretos dela.

Evander foi atrás da *Bruxa* e, pelo visto, os dois conversaram e acertaram os ponteiros no meio da floresta, pois quando voltaram, Sandora se dirigiu ao *Sinistro* com uma determinação e segurança que Valena ainda não a tinha visto demonstrar nenhuma vez. Parecia outra pessoa.

— Tenho que partir. – Ela apontou para Valena. – Cuide dela. Se eu não voltar em duas semanas ou se algo acontecer, tire ela daqui e me esqueça.

— Eu não tenho direito a opinar? – Valena reclamou.

— Enquanto não for capaz de se cuidar sozinha e de saber escolher direito quais batalhas deve lutar, não, não tem.

— De qualquer forma – disse Evander a Valena –, é bom ver que você está bem.

Ela o encarou por um momento, sem saber dizer se ele falava sério.

— Vá te catar, seu *culvert*! – respondeu, num tom cansado, voltando a se recostar e fechar os olhos. Ele, aparentemente, não tinha intenção de levar Valena para a masmorra, o que a deixava aliviada, mas, de qualquer forma, odiava o fato de o rapaz ter aparecido num momento em que estava tão fraca e vulnerável. Tudo o que queria é que ele sumisse dali o mais rápido possível. Podia sentir toda a vergonha e humilhação causadas por aquela ridícula luta contra ele voltando à tona com força total.

— Fico feliz que esteja em boas mãos – disse ele.

Ora... faça-me o favor!

Sem conseguir se conter, ela fez um gesto não muito educado, mostrando onde ele poderia enfiar sua "felicidade".

— É sério – insistiu ele, ignorando a provocação. – Ficamos preocupados quando você desapareceu. E Sandora pode parecer casca grossa, mas vai cuidar bem de você.

— Tudo bem, tudo bem, já entendi – ela suspirou, querendo encerrar logo aquela conversa. – Agora caia fora daqui. Pacientes em recuperação precisam de repouso e sossego.

Ele riu.

— Boa sorte.

— Você é quem vai precisar de sorte, se vai mesmo passar as próximas semanas com aquela bruxa – ela retruca, numa provocação insincera.

Então o casal partiu, deixando Valena sozinha com Gram.

Os dias seguintes foram desconcertantes. Depender daquela criatura arrepiante não era, de forma nenhuma, uma situação agradável. Mas tinha que admitir que o *Sinistro* não fazia nada para aumentar seu desconforto. Nada além de existir, é claro. Providenciava comida e água para ela e a deixava descansar em paz enquanto trabalhava na construção do que pareciam ser as fundações de uma casa.

Na segunda semana desde a partida de Sandora, Valena já se sentia bem melhor. Incapaz de suportar o tédio de ficar de repouso, ela decidiu deixar de lado a apreensão que sentia sempre que estava perto de Gram e começou a ajudar na construção, trabalhando ao lado dele.

Concluiu que não faria sentido permanecer muito mais tempo naquele lugar. Deveria ir embora imediatamente, ou seria melhor aguardar até a volta de Sandora? Mas, se resolvesse partir, para onde iria?

Nesse momento, um movimento ao lado da cabana chamou sua atenção e ela olhou para lá, vendo a *Bruxa* vindo de trás da construção, com seus costumeiros passos longos, rápidos e decididos.

Valena ficou surpresa pela intensidade da onda de alívio que sentiu.

— Você voltou!

Sem fazer mais do que lançar um breve olhar para Valena e Gram, Sandora continuou caminhando e entrou na cabana, os lábios apertados. Parecia furiosa.

Valena trocou um olhar com Gram.

— Tem algo errado.

O *Sinistro* assentiu, mas não fez nenhuma menção de se mover. Ao invés disso, ficou parado, olhando para ela. O que estava acontecendo? Por que tinha que ser *ela* a enfrentar a fúria da *Bruxa*? Que direito ela tinha de se intrometer nos problemas da outra, afinal?

Finalmente, com um suspiro desanimado, ela deixou de lado a ferramenta que usava para cavar um buraco e caminhou na direção da cabana.

Ficou ainda mais preocupada ao ouvir o som de coisas sendo jogadas no chão com força. Ela parou na porta do quarto de Sandora e observou por um momento enquanto a outra tirava livros e maços de papéis da bolsa de fundo infinito que carregava no interior de seu manto. Em poucos instantes, grandes pilhas de tomos, cadernos e maços de papéis tomavam o chão.

Parecia que, mesmo quando a impaciência tomava conta dela, a *Bruxa* não conseguia se livrar de seu perfeccionismo. Apesar de ela ir colocando as coisas no chão com muito mais força do que o necessário, as pilhas iam crescendo de forma razoavelmente organizada.

Mas, de qualquer maneira, aquele arroubo de agressividade em relação a seus pertences não era típico dela.

— O que há com você?

— Vá embora.

O tom de voz da outra era controlado, indiferente, contrastando de forma tão grande com sua óbvia frustração que levou Valena a estreitar os olhos, cada vez mais preocupada.

— O que houve? Você não me parece bem.

— Saia daqui. – Foi a resposta, em tom distraído.

O fato de Sandora não estar redirecionando sua fúria para Valena devia ser um bom sinal, não é? Sem saber direito o que fazer, ficou observando enquanto a *Bruxa*, ajoelhada no chão, puxava um livro da bolsa, folheava com ansiedade por um momento e depois jogava o pobre objeto com força sobre uma das pilhas antes de pegar outro, e o ciclo voltava a se repetir.

Então, seu gênio esquentado se manifestou, forçando Valena a tomar uma atitude. Aqui estava ela, com a melhor das intenções, apenas tentando ajudar, e era tratada dessa forma? Sentindo a fúria crescer, ela se adiantou e agarrou Sandora pelo braço.

— Olha para mim, sua *nacas*!

Então se imobilizou, surpresa, sua raiva evaporando imediatamente. Nos olhos escuros da *Bruxa* não havia fúria ou irritação. Havia algo muito mais perturbador: medo.

Voltando a estreitar os olhos, Valena agarrou o livro que a outra segurava e olhou para a ilustração que havia na página em que estava aberto. Estava retratada ali uma mulher deitada, com uma das mãos sobre o ventre volumoso. Arregalando os olhos, voltou a encarar Sandora.

— Por que está olhando para essas coisas? O que está procurando, afinal? Não me diga que você…?

— Estou grávida.

Aquilo foi dito num tom tão calmo e comedido que fez com que Valena ficasse de boca aberta, sem saber se tinha compreendido direito. Não fazia o menor sentido. Sandora ainda era muito jovem, não deveria nem ter atingido a maioridade ainda. No Império, ninguém tinha filhos antes dos 23 anos de idade. Todo mundo sabia que era fisiologicamente impossível engravidar antes disso.

De repente, foi como se algo se quebrasse dentro de Sandora. Toda a confiança e determinação características dela desapareceram, enquanto seus olhos se enchiam de lágrimas. Sem pensar duas vezes, Valena se ajoelhou ao lado dela e a puxou para si, num abraço apertado. No instante seguinte, a *Bruxa* caía em um pranto convulsivo.

Ficaram ali por um longo tempo, até os joelhos de Valena começarem a doer. Então ela se levantou, puxando Sandora pelo braço e caminhando até o aposento da cabana que servia como cozinha, onde sentaram lado a lado ao redor da mesa de madeira.

— Como isso é possível?

Sandora respirou fundo, limpando as lágrimas com as mãos e tentando se concentrar. Valena sabia que ela precisava disso. Precisava falar, colocar para fora o que estava sentindo.

— Eu e Evander… nós não somos humanos. Pelo menos não da mesma forma que você.

— Como é que é?!

— *Espíritos itinerantes*. É esse o nome que deram para pessoas como nós. Eu… eu não deveria ter nascido. Minha mãe sofreu um aborto, meu corpo já tinha morrido. Então aquele velho maldito apareceu e fez uma proposta. Convenceu minha mãe de que poderia me salvar. Ele… encontrou uma forma de invocar uma alma errante e fez com que ela tomasse o lugar do meu espírito original, revivendo o feto. Foi assim que fui concebida. E Evander também.

Aquilo era informação demais para absorver de uma vez só. No entanto, a prioridade de Valena, no momento, era fazer a outra continuar falando até colocar tudo para fora.

— Você tinha comentado sobre isso antes. Algo sobre ter sido criada para abrir um portal para o inferno.

— Sim, esse era o objetivo de Donovan. Mas ele disse que algo não deu certo e nos chamou de "fracassos" enquanto tentava matar a nós dois. – Sandora engoliu em seco e fechou os olhos por um momento, antes de continuar. – Depois que Evander veio aqui aquele dia, eu e ele viajamos para o norte. Ele encontrou uma pista do paradeiro do general Nostarius e fomos para lá procurar por ele.

Valena arregalou os olhos.

— É mesmo? E conseguiram?

— Sim, ele está bem. Foi ele que nos contou sobre… os detalhes da experiência de Donovan.

— Tudo bem, mas você falou que está grávida, não falou?

— Sim. Eu e Evander acabamos nos… aproximando de novo durante a viagem. Como nossos espíritos não são normais, isso acabou gerando a consequência natural.

— Não tem nada de "natural" em ter um bebê nessa idade!

— Não tenho todas as respostas, está bem? Pelo menos, ainda não.

— E como você pode saber que está grávida? Não deveria levar semanas ou meses até surgirem os, sei lá, sintomas?

Sandora colocou a mão sobre o ventre.

— Eu posso sentir a presença aqui dentro. Dá para perceber uma emanação mística suave, uma onda muito parecida com a minha, mas ao mesmo tempo diferente.

— Oh. - Valena observou a outra atentamente por um longo tempo. Aquilo não parecia ser tudo. – E por que estava tão… sei lá, desesperada? Ter um filho não é, exatamente, uma coisa ruim.

Sandora abaixou o olhar.

— Minha mãe não sobreviveu ao parto. E a mãe de Evander ficou com sequelas terríveis, que acabaram por abreviar sua vida. Não entende? O bebê que está aqui dentro foi gerado por dois espíritos itinerantes. Ele é como nós, posso sentir sua aura, tão parecida com a nossa… – Ela fez uma pausa e suspirou, antes de balançar a cabeça. – Donovan fez a mesma experiência com muitas dezenas de mulheres e só nós dois nascemos, as outras mães não conseguiram chegar ao fim da gestação. Os corpos delas sentiam que tinha algo errado e tentavam expulsar o feto, mas não conseguiam, e isso causava crises que se tornavam fatais. Eu vou passar pela mesma coisa, ou talvez por algo pior, porque meu corpo não está maduro ainda. Eu… eu estou condenada.

◆ ◆ ◆

O presente

Sandora não consegue controlar o próprio corpo, que está tomado por intensos tremores. Não pode fazer nada além de soltar um gemido agoniado enquanto aqueles movimentos involuntários agravam cada vez mais a dor que sente no ventre. Dor aquela, aliás, que é a única coisa que a está mantendo acordada. O desespero que sente é tão intenso que parece não haver ar suficiente no mundo. Mas toda vez que a abençoada escuridão da inconsciência ameaça tomar conta dela, uma pontada de dor mais forte que a anterior a traz de volta.

A criatura dourada flutua ao redor do campo de batalha, tomando posse de todos os artefatos místicos que encontra. Por puro instinto, Sandora havia comandado o machado a se teleportar para longe dali, numa tentativa de manter o artefato a salvo. Mas duvida que alguém tão poderoso quanto aquele ser leve muito tempo para encontrar qualquer coisa que queira.

Há pessoas caídas por toda parte, afetadas pelo horrível campo de pavor que emana da criatura. Evander está desmaiado a seu lado. Seus amigos estão caídos ao redor, assim como inúmeros soldados, tanto aliados quanto inimigos. Aquele ser não parece interessado em escolher lados na guerra.

Sandora tenta não pensar no terrível destino de Gram, que teve seu corpo destruído, e em Idan, que perdeu ambos os braços. Ao menos o paladino não sangrou quando aquela coisa havia arrancado os membros cristalinos dele, mas não dá para saber como seu corpo vai reagir ao trauma.

Parecendo concluir que não há mais nada para pilhar por ali, a criatura começa a se mover na direção de Sandora.

O que mais essa coisa pode querer? Arrancar de mim meus bolsos de fundo infinito para pegar o que tem dentro? Me forçar a dizer para onde mandei o machado? Alguém com esse nível de poder precisaria se dar a esse trabalho?

A dor se torna cada vez mais intensa, dificultando a tarefa de prestar atenção no que ocorre ao redor.

Mas então algo que parece uma flecha voa até a criatura, explodindo no ar a uma curta distância dela e liberando uma onda de choque forte o suficiente para empurrar o monstro dezenas de metros para trás.

Sandora solta um suspiro de alívio quando a intensidade do pavor diminui, o que torna a dor bem mais suportável. Ela então encontra forças para virar a cabeça e ver o capitão Erineu Nevana se aproximando, arco em punho, preparando outra flecha.

Ela havia ficado surpresa ao descobrir a presença de dois membros da Guarda Imperial, em vez de um só, entre os reféns que resgataram de Dantena. Tinha conhecido pessoalmente o belator Ludiana, mas não o capitão Nevana. Apenas o tinha visto em gravuras onde ele parecia muito mais jovem, com uma aparência bem diferente da atual.

— Já chega, Luma! — O capitão encara a criatura com determinação, parecendo totalmente imune à aura de pavor. — Isso já foi longe demais, está na hora de acordar.

A criatura faz um gesto com uma das mãos e uma nuvem escura surge, cobrindo todo o campo de batalha. Erineu imediatamente dispara para cima. A flecha sobe alguns metros antes de explodir, como a outra, dissipando completamente a nuvem.

— Essa é a sua forma de dizer que tem o controle total, monstro? — Erineu pergunta, com um sorriso zombeteiro.

Para um velho de quase 70 anos que tinha acabado de acordar de um coma após ter sido torturado por só os céus sabem quanto tempo, o homem parece ter energia de sobra.

— Você está muito longe de conseguir o poder que quer, não é? Como vai conseguir destruir o mundo se até eu consigo neutralizar seus ataques?

A criatura fica parada, olhando para ele. É impossível discernir suas feições devido ao intenso brilho dourado de sua pele.

— Não é isso o que você quer? — Erineu insiste. — Fazer com que eu engula as minhas palavras? Mostrar para mim e para todo mundo com quem estamos nos metendo? Provar que aquela menina fraca e impotente que deu origem a você não existe mais? Pois eu digo que você não está pronta para isso. E nunca vai estar.

A coisa então dá as costas a ele e se afasta, voando numa velocidade tão grande que provoca uma forte corrente de vento atrás de si. O capitão fica olhando naquela direção por um longo tempo, antes de olhar para Sandora.

Os efeitos do pânico estão se amenizando e os tremores vão diminuindo, a falta de ar desaparecendo aos poucos.

O capitão caminha até ela e se ajoelha a seu lado.

— Tudo bem com você?

— Estou... melhorando.

Ele lança um rápido olhar para a direção que a criatura havia tomado.

— Imagino que ela não conseguiu se apoderar do machado...?

— Mandei que se teleportasse para longe, quando vi que estava roubando os artefatos das pessoas.

— Por que não o usou contra ela?

— Mesmo que soubesse como, estou sentindo dores. — Ela respira fundo, fazendo uma careta e segurando o ventre. — Não conseguiria me concentrar direito e nem reagir a tempo de evitar uma retaliação. — Ela olha para o lado e vê Evander começando a abrir os olhos, o que a faz sentir um grande alívio. — De qualquer forma, estamos em dívida para com o senhor.

— Isso ainda está muito longe de acabar.

— Que *wanaagsan* aconteceu aqui? – Valena exclama, surgindo de repente pela trilha e correndo até deles.

◆ ◆ ◆

O *Otimista* está inconsciente. Seus braços haviam sido quebrados na parte cristalina, e por causa disso não houve sangramento, o que salvou sua vida, mas a ausência dos membros causou um desequilíbrio no fluxo vital de seu corpo e levaria algum tempo até que pudesse voltar a recuperar a consciência.

Já a *Sinistra* não teve a mesma sorte. Seu corpo foi totalmente retalhado, e, apesar de os soldados terem conseguido reunir a maior parte dele – um trabalho bastante desagradável, que a capitã Imelde e seus amigos fizeram sem reclamar –, nada indica que seria possível fazer com que voltasse a se mover. Os poderes curativos de Sandora, pela primeira vez, não tiveram efeito.

Desistindo de tentar reviver sua fiel companheira, a *Bruxa* vai até Evander e encosta a cabeça em seu peito. Ele a abraça e os dois ficam em silêncio por algum tempo.

— Sinto muito – diz Valena, ao se aproximar, sem saber o que mais poderia dizer num momento como aquele.

Sandora solta um suspiro e fecha os olhos com força, antes de dar um passo para trás e olhar na direção dela.

— Como está o capitão?

Erineu Nevana havia usado uma habilidade mística capaz de retardar os efeitos da aura de pavor, por isso tinha conseguido se manter em pé na presença da criatura e até conversar com ela. Depois de algum tempo, no entanto, os efeitos do pânico se abateram sobre ele com intensidade redobrada.

— Vai sobreviver – responde Valena. – Apesar da idade, ele é muito resistente. O coração de uma pessoa normal não aguentaria um trauma como aquele, mas o dele continua batendo.

— O que vamos fazer? – Evander pergunta. – Se aquela coisa já tem todo aquele poder, nem quero imaginar do que será capaz quando se apoderar do machado.

— Eu vou reviver a Grande Fênix – diz Valena, determinada.

— Você não pode fazer isso – contrapôs Evander.

— Tem que haver outro jeito – diz Sandora, quase ao mesmo tempo.

Valena suspira. Desde a conversa que tiveram com o *Capitão Sabichão*, sentia como se estivesse em um sonho, tudo lhe parecendo irreal. Temia perder o controle e cair em um pranto convulsivo a qualquer momento.

As palavras dele ficam dando voltas em sua mente.

Luma Toniato passou por um sério trauma durante sua infância, um incidente terrível, que teria enlouquecido completamente uma pessoa mais fraca. Ela sobreviveu, mas com uma grave sequela. Uma outra personalidade passou a viver dentro dela e, quando assume o controle, tem um único objetivo: se vingar do mundo todo. Do mundo que permitiu que ela passasse por tudo aquilo.

Mais de 20 anos se passaram antes que ela percebesse essa outra presença dentro de si. E nessa ocasião o monstro já tinha se tornado muito poderoso e milhares de pessoas já haviam perecido por causa dele. Quando tentamos exorcizar essa presença, o monstro se rebelou. Centenas de milhares de pessoas teriam morrido se não fosse pela intervenção da Grande Fênix. A entidade se manifestou fisicamente, confrontou a criatura e a derrotou, fazendo com que Luma conseguisse recobrar o controle. A Fênix então implantou nela um bloqueio, que deveria impedir permanentemente que o monstro voltasse a se manifestar.

E agora, para esse bloqueio ter sido rompido e o monstro estar de volta, só posso concluir que a entidade está morta.

A Grande Fênix nunca foi, realmente, uma entidade muito poderosa, pelo menos não se comparada às outras, que viveram séculos atrás. A única razão pela qual ela conseguiu sobreviver desde a época das tribulações é seu poder de ressurreição. Para isso, ela escolhe um humano que tenha o nível ideal de afinidade e concede a ele a sua marca. Uma marca que dá a seu portador o poder para desistir de sua própria existência, cedendo seu fluxo energético à entidade, que assim renasce. Esse ciclo tem se repetido por mais de mil anos, desde muito antes da fundação do Império.

Você deve ter recebido algum tipo de mensagem, não? Um augúrio, talvez, em que a entidade dá a entender que você precisa encontrar aliados e unir forças com eles? Essa é a essência do ritual de ressurreição, em que o portador da marca utiliza o Favor Divino para trazer de volta o espírito da entidade, que então utiliza o fluxo energético dos aliados para reconstruir seu corpo.

Eu sei que esse é um pedido demasiadamente grande, mas a verdade é que Luma agora está longe de qualquer redenção. Se conseguir aquele artefato, ela vai se tornar poderosa demais para ser detida. Ela vai voltar a matar e, dessa vez, temo que não irá parar.

Durante toda a história do Império, temo que este seja o momento em que mais desesperadamente necessitamos da proteção da Fênix.

Depois de ouvir aquilo, Valena tinha concluído que o que mais temia, aquilo em que ela desesperadamente não queria acreditar, era verdade. Radal não mentiu. Narode havia mesmo destruído a Fênix. Com isso, o monstro interior de Luma se liberou do bloqueio e matou o imperador.

Segundo Evander, Luma havia se isolado na dimensão conhecida como o Mundo dos Deuses, onde uma outra entidade misteriosa tomou seus poderes. Isso havia impedido que monstro voltasse a se manifestar.

Mas, infelizmente, ele agora está de volta. E, com Narode morto, não há mais ninguém capaz de controlar, manipular ou impedir que a criatura cometa o genocídio que tanto deseja.

— Não temos tempo para procurar outro jeito – conclui Valena. – Você disse que mandou o machado para a cratera de Aldera, não foi? Por mais distorcido que o tempo seja naquele buraco, não deve demorar muito para alguém tão poderoso conseguir chegar até ele.

— Você está aceitando isso tudo muito melhor do que eu imaginava – comenta Evander, olhando para ela com uma sobrancelha levantada, uma expressão muito parecida com a de seu pai.

— Como pretende fazer isso? – Sandora pergunta.

— O capitão disse que o ritual para ressurreição da entidade nunca é igual, mas sempre envolve encontrar outras pessoas com níveis de afinidade compatíveis e usar o Favor Divino.

— Quantas pessoas? – Sandora insiste. – Como vamos descobrir quem são ou onde estão?

— Segundo o capitão, a marca deveria colocar essa informação em minha cabeça. E eu andei pensando. – Ela balança a cabeça, furiosa consigo mesma por ter interpretado aquele augúrio de forma errada durante anos. – Faz algum tempo que passei a sentir uma sensação curiosa quando estou perto de algumas pessoas. Acho que eu sei quem são os "companheiros" com os quais devo me unir para realizar o ritual.

— Quem? – Sandora pergunta.

— Você. E Valimor. E a princesa Joara. E... Falco.

— Falco? – Sandora estranha. – Mas você nem mesmo confia nele.

— Ele não é o pior. Vou precisar de Jester, também.

Jester Armindes é o nome do metamorfo contra o qual lutaram nas Montanhas Rochosas e que agora está na masmorra. O interrogatório dele havia fornecido diversas informações úteis, mas nada compensava o fato de ele ter tentado matar todo mundo. E de quase ter conseguido.

Sandora estreita os olhos.

— Isso é ridículo!

— Calma, querida – pede Evander, com suavidade, colocando uma mão em seu ombro.

Ela suspira.

— Certo. E quem mais?

— Ela – Valena responde, em tom pesaroso, apontando para os restos mortais de Gram.

O casal troca um olhar.

— Acha que o ritual vai funcionar com uma pessoa a menos? – Sandora pergunta a Valena, engolindo em seco.

A imperatriz se ajoelha e toca um dos braços mumificados. Não lhe passa despercebido o fato de que é a primeira vez que toma a iniciativa de encostar em Gram por vontade própria. Continua sentindo arrepios ao olhar para ela, ainda mais agora, com seu corpo dilacerado daquela forma. Mas, depois de todas as batalhas em que lutaram lado a lado, passou a tolerar sua presença, e até mesmo a gostar um pouco de seu jeito brincalhão.

— Eu continuo tendo a mesma sensação de antes. Talvez ela ainda esteja aqui e nós só não sabemos como a trazer de volta. Talvez a Fênix possa reconstruir seu corpo e até dissipar a maldição. Ela pode voltar a ser humana de novo! Temos que tentar!

— A Fênix não vai "renascer" – protesta Sandora. – O que esse ritual vai fazer é transformar você em uma cópia dela. Seu espírito vai deixar de existir. Você vai *morrer* no processo!

Valena suspira.

— Eu sei. Isso é o que aconteceu a cada um dos imperadores antes de mim. Você tinha razão em desconfiar do motivo da morte deles. – Ela faz uma pausa e estreita os olhos. – Exceto Sileno Caraman. Aquele monstro roubou essa honra dele.

— "Honra"?! – Evander e Sandora exclamam, em uníssono.

— É para isso que fui escolhida, não foi? Esse é o objetivo da minha vida. – Valena se engasga com a última palavra e limpa uma lágrima antes de continuar. – É a razão da minha existência.

— Isso é a maior besteira que já saiu de sua boca! – Sandora exclama, exaltada. – Radal tem razão, você só estava no lugar errado na hora errada, nunca teria que passar por nada disso se não fosse por Narode!

Valena sorri ao perceber que nunca viu a *Bruxa* reagir com tanta raiva e indignação a alguma coisa. A preocupação evidente na voz dela aquece seu coração.

— Você terá Gram de volta.

— Não me obrigue a escolher entre uma de vocês duas. É injusto.

— Não há o que escolher. – Valena sente mais lágrimas a caminho e fecha os olhos com força, tentando manter o controle sobre as emoções. – Meu destino estava selado desde que recebi esta marca.

— O meu também estava, e desde antes de eu nascer, mas continuo aqui – Sandora retruca, antes de respirar fundo e estreitar os olhos, a determinação dominando seu semblante. – Vamos encontrar uma forma de resolver isso.

— Sandora, sinceramente, eu acredito que, se tem alguém capaz de encontrar uma solução, é você. Mas não temos mais tempo. Agora, é tudo ou nada.

Capítulo 24:
Fim da Linha

O passado

Valena tentou convencer Sandora de que não deveria se preocupar tanto. De que, se realmente estivesse grávida, as coisas seriam diferentes. De que essa criança tinha sido concebida da forma correta, por meio do amor de seus pais, e não por causa de algum tipo absurdo e macabro de... experimento. A *Bruxa* não discutiu, apenas sacudiu a cabeça e mergulhou nos seus livros, tentando encontrar respostas que provavelmente não estavam ali.

Acreditando que a outra precisava de tempo para se acalmar, Valena a deixou em paz. Ou, pelo menos, tentou. Era difícil, vendo que até mesmo o curiosamente grande apetite dela desaparecia quase que por completo. Parecia não ter mais nenhuma vontade de se alimentar, passando todo o tempo que podia lendo e relendo aqueles livros.

Vendo que apenas deixar as bandejas com comida ao lado de Sandora não estava funcionando, Valena tomou medidas drásticas e a proibiu terminantemente de saltar refeições, arrastando a infeliz até a mesa, se fosse necessário. Não que isso fosse difícil, pois a *Bruxa* parecia cada vez mais fraca e desmotivada, nem mesmo forças para discutir ela tinha.

As noites eram ainda mais preocupantes. Sandora passou a ter dificuldade para dormir e, quando conseguia, era assolada por pesadelos. Sem conseguir imaginar qualquer outra linha de ação naquela situação, Valena apenas ficava por perto, dormindo numa cadeira ao lado dela, ou às vezes até na mesma cama, onde quase não havia espaço para as duas. Às vezes Sandora acordava chorando, tão fragilizada que aceitava de bom grado ser abraçada e confortada até conseguir pegar no sono de novo, algo que seria impensável em qualquer outra situação.

Cuidar de alguém em necessidade não era algo que Valena havia exercitado em seus 17 anos de vida. Na verdade, nunca havia se preocupado tanto com ninguém, exceto consigo mesma. Nunca se imaginara numa situação dessas, mas tinha que admitir que se sentia muito bem consigo mesma fazendo isso.

Espere! 17 anos de vida? Quando foi meu aniversário mesmo? Semana passada? Na outra, talvez? Passei tanto tempo esperando ansiosa por essa data por nada. – Ela revira os olhos, desgostosa. – *Sou adulta! Viva!* – pensou, irônica.

Depois de tudo pelo que passou, aquilo não significava mais absolutamente nada.

— Eu o abandonei de novo – a *Bruxa* disse, em certo momento, quando terminava de limpar o prato que Valena tinha ameaçado "enfiar goela abaixo" caso não comesse tudo.

— Quem? Evander?

— Ele estava tão empolgado. Planejava confrontar o coronel Narode junto com o general.

— O que tem o coronel? – Valena franziu o cenho.

— O general Nostarius está convencido de que ele é o responsável pela loucura de Donovan, bem como pelo assassinato do imperador, e por você ter sido atacada e obrigada a fugir do palácio. Ele vem manipulando as altas rodas do Império há anos.

Aquela revelação deixou Valena perplexa.

— Mas como...?

— Ele tem um poder que afeta a mente. Força as pessoas a fazerem o que ele quer.

Valena ficou em silêncio, pensativa, por um momento. Enfim, soltou um suspiro.

— Isso explica muita coisa.

— Eu deveria estar lá, com eles.

— E por que não está?

— Não posso. Não nesse estado.

Por alguma razão, Valena pensou nos fortes laços afetivos que tinham unido o imperador e sua esposa. A forma como cuidavam um do outro. A maneira como os rostos deles se iluminavam simplesmente por estarem na companhia um do outro.

— Se ele a ama, ficará mais do que satisfeito em ter a oportunidade de cuidar de você – disse, com certa hesitação. Ninguém nunca a havia amado daquela forma, então Valena não tinha muita experiência no assunto, mas tinha certeza de que algum dia encontraria um amor assim. A própria Fênix havia lhe dito isso, não havia? E a ligação entre Evander e Sandora parecia tão intensa que não era difícil imaginar os dois fazendo qualquer coisa um pelo outro.

O lábio de Sandora tremeu.

— Não quero que ninguém me veja assim.

— E qual é o problema? Caso não tenha percebido, eu estive aqui, olhando para você, durante todo esse tempo. E, antes que me pergunte, não, não acho nada demais você estar abalada dessa forma, não depois de tudo o que aconteceu. Qualquer um ficaria para baixo numa situação dessas. E se eu, que sou uma *culvert* egoísta, não penso menos de você por estar assim, garanto que ninguém mais vai pensar. Muito menos ele.

Sandora a olhou, surpresa, por um longo tempo. Então seus lábios se curvaram num arremedo de sorriso.

— Acredito que eu nunca agradeci adequadamente por todo o cuidado que teve comigo.

— Não se preocupe. Eu fiz isso porque eu gosto de você. Só não me pergunte o motivo, porque eu não faço a menor ideia.

Soltando um riso abafado, Sandora se recostou à cadeira e levantou a cabeça, fechando os olhos, com a expressão mais serena que havia demonstrado desde que retornara da viagem ao norte.

— Então, o que vai fazer? – Valena quis saber. – Não pode continuar presa aqui dentro, vivendo dessa forma. Por que não vai atrás do seu homem?

Sandora abriu os olhos e olhou pela janela. Para variar, estava caindo um *dhilleysi* de um aguaceiro lá fora, o que parecia acontecer quase todo dia naquele lugar. A *Bruxa* refletiu um pouco antes de dizer:

— Eu preciso de respostas. E acho que sei onde encontrar algumas.

Enfiando a mão num dos bolsos de seu manto, ela removeu de lá uma folha de papel suja e amassada. Após afastar os pratos, ela a abriu sobre a mesa, revelando o que parecia um mapa, obviamente desenhado às pressas com carvão.

— Onde conseguiu isso?

— De um aliado inesperado que tivemos na batalha contra Donovan – Sandora respondeu, apontando para uma parte do desenho. – Ele disse que aqui fica o monte mais alto de Ebora.

Valena estudou o mapa com atenção enquanto Sandora citava os vários pontos de referência desenhados de maneira desajeitada.

— Eu acho que sei como chegar nesse lugar – disse, por fim. – O capitão Nevana me fez escalar uma dessas montanhas durante o meu treinamento. Você pode ativar pontes de vento, não pode? Quer dizer, não sei exatamente onde estamos, mas se pudermos chegar a uma vila que tem por aqui – ela apontou para um ponto do mapa – estaremos a não mais do que um dia ou dois de caminhada até este "x".

— Não precisa me acompanhar. Você já me ajudou bastante.

— Se está pensando em sair por aí sozinha nesse estado, ainda mais indo para uma região perigosa como essa, pode esquecer.

— Gram irá comigo.

— Esqueça, não vou sair de perto de você. Nunca abandonaria alguém desse jeito. Além disso, Evander provavelmente vai comer o meu fígado se eu não for junto.

◆ ◆ ◆

A jornada acabou se estendendo por muito mais tempo do que Valena previu. Estavam ocorrendo fortes chuvas na região, que tornavam o caminho incrivelmente escorregadio e perigoso. Os poderes de Sandora os protegiam do frio, então os três conseguiam prosseguir viagem, mesmo embaixo do temporal, mas depois que as estradas e trilhas acabaram, o caminho se tornou bastante difícil.

Chovia tanto que Valena nem mesmo podia usar seus poderes, que se baseavam em fogo. Apesar de ela não ser capaz de carregar os outros dois consigo durante o voo, teria sido muito mais fácil encontrar a entrada do vale se pudesse dar uma olhada na região lá do alto.

No quarto dia chegaram a uma abertura quase escondida entre as montanhas. A estreita passagem parecia interminável e logo se transformou numa espécie de caverna. Sandora tirou um cristal de luz contínua do bolso e o passou a Valena, para que iluminasse o caminho. O fato de nem a *Bruxa* e nem o *Sinistro* parecerem precisar de luz para se moverem por aquele breu provocou uma incômoda sensação de inferioridade.

Depois de algum tempo, no entanto, a caverna terminou abruptamente numa parede de rocha sólida.

— Seu amigo não avisou sobre isso? – Valena perguntou. O mapa dava a entender que deveriam atravessar aquela passagem até campo aberto, mas tudo indicava que ali era o fim da linha.

— Não, mas imaginei mesmo que deveria haver uma boa razão para ninguém mais saber da existência desse tal santuário.

Enquanto as duas analisavam as paredes, Gram se agarrou nas pedras e começou a escalar, com agilidade. Boquiabertas, Valena e Sandora o viram ultrapassar o lugar onde deveria estar o teto.

— Ele está atravessando a pedra?! – Valena perguntou, incrédula.

— Parece ser algum tipo de ilusão – concluiu Sandora. – Quem está no chão percebe o teto bem mais baixo do que ele realmente é.

As duas subiram atrás do *Sinistro* e chegaram a outro túnel, cuja entrada não podia ser vista lá de baixo. Após caminharem por diversas câmaras cheias de umidade e assustadoras estalactites pontudas pendendo do teto, finalmente chegaram à saída e puderam voltar a ver a luz do dia.

E era um dia bem claro e ensolarado. Não havia nem sinal da forte chuva que enfrentaram por dias para chegar ali. Diante deles havia um vale verdejante, cercado por montanhas.

— O campo místico aqui é diferente – disse Sandora, analisando os arredores com cuidado. – Estamos em um espaço alternativo. A caverna deve ser algum tipo de portal.

— Pelo menos podemos nos livrar destas roupas molhadas – comentou Valena, antes de olhar para Sandora e perceber que os trajes da outra estavam impecavelmente secos e limpos. – Ou, pelo menos, *eu* posso, já que não tenho roupas mágicas que não se molham.

Caminharam pelo vale por algum tempo até chegarem às ruínas de um velho templo. Investigando o lugar, encontraram escadarias que levavam a andares subterrâneos. Apesar de não ter sobrado muito da construção em pé, a parte dela que ficava abaixo do solo era incrivelmente extensa. Levaram horas explorando aqueles túneis antigos até que uma figura etérea surgiu diante deles.

— Hã... olá? – Valena disse, levando a mão ao cabo da espada.

— São bem-vindos todos os que buscam respostas.

Era difícil discernir as feições da figura. Parecia um humano, mas a imagem era muito imprecisa e instável, como se estivessem enxergando aquela pessoa através de um fluxo de água corrente.

— Você é o guardião do santuário? – Sandora perguntou. – Se for o caso, deve saber quem sou eu e por que estou aqui.

— Este lugar guarda o conhecimento conseguido durante milênios – respondeu a figura. – Apenas isso. Onisciência não é uma capacidade que será encontrada aqui. Mas alguns fatos são evidentes. Por exemplo, vocês conseguiram passar pelas diversas barreiras do vale como se elas não existissem. Eu arriscaria dizer que sequer têm ciência dos diversos escudos que atravessaram, não é mesmo?

Valena e Sandora se encararam por um instante, surpresas.

— Como eu pensava – ele prosseguiu. – Isso que quer dizer que algumas das regras desta realidade não se aplicam a você. A julgar por isso e por seu peculiar fluxo vital, posso concluir que se trata de um espírito itinerante.

— É o que me foi dito – Sandora disse devagar, desconfiada.

— Muitos como você vieram a este lugar com o passar dos séculos. Todos tinham as mesmas perguntas, sobre si mesmos e o lugar que ocupavam no mundo que habitavam.

Valena ficou em silêncio, analisando a figura com atenção enquanto Sandora fazia suas perguntas.

O homem transparente pediu para ser chamado apenas de "guardião". Disse ser um espírito originado em tempos antigos e escolhido por uma das entidades ancestrais para reunir e proteger o conhecimento obtido pela raça humana até então. E que continuou a fazer aquilo por milênios, mesmo depois que a entidade que lhe dera vida deixou de existir.

A conversa entre Sandora e o Guardião durou um longo tempo. Valena não conseguiu prestar atenção em tudo por diversos motivos. Primeiro, estava cansada e com fome. Segundo, os dois falavam rápido, alternando entre os assuntos de uma forma que era difícil de ela acompanhar. Era como observar uma discussão filosófica entre dois sábios.

Mas, mesmo com todo cansaço, impaciência e tédio, ela conseguiu entender várias coisas.

O guardião explicou sobre a origem do mundo, ou melhor, a *reformulação* que ocorrera milênios atrás, quando uma entidade misteriosa havia modificado a realidade, que antes era muito diferente de como a conheciam. Contou que os espíritos de Sandora e Evander eram "sobreviventes" do mundo antigo. E que a razão dos estranhos poderes do casal era que, como tinham escapado ao processo de reformulação, não tinham as limitações que a entidade havia colocado em todas as criaturas do novo mundo.

Então vieram as más notícias. Parece que o corpo de Sandora ainda estava sujeito a várias leis desta realidade, apesar de seu espírito não estar. E uma dessas leis era rejeitar qualquer coisa de natureza estranha. O feto que Sandora carregava havia sido gerado da união entre dois espíritos itinerantes, e era uma criatura ainda mais aberrante que seus progenitores. O organismo de Sandora não aceitaria esse corpo estranho dentro de si, fazendo tudo o que pudesse para ficar livre dele. O feto resistiria, e essa batalha silenciosa entre os corpos da mãe e do filho iria certamente levar ambos à morte.

Ao ver o quanto aquela revelação estava afetando sua amiga, Valena questionou o guardião, perguntando como ele poderia saber tanto sobre o assunto. A resposta foi que esse tipo de acontecimento havia se repetido diversas vezes durante as eras. Espíritos itinerantes encarnados tendiam a perecer. Era uma forma que o Criador havia encontrado para se livrar dos sobreviventes do mundo antigo.

Então uma onda insuportável de náusea se abateu sobre Sandora. O guardião recomendou a Valena que a tirasse dali, uma vez que continuar aquela conversa naquele momento, com tantas emoções envolvidas, serviria apenas para apressar o inevitável.

◆ ◆ ◆

O presente

Não há tempo a perder. Quanto mais tempo demorassem discutindo, mas perto o monstro que Luma Toniato havia se tornado estaria de obter o poder daquele bendito machado.

Valena reúne Sandora, Valimor e Falco. Então, junto com a tropa da capitã Imelde, tomam a ponte de vento de volta ao palácio, levando consigo o que restou de Gram. Lá se dirigem à torre em que os curandeiros estão cuidando de Joara Lafir.

Alvor e Iseo vão até as masmorras e trazem de lá o metamorfo, com os pés acorrentados e os braços imobilizados atrás das costas.

— A que ponto chegamos, hein, Jester? – Falco pergunta, lançando um sorriso zombeteiro ao outro.

O homenzinho apenas grunhe, incapaz de falar devido à mordaça que tinha sido colocada em sua boca por medida de precaução.

Valimor também não está nem um pouco satisfeito e não faz nenhum esforço para ocultar sua contrariedade. Valena teve quase que implorar a ele para vir. Teria sido muito mais fácil se não tivesse lhe contado sobre as possíveis consequências do ritual, mas ela não teve coragem de ocultar essa informação dele. Os sentimentos que tem em relação a ele – e, graças aos céus, *apenas* em relação a ele – parecem crescer mais a cada segundo. Inclusive, ela precisa se esforçar para não pensar nisso, caso contrário sua determinação em prosseguir com aquele plano pode cair por terra.

Ela dá uma olhada ao redor. Os seis indivíduos a que o augúrio se referiu estavam reunidos ali, junto com ela. A sensação que a presença deles provoca é inegável. Valena está certa de que estão predestinados a isso, talvez desde o nascimento. No entanto, a cena diante de seus olhos não é nada animadora.

Sandora olha para ela com determinação, mas não consegue esconder a expressão de sofrimento enquanto segura o ventre com uma das mãos. Aparentemente, não é apenas o tempo de Valena que está se esgotando. Ela se pergunta se essa seria a razão de a *Bruxa* ter finalmente concordado em participar do ritual.

Falco foi atingido no ombro durante a batalha e usa uma tipoia improvisada. O sorriso arrogante havia desaparecido desde que seu artefato místico fora tomado dele. O que se vê em seu rosto agora é preocupação e... medo.

Joara está na cama, inconsciente. Pálida e muito magra, pouco lembra a moça vibrante e cheia de vida que tanta inveja havia despertado em Valena com sua aparência exuberante e modos perfeitos.

Valimor, felizmente, não havia sido ferido na batalha, mas a expressão de revolta que exibe chega a ser assustadora. Se tivesse direito a um último pedido, Valena com certeza desejaria passar algum tempo com ele, para poder ao menos se despedir de forma adequada.

Quanto a Gram, seus restos mortais – se é que podem ser chamados assim – estão dentro de uma grande caixa de madeira, ao lado de Sandora.

E, para completar o patético quadro, ali está Jester, forçando suas amarras inutilmente, enquanto solta gemidos abafados.

— Tire a mordaça dele – Valena pede a Alvor.

Assim que o pano é removido de sua boca, o homenzinho tosse e engole várias vezes, antes de esbravejar:

— O que pensa que vai *fazerrr comiga*?

— Você tem tara por poder, não é, seu baixinho invocado? – Falco diz, antes que Valena possa responder. – O que você acha de participar da ressurreição da entidade mais poderosa deste mundo? E com grandes possibilidades de ter um de seus desejos atendidos?

Aquilo faz com que Jester arregale os olhos por um momento, antes de voltar a ficar desconfiado.

— E *porrr* que eu *acrreditarria* em você?

— Todos aqui precisam de alguma coisa – responde Valena. – A Fênix é uma entidade benigna, conhecida por recompensar aqueles que trilham o caminho da justiça. Tenho certeza de que ela verá com bons olhos aqueles que participarem de bom grado desse ritual.

Valena não tem nada além da palavra do *Capitão Sabichão* em relação àquele assunto. E aquele conhecimento ainda é um tanto suspeito, uma vez que, segundo ele, ninguém mais sabe de nada daquilo. Erineu também não quis entrar em detalhes sobre como teve acesso a todas aquelas informações.

Mas não há nenhuma evidência de que possa estar enganado ou mentindo. Afinal, ele conseguiu fazer com que Luma o escutasse, não conseguiu? E tudo o que disse a Valena faz muito sentido. Então ela prefere acreditar também nessa história de que os participantes do ritual de ressurreição da Fênix sempre conseguem algo que queiram muito.

— Mas *porrr* que eu? – Jester pergunta, ainda desconfiado.

— Não sei responder a essa pergunta. – Valena faz um gesto abrangendo os presentes. – Ela escolheu você, assim como cada um de nós. Falco e Radal nos disseram que você não concordava com as decisões de Dantena. Que estava aliado a ele apenas até conseguir obter algo que desejava muito, e que não tinha conhecimento de todos os atos malignos que ele estava cometendo. Isso é verdade?

Jester balança a cabeça.

— Que *diferrença* isso faz?

— Dois de nós estão incapacitados – responde Sandora, lançando um demorado olhar para Valimor, Falco e depois para Jester. – As chances de o ritual falhar serão muito grandes se qualquer um de nós quatro, além de Valena, não participarmos por vontade própria. Isso nunca vai funcionar, se alguém tentar sabotar ou lutar contra seus efeitos.

Jester olha para Falco.

— E o que você *ganharrá* com isso?

Falco sorri.

— Minha espada de volta. E ouro. Muito ouro. Vamos lá, seu teimoso. Quando foi que eu menti para você antes? Nunca vou te perdoar se eu perder essa chance por sua causa.

Ainda desconfiado, Jester encara Valena.

— *Querro* meu *liberrdade*.

Ela aperta os punhos, frustrada. Estavam perdendo tempo demais com aquela conversa.

— Apenas se prometer não tentar matar mais ninguém de novo e nem voltar a se aliar a inimigos do Império.

— Muito bem.

Aquela aceitação tinha vindo fácil demais, não tinha? Valena encara o homem por um momento, indecisa. Então, suspira.

— Libertem ele.

Alvor e Iseo soltam as amarras dos punhos do metamorfo e as correntes de seus pés. Todos ao redor retesam o corpo, prontos para um possível combate.

Mas Jester não tenta invocar seus poderes. Em vez disso, vira o rosto na direção de Sandora e os dois se encararam por alguns momentos. Então o olhar dele desce para o ventre levemente distendido pela gravidez. A forma como ela segura a barriga com a mão levemente trêmula deixa claro o quanto está se sentindo mal.

— Vai *perdirrr porrr seu* saúde?

— Não – responde ela. – Se eu tiver direito a um pedido, tenho algo mais importante em mente.

— Mais *imporrtante* que seu *filha*? – Ele parece confuso.

Sandora aperta os lábios e engole em seco, mas não responde.

Valena nota, contrariada, que sabe o que a *Bruxa* quer. A teimosa espera encontrar uma forma de evitar o destino do portador da marca. Planeja se aproveitar do fato de ser um espírito itinerante para tentar, de alguma maneira, manipular as flutuações do ritual e modificar suas regras, ou, pelo menos, amenizar seus efeitos. Por que aquela *fret* não se preocupa apenas consigo mesma? Será que ela ainda acredita na promessa idiota que Valena tinha feito de encontrar uma cura para ela? Ninguém em sã consciência acreditaria mais naquilo, não depois de tantos meses de tentativas fracassadas.

Jester pensa por um momento e volta a olhar para Valena, aparentemente contagiado pela determinação de Sandora.

— O que *querrr* que eu faça?

◆ ◆ ◆

Depois que Beni, Iseo, Alvor, Laina e Loren saem do aposento, Sandora observa, apreensiva, enquanto Valena se concentra por alguns instantes, antes de fazer um gesto dramático com as mãos, como se estivesse retirando algo de dentro de si e arremessando ao ar à sua frente.

Subitamente, a realidade parece se desintegrar a seu redor. De repente, não está mais em seu corpo, não tem mais boca, olhos, nariz ou ouvidos. A súbita privação de sentidos causa uma onda de pânico e ela tenta, instintivamente, usar seus poderes de reconhecimento místico para tentar se localizar.

Percebe que está flutuando em meio a um fluxo energético de intensidade absurdamente alta. É como se toda a energia do mundo estivesse passando através dela. Tenta descobrir onde estão seus aliados e percebe que todos fazem parte daquele fluxo, assim como ela própria. Todos os sete haviam se juntado, mesclado, fundido em uma única e poderosa força, potencializada de forma incomensurável pelo Favor Divino.

Unidos daquela forma, os sentimentos mais profundos de cada um ficam evidentes, suas essências expostas.

Com grande alegria e alívio, Sandora sente a presença de Gram. Ela está ali, mais forte e vibrante do que nunca, otimista, alegre, impulsiva. Tudo para ela é uma aventura, incluindo o que acontece no momento.

A presença de Valimor é marcante, com sua furiosa determinação, que usa para tentar compensar o enorme vazio que há dentro dele. Um vazio que deseja desesperadamente que Valena preencha.

A essência de Falco é surpreendente. Ele tem uma visão um tanto romântica em relação ao mundo e uma necessidade quase desesperada de encontrar seu lugar nele. Parece acreditar fortemente que vai encontrar seu propósito apenas quando conseguir consertar tudo o que há de errado. Nada daquilo se encaixa no que sabe sobre ele.

Já Jester carrega uma incomensurável carga de culpa e sofrimento. A solidão em sua alma é tão grande que pode ser sentida em ondas, chegando até mesmo a afetar o fluxo energético.

Sandora nunca chegou a conhecer pessoalmente a princesa Joara, mas de alguma forma a reconhece, com seu entusiasmo e otimismo juvenil, sedenta por conhecer o mundo e fazer dele um lugar melhor.

Por fim, Sandora encara o íntimo de Valena, sua carência, sua necessidade de pertencer, de ser amada, e sua disposição a fazer qualquer sacrifício para que sua existência faça sentido.

Também percebe a si própria no meio daquele fluxo, sua raiva e indignação por tudo o que lhe foi imposto e pela falta de autocontrole que primeiro colocou em risco dezenas de milhares de vidas e depois causou a concepção de uma criança que não tem chances de nascer.

Curioso, Sandora pensa consigo mesma. Nunca tinha percebido que aqueles sentimentos tão intensos estavam enterrados dentro de si. Achava que havia superado aquelas coisas há muito tempo e seguido com sua vida, mas não, continua presa, seu passado ainda ditando seu presente, controlando suas ações, fazendo com que percorra um caminho que não tem certeza de que quer trilhar.

Os fluxos de energia estão se unindo, criando uma flutuação, materializando algo. Parecem funcionar de forma pré-programada, as nuances sucedendo uma à outra de forma precisa e metódica demais para que aquilo possa ser considerado como algo espontâneo, aleatório.

Então, uma consciência começa a se formar, uma presença surgindo em meio à energia. Algo que acaba de nascer, frágil a princípio, mas que se alimenta do fluxo, começando a crescer, com potencial para se tornar algo maior, mais forte, talvez invencível.

Sandora sente sua própria consciência desacelerar, como se um grande cansaço tivesse se abatido sobre ela. Percebe que o mesmo está acontecendo com todos os outros. As essências deles estão perdendo a força, sendo atraídas e engolfadas pelo novo ser que começa a tomar forma. E conclui que não é apenas Valena quem está correndo risco. Algo está errado. Aquela coisa quer absorver *todos eles*.

Ela jamais permitirá isso.

Pode sentir Joara e Gram tentando debilmente se afastar da presença intrusa, assustadas, e se junta a elas, a energia das três se entrelaçando, fortalecendo, e assim se afastando do perigo. O intruso volta sua atenção para os outros, tentando atrair suas essências para si, mas encontra resistência. Jester parece ponderar sobre quem é mais perigoso, e acaba optando pelo risco conhecido, vindo em direção a Sandora. Falco, indeciso, acaba seguindo o amigo. Valena é a única que se aproxima voluntariamente da presença estranha, seguida a contragosto por Valimor, que se recusa a deixar que ela se entregue sozinha. E é exatamente aquilo que faz com que a imperatriz mude de ideia. Sandora sente o exato momento em que a outra percebe que, se seguir aquele caminho, será responsável por duas mortes, já que ele nunca a deixaria. Então os dois tentam se afastar da presença, mas já estão entranhados demais para isso.

Sandora e os demais se aproximam, sua consciência coletiva gerando uma força que rivaliza com a da entidade embrionária. A indescritível luta prossegue pelo que parece uma eternidade, mas finalmente Valena e Valimor se libertam da presença desconhecida e se unem a seus aliados.

Sete almas se abraçam, acalmando e consolando umas às outras, suas consciências se aproximando de forma cada vez mais íntima. Sentindo outro perigo, Sandora se agita, forçando todos a manterem alguma distância entre si. De alguma forma, sabe instintivamente que, se seus espíritos se unirem ainda mais, o intruso acabará vencendo, pois eles podem se fundir e se tornar algo maior, mais intenso, muito mais poderoso. E muito menos humano. Acabarão se transformando numa cópia daquilo que estão tentando evitar.

A entidade continua tentando se aproximar deles, absorver suas energias, mas Sandora se afasta, levando os outros consigo.

É curioso que eles a obedeçam sem nenhuma hesitação. Então ela olha para eles mais a fundo e percebe o que está acontecendo. Pela primeira vez, tem uma constatação incontestável do que o guardião do santuário lhe disse tanto tempo atrás. É como se existisse uma tranca, um bloqueio que impedia seus aliados de pensar e agir com clareza naquele ambiente. Eles parecem embriagados, sem o total controle sobre si mesmos. E aquele bloqueio não é algo externo, que possa ser removido. É mais profundo, parecendo fazer parte das essências de todos eles, exceto de Sandora.

Tentando evitar que o intruso fique ainda mais forte, ela tenta redirecionar o fluxo energético para si, gerando um tipo de efeito de repulsão para manter aquela coisa à distância. Não demora muito para a presença começar a perder força. Com o controle cada vez menor sobre o fluxo, aquela consciência não tem qualquer esperança de continuar existindo.

Ela então percebe que o intruso está se abrigando no interior de algo, como se fosse uma casca, ou um ninho. Como é tudo imaterial e fluido onde estavam, é difícil descrever, mas aquilo parece um construto, algo criado para fortalecer a entidade e dar a ela controle sobre aquela realidade onde estão.

Sem pensar duas vezes, Sandora invade aquele invólucro, envolvendo o intruso enfraquecido e absorvendo sua energia até que ele se dissipe totalmente. Então, junto com os outros, assume o lugar dele.

◆ ◆ ◆

Laina Imelde anda de um lado para o outro, impaciente, do lado de fora do quarto de Joara.

— Vai acabar fazendo um buraco no chão desse jeito — Loren diz, numa tentativa não muito eficiente de animar o ambiente.

— Verdade – concorda Beni, dando a ela uma piscadela maliciosa. – Por que não se concentra naquele encontro de hoje à noite e na noitada que vai ter?

Laina para e o encara, franzindo o cenho.

— Encontro? Não tenho nenhum encontro. – Ela pisca, por um momento, parecendo confusa. – Ou tenho?

Beni e Loren caem na risada, juntamente a Alvor e Iseo. Todos os cinco haviam sido enxotados para fora do quarto antes de Valena dar início ao tal ritual, e a imperatriz tinha dado ordens expressas para ninguém mais subir naquela torre, então eram apenas eles ali, esperando, sem saber direito pelo quê.

— Sério, Laina, agora fiquei com inveja – diz Alvor. – Sua vida amorosa deve andar movimentada como nunca se precisa de um calendário para saber se vai ou não se dar bem hoje.

— Posso me dar bem quando quiser – responde a capitã, entrando na brincadeira. – Não preciso marcar encontros para isso.

Os outros se preparavam para fazer um coro de vaias quando um som estranho vem de dentro do quarto, colocando todos de prontidão.

Iseo corre para a porta e põe a mão na maçaneta, olhando para Laina à espera de autorização para abrir. A capitã, no entanto, pressente algo e corre para a janela. O que avista ali a faz arregalar os olhos.

— Uau!

Os outros espicham a cabeça bem a tempo de ver a formação de um enorme pássaro de fogo a partir de um jato de chamas que sai do quarto de Joara através da janela.

Iseo abre a porta do aposento, constatando que não há mais ninguém lá. A imperatriz e as outras seis pessoas haviam desaparecido, incluindo a princesa inconsciente e os "restos mortais" de Gram.

Pelas janelas, eles contemplam enquanto o pássaro de fogo cruza os céus da capital, na direção oeste. Brados são ouvidos dos andares inferiores do castelo, bem como das ruas da cidade. As pessoas comemoram, excitadas, o ressurgimento da Grande Fênix, que não era avistada há anos.

Valena tem consciência do que está acontecendo, mas se sente inerte, incapaz de tomar decisões. Valimor, Gram, Falco, Joara e Jester estão na mesma situação. É como se tivessem se tornado escravos, sua existência agora consistindo apenas de aguardar e obedecer a instruções.

Mas Sandora é diferente. Ela consegue manter sua personalidade e assume o controle do ritual, de uma forma que faz Valena se sentir orgulhosa. Por mais que quisesse reviver a Fênix, não há ninguém no mundo em quem confie mais e está feliz por ver a *Bruxa* no comando.

Não que o trabalho de Sandora esteja sendo fácil. Unidos como estão, não é possível manter os sentimentos em segredo um do outro, e é muito claro o esforço quase sobre-humano que ela precisa fazer para manter o controle sobre o fluxo energético.

Logo percebem que o poder com o qual estão lidando é demais para uma mente humana, mesmo uma tão privilegiada quanto a de Sandora. O "ninho" no qual se estabeleceram tem energias incomensuráveis, que podem ser moldadas de infindáveis formas. Valena sente que podem fazer quase qualquer coisa, manipulando a realidade de maneiras inimagináveis. Mas, ao mesmo tempo, estão sendo bombardeados com uma insuportável quantidade de estímulos externos. Os "sentidos" da criatura que haviam se tornado são tão desenvolvidos que as sensações que recebem são intensas demais, atordoantes, quase impossíveis de serem compreendidas.

Sandora imediatamente ataca aquele problema, instruindo Gram, Valimor e Valena a moldarem a realidade à sua volta de forma a criar um bloqueio, para "abafar" aquela cacofonia. Jester, Joara e Falco são encarregados de reunir todo tipo de informação que possa existir no meio daquele fluxo. Logo descobrem que o "intruso" não tinha sido completamente destruído. Sua vontade se foi, mas o restante dele, como suas memórias, continua ali. Memórias de uma entidade divina. Sandora então encontra uma forma de extraírem aquele conhecimento usando o que aprendeu para refinar o bloqueio criado pelos outros. Logo, a barreira que apenas abafava os estímulos internos começa a filtrar e a "traduzir" aquilo. Com um pouco mais de esforço, Sandora consegue estabelecer mecanismos para lidar automaticamente com a maior parte daquelas informações.

O resultado desse trabalho foi a criação de uma espécie de mente independente, que se tornou um intermediário entre eles e a realidade, cuidando para a manutenção e desenvolvimento do ser coletivo e interceptando tudo o que pudesse, de forma que o "núcleo", composto por Valena e pelos outros, ficasse responsável apenas por tomar decisões mais importantes. A mente independente estudava formas de melhorar a si mesma, numa retroalimentação infinita, evoluindo cada vez mais rápido e se tornando cada vez melhor.

Logo estão com completa consciência do corpo físico dentro do qual estão, bem como de tudo o que acontece a seu redor. Sandora e os outros continuam trabalhando, buscando informações na memória divina e criando camadas na mente independente até conseguirem ter um controle razoável sobre os incomensuráveis poderes que têm à sua disposição.

Então percebem que, mesmo com todo o potencial daquela mente independente, levariam tempo demais para dominar completamente aquele corpo. Um tempo que não têm. Por isso, Sandora decide se concentrar no objetivo principal: encontrar e parar Luma Toniato.

Assim, a nova Grande Fênix parte para Mesembria, cruzando os céus da província com incrível velocidade, mas, de forma paradoxal, permitindo que todas as pessoas lá embaixo a vejam com clareza. A entidade se move de forma parecida com o sol daquele mundo, inexplicavelmente permitindo que seja avistada por todas as pessoas de quase todo o país na mesma posição do céu ao mesmo tempo.

Quando a entidade chega a Aldera, o monstro já havia obtido a posse do artefato, que flutua à sua frente, acima da grande cratera.

Então, em um ato impensável para qualquer mortal, a Fênix simplesmente rasga a realidade ao redor, lançando a si mesma e sua adversária em um espaço alternativo. Luma não parece se importar, tratando apenas de preparar sua ofensiva, com o auxílio do poderoso artefato.

É impossível descrever com palavras o que, exatamente, acontece dentro daquela realidade alternativa. O monstro que Luma Toniato havia se tornado é extremamente forte, determinado e agressivo, tendo total controle sobre seu próprio corpo e seus poderes, coisa que a Fênix, definitivamente, não tem ainda. Mas o poder que a entidade manipula é muito maior. Sandora mantém a Fênix na defensiva quase o tempo todo, enquanto a mente independente aprende a lidar com a situação e desenvolve novas formas de se proteger e contra-atacar.

Aquela dança prossegue por muito tempo. Para a percepção humana, é como se semanas, possivelmente meses, tivessem se passado dentro daquele espaço alternativo.

Luma havia criado a arma capaz de destruir a Fênix, e agora tem poder suficiente para construir algo ainda mais mortal, coisa que ela faz, várias vezes e de várias formas diferentes. Mas Sandora está preparada para aquilo, uma vez que tinha uma boa ideia do funcionamento da *Godika Geonika* e usa os conhecimentos da entidade para se proteger dos efeitos. Mesmo assim, a Fênix é seriamente ferida, precisando despender grande parte de seu fluxo para se refazer e fortalecer suas defesas. Felizmente, o jogo logo começa a virar, conforme Sandora e os outros se adaptam à situação e aprendem a controlar aqueles poderes divinos de forma cada vez mais eficiente.

Por fim, Luma é derrotada. A personalidade "monstruosa" que habita seu corpo é erradicada, e então a Fênix abandona o espaço alternativo, trazendo consigo o corpo inerte de sua adversária. Infelizmente, o espírito original de Luma já havia partido desse plano de existência há muito tempo, não sendo mais possível, nem mesmo para a grande entidade, trazer a *Chata de Galocha* de volta à vida.

De qualquer forma, a alegria e a sensação de triunfo são intensas. Valena está eufórica e sabe que os demais também estão.

Enquanto flutuam no ar, logo acima da borda da cratera, ela percebe que podem continuar ali, dentro daquela entidade, ou melhor, *sendo* aquela entidade, para sempre. Seria um arranjo perfeito. Dentro daquele ninho, têm tudo o que seus espíritos possam desejar. Conforto. Paz. Excitação. Alegria. Podem viver ali, longe das agruras da vida humana. Sem dor, sem sofrimento. Nunca estarão sozinhos. E têm poder suficiente para cuidar de todos e tornar aquele mundo um lugar melhor.

A mesma constatação logo se abate a todos os outros. A vontade de esquecer todo o resto e partir em uma eterna jornada corrigindo injustiças e ajudando as pessoas é forte, quase irresistível.

E, para a surpresa de Valena, é justamente isso o que faz Sandora decidir que têm que abandonar aqueles poderes. Imediatamente.

Aproveitando que a mente independente está consideravelmente enfraquecida depois da batalha, e assim menos propensa a se rebelar devido a seus instintos de autoproteção, Sandora a comanda a dissipar os fluxos e lhes devolver a seus corpos físicos.

Nunca ficou muito claro onde, exatamente, seus corpos haviam estado aquele tempo todo, mas em poucos instantes a Grande Fênix deixa de existir e Valena abre os olhos, percebendo que está em meio à floresta de pinheiros. E um pouco frustrada por aquela experiência incrível ter terminado.

Todos os sete estão exatamente da mesma forma como antes do ritual: as mesmas roupas, os mesmos ferimentos. Joara continua inconsciente e Gram, ainda aos pedaços.

O corpo sem vida de Luma Toniato jaz no chão ali perto.

Valena e Valimor se encaram por um instante, antes de correrem e abraçarem um ao outro como se suas vidas dependessem disso. Quando o abraço termina, ela encara aqueles olhos negros com um sentimento indescritível. A provação chegou ao fim. Havia feito uma aposta, contra todas as expectativas, e tinha vencido. Estava viva. Estava livre. E não existiriam outros "companheiros", não da forma como pensou. Seu único parceiro seria esse homem à sua frente. Por todo o tempo que lhe restasse.

E, pela expressão de felicidade e expectativa estampada em seu rosto, percebe que ele também chegou à mesma conclusão. Teriam muito o que conversar. E havia todo o tempo do mundo para isso.

Olhando ao redor, ela percebe que Falco passa o braço pelos ombros de Jester numa demonstração de camaradagem, que parece incomodar o transmorfo, mas da qual ele não tenta se esquivar, apenas lançando um olhar de reprovação ao outro.

Enquanto isso, Sandora se ajoelha ao lado de Gram, levando a mão ao ventre, com uma careta de dor.

Valena pensa em ir até ela, quando tem uma súbita realização. Algo mais aconteceu enquanto seus espíritos se separavam. Todos eles tinham fortes desejos e, antes que a mente independente desaparecesse completamente, aconteceu um momento de comunhão, em que as vontades de cada um deles foram compartilhadas, por um breve instante.

Sete desejos foram feitos. Sete pedidos puros, isentos de qualquer egoísmo. Não sabiam exatamente quem havia pedido o quê, mas todos se deram conta de que sete graças foram concedidas pelo poder da Grande Fênix no último instante de sua existência.

Aqueles pedidos vão retornando um a um à memória ainda um pouco confusa de Valena, conforme os acontecimentos subsequentes.

Lembra do primeiro deles ao ver o corpo de Luma Toniato ser levantado do solo, a graça divina separando dela todos os artefatos místicos que havia absorvido e devolvendo para seus donos de direito. A falcione volta para a mão de Falco, que sorri, com surpresa e satisfação.

Muita energia é liberada enquanto os artefatos se materializam e são teleportados de volta a seus locais de origem, mas a graça da Fênix impede que presenciem uma repetição da grande explosão que aconteceu quando Dantena perdeu os poderes de forma parecida.

No entanto, apesar de a explosão não acontecer, a energia negativa surge, atingindo o corpo sem vida de Luma, que é reanimado e transformado lentamente em uma criatura amaldiçoada.

Neste momento, a segunda graça da Fênix se manifesta, atendendo ao desejo que pedia pela reconstituição de Gram. As mãos mumificadas dela, subitamente, parecem ganhar vida e flutuam até o corpo de Luma, agarrando seus tornozelos.

Sandora e Valena tinham visto a *Sinistra* absorver um morto-vivo muito tempo atrás, quando ela deixou de ser apenas um esqueleto para se tornar uma espécie de múmia. Mas, de qualquer forma, ficaram tão surpresas quanto os outros ao verem o processo acontecer uma vez mais.

O morto-vivo recém-formado não tem oportunidade de realizar nenhum ato antes que o processo de absorção comece. Também não emite nenhum som enquanto seu corpo é desmaterializado, diminuindo de tamanho enquanto sua energia é direcionada ao corpo dilacerado de Gram, que começa a brilhar e se recompor, mudando de forma.

Quando o brilho se dissipa, há ali apenas o corpo de uma mulher jovem, sem vestimentas e extremamente pálida caída no chão, sua pele levemente azulada. Suas orelhas são pontudas e a boca, levemente aberta, deixa entrever incisivos grandes, muito maiores do que o normal.

Exceto pelas orelhas, pelos dentes e pelas unhas compridas e pontudas tanto nas mãos quanto nos pés, o resto do corpo dela parece normal. Poderia até mesmo ser descrito como atraente, se não fosse pela mórbida cor da pele.

Sandora se aproxima do novo corpo de Gram com olhos lacrimejantes, passando a mão pelos longos cabelos brancos, antes de tirar um grande lençol de seu bolso de fundo infinito e jogar sobre ela. Então as pálpebras pálidas se abrem, revelando íris de um intenso vermelho.

Valena sente aquele familiar arrepio percorrer sua espinha.

Certo. Não é mais uma múmia. Mas continua sendo sinistra.

Gram olha para Sandora por um momento, antes dos cantos de seus lábios se curvarem num leve sorriso. Então vira o rosto na direção de Valena e liberta uma das mãos pálidas do lençol, levando as pontas dos dedos à testa, num gesto de continência.

Valena não consegue evitar um sorriso, enquanto Valimor, ao lado dela, faz alguns gestos que ela não entende, mas que parecem deixar a *Sinistra* satisfeita.

— A maldição acabou? – Valena pergunta a Sandora.

— Não – a outra responde, com voz entrecortada. – Ela está com uma aparência melhor que a de antes, mas ainda está na mesma condição.

— Em vez de uma múmia, ela agora é o quê? – Falco pergunta, cruzando os braços. – Uma vampira?

Um brilho sinistro e um silvo estranho cortam o ar e eles percebem que o terceiro pedido está se realizando. O desejo que Valena desconfia que tenha sido o seu.

Ela dá alguns passos adiante, saindo detrás das árvores e para diante de onde, até poucos instantes atrás, estava a gigantesca cratera. No lugar dela, há agora uma enorme planície. O chão, apesar de relativamente plano, parece todo revirado, com pedras, pedaços de madeira e outras coisas misturadas à terra de forma caótica.

A uma certa distância, ela avista pessoas. Dezenas delas. Estão se levantando do chão e olhando ao redor, confusas. Valena chama a atenção de Valimor, Falco e Jester.

— Vão até lá, vejam se alguém precisa de ajuda.

Valimor obedece imediatamente. Jester parece não gostar muito de receber ordens, mas Falco, que Valena nunca tinha visto expressar tanta alegria e satisfação antes, convence o homem a ir com ele, fazendo brincadeiras e provocações bem-humoradas.

— São os habitantes de Aldera! – Valena exclama, animada, enquanto caminha até Sandora, que ainda está ajoelhada ao lado de Gram e da princesa. – A cidade está destruída, mas as pessoas parecem estar todas vivas, como você disse que estariam. Vamos lá, você tem que...

Ela se cala de repente, seu sorriso desaparecendo, quando a *Bruxa* olha para ela. Então Valena leva a mão ao rosto, empalidecendo. A marca da Fênix aparece, com todo o seu esplendor, na face direita de Sandora.

A bochecha direita de Valena está lisa, não há nenhum sinal de sua marca. É como se nunca tivesse estado ali.

— O que... o que significa isso?

Então Valena se lembra. Aquele havia sido o quarto desejo.

— Você... você tomou minha marca... roubou meus poderes... – ela diz, com voz fraca. - Foi *esse* o seu desejo? Por quê?

Sandora desvia o olhar e puxa o capuz sobre a cabeça, antes de ajudar Gram a se levantar, enrolando o lençol em volta de seu corpo.

— Por que não me responde?!

A *Bruxa* continua calada enquanto tira alguma coisa do bolso.

Uma onda de pânico ameaça tomar conta de Valena. Estava perdendo tudo novamente. Mais uma vez, estava sendo abandonada, traída por uma pessoa que amava.

— Era isso que você queria esse tempo todo? Tomar tudo de mim? Meu trono? Minha vida?!

Sandora solta um gemido de dor, enquanto revela o item que tinha tirado do bolso. É o anel com encantamento de âncora, capaz de transportar o portador de volta ao palácio. Então aperta os ombros de Gram com força e pronuncia a palavra de ativação.

No instante seguinte, Valena está sozinha, exceto pela princesa de Chalandri, que continua inconsciente, no chão, a alguns passos de distância. Ferida em seus sentimentos como nunca, ela solta um grito desesperado e se ajoelha, levando as mãos à cabeça.

Capítulo 25:
Trancos e Barrancos

O passado

— Eu quero voltar. Eu preciso voltar!

— Esqueça, Sandora!

Valena e Gram caminhavam ao lado da *Bruxa*. Felizmente, havia parado de chover por ali. O trajeto de volta até a vila tinha sido difícil, com Sandora adoentada e teimando em querer voltar para o santuário o tempo todo. Se, além daquilo, tivessem que encarar chuva também, seria um inferno.

— Preciso saber o que há de errado comigo.

— Já falei não sei quantas vezes: foi o próprio guardião quem nos pediu para tirar você de lá. Não vamos te levar de volta, pelo menos não enquanto não melhorar.

— Mas eu...

— Escute, Gram está cansado, está bem? Não me force a pedir para ele carregar você de novo, que ele não aguenta mais. – Na verdade, Valena não tinha a menor ideia se aquilo era verídico, uma vez que o *Sinistro* lhe parecia exatamente igual a quando tinham iniciado aquela viagem, na semana anterior.

Mas Sandora estava péssima. Comia pouco, reclamando de dor no estômago, e tudo o que conseguia engolir colocava para fora logo depois. Quase não tinha forças para continuar caminhando e precisou ser carregada por boa parte do caminho. Estava pálida, com fundas olheiras e até suas roupas, que normalmente se limpavam e consertavam sozinhas, estavam parecendo trapos velhos.

Valena suspirou aliviada quando avistou as pequenas casas do vilarejo, à distância. Mas logo ficou alerta, quando viu Gram levantar uma das mãos esqueléticas, no tradicional gesto militar que significa "pare".

Com o coração batendo acelerado, Valena imediatamente olhou ao redor, em busca de abrigo. Gram olhou para ela brevemente antes de sair caminhando, determinado, na direção da vila. Ela então tratou de sair da estrada, levando Sandora consigo e enveredando por entre as árvores.

Não demorou muito para os sons de batalha chegarem até elas. Valena nunca tinha sentido tanta aflição em sua vida. Queria correr até lá e ajudar Gram, mas não podia deixar Sandora sozinha. Fugir carregando a outra poderia ser perigoso, pois não dava para saber se não estavam cercados. Como a *Bruxa* estava bem mais magra, talvez conseguisse voar com ela no colo por algum tempo, mas fazer aquilo a deixaria lenta e indefesa, além de atrair ainda mais atenção.

Um longo tempo passou enquanto ela ficou ali parada, de espada em punho, com Sandora a seu lado, recostada em uma árvore, parecendo ter caído no sono. Então os barulhos terminaram. Mais alguns longos e angustiantes minutos se passaram até que Gram surgisse, com marcas de combate por todo seu corpo esquelético.

Quando o *Sinistro* lhe fez um sinal para ir atrás dele, Valena ativou sua habilidade de aumento de força e pegou Sandora no colo, tentando caminhar com o máximo de velocidade que a situação permitia.

Pilhas de cinzas podiam ser avistadas no chão por todo lado, com as marcas de batalha no chão ainda úmido por causa da chuva. Havia apenas uma explicação para aquelas cinzas: monstros. A vila devia ter sido atacada por monstros. E, pelo visto, Gram tinha acabado com várias dezenas deles.

Sem verem nenhum sinal de pessoas por parte alguma, trataram de correr até a ponte de vento.

— Sandora, acorde! Precisamos de você! Ative esse negócio e nos mande para longe daqui, de preferência para a Província Central. Temos que encontrar ajuda!

A *Bruxa* abriu os olhos quando Valena a colocou sobre a plataforma. As pernas dela não estavam firmes o suficiente para sustentar seu peso e ela acabou caindo sentada sobre as pedras.

— Estou bem – disse ela, quando Valena fez menção de se ajoelhar a seu lado. – Não tenho como ir para um lugar onde nunca estive. Não sem ajuda.

— Então nos mande para o norte, o mais próximo da fronteira que conseguir.

— Muito bem.

Enquanto Sandora ativava a ponte, Valena olhou uma última vez para as casas abandonadas ao redor.

Que a Fênix tenha piedade desse povo.

◆ ◆ ◆

A viagem até a Província Central se mostrou muito mais difícil do que o esperado. As vilas de Ebora pareciam estar todas desertas e havia monstros agressivos e perigosos por toda parte.

O mais surpreendente, no entanto, foi a enorme muralha que encontraram no lugar onde deveria ser a fronteira com o Império. Não era um simples muro, era larga como uma torre e se estendia a perder de vista para ambos os lados, seguindo as ondulações do terreno.

Quando um novo grupo de monstros apareceu, Valena invocou a Forma da Fênix e carregou Sandora por cima do muro, enquanto Gram usava sua agilidade para escalar a alta parede de pedra.

Surpreendentemente, os monstros não tentaram ir atrás deles, nem mesmo alguns voadores que apareceram e ficaram dando voltas por ali, sem nunca ultrapassarem a fronteira, como se houvesse uma barreira invisível acima da muralha que os impedisse de passar.

— Alguma ideia do que está acontecendo? – Valena perguntou a Sandora.

— Essa muralha parece ser um bloqueio místico. Mas nenhum ser humano teria energia suficiente para erigir uma barreira tão grande quanto essa parece ser.

— Talvez seja uma bênção divina. É o tipo de coisa que a Grande Fênix faria para proteger pessoas.

— Faz sentido. Parece que apenas humanos conseguem atravessar.

Valena deu uma olhada de soslaio para Gram, imaginando se ele poderia ser considerado um ser humano, mas antes que pudesse fazer um comentário, ouviu uma voz autoritária vinda das árvores.

— Quem vem lá?

Dois soldados imperiais se aproximavam, encarando os três com desconfiança. Valena tratou de abaixar a cabeça e se virar um pouco de lado, deixando que uma mecha de seu cabelo ruivo lhe caísse sobre a face e esperando que aquilo fosse suficiente para que não vissem sua marca. Não podiam chamar atenção. Mas então se lembrou de Gram e quase soltou um gemido de frustração. Seria impossível alguém não reparar em todos aqueles ossos aparentes.

— Meu nome é Sandora Nostarius – a *Bruxa* se apresentou. – Eu e minha amiga fomos atacados por monstros e tivemos que pular a muralha.

Os dois homens se entreolharam por um momento.

— Faz tempo que nenhum refugiado de Ebora passa por aqui. São só vocês duas ou tem mais alguém com vocês?

Confusa, Valena lançou um discreto olhar ao redor. Onde é que o *Sinistro* tinha ido parar? *Não que eu esteja reclamando*, pensou, com um suspiro de alívio.

— Não vimos mais ninguém enquanto fugíamos para cá – Sandora respondeu ao homem. – As cidades parecem estar desertas lá dentro. Sabem se as pessoas fugiram para este lado?

— Recebemos algumas centenas de refugiados na última semana, mas acho que isso está bem longe de ser todo mundo.

Pelo que Valena sabia, Ebora deveria ter alguns milhões de habitantes.

Sandora lançou um olhar para trás.

— Nunca tinha ouvido falar dessa muralha.

— Dizem que foi o ditador de Ebora quem mandou construir – respondeu o homem. – Ela foi concluída há cerca de uma semana.

"Ditador de Ebora"?

Valena ficou curiosa com o uso do termo "ditador" em vez de "governador", mas decidiu não falar nada para não atrair o interesse daqueles homens para si.

O outro soldado olhou para Sandora com atenção.

— Você está bem?

— Só cansada. Não estamos nos alimentando e nem dormindo direito há dias. Foi uma fuga... difícil.

O homem assentiu, um sorriso de simpatia surgindo em seu rosto.

— Se seguirem por essa estrada por umas duas horas, chegarão a uma vila de agricultores. Não se preocupem, essa região é segura, não temos monstros deste lado da muralha.

Elas agradeceram e seguiram na direção indicada.

Valena se esforçou para deixar o lado direito do rosto sempre oculto. Percebeu que um dos homens lhe lançava um olhar de piedade. Provavelmente pensava que ela estava escondendo algum tipo de ferimento ou cicatriz. *Eu é que não vou esclarecer o equívoco.*

Quando estavam fora das vistas dos soldados, Gram reapareceu, caminhando tranquilamente por entre as árvores que margeavam a trilha.

— "Sandora Nostarius", hein? – Valena riu. – Não achei que as coisas tinham ido tão longe entre você e o filho do general.

— E não foram. Minha mãe adotiva nunca me deu um sobrenome, mas soaria suspeito dizer isso aos guardas, se perguntassem.

— Sei.

O caminho até o vilarejo foi exaustivo, mas tranquilo, graças aos céus. Depois dos últimos dias, Valena não sabia se teria energia para enfrentar mais monstros. O lugar era pequeno, pouco mais de meia dúzia de casas no meio de uma grande porção de solo cultivado onde as pessoas trabalhavam debaixo do sol quente do verão.

Havia um curandeiro ali, que se prontificou imediatamente a fazer o que pudesse por Sandora, o que, infelizmente, não era muita coisa. De qualquer forma, receberam oferta de comida e abrigo, desde que Valena e Gram ajudassem os aldeões no trabalho.

Então os dias foram se passando.

Conseguiram informações com alguns soldados que passaram por ali. Ficaram sabendo que, algumas semanas atrás, Evander havia derrotado o general Narode e acabado com os planos de dominação dele. Infelizmente, os conselheiros imperiais, sem ninguém para impedir suas tramoias, decretaram a dissolução do Império. Ebora, Halias, Mesembria, as Rochosas, Lemoran e Sidéria agora eram países independentes, governados direta ou indiretamente pelos conselheiros. Eles só não dominaram a Província Central por medo das forças militares que marcharam na direção do palácio depois da derrota de Narode.

Valena ficou deprimida como nunca. Seu país estava fragmentado e as pessoas, confusas e assustadas. Enquanto isso ela estava ali, escondida, como uma covarde.

E foi então que Leonel Nostarius apareceu, como uma resposta a suas preces. De repente, não havia mais acusações contra ela, nem recompensa por sua cabeça. Pelo menos não dentro dos limites do Império, que agora era constituído apenas pela Província Central. Ela poderia finalmente voltar à capital e assumir o trono. Não seria uma tarefa fácil, não agora que as outras províncias haviam se tornado nações hostis. Era possível que houvesse uma guerra.

Após reencontrar Evander e, aparentemente, fazer as pazes com ele, Sandora havia recobrado completamente a vitalidade e determinação de antes. Valena sabia que deveria ficar feliz por ela, mas não conseguia evitar de ficar um pouco ressentida. Passa tanto tempo tentando ajudar a outra sem sucesso e aí, do nada, o tenente aparece e ela fica bem. Não exatamente "bem", claro, pois as dores e enjoos continuavam lá, mas ela ao menos recuperou a vontade de viver.

Decidiu que encontraria uma forma de ajudar a *Bruxa*, nem que tivesse que esgotar os recursos da província para isso.

Também havia o mistério de Ebora e de seu suposto "ditador" para ser resolvido. A província estava cercada por todos os lados por aquela muralha e parecia estar povoada por monstros.

Os desafios eram muitos, mas Valena não se deixaria acovardar. Assumiria o trono, derrotaria os conselheiros imperiais e reconstituiria o Império. E seria a melhor governante que este país já teve.

◆ ◆ ◆

O presente

Oito meses depois que se tornou imperatriz, Valena constata que ainda não tinha cumprido a maior parte das promessas que fez a si mesma naquela ocasião.

O Império continua fragmentado, apesar de os ex-conselheiros não serem mais ameaça. Ebora continua isolada do resto do mundo, a muralha tendo se tornado intransponível, não permitindo mais a entrada ou saída de pessoas e resistindo a todos os esforços dos militares para descobrir o que é aquilo ou como funciona. E o mais frustrante: Sandora continua correndo risco de vida.

Teria sido por isso que a *Bruxa* resolveu trair sua confiança e roubar seus poderes? Seria aquilo uma vingança por Valena não ter sido capaz de cumprir sua promessa?

Decidindo que já havia chorado demais, ela respira fundo, pressionando uma última vez o rosto ao peito de Valimor antes de levantar a cabeça para encarar seus olhos. Ele a olha sem dizer nada, comunicando apenas através do olhar aquilo que ela precisa saber. Que não se importa se ela tem ou não poderes. Que seja ou não a imperatriz. Ele estará ali por ela. Sempre.

Ela abre a boca para dizer algo quando um barulho faz com que olhem para o céu. A tropa dos Cavaleiros Aéreos está chegando para ajudar a lidar com os desabrigados de Aldera.

Valena fica feliz ao reconhecer um deles. O quinto desejo que havia sido concedido pela Grande Fênix antes de ela deixar de existir fora o restabelecimento dos membros da Guarda Imperial. Assim, Leonel Nostarius tinha recobrado a consciência e, ao que parece, também recuperou muito de sua antiga vitalidade.

Ela se volta para Valimor e cola os lábios aos dele por um instante. Depois de trocarem um olhar carregado de promessas, eles tomam caminhos opostos. Valena se dirige ao acampamento improvisado criado pelos militares enquanto Valimor volta para junto dos outros, que continuam reunindo as pessoas e ajudando os que estão presos entre os destroços.

Leonel corre a seu encontro assim que a vê. Ao notar a culpa, a preocupação e a tristeza no rosto dele, as intenções de Valena de manter a calma vão por água abaixo. Está tão vulnerável emocionalmente que, praticamente, se lança contra ele, enquanto volta a chorar copiosamente. Ele passa os braços ao redor dela e pousa o queixo sobre sua cabeça.

— Sinto muito – ele diz.

Ela leva um longo momento para se controlar. Então, levemente constrangida, dá um passo para trás.

— Não pudemos... eu não pude fazer nada por ela - choraminga. – Ela... o espírito dela já tinha partido. Não tinha nada que a Fênix pudesse fazer.

Ele engole em seco.

— Eu sei. Sinto muito ter feito você passar por isso.

— Não entendo. – Ela balança a cabeça, uma expressão de ressentimento em seu rosto. - Por que não me contaram? Acharam que eu não tinha o direito de saber que ela... que ela tinha um problema tão sério?

Ele suspira e fecha os olhos por um momento.

— Posso ser sincero?

— Deve.

— Se você estivesse assumindo o trono hoje, eu e Luma não hesitaríamos em contar a verdade sobre o assassino do imperador.

— *Fret*! Vocês passaram *anos* me treinando. O que mudou para só virem a confiar em mim agora?

— O que faria se revelássemos a você sobre o problema de Luma logo depois que se tornou imperatriz?

— Ora, que pergunta! Eu...

— Seja sincera.

Ela franze o cenho, confusa. Nunca se sentiu tão traída, enganada, usada. Não está com cabeça para aquilo. Pensa em praguejar novamente, quando nota algo no olhar dele. Leonel está falando sério, muito sério. O que aquilo quer dizer?

Ora bolas, se soubesse que Luma era um perigo em potencial, ela teria tomado providências. Não era o que qualquer imperador sensato faria?

Mas então ela percebe para onde sua linha de pensamento está indo e é tomada pela vergonha. Sim, ela tomaria providências. Provavelmente colocaria a outra em algum tipo de prisão, onde não pudesse fazer mal a ninguém. Condenando a mulher a sofrer por crimes que, na verdade, não tinha cometido.

Não seria uma má decisão, considerando o perigo em potencial. Mas hoje teria coragem de fazer algo assim?

Ela abaixa a cabeça.

— Eu era uma pessoa horrível, não era?

— De forma nenhuma. Era apenas uma jovem solitária descobrindo como o mundo funciona. E o fato é que você mudou muito desde então. Pensamos em conversar com você várias vezes, mas foram meses difíceis. Sinto muito.

— Entendo. – Ela pensa por um instante. – Por que decidiu passar a espada para Lucine, mesmo sabendo do perigo?

Ele desvia o olhar, engolindo em seco novamente.

— Luma descobriu que sua outra personalidade havia sido a responsável pela morte do imperador um dia antes da tragédia de Aldera. Não sei onde encontrou forças para lutar contra Donovan, mas estava lá ao nosso lado. Quando Romera usou o teletransporte em massa, ela foi jogada num espaço alternativo, habitado por uma entidade traiçoeira. Luma queria acabar com tudo, mas não podia tirar a própria vida, pois o monstro que vivia dentro dela havia se tornado poderoso demais e poderia assumir o controle no último momento. Então decidiu entregar seu fluxo para a entidade, que o recebeu de bom grado. Desde então, ela não foi mais capaz de gerar nenhuma flutuação, a entidade drenou seu fluxo a ponto de mal ser capaz de manter suas funções vitais. Achamos que, sem energia, o monstro não mais se manifestaria e, mesmo que se manifestasse, não seria capaz de fazer muita coisa. No fim, estávamos errados.

Valena põe a mão no ombro dele.

— Agora acabou. Só lamento que a verdadeira personalidade dela...

— Não lamente – ela a interrompe, com voz embargada. – Ela agora está descansando em paz, algo com o qual sonhou durante décadas. – Ele faz uma pausa e respira fundo, tentando recuperar o controle. – Você tornou esse sonho realidade, e serei eternamente grato por isso.

Limpando as lágrimas que escorrem por seu rosto, Valena olha ao redor. Os soldados montam barracas para acomodar os desabrigados. Os cavaleiros alados deixam suas cargas e partem para buscar mais coisas. Roupas, suprimentos, poções, tudo o que podem.

Onde assentariam tanta gente? E será que ela ainda tem o direito de decidir alguma coisa?

— O senhor encontrou Sandora?

— Sim. Ela e Evander partiram da capital. Não quiseram dizer para onde estão indo.

Valena o olha, surpresa, depois estreita os olhos.

— E qual será o plano dela agora? Achei que fosse se apossar do trono.

— Mesmo que esse fosse seu desejo, o que duvido muito, ela não teria a menor chance de concretizar algo assim.

— Ela tem a marca. A *minha* marca.

— *Você* é a imperatriz. Em pouco mais de seis meses, conseguiu fazer um governo invejável, apesar da inexperiência e de todas as provações pelas quais passou. As pessoas gostam de você, ainda mais agora que a Fênix reapareceu. Ninguém vai questionar o fato de ter desistido da marca para poder trazer a entidade de volta.

Como se a decisão de abrir mão da marca tivesse sido minha.

— Vão questionar quando Sandora aparecer e mostrar o rosto.

Desta vez, é Leonel quem coloca a mão em seu ombro.

— Você liderou nossas tropas na maior batalha da história do Império. E, segundo o general Camiro, tivemos menos de 100 baixas, e menos de 500 feridos. Esse é um feito histórico, que será estudado e admirado por todas as gerações futuras.

— Foi ideia dela – Valena resmunga, por entre os dentes. – Todas as grandes ideias do meu governo vieram dela. Ela sempre estava por perto, pensando em tudo. Se quiser tomar o trono, eu não tenho como impedir. Talvez... talvez ela seja mais digna desse cargo do que eu.

— Isso é bobagem – retruca Leonel. – A função do imperador não é ter ideias, é tomar decisões. E encontrar aliados dignos para trabalharem a seu lado. Não foram os planos ou ações de uma única pessoa que nos trouxeram até aqui, foi o conjunto de tudo. Um conjunto que foi moldado pelas *suas* decisões.

Valena suspira.

— Não tenho mais meus poderes.

— E quão relevantes seus poderes foram nessas últimas batalhas?

Valena abre a boca para dizer algo, mas fecha novamente logo em seguida. A bem da verdade, se não contasse o Favor Divino, seus poderes tinham feito pouco mais do que a ajudado a permanecer viva nas últimas semanas.

— Eu não precisei muito deles – responde, finalmente. – Apenas dei cobertura aos meus aliados.

— Você preparou seus soldados e os mandou para lutar a guerra por você. É o que qualquer grande líder faria.

Lágrimas voltam a cair de seus olhos e Valena volta a recostar o rosto no ombro dele, que a abraça novamente, sem hesitar. Uma onda de afeto a invade. Se alguém lhe dissesse, anos atrás, que um dia enxergaria Leonel como uma espécie de figura paterna, não acreditaria. Se ela havia mudado neste último ano, ele havia mudado muito mais. Ele agora é uma pessoa mais acessível, menos calculista, mais confiável, mais... humana. É a primeira vez que ela sente uma proximidade similar com alguém desde o imperador Caraman.

— Obrigada – diz, momentos depois, quando voltam a se afastar.

— Não por isso. Ah, e mudando de assunto, você e seus amigos conseguiram impressionar muita gente hoje. Segundo Erineu Nevana, nunca, na história do Império, o portador da marca sobreviveu ao processo de ressurreição, nem mesmo nas poucas vezes em que algo deu errado.

— Talvez seja porque a Fênix não tenha realmente ressuscitado. Sandora conseguiu assumir o controle e impediu o processo, provavelmente por causa daquela história de ser espírito itinerante. E, depois da luta, ela decidiu desfazer o ritual, temendo que a gente perdesse o controle e continuasse naquela forma para sempre.

— Erineu está convencido de que você não poderia sobreviver, mesmo assim.

Valena franze o cenho.

— Ele parece saber muito sobre o assunto.

— Tem uma razão para isso, apesar de ele preferir que ela seja mantida em sigilo. A verdade é que ele é bem mais velho do que aparenta. *Muito* mais velho. Já acompanhou diversas transições de governo. Ninguém conhece melhor a história do Império do que ele.

— Oh.

Então esse é o segredo do Capitão Sabichão? Isso explica muita coisa.

Leonel a encara, pensativo.

— Evander me contou que Sandora ficou com a marca como resultado da realização de um desejo. E que o fato de eu estar vivo e conversando com você foi por causa de outro.

Ela assente.

— Antes de desaparecer, a Fênix concedeu um desejo a cada um de nós sete. - Ela aponta para a planície onde antes ficava a cratera. – Creio que aquele ali tenha sido o meu. Outro desejo fez com que o corpo de Gram fosse reconstituído, apesar de ter... assumido uma outra forma. E mais outro fez com que os artefatos que o monstro tinha absorvido fossem devolvidos a seus donos de direito.

— E o que aconteceu com o machado? Segundo Evander, o seu dono original deixou de existir há tempos.

Ela arregala os olhos.

— Não faço ideia. Não tinha pensado nisso.

— Não se preocupe. Tenho certeza de que os sábios de Mesembria poderão rastrear o artefato.

Ela suspira e volta a assentir.

— O sexto desejo foi a libertação de todos que ainda estavam sob o domínio do general Narode. Espero que isso facilite as coisas quando formos conversar com os governadores do norte.

— Excelente. Isso elimina as últimas pontas soltas desse assunto. Erineu e Jarim ficarão felizes, finalmente poderão descansar. E qual foi o último desejo?

— Um selo dimensional. Para impedir que portais para outros mundos voltem a se abrir.

Ela aperta os lábios ao perceber que Joara e Falco agora estavam presos neste mundo, impossibilitados de voltar para Chalandri.

— Vocês realmente fizeram um trabalho impressionante – diz Leonel. – Algumas dessas graças estavam muito além das capacidades da entidade em suas encarnações anteriores.

— Provavelmente porque não tinha Sandora lhe dando ideias – responde Valena, amarga. – Ainda não consigo acreditar que ela desejou ficar com meus poderes. O que vou fazer agora?

— Agora, você vai até lá – ele aponta para a movimentação dos soldados, ao longe – e supervisiona o resgate e assentamento dessas pessoas. Continue nos deixando orgulhosos e sendo a melhor imperatriz que este país já teve.

◆ ◆ ◆

Sandora percebe o suave brilho emitido pela marca da Fênix em seu rosto quando levanta uma das mãos e redireciona o fluxo energético. Uma flutuação mística surge no ar acima dela, no formato de um pequeno ponto de luz que explode, gerando pequenos construtos energéticos intangíveis em forma de penas avermelhadas. A luz multicolorida gerada por eles é projetada nas paredes do velho castelo, parecendo, por um momento, conceder vida às pedras frias e nuas.

A pequena chuva de penas cai sobre ela, restaurando sua energia, restabelecendo as ligações místicas entre corpo e espírito e revitalizando os tecidos seriamente danificados dentro dela.

Satisfeita por finalmente ter conseguido concluir com sucesso a parte mais complicada do plano, ela abaixa a mão e ativa uma outra flutuação, esta oriunda de seus próprios poderes. Seus dedos são cobertos pela aura negra com propriedades curativas enquanto os encosta em seu ventre.

Sente então todo seu corpo ficar dormente e a respiração congelar na garganta enquanto aquela energia potencializa o efeito de revitalização concedido pela marca da Fênix, e os tecidos recém-revividos se multiplicam, restaurando os diversos órgãos danificados tanto dela quanto do feto.

Quando a dormência passa e volta a recuperar o fôlego, ela olha para o ventre distendido e o toca com cuidado. Então solta um suspiro de alívio ao constatar que a dor que sentira ali constantemente por tantos meses finalmente a havia abandonado.

Deu certo. Ela conseguiu vencer todos os empecilhos e combinar ambos os poderes em um efeito que funcionasse com ela. Pela primeira vez em nove meses, sente uma ponta de esperança, tanto por ela quanto por aquele bebê.

Uma mão é colocada em seu ombro e ela levanta o olhar, encarando a expressão ansiosa de Evander por alguns instantes, antes de abrir o que, provavelmente, é o maior sorriso que já deu em sua vida. Excitada, ela passa os braços ao redor dele, num abraço apertado.

— Deu certo. Deu certo!

— Graças aos céus – ele responde, fechando os olhos enquanto a abraça também.

Ficam ali, naquele abraço afetuoso, por mais de um minuto, nenhum deles querendo quebrar o contato, como se os efeitos da cura pudessem ser comprometidos caso fizessem qualquer outra coisa além de permanecer colados, sentindo o calor do corpo um do outro.

Mas então um sentimento de apreensão faz com que ela se afaste.

— Eu não deveria fazer isso. Esses poderes não são meus.

— Não é como se eles fossem uma peça de roupa que você pegou emprestada e que pode devolver. A marca agora está ligada a você, apenas a Fênix pode transferir esse negócio para outra pessoa. E aposto que ninguém quer tentar reviver aquela... *aquilo* de novo.

Sandora se lembra de toda a dificuldade que teve para conseguir manter todos vivos durante o ritual. Mal acredita que tiveram sucesso diante de tudo o que tiveram que enfrentar, evitando as incomensuráveis tragédias que poderiam ter ocorrido, caso dessem um passo em falso sequer.

Ela balança a cabeça.

— Não. Isso colocaria todos em risco novamente. E eu sinto que existe uma razão muito boa para eu ter desejado ficar com isto. – Ela aponta para o próprio rosto.

— Sobreviver a essa gravidez é uma ótima razão.

— Não acho que tenha sido isso.

Suas memórias estão fragmentadas. Não consegue se lembrar direito do que aconteceu desde o instante em que decidiu dissipar o fluxo até o momento em que se viu de volta em seu corpo. Mas algo lhe diz que, se aquele desejo realmente tinha sido seu, não estava pensando em si mesma nem no bebê quando o fez.

Ela balança a cabeça novamente, tentando deixar aqueles pensamentos de lado, enquanto se aproxima de Gram, que está deitada sobre alguns cobertores. Apesar do leve sorriso em sua face, é possível ver que não está bem, sua pele se tornando cada vez mais azulada conforme o tempo passa.

Sandora então repete as invocações que havia realizado antes, mas desta vez sobre Gram em vez de si mesma.

Aquilo não é nada fácil. O ritual da Fênix, de alguma forma, parece ter mexido com seu fluxo energético, seus sentidos místicos estão diferentes, as vibrações parecem erradas, invertidas, fora de contexto. Está tendo bastante trabalho para se reacostumar a usar seus poderes, sua adaptação àquela nova condição evoluindo devagar, meio que aos trancos e barrancos. Além disso, havia também os poderes concedidos pela marca da Fênix, que não eram, nem de longe, tão simples ou intuitivos quanto os seus próprios. Levaria um bom tempo para se acostumar com eles, sem ter que repassar mentalmente cada etapa do complicado processo toda vez. Processo esse que ela só conhece por causa das conversas que teve com Valena nos últimos meses sobre o assunto.

Felizmente, o pouco que conseguiu dominar daqueles poderes nas últimas horas foi o suficiente. Gram rejuvenesce quase que instantaneamente, sua pele se livrando daquele arroxeado mórbido enquanto adquire um tom muito mais saudável. Ou, pelo menos, o mais saudável que uma pele pálida e azulada pode ficar.

Tendo recuperado suas forças, Gram dá um largo sorriso e se levanta, alongando os músculos, parecendo satisfeita. Estava usando uma das roupas velhas de Lucine, que eram muito grandes para ela. Parecia uma adolescente experimentando os trajes do pai, já que não havia nada particularmente feminino naqueles trajes. Mas, apesar de estar com um aspecto muito melhor, sua aparência não deixa de ser um tanto perturbadora, com aquelas íris vermelhas, as orelhas pontudas, o sorriso que revela os caninos avantajados, cabelos brancos caindo até os ombros e aquelas unhas que mais se parecem com garras. E há também o fato de ela não ter funções vitais, como respiração ou batimentos cardíacos, e sua pele ser fria ao toque.

Sandora a analisa atentamente.

— Conseguiu se lembrar de algo do seu passado?

Gram sacude a cabeça, mas não parece nem um pouco preocupada com aquilo. Sorrindo, junta as mãos na frente do peito e faz uma leve reverência, num gesto de profunda gratidão. Então, com passos decididos, sai do aposento.

— Ao menos, ela parece feliz – comenta Evander.

— Eu tive tantos poderes à minha disposição – diz Sandora. – E havia tanta coisa para ser feita.

— Eu acho que você se saiu muito bem focando no problema maior.

— Talvez. – Ela suspira. – Creio que tenho muito o que aprender.

Ele sorri.

— A boa notícia é que, agora, temos todo o tempo do mundo para isso.

Epílogo:
Melhor que a Encomenda

O presente

— Como estão as coisas por aí? – Erineu Nevana quer saber.

Leonel desvia o olhar da imagem fantasmagórica do amigo projetada pelo cristal e observa a movimentação dos soldados à distância montando tendas e mais tendas.

— Muito bem, considerando as circunstâncias.

— Baixas?

— Não tinha como não acontecer, eu suponho. Havia uma quantidade surpreendente de bebês, pessoas doentes ou em idade avançada na cidade no momento do nosso confronto com Donovan. Alguns estão perecendo por falta de cuidados, outros estão piorando. Tivemos casos de pessoas presas debaixo de escombros que sucumbiram devido a ataques de pânico. Isso sem contar aqueles que se meteram em brigas. Algumas foram bem feias, aliás. E houve também os acidentes, como crianças encontrando artefatos místicos no chão e brincando com eles, mandando a si mesmas e todos ao redor pelos ares.

— Ou seja, nada fora do normal numa situação como essa.

— Sim, mas o fato de ser "normal" não a torna menos preocupante.

— E a imperatriz?

— Está exausta, mas não para de trabalhar. No momento está no meio da movimentação, supervisionando tudo e dando ordens. O que é ótimo para o moral tanto das tropas quanto dos civis.

— Como estão reagindo à falta da marca no rosto dela?

— Com um pouco de confusão e uma certa desconfiança, mas nada preocupante. Os soldados se acostumaram rápido e a obedecem da mesma forma que antes, sem questionar. A população de Aldera não a conhece bem ainda, mas está razoavelmente tranquila devido à forma como ela está lidando com as coisas, e com o fato de o Dragão trabalhar ao lado dela. Ele ainda não era o governador na época da tragédia, mas já era bastante famoso na região.

— Ainda não consigo acreditar que Valena sobreviveu.

— Ela alega que Sandora assumiu o controle sobre a divindade. E que foram tentados várias vezes a desistir de suas vidas para se tornarem parte permanente dela.

— O destino do portador é selado no momento em que o ritual inicia. O fluxo dele passa imediatamente a ficar sob o domínio da entidade. Seu espírito pode permanecer por perto por algum tempo, mas sem energia própria, tende a se dissipar. – O capitão balança a cabeça. – Colocar um bloqueio místico sobre o mundo todo para evitar portais de se abrirem é um feito que exige um poder extremo, algo que a Fênix não tinha nos últimos séculos. Pensando bem, é provável que nunca tenha sido tão poderosa assim. Mas devolver o fluxo de volta ao portador depois do ritual ter iniciado? Isso pode ser ainda mais complicado.

— Complicado ou não, parece que conseguiu. Mas ainda não entendi a razão de a marca ter sido transferida para Sandora. Ela disse que não se lembra do que houve.

Erineu pensa por um instante.

— Espíritos itinerantes são conhecidos por fazerem coisas impossíveis. Talvez não tenha sido apenas a marca que tenha sido transferida. Você acha que essa moça estaria disposta a, digamos, sofrer o destino de Valena em seu lugar?

— Sacrificar a própria vida por ela, você quer dizer? Eu acredito que sim. Principalmente devido ao fato de seu quadro estar piorando cada vez mais devido à gravidez. Ela acreditava que tinha pouco tempo de vida.

— Uma possibilidade é ela ter simplesmente desejado que trocassem de lugar, de forma que as consequências do ritual recaíssem sobre ela. Assim, uma assumiu o fluxo energético da outra.

Leonel franziu o cenho.

— Uma troca de fluxos energéticos?

— Não de fluxos, porque isso não tem relação com o indivíduo. Mas talvez tenha ocorrido uma troca de afinidades. Nós somos feitos de camadas, você sabe. Vários invólucros envolvendo um ao outro. Existem várias camadas físicas, mentais e espirituais. Uma dessas camadas é responsável por nossa identidade espiritual. É o que nos torna únicos. E também é a que define o nível de eficiência com o qual podemos interagir com cada uma das frequências energéticas. Se for feita uma troca dessa camada espiritual, encantos lançados sobre um indivíduo passarão a afetar o outro.

— Mas isso é possível? Já viu algo assim antes?

— Não exatamente, mas estamos falando de um espírito itinerante que por um momento teve poderes divinos. Nada me surpreenderia. Se foi mesmo isso que aconteceu, Valena ficou com o fluxo saudável e a outra moça ficou sem nenhum, tendo que desafiar o Eterno para conseguir tomar dele o fluxo vital que originalmente era de Valena. Isso explicaria a confusão e perda de memória – que embates espirituais podem causar, como você sabe muito bem. – E, como os sete apresentaram esses sintomas, é possível que todos tenham sido envolvidos nessa luta.

— Mas ainda assim, as duas retornaram a seus corpos originais. E Sandora continua com seus próprios poderes, apesar de conseguir também usar os da marca.

— Os poderes dela, assim como os de Evander, não têm relação com a identidade espiritual. São apenas anomalias devido à natureza de seus espíritos. Afinidades místicas naturais de itinerantes nunca se manifestam, sua natureza bloqueia o fluxo. Se eu estiver certo, é possível que Valena venha a desenvolver habilidades místicas agora, coisa que ela não tinha antes de receber a marca.

— Poderes que Sandora poderia ter se não fosse o que ela é.

— Isso mesmo.

Leonel olha mais uma vez para a movimentação ao longe. Não é possível ver a imperatriz, mas sabe que ela está por lá, trabalhando como nunca.

— De qualquer forma, isso está sendo difícil para Valena. Vai levar algum tempo para conseguir superar.

— A Valena que eu conheci não era boa em guardar segredos. Realmente acredita que ela vai conseguir se readaptar sem deixar ninguém ficar sabendo que a portadora da marca agora é outra?

— Sim, eu acredito. Ela não é mais a mesma. E as pessoas também sentem isso. Precisa ver a forma como os soldados a estão tratando. Antes eles a admiravam e respeitavam, mas agora... agora é como se ela tivesse se tornado um deles.

— Nunca, na história do Império, houve um monarca que não tivesse a marca da Fênix estampada em seu rosto. Mas o quadro que você está descrevendo me parece encorajador. – Erineu pensa um pouco e fecha o semblante. – No entanto, o fato de as coisas parecerem estar indo bem não significa que eu perdoei você. Luma não merecia ser sacrificada daquela forma.

Leonel pisca e engole em seco.

— Eu sei.

— Eu não entendo. Como pôde? Logo você?

— Escute, ela era minha companheira. Já me sinto culpado o suficiente, está bem? Além disso, perdi a conta de quantas vezes me acusaram de ser frio e calculista. Não podem me culpar agora por tomar uma decisão baseada em minhas emoções.

— E você também não pode me culpar por odiar você por isso.

Leonel suspira.

— É justo. E vocês dois, como estão?

— Fisicamente, estamos bem. Jarim está emburrado ali. Até agora não falou nada sobre voltar para Atalia, o que é um bom sinal. Mas ele já não estava muito bem emocionalmente quando foi capturado por Dantena. Depois de tudo por que passamos naquela masmorra então...

— Fale para ele que, se quiser, temos um trabalho para ele aqui. Os poderes dele serão muito úteis para localizarmos e coletarmos artefatos místicos enterrados. Isto aqui vai virar o paraíso dos caçadores de tesouro, se não fizermos nada. E existem coisas poderosas perdidas sob os escombros, coisas que podem se tornar um sério problema em mãos erradas.

— Vou falar com ele.

— E você? Está tudo bem?

O capitão dá de ombros.

— A graça da Fênix revitalizou meu corpo, mas isso não é suficiente para manter esta forma funcionando por muito mais tempo.

Leonel assente, devagar.

— Está pensando em partir? Começar tudo do zero novamente?

— É o que sempre fiz.

— Não precisa ser assim. Todas as vezes que você recomeçou sua vida, invariavelmente, voltou ao mesmo lugar. Você gosta de servir, de trabalhar por um bem maior. E estar entre a corte imperial é a melhor forma de fazer isso. Para que passar tantos anos longe, se você pode muito bem continuar por aqui?

— As pessoas tendem a ficar desconfiadas e a causar problemas quando descobrem minha real natureza, Leonel. Prefiro que ninguém mais saiba sobre isso. E não posso aparecer do nada com um novo rosto e sem um passado. Isso causaria ainda mais confusão.

— É claro que pode.

— Não vou discutir sobre isso, Leonel.

— Não está nem um pouco preocupado?

— Com o quê?

— Pense. A Fênix atendeu aos desejos de sete pessoas. Um desses desejos foi especificamente direcionado aos membros da antiga Guarda Imperial.

— E?

— Valena e Sandora são as únicas que têm alguma ligação direta conosco, mas ambas alegam que desejaram outra coisa.

Erineu estreita os olhos.

— Você está dizendo que algum dos outros cinco se importa conosco o suficiente para não nos querer mortos ou inconscientes?

— Segundo Valena, o desejo não foi apenas para benefício meu ou seu. Foi para todos, incluindo Jarim, Galvam, Lutamar e Gaia, caso ainda estejam vivos. A meu ver, temos pelo menos uma pessoa dotada de grandes poderes querendo algo de nós, e não quer ou não tem coragem de pedir pessoalmente. Tem certeza de que deseja se afastar, mesmo sabendo disso?

◆ ◆ ◆

Depois que a maior parte dos sobreviventes de Aldera já está alojada no assentamento temporário, Valena finalmente retorna ao Palácio Imperial. Então leva Falco até a sala do tesouro.

— Aí está – diz ela, quando os oficiais abrem a pesada porta do cofre, que contém vários baús com moedas de ouro e pedras preciosas. – Como o prometido, pode levar tudo o que puder carregar.

Ele arregala os olhos e não faz nada além de encarar toda aquela riqueza, boquiaberto.

— Então, vai pegar sua recompensa ou não?

Falco parece sair do "transe" e entra na sala, apressado. Jester, que havia seguido os dois, olha para Valena.

— Vai mesmo *darrr toda essa ourro* a ele?

— Ele fez sua parte, então vai receber o que lhe foi prometido.

— Mas não foi você quem fez *esse prromessa*.

Aquilo é verdade, quem convenceu Falco a se unir a eles foi Sandora. Também foi ela quem convenceu Valena a pagar o preço que ele pediu. Mas Valena precisa de aliados, principalmente agora que a *Bruxa* havia desaparecido, junto com Evander e os amigos dele.

Ela encara Jester.

— Por aqui, nós levamos promessas muito a sério. Pegue você, por exemplo. Depois de tudo o que fez, eu não deveria permitir que nem mesmo chegasse perto de uma sala como esta, ou nem mesmo deste palácio, para falar bem a verdade. Mas quando eu prometi libertar você, eu lhe dei um voto de confiança. Enquanto você não quebrar esse voto, será sempre bem-vindo aqui.

Aquilo é uma meia verdade, e Valena sabe disso. Depois de terem compartilhado seus sentimentos mais íntimos enquanto estavam dentro da Fênix, ela percebeu que não há más intenções em nenhum deles, muito pelo contrário. Ela confia em Jester porque *sabe* que ele, no fundo, é uma pessoa confiável.

— Nem *todas as* seus soldados pensam assim.

— Eles não conhecem você como eu. E têm razão em desconfiar. Você cometeu crimes e não passou por um julgamento, como aconteceria com qualquer um deles se fizessem a mesma coisa. Se nos der um voto de confiança como o que dei a você, podemos todos ser amigos. Provavelmente poderemos até mesmo ajudar você a conseguir o que quer.

Ele dá um sorriso triste.

— Eu *gostarria* que fosse *possívell*. Mas não é. Não mais.

— Conta logo para ela, seu moloide – diz Falco por entre os dentes, lutando para carregar nos ombros um baú que parece extremamente pesado.

◆ ◆ ◆

Já é tarde da noite quando Valena entra em seu quarto, seguida por Valimor.

— Ele pensa que isto – ele apontou para o chão – é um sonho?

Ela suspira e se joga sobre a cama, ainda um tanto atordoada pela história que Jester lhe contou.

— Pois é. Disse que nunca acreditou que nenhum de nós fosse real. Não ligava para nós ou para nossas leis porque achava que não fazia sentido, uma vez que não éramos pessoas de verdade. Ele não deu muitos detalhes, mas deu a entender que coisas ruins começaram a sair desse tal "sonho" e se manifestar em seu mundo, causando tragédias. Então ele encontrou uma forma de vir para cá para tentar impedir que mais dessas coisas escapassem. O desejo que selou as fronteiras entre os mundos o deixou frustrado, porque agora está preso aqui para sempre.

Valimor solta uma risada. É a primeira vez que Valena o vê rir daquela forma. Leve, sem preocupação. Aquele som repercute por todo o corpo dela, fazendo seus pelos se arrepiarem e um calor brotar em seu íntimo.

— Você encontra aliados estranhos – diz ele.

— Nem tanto – responde ela, deixando seus olhos percorrerem o corpo dele.

O sorriso do homem se amplia e ele se aproxima, apoiando uma das mãos, de forma indolente, na parede ao lado da cama e cruzando os tornozelos. Ela percebe que os movimentos dele estão um pouco travados.

— Como você está?

Ele suspira e olha para as próprias mãos.

— Fraco.

Alguma coisa aconteceu durante aquele ritual. Algo de que nenhum deles se lembra. Algo que drenou boa parte do fluxo energético dele. Ainda pode assumir sua forma demoníaca, mas agora tem sérias limitações, não conseguindo mais manter a transformação por muito tempo e precisando de várias horas para poder voltar a usar aquele poder de novo. Antes, ele tinha força sobre-humana mesmo sem se transformar e agora não tem mais. Falco e Jester afirmam estar se sentindo diferentes também. É como se o ritual tivesse cobrado um preço de todos eles.

— Para mim, você está perfeito.

Ele volta a sorrir, satisfeito, mas então inclina a cabeça para o lado e pergunta:

— Como confia em… nós?

— Depois da experiência que tivemos, como pode me perguntar isso?

— Podemos mudar. Nos tornar… menos.

— Isso vale para todo mundo, todos podem mudar. Mas podemos viver muito bem se concordarmos em manter votos de confiança. Eu propus a Jester o mesmo que a você.

— Julgamento?

— Sim. Se ele concordar em se submeter a um julgamento justo, provavelmente será absolvido e ficará livre. Os cidadãos do Império ficarão convencidos de que ele realmente é inocente e não irão mais olhar para ele com desconfiança. E quanto a você? Ainda não me deu sua resposta.

— Por que pede? Quando pode nos... obrigar?

— Eu nunca faria isso com você. Voto de confiança, lembra? Além disso, não tenho mais meus poderes, sou literalmente incapaz de levar você a qualquer lugar que não queira ir.

Ele demonstra desdém àquela afirmação com um grunhido. Ela o observa com um sorriso por um momento, mas então fica séria.

— Eu também não sou mais a mesma de antes. Não tenho a mesma energia, nem a mesma força. Agora sou só uma fracote que precisa ser protegida. Até mesmo a serva que limpa o meu quarto é mais poderosa do que eu. – Ela o encara, com um olhar inseguro. – Tem certeza de que ainda tem interesse em estar aqui... comigo?

Ele aperta os lábios e solta o ar pelo nariz, com força, olhando para ela como se o tivesse ofendido.

— Quero você. Não seu poder.

Um largo sorriso se abre no rosto dela.

— Acho que essa foi a coisa mais linda que você já me disse.

— Eu aceito.

— O quê? – Valena pergunta, confusa.

— Julgamento.

Ela solta um gritinho excitado, coisa que nem se lembra mais da última vez que fez, e levanta o tronco, agarrando o tecido da camisa dele e puxando com força, o que o faz cair sobre ela, os dois rolando sobre a cama.

◆ ◆ ◆

Três semanas depois

— Como estou? – Loren pergunta, alisando seu uniforme de gala.

— Está linda – responde Iseo, com um sorriso, enquanto ajusta o colarinho de seu próprio traje.

— E gostosa – completa Beni, com seu costumeiro sorriso zombeteiro. – Por acaso está solteira?

— Aspirante – reclama Loren, fingindo indignação enquanto olha para Alvor –, esse sargento aqui está me passando uma cantada.

— E daí? – Alvor pergunta, irônico. – Sua patente é maior que a dele, não precisa de minha ajuda. Além disso, eu compartilho plenamente dos sentimentos dele em relação à sua aparência.

— Vejo que estão todos prontos – conclui Laina, entrando na sala e avaliando os uniformes impecáveis que estão usando. – Uau, Loren, você está um arraso.

— Eu não disse? – Beni provoca.

— Você também não está nada mal, capitã – diz Alvor. – Alguma ideia do motivo dessa convocação?

— Não, mas logo vamos saber. Estamos sendo chamados. Ah, e pelo menos finjam que são oficiais de verdade. Não me envergonhem diante do general, senão vou passar o resto da vida encontrando as formas mais humilhantes de me vingar de vocês.

Todos riem, descontraídos, enquanto a seguem pelo corredor, mas se aprumam e adotam automaticamente a marcha militar ao passarem pelas portas duplas da sala do trono. O lugar está cheio de oficiais. Aparentemente, todos os altos oficiais estão presentes, bem como os generais das três províncias do Império.

Eles marcham até o centro do aposento, quando param e prestam continência. O gesto é retribuído por todos no salão por um momento, até que o general Camiro ordena que fiquem à vontade.

A imperatriz também está presente, envergando um vestido cerimonial vermelho com diversos pássaros de fogo bordados. Ela sobe até o pedestal onde fica o trono e pega uma concha amplificadora de voz, iniciando um breve discurso.

Depois de agradecer a todos pela presença, citando os nomes das principais autoridades, como é de praxe numa situação como esta, ela dirige a palavra a Laina.

— Capitã, estamos felizes por ter a senhora e sua tropa aqui conosco esta noite. Antes de entrar no motivo de termos solicitado sua presença, gostaria de declarar, para aqueles que ainda não sabem, que nas últimas semanas conseguimos entrar em acordos de paz com Halias, Lemoran e com as Rochosas. As hostilidades entre as províncias do Império finalmente chegaram ao fim.

Ocorre uma onda de aplausos.

— Esse feito só foi possível graças aos esforços de dedicados oficiais como vocês. Sabem, quando assumi o trono, uma de minhas primeiras decisões foi nomear vocês cinco como minha guarda pessoal. E esse foi um trabalho que realizaram de forma magistral. Eu e todo o Império estamos gratos por sua dedicação.

Mais aplausos.

— No entanto, agora que a paz foi restabelecida, creio que não há mais a necessidade de manter oficiais como vocês a meu lado.

Valena faz uma pausa dramática enquanto Laina e os outros a encaram com expressões de incredulidade e confusão.

— Estou oferecendo hoje a vocês a oportunidade de deixarem de ser apenas a guarda da imperatriz para se tornarem a nova Guarda Imperial. Sua função deixará de ser a proteção apenas dos meus interesses, passando a cuidar dos de todo o país.

Uma nova onda de aplausos é ouvida, enquanto os cinco oficiais trocam olhares de incrédula alegria.

Depois que eles aceitam a oferta, com entusiasmo, Valena passa a concha para o general Camiro, que sobe ao pedestal e faz um pequeno discurso elogiando os feitos da pequena equipe, desde o treinamento com o lendário capitão Dario Joanson até seu desempenho na última grande batalha. Por fim, solicita que se aproximem, um a um, para que possa entregar suas medalhas de honra ao mérito, bem como seus novos distintivos, devido à promoção que cada um deles está recebendo.

Quando a rápida cerimônia termina, os expectadores são dispensados e deixam a sala. Valena cumprimenta cada um dos cinco e se despede, deixando o general encarregado de transmitir a eles os detalhes de sua primeira missão.

— Das sete províncias do antigo Império, apenas três fazem parte dele atualmente, e firmamos acordo de paz com outras três – diz Viriel Camiro. – No entanto, existe uma com a qual não conseguimos falar, pois está incomunicável desde que seu atual governante a cercou com uma muralha aparentemente impenetrável e quebrou a comunicação entre as pontes de vento deles e as nossas. Major Laina Imelde, a primeira missão de sua equipe como Guarda Imperial será uma operação de infiltração. Precisamos saber o que está acontecendo em Ebora e se há algo que possamos fazer para ajudar.

— Com todo o respeito, senhor – diz Laina –, mas, pelo que sabemos dessa muralha, talvez não tenhamos os recursos para isso.

O general faz um sinal de cabeça para um guarda que está diante de uma porta lateral.

— Em relação a isso, deixe eu lhes apresentar o sexto membro de sua equipe, pelo menos durante essa missão.

O guarda dá um passo para trás, dando passagem a uma moça bastante jovem e atraente, com cabelos loiros muito claros amarrados em um rabo de cavalo e olhos verdes e inteligentes. Ela carrega uma aljava nas costas e um arco composto em uma das mãos.

— Seu nome é Erínia. Não temos muitas informações sobre ela, exceto pelo fato de ter sido encontrada sem memória entre os sobreviventes de Aldera. Não conseguimos ainda encontrar nenhum parente ou amigo que a reconheça, mas sabemos que ela é uma excelente soldado e possui uma habilidade especial que pode colocar vocês do lado de dentro da muralha de Ebora.

— Essa missão, de repente, ficou muito mais interessante – constava Beni, encarando a recém-chegada com um olhar de fascinação.

— Eu que o diga – dizem Alvor e Iseo, ao mesmo tempo.

A moça, que não parece ter mais do que 16 anos, olha para eles com um sorriso discreto.

♦ ♦ ♦

Cariele afasta as mãos do ventre de sua paciente quando ouve um gemido abafado de dor.

— Sandora, eu sei que está sofrendo, mas preciso que me escute. Está me entendendo?

A outra assente, de olhos fechados, com a cabeça apoiada no colo de Gram, que lhe acaricia os cabelos. Evander observa tudo a alguma distância, com uma preocupação que beira o desespero estampada em seu semblante. Lucine está logo atrás dele, recostada na parede de pedra, de braços cruzados.

— Acabei de descobrir a causa de os tratamentos que ministramos a você por todo esse tempo não terem sido suficientes. Você não vai ter um único filho. São gêmeos.

— O quê?! – Evander exclama. – Como ninguém percebeu isso antes? Quero dizer, você várias vezes usou seus poderes para olhar dentro dela!

— Sim, também fiquei confusa. Acredito que um dos fetos estava oculto por algum mecanismo de defesa místico. Agora que ela entrou em trabalho de parto isso está se dissipando aos poucos. – Ela olha para Sandora. – Escute, vai ser muito perigoso fazer isso da maneira natural. Os bebês não estão corretamente posicionados, vão precisar de ajuda para sair. Está me entendendo?

Sandora concorda, apertando os lábios, incapaz de falar, enquanto lágrimas escorrem por sua face.

— Vamos dar algo para te ajudar a relaxar. Preciso que confie em mim e não resista. Suas defesas místicas são fortes, então preciso de sua colaboração para que isso tenha efeito.

Quando Sandora volta a assentir, Cariele faz um gesto de cabeça para a enfermeira que está ao lado e se afasta, parando ao lado de Evander.

Ambos observam enquanto Gram ajuda Sandora a levantar o tronco e a enfermeira lhe dá algo para beber em uma caneca.

— Não vou conseguir tirar os bebês enquanto esse escudo místico de vocês estiver ativo – afirma Cariele.

— O quê? – Evander exclama, alarmado. – Mas não é como se pudéssemos desligar isso!

Lucine coloca uma mão no ombro dele, fazendo com que se cale, antes de olhar para Cariele e perguntar:

— Está sugerindo exaurir a aura de proteção até que ela entre em coma?

Evander arregala os olhos enquanto encara sua amiga. "Exaurir a aura" significa golpear a pessoa até que sua energia espiritual se esgote, o que é a única forma de dissipar o escudo.

— Nem brinque com isso! – exclama ele. – Não sabemos o que pode acontecer com ela nesse estado!

— Façam – Sandora diz, com voz trêmula.

Os três se viram para ela, surpresos.

— Se é... a única forma de salvar meus filhos... façam.

— Não podemos... – Evander começa, mas é interrompido por Lucine.

— Eu faço. – Ela vira a cabeça na direção da porta. – Ei, vocês dois, estão aí fora, não estão? Venham aqui!

A pesada porta de madeira se abre devagar. Idan e Jena colocam as cabeças para dentro, apreensivos.

— Levem esse teimoso daqui – ordena Lucine, apontando para Evander. – Para o mais longe que puderem.

— Você não pode... – ele volta a tentar falar.

— Cale a boca! Estamos perdendo tempo! Essa aura fica mais forte quando vocês dois estão perto um do outro. Vá fazer orações, treinar, ler ou o que quer que seja, mas bem longe. Quanto mais rápido sumir da minha frente, mais rápido resolveremos isso.

Ele olha de Lucine para Cariele, constatando que ambas estão mesmo determinadas a levar aquele plano maluco adiante. Engolindo em seco, ele vai até Sandora e dá um breve beijo em seus lábios.

— Concorda mesmo com isso?

— Sim.

Ele assente e se levanta, caminhando na direção da porta, mas antes de sair, para e olha para Lucine.

— Obrigado.

— Se querem mesmo me agradecer, não façam mais filhos.

Cariele, Jena e Idan têm dificuldade para segurar o riso. Evander pisca e então assente novamente, com um leve sorriso, antes de marchar para fora e fechar a porta.

Lucine vai até Sandora e desembainha sua nova espada.

— Não sabe há quanto tempo estou doida para fazer isso.

◆ ◆ ◆

Valena encontra Leonel Nostarius olhando, pensativo, por uma das janelas do corredor. Curiosa, ela se aproxima, sem dizer nada, e olha por sobre o ombro dele.

A janela fornece uma visão clara de um dos pátios de treinamento, onde Falco e Gerbera trocam golpes. Ele usa a falcione e ela, uma espada rústica que parece ser feita de gelo.

— Ela melhorou bastante depois do episódio da Fênix – diz Leonel. – Parece estar se curando aos poucos depois que a loucura de Narode foi dissipada.

— Está com um ótimo aspecto – concorda Valena. – No início fiquei preocupada quando ele deu a entender que ela era escrava dele ou algo assim, mas parece cuidar bem dela.

— Realmente. Notou as roupas que ela está usando?

Valena olha para a túnica, as calças e as botas que a mulher usa. Não é nada muito chamativo, mas se trata de artigos de qualidade.

— Bem melhores do que as dele.

— Pelo que eu percebi até agora, ele se preocupa mais com ela do que consigo próprio. Veja a postura dele. Está desafiando a ela, como eu fazia com você. Não está interessado em sua própria técnica, só em melhorar a dela. Está fazendo com que se mova, forçando o corpo dela a se exercitar.

— Fico imaginando se todo aquele ouro que dei a ele ainda está naquela torre. Ele não parece estar gastando muito consigo mesmo. E pelo que os servos dizem, nunca passa as noites fora.

— Eu diria que é um homem com uma missão, apesar de não estar muito claro que missão seria essa. Talvez tenha sido isso que Sandora viu nele desde o começo.

— Falando em Sandora... o senhor... falou com ela?

— Pessoalmente? Não. Mas sei que ela está bem.

Valena assente, sem dizer nada.

— Ela não vai voltar – diz Leonel, baixinho. – Não enquanto estiver com aquela marca. Ela sabe que causaria problemas se alguém a visse, e não quer isso.

— Eu sabia que todos os desejos eram puros. Nenhum deles tinha nem um pingo de egoísmo. Por que eu acreditei tão fácil que ela tinha me traído?

— Ela estava com algo que pertencia a você e fugiu sem se explicar. Ficar magoada com isso me parece uma reação natural.

— Eu queria estar lá com ela.

— Eu sei que ela também gostaria que estivesse. Mas, no fim das contas, ela está fazendo isso tudo por você. Vamos pensar de outra forma: antes, você me disse que todas as boas ideias do seu governo vieram dela. Por que não aproveita esta oportunidade para tirar a prova, para mostrar a si mesma e a todos que é capaz de governar sozinha?

Ela balança a cabeça.

— Eu *sei* que não posso governar sozinha. Preciso de pessoas como o senhor do meu lado.

Ele sorri.

— Fico lisonjeado, alteza, mas não foi isso que eu quis dizer.

— Eu sei. – Ela retribui o sorriso antes de voltar a olhar para o pátio. – Teve alguma notícia do capitão Nevana ou do belator Ludiana?

— Erineu disse, e repito aqui as exatas palavras dele, que "nunca mais veremos sua cara feia de novo". Creio que os últimos meses foram intensos demais, a ponto de um exílio voluntário ter se tornado uma alternativa atraente. Jarim decidiu viajar pelo Império, disse ter algumas ideias para tentar encontrar Lutamar, Galvam e Gaia. Ao menos, ele me prometeu mandar notícias de tempos em tempos.

— E quanto ao senhor? Desculpe, eu fiquei tão atolada em meus próprios problemas que nem me lembrei de perguntar. As últimas semanas devem ter sido difíceis, não?

Ele abaixa o olhar e pensa por um momento.

— Como bem sabe, também estive bastante ocupado ultimamente, então não tive muito tempo para pensar no assunto. – Ele suspira. – O que posso dizer? Eu sinto a falta dela. Muito. Como até um ano atrás eu não sentia praticamente nada, essa situação é um tanto... singular para mim. Mas, de qualquer forma, estou aqui, com você, fazendo a diferença, então estou satisfeito.

— Não sente falta de seus poderes?

— Você diz, por causa da espada? – Ele olha para ela, que assente. – Não, minhas habilidades não dependiam daquela arma, apesar de ela conceder algumas vantagens. Mas isso não faz muita diferença para mim. Já estou chegando na casa dos 60. Vivi muito mais do que deveria e o tempo está cobrando seu preço.

— Bobagem. O senhor ainda tem muitos anos pela frente.

— E quanto a você? Fiquei sabendo que andou visitando alguns túmulos.

Ela suspirou.

— Eu tinha um amigo de infância. Podemos dizer que ele foi meu primeiro namorado. Ele morreu na última revolta de Lemoran.

Leonel apenas assente, com expressão de pesar.

— E também tem o sargento Lacerni. Ele... me tirou das ruas. Não sei o que teria sido de mim se não fosse por ele.

— E o que houve com o bom sargento?

— Foi morto em combate. Ninguém sabe direito o que aconteceu, parece que foi cercado por um grupo de criminosos. Mesmo assim, ele... conseguiu dar cabo de diversos deles antes de... – Ela não consegue terminar a frase.

— Sinto muito.

— Isso aconteceu na época em que fui para o exílio. Eu volto ocasionalmente ao cemitério para...

Neste momento, no pátio, Falco interrompe o treinamento de Gerbera e dá um sorriso irônico enquanto acena para alguém. Olhando na direção do olhar dele, Valena vê os membros da nova Guarda Imperial caminhando para a ponte de vento.

Enquanto Laina lança um olhar de desdém a Falco, Alvor, Loren, Iseo e Beni o ignoram, conversando animadamente e rindo. Erínia olha diretamente na direção de Valena e imediatamente se imobiliza, prestando continência. Os demais membros da equipe percebem o gesto da novata e imediatamente o repetem.

— Aquela garota parece estar levando essa missão a sério – Valena comenta, enquanto retribui o gesto, assim como Leonel.

— Eles estão em boas mãos – responde ele, com um leve sorriso.

Imaginando que o governador se refere à liderança da major Imelde, Valena apenas assente, enquanto os oficiais sobem na plataforma e ativam a ponte, partindo para sua primeira missão como Guarda Imperial.

— O que pretende fazer em relação a ele? – Leonel pergunta, com um gesto de cabeça na direção de Falco.

— Será meu convidado, por enquanto. Quero ele por perto para que possa ficar de olho nele. Não sei ainda o que quer, mas tenho a impressão de que pode precisar de ajuda. Além disso, ele é amigo de Jester, e precisamos ficar atentos a ele também.

— Mas o que irão fazer? Se forem forçados a ficarem dentro do palácio sem uma função definida, poderão começar a ver isso aqui como uma prisão.

Valena sorri.

— Ah, não se preocupe com isso. Agora que não temos mais uma equipe "caça-monstros", podemos dar essa tarefa a Valimor e a esses dois. Recebemos um pedido de ajuda de Lemoran a respeito disso, não? Sobre a aparição de algum monstro gigante cuspidor de fogo?

Leonel a encara, levantando a sobrancelha.

— Está pensando em montar uma equipe com três ex-criminosos superpoderosos? E, pior ainda, em autorizar que viajem para um local remoto sem nenhuma supervisão?

Ela dá de ombros.

— Um desses "ex-criminosos" está vivendo comigo, então não faria muito sentido eu desconfiar dele, faria?

◆ ◆ ◆

— Uau! Que lindo!

Idan sorri da exclamação excitada de Jena enquanto corre na direção da pequena lagoa no meio da floresta, na qual a água de um riacho cai, formando uma pequena cachoeira.

— Você tinha razão, amigo – diz Evander, apreciando o pequeno arco-íris formado pelos raios de sol que incidem nos respingos de água. – É um belo lugar.

— É tranquilo, seguro e isolado. Poderemos viver sossegados aqui por um bom tempo, relaxar, comungar com a natureza.

— Já vou avisando que "comungar" com insetos e animais selvagens não é, exatamente, a minha praia.

Idan solta uma risada.

— Você já derrotou inimigos tão poderosos quanto. Vai se dar bem.

— Me diga uma coisa, Idan, depois de tudo o que descobrimos, ainda está determinado a prosseguir com sua missão?

O paladino balança a cabeça.

— Eu não acredito que o Espírito da Terra tenha realmente deixado de existir. Eu ainda posso sentir sua presença e invocar suas bênçãos.

Evander assente.

— Sinto muito não ter conseguido ajudar mais. Já faz quase um ano que prometi viajar com você em busca de respostas, mas até agora não conseguimos fazer nada além de correr atrás dos problemas de outras pessoas.

— Não é assim que eu vejo. Aproveitamos todas as oportunidades que tivemos para conseguir informações, só não tivemos sorte.

— Está mesmo disposto a deixar sua busca de lado e passar um tempo aqui, descansando?

Idan olha para suas mãos enluvadas. A Fênix pode ter devolvido os seus braços, mas pouco fez para ajudar a superar o trauma causado pelas horas em que ficou sem eles.

— Preciso de algum tempo para meditar. Além disso, não posso perder a oportunidade de conhecer e mimar um pouco seus filhos.

Evander passa a mão pelo cabelo loiro e lança um breve olhar para a trilha por onde vieram. Será que aquilo ainda demoraria muito?

— Idan, este lugar é maravilhoso! – Jena exclama, correndo na direção deles, o orbe metálico flutuando atrás dela.

— Vejo que está se sentindo melhor – Evander comenta. A moça havia passado por um trauma similar ao de Idan, quando teve a esfera metálica tomada dela.

Jena dá de ombros.

— Vou ficar bem. Não é a primeira vez que passo por isso.

— Mas parece que, cada vez que acontece, fica mais difícil para você se recuperar.

Ela balança a cabeça.

— Estou viva. É o que importa, não é?

— Odeio ver você nessa situação. Eu vou encontrar uma forma de resolver isso.

Antes que Jena possa responder, ouvem o som de passos determinados vindo pela trilha.

— Está feito – diz Lucine, parando a alguma distância deles. Quando os três a fitam com expectativa, ela bufa, irritada. – Parem de me olhar desse jeito e voltem para a fortaleza, seus idiotas. A bruxa não se aguenta de vontade de exibir suas crias para quem quiser ver.

◆ ◆ ◆

O governo de Valena, no ano seguinte, acaba sendo melhor do que a encomenda, excedendo as expectativas mais otimistas.

Apesar de a grande batalha ter terminado, praticamente, em um empate, com a maior parte das forças de ambos os lados incapacitada, o sentimento geral é de que ela tem muito mais força e competência do que qualquer imperador antes dela. Além de ter conseguido derrotar o falso Avatar, o campo de proteção que havia idealizado salvou centenas de milhares de vidas tanto de aliados quanto de supostos inimigos.

Pressionados pela vontade popular e receosos com o impressionante poderio militar do Império, os governantes das províncias do norte foram aos poucos desistindo de suas pretensões até finalmente assinarem acordos de cooperação. Levaria tempo ainda para as coisas voltarem a ser como eram anos antes, mas Valena está otimista de que, em um futuro não muito distante, o Império esteja completamente reunificado.

Como Leonel havia previsto, o fato de Valena não estar mais com a marca da Fênix acabou servindo a seu favor nas negociações. O povo ficou impressionado com o fato de ela ter desistido de seus poderes, potencialmente perdendo o direito ao trono, para poder acordar a Grande Fênix de modo que pudesse novamente abençoar seu povo e eliminar uma terrível ameaça. Os bardos e fofoqueiros de plantão se encarregaram de espalhar e aumentar aquela história de formas ora heroicas, ora assustadoras, ora hilárias. Durante muito tempo, aquele foi o assunto principal das conversas em todo o continente.

E o respeito pela imperatriz apenas cresce enquanto, com a ajuda dos governadores e do senado, ela firma acordos, estabelece novas rotas de comércio, constrói plataformas de transporte e gerencia o escoamento da produção agrícola e distribuição de bens e insumos.

A bem da verdade, ela não propôs nada de novo. Longe disso. O imperador Caraman governou daquela forma por anos. Mas, depois do sofrimento causado pela dissolução do Império – em muitas regiões pessoas haviam passado fome –, a volta daquela organização tem um impacto muito grande na opinião pública.

Sua vida pessoal nesse período, no entanto, não foi, nem de longe, tão bem-sucedida.

Ela tinha que dar crédito a Valimor: ele realmente não se importava com os poderes dela ou, no caso, com a falta deles. Infelizmente, o mesmo não poderia ser dito a respeito de si própria.

No início, o relacionamento dos dois foi muito bem, mas com o passar das semanas, vendo a ele, Falco e Jester derrotando monstros e combatendo ameaças perigosas, as suas inseguranças foram crescendo e ela foi se tornando cada vez mais insatisfeita consigo mesma. Começou então a se dedicar a treinamentos físicos cada vez mais intensos, na ânsia de se livrar daquela sensação de inferioridade, até que acabou se machucando e ficou impedida de realizar exercícios por um período prolongado.

Sua frustração chegou a níveis extremos e, depois de uma briga particularmente intensa, Valimor finalmente se cansou de ser alvo do humor cada vez pior dela e decidiu partir, sem dizer para onde.

Os meses seguintes foram uma grande provação para ela.

Sandora continua incomunicável. Tudo o que sabia era que tivera um casal de gêmeos e que as crianças nasceram saudáveis. Joara ainda está em coma. Os curandeiros imperiais desconfiam de que alguma força externa mantém a consciência dela cativa, assim como a de alguns dos outros ex-prisioneiros de Dantena.

A solidão se abate sobre Valena com uma força esmagadora. Para manter sua sanidade, ela concentra toda a sua atenção no trabalho, dedicando toda a sua energia a resolver os problemas de seus súditos. A presença sólida e tranquila de Leonel Nostarius a seu lado se mostra crucial neste período. Não sabe o que teria acontecido a si mesma se não fosse por ele. E tem a impressão de que o sentimento é mútuo, uma vez que o homem também havia sofrido uma grande perda, sem contar o fato de seu filho estar longe, vivendo escondido e raramente mandando notícias.

No seu aniversário de 19 anos, a vida de Valena volta a mudar.

Agora, ela já está completamente recuperada do ferimento e já retomou sua rotina de treinamentos físicos. Em um desses treinos ela consegue, meio que por instinto, lançar um encantamento de aumento de força em si mesma.

Ela sabe que grande parte do sentimento de inferioridade que tem desde a infância possui raízes no fato de nunca ter manifestado habilidades místicas antes de receber a marca da Fênix. Por isso, aquela pequena flutuação, por mais simples e insignificante que seja, mudou completamente a forma de enxergar a si própria.

Nos meses seguintes, ela continuou treinando com os instrutores do Exército e conseguiu dominar diversas novas habilidades. Curiosamente, os poderes que estava adquirindo eram os mesmos que lhe tinham sido concedidos pela marca da Fênix. Os sábios não tinham certeza da razão daquilo, mas teorizavam que ela estava tendo um "desabrochar tardio", como era chamado quando as habilidades do indivíduo despertavam apenas depois de já adulto, e que a experiência que teve com os poderes da Fênix havia, de certa forma, moldado suas afinidades, fazendo com que replicasse os poderes que um dia teve.

Hoje, no entanto, independentemente de qual seja a explicação, Valena está mais do que satisfeita com os resultados. Agora ela já consegue realizar a maior parte das flutuações de antes, exceto, é claro, pelo Augúrio, a Forma da Fênix e o Favor Divino.

Ainda precisará de muito treino e prática para conseguir usar suas novas habilidades com a mesma competência de antes, mas está progredindo, e isso lhe dá uma sensação fantástica.

No momento, ela vibra de alegria após conseguir acertar uma bola de fogo no alvo com uma boa precisão pela primeira vez, e é surpreendida por uma voz familiar atrás de si.

— Está pronta para mim agora?

Seu coração vai parar na garganta enquanto vira o corpo e encara os olhos avermelhados de Valimor, que se aproxima dela em sua forma demoníaca.

Uma felicidade como nunca sentiu antes se apossa dela, enquanto saca sua espada e invocava sua lâmina flamejante, assumindo posição de combate.

— Estava mesmo pensando em ir atrás de você para te trazer de volta. À força, se fosse o caso, inclusive. Obrigada por me poupar a viagem.

Uma pequena plateia se forma ao redor deles quando começam a trocar golpes. Falco e Jester, que aparentemente vieram escoltando Valimor, ficam assistindo de perto e fazendo comentários um para o outro. Leonel e o general Camiro se posicionam ao lado deles, lançando sorrisos encorajadores a Valena.

Aquele é todo o incentivo de que ela precisa.

Seus novos poderes ainda precisam melhorar muito para chegarem ao ponto de realmente serem úteis, mas os anos de treinamento com Leonel e seus amigos ajudam a equilibrar as coisas. Depois de vários minutos de muitas esquivas e poucas oportunidades de contra-ataque, ela finalmente consegue bloquear um dos golpes e usar a força de Valimor contra ele mesmo, derrubando o demônio no chão e aplicando com perfeição a chave de braço que havia aprendido com Galvam Lemara.

Quando ele finalmente bate o outro braço no chão, concedendo a ela a vitória, Valena solta seu braço e sai de cima dele. Com um enorme sorriso, estende a mão.

Ele sorri de volta enquanto aceita a ajuda, com uma expressão de orgulho e alívio em seus olhos, que faz com que o coração dela cante de alegria. Ele a havia perdoado e está de volta. E, se dependesse dela, nunca mais teria razão alguma para ir embora de novo.

— A partir de agora, estarei sempre pronta. Sempre. E para sempre.

- Fim -